김지회

김지회

최산 장편소설

| 일러두기 |

1. 이 책은 여순 사건을 배경으로 한 소설이다. 역사적 사실을 바탕으로 하고 있지만 내용의 대부분은 지어낸 이야기다.
2. 등장인물 가운데 김구, 김규식, 김일성, 무정, 박헌영, 여운형, 이승만 등 당시의 소위 '민족지도자'급 인사들은 본명을 그대로 썼는데, 이는 그들 자체가 우리가 공유하는 역사 공간의 주요 마루지이기 때문이다. 무명에 가까운 사람임에도 실명을 쓴 유일한 예외는 주인공인 김지회다.
3. 모든 성경 구절은 개역개정판에서 인용했다.
4. 책의 부제이자 15장 제목인 '뜨거운 젊은 피를 태양에 힘껏 뿌려'는 故 남인수가 부른 <해 같은 내 마음>의 노랫말 중에서 가져왔다.

작가의 말

우리나라 근현대사, 그중에서도 해방 전후사에 관심이 많아 종종 관련 자료를 찾아보곤 한다. 특히 흥미가 끌리는 건 당시의 인물들이다. 그 시기엔 어쩜 그리도 대단하고 특이한 사람들이 많았는지, 어떨 땐 역사가 아닌 소설 속 인물들을 보는 듯한 착각이 인다.

어느 날 우연히 김지회의 사진을 보게 됐다. 여수 봉기를 일으켰던 그해, 1948년에 찍은 단체사진이었다. 제일 앞줄 가운데 앉아 있는 그의 모습은 상상했던 것과는 판이하였다. 뜯어보면 볼수록 얌전하고, 착하고, 정 많고, 의롭고, 부끄럼 잘 탈 것 같고, 그리고 왠지 외로워 보이는 아주 젊은 청년의 얼굴이었다. 아무리 봐도 자기 뜻을 관철하기 위해 정부에 맞서 군란을 주도할 야심가의 인상은 아니었다. 차라리 시인이나 교사, 혹은 신학도라고 한다면 바로 수긍할 만한 인상이었다. 궁금해졌다. 이렇게 생긴 사람이 어떻게 그런 큰일을 벌였을까?

취재에 들어갔다. 예상대로였다. 서슬 퍼렇던 시기의 이승만 정부가 그 '반란 수괴'의 흔적을 제대로 남겨놓았을까, 하는 의구심이 있었는데 역시 정부나 신뢰할 만한 기관의 문서나 사진, 영상 등 김지회에 관한 검증된 사료는 존재하는 게 별로 없었다. 그나마 신문 기사는 좀 있었지만, 기사 내용이 신문마다 다른 경우가 허다하여 대개는 신빙성 있는 자료로 보기 어려웠다.

오히려 운이 좋은 거라고 여기기로 했다. 소설가의 상상력을 펼치기에 얼마나 좋은 조건인가! 백지에 가까운 소설 공간이 주어진 것이다. 나는 그 공간을 내가 만든 이야기로 '자유롭게' 채워가면 된다.

어찌 보면 소설가란 누구도 답해줄 수 없는 흥미로운 의문이 생길 때 스스로 이야기를 지어내어 그 안에서 답을 찾아내려는 사람이다. 그런데 기실 그 이야기는 창조한다기보다는 발견하는 것이다. 우주나 인간의 머릿속에는, 평소엔 물론 잘 보이지 않지만, 신경을 써서 잘 보면 수도 없이 많은 이야기가 널려있다. 소설가가 하는 일은 그중에서 의문을 풀어가는 데 도움이 될 만한 이야기들을 골라내어 정성껏 손질하거나 잘 조합해내는 것이 아닐까?

첫 번째로 들었던 김지회에 관한 의문은 '어쩌자고 그리도 무모

한 사건을 벌였을까'였지만 그 의문을 풀어가기 위해 이런저런 이야기들을 들여다보고 떠올려보고 하는 과정에서 그 밖에도 여러 다른 의문이 꼬리를 물고 이어졌다. 물론 그것들을 다 다룰 수는 없는 일이었다. 하지만, 도무지 지나쳐버릴 수 없는 의문이 있었다. 그의 죽음에 관한 것이었다. 나는 이것을 두 번째 의문으로 받아들여 이것까지는 다뤄보자고 작정했다.

첫 번째 의문을 풀어가면서 김지회는 순수하기 그지없는 열혈 청년이었다는 사실을 여러 이야기 속에서 확인할 수 있었다. 그는 돈이나 사회적 지위, 권력 따위에는 별 관심 없이, 가난하고 연약한 인민의 권리와 복리를 지키는 참 군인으로 살고 싶어 했다. 다행인지 불행인지, 그의 주변엔 그와 비슷한 성정 혹은 성향을 가진 동료들이 제법 있었다. 여수 14연대의 봉기는 23세의 국군 중위 김지회와 그 또래의 젊은 동지들이 '인민의 군인인 우리가 어떻게 제주 인민을 죽이라는 명령을 따를 수 있겠느냐'며 좌고우면하지 않고 그저 그 순결한 마음 하나로 이승만 정부에 항거하겠다는 뜻을 만천하에 밝힌 사건이었다.

그런데, 그렇게 순수하고 의롭던 김지회의 죽음에 관한 기존 서사는 대체로 너절하고 처참한 것들이었다. 잘 믿기지 않았다. 게릴라가 야지 술집에서 밤늦은 시간에 술을 마신다고? 그것도 토벌대에 쫓기는 중에, 게릴라 대장이, 간부들과? 도저히 이해되지 않았다. 그러나 정부나 우파 언론에 의해 날조된 건 아닌 듯했다. 민간이나 좌파 진영에서도 통용되는 이야기였다.

그게 사실이라고 인정했을 때, 그의 죽음에 관하여 드는 의문은 다시 두 가지로 나뉘었다. 하나는 '그를 죽음으로 몰아넣은 그 어처구니없는 상황이 어쩌다 전개된 것일까'였고, 다른 하나는 '생기 넘치던 그의 젊은 몸이 총상을 입고 나뒹굴다 들짐승과 벌레의 먹이로 없어졌듯, 늘 약자를 위했던 그의 따뜻한 마음과 의기(義氣)마저도 죽음과 함께 그냥 증기처럼 사라져버린 것일까'였다.

죽음에 관한 이 두 의문을 풀기 위해선 첫 번째 의문을 풀 때보다 훨씬 많은 이야기가 필요했다. 다행히, 그것들은 비교적 쉽게 찾아졌다. 애정 결핍을 심하게 느끼며 외롭고 배고프게 자랐던 김지회의 어릴 적 이야기, 의기 충만했던 그의 조선의용군 시절과 사민주의 그룹 형성기 때의 이야기, 서툴고 거칠고 불안하기만 했던 몇 차례의 연애 이야기, 해방 후 다시 등장한 친일파 경찰과 관료, 그리고 반민주적 정권에 대한 분노로 피 끓던 날들의 이야기, 그의 절제력을 뺏어가곤 하던 무서운 '술 귀신' 이야기 등이 그것이었다.

압권은 역시 조경진과의 사랑 이야기였다. 조경진은 김지회에 대하여 많은 걸 설명해 주었다. 특히 김지회의 마음과 영혼이 그의 죽음과 동시에 증발해버린 건 아니라는 '사실'을 밝힐 수 있었던 건 거의 온전히 그녀 덕분이었다.

목사의 딸인 조경진은 자기 남자는 어떻게든 하나님의 사람으로 만들어 놓겠다는 뚝심과 사랑이 있는 여자였다. 그녀의 그 지치지 않는 사랑으로 말미암아 김지회의 인생에 하나님의 기운이 조금씩이나마 서서히 스며들었고, 김지회가 그의 마지막 시간에 받은 구원은 그 최종 결과였다.

김지회의 죽음 이후 조경진의 행방을 다룬 이야기는 알려진 게 거의 없다. 내가 들어본 것도 고작 두 가지뿐이다. 하나는 6·25 전쟁 초기 서울을 점령한 인민군이 마포형무소에 수감 중인 그녀를 풀어줘 월북시켰다는 이야기이다. 다른 하나는, 앞의 내용과 전혀 다른 것으로서, 6·25 전쟁이 발발하자 이승만 정부가 남쪽으로 후퇴하면서 '보도연맹원'이나 양심수 등과 같이 인민군과 북조선에 협조할 가능성이 있는 민간인을 무수히 살해하였는데 조경진도 거기에 포함됐다는 이야기이다. 두 이야기 모두 현재로선 그 이상은 발전시키기 어려운 것들이다. 특히 뒤엣것은 더욱 그러하다. 죽음 이후의 이야기를 쓸 방법은 없을까? 아쉽지만, 역사소설이 다룰 수 있는 범위는 아닌 듯하다.

목차

작가의 말 — 5
사건 일지와 지도 — 15

1장. 다음번엔 너희들 차례야 이 새끼들아. —————— 23
김창복(1948년 6월~10월)

2장. 우리더러 제주 사람들을 다 죽이라는 거야? —————— 59
김지회(1948년 10월 15일~10월 20일)

3장. 군란을 일으킨 거죠? 그렇죠? —————— 95
조경진(1948년 10월 16일~10월 22일)

4장. 다 빨갱이들 짓인데요, 뭐. —————— 119
김창복(1948년 10월 20일~10월 28일)

5장. 지리산으로 들어갑시다. —————— 157
김지회(1948년 10월 20일~10월 29일)

6장. **여수가 다 망가졌나요?** — 204
조경진(1948년 10월 22일~10월 30일)

7장. **이승만 정부의 영광을 위하여!** — 249
김창복(1948년 11월 6일~11월 30일)

8장. **그걸 마시지 말았어야 했다.** — 281
김지회(1948년 10월 30일~11월 28일)

9장. **내가 노루 닮았어요?** — 338
조경진(1948년 10월 30일~11월 30일)

10장. **도의가 이루어지는 시대가 오는구나.** — 369
김지회(1948년 11월 30일~1949년 2월 20일)

11장. 여보랑 함께라면 싸우다 죽는 것도 괜찮아요. ─── 403
조경진(1948년 12월 1일~1949년 2월 27일)

12장. 수괴가 김종서라는 걸 밝혀야 합니다. ─── 421
김창복(1948년 11월~1949년 3월)

13장. 3월 한 달 동안 여러분은 완벽하게 훌륭했다. ─── 450
김지회(1949년 2월 28일~1949년 3월29일)

14장. 다행이다. 이제 믿기만 하면 된다. ─── 512
김지회(1949년 3월 31일~1949년 4월9일)

15장. 뜨거운 젊은 피를 태양에 힘껏 뿌려 ─── 538
조경진(1949년 3월 31일 ~ 1949년 11월 5일)

사건 일지와 지도

1947년

1월	• 김지회, 김창복, 문상기, 이기주, 홍순혁 등 사관학교 3기 입학
3월	• 미국, '트루먼 독트린' 발표로 반공 봉쇄정책 선언
5월	• 김지회 소위, 광주 4연대 중대장으로 부임 • 김창복 소위, 태릉 1연대 정보주임 보좌관으로 부임
7월	• 여운형, 피살
8월	• 여운형 장례식 날 김원봉, 김종서, 김지회, 문상기, 오일규, 윤차돌, 이기주, 최남구, 홍순혁 등이 모여 이상국가('남도인공') 건설 결의

1948년

4월		• 제주 4·3 발발 • 김지회, 광주의대 부속병원 입원 중 간호사 조경진 만남
5월		• 김창복 중위, 국방경비대 정보처 특별조사과 창설 요원으로 임명
6월		• 김지회 중위, 신설 여수 14연대로 전속 • 박진광 제주 9연대장, 피살
8월		• 이승만 정부 수립
9월		• 김창복, 대위 진급 • 문상기 중위 총살형 집행
10월	19일	• 여수 14연대 봉기 • 윤차돌 중위, 사망
	20일	• 봉기군 본대, 여수에 이어 순천 장악 • 여수 인민대회
	21일	• 봉기군 3개 지대, 각기 전주, 광주, 진주를 향해 진군 개시 • 정부, 광주에 '반군토벌전투사령부' 설치

22일　・봉기군 본대, 순천 학구리 전투에서 패퇴
　　　・조경진, 여수 도착
23일　・정부군, 순천 탈환
　　　・정부군, 여수항 상륙작전 실패
24일　・봉기군 본대, 백운산 거쳐 지리산 문수골로 들어감
　　　・정부군, 여수 잉구부 전투에서 퇴각
25일　・정부군, 여수항 상륙작전 재개
26일　・정부군, 여수 시내 진입 성공
27일　・정부군, 여수 탈환
　　　・정부군, 여수 덕충동 만행
　　　・반군토벌전투사령부, '호남방면전투사령부'로 개칭
28일　・정부, 여순 반란의 주체는 군인이 아닌 민간 좌익이라고 발표
30일　・호남방면전투사령부, '남지구전투사령부'와 '북지구전투사령부'로 분할
　　　・봉기군 본대, 지리산 문수골에서 백운산으로 되돌아감
　　　・조경진, 김지회와 재회

11월 3일　・구례 간문리 전투
　4~5일　・구례 이평리 전투
　9일　　・봉기군 본대, 백운산에서 지리산 피아골로 거처 옮김
　중순　　・육군 정보국 특별조사과, 특별정보대로 확대·승격
　　　　　・김창복, 소령 진급
　19일　　・봉기군, 구례읍 정부군 습격
　26일　　・봉기군, 구례 수락골 전투 승리
　27일　　・봉기군 지창준 부대, 대성골 주둔
　　　　　・봉기군 홍순혁 부대, 거림골 주둔
　30일　　・봉기군 김지회 부대, 백무골 주둔

12월 1일　・봉기군, 동계 (12월 ~ 2월) 유격 훈련 돌입
　12일　　・유엔, 대한민국 정부 승인

1949년

1월	15일	• 김지회, 산내면 반선마을 세포로 서몽실 임명
	22일	• 지창준, 칠불암 근처에서 토벌대에 체포됨
	25일	• 지창준 부대, 이영희 부대로 개편하여 덕유산으로 주둔지 변경
2월	22일	• 봉기군 수뇌부, 3.1운동 30주년 기념 춘투(春鬪) 전략회의
	26일	• 오일규 소령 체포됨
	28일	• 김종서 중령과 최남구 중령 체포됨
		• 봉기군, 춘투 첫날 하동 화개장 접수
3월		• 봉기군, 남원·함양·산청·거창을 누비며 한 달 내내 춘투 벌임
		• 남지구전투사령부와 북지구전투사령부, '호남지구전투사령부'와 '지리산지구전투사령부(지전사)'로 개편하여 춘계 토벌 작전 전개
	29일	• 봉기군, 금원산 전투에서 대승 거두며 춘투 마감
4월	3일	• 봉기군, 7개 지대로 나뉘어 지리산 세석평전을 향해 각개 진군
	8일	• 봉기군 사령부 36명, 남원 산내면 반선마을 도착
	9일	• 지전사 토벌대, 봉기군 사령부 급습 (홍순혁과 이기주 등 사망; 김지회와 조경진 등 실종)
	13일	• 조경진, 토벌대에 체포됨
	23일	• 조경진, 김지회 사체 확인
8월		• 김창복, 소위 임관 2년 4개월 만에 방첩대 대장 중령 진급

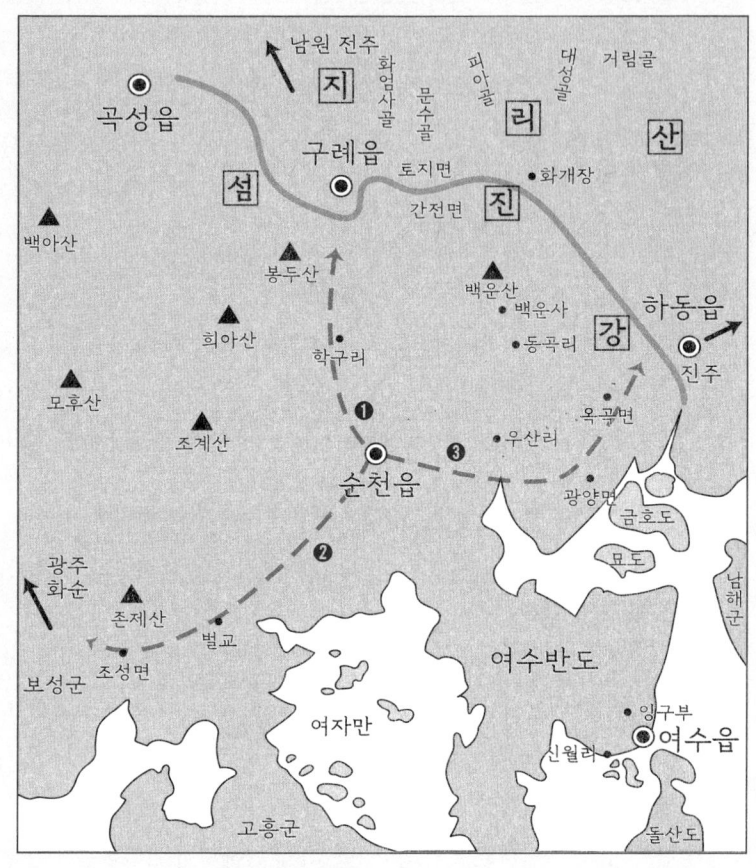

【 지도1 】 1948년 10월의 봉기군 주무대
❶ 전주지대 진격로 / ❷ 광주지대 진격로 / ❸ 진주지대 진격로

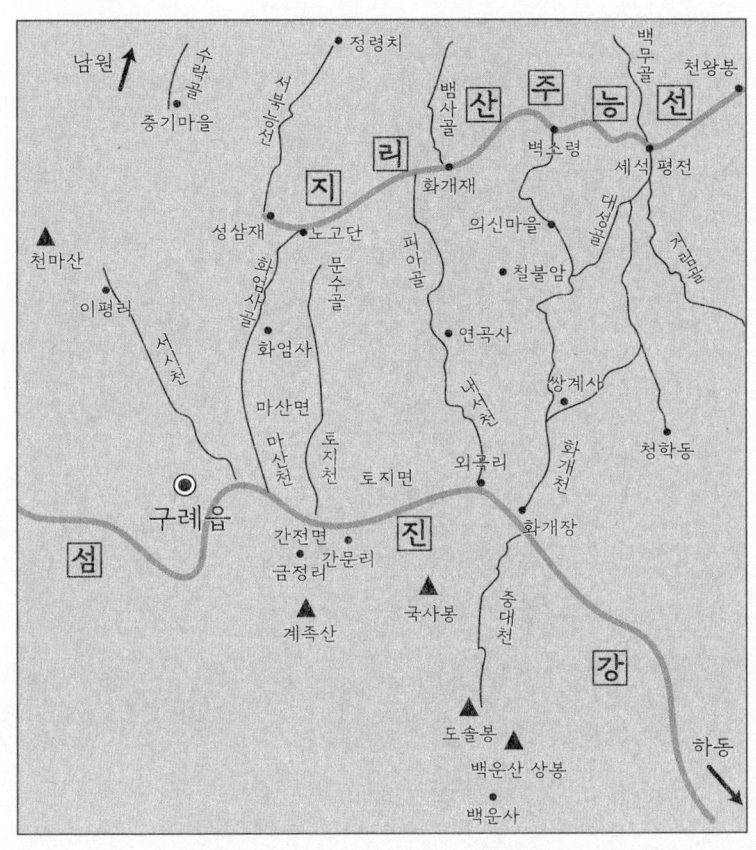

【 지도2 】 11948년 11월의 봉기군 주무대

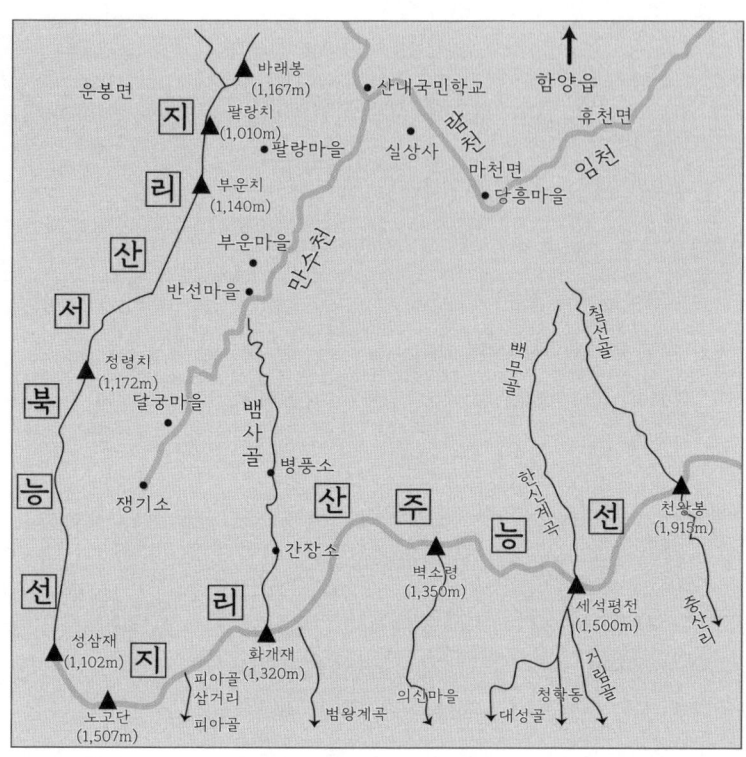

【 지도3 】 1948-49년 겨울의 봉기군 본대와
1949년 4월 마지막 때의 총사령부 주무대

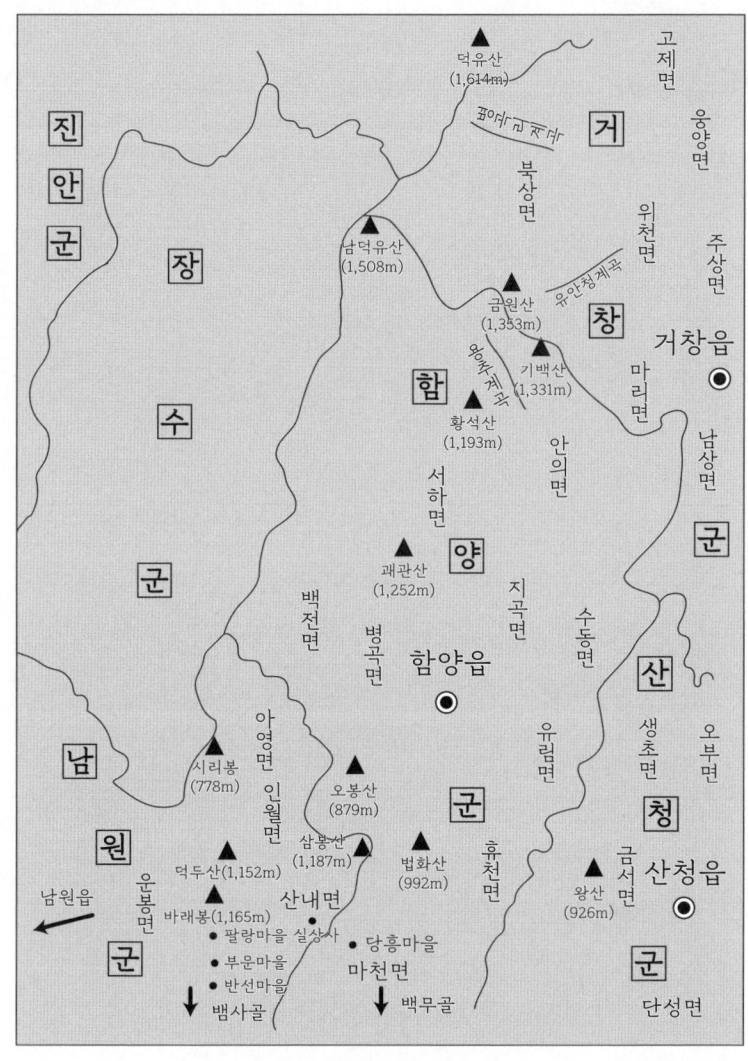

【 지도4 】 1949년 봄의 봉기군 주무대

1장.

다음번엔 너희들 차례야 이 새끼들아.

김창복(1948년 6월~10월)

1

"그래서 결국 박진광 대령을 누가 죽였느냐? 피라미들은 얘기할 것도 없어요. 문상기 중윕니다. 중대장이란 놈이 지 연대장을 죽인 거요. 종간나새끼."

1948년 6월 말의 후덥지근한 날 오후, 남조선국방경비대 특별조사과의 실무 책임자 김창복 중위가 기자들에 둘러싸였다. 열흘 전인 6월 18일에 일어난 제주 9연대장 박진광 대령의 암살 사건 경위가 밝혀지는 순간이었다. 흥분한 기자들은 시중에 떠도는 온갖 풍문의 진위를 확인하느라 연신 질문을 퍼부어 댔다. 핵심은 역시 진범이 누구냐는 것이었다. 김창복은 그날 새벽에 망을 보고, 문을 따고, 손전등을 비추고, 총을 쏘고 한 건 다른 놈들 짓이었지만, 그들을 뒤에서 조종한 건 좌익 장교 문상기였다고 분명히 말했다.

그러자 기자들은 문 중위의 범행 동기와 관련하여 다양한 질문을 쏟아냈다. 하지만, 김창복의 대답은 시종일관 한가지였다. 4·3사태를 일으킨 빨갱이들이 제주도를 장악하려고 별짓을 다 해왔는데 이 사건도 그중의 하나라는 거였다. 제주에 새로 부임해 온 연대장이 강직하고 유능한 것 같으니 아예 제거해 버리려고 한 짓이라는 게 요지였다. 김창복은 문상기와 그의 부하 여덟 명 모두가 남로당원이라는 물증도 확보했다고 자랑스레 말했다.

기자 한 사람이 일각에선 박진광 연대장의 무자비한 양민 진압 때문에 일어난 사건이 아니냐는 의문이 제기된다고 하자, 김창복은 그건 빨갱이들이 지어낸 얘기라며 펄쩍 뛰었다. 괜한 오해 받기 싫으면 그런 얘기는 아예 꺼내지도 말라고 엄포도 놓았다. 다른 기자가 분위기를 바꾸는 질문을 던졌다.

"결국 남로당 소행이란 건데, 그렇다면 앞으로 수사 방향은 어떻게 되나요? 물론 다른 연대로도 확대되겠지요? 우리 군 내부에서 남로당이 벌이고 있는 무슨 조직적인 움직임이나 시도 같은 걸 포착한 게 좀 있습니까?"

"좋은 질문이요. 지금 우리 사회의 가장 큰 문제는 빨갱이들이 각계각층에서 암약하고 있다는 거요. 특히 군대에서의 좌익 확산은 아주 심각합니다. 자칫 잘못하다간 남쪽마저도 공산 세력에 넘어갈 수 있어요. 조짐이 안 좋아요. 다행히, 우리 정보처가 자료를 많이 갖고 있습니다. 아직 말할 단계는 아니지만, 전라도와 경상도의 향토 연대들이 위험해요. 뭐, 봅시다. 조만간 하나둘씩 밝혀질 겁니다."

"제주 연대 사건이 마무리되면, 전라도와 경상도 연대들로 수사가 확대될 가능성이 큰 거네요."

"그렇다고 봐야죠. 나와 우리 수사관들은 다음 주 내내 제주도에 있을 겁니다. 뭐가 나올는지 기대해 주십시오."

7월 6일 아침, 식사를 마친 김창복은 이쑤시개를 입에 물고 취조실로 내려갔다. 문상기는 의자에 손과 발이 묶인 채 고개를 떨구고 있었다. 눈두덩이 양쪽 다 퉁퉁 부어올라 눈을 감고 있는지 뜨고 있는지 구분이 어려웠다. 그런데 그의 피멍 든 입술 사이로 중얼중얼 소리가 흘러나왔다.

"야 문상기, 너 또 기도하냐? 쓸데없는 짓 그만하고 내 말 잘 들어. 이제부턴 박 대령 죽인 얘긴 묻지 않겠어. 거야 뭐 다 드러난 거니까. 내가 진짜 궁금한 건 니놈 뒤에 누가 있느냐는 거야. 물론 우리도 정보는 있어. 증거도 확보해 놨고. 니가 할 일은 간단해. 확인만 해주는 거야. 그럼, 너도 살 수 있어. 알지? 정상참작이라는 게 있잖아."

문상기가 간신히 고개를 들며 말했다.

"김 중위 자네가 지금 무슨 얘길 하고 있는지 모르겠네. 내 뒤에 누가 있다는 건가? 난 연대장이 너무 잔인하게 굴길래… 무고한 도민들이 너무 많이 죽을 거 같아 내 양심이 시키는 대로 그걸 막으려 했을 뿐이야. 나 스스로 결정해서 실행한 거라고."

"양심? 야, 기독교인이라는 놈의 양심이 사람을, 어? 그것도 지 직속상관을 죽이라고 명령하던?"

"나도 처음엔 간곡히 진언을 드렸어. 양민들의 목숨이 달린 문제니만큼 되도록 평화롭고 조심스럽게 풀어가자고, 대화와 협상을 먼저 시도해 보자고. 몇 번이고 그런 말씀을 드렸는데도 전혀 안 먹혔어. 오히려 더 과격해졌어. 그가 부임해 올 때 제주도민 30만을 다 희생시켜서라도 남로당이 일으킨 이 폭동 사태는 반드시 진압하겠다고 말했는데, 그게 진심이었던 거야. 그냥 보고만 있을 수가 없었어."

"이 새끼 이거, 지는 남로당이나 김달심이 하고는 아무 관계가 없는 것처럼 얘기하네? 그래 니 말대로 넌 공산주의자가 아니고 사민주의자나 기독교 사회주의자라고 치자. 그럼 좀 낫냐? 난 그런 새끼들이 더 싫어. 빨갱이면 그냥 빨갱이지, 자기들이 무슨 민주주의자고 기독교도야? 아주 느물느물한 놈들이야. 공산주의자들은 화끈한 거나 있지. 박헌영이 하고 여운형이도 좀 보라고. 박헌영이는 뭐든 분명하잖아. 주장도 행동도. 근데 여운형이는 달라. 좌도 좋고 우도 좋다고 그러고, 김일성이도 좋고 이 박사님도 좋다고 하고, 사회주의도 좋고 기독교도 좋다고 하니, 그게 무슨 개뼈다귀 같은 소린지…. 그러니 암살을 당하지."

"여운형 선생님을 그렇게 함부로 말하지 말게."

"뭐 이 새끼야? 이 종간나새끼, 사관학교 동기라고 좀 봐줬더니, 내가 니 친구로 보이니? 누구한테 이래라저래라야 엉? 빨갱이 새끼가 어디서 수사관한테 말을 놓고 지랄이야. 나이도 내가 너보다 10년은 위야, 이 새끼야. 너 이제부터 나한테 말 놓으면 그 자리에서 그냥 죽을 줄 알아. 알았어?"

"……."

"대답해, 이 새끼야."

문상기가 말없이 김창복을 노려보았다.

"허, 이 새끼 눈깔 좀 봐. 너 지금 꼬나본 거냐? 이 새끼가 이게."

김창복은 바닥에 침을 탁 뱉고는 양 소매를 걷어 올리며 탁자를 돌아 문상기에게 다가갔다.

"그래 자존심은 남아 있다? 어? 그거야?"

김창복이 말을 마치자마자 양 손바닥으로 문상기의 두 뺨을 번갈아 갈겨댔다. 한참을 때렸는데도 문상기는 꼿꼿했다. 그게 김창복을 더 화나게 했다.

"허, 이 새끼 봐라. 자, 이제부터 내가 맘 놓고 팰 모양이니까 어디 버틸 수 있으면 버텨 봐. 덤비고 싶으면 덤벼도 좋고."

김창복이 그의 손과 발을 풀어주고 벌떡 일으켜 세웠다. 처음엔 주먹과 발로만 때리던 김창복이 그저 맞기만 하던 문상기가 바닥에 쓰러져 코와 입에서 피를 흘리자, 그걸 보곤 더 흥분했는지, 어디선가 방망이를 들고 와 개 잡듯이 휘둘렀다. 김창복의 눈은 시뻘겋게 달아올랐고 목엔 굵은 핏발이 섰다. 온갖 쌍소리를 퍼붓는 그의 입에선 독기 가득한 침방울이 끊임없이 솟구쳐 나왔다. 문상기는 얼마 못 가 혼절했다.

10여 분 후 문상기가 깨어나자 김창복이 그를 의자에 앉히곤 물 한 잔을 건네주었다. 한동안 광기 어린 눈빛으로 그를 바라보던 김창복이 갑자기 동정심 가득한 말투로 말했다.

"상기야, 나도 알아. 사관학교 때, 니가 그래도 나한테 제일 잘 해줬어. 다들 날 얼마나 깔보고 무시하고 그랬냐. 일본 놈 앞잡이였다고, 무식하다고, 나이 많다고, 못생겼다고. 개 같은 새끼들. 넌 달랐지. 일부러 밥도 같이 먹어주고, 모르는 거 있으면 가르쳐도 주고, 우리 식구 걱정도 해주고. 난 너한테 아주 고마웠어."

문상기가 그제야 벌컥벌컥 물을 마셨다.

"근데 딱 하나 너한테 기분 나쁜 게 있었어."

문상기가 내려놓으려던 물잔을 다시 입으로 가져갔다.

"너랑 친했던 새끼들 말이야. 김지회, 김남구, 김응노, 이기주, 윤차돌, 홍순혁. 맞지? 이것들이 다 빨갱이야. 알지? 동기만이 아냐. 김종서, 최남구, 오일규, 이런 사상 안 좋은 자들이 다 니가 존경하고 따르던 선배고 상관이라고. 넌 항상 이런 이상한 새끼들하고 어울려 다녔어. 왜? 니가 빨갱이니까. 아냐?"

"……."

"이 새끼 또 말 안 하네. 정보는 내가 이미 다 갖고 있다니까. 좋아 남로당 얘기는 더 안 해도 돼. 사민주의 얘기 좀 해봐. 넌 남로당원이지만 공산주의자가 아니라 사민주의자라며? 그러니 양쪽 다 알 거 아냐. 누가 또 사민주의자야?"

"사민주의 그룹이 따로 조직된 건 없습니다. 그러니 누가 명확히 사민주의자인지는 알 수가 없습니다."

"이 새끼가 아직도 정신을 못 차렸네. 누굴 애송이 취급하는 거야? 김종서하고 오일규 얘기 좀 해봐. 그자들이 너 뒤에 있는 거 아냐? 김지회하고 이기주는? 말 안 해? 이 새끼가 이거 아직도 멀었구먼"

다시 방망이 구타가 시작됐고, 문상기는 또 정신을 잃었다.

2

다음날인 7월 7일 오전 열 시경, 김창복은 제주도의 대자연을 바라보며 심기 불편한 표정을 짓고 있었다. 모슬포의 하늘과 바다와 땅은 눈이 부실 만큼 밝고 맑고 깨끗했다. 말 네댓 마리가 탁 트인 초원에서 달짝지근한 바람을 맞으며 풀을 뜯는 풍경은 이국적이기도 했다. 하지만, 왠지 부담스러웠다. 아마도 지나치게 평화로워 보여서 그럴 거라고 그는 자기 심경을 분석했다. 제주도의 자연이 이토록 비현실적이니 여기 사는 사람들이 자꾸 착각과 몽상에 빠져 어이없는 행동을 하는 게 아닐까, 하는 생각까지 들었다.

모슬포 포로수용소는 대정읍의 9연대 본부에서 2킬로미터가량 떨어져 있었다. 오랜만에 망중한을 즐겨보고자 혼자 30여 분 정도를 천천히 걸었다. 그런데, 시간이 갈수록 처음 기대와는 달리 부아가 일었다. 비현실적인 자연도 거북할뿐더러 곧 만나게 될 오일규 소령의 그 마뜩잖았던 과거 모습이 자꾸 떠올랐기 때문이었다.

불과 2년 전 일이었다. 그때 김창복은 죽을 고비를 여러 번 넘기고 서른이 넘은 나이에 간신히 사관학교 입학 기회를 얻었다. 그런데, 면접만 통과하면 드디어 장교의 길로 들어설 수 있는 그 순간에 오일규가 나타났다. 기껏해야 갓 스물을 넘긴 듯한 앳된 놈이 대위 계급장을 달고 면접관으로 들어왔다. 한눈에 봐도 제 잘난 맛에 사는 인간이었다. 오일규는 그때 '어떻게 너 같은 놈이 감히 여기에 왔냐?'는 조로 온갖 수치스러운 질문을 퍼부었다. 만주에서 항일 투사 잡아내는 걸 업으로 삼던 일본군 오장 놈이 감히 해방 조국의 육군 장교가 될 생각을 했다는 것 자체가 불쾌하고 역겹다는 심사를 감추지 않았다. 징그러운 벌레를 마지못해 들여다보는 듯한 그의 눈빛은 특히나 거슬렸다. 그날 만약 백남기 대위가 면접위원장이 아니었더라면, 오늘날의 이 위대한 반공의 역군 김창복은 존재하지 못했을 것이다.

3기생으로 사관학교에 들어간 후에도 오일규 교관은 늘 김창복을 못마땅해했다. 일부러 괴롭히거나 대놓고 차별하진 않았어도 그의 표정과 눈빛에는 언제나 경멸이 서려 있었다. 미군정 노선에 찬동하는 발언을 하면 기회주의자라고 깔보고, 이승만과 한민당 연합 세력을 지지하면 타고난 친일파라고 비난했으며, 역사와 병법, 정치 등의 교과목을 못 따라가면 머리 나쁜 놈이라고 얕봤다. 심지어는 나이 많은 것도 마음에 안 들어 했다. 반면 동기생인 김지회, 이기주, 홍순혁, 윤차돌, 김응노, 문상기 등을 대하는 태도는 전혀 달랐다. 그들과는 교관이라기보다는 서로 친구며 동지로 사귀는 것 같았다.

소장실 문을 두드렸다. 미리 통지를 받은 오일규가 다소 긴장한 얼굴로 김창복을 맞았다. 처음이었다. 그의 눈빛에 경멸감이 없었다. 대신 경계감이 들어차 있었다.

"어서 오십시오, 김 중위님. 오랜만입니다. 자, 이리로 앉으시지요."

김창복이 응접 소파에 털썩 앉으며 비꼬듯 말했다.

"아유, 여기는 아주 한가하네요. 바깥에선 서로 죽이네 살리네 난리들인데…."

"예, 여긴 뭐 고작해야 수용자 분류할 때 좀 다투는 것뿐이죠."

"듣자니 우리 오 소장님은 대충 보고 웬만하면 좀 있다 그냥 다 풀어준다던데, 거기서도 무슨 다툼이 생깁니까? 아, 왜 더 빨리 안

내보내 주냐고들 따지나요?"

"대충 보지 않습니다. 수용소에서 마련한 객관적인 기준에 따라 폭도인지 일반 주민인지, 참 귀순자인지 위장 귀순자인지 등을 엄밀히 가려내고 있습니다."

"그렇게 제대로 하는데 풀려나가는 놈들이 왜 그리 많아요? 군인과 경찰들이 뭐라고 하는지 압니까? 산에 올라가 목숨 걸고 싸워서 폭도들 잡아 오면 수용소에서 좀 쉬다가 다 풀려난다고들 해요. 빨갱이들을 그렇게 다 풀어주면 어떡합니까? 그러니까 문상기 같은 놈도 생겨나는 거 아니요. 알죠?"

"문상기 중위야, 다른 얘기죠. 왜 여기서 그 얘기를 꺼냅니까?"

"연관이 없는 건 아니죠. 문 중위는 사관학교 때부터 오 소령님하고 아주 친했어요. 근데 근무도 또 여기서 같이하게 됐네요. 그게 우연입니까? 하여튼 그 일 나기 전에도 자주 만났지요?"

"알겠지만, 난 여기에 4·3 사건 나고 한 2주쯤 후에, 부산 5연대 2대대장으로 파견 나온 겁니다. 제주 9연대가 인원이 부족하다고 해서 지원 병력으로 왔어요. 도착한 날부터 맨날 비상이라 정신이 없었습니다. 그 사건이 일어났던 6월 중순까지, 그 두 달 동안 문 중위와는 겨우 두어 번밖에 만날 수 없었어요. 둘 다 워낙 바빴으니까요."

"아이고, 제가 지금 뭐 심문하는 것도 아니고, 그렇게까지 자세히 얘기해줄 필요는 없어요. 한데, 뭐 말이 나왔으니 하는 얘긴데, 문 중위는, 제가 어제도 만났습니다만, 오 소령님을 일주일에 한 번씩은 봤다고 하던데요."

"물론 지휘관 회의 때 만난 것까지 치면 그렇죠. 하지만, 그거야 그냥 회의 참석을 같이했다는 거지, 사적으로 얘기하거나 그런 건 아니잖습니까. 회의가 끝나면 둘 다 부리나케 현장으로 복귀하곤 했으니까요."

"그럼, 김종서 중령님을 같이 만났다는 건 또 언젭니까? 그때도 회의 땐가요?"

"아, 그땐 김 중령님이 여기 출장 오셨다가 시간이 좀 남아서 같이 저녁 먹은 거요."

"딱 세분만이요?"

"네."

"허허, 그 와중에…. 아무튼 참 각별한 사이들이십니다. 김 중령님이 오 소령님의 일본 육사 선배시죠?"

"나야 뭐 졸업한 건 아니지만, 아무튼, 예, 선배님이죠. 김 중령님이 56기, 제가 61기입니다."

"그러면 박정두 대위님은 김 중령님의 한 기 후배네요."

"그렇죠. 그분은 57기니까요."

"그러고 보니, 다섯 분이 다 일본 육사 출신입니다."

"네?"

"사관학교 때, 우리 우익 동기생들 사이에선 이런 말이 있었어

1장. 다음번엔 너희들 차례야 이 새끼들아.   33

요. 똑똑한 선배 다섯 명이 3기생 400명을 다 좌향좌시키고 있다고요."

"허허, 그래요? 그게 누구누굽니까?"

"김종서 중령님하고 박정두 대위님은 특강도 자주 오시고 생도들도 개인적으로 잘 챙겨주셨지요. 술도 많이 사주시고. 따르는 애들도 얼마나 많았습니까? 그리고 오 소령님이야 우리 3기의 생도대장이셨잖습니까. 절대적인 영향력을 갖고 있었죠. 거기에 조병근 소령님과 김학민 소령님, 교수부장과 중대장이셨잖아요. 그 두 분도 일본 육사 나오셨죠. 60긴가요?"

"예. 잘 아시네요."

"그거 보세요. 이 다섯 분이 모두 일본 육사에서 배운 분들이에요. 해방 안 됐으면 대일본제국의 최고 엘리트가 될 분들이었죠. 근데 이상하게 이분들이 다 그렇게 좌익 사상을 생도들에게 심어줬어요. 사관학교 때 난 그게 참 이해가 안 됐어요. 어떻게 황국신민의 최고 지도자 교육을 받은 사람들이 사회주의나 공산주의를 찬양하는지 말이에요. 상극 아닙니까, 상극? 그보다 더 우스웠던 게 뭔지 압니까?"

"……"

"자기들은 다 그렇게 일본 가서 일제의 엘리트 코스를 밟았으면서도 나 같은 사람은 일본 놈 앞잡이였다고 벌레 취급하는 거요. 아니, 고급 친일파는 괜찮고 저급 친일파는 안 된다는 거요? 뭐가 달라요? 다들 살겠다고 그런 거 아니요? 남들은 다 무시하고 저희만 잘난 척하고 말이야. 나쁜 새끼들….”

"무시해서 그런 게 아니라 해방도 되고 했으니 이제 좀 달라지자는 취지에서 이런저런 말을 한 거겠죠. 그나저나 김 중위님 말이 점점 험해집니다.”

"뭐? 말이 험해져? 그래서? 지금 날 으르는 거요? 난 여기 정보처 수사관으로 와 있는 거요. 당신은 피의자고. 아직 상황 파악을 못 하고 있구먼. 우린 당신 자료를 다 갖고 있어. 당신 잡아넣는 건 시간 문제라고.”

"내 자료, 뭘 말하는 거요? 내가 남로당원이요, 빨갱이요? 말해 보시오.”

김창복이 오일규의 눈을 2~3초간 빤히 쳐다보다가 말했다.

"오 소령님, 그렇게 흥분하실 거 없어요. 아직 시간이 있어요. 중벌을 피하고 싶으면 한라산에 숨어있는 저 폭도 두목 김달십과 어떤 관계인지, 문상기하고는 언제 어디서 무슨 얘기를 했는지, 그리고 김종서와 최남구 중령은 왜 그리 자주 만났는지, 이런 것들을 그냥 다 솔직하게 얘기하면 돼요. 내가 오 소령님 한 사람쯤은 살려 줄 수 있어요.”

"허 참, 이 양반이 무슨 말을 하는 건지. 아니 근데 거기서 최남구 중령님 얘기는 또 왜 나오는 거요?”

"아니 몇 번을 말해야 합니까? 우리가 자료를 다 갖고 있다니까요. 최남구 중령이 여운형 선생의 심복이었다는 건 알만한 사람은 다 알아요. 오 소령님이나 김종서 중령도 최남구 중령 통해서 민주 군대 이론이니 뭐니 하는 것들을 소개받고 한 것 아니오. 사민주의 라는 것도 그렇고. 두 분만이 아니죠. 우리 3기생 중에도 문상기, 김지회, 이기주, 윤차돌 등이 다 그렇게들 만나서 사민주의 그룹을 형성하고 미래도 도모하고 뭐 그런 거 아닙니까."

"그러고 보니 김 중위가 지금 소위 사민주의 그룹이라는 걸 만들어 내고 있구면요. 남로당 하나 갖고는 다 엮이지 않아서 그러는 거지요? 좋소. 어디 한번 해보시오. 우리도 가만히 당하지만은 않을 거요."

"오호, 우리라…. 그 우리라는 게 과연 누구를 말하는 걸까요?"

오일규가 김창복을 한번 쳐다보곤 혀를 차며 말했다.

"아이고, 관둡시다. 이제 가보쇼. 난 지금 당신하고 말장난할 기분이 아니오."

"뭐 이 새끼야? 이 새끼 이 눈빛 좀 봐. 니가 날 경멸한다는 거냐? 이제야 옛날 모습이 나타나는구먼. 아무튼 이 건방진 새끼. 사관학교 때도 니가 제일 못되게 굴었어, 이 새끼야. 나이도 제일 어린놈의 새끼가."

"뭐요? 그게 중위가 소령에게 할 수 있는 말법이요?"

"왜 억울하냐 이 새끼야? 어디, 누구한테 가서 하소연이라도 좀 해볼래? 넌 니가 왜 대대장직 잘리고 이런 데 와 있는지도 모르지?

이다음엔 니가 어디로 갈 거 같으냐, 이 멍청한 새끼야. 내 오늘은 그냥 가는데, 다음에 만날 땐 너를 아주 그냥 빡빡 기게 할 거다. 이 종간나새끼."

3

 문상기 일당을 서울로 압송하고 한 달이 훌쩍 지났지만, 김창복은 아직 사민주의 그룹의 실체를 근사하게 그려내지는 못했다. 그래도 박진광 암살 사건을 4·3과 연계된 빨갱이 짓으로 확정 짓는 데는 문제가 없었다. 문상기 패들이 남로당원이라는 걸 밝혔고, 남로당의 제주도당 총책이며 한라산 폭도의 우두머리인 김달심의 관여 정도도 필요한 만큼은 충분히 소명했기 때문이다.
 김창복은 군은 물론 정관계의 여러 고위 인사들로부터 상찬을 받았다. 4·3 사태의 진실이 무엇인지를 다시금 생생하게 알림으로써 우리 국민에게 북조선에 뿌리를 둔 공산 세력이 얼마나 사악하고 위험한 존재인지, 따라서 남조선 단독 정부의 수립이 왜 필요한지를 적시에 제대로 보여줬다는 것이었다.
 사건 발생 두 달 후인 8월 14일, 문상기는 군사재판에서 부하 세 명과 함께 총살형을 선고받았다. 다음 날인 8월 15일, 광복 3주년 기념일에 맞춰 이승만 정부가 출범했다. 태극기를 흔들며 이승만의 대통령 취임을 축하하는 연도의 시민들은 그가 남한에 풍요롭고 자유로운 민주주의 국가를 먼저 세우고 그 힘을 모아 종국엔 통일된 자유 독립국을 완성해 주길 기원했다.

이범성 국방부 장관은 반공 국가를 천명한 초대 대통령의 뜻을 받들어 정부 출범 직후 곧바로 강력한 숙군 사업을 개시했다. 8월 중순부터 전국 각 부대를 조사하더니 얼마 지나지 않아 강릉 10연대에서 68명, 태릉 1연대에서 89명, 그리고 마산 15연대에서 102명을 전격 체포했다. 가장 바빠진 곳은 물론 육군본부 정보국 특별조사과였다. 바야흐로 김창복의 시대가 열린 것이다.

9월 초순의 비 오는 날 저녁, 오랜만에 특조과 직원들이 한 상에 모여 앉았다. 과중한 업무에 지친 직원들의 사기를 북돋우기 위해 김안석 과장이 명동 향우정에 회식 자리를 마련한 것이다. 그런데, 김 과장과 김창복을 제외하고는 모두 밥은 먹는 둥 마는 둥 하고 소주잔만 연거푸 들이켰다. 모처럼 비싼 한정식집에 왔는데 값진 음식들은 안 먹고 어째 그 쓴 소주만 마시냐고 계속 나무라던 김 과장은 두어 시간 만에 과원들이 취해버리자 슬그머니 자리에서 일어났다. 이를 눈치챈 김창복이 혼자 문밖까지 배웅을 나갔다.

"저놈들이 한 20일을 밤낮없이 일만 하다가 과장님이 긴장을 좀 풀어주시니까 저렇게 마셔만 대는 것 같습니다. 죄송합니다."

"아냐, 일만 시킨 내가 미안하지. 저렇게 술 한번 먹고 나면 내일부터 또 열심히 하겠지. 그나저나 일 제일 많이 한 김 중위는 술도 안 먹고 뭐로 푸나?"

"아닙니다. 저도 술 많이 마셨습니다. 밥도 같이 먹으니까 별로 안 취한 거죠. 근데 과장님은 내일 또 새벽예배 가십니까?"

"아냐, 내일은 주일이니까 아침 예배만 참석하면 되네. 오늘은 푹 자야지."

"그러시군요. 잘 됐습니다. 그럼, 살펴 가십시오. 감사합니다."

"그래. 과원들 잘 챙기시게."

김 과장이 막 돌아서려다 말고 말을 이었다.

"아, 내가 지금 이 말을 해 줘야 할지 모르겠는데, 에이, 뭐 이제 거의 확실한 얘기니 그냥 해줌세. 자네 말이야."

"네."

"이달 안에 대위 계급장 달 걸세."

"네?"

"놀랍지? 3기생 중엔 제일 빠른 거지. 엄청난 속도야. 들리는 말로는 장관님이 먼저 이 말을 꺼냈다더군. 문상기 사건을 신속하고 정확하게 처리해서 눈여겨보고 계셨는데, 최근 자네가 주도한 숙군 사업들의 성과를 받아보시곤 연신 감탄하시더라는 거야. 일은 저렇게 하는 거라고 하시면서 말이야. 진짠지는 모르겠는데, 자네 얘기를 박사님한테까지 하셨다는 소문이 있어. 암튼 자네 덕에 나도 칭찬 많이 받았네. 앞으로도 할 게 태산 같으니 우리 한번 잘해

보세."

"아이고, 감사합니다, 소령님. 뭐든 시켜만 주십시오. 목숨 걸고 하겠습니다."

방으로 돌아온 김창복은 과원들을 한번 둘러보곤 호탕하게 소리쳤다.

"야, 2차 가자. 관철동! 오늘 내가 너희들 끝까지 책임진다."

인파로 북적거리는 비 오는 밤의 명동 거리를 비틀거리며 빠져나온 김창복 일행은 광교를 건너가 오른편 북천변에 있는 오성 살롱으로 들어갔다. 특별한 날에만 가는 김창복의 단골집이었다.

1차에서 완전히 뻗어 집으로 실려 간 네 사람을 뺀 나머지 여섯 명은 두주불사 술꾼들이었다. 창밖으로 가을비 떨어지는 청계천이 고즈넉이 내려다보이는 근사하고 널찍한 방으로 안내됐지만, 그 멋진 야경을 감상하는 사람은 없었다. 낭만과 이상을 얘기하는 놈도 없었다. 그저 술과 담배, 그리고 옆에 앉은 여자만 탐닉했다. 두 놈은 심지어 소파에 앉은 채 그 짓까지 했다.

누구 못지않게 향락에 빠져있던 김창복이 어느 순간 갑자기 옷을 추스르며 일어서더니 어울리지 않는 근엄한 목소리로 일장 훈시를 했다.

"야 이 사람들아. 이제 정신 차리고 집에들 가세. 우리가 이러면 안 되지. 내일 하루는 모처럼 집에서들 푹 쉬고, 월요일부터 다시 시작하세. 대한민국의 미래가 우리 손에 달려 있음을 잊지 마세. 우리가 조금이라도 방심하면 빈틈이 생기고, 그러면, 어? 어? 그 틈으로 빨갱이가 침투하네. 이미 들어와 있는 것들도 있지. 알지? 그것들도 우리가 이 잡듯 싹 다 잡아내야 하네. DDT 같은 걸로 박멸하는 거지. 완전 박멸! 안 그러면 이 대한민국도 점점 빨갛게 물들어 가고, 그러다 그냥 자빠져 버리네. 각하께서도 내게 말씀하셨듯이, 우리가 아주 막중한 임무를 띠고 있는 거라고. 알지?"

김창복의 고향 후배인 이한조 소위가 퉁명스럽게 물었다.

"아니 형님, 새벽에 봉창 두들기는 것도 아니고, 기분 좋게 놀다 말고 갑자기 그게 무슨 소리요? 각하는 또 뭐고?"

김창복이 못마땅하다는 표정을 지었다.

"아, 이 무식한 새끼, 좀 점잖게 말하면 영 알아듣질 못하니. 넌 각하가 누군지도 몰라?"

"총독 각하?"

"아, 이 미친 새끼. 지금 때가 어느 땐데 총독 같은 소리 하고 앉아 있어."

장복서 상사가 미심쩍은 얼굴로 물었다.

"중위님, 그럼 혹시 이 박사님 말씀하시는 건가요?"

김창복이 이한조를 쳐다보며 말했다.

"그렇지. 대통령 각하지. 한조 이 새끼 넌 장 상사 따라가려면 아직 멀었어. 그러니 임관한 지가 언젠데 아직 소위 계급장도 못 떼고 있지."

이한조가 놀라 물었다.

"그럼, 형님이 진짜 대통령 각하를 만나셨소?"

"아직은 아닌데, 만난 거나 진배없지. 우리 장관님이 대신 만나주셨는데, 아 글쎄 각하께서 그러시더라는 거야. 김창복이, 그거 아주 물건이라고. 제주에 이어서 강릉, 서울, 마산 연대를 어떻게 그렇게 다 빨리 청소했냐고 하시면서 말이야."

"장관님이요? 이범성 장군이요?"

"그래 이 새끼야, 몇 번을 말해. 장관님이 이범성 장군이지 그럼 누구겠냐?"

"호오~"

"다음 주에 나 대위 단다. 장관님과 박사님께서 나 특진시키기로 합의 봤단다."

이한조가 벌떡 일어나더니 손뼉을 치며 큰 소리로 말했다.

"뭐 해 이 새끼들아, 이 대목에서 기립박수 올려드려야지."

직원들이 다 일어나 군기 바짝 든 자세로 박수를 보냈다. 덩달아 일어난 술집 아가씨들은 환호까지 지르며 신이 나서 손뼉을 쳤다. 김창복이 상기된 얼굴로 각오를 다지듯 말했다.

"고맙다 고마워. 너희들 공이 크다. 너희들이 물불 안 가리고 열심히 뛰어준 덕분에 이런 영광의 날이 온 거다. 앞으로도 잘해보자. 내 조만간 각하를 만나 뵈면, 올해 안에 숙군 작업을 말끔히 끝내드리겠다고 할 거다. 내 정말 그럴 거다. 건국 초기에 군을 바르게 세워야 한다. 그보다 중요한 과업이 어딨겠냐. 어? 군에서 빨갱이 새끼들을 싹 다 몰아내야 한다. 군이 깨끗해져야 사회도 나라도 다 깨끗해지는 거다."

이한조가 소리쳤다.

"예, 대위님, 맞습니다. 존경합니다."

"암튼 저 자식은 저…. 자, 이제 내 말 마저 하고 집에들 가자. 뭐냐? 어? 그래, 아직도 빨갱이 새끼들이 전군에 퍼져 있어. 알지? 남로당 애들은 오히려 나아. 걔들은 나름 조직원이니까 암만 숨겨도 족보도 있고 계보도 있고 해서 결국은 드러나게 돼 있어. 문제는 사민주의 새끼들이야. 여운형 애들 말이야. 이 새끼들은 조직이 없으니 뭐 증거 잡기도 힘들고, 한두 놈 잡아서 줄줄이 엮어내기도 어려워. 김종서, 오일규, 최남구, 그리고 김지회, 이기주, 윤차돌이, 이런 것들을 어떻게 잡아넣어야 할지 잘들 생각해 봐. 뭔가 묘수가 있을 거야."

김창복이 기대한 대로 국방부는 9월 둘째 주에 그를 대위로 진급시켰다. 아울러 숙군 작업 담당 조직도 한층 강화했다. 명동의 옛 조선취인소 건물 3층에 정보국장 백선웅 중령, 특조과장 김안석 소령, 특조과 수사책임자 김창복 대위 등의 사무실을 배열했고, 그 아래층엔 헌병사령관 신상은 중령이 직접 지휘하는 헌병대 특수조직의 연락소를 설치했다. 그리고 건물 지하에는 별도의 영창까지 만들었다. 특조과에서 누군가를 좌익 혐의자로 지목하면 헌병대가 체포하여 영창에 가두어 놓고 정밀 조사를 거쳐 군사재판 회부 여부를 결정하는 방식의 작업 체계를 갖춘 것이다. 지하 영창은 그해 가을 내내 빨갱이 혐의를 받은 자들로 가득 차 있었다.

4

 9월 23일 아침 여섯 시, 자명종 세 개가 울어대는 소리에 억지로 눈을 뜬 김창복은 평소와 달리 벌떡 일어나질 못했다. 머리는 깨질 듯 흔들거렸고 사지육신은 뭇매라도 맞은 듯 욱신거렸다. 어젯밤에 진급 턱을 내러 갔던 오성 살롱에서 너무 많이 마셨던 게다. 간신히 일어나 자리끼를 들이켜고 담배를 물었다. 첫 모금을 가슴 끝까지 마셨다가 천천히 내뱉으니, 머리가 시원해지는 기분이 들었다. 그리고 약간의 나른함과 몽롱함이 밀려왔다. 어제 그 아이, 강 마담이 '완전 아다라시'라며 앉혀준 수향의 얼굴이 떠올랐다. 조막만 한 얼굴이 어찌도 그리 앙증맞고 깜찍하든지, 그리고 그 상큼하면서도 자극적인 웃음소리, 말투, 눈빛…. 후~
 김창복은 담배를 문 채 머리를 두 손으로 쓸어 올리며 자리에서 일어나 창가로 갔다. 커튼을 열고 창밖을 내다보니 아침 어스름 속에 작은 새들이 분주히 날아다녔다. 아, 오늘이 문상기 사형 날이

구나.

 명동에서 출발하여 서소문, 신촌, 남가좌를 거쳐 수색으로 가는 도로변엔 가을이 번져가고 있었다. 언제 이렇게 됐는지, 얼마 전까지만 해도 분명 푸르렀는데 어느새 세상은 누르스름하게 변해 있었다. 문상기가 그래도 3기생 좌익 중에선 제일 착하고 인간 같던 놈이었는데….

 오후 세 시경에 사형장에 도착해 보니 흥미로운 인물들이 몇 명 눈에 띄었다. 4·3 사태 당시 현지 연대장이었던 김익로 중령, 3기생 중 문상기와 제일 친하게 지냈던 김지회, 그리고 놀랍게도 4여단장인 김종서 중령도 보였다.

 그들을 포함한 여러 참석자와 의례적인 인사를 나누고 있는데 문상기와 손선홍 등의 사형수들이 트럭에 실려 왔다. 모두가 두 손은 철사로, 허리는 포승줄로 묶여있었지만, 표정은 밝아 보였다. 문상기는 형장으로 끌려가면서 아는 사람들을 보면 웃는 얼굴로 눈인사했다. 김창복은 죽음 앞에서마저 초연한 듯 행동하는 문상기의 저런 점이 끝까지 이해가 안 갔다. 미친놈….

 총살집행장 낭독 후 사형수들에게 유언의 기회가 주어졌다. 문상기가 입을 뗐다.

 "저는 스물두 살에 먼저 저세상으로 떠나갑니다."

 그리곤 잠시 숨을 고르더니 남은 말을 이어갔다.

"여러분은 한국 군대입니다. 매국노의 단독 정부 아래서 미국의 지휘하에 한국 민족을 학살하는 한국 군대가 되지 말라는 것이 저의 마지막 염원입니다. 이제 여러분과 헤어져 떠나갈 사람의 마지막 바람을 잊지 말아 주십시오."

짧은 유언이었지만, 듣고 나니 짜증이 확 났다. 가을 햇볕이 뜨거워서인지, 아직 숙취가 남아서인지는 모르겠으나 갑자기 속까지 메슥거렸다. 암튼 빨갱이 새끼들은 어쩔 수가 없어. 누굴 보고 매국노라는 거야? 단독 정부가 어쨌다는 거고? 그럼, 미국을 따라야지, 소련을 따라? 그리고 뭐? 민족 학살? 빨갱이들을 처분한 게 민족 학살이야? 미친놈, 널 어쩌겠냐…. 그때 구령이 떨어졌다.

"겨누어 총!"

눈이 가려진 채 말뚝에 묶인 문상기가 무어라고 중얼거리는 게 보였다. 꼴이 또 기도하는 모양이었다. 바로 다음 구령이 이어졌다.

"쏴!"

문상기의 목이 한순간에 옆으로 푹 꺾였다. 아, 애새끼 저렇게 죽고 말걸….

김익로 중령은 곧바로 자리를 떴다. 말을 좀 붙여보려고 했지만, 그는 다음에 보자며 급히 지프에 올라탔다. 김창복은 아까 집행장에서 그가 남몰래 눈물 훔치던 걸 놓치지 않고 봤다. 저 인간도 무슨 연관이 있을 텐데….

뒤이어 주차장으로 내려온 김종서는 김지회를 자기 차에 태웠다. 김창복이 서둘러 그들에게 뛰어갔다.

"김 중령님, 아까는 제대로 인사를 못 드렸습니다. 청주에서 여기까지 먼 길 오셨습니다. 역시 중령님의 부하 사랑은 듣던 대로 참 대단하십니다. 문상기 중위와는 워낙 친하셨지요?"

하급자라 할지라도 나이 많은 사람에겐 하대하지 않는 김종서가 김창복에게도 말을 높여 대답했다.

"그렇죠. 내가 아주 좋아했던 사람입니다. 허무하군요. 그래도 떠나는 길에 같이 있어 줄 수 있어서 그나마 다행이었습니다. 마침, 여단장 회의가 서울에서 있었거든요. 아, 그리고 늦었지만, 대위 진급 축하합니다. 그 속도면 조만간 나도 따라잡겠습니다. 허허."

"아이고 제가 어찌. 근데 김 중위는 여수에서 어떻게 여기까지 왔나?"

김지회가 좀 귀찮아하는 표정을 지었다.

"대전차포 교육이 있어서 지금 서울에 머물고 있습니다."

"맞아. 김 중위 보직이 대전차포로 바뀌었다고 그랬지. 언제까지 여기 있나?"

"10월 초까지 있을 겁니다."

"아 그래? 그거 잘됐네. 나 잠깐 보세. 중령님, 김 중위와 요 앞에서 잠깐 얘기 좀 나누겠습니다."

"뭐 그러시죠. 근데 내가 다른 약속이 있으니 빨리 끝내 주시오."

"암요, 그럼요. 자, 김 중위 내려오게."

김창복은 차 뒤편으로 가서 김지회에게 물었다.

"김 중위, 내 계급장 보니까 어떤가? 솔직히 좀 찝찝하지?"

"대단하신 거죠. 사관학교 졸업하고 1년 반 만에 대위를 다신 거네요."

"1년 5개월. 근데 자넨 지휘관 보직으로 가다 말고 왜 대전차포로 빠졌을까?"

"……."

"늘 말조심하고, 친구 잘 사귀고, 행동거지를 잘해야지."

"친구야 잘 사귀고 있죠."

"친구 잘 사귀어서 이런 데 오나? 정신 차려. 문상기는 이제 시작이야. 사관학교 다닐 때 니가 어울려 다니던 놈들, 내가 다 알아. 문상기 말고도 윤차돌이, 이기주, 김남구, 김응노, 그리고 홍순혁이."

"그 사람들이 뭐가 어떻다는 겁니까?"

"이 새끼가… 어어, 이 눈빛 좀 봐라. 이게 아직도 고개가 뻣뻣하네. 내가 너희를 모르는지 알아? 세상이 어떻게 돌아가는지도 모르는 새끼들이 무슨 사민주의네 몽양정신이네 하고 찧고 까불고들 있어. 그게 다 빨갱이 사상이지 뭐가 달라?"

"허 참 거 여전하시군요. 그 얘긴 관둡시다. 날 보자고 하신 이유가 뭐요?"

"이 새끼 이거 말투도 그대로고. 넌 암튼 학교 때부터 제일 못 됐어, 이 새끼야. 그래도 내가 널 동향이라고 얼마나 많이 봐줬냐? 알지? 근데 넌 새끼야 갈수록 더 얄밉게 굴었어. 지금도 마찬가지고, 이 새끼."

"김 중령님이 기다리십니다. 욕 좀 그만하시고 용건만 말하시죠."

"그저 김 중령, 김 중령. 저 사람이 니 아비나 되냐 이 새끼야? 꼭 따라다녀도 저 같은 것들만 따라다니고. 그래 이 새끼야 이게 내 용건이다. 너 서울에 있는 동안 내 사무실 좀 와야겠다. 영관급 장교들 몇 사람에 관해서 물어볼 게 있어. 명동에 있는 육군 정보국 특별조사과 사무실 알지?"

"뭐 들어보긴 했습니다만, 내가 거길 왜 가야 합니까? 지금 정식으로 소환하는 겁니까?"

"정식까지는 아니고. 그냥 좀 와보라고. 어려울 게 뭐 있어. 거기 과장님도 우리 선배셔. 2기 김안석 소령님. 와서 인사도 드리고, 그러는 게 다 좋아."

"교육 일정이 빠듯해서 시간을 낼 수 있을지 모르겠습니다. 꼭 필요하시면 공식 소환장을 보내세요. 그럼 부대에서도 절 보내줄 겁니다."

"거 새끼 빡빡하게 구네. 너 인마 나한테 잘하는 게 좋아. 니 이름도 우리 명부에 올라와 있어. 우리가 그냥 놀고먹는 덴 줄 알아? 니 얘기 좀 자세히 해줘?"

"명부요?"

"그래 인마. 명부. 김창복 명부!"

김창복이 김지회를 더 을러대려고 다가서는데 앞에서 김종서의 목소리가 들렸다.

"김 대위, 이제 가야 합니다. 그만 좀 보내주시죠."

5

김창복은 사관학교 졸업 후 태릉 1연대의 정보장교로 임명되고 나서 지금까지 1년이 넘도록 좌익군인명부를 만들어왔다. 처음에는 1연대 장병들만을 대상으로 했지만 48년 5월에 특조과로 옮긴 이후론 전군으로 확대했다.

남로당에 가입했거나 그렇게 추정되는 자들을 분류하여 그들 간의 관계도나 계보를 작성하는 일은 어렵지 않았다. 조직의 구성이나 체계가 치밀한 덕분이었다. 그러나 남로당원이 아닌 좌익 혐의자들은 달랐다. 특히 공산주의를 신봉하는 것도, 북조선 정부가 정통이라고 주장하는 것도, 박헌영을 추종하는 것도 아닌 자들은 관리하기가 까다로웠다. 그들의 대다수는 소위 사민주의를 옹호한다고 하는데, 그건 평등한 사회를 지향하긴 하지만 구현 방식은 기본적으로 대의제 민주주의인지라 미국마저도 인정하는 정치 이념이라고 하니 사민주의자인 것만으론 문제 삼을 수가 없는 노릇이었다. 그렇다고 여운형 그룹이라고 엮어 넣을 수 있는 것도 아니었다.

언제부턴가 김창복은 꼭 잡아넣고 싶은 그놈의 사민주의자들을 머릿속으로 한 번씩 열거해 보는 버릇이 생겼다. 영관급으로는 김종서, 최남구, 오일규, 위관급으로는 김지회, 이기주, 윤차돌. 물론 더 많은 놈이 있지만 적어도 이 여섯 놈만은 반드시 잡아버리겠다고 다짐하곤 했다. 그들에게 받은 모멸감과 수치심을 잊을 수가 없어서였다. 그들이 김창복에게 폭행과 폭언을 가하거나 모함을 씌우거나 비방을 하는 따위의 악행을 저지른 건 아니었다. 하지만 알았다. 그들의 눈빛이 말하고 있었다. 그들은 김창복을 무시했고 경멸했고 업신여겼고 혐오했다. 그들로부터 받은 상처가 컸다. 어떻게든 보복하고 싶었다. 꼭 혼내주고 싶었다. 본때를 보여주고 싶었다. 그걸로도 분이 안 풀릴 것 같으면 아예 없애버릴 작정까지도 했다. 문제는 이놈들을 엮어 놓을 묘수가 딱히 보이지 않는다는 점이었다. 1년이 넘도록 좌익 장교 관계도가 완성되지 못한 이유였다. 생각할수록 속이 상했다. 화가 뻗치곤 했다.

어느 날이었다. 문상기 사형 집행장에서 만났던 김종서와 김지회의 기분 나쁜 눈빛이 떠올라 부아가 치밀던 차에 기다리던 소식이 왔다. 남로당 군사부 책임자 이재룡 목사의 비서 겸 연락책인 김영삭이 삼청동 집 근처에 모습을 드러냈다는 것이었다.

그래 일단 남로당 새끼들부터 깔끔하게 정리해 놓자. 김창복은 신문배달원이나 엿장수 등으로 위장해 며칠을 잠복근무한 끝에 김영삭을 체포했다. 더불어 그의 집 은밀한 곳에서 엄청난 문서까지 획득했다. 좌익 성향 군인 500여 명의 인적 사항을 암호로 정리한 비밀 명부였다.

김창복이 수일에 걸친 암호 해독 작업을 마친 날은 10월 2일 토요일이었다. 그는 해독문을 초안 그대로 들고 퇴근을 준비하는 김안석 과장에게 달려갔다.

"드디어 다 풀었습니다. 이제 이 빨갱이 새끼들 잡아넣기만 하면 됩니다. 이거 좀 보십시오."

명부를 쭉 훑어본 김안석은 바로 백선웅에게 전화했다.

"국장님, 늦은 시간에 죄송합니다만, 지금 잠깐 김창복 대위와 찾아봬도 괜찮겠습니까? (……) 아, 네 감사합니다. 바로 올라가겠습니다."

김창복이 만족스러운 표정을 지었다.

"지금 바로 가나요?"

"그래, 가세. 이걸 어떻게 처리해야 할지는 국장님께 맡기세."

"아 그냥 뭐 싹 다 잡아들여야 하지 않나요?"

"거물이 너무 많아. 조심해야 해. 함정일 수도 있고…. 아무튼 가세."

백선웅은 명부를 한 장 한 장 꼼꼼히 봤다. 간간이 수첩에 메모도 했다. 어떨 땐 혼자 생각에 골몰하기도 했다. 그래봐야 20분가량이었지만 느낌으론 한 시간은 족히 지난 것 같았다. 그가 한숨을 크게 내쉬더니 무겁게 입을 열었다.

"내 생각을 말해봄세. 다 듣고 자네들 의견을 주게. 여기 500명이 넘는 사람들의 이름이 있네. 그중 100여 명은 장교네. 소위 엘리트 장교도 즐비하네. 장관님 재촉도 있고 하니 시간을 마냥 끌 수는 없지만, 그렇다고 함부로 처리해서도 안 되네. 난 이 사람들 문제를 이렇게 풀어가면 좋겠네. 여기 보면 남로당 가입 날짜나 당내 계보 같은 게 적혀 있는 사람들 있잖나. 이런 사람들은 일단 장교 사병 할 거 없이 다 데리고 와서 확인해 보세. 뭐 그리 어렵지 않을 걸세. 문제는 나머지인데, 우리가 이런 명부들 여러 번 보지 않았나. 김영삭도 아마 그저 포섭 가능성이 있다거나 쓸모가 있을 거 같으면 그 사람들 이름을 생각나는 대로 여기저기 써놨을 걸세. 남로당원이 아닐지라도 말일세. 개중에는 자기가 진짜 접근하려고 했던 사람도 있을 게고, 아니면 이재룡 목사나 그 윗선들에 잘 보이려고 그냥 써놓은 사람도 있을 걸세. 그러니 근거도 없이 그런 사람들까지 다 데려다 족칠 수는 없네. 자칫 잘못하다간 우리가 된서리 맞네."

김안석이 맞장구쳤다.

"맞습니다. 김종서 중령 같은 이는 제임스 하우스만(James Hausman)이 유독 총애하는 사람인데 괜히 잘못 건드렸다가 미군 고문관들이 개입하게 되면 일이 시끄럽게 됩니다. 그리고 최남구 중령도 만만치 않은 분인데… 이분은 국장님과도 친하지 않습니까."

"지금 뭐 한두 사람이 아니에요. 현직 대대장, 연대장, 심지어 여단장까지. 그리고 왜 이렇게 군사영어학교 출신들이 많은지, 의심도 좀 되고…. 아무튼 이 사람들은 이렇게 합시다. 조용히 내사합시다. 장교, 하사관, 사병 순서대로 말이요. 그리고 장교는 영관급부터 하는데, 이분들은 특별히 조심해야 합니다. 반드시 물증이나 확실한 정황 증거를 확보하고 나서 본인을 소환하는 방식으로 합시다. 안 그러면 큰일 납니다. 뭐 다른 의견 있습니까? 혹시 김 대위?"

김창복이 고개는 반쯤 숙이고 눈동자만 조심스레 올려 백선웅 눈치를 슬금슬금 보며 말했다.

"국장님께서 훨씬 잘 아시겠지만, 요즘 들어오는 정보들을 보면, 지금 군 내부 상황이 아주 불량합니다. 특히 대구, 광주, 여수 연대 등의 조짐이 안 좋습니다. 며칠 전에 광주 4연대장 이성각 소령을 만났는데, 그분은 요새 일촉즉발의 위기감을 느끼고 있다고 합니다. 시간을 끌면 안 될 것 같습니다. 마침, 이런 때 이런 중요한 명부를 입수했으니, 이참에 일단 모두 가두어 놓는 게 좋겠습니다. 밤낮 안 가리고 열심히 조사하면 무고한 사람들은 오래지 않아 다 가려낼 수 있을 겁니다. 그런 분들은 상황이 이렇게 심각했다는 걸 알고 나면 나중에 다 이해하지 않겠습니까."

김안석이 무표정하게 말했다.

"우리 인력으로 500명을 조사하려면 아무리 서둘러도 몇 달은 걸리네. 장교들은 특히 아주 꼼꼼하게 조사해야 하는데, 무리야. 국장님 말씀대로 하세. 명부에 남로당원으로 표기된 사람들만 잡아 들여도 다른 사람들은 움찔하고 당분간 꼼짝 못 할 걸세. 그 사람들은 그렇게 시간을 벌고 나서 하나둘씩 처리해 가세."

백선웅이 차가운 눈초리로 김창복을 쳐다보았다. 김창복이 대답했다.

"예, 분부대로 하겠습니다."

6

김창복은 남로당원 체포를 부하 직원들에게 맡기고 자신은 영관급 장교 내사에 매진했다. 마음이 급했던 것이다. 그래도 백선웅이 강조한 확실한 증거를 확보하려 하니 영 진도가 나가지 않았다. 일주일이 넘도록 뾰족한 성과가 없어 답답증이 극에 달한 날이었다. 2층 헌병대가 광주 4연대와 여수 14연대에 출동한다는 얘기를 들었다. 일도 안 되던 차에 바람도 쐴 겸 14연대에 몰려 있는 그 못된 놈들 근황도 파악할 겸 헌병대를 따라가 보자는 생각이 들었다.

광주를 거쳐 여수에 도착했을 때는 10월 11일 저녁이었다. 시내 서쪽 바닷가 신월리에 있는 14연대는 저무는 해에서 뿜어져 나오는 듯한 거센 바람을 맞고 있었다. 황혼빛 짙은 연병장에 바람 몰아치는 소리가 스산했다.

저녁 식사를 마친 14연대 사병들은 때아닌 특수 헌병대의 등장에 너나 할 것 없이 당황했다. 헌병들은 위압적이었다. 곳곳에서 실랑이가 벌어지기도 했다. 특히 남로당의 세포조직 간부로 지목된 김영문 하사를 체포할 때는 팽팽한 긴장감이 돌았다. 광주 4연대에서 14연대 창설 요원으로 함께 옮겨온 그의 오랜 동지들, 남원 출신인 동향 친구들, 그리고 보급 중대에서 고락을 함께하는 동료들이 험한 눈빛을 하고 꾸역꾸역 몰려들었기 때문이다. 수가 점점 늘어나자, 헌병 몇 사람은 위협을 느꼈는지 총에 손을 가져가기도 했다. 그때 박승헌 연대장이 급히 달려와 개입하지 않았더라면 무슨 일이 일어났을지 모를 상황이었다.

느물느물 웃어가며 구경만 하던 김창복은 상황이 종료되고 나자, 박승헌 연대장에게 김지회, 이기주, 윤차돌을 불러달라고 요청했다. 장교 세 사람을 그렇게 딱 집어 지명하면서도 그 이유는 언급조차 안 했다. 명령이나 다를 바 없었다.

연대장 부속실에서 세 사람을 마주한 김창복은 단도직입적으로 물었다.

"자네들 다 경찰을 증오하지?"

"……"

"왜들 대답이 없어? 한 보름 전에 구례에서 경찰들과 대판 싸웠다며?"

이기주가 대답했다.

"그건 우리 사병들 몇 명이 거의 일방적으로 당한 겁니다. 경찰에게 두들겨 맞고 갇히기까지 해서 그걸 구해오느라고 무진 애를 썼습니다."

"구금됐던 군인은 아홉 명이었다며? 근데 겨우 아홉 명 구해오겠다고 그 많은 병력이 출동했어? 완전 무장까지 하고? 왜? 경찰들 다 죽이려고? 그리고 그때 윤차돌이 제일 흥분했다며? 아니 웬일이신가, 우리의 그 점잖고 우아하신 윤 중위께서, 응? 반경찰이면 반정부고, 그럼 그게 반미, 친소, 친북이란 걸 알아 몰라? 알지? 그럼, 윤차돌이는 뭐야? 친북이네. 공산주의자. 빨갱이야?"

김지회가 나섰다.

"무슨 그런 말도 안 되는 얘기를 하십니까? 윤 중위가 철저한 민주주의자라는 건 김 대위님도 잘 아시지 않습니까. 어디다 대고 친북이고 공산주의자고, 그딴 얘기를 하십니까?"

"말도 안 되는 얘기? 이 새끼가 어디다 대고 또 건방지게 굴어? 난 니 고향 선배야 이 새끼야. 너보다 열 살은 더 먹었고. 그거 다 떠나서 난 니 상관이야. 이 새끼가 도대체 뭘 믿고 이렇게 까부는 거야? 그래 넌 구례 경찰 사건 때는 여기 안 있고 서울에 있었다 이거지. 그럼 영암 사건 때는 어땠어? 내가 그거 모르는지 알아? 너 광주 연대에 있을 때 영암 경찰서 습격 나갔지? 들어보니 아주 가관이었더구먼. 어? 총 들고 싸우는 사병들 사이에서 장교는 너 하나였다며? 이한남 연대장이 뒤로 빼주지 않았으면 넌 그때 이미

간 거야 이 새끼야. 어디 군인이 경찰과 싸워? 그러고도 니가 제대로 된 육군 장교야?"

"전 제대로 된 군인입니다. 그건 윤차돌이나 이기주 중위도 마찬가지입니다. 저희는 평생을 해방 조국과 민족을 지키는 군인으로 살기로 작정한 사람들입니다."

"잘 났다, 잘 났어. 이 새끼들. 오늘은 남로당 새끼들만 잡아가지만, 다음번엔 너희들 차례야 이 새끼들아. 사민주의가 민주주의라고? 지랄하고들 있네. 그것도 다 빨갱이 사상이야 이 새끼들아. 누가 속을 줄 알고. 암튼 기다려 봐 이 새끼들."

2장.

우리더러 제주 사람들을 다 죽이라는 거야?

김지회(1948년 10월 15일~10월 20일)

1

"우리더러 제주 사람들을 다 죽이라는 거야? 이런 미친…."

사나흘 안에 제주출병 명령이 떨어질 거라는 정보장교 박인환 소위의 보고를 듣고 김지회는 어이없다는 표정을 지으며 야상 주머니에서 담뱃갑을 끄집어냈다. 1948년 10월 15일, 바닷바람이 쌀쌀한 14연대 연병장 한구석에서였다. 저녁 어스름에서도 입으로 담배를 가져가는 그의 오른손이 살짝 떨리는 게 보였다.

좀처럼 수그러지지 않는 제주도민의 항쟁 의지를 꺾어버리기 위해 이승만 정부가 조만간 군 토벌대를 출동시킬 것이며, 그 군은 필경 14연대에서 동원될 거라는 소문은 보름 전부터 돌기 시작했다. 김지회는 그 소문을 믿지 않았다. 설마 정부가 군 병력을 민간인 토벌 작전에 투입하랴 했던 것이다.

물론 4·3 무장봉기 직후에 제주에는 부산 5연대와 수원 11연대, 그리고 대구 6연대의 일부 병력이 파견되었다. 하지만 그들의 주임무는 제주 9연대와 함께 경찰 주도의 진압 작전을 측면 지원하는 것이었다. 소수의 극우 과격파를 제외하면, 군은 대체로 제주도민의 처지를 이해하는 편이었고 무력보다는 협상을 통해 문제가 해결되길 바라는 쪽이었다.

그러나 제주도민이 격렬히 반대했던 남한만의 단독선거가 치러지고 8월 15일에 결국 단독 정부가 수립되자 상황은 달라졌다. 이승만 정부는 제주의 민간인 무장세력을 겨냥한 작전 목표를 진압에서 토벌로 바꾸고, 그 주체를 경찰에서 군으로 교체했다. 바로 며칠 전엔 제주도경비사령부를 설치하고 사령관에 김상규 제5여단장을 임명하면서 군 주도의 초토화 작전이 개시될 것임을 알렸다. 그리고 방금 들은 소식이 바로 여수 14연대를 그 작전에 투입한다는 것이었다.

설마 했던 일이 현실로 다가오고 있었다. 김지회는 박인환에게 내일 점심을 덕충동 동백식당에서 같이 할 수 있도록 순천에 있는 홍순혁 중위에게 급히 연락을 넣으라고 했다. 이기주와 윤차돌은 자신이 데리고 나가겠다고 했다. 김창복이 다녀간 다음 날인 12일 점심에 여수 시내에서 모였던 네 사람이 불과 나흘 만에 다시 만나게 되는 것이었다.

　토요일이라 사람이 많을 것 같아 일부러 시내에서 떨어진 덕충동에서, 그것도 늦은 점심때 만나기로 했는데 동백식당은 웬일인지 자리를 잡기가 어려울 정도로 붐볐다. 다행히 김지회를 알아본 주인 내외가 자신들의 살림방을 내줬다. 활짝 열어놓은 창밖에서 종고산 산새들의 지저귀는 소리가 앙증맞게 들려왔다. 따뜻한 가을 햇볕을 머금은 양짓녘 바람도 포근한 기운을 안은 채 방 안으로 들어왔다. 자연은 늘 이렇게 무심하기만 했다.
　순천에서 지프를 몰고 온 홍순혁이 투덜거렸다.
　"야, 왜 맨날 여수냐. 그끄저께 여수에서 만났으면 오늘 정도는 순천도 좋잖냐. 내가 이래 봬도 순천에선 지역 기관장이다. 그런 분이 매번 이렇게 몸소 차를 몰고 이 먼 길을 와야겠냐? 응?"
　워낙 농담을 잘 받을 줄 모르는 김지회가 진지한 표정으로 말했다.
　"미안하다. 이번엔 정말 우리가 순천으로 가야 했는데 상황이 급박해서 그럴 수가 없었다. 조만간 제주도 출병 명령이 떨어질 것 같다. 어쩌면 그게 오늘일지도 모른다."
　"알아, 알아. 박 소위에게 얘기 들었어. 뭐 예상했던 거 아니냐? 이승만이 하는 게 그렇지 뭐. 미제랑 짝짜꿍이 척척 맞는 거야. 단선단정을 그렇게 반대하더니 지금까지도 계속 통일 정부와 미군 철퇴를 주장하는 제주 사람들이 얼마나 밉겠냐? 다 쓸어버리고 싶겠지. 고약한 노인네."

이기주가 물었다.

"그래서, 홍 중위 생각은 뭐야? 우리가 어떡하면 좋겠어?"

"너흰 또 반대하겠지만, 난 한시라도 빨리 남로당과 이 문제를 상의해야 한다고 생각해. 그렇지 않고 우리끼리 뭘 할 수 있겠어? 알다시피 장교들은 병사들과 달라. 걔들은 거의 다 우익이야. 그러니 14연대가 이승만 정부에 대항해서 하나로 뭉칠 수는 없다고."

이기주가 다시 물었다.

"그렇다고 남로당으로부턴 무슨 도움을 받을 수 있어? 남로당도 지금 궤멸 위기에 놓였잖아."

"궤멸까지는 아니지. 이승만 정부의 탄압이 하도 심하니까 잠시 몸조심을 하고 있을 뿐이야."

윤차돌이 이기주를 거들었다.

"아무튼 힘을 쓸 수 있는 상태는 아니잖아. 설령 무슨 힘이 있다고 하더라도 지금은 절대적으로 시간이 없어. 출병 명령이 오늘내일 사이에 떨어질 텐데 무슨…."

"출병은 당연히 안 하는 거지. 그 명령은 무조건 거부하는 거고 그 후의 일을 남로당과 상의하자는 거야."

김지회가 말했다.

"지금은 그 문제를 상의할 시간도 없고 또 있다고 하더라도 당분간은 남로당이 여기에 개입하는 건 바람직하지 않아. 우리 중에도 남로당과는 같이 가기 어렵다는 사람들이 있잖냐. 괜히 우리 사이에 분열만 일으킬 수도 있어. 쓸데없이 지금 와서 공산주의냐 사회주의냐, 박헌영이냐 여운형이냐 따위의 논쟁에 빠지게 하지 말고 지금은 그냥 하나로 가자."

의외로 홍순혁이 바로 수긍했다.

"알았어. 그렇지만 출병은 거부하는 거지?"

"그거야 말해 뭐해. 동포를 죽이러 갈 순 없잖아."

"좋아. 그럼 우리 기왕 불복하는 김에 이승만 정부와 대차게 맞짱 뜨자."

이기주가 안경을 올렸다 내리며 물었다.

"대차게 맞짱? 그게 무슨 소리야?"

"우리 연대 병력 2,300명 중에 사병들 대다수는 우리와 성향이 같아. 친일파나 친미파, 이승만 정부를 다 싫어하고, 특히 경찰이라면 이를 갈아. 말하자면, 좌익계라고. 우리만 그런 게 아니야. 광주 4연대, 전주 3연대, 군산 12연대, 대구 6연대, 마산 15연대 등이 다 비슷해. 알잖아, 그게 전라도와 경상도의 향토 연대들 특색인 거. 이참에 우리 여수 연대가 들고 일어서면 다른 연대들도 들썩거릴 거야. 그 연대들엔 우리 동기들도 많아. 괜찮은 선배들도 꽤 있고. 그들과 연락만 잘 취하면 몸집을 제법 크게 키울 수 있어. 하나로 뭉칠 수도 있고. 이왕 일 벌일 거면 거기까지 가보자는 거야. 이제 뭐 죽기 아니면 살기 아니겠냐?"

이기주와 윤차돌이 동시에 김지회를 쳐다봤다. 김지회가 말했다.
"야, 홍순혁이 지난 며칠 동안 생각 많이 했구나. 하긴 출동 명령을 거부하는 순간부터 우린 바로 반란군 취급을 받게 될 거다. 나흘 전에도 말했지만, 우린 이미 그 김창복 명부에 다 올라가 있을 거야. 그러니 가만있다간 결국 다 잡혀가서 문상기처럼 되겠지. 어차피 그렇게 될 거라면, 그전에 우리가 옳다고 믿는 방향으로 밀고 나가보자. 그냥 우리가 원하는 세상이 뭔지 행동으로 말해보자고. 뭐 그 수밖에 더 있겠냐."

이기주가 씩 웃으며 말했다.

"혹시 모르지. 그렇게 가다가 정말 멋진 세상을 만나게 될지…, 흐흐."

2

홍순혁은 그날 밤늦게야, 정확히 말하자면 다음 날 새벽에야 순천 중대로 복귀할 수 있었다. 동백식당에서 나온 후 김지회가 미리 잡아놓은 하사관들과의 모임에 이기주와 같이 따라갔다가 저녁 무렵에 그 자리에서 제주 출동 준비령이 떨어졌다는 소식을 들었기 때문이다. 속보를 전하러 온 박인환 소위가 황급히 돌아가고 나서도 참석자 8명은 한동안 굳은 표정을 풀지 못했다. 김지회는 일단

해산하고 각자 저녁 식사를 마친 후 20시에 다시 모이자고 했다.

다시 모였을 때 장교는 김지회, 홍순혁, 이기주 등 3명 그대로였지만 하사관은 배로 늘어난 10명이었다. 새로 온 사람들의 다수는 하사관그룹의 지도자 격인 지창준 상사의 남로당 동지들이었다. 같은 당원인 홍순혁은 그들을 알아보곤 김 동지, 이 동지 하며 한 사람씩 악수했다.

김지회가 뻔한 질문 하나를 던지면서 회의를 시작했다.

"육군 총사령부로부터 제주도에 파견할 1개 대대를 편성하여 출동 준비를 완료하라는 작전 명령이 우리 연대에 떨어졌습니다. 연대장은 이미 작업에 들어간 것 같소. 아마도 하루 이틀 내에 출병시킬 겁니다. 우리가 이 명령에 복종해야겠습니까?"

지창준이 참석자들을 둘러보며 느물대듯 말했다.

"여기 그럴 사람 없어요. 다들 제주 상황 뻔히들 알고 있는데 누가 거길 토벌대로 가겠어요."

맞는 말이었다. 장교나 하사관이나 참석자들은 모두 여수 14연대가 출범할 때 광주 4연대에서 차출돼 처음부터 기간요원으로 같이 일해온 터라 형제애 같은 걸 공유하고 있는 데다 전임 연대장 김익로 중령을 참 군인으로 믿고 따랐다는 공통점을 갖고 있었다. 김 중령은, 좌익은 아니지만, 제주 4·3 때 현지 9연대장으로서 미군정과 경찰의 강경 진압 기조에 반대하며 평화적으로 문제를 해결하려고 최선을 다했던 정의롭고 강직한 군인이었다. 대한민국을 위해서 온 섬에 휘발유를 뿌리고 불태워야 한다…, 고 말할 정도로 과격했던 조병욱 경무부장과는 회의 도중에 주먹다짐까지 했다던 뜨거운 사나이이기도 했다. 정부에 밉보인 그는 결국 해임됐고, 그 얼마 후인 6월 초에 여수 연대장으로 부임해 왔었다.

그는 부하 장병들과 격의 없는 대화와 토론을 즐기는 사람이었다. 4·3에 관해서도 많은 얘기를 나누었다. 그 덕에 그와 자주 어울렸던 장병들은 제주에서 무슨 비극이 어떻게 일어났는지 상세히 알 수 있었고, 앞으로 그 일이 어떻게 전개돼 갈지에 대해서도 누구보다 많이 생각했고 깊이 고민했다. 이진방 중사가 지창준의 말을 이었다.

"이승만 정부와 미국이 우리보고 하라는 건 결국 자기네들한테 항거한 제주도 사람들을 다 쓸어버리라는 겁니다. 말이 안 되는 얘기죠. 전에 김익로 연대장님도 그러셨지만 초토화 작전이라는 건 전시에도 용납될 수 없는 겁니다. 그런데, 전시도 아닌 이때, 그것도 우리 국민을 상대로 그런 짓을 하라는 게 제정신에서 나온 명령입니까?"

김지회가 "미친놈들이지, 미친놈들. 사람을 사람으로 볼지 모르니까 그따위 결정을 하는 거야."라고 중얼거리곤 다른 질문을 또 던졌다.

"그렇다면 문제는, 그 미친놈들을 상대로 과연 우리가 뭘 해야 하겠냐는 겁니다. 문상기 중위와 그 동지들처럼 개중 몇 놈이라도 쏴 죽일까요? 아니면 길게 보고 장기전을 펼칠까요? 그것도 아니라면, 턱도 없는 일 벌이지 말고 세상 속으로 각자 숨어들까요? 뭐든 좋습니다. 허심탄회하게 의견들 주십시오."

정락훈 중사가 먼저 입을 열었다.

"그 시블놈들은 우리가 제주 출동을 거부하는 순간 바로 우릴 잡아들이려고 할 거요. 박진광 사건 후에 숙군 작업이 얼마나 세졌소. 날마다 빨갱이 잡겠다고 전 부대를 샅샅이 뒤지고 있다는 거 아니요. 그 미친놈들이 공산주의, 사민주의 가립디까? 그리고 사실, 뭐 다들 짐작하겠지만, 여기 있는 우리들은 다 벌써 그 김창복 명부라는 데에 올라가 있을 거요. 다들 찍혔다는 이 말이요. 근데, 세상 속으로 각자 숨어든다고? 턱도 없는 일이요. 숨을 데 없어요. 맞서 싸우는 길밖에 없는 거요."

정락훈에 이어 김금수, 이영희, 송관영, 이흥국 등의 하사관들이 다 한마디씩 했는데 내용은 비슷했다. 싸우자는 것이었다. 구례 출신인 정락훈, 순천인 이영희, 광양인 송관영 등과 같이 지리산 주변이 고향인 사람들은 모두 그 '엄마산'으로 들어가 유격전을 펼치자고 했다. 거기엔 이미 전라도와 경상도 각지에서 들어간 수백 명의 야산 대원들이 자리 잡고 있어 그들과 힘을 합치면 상황이 좋아질 때까지 얼마든 버틸 수 있으리라는 것이었다. 김지회도 나쁘지 않은 제안이라고 여겼다.

지리산에서 장기 유격전을 펼치는 걸로 의견이 모이자, 지창준은 그러려면 안정적인 외부 지원 세력이 필요하니 이참에 남로당 중앙당과 긴밀한 협력 관계를 맺자고 했다. 남로당 말고 누가 우릴 돕겠냐는 것이었다. 동의만 해준다면 자기가 내일이라도 당장 남로당 연락책과 접촉하겠다는 적극성을 보이기도 했다. 하지만 총 13명 중 과반 참석자가 남로당 소속이었음에도 그의 제안은 통과되지 않았다.

우선 김지회와 이기주, 그리고 남로당원이 아닌 4명의 하사관이 반대했다. 박헌영 노선을 극좌로 보는 이들 소위 여운형파는 기본적으로 남로당의 개입을 꺼렸다. 남로당의 영향력이 커지면 의로운 봉기가 자칫 이북과 연결된 공산주의운동으로 호도될 가능성이 커질 것으로 본 것이다. 그들은 혹여 남로당의 도움이 꼭 필요한 거라면 마지막 국면에 가서 최소한으로 받아들이자고 했다.

결정적으로는 남로당 중앙당원인 홍순혁이 찬성하지 않았다. 그는 중앙당은 현시점에서 남쪽 끝에 있는 일개 연대의 국지적 봉기를 달가워하지 않을 것이며, 그보다는 그런 모험주의적 성급함을 버리고 당분간은 실력을 기르며 때를 기다리라고 일갈할 것으로 예측했다. 그러니 괜스레 당에 알려 불필요하고 성가신 상황을 만들지 말고 일단 우리끼리 일부터 벌이고 보자는 것이 그의 의견이었다.

02시가 넘어서까지 계속된 회의에서 결정된 건 세 가지였다. 하나는 24시간 안에 지창준이 주도하여 믿을 만한 하사관 30~40명으로 병사위원회를 구성한다는 것이었고, 또 하나는 최대한 많은 사병이 그 병사위원회를 중심으로 출동 명령을 거부하고 봉기에 참여할 수 있도록 그에 필요한 전략과 실행 계획을 최단 시간 내에 수립한다는 것, 그리고 마지막은 유사시를 대비하여 일부 병력만 여수에 남겨두고 나머지 봉기군은 모두 지리산으로 들어가 장기 유격전에 돌입한다는 것이었다. 물론 여수 잔류군도 상황이 악화하면 지리산 본대로 합류하기로 했다.

김지회는 회의를 끝내며 김창복 명부에 오른 인물들이 한자리에 자주 모이는 건 위험하니 긴급 사태가 발생하지 않는 한 일요일인 17일 하루는 각자 알아서 긴요한 일들을 하고, 구체적인 전략과 전술을 결정할 다음 회의는 18일 20시에 열되 그때는 최소한의 인원만 모이자고 했다. 홍순혁은 회의가 끝나고도 한 시간 이상을 김지회와 더 얘기하고 나서야 순천으로 돌아갔다.

3

17일 아침, 두세 시간밖에 자지 못하고 일어난 김지회가 물 한 컵을 들이켜곤 책상에 앉아 세 사람의 이름을 종이에 적었다.

김종서 여단장님 (청주), 최남구 연대장님 (마산), 오일규 소장님 (제주).

그러곤 창밖을 내다보며 뭔가를 골똘히 생각했다. 그 셋은 군에서 김지회가 가장 좋아하는 선배들이다. 이념과 가치를 공유하면서, 한 방향을 바라보며 군과 조국의 미래를 고민해 온 동지들이기도 하다.

이 급박한 상황을 이분들에겐 알려야 한다. 그래야 그동안 같이 상상하고 도모해 온 것들과의 연계 속에서 봉기를 주도해 갈 수 있다. 맥락을 공유하면서 일을 추진해 가야 한다. 어떻게 연락할까? 보나 마나 이 세 분도 다 김창복 명부에 올라가 있을 거다. 감시가 만만치 않을 것이다.

김지회는 인편을 쓰기로 했다. 광주 4연대 때부터 친동생처럼 지내 온 최수종 하사를 불렀다. 그리고 청주, 마산, 제주 가운데 여수에서 가장 가까운 마산, 거기 15연대 연대장으로 있는 최남구 중령에게 보낼 편지를 썼다.

'(전략) 너무 일찍 이쪽 여수에서만 군사를 일으키게 되어 송구스럽습니다. 하지만 지금 상황에서 다른 선택지는 없는 것 같습니다. 봉기 후 일단 지리산으로 들어갑니다. 선배님들께서 말씀 주시면 거기서 다음 단계를 준비하겠습니다. (후략)'

김지회는 급히 달려온 최 하사에게 밀봉한 편지를 건네주며 오늘 안으로 마산을 다녀오라고 했다. 그러면서 광주 4연대 시절에 어렵게 구해 '애마'라고 부르며 애지중지하는 일제 97식 오토바이의 열쇠를 내주었다. 김지회가 얼마나 아끼는 물건인지 잘 아는 최 하사는 황송해서 어쩔 줄을 몰라 했다.

　평소 같으면 낮잠이 밀려올 일요일 16시가 넘었는데도 전혀 졸리지 않았다. 두어 시간 후면 이기주와 윤차돌이 올 것이다. 셋이 저녁을 먹으며 각자 작성한 봉기 계획서 초안을 검토하기로 했다. 아마도 그 둘은 또 이참에, 지리산에 이상향을 만들어 살자고 할 것이다.
　그럴 수만 있다면 좋기야 하겠지만…. 초안을 마무리하고 나자, 머리가 무거워졌다. 눈이 감기는 듯하여 방문과 창문을 활짝 열었다. 저녁 바람이 몰려들었다. 애틋한 가을 냄새가 섞여 있었다.
　경진이 보고 싶었다. 그리움과 함께 미안함이 몰려와 가슴이 아렸다. 원래 계획대로라면 오늘이 그녀가 이 집으로 이사 들어오는 날이다. 오랫동안 고대해 오던 그녀와의 동거가 시작되는 첫날이었다.
　지난주 이 시간엔 광주에서 그녀의 이삿짐 싸는 일을 돕고 있었다. 작은 자취방이지만 2년 가까이 살아온 터라 짐이 꽤 됐다. 낡고 시시껄렁한 물건들은 버리자고 해도 그녀는 좀체 그러질 못했다. 일본에서 여학교 다닐 때 가을이면 늘 교복 위에 입고 다녔다는 빨간색 양모 카디건을 버리자고 했을 때는 아이처럼 울먹거리기까지

했었다.

짐을 대충 정리하고 나니 한밤중이었다. 그녀의 자취방을 나와 골목 입구에 세워둔 오토바이에 올랐을 때 배웅나온 그녀는 달뜬 얼굴로 수줍게 말했었다.

"여보~ 조심해서 다녀오세요."

그 표정과 말투가 깨물어 주고 싶을 만큼 귀엽고 웃겼다.

"뭐? 여보? 흐흐흐"

"왜요? 이상해요? 징그러워요?"

"아니 귀여워. 그렇게 불러보고 싶었어?"

"이제 일주일 후면 우리 같이 살잖아요. 그러면 진짜 여보 당신 되는 거 아녜요? 그러니까 지금 미리 해본 거예요."

"듣기 좋아. 뭔가 짜릿해. 흐흐. 좀 웃기기도 하고. 이제 결혼식 날짜도 잡자. 혼인신고도 하고. 이 가을엔 할 게 많네. 너도 그 병원 근무, 이번 주가 마지막이잖아. 한 주 내내 할 일이 많겠어."

"일이 많은 게 오히려 좋아요. 열심히 일하다 보면 일주일이 후딱 갈 거예요. 그럼 여보가 나 데리러 오겠죠?"

"응. 딱 일주일 후다. 17일. 아까 말한 대로 스리쿼터 빌려와야 하니까 암만 서둘러도 두세 시쯤이나 도착할 거야. 차 들어올 수 있게 골목 입구 비워둬야 해. 그리고 오늘 큰 짐은 다 싼 거니까 이번 주엔 이사 신경은 쓰지 말고 그냥 병원 일이나 잘 마무리해. 작은 짐은 그날 다 큰 통에 쓸어서 넣으면 돼."

"알겠어요."

그렇게 헤어지고 온 경진에게 김지회는 어제 아침 '비상발생. 내일 못감. 이사연기. 다시연락'이라고 쓴 우편국 급전을 보냈다. 그러고 지금까지 시간이 어떻게 갔는지 기억도 안날만큼 정신없이 지냈다.

이기주가 혼자 왔다. 윤차돌은 또 배앓이가 심해져 드러누웠다고 했다. 예상대로 그는 이상향 건설 방안을 들고 왔다. 윤차돌과도 상의한 것이라고 했다. 요는, 봉기군이 지리산에 들어가면 거기서 십승지(十勝地)를 찾아내어, 아니 만들어 내어 농병일치 공동체를 건설하자는 것이었다. 모두가 농민인 동시에 게릴라로 살아가자고 했다. 그래야 외부 조건이 나아질 때까지 자급자족하며 장기간 버틸 수 있고, 행여 그런 때가 오지 않을지라도 '우리만의' 독립적인 삶을 도모할 수 있으리라고 했다. 그의 눈에선 빛이 났고 목소리엔 열정이 가득했다. 깊고 너른 지리산의 자연환경을 잘 이용하여 작은 요새 마을을 은밀한 곳에 여러 군데 구축하면 고랭지 농업과 목축업을 일으켜 수백 명은 거뜬히 살아갈 수 있으리라고 했다.

봉기가 성공할지 아니면 모두 개죽음을 당할지 모를 이 마당에 벌써 지리산에 마을 공동체 짓는 구상에 푹 빠져버린 이기주가, 그의 낙천적인 기질과 낭만이 새삼 신기하기도 하고 부럽기도 했지만, 그저 그러려니 하고 흘려들으려 했다. 사실 마음 한편에선 좀 짜증이 나기도 했다. 그런데 오래전에 봤던 사진 몇 장을 다시 보고는 마음이 움직였다. 맨 처음 봤을 때 일었던 그 설렘이 다시 온 것이다.

"자, 이거 좀 봐. 차돌이가 같이 보라고 하더군. 그리고, 마음에 드는 거 있으면 한 장씩 가지래. 이 사진들을 무슨 보물처럼 아끼던 놈이 웬일인지 몰라."

"그러게. 야~ 이 사진들 정말 오랜만이네."

김지회는 약간 들뜬 마음으로 사진들을 들여다보았다. 눈 덮인 높은 산들 아래 종탑 교회를 중심으로 옹기종기 모여 있는 예쁜 집들, 그 마을 어느 통나무집 골목에서 반팔과 반바지 차림으로 뛰노는 어린아이들, 마을 앞 산모퉁이 양지바른 곳에 느긋하게 누운 어미 소와 송아지들, 그리고 산자락을 따라 부드러운 곡선을 그리며 드넓게 펼쳐진 야생화 가득한 들녘. 모두가 그림엽서 같았다.

어려서부터 다니던 경북 영천 성당의 프랑스인 신부 덕에 프랑스에서 중학교를 마치고 온 윤차돌은 사관학교 때 이 사진들을 김지회, 이기주, 문상기, 홍순혁 등에게 종종 보여줬었다. 프랑스 알프스 지역의 산악마을에 놀러 갔다가 찍은 것이라고 했었다. 그럴 때마다 그는 찰스 푸리에(Charles Fourier)의 '공생 사회론'을 얘기했다. 한적한 곳에 이렇게 농업공동체 마을을 지어서 살면 그 안에서는 유토피아적인 사회주의가 실제로 구현될 수 있으리라는 게 그의 굳건한 믿음이었다. 이기주는 그의 수제자였다. 이기주가 과거를 되살려냈다.

"생각나? 우리가 그때 이 사진들 보면서 얼마나 감동했냐. 차돌이가 이 산악마을에 천 명 가까운 사람들이 농업협동조합을 운영하며 오순도순 살아가고 있다고 했을 때 난 무슨 낙원 이야기를 듣는 것 같았어."

"나도 흥분했었지. 아, 이거 봐라 이 마을 정경. 난 이 사진 가지련다."

"그 사진 좋아. 꼭 구름 위에 서서 산 중에 숨겨진 도원경을 찍은 것 같아."

"그렇지? 우리도 이런 마을 만들어 살면 얼마나 좋겠냐. 니 말대로 자급자족하는 요새 마을 말이야. 근데 그걸 우리가 준비도 없이 갑자기 만들 수 있겠냐?"

"뭐, 아주 갑작스러운 건 아니지. 우리가 최남구, 김종서, 오일규 선배 등과 평생을 주권재민 민주공화국의 이상 국가 건설을 위해 살자고 결의했던 게 언제냐? 몽양 선생님 장례식 때였잖아. 벌써 1년 2개월이나 됐어. 아니지. 사실 그런 얘길 처음 꺼낸 건 근로인민당 창당 무렵이니까 훨씬 더 전이지. 그땐 김원봉 부장님이 늘 좌장 역할을 해 주셨잖아. 아무튼, 우린 오래전부터 멋진 세상 만드는 걸 같이 상상해 왔다고. 어떤 땐 제법 구체적인 생각도 이것저것 해봤었고 말이야. 그러니까 이번 일에도 우리가 이렇게 바로 한 마음으로 뭉칠 수 있었던 거 아니겠냐?"

"물론 그렇게 생각하면 그렇다고도 할 수 있지. 하지만 그동안 우리가 뭘 해놓은 건 하나도 없잖아. 우리가 이렇게 급작스레 봉기할 줄 알았냐. 에이, 하긴 모, 뭐든 닥쳐서 하는 거라고 여기면 못할 것도 없지만."

"그래 내 말이 그거야. 그냥 하자고. 역사란 게 그렇게 만들어지는 거 아니겠냐? 어떻게 모든 걸 다 준비해서 하겠어. 뭔가 일이 닥치면 그 일을 계기로 속도를 낼 수도 있는 거고, 안 하던 생각을 할 수도 있는 거고, 엉뚱한 짓을 벌일 수도 있는 거야. 안 그래? 다만, 길만 잃지 않으면 되는 거야. 닥친 일들 그때그때 처리해 가면서, 원래 가고자 했던 방향으로 뚝심 있게 걸어가면 되는 거라고. 지회야, 이참에, 우리 하고 싶던 것들, 그냥 한번 해보자."

"멋지다, 너!"

결국 김지회는 지리산에다 농병일치 산악마을을 짓는 구상을 적극 검토해 보기로 했다. 내심 당기기도 하거니와, 14연대 병사들에게 막연히 지리산에 들어가 장기 유격전을 펼치자고 하는 것보다는 이런 구상을 같이 내놓는 게 훨씬 설득력 있는 주장이 될 거로 생각한 것이다. 하지만 이기주와 윤차돌의 초안이 가진 문제점에 대해선 날카롭게 비판했다. 봉기 참여 독려 방안도 그중 하나였다.

"그런 산악마을을 요새 겸 농촌으로 조성해서 살려면 일단 상당한 규모의 인원이 필요하잖아. 수백 명은 돼야 하지 않겠냐? 근데 여기 이 초안엔 어째 봉기 참여 병사들을 어떻게 최대한으로 늘릴지, 무슨 수를 써서 그들을 다 이끌고 지리산으로 들어갈지 등에 대해서는 아무런 언급이 없냐?"

"우린 그런 부분은 다 지회 너한테 맡기기로 합의 봤다. 전략 전술이나 병법, 뭐 이런 것들은 니 전공이잖냐. 김종서 중령님과 오일규 소령님도 얼마나 널 칭찬했냐. 제갈공명 뺨치겠다고도 했잖아."

"그거야 그냥 교실에서 하는 얘기지. 이건 실전이잖아."

"암튼 우린 무조건 너 하자는 대로 할 거다. 회의 때도 그렇게 알고 진행해."

"홍순혁이랑 똑같은 얘기네. 이 사람들이 나한테 미루자고 작당했구먼."

"그거야 다 이심전심이지. 그나저나 순혁이는 내일 다시 오나?"

"아냐. 순천 중대를 잘 관리하고 있다가 여기서 뭐든 결정 내리면 그냥 따르겠대. 자기 중대원을 전원 다 참여시킬 자신이 있다고 큰소리치던데, 모르지…."

김지회는 봉기 규모를 최대화할 방안, 지리산으로 들어가는 최적의 경로와 그 확보책, 단기 및 중장기적인 보급 문제 해결책, 인민들과의 관계 설정 및 소통 방안 등에 대해 이기주와 한참을 얘기했다. 시간이 너무 늦어 자리를 파하려 할 때 문밖에서 툴툴거리는 그의 애마 소리가 났다. 마산에 갔던 최 하사가 돌아온 것이다.

최남구의 성격대로 답신은 매우 길었다. 내용도 상세했다. 이왕 이렇게 된 것, 결기를 보여주면서 될 수 있는 대로 세를 크게 모으자고 했다. 그러기 위해선 지리산으로 들어가되 좀 우회하더라도 봉기군을 서너 그룹으로 분산하여 각기 다른 경로로 들어가게 하자고 했다. 예를 들어, 경상도 쪽이라고 한다면 마산까지는 아닐지라도 진주까지는 밀고 내려가 봄직하다고 했다. 거기까지만 가도 마산 15연대 병사들에게 상당한 자극이 될 것이고, 그러면 자신이 연대 병력을 동원하여 봉기군에 합류하기가 한결 수월해질 거라는 얘기였다. 만약 진주까지도 안 되겠다 싶으면 거기 못미처 하동군이나 산청군 어디쯤에서 지리산으로 들어가도 된다는 부연 설명까지 해주었다. 그는 전주와 광주 방향 행군도 같은 방식으로 추진해 보라고 제안했다. 전주 3연대의 호응을 염두에 두고 올라가다가 정부군에 막혀 힘들어지면 구례나 남원 근처에서 입산하면 된다는 것이었다. 4연대가 있는 광주는 많이 돌아가야 하겠지만 어쨌든 거기도 순천, 벌교, 화순 쪽으로 해서 가다가 중도에 막히게 되면 조계산으로 올라가 소백산맥을 타고 지리산으로 들어갈 수 있으니 크게 문제 될 건 없다고 했다. 그리고 그는 편지 끝부분에 자신이 김종서와 오일규에게 급히 연락하여 상의할 것이며, 그 결과는 어떻게든 직접 만나 전해주겠다고 적었다.

　김지회는 힘이 났다. 존경하는 고향 선배이자 상관인 최남구가 자기와 거의 똑같은 생각을 하고 있다는 게 확인되자 안도감과 자신감이 생겼다. 편지를 같이 읽은 이기주도 최남구의 제안이 몇 시간 전에 김지회가 설명한 최적의 지리산 입산 경로와 놀랄 만치 흡사하다며 신기해했다.

4

　18일 월요일 퇴근 직후, 김지회가 자취방에서 20시 회의 준비를 하고 있을 때 박인환 소위가 상기된 얼굴로 찾아왔다. 광주 5여단에서 방금 전통이 왔다고 했다. 드디어 제주 출동 명령이 떨어진 것이다. 일시는 19일 22시였다.

　회의 시간 20분 전인데도 벌써 모두가 모였다. 장교는 김지회와 이기주, 하사관은 남로당원인 지창준과 정락훈, 그리고 비당원인 송관영과 신인형이었다. 그리 크지 않은 김지회의 방에 장정 여섯이 양반다리들을 하고 앉으니 서로 움직이기도 힘들었다. 그래도 같이 있다는 게 즐거운지 다들 밝은 표정이었다.
　김지회가 출병 일시가 하달됐다는 걸 알리자, 모두의 얼굴에 일순 웃음기가 가시고 긴장감이 돌았다. 바로 그때 홍순혁이 문을 박차듯이 밀고 들어왔다. 순천에서 가만히 기다리고 있자니 너무나 답답하고 궁금해서 최고 속도로 달려왔다고 했다. 지프 엔진이 터질 듯이 헉헉거린다고 하자 모두가 과장되게 웃었다. 홍순혁은 방 구석에 놓인 앉은뱅이책상으로 가 그 위에 털썩 앉았다.

잘못하면 바로 내일 여수 연대가 민간인을 토벌하러 제주도에 가야 한다는 긴박감은 회의의 효율성을 높였다. 단 한 시간 만에 중요한 결정들이 모두 내려졌다. 회의를 주도한 김지회와 지창준이 안건을 하나씩 올리며 자기들의 의견을 밝힐 때마다 별다른 이견 없이 즉각 채택되곤 했다.

우선 총궐기 시간은 19일 21시로 잡았다. 제주도 출동 대대가 22시에 여수항에서 배를 타자면 그 시간쯤 부대를 떠날 터이니 바로 그때 횃불을 올리자는 것이었다. 그래야 병사들의 호응이 극대화되리라고 했다. 지창준은 이미 40여 명의 병사위원회 위원들이 각자 자기와 가까운 부대원들을 상대로 총궐기 동참을 독려하고 있는데 반응이 꽤 좋다며 최소한 500명은 횃불을 들 거라고 자신만만해했다.

김지회는 총궐기 시에 병사위원회의 이름으로 공표할 '애국 인민에게 호소함'이라는 격문 초안을 내놓았다. 최종안은 약간의 문구 수정을 거쳐 바로 채택되었다.

우리들은 조선 인민의 아들, 노동자·농민의 아들이다. 우리는 우리들의 사명이 국토를 방위하고 인민의 권리와 복리를 위해서 생명을 바쳐야 한다는 것을 잘 안다. 우리는 제주도 애국 인민을 무차별 학살하기 위하여 우리들을 출동시키려는 작전에 조선 사람의 아들로서 조선 동포를 학살하는 것을 거부하고 조

선 인민의 복지를 위하여 총궐기하였다. 1. 동족상잔 결사반대 2. 미군 즉시 철퇴

봉기군의 지리산 입산 경로도 김지회의 제안을 그대로 따르기로 했다. 일정 규모의 병력은 여수에 남아 지창준의 지휘하에 해방구를 수호하고, 나머지는 모두 순천으로 올라간 후 거기서부터 세 그룹으로 나누어 행군한다는 것이었다. 주력 부대인 1진은 김지회와 홍순혁이 이끌어 구례와 남원을 거쳐 전주를 향하고, 2진은 이영희가 통솔하여 벌교와 보성을 지나 광주로 전진하며, 3진은 이기주가 맡아 광양을 벗어난 후 경상도 지방인 하동과 진주를 향해 나아가기로 했다. 각 진은 위용을 갖춰 세를 과시하며 최대한 멀리까지 가되 도중에 정부군의 거센 저항에 직면하게 되면 절대로 큰 희생을 감수하지 말고 즉시 지리산으로 들어가기로 했다. 여수 잔류군도 마찬가지였다. 더는 어렵겠다, 싶으면 버티지 말고 즉각 지리산 본대로 합류하기로 했다. 어차피 해법은 장기 유격전이라는 점을 분명히 한 것이다.

홍순혁은 유독 김지회가 제안한 이 '세 과시' 전략을 좋아했다. 그는 14연대 병력이 선발 봉기군으로서 이렇게 움직여 주면 적어도 전라도와 경상도의 각 연대 내에서는 필경 연쇄적인 궐기가 일어날 것이라고 했다. 양도의 향토 연대 병사들은 워낙 반경찰, 반정부, 반미적 성격이 강한 데다 거기 부대들엔 사관학교의 좌익 동기

생들도 즐비하니 점화만 해주면 불길은 자연스레 확 타오르리라는 것이었다.

다만 그는 속도가 중요하다는 점을 누차 강조했다. 봉기 즉시 여수를 단번에 장악하고, 곧이어 순천, 그리고 그 기세를 몰아 구례, 벌교, 광양 등을 순식간에 점령해 가야 타 연대의 호응과 동참이 활발해지리라고 했다.

마지막으로, 지창준의 동의와 홍순혁의 재청으로 봉기군의 전체 지도자를 한 사람 뽑자는 안건을 다루었고, 1분 만에 내린 결론은 김지회를 총사령으로 추대한다는 것이었다. 사양할 계제가 아님을 아는 김지회는 신중한 어조로, 그렇다면 지창준, 이영희, 이기주, 홍순혁 네 사람을 부사령으로 임명하겠다고 말함으로써 수락 의사를 밝혔다.

5

19일 밤, 김지회는 2대대 건물 2층 대전차포 중대장실 책상에 앉아 조선도 칼날에 기름을 먹이고 있었다. 군장은 이미 꾸리고 난 뒤였다. 칼날 길이가 50센티미터밖에 되지 않고 칼자루와 칼집은 박달나무와 오동나무로 만든 것이라 제대로 된 일본도에 비하면 초라한 사제 칼에 불과하지만, 그에겐 할아버지가 하사한 세상에 하나밖에 없는 보도였다. 자신처럼 키가 작고 단단해 보여 김지회는 그 칼을 '단신거사'라고 부르며 아꼈다. 그런데, 이상한 일이었다. 평소엔 그 칼을 닦고 기름칠하고 있노라면 차분해지곤 했는데 지금은 오히려 가슴 깊은 곳 어디선가 자꾸 흥분이 일었다. 마음을 다잡고자 긴 호흡을 하며 창밖을 내다봤다.

응? 뭐지?

멀리 제주 출동 대원들이 무장을 갖추고 조명등이 환한 연병장 한가운데로 집합하는 모습이 보였다. 어? 벌써 그 시간인가? 정신이 바짝 들었다. 황급히 일어나 단신거사를 칼집에 넣고 있는데 어디선가 총성이 울렸다. 분명히 가까운 곳이었다.

이건 또 뭐지?

손목시계를 봤다. 시간은 이제 20시 15분이었다. 21시에 비상소집 나팔을 불면 그때부터 행동을 개시하기로 했는데, 이상한 일이었다. 곧바로 다시 타당탕탕 여러 방의 총성이 울렸다. 이어 메가폰 소리가 들렸다.

"우린 제주도에 갈 수 없다. 조선 인민의 아들인 우리가 왜 우리 조선 동포를 죽이러 거길 가야 한단 말인가? 이승만과 미군, 경찰의 협잡에 놀아나지 말라. 총궐기하자. 출병을 거부하자!"

우렁찬 함성이 뒤를 이었다.

"거부하자, 거부하자, 궐기하자, 궐기하자~"

김지회는 권총을 허리춤에 찼다. 그리고 사방을 경계하며 아래

층으로 내려가 바깥으로 나갔다. 메가폰의 외침은 반복됐다. 그러나 소리는 점점 작아졌다. 연병장 쪽으로 달려가는 것 같았다. 잠시 침묵이 흘렀다. 그러나 얼마 후 다시 총성이 났다. 이번엔 바로 그치지 않았다. 요란하게 이어졌다. 점점 커졌다. 교전이 일어난 게 틀림없었다.

소리가 나는 곳은 연병장 못 미친 둔덕 위 장교식당이었다. 어둠에 숨어 둔덕 바로 아래까지 다가갔을 때 비로소 총성이 멈췄다. 몸을 최대한 굽히고 식당 입구까지 조심스레 접근해 갔다. 그때 마침 누군가가 괴로운 듯 숨을 몰아쉬며 식당에서 나왔다. 거칠게 침을 탁 뱉곤 담배를 입에 물었다. 성냥불이 확 타오르며 그의 이지러진 얼굴을 비춰줬다. 이진방 중사였다. 어찌 된 거냐는 김지회의 물음에 이진방은 짧은 사이에 일어났던 긴 사건을 요령 있게 보고했다.

조금 전에 2대대의 한 중대사무실에서 봉기 준비를 하던 병사위원 몇 사람이 어느 하사관에게 비상소집을 알리는 군호를 일러주다가 우연히 그 장면을 목격한 주번 사관에게 심문받게 됐다. 점차 심해지는 추궁에 이말 저말 둘러대다 급기야 답이 궁색해진 병사위원 한 사람이 "그래 너 잘났다. 이 친일파 장교 새끼야."라고 소리를 버럭 지르곤 그 자리에서 그를 쏴 죽였다. 그러자 앞방에 있던 다른 장교 세 사람이 급히 달려왔고, 이에 당황한 병사위원들은 그들에게도 마구 총을 갈겼다. 봉기 시 메가폰 선동을 맡기로 했던 병사위원은 이왕 이렇게 된 거 거사를 앞당길 수밖에 없다고 판단하여 즉각 건물 밖으로 나가 총궐기를 외치기 시작했다. 주변에 있던 병사들이 모여들어 함성으로 호응했다.

그 틈에 총상을 입고 쓰러졌던 장교 한 사람이 건물에서 빠져나가 장교식당을 향해 절뚝거리며 달렸다. 장교들의 집단 반격을 우려한 하사관과 병사들이 그의 뒤를 쫓았다. 메가폰을 든 병사위원은 달리면서도 계속 총궐기를 외쳤다. 그러자 부대원들이 계속 모여들었다.

피를 흘리며 도망친 장교가 식당 안으로 자취를 감췄음에도 흥분한 병사들은 추적을 멈추지 않았다. 식당 안에서 휴식을 취하던 장교들은 화들짝 놀라 우왕좌왕했다. 그중 몇 사람이 창문 밖으로 총격을 가하기 시작했다. 그러나 이미 100명 가까이 불어난 병사들을 대적하긴 어려웠다. 거기엔 완전 무장을 하고 연병장에서 대기하던 전투원들도 상당수 합세해 있었다. 결국 10여 분 만에 안에 있던 장교 모두가 사살됐다.

김지회가 급히 달려온 이기주와 이영희, 지창준 등과 함께 식당 안으로 들어갔다. 시체들이 여기저기 널브러져 있는 광경이 처참했다. 피비린내와 화약 냄새가 섞여 비위를 상하게 했다. 죽은 장교는 모두 15명이라고 이진방이 말해주었다. 개중에는 친한 사람도 있을 터였다. 아까 방에 들러 잠깐 칼 구경을 하다가 저녁을 걸렀다며 식당에 간다고 했던 박인환 소위가 떠올랐다. 하지만, 확인해 보고 싶지는 않았다. 지금 당장은 그의 모습을 볼 자신이 없었다.

홀 건너편에서 이기주가 갑자기 어, 어어 하는 이상한 소리를 냈다. 불길한 느낌에 황급히 달려가 보았다. 윤차돌이 식탁에 머리를 옆으로 누이고 죽어 있었다. 그의 얼굴 옆에는 아직도 김이 나는 누룽지 숭늉이 한 그릇 놓여있었다. 눈물 그득한 눈으로 김지회를 쳐다보며 이기주가 말했다.

"아, 이 새끼 내 이럴 줄 알았어. 아까 오후에, 배가 좀 가라앉았다며, 이제 좀 살만하다며, 오랜만에 죽이라도 챙겨 먹어야겠다고 그 호들갑을 떨더니. 그래야 자기도 봉기군으로 나설 수 있다고…. 난 좀 더 쉬라고 그랬거든. 아직은 힘들다고. 아, 근데 이 새끼, 이거 어떡하냐…. 어휴, 이거 어떡해…. 아…."

김지회는 17일 밤에 이기주로부터 윤차돌의 배앓이가 또 시작됐다는 소릴 듣고 다음 날인 어제, 점심시간을 이용해 병문안 갔었다. 그는 옆으로 웅크리고 누운 채 침상에서 성경을 읽고 있었다. 쉬는 날이면 늘 입던 예의 그 승복 비슷하게 생긴 손발 짧은 한복차림이었다. 아픈 사람인데도 귀여워 보였다. 며칠 만에 얼굴이 반쪽이 된 것 같다며 안타까워하자, 자리에서 일어나 앉으며 자신은 천성이 게으르고 교만하여 가끔 이렇게 아파줘야 그나마 인간다운 면모를 유지할 수 있다고 했었다.

전날 밤 이기주에게 건네받은 프랑스 산악마을 사진을 꺼내 보이며 "야, 이거 고맙다. 이거 보니까 진짜 지리산에 마을 공동체 만들어 보고 싶다는 생각이 간절해지더라."라고 하자 그는 아픈 사람 같지 않은 환한 웃음을 지었다. 그러곤 김지회의 손을 잡고 말했다.
"지회야, 우리 그 마을 꼭 만들자. 거기서 정말 인간답게 한번 살아 보자. 우리 14연대 애들도 얼마나 좋아하겠냐. 걔들이 그런 행복을 언제 느껴봤겠어. 그리고, 혹시 아냐? 우리가 짧게라도 한번 모범을 보이면 언젠가 이런 작은 공동체가 조선 전체에 퍼져나갈지. 허허, 상상만 해도 기분 좋다. 야, 근데 이거, 내가 제일 좋아하는 사진인데 니가 가졌더라. 핫하. 그래서 좋다고."

김지회는 머리에서 맴도는 차돌의 마지막 모습을 애써 지워버렸다. 안 그러면 슬픔에 빠져 아무것도 못 할 것 같은 두려움 때문이었다. 그는 괜스레 마른기침을 하며 이기주의 등을 몇 번 두드려주곤 건너편에 뻘쭘하게 서 있는 지창준에게 큰 소리로 말했다. 총사령의 첫 번째 명령이었다.

"지 상사님, 이미 봉기는 시작된 겁니다. 어차피 시간도 얼추 다 됐어요. 총소리를 듣고 병사들이 우왕좌왕하고 있을 테니 지금 당장 소집 나팔을 불게 하시죠. 특히 연병장의 출동 대원들을 잘 챙겨야 합니다. 그리고, 살아남은 장교들은 이미 다 도망갔거나 전의를 상실했을 테니 더는 총격은 가하지 말라고 하십시오. 생포해서 가둬 놓는 걸로 충분합니다."

6

자정이 넘어갈 무렵엔 봉기 세력이 14연대를 완전히 장악했다. 연대장과 부연대장을 포함한 고급 지휘관은 거의 다 출항 준비 때문에 오전부터 여수항에 나가 있었고, 영내에 남아 있던 장교의 상당수는 이미 사살됐거나 달아났기에 내부 저항은 약했다. 물론 21시 전후해서는 여수항의 지휘관들에게 봉기 소식이 전해졌을 것이었다. 만약 그때 연대장이나 부연대장이 함께 있던 300여 명의 군사를 이끌고 복귀하여 수습 시도를 했더라면 상황은 다소간 달라질 수도 있었을 터였다. 하지만 그런 일은 일어나지 않았다. 나중에 알려진 사실이지만, 박승헌 연대장 같은 이는 민간인으로 변복하고 숨어있다가 목선을 얻어 타고 목포로 피신해 버렸다.

김지회는 무엇보다 일반 병사들의 호응에 크게 고무되었다. 소집 나팔이 울린 후 병사위원들은 영내 곳곳에 격문을 붙이는 한편, 처음에는 메가폰으로 나중에는 연병장 스피커로 격문을 반복해서 낭창했는데, 수많은 병사가 그에 적극적인 동감을 표시했다. 소리를 지르고, 손뼉을 치고, 발을 구르고, 누군가는 심지어 눈물을 글썽이기까지 했다. 종국에는 연대원의 거의 전부라고 할 수 있는 1,800여 명의 사병들이 봉기 대열에 합류했다. 역시 젊은 피는 순수하고, 정의는 살아있다, 라는 생각이 들자 스스로 감격에 겨워 목이 다 메었다.

시간이 흐르면서 병사들은 횃불을 든 채 한 무리씩 여기저기 모여 자기네만의 구호를 외치기도 했다. '제주 학살 중단하라', '친일파 경찰 각성하라', '미군과 친미파 물러나라', '농민 수탈 작작 하라', '기아 문제 해결하라', '이승만 정부 자폭하라' 등이었다. 어느 것 하나 과장된 외침이 아니었다. 군인이기 이전에 인민으로서의 가슴 절절한 바람이고 호소였다.

김지회 자신도 직간접적으로 경험한 해방 후의 남한 사회상은 분노하지 않을 수 없는 것이었다. 친일파들이 장악한 경찰과 관료 조직은 해방 전과 다를 바 없이 인민을 감시하고 통제하고 벌주기 위해 가동될 뿐이었다. 해방의 과실은 대부분 지주와 자본가들이 차지했다. 그들은 이제 일본인이 아닌 조선인 경찰과 관료의 비호를 받아 가며 과거보다 더 자유롭게 농민과 노동자, 그리고 서민 대중을 착취할 수 있었다. 그 결과 무수한 인민이 일제 강점기 때도 경험하지 못했던 굶주림과 불안감, 배신감과 낭패감, 서글픔과 좌절감 등을 안고 살아야 했다. 대개가 전남 지방의 가난한 집 아들이었던 14연대 병사들은 인민의 이러한 고통을 잘 알고 있었다. 군에 들어오면 이런 불공정한 세상을 바꾸기 위해 뭐라도 할 수 있을 줄 알았는데 그것도 아니었다. 영암과 구례에서 일어났던 경찰과의 충돌 사건이 보여주듯, 군인은 천덕꾸러기에 불과했다. 경찰과 맞붙어봐야 업신여김을 당할 뿐이었다. 군인이 됐어도 가난하고 힘없는 주변 이웃과 별반 다를 바가 없었다. 병사들의 분노는 이념이 아니라 생생한 체험의 소산이었다.

김지회는 20일 01시경 병사들의 들끓는 에너지를 하나로 모아 여수 시내로 나아갔다. 1,800여 군사는 위풍당당한 대오를 이루어 거리를 행군하며 조금 전 영내에서 외쳤던 구호를 한층 더 커진 목소리로 제창했다.

"경찰 타도! 인민 수호!"

"동족상잔 결사반대!"

"미군 철퇴! 민족 통일!"

조용히 잠들었던 도시가 군인들의 함성으로 쩡쩡 울렸다. 장애물은 별것이 없었다. 여수 경찰이 있었지만, 봉기군의 상대가 되질 못 했다. 군인들이 몰려 나갈 때 바로 부대 앞에 있던 봉산 지서의 경찰들은 아예 나와보지도 않았다.

봉기군이 처음 경찰과 부딪힌 곳은 충무동 로터리였다. 행군이 시작되고 한 시간가량이나 지나서였다. 헌병까지 합세하여 70여 명의 병력이 방어선을 구축했으나 그것은 허무할 정도로 쉽게 무너졌다. 교전이 시작되자마자 경찰 한 사람이 죽었고, 그러자 나머지는 모두 줄행랑을 쳤다.

병사들은 신이 난 듯했다. 경찰에 늘 당하기만 하다가 그들을 압도적으로 제압해 버리니 전에 없던 자신감과 자부심이 생기는 모양이었다. 대열 가운데서 누군가가 "구례경찰서로 쳐들어가자."라고 소리치자 와~ 하는 함성이 터져 나왔다. 또 다른 누군가는 "영

암으로 해서 광주 경찰서까지 가자."라고 외쳤다. 더 큰 함성이 새벽하늘을 흔들었다.

03시경 봉기군은 여수경찰서 앞에 도착했다. 꽤 단단해 보이는 방어망이 구축돼 있었다. 어둠 속이긴 하지만 규모도 상당해 보였다. 그러나 막상 전투가 벌어지자 본서의 병력도 무력하긴 지서들과 매한가지였다. 5~6명의 경찰이 쓰러지자 대오는 바로 흐트러졌다. 봉기군은 아무런 희생도 치르지 않고 경찰서를 접수할 수 있었다.

경찰서장실에서 총사령과 (홍순혁을 제외한) 부사령 3인이 작전회의를 열었다. 지창준이 통솔하기로 한 여수 잔류군은 경찰서 인근의 종산국민학교를 임시 주둔지로 삼기로 했다. 급히 조사해 보니 여수에 남기를 희망하는 병사가 700명이나 되었다. 예상보다 많았으나 어쩔 수 없었다. 김지회는 대오를 새롭게 정렬한 후 잔류군의 박수를 받으며 1,100여 명의 군사를 이끌고 행군을 재개했다. 05시가 넘어서였다.

경찰서에서 여수역 방향으로 가는 언덕길 양옆에 시민들이 모이기 시작했다. 선발대가 밤사이 거리마다 붙여놓은 '애국 인민에게 호소함'을 읽고 왔는지 몇 사람들은 '동족상잔 결사반대'나 '미군 철퇴, 민족 통일' 등과 같은 봉기군의 구호를 손뼉을 쳐가며 같이 외쳤다. "우리 아들들 장하다."라고 말하며 거칠고 앙상한 손을 흔들어 주는 어르신들도 많았다. 으쓱해진 봉기군은 더욱 씩씩하게 전진했다.

06시경 여수역 광장 초입에 도착한 봉기군은 여수 경찰의 마지막 방어선을 넘어야 했다. 방어대는 철도경찰과 일반경찰, 그리고 헌병대 등으로 구성된 혼합 병력으로 보였는데 그들 역시 상대가 되지는 못했다. 방어선은 불과 10여 분 만에 뚫렸고, 봉기군은 곧바로 여수역을 장악하여 기차 세 편을 확보할 수 있었다. 06시 30분이 첫차인 순천행 통근 기차, 07시 출발 예정인 석탄차, 그리고 09시에 떠난다는 임시 화물 기차 등이었다.

김지회는 이기주와 이영희 등과 함께 6칸짜리 통근 기차의 첫 번째 칸에 타기로 했다. 기차에 막 오르려고 할 때였다. 지창준을 도와 잔류부대를 건사하기로 한 여수 토박이 신인형 중사가 쭈뼛거리며 그를 불러 세웠다. 경찰서에서 일부러 여기까지 배웅나온 신 중사와는 광주 연대에 있을 때부터 흉금을 터놓고 지내온 각별한 사이였던지라 조금 전에 따로 작별 인사를 나눴는데 또 무슨 일인지 궁금했다.

"예, 신 중사님. 왜 그러세요?"

"저, 지금 이런 말씀을 드려도 괜찮을지 몰라도 자꾸 걱정돼서요. 원래는 경진 씨가 지난 일요일에 이사 오는 거였잖습니까?"

"아, 네. 그래서 그 전날인 토요일 아침에 이사를 미뤄야 하겠다고 전보를 보냈습니다. 벌써 며칠이 지났네요."

"그럼, 지금까지 아무것도 모르고 광주에서 마냥 기다리고만 있겠네요. 에구, 안 되겠구먼요. 광주 주소를 적어주세요. 제가 어떻게든 연락해 볼게요."

"그래 주시겠어요? 사실은 순천 가서 전보를 치려고 했는데 그게 가능할지 자신이 없던 차였어요. 감사합니다, 신 중사님."

김지회는 수첩 끝장을 뜯어 경진의 주소를 적어주었다.

"여기 있습니다. 이리로 연락하시면 됩니다. 걱정하지 말고 조금만 기다려 달라고 해 주십시오. 상황이 정리되면 바로 데리러 가겠다고요. 아, 그리고 아까 말씀드리려고 했는데, 제 오토바이가 있잖아요. 신 중사님이 여기 계시는 동안 마음 편히 쓰세요. 내 방 앞에 세워놨습니다. 열쇠는 내 책상 첫 번째 서랍에 있고요."

통근 기차는 한 시간 반 만인 08시에야 순천역에 도착했다. 6~7개에 달하는 간이역 모두에서 섰다가 가는 정상 운행 방식을 따랐기 때문이었다. 뒤이어 석탄차와 임시 기차가 도착하여 북상 봉기군 모두가 역 광장에 모였을 때는 10시가 넘은 시간이었다. 그때 마침 홍순혁의 순천 중대원 150여 명이 당도했다. 그런데 이상한 건 숫자였다. 여러 번을 헤아려 봐도 순천 중대원까지 합쳐 총인원은 800여 명밖에 되지 않았다. 여수경찰서에서 출발할 땐 1,100명이 넘었으니 무려 450명가량이 여수역에서 기차에 오르지 않았거나 중간 간이역들에서 내린 것이었다. 슬쩍 어두운 마음이 생기려는 것을 차단하기 위해 김지회는 일부러 큰 소리로 명령을 내렸다.

"소인배들은 모두 떠나갔다. 잘 된 거다. 이제 우린 의롭고 사기

충만한 정예 부대로 추려졌다. 아무것도 두려워하지 말고 정의의 용사답게 전진하자. 우린 우선 순천을 평정한다. 그리고 바로 세 방향으로 나뉘어 위풍당당하게 행군함으로써 천하에 우리의 존재를 알린 후 모두 지리산에 집결한다. 거기에 우리의 뜻을 펼쳐나갈 위대한 성채를 건설한다!"

3장.

군란을 일으킨 거죠? 그렇죠?

조경진(1948년 10월 16일~10월 22일)

1

경진은 10월 16일 오후 늦게 김지회가 보낸 급전을 받았다. 무슨 일이 생겼길래 이사도 연기하자는 걸까? 그이나 나나 얼마나 고대하던 일이었는데. 그녀는 짐 싸던 손에서 힘이 빠지는 걸 느끼며 방바닥에 털썩 주저앉았다.

그럴 기분은 아니었지만 그래도 약속은 지켜야 했기에 저녁 외출을 했다. 친하게 지냈던 동료 간호부 몇 사람이 병원 앞 식당에서 송별회를 열어주기로 했다.

서석동행 버스가 장동을 지나갈 때 창밖으로 옛날 병원 자리가 보였다. 그가 사무치게 그리웠다. 그러고 보니 불과 반년 전이었다. 광주의대가 아직 장동에 있을 때인 4월 중순, 그가 군복을 입은 채

병원에 실려 왔다. 근무 중에 의식을 잃었다는 것이었다. 치료 경과가 좋아 3주 만에 퇴원할 수 있었지만, 급성 심장염인지도 모르고 심한 발열과 가슴 통증, 호흡 곤란 등의 여러 증상이 있었는데도 미련하게 일주일가량을 참다가 병원에 왔기에 처음엔 다들 위험할 거라고 했었다. 심부전으로 이어질 가능성이 높다는 거였다. 그런데 그의 회복 과정은 놀라웠다. 어렸을 때 아버지에게 들었던 상처 입은 호랑이 얘기가 생각났다. 마치 이야기 속의 그 호랑이처럼 그는 첫 한 주일 동안은 스스로 아무것도 먹지 않았다. 물도 가끔 목을 축이는 만큼만 마셨다. 간헐적 고통이 꽤 심할 텐데도 표정은 늘 평온하고 당당했다. 농담도 재미있게 잘했다. 4·3 사건 직후였던 그 당시엔 제주도에 있는 식구들 걱정에 잠 못 이룰 때가 많았는데, 그 사정을 알고 난 그는 누가 누구를 간호하는지 모를 정도로 그녀의 마음을 살뜰히 챙겨주고 돌봐줬다.

　버스가 광주의대 부속병원 앞에 도착했다. 경진은 경양식집 수초를 향해 느릿느릿 걸었다. 좁은 계단을 통해 2층으로 올라가니 친구들은 이미 모두 와 있었다. 보자마자 덕담을 한마디씩 건네줬다. 여수가 이름처럼 아름다운 항구 도시라는데 그런데 살게 됐으니 얼마나 좋으냐, 작은 도시의 작은 병원이 근무하긴 훨씬 더 편하다, 무엇보다 사랑하는 남자랑 같이 사는데 뭘 더 바랄 게 있겠냐, 게다가 그 남자가 잘생기고 씩씩한 육군 장교 아니냐 등등 위로와 격려 그리고 순박한 부러움이 담긴 고마운 말들이었다. 하지만 경진은 감사하고 기뻐할 수가 없었다. 정체 모를 불안감과 두려움이 자꾸 가슴 한쪽을 눌렀기 때문이었다.

　일본에 살 때부터 가장 좋아했던 음식인 돈가스를, 그것도 남도 제일이라는 수초의 돈가스를 오랜만에 먹으면서도 맛을 느끼지 못했다. 그저 씹기만 했다. 귀는 친구들의 재잘거리는 소리를 듣는 척했지만, 눈은 창밖 광주천을 바라보았고, 머리로는 그와 거닐었던 광주천변이 지금은 왜 저렇게 초라해 보이는지 의아해하고 있었다. 시간이 흐르면서 친구들이 좀 이상하다는 듯한 눈길을 보냈지만, 경진은 끝내 아까 받은 전보 얘기를 꺼내지 않았다. 머리가 더 복잡해질 것만 같아서였다.

　환송회를 마치고 거리로 나온 경진은 어디 인사 갈 데가 있다고 둘러대곤 친구들과 헤어져 홀로 광주천변으로 갔다. 김지회가 퇴원하고 처음 그를 병원 바깥에서 만난 날이 생각났다. 도톰하고 짙푸른 잎사귀와 샛노란 꽃이 또렷하게 대비되는 황매화가 천변 곳곳에 피었던 5월 중순의 어느 일요일이었다. 충장로 무등다방에서 만나 두 시간이 넘도록 얘기를 하고 밖으로 나와 천변을 따라 양림교까지 걸어오면서 또 반 시간, 그리고 다리를 건너 사직단 언덕으로 올라가 시내를 내려다보면서 또 다른 한 시간을 이야기했다. 대부분 경진과 아버지, 그리고 가족들에 관한 것이었다.

　경진의 아버지는 4·3 사건의 불똥을 맞아 졸지에 좌익 선동가로 몰리게 되자 동생들을 이끌고 제주도에서 탈출하여 목포를 거쳐 광주로 들어왔다. 김지회를 만나기 불과 사흘 전이었다. 딸 하나 믿고 식구들까지 다 데리고 광주까지 피신 오셨건만 그녀가 해줄 수 있는 건 별로 없었다.

다섯 살 때부터 10년 넘게 살아온 오사카(大阪)를 떠나 아버지 고향인 제주도로 간 것은 해방되던 해 겨울이었다. 거기서 1년 만에 고등여학교 과정을 마친 후 그 이듬해 봄에 광주의대 간호부양성소에 들어가 1년을 더 공부하여 두어 달 전 겨우 견습 간호부가 된 그녀였다. 그런 열여덟 애송이가 세상을 뭘 알겠으며, 낯선 타향에 변변히 의지할 데가 어디 있겠으며, 돈인들 얼마나 있었겠는가. 그저 막막할 뿐이었다. 그때 늠름하고 친절한 육군 장교 김지회가 생각났다. 그의 도움을 받고 싶었다. 퇴원할 때 그가 적어준 연락처를 찾았다.

그렇게 만난 김지회는 일요일의 오후 시간을 모두 그녀에게 할애하며 그녀의 걱정을 덜어주려고 애썼다. 그녀가 다른 사람에게 자기 살아온 얘기를 그토록 소상히 한 건 그때가 처음이었다. 이상한 일이었다. 그녀는 안 지도 얼마 안 된 그에게 아버지가 목사라는 것, 다섯 살 때인 1935년에 온 식구가 오사카로 이주했다는 것, 열 살 때 엄마가 급성 폐렴으로 돌아가셨는데 임종을 못 지켜 너무나 슬펐다는 것, 온갖 차별을 당하며 사춘기를 보내느라 일본에서의 학교생활은 항상 우울했다는 것, 제주도로 귀향한 아버지가 몽양이 주도했던 인민위원회의 제주 지부, 즉 제주 인민위원회에서 일하다가 4·3 사건 직후 빨갱이로 몰리게 된 것 등을 다 털어놨다. 그는 진지하게 들어주고, 고민해 주고, 정중하고 조심스럽게 구체적인 대안도 몇 가지 제시해 줬다. 지금 아버지와 동생들이 안전하게 일하며 생활하고 있는 경기도 녹번리의 나무 농장도 바로 그날 그가 소개해 준 곳이었다.

그는 그날 간간이 자기 얘기도 들려줬다. 1925년 함경남도 함주 출생, 함흥농업학교 졸업, 중국 태항산(太行山) 조선의용군 입대, 44년부터 3년간 몽양 여운형의 청년 비서, 국방경비대 하사관, 국방경비사관학교 3기 졸업, 광주 4연대 중대장 부임. 경진은 그의 다채로운 이력도 흥미로웠지만 가정사에 더 관심이 갔다. 어머니는 일찍 돌아가셨고 아버지는 만주를 오가는 무역상이었던지라 그를 키워준 건 그의 할아버지였다고 했다. 그런데 할아버지가 독특한 분이었다. 항상 그에게 금관가야 가락국 김수로왕의 자손답게, 즉 왕족의 후예답게 살아야 한다고 강조했단다. 언젠가 왕관을 찾게 될 날이 올 거라는 말도 가끔 하셨다고 했다. 그래서 그는 어려서부터 할아버지의 지도 편달을 받으며 고전 공부와 무예 훈련, 그리고 인성 함양 등에 힘써야 했다. 할아버지 얘기를 할 때 그의 눈빛은 정말 왕손처럼 근엄했다. 하지만, 열 살 위였다는 누나 얘기를 할 때는 전혀 달랐다. 어린아이의 그것처럼 말랑거리고 촉촉했다. 그는 아직도 어릴 적 누나 등에 업혀 잠들던 때가 뚜렷이 생각난다고 했다. 평화롭고 안락했었다고 했다. 그런 누나가 만주로 시집가던 날 그는 밤새 울다가 그예 몸살이 나 며칠을 심하게 앓았다고 했다.

그를 생각하며 걷다 보니 어느덧 광주천은 어둠에 덮였다. 바람도 차가워졌다. 쓸쓸함이 몰려왔다. 버스를 타러 다시 병원 앞으로 돌아가는 길에 문득 그와 처음으로 같이 잔 날 아침에 그가 했던 말이 떠올랐다.

7월 초의 눈부신 아침 햇살에 부끄러운 눈을 조심스레 떴을 때였다. 그녀를 내려다보며 그가 감미로운 반말로 속삭이듯 말했다.

"너에게서 누나 냄새가 나. 어렸을 때 누나가 업어 주면 나던 냄새. 달짝지근하고 순하고 착한 냄새. 음, 향기로워. 너랑 있으니까 어린 시절로 돌아간 것 같아."

그가 목이 메게 그리웠다.

2

10월 17일 일요일 아침, 경진은 잠을 설쳤는데도 다른 때보다 일찍 일어났다. 이따 예배 후에 목사님과 장로님, 그리고 주일학교 선생님들과 작별 인사를 나눌 일이 걱정됐다. 다들 내가 오늘 오후에 여수로 떠나는 걸로 알고 있는데 꼬치꼬치 물어보면 어떡하지? 뭐라고 하지?

어제저녁처럼 서석동행 버스를 타고 가다 장동을 지날 때 가슴 깊은 곳에서 다시 그를 향한 그리움이 솟구쳤다. 어디서 무얼 하고 있는지, 머릿속에 전혀 그려지지 않으니 그게 너무 답답했다. 병원 앞 정류장에서 내렸다. 거리는 어제와 달리 을씨년스러웠다. 양림교를 건너면서 사오백 미터쯤 앞쪽에 언제나처럼 고고히 서 있는 교회의 첨탑 십자가를 바라보았다. 여느 때와 다르게 마음이 무거웠다.

그이가 저 십자가를 처음 보고는 멋지다며 감탄사를 터트리던 게 언제였지? 아버지한테 정식으로 인사를 드리러 녹번리에 다녀온 첫 주일이었으니, 7월 25일이다! 불과 석 달도 안 된 일인데 까마득히 오래전 일인 것처럼 느껴졌다. 그날 그와 함께 저 십자가를 향해 걸어갈 땐 마치 구름 위를 걷는 것 같았다.

그리고 그날, 경진은 그가 보는 데서 처음으로 울었다. 예배를 드리다 말고 그가 옆에 앉아 있다는 사실이 감격스러워 저절로 눈물이 흘렀다. 맨 처음 그에게 교회에 같이 가보겠냐고 물었던 건 5월 말이었다. 아버지와 동생들을 녹번리까지 태워다주고 광주로 같이 돌아오는 길에서였다. 전날 그는 스리쿼터를 직접 몰고 와 아버지의 이사를 도왔다. 새로 창설되는 여수 연대로의 이임을 앞두고 상의할 일이 많아 어차피 김종서 중령을 만나러 그쪽으로 가야 했으니 그리 감사할 필요는 없다고 했지만, 경진과 그녀의 가족은 고마워 어쩔 줄 몰랐었다.

그때 녹번리로 가는 길에 그의 옆 좌석에 앉은 아버지는 세상이 험하기만 한 것 같지만 실은 감사한 일도 많이 일어난다며 당신의 경험을 하나둘씩 들려주다 마지막엔 하나님 얘기를 본격적으로 늘어놓았다. 의외였다. 그는 주일학교 아이들처럼 그저 "예, 목사님, 예, 목사님" 하며 아버지의 말을 얌전히 들었고, 심지어는 "거참 기이한 일이네요!"라고 연신 감탄하며 질문도 했다. 기독교 세계를 처음 접한 건실한 이방 청년의 호기심 가득한 말투가 듣기 좋았다.

녹번리에 가서도 마찬가지였다. 농장 주인인 김종서 중령의 아버지가 교회 장로라는 걸 밝히고 난 순간부터 아버지와 김 장로님의 신앙 얘기는 끊이질 않았는데, 그는 그런 얘기가 재밌는지 줄곧 옆에 머물며 진지한 표정으로 경청했다. 저녁 무렵에 수색 4여단에서 참모장으로 근무 중인 김종서 중령이 농장으로 왔을 때도 그와는 잠깐 인사만 나누곤 바로 어르신들 곁으로 돌아갈 정도였다. 김 중령은 무슨 급박한 얘기가 오가는 줄 알고 그들에게 갔다가 대화 내용을 듣곤 씩 웃고 말았다.

그래서 다음날 돌아오는 길에 물었던 것이다. 기독교 신앙에 그렇게 관심이 간다면 같이 교회에 나가보지 않겠냐고. 그는 아무 말도 하지 않았다. 그저 운전하며 어색한 웃음만 지었다. 잠시 후에 가기 싫으냐고 다시 물었을 때 그가 말했다. 교회 가는 건 좀 어색하고 그냥 성경 공부만 해봤으면 좋겠다고. 경진은 그것만 해도 어디냐고 속으로 감사했다. 그리고 창세기부터 하고 싶은지, 아니면

신약을 바로 공부하고 싶은지 물었다. 이번엔 그가 지체하지 않고 답했다.

"시편이요. 우선 시편만!"

경진은 왜 하필 시편인지 이유를 물었다.

"아까 장로님이 그러시는데 김종서 중령님이 어려서부터 시편을 그렇게 좋아했대요. 특히 다윗을 좋아해서 그가 쓴 시는 줄줄 외우고 다녔대요. 돌아가신 여운형 선생님도 다윗 얘기를 종종 하셨어요. 영웅과 시인은 평생을 서로 흠모하며 살아가기 마련인데, 다윗은 그 둘 다였다는 말씀도 하셨죠. 시인인 동시에 영웅인 사람! 멋지지 않아요? 여운형 선생님이 딱 그런 분이라고 생각했었는데, 언제부턴가는 김종서 중령님이 그렇게 보이더라고요. 나도 시편을 좋아할지 궁금해요. 공부까지는 아닐지라도 한번 쭉 읽어보고 싶어요."

시편 읽기는 6월부터 시작했다. 6월 초에 그가 14연대 창설 요원으로, 여수로 떠나게 되어 기껏해야 일주일에 한 번밖에는 할 수 없었지만 그래도 그 덕분에 매주 그를 만날 수 있다는 게 즐거웠다. 6월과 7월 두 달 동안 사정이 있었던 딱 두 번만 빼곤 언제나 주말마다 그가 광주로 왔다. 기차로 가면 계속 갈아타야 해서 여수까지 거의 여덟 시간이 걸렸기에 경진이 여수로 가는 건 무리였다. 다행히도 그는 두 도시 사이를 오토바이로 달리는 걸 무척 좋아했다.

교회에 가자고 그에게 다시 권한 건 6월 중순이었다. 병원 근무

100일 만에 첫 휴가를 받아 처음으로 여수에 갔을 때였다. 토요일 밤에 도착하여 간호부양성소 동기인 오성애의 집에서 자고 그와는 일요일 오후에 만났다. 그는 경진이 꼼꼼하게 정리한 다윗의 일대기를 읽고는 의외라며 놀라 했다. 낭만적인 면은 있겠지만 무척 도덕적인 인물인 줄 알았는데 어쩜 그렇게 젊잖지 못한 짓을 많이 했냐고 했다. 하나님은 그런 뻔뻔하고 비도덕적인 인물을 왜 의인이라고 하는지 모르겠다며 구시렁거리기도 했다. 경진은 그의 호기심이 발동하는 걸 보며 보람과 쾌감을 느꼈다.

월요일 저녁엔 김익로 연대장의 초대를 받아 식사 모임에 갔는데 그는 동기들이 모인 그 자리에서도 다윗 얘기를 꺼냈다. 무신론자인 그가 인간을 향한 하나님의 평가 기준에 대해 의문을 제기하자 다들 의아해하는 눈치였다. 홍순혁 중위는 "갑자기 웬 하나님이냐?"라며 놀리듯 물었고, 윤차돌 중위는 "오, 이제 철이 드나 보네."라고 말하며 감격스러운 표정을 지었다. 신학도였다는 남준한 중위는 다윗만이 아니라 아브라함, 야곱, 모세, 베드로, 바울 등 하나님이 특별히 귀히 여겼던 성경 속 인물 가운데 흠결 없는 사람은 없다며, 그들 모두가 한때 술에 취하거나 정욕에 사로잡히거나 자만심에 빠지거나 혹은 세상 욕심에 눈이 멀어 가까운 사람들에게 피해와 상처를 주고 심지어는 하나님을 속이려고도 했던 것을 보면 하나님은 죄 없는 사람이 아니라 자기가 죄인임을 인정하고 당신에게 용서를 구하며 도움을 청하는 사람을 좋아하시는 것 같다고 했다. 남 중위의 이 말은 좌중 사이에 상당한 반향을 일으켰다. 그럼 죄짓고도 회개만 하면 끝나는 거냐, 그래서 예수쟁이들이 그렇게 뻔뻔한 거냐는 홍순혁 중위의 문제 제기가 촉발제 역할을 했다. 거의 모든 이가 각자의 의견과 주장을 경쟁적으로 개진했다. 듣고만 있어도 팽팽한 긴장감을 느낄 정도였다. 김지회는 그중에서도 가장 적극적인 논쟁자였다.

경진은 그날 지회를 보며 그의 하나님에 관한 관심이 그새 그토록 커졌다는 게 신기하기조차 했다. 괜스레 가슴 한쪽이 뿌듯했다. 그래서 화요일 아침 그가 여수역까지 데려다주는 길에 다시 권했었다.

"교회에 저랑 같이 다녀요. 네?"

하지만 그는 또 거절했다. 아직 교회까지는 아닌 것 같다고 했다.

세 번째 거절은 7월 초였다. 그때는 정말 속이 상했다. 서울에서 처음으로 한 몸이 되어 이젠 마음도 영혼도 점차 하나가 되리라고 기대하며 여러 가지 소망으로 한껏 부풀어 있을 때였다. 그런데 그는 야멸찼다. 다시는 교회 가자는 말을 하지 말자고까지 마음먹었다. 그랬던 그가 아버지의 말 한마디에 바뀌었다.

7월 23일 금요일 밤이었다. 그날 경진과 그는 각자 광주와 여수에서 기차를 타고 떠나 서울역에서 만났다. 아버지에게 같이 가 혼인을 전제로 한 교제를 허락해달라고 말할 참이었다. 택시를 타고 녹번리로 가는 길에 각자가 준비해 온 말들을 맞춰 보았다. 내용은 물론 말하는 순서까지 정했다. 그는 목사님이 분명히 허락해 주실 거라며 걱정하지 말라고 했다. 그러면서도 가는 내내 다리를 떨었다.

아버지는, 준비해 간 말을 다 듣기도 전에, 허무하리만큼 흔쾌히 허락해 주시겠다고 했다. 처음 봤을 때부터 그가 마음에 들었다고도 했다. 다만, 단서를 달았다. 당장 모레부터 석 달간 주일예배에 꾸준히 참석하고 난 뒤, 사도신경을 암송하며 당신 앞에서 신앙을 고백해야 한다는 것이었다. 최종 승낙은 그때 하시겠다고 했다. 아, 여기서 막히는구나, 라는 생각이 들며 온몸에서 기운이 쭉 빠져나가는데 그가 씩씩하게 말했다.

"예, 목사님, 그렇게 하겠습니다. 모레부터 교회에 나가고 하나님 공부를 열심히 해서 3개월 후에는 꼭 신앙고백을 할 수 있도록 준비하겠습니다."

소름이 돋았다. 그가 눈물 나도록 고마웠다.

예배 후에 여기저기 인사를 드리고 나서 어쩌면 마지막이 될지도 모를 교회 안팎을 한 바퀴 돌아보고 나니 점심때가 되었다. 주일학교 선생님들은 아이들과 식사하고 가라고 했지만 이것저것 자꾸 물어볼 것 같아 이삿짐 핑계를 대고 서둘러 나왔다. 만나는 사람마다 왜 같이 안 왔냐고 물었다. 하긴 그가 참 성실하긴 했다. 그는 교회에 등록하고 나선 지난 주일까지 한 번도 아홉 시 예배를 빠트리지 않았다. 9월 초부터 한 달간 서울에 머물며 대전차포 교육을 받으면서도 주말이면 꼭 광주까지 와서 예배를 보았다. 예배가 끝나면 잠시 기다렸다가 청년부 성경 공부 모임에도 참석했다. 목사님을 비롯하여 성도들 모두가 그를 칭찬하고 아꼈다.

물론 그의 교회 생활이 늘 순탄한 것만은 아니었다. 심드렁해진 때도 있었고 회의에 빠진 적도 있었다. 초기엔 심각한 일도 벌어졌다. 그가 네 번째로 양림교회 예배에 참석한 8월 15일이었다. 그날은 광복 3주년 기념일이자 이승만 정부 출범일이기도 했다. 그날 목사님은 설교 도중 '우리 기독교 신자인 이승만 박사님이 대한민국의 초대 대통령이 되신 건 하나님의 축복'이라고 했다. 그때, 다행히 큰 소리는 아니었지만, 그가 "목사가 미쳤네."라고 중얼거렸다.

예배 후 성경 공부를 마칠 때까지도 말이 없던 그가 교회를 나와선 불쑥 무등산에 가자고 했다. 이 더위에 이 차림으로 무슨 등산이냐고 하자 증심사 위의 중머리재까지만 가자며 그 절 입구까지는 오토바이로 갈 수 있으니 걷는 건 한 시간도 안 될 거라고 했다. 그의 표정과 말투가 너무 진지하여 거절할 수 없었다.

덥긴 했지만 경치는 기가 막혔다. 이왕 이렇게 된 거 땀나는 걸 즐기자고 마음먹으니 머리와 옷이 차츰 젖어가는 것도 재미있었다. 걷다가 그늘에 앉으면 바람 한 자락이 그렇게 시원할 수가 없었다. 증심사를 둘러보고 중머리재까지 올라갔다가 천천히 하산하는 길에 그가 비로소 자기 심경을 드러냈다.

목사님 설교에 화가 났다고 했다. 오늘 같은 날에는 해방은 됐으나 민족이 나뉜 걸 새삼 안타까워하고, 남한에 단독 정부가 들어선 걸 아쉬워하고, 친일파가 득세한 현실을 개탄해야 마땅할 텐데, 일을 그렇게 만드는 데 앞장선 이승만을 박사님이라고 떠받들며 그런 자가 대통령이 된 걸 하나님의 축복이라고 하는 목사에게 실망했다고 했다. 특히 그를 좌절케 한 건 '우리 기독교 신자인 이승만 박사님'이라는 표현이라고 했다. 그는 "우리라니? 그러면 기독교인이 아닌 사람은 우리가 아닌 남이라는 거냐?"며 분통을 터트렸다. 목사가 그런 말을 한다는 게 교회가 사람을 차별하고 분리하여 믿지 않는 사람은 이웃으로 보지 않는다는 증거라고도 했다.

그의 열변을 들으며 내려가다 마을 초입에서 작은 식당 하나를 발견했다. 나무 문 한 가운데에 '여름 특선 냉콩국수'라고 쓰인 종이가 붙어있었다. 덥고 목마르고 배고프던 경진은 그에게 활짝 웃어 보이곤 먼저 안으로 들어갔다. 민박집을 겸하는 허름한 산나물 집이었다. 경진이 냉콩국수를 시키자 그는 기왕이면 시원하게 막걸리도 한잔하자고 했다.

그가 취하는 걸 처음 봤다. 국수는 먹는 둥 마는 둥 막걸리만 연거푸 몇 잔을 마시더니 그의 목소리가 커졌다. 그리고 그 얘기를 다시 꺼냈다.

"우리라고? 그래서 우리 기독교 신자면 뭘 해도 다 괜찮다고? 친일을 해도 되고, 민족이 아니라 미국의 이익을 따라도 되고, 나라를 분단시켜도 되고, 가난한 사람을 착취해도 되고, 심지어는 무고한 인민을 마구 죽여도 된다고?"

그는 말 한마디가 끝날 때마다 분이라도 삭히려는 듯 막걸리를 벌컥벌컥 들이켰다. 그리곤 또다시 말했다.

"아, 그래서 이승만 대통령의 독선과 독단도, 조병욱 경무부장의 행패도, 서북청년단의 만행도 다 수용할 수 있다? 그들이 우리 신자니까? 그들이 그렇게 하는 데엔 다 그럴만한 이유가 있을 거다? 그럼, 뭐야? 하나님은 우익과 부자와 강자의 신이야? 내가 지금 그런 신을 믿겠다고 교회를 이렇게 열심히 다니는 건가? 목사가 아니라 내가 미친 거네."

그러곤 갑자기 조용해졌다. 그의 마음이 좀 차분해진 줄 알고 안도의 숨을 내쉬었다. 하지만 아니었다. 이번엔 눈물까지 그렁그렁하면서 문상기가 보고 싶다고, 그 친구를 생각하면 가슴이 찢어질 것 같다며 울분을 토해냈다.

"김익로 연대장님이 어제 문상기 재판 다녀와서 내게 전화해 주셨다고 얘기했지? 상기가 글쎄, 사형 선고받고 나서 이렇게 기도했대. '하나님, 우리 영혼을 받아주시고 우리가 뿌리는 피가 대한민국의 독립을 위해 작은 밑거름이 되게 해주세요!' 그 새끼는, 곧 죽을 놈 주제에, 그 와중에도 대한민국의 독립을 위해 기도한 거야. 그놈이 맨날 했던 말이 이거야. 우리나라의 진정한 독립은 민족이 하나가 되고 미국과 소련으로부터 자유로워져야 비로소 이루어지는 거라고. 그 말을 또 하나님께 한 거라고. 제 딴엔 마지막 기도겠지. 근데 아까 그 목사는 뭐라고 그랬어? 나라를 분단시킨 친미파 이승만이 초대 대통령이 된 게 하나님의 축복이라고? 그러면 우리 상기 기도는 뭐가 되는 거야? 그놈은 죽으러 가는 마당에 바보 새끼처럼 헛기도를 한 거야? 도대체 뭐야 이게? 에이 씨…."

주사가 끝이 없을 것 같았다. 그만하고 가자는 소리를 몇 번이나 했는지 모른다. 그러나 그는 듣지 않았다. 막무가내였다. 끝없이 마셔댔다. 나중에는 주인 내외까지 나와서 그만 마시라고 말렸지만 소용이 없었다.

저물녘, 그가 화장실에 다녀오다 몸을 가누지 못하고 무너졌을 때, 경진은 그를 주인아저씨의 도움을 받아 손님 방으로 부축해 누였다. 하지만 금세 또 일어난 그의 횡설수설은 밤늦게까지 계속됐다. 정말 낯선 모습이었다. 동공은 풀려 초점이 없었고, 혀는 꼬이고 입술은 굳어 침이 흘렀으며, 말투는 상스럽기 그지없었다. 자기 몸도 못 가누면서 자꾸 경진의 몸을 탐했다. 늠름하고 총명한 그에게 이런 모습이 있다는 게 놀라웠다. 초라해 보이기도 하고 불쌍해 보이기도 했다.

새벽에 일어난 그는 아무것도 기억하지 못했다. 완전히 풀이 죽어 있었다. 면목이 없는지 얼굴도 쳐다보지 않았다. 물 한 대접을 마시고 나더니 고개를 푹 숙이며 "아, 그냥 죽고 싶다."라고 말했다. 경진도 할 말이 없었다. 그저 눈물이 흘렀다.

그런 일이 있긴 했지만, 그는 강직한 사람이었다. 그 후엔 다시 성실하게 약속을 지켜나갔다. 목사님을 이해하려 들며 설교를 들었고, 청년 모임 때는 언제나 진지했다. 특히 경진과 하는 시편 공부에는 더할 수 없는 열심을 냈다. 훌륭한 초신자였다. 그런 그에게 대체 지금 무슨 일이 일어난 걸까? 이제 세 번만 더 예배에 참석하면 석 달이 채워지고, 그러면 아버지 앞에서 신앙고백도 할 수 있는데….

3

18일 월요일 새벽, 경진은 가위에 눌려 발버둥만 쳤다. 안간힘을 쓴 끝에 눈이 조금 떠졌을 때 그 기회를 놓칠세라 기합을 지르며 벌떡 일어나 앉았다. 다행이었다. 익숙한 공간이었다. 아까 봤던 것들은 꿈에 불과했다.

꿈속에선 지회가 오일규와 김종서, 그리고 또 다른 어떤 사람과 함께 이승만을 암살하러 가다가 조병욱에게 붙잡혔다. 네 사람 모두 컴컴한 곳에서 죽도록 매질을 당한 후 사형장으로 끌려갔다. 한 사람씩 기둥에 묶여 총살당했다. 그런데 웬일인지 지회는 십자가에 매달렸다. 잠깐 사이에 군인 한 사람이 다가가더니 그의 오른쪽 허리께를 기다란 죽창으로 푹 찔렀다. 경진이 비명을 지르며 달려갔다. 군인들이 뛰어와 그녀를 붙잡았다. 벗어나려고 고래고래 악을 쓰며 몸부림을 쳐봤지만 허사였다. 두 번째 창이 관통하면서 그의 눈과 코와 입에서 피가 솟구쳤다. 그녀의 얼굴에도 피가 투두둑 떨어졌다. 그의 얼굴을 쳐다봤다. 고통으로 일그러져 있었다. 이마엔 핏발이 섰고 눈은 터질 듯 부풀어 있었다. 그의 간절한 눈빛과 마주쳤지만, 해 줄 수 있는 게 없었다. 그저 소리만 질렀다. '놔주세요, 놔주세요, 제발요.'

불길한 꿈이었다. 자리를 털고 일어나 먹을 생각도 없는 아침을 기계적으로 차리다가 문득 지난달 말에 그가 해준 말이 떠올랐다. 그의 둘도 없는 친구였던 문상기 중위의 사형 집행장을 다녀왔다는 그 주 토요일 밤이었다. 소위 '김창복 명부'에 자신이 들어가 있다는 얘기를 거기서 만난 김창복 본인에게 직접 들었다고 했다. 그러면서 그놈이 만든 그 빨갱이 명부에 이름이 올라갔으니 앞으로 무슨 일이 벌어질지 모른다고 몹시 기분 나빠했다. 혹시 그 명부 때문에 안 좋은 일이 생긴 걸까? 14연대엔 그이 말고도 찍힌 사람이 여럿 있다고 했는데, 혹시 그의 걱정대로 정보국에서 부대 사찰이라도 나온 걸까?

답답증을 견디다 못해 우편국으로 달려가 오성애가 일하는 여수의 동문 밖 의원으로 시외 전화를 신청했다. 운 좋게도 오래 기다리지 않고 연결이 됐다. 4개월 만에 듣는 그녀의 목소리는 여전히 우렁찼다. 그녀는 어제가 이사 오는 날이었는데 왜 아직 거기 있냐고 물었다. 저간의 사정을 대충 얘기하고 나서 혹시 14연대에 무슨 일이 일어났는지 알아봐 줄 수 있겠느냐고 물었다. 일제 때 면장을 지내고 해방 직후엔 인민위원회 일도 맡아보신 그녀의 아버지가 여수의 마당발이라는 걸 들은 적이 있었다. 그녀는 그러겠다고 답했다.

19일 아침, 우편국 문이 열리자마자 첫 번째로 들어가 여수로 다시 시외 전화를 넣었다. 성애는 아버지가 잘 아는 장교를 통해 14연대 소식을 알아봤는데 지난주 월요일인 11일에 육본 정보국 사람들이 와서 좌익 혐의자 몇 명을 잡아간 거 말고는 특별한 일이 없다고 했다. 경진은 일단 안도했다. 그가 여수에서 전보를 보낸 게 토요일인 16일인 걸 보면 잡혀간 건 아니었다. 그럼 무슨 일일까? 경진이 잠깐 생각에 잠긴 사이 성애가 다른 얘기로 넘어갔다.

"근데 경진아, 14연대가 어쩌면 제주도로 출병할지도 모른대. 그거 알았니?"

"뭐? 그게 무슨 소리야? 난 그런 얘기 못 들었는데…. 설마."

우편국에서 나와 광주천을 따라 양림동 쪽으로 걸어갔다. 그쪽 동네는 광주살이 2년의 경진에겐 가장 정겨운 곳이었다. 직장도 교회도 좋아하는 산책로도 거기 다 몰려 있었다. 가을 아침 천변 바람이 머리를 맑게 해줬다.

양림교를 건너 양림교회를 지나 양림산 기슭으로 올라갔다. 오랜만에 우일선 선교사 사택을 보고 싶어서였다. 이유는 모르겠지만 그 예쁜 2층 벽돌집을 보고 있노라면 마음이 차분해지고 과거 어느 시절에 마치 저런 집에서 살았던 것 같은 착각에 빠지곤 했다. 언제나 나른한 기분을 안겨주는 감미로운 착각이었다.

그 집 가까이에 이르렀을 때 황홀한 향기가 났다. 설마 했는데, 그 꽃이 맞았다. 바로 그 집 정원에 피어있었다. 이게 여기에도 있었나? 어머, 내가 이걸 몰랐구나. 10월의 첫 번째 일요일, 그러니까 지지난주 10월 3일이었다. 한 달간의 서울 교육이 끝난 걸 기념하여 그가 좋아하는 구례에 놀러 갔다가 어느 마을 어귀에서 이 꽃을 발견하곤 길거리에서 서로 호들갑을 떨었다.

지회가 큰소리로 "이게 바로 만리향, 금목서야."라고 하자 경진은 좀 민망해하면서도 "아, 이 향기구나. 우리 꽃, 만리향 향기!"라며 흥분을 감추지 못했다. 그러자 그가 놀렸다. "그날 밤 우리한테 이런 멋진 향기가 났었나? 그냥 중국집 냄새 아니었어? 흐흐." 지회는 가끔 그렇게 유치한 장난을 치는 사람이었다.

만리향은 경진이 처음 서울 구경을 갔던 날, 지회와 저녁 식사를 했던 중국 음식점 이름이기도 했다. 7월 초의 어느 토요일이었다. 원래 토요일 낮 근무였지만 금요일 밤 근무인 친구와 시간을 바꿔 일하고 아침 첫 기차를 탔었다. 밤새워 일한 탓에 기차에선 내내 잠만 잤다. 눈을 떠보니 서울역이었고 나가 보니 근사한 그가 기다리고 있었다. 서울에서 만난 그는 분위기가 달랐다. 세련돼 보였다. 정말 서울 사람 같았다. 가슴이 뛰었다. 그날따라 유난히 설레는 마음을 진정시켜 가며 그가 이끄는 대로 서울 거리를 쏘다녔다. 밤이 내릴 무렵 명동에 도착했을 땐 마치 오사카의 번화가에 온 듯한 느낌이었다. 그때 만리향에 들어가 술을 처음 마셔봤다.

경진이 빼갈 냄새는 독하지만 참 향긋하다고 하자 지회가 불쑥 만리향 냄새를 맡아본 적 있냐고 물었다.

"만리향이요? 그건 다른 빼갈이에요?"

지회가 보조개를 만들며 웃었다. "아뇨. 꽃나무에요. 혹시 금목서라고 모르세요? 원산지는 중국이지만 전라도에도 많이 피고 제주도에도 꽤 있다고 하던데."

"들어본 거 같긴 해요. 본 적은 없어요."

"만리향이 금목서의 별명이에요. 꽃 내음이 황홀하달 정도로 좋은데, 그게 또 만 리까지도 갈 만큼 진하다고 해서 붙여진 이름이랍니다."

"그럼, 이 술 이름도 만리향이라고 해도 되겠네요."

"아, 이 술 냄새가 그리 좋으세요?"

경진은 두어 잔 만에 취했다. 실제로 그날의 그 빼갈 향은 황홀하달 만큼 좋았다.

그날 밤 그와 처음으로 같이 잤다. 황홀함이 밤새 지속됐다. 모든 게 그저 자연스러웠다. 마치 미리 정해져 있었던 것처럼….

금목서 향에 취해 양림동 일대를 여기저기 돌아다니다가 저물녘에야 자취방으로 돌아왔다. 저녁 먹기 전에 잠깐 쉬자고 이삿짐 사이에 누웠는데 그만 또 악몽을 꿨다. 악어 얼굴을 한 김창복이 양손으로 일본도를 곧추 들고 지회를 노려보며 달려갔다. 수세에 몰린 그의 얼굴은 그 아찔한 순간에도 아름다워 보였다. 하지만 힘이 달리는 건 어쩔 수 없었다. 겨우 짤막한 조선도 한 자루를 손에 쥐고 그 힘센 괴물에 맞설 수는 없었다. 일본도가 몇 번 허공을 가르는가 싶더니 그가 바닥에 고꾸라졌다. 김창복이 징그러운 웃음을 띠며 그에게 다가가 '요시'하는 소리와 함께 칼을 높이 들었다. '아, 안돼! 이 나쁜 놈, 저리 가!'

 벌떡 일어나 사방을 둘러보니 그저 암흑이었다. 눈물이 주르륵 흘렀다. 제주출병? 그이는 분명 거부할 텐데…. 그럼, 혹시? 오, 주여!

4

 20일 하루를 경진은 불안감에 싸여 보냈다. 무슨 일이 난 게 아니라면, 짐까지 저렇게 싸놨는데, 이토록 오랫동안 연락하지 않을 리 없다는 생각이 자꾸 들었다. 자기가 김창복 명부에 올랐다는 그의 기분 나빠하는 목소리와 14연대의 제주출병 소문을 전해준 성애의 우려 섞인 목소리가 뒤섞여 계속 귓가를 맴돌았다. 그렇다고 어디 알아볼 데도 없었다. 창밖엔 가을빛이 완연했다. 시간은 속절

없이 흘러 저녁때가 되더니 이윽고 해마저 무심히 져버렸다.

21일 아침, 경진은 집주인에게 여수에 며칠 다녀오겠다고 말한 뒤 길을 나섰다. 더는 기다리고만 있을 수는 없었다. 만약 안 좋은 일이 벌어졌다면, 그를 챙겨줄 사람은 자신밖에 없다는 생각이 들었다. 게다가 성애가 있는 여수의 그 의원에도 이번 주엔 어차피 인사를 가야 한다. 그곳 원장을 만나 취직이 확정되면 11월 1일부터 출근하기로 했었다.

점심 무렵 광주역에 도착해서야 그녀는 여수에 과연 큰일이 벌어졌음을 확인할 수 있었다. 여수 방향으로 가는 기차 편은 전면 중단돼 있었다. 어제부터였다고 했다. 역무원들을 졸라 무슨 일이 일어났는지 물어봤지만 누구도 시원한 답을 주지 않았다. 눈치를 보니 그들도 자세히는 모르는 것 같았다. 하는 수 없이 대합실에 앉아 있다가 이삼십 분마다 창구로 가서 새 소식이 들어온 게 없는지 물었다. 정성이 통했을까. 저녁 시간이 다 되었을 때 역장인 듯한 노신사가 누구에게 하는 말인지 모르게, 그러나 역무실 창구에서도 들을 수 있는 큰 소리로 말했다.

"누가 라디오 뉴스를 들었는데, 여수에서 공산 반란이 일어났대. 근데 글쎄 군인들도 그 반란에 참여했다네. 그러니 기차가 그쪽으로 갈 수 있겠어? 에이 참…."

경진은 다리가 떨렸다. 군란이란 말인가? 좌익 군인들의 제주출병 거부? 그러면 그이는? 우리는? 그 이상은 머리가 더 돌아가지 않았다. 멍한 상태에서 역을 나와 자취방을 향해 걸었다. 그 먼 길을 끝까지 걸었다.

22일 금요일, 밤새 잠 못 이루던 경진은 해 뜰 녘에야 까무러치듯 잠들었다가 열 시경 까마귀 우짖는 소리에 일어났다. 물 한 모금을 마시고 난 그녀는 어제 들었던 가방보다 훨씬 큰 가방을 꺼내 새로 짐을 쌌다. 기차가 못 가면 버스도 타고 걷기도 해서 어떻게든 여수로 가기로 했다. 그렇게 작정하니 오히려 마음이 편해졌다.

안 먹히는 점심까지 억지로 든든히 먹고 집을 막 나서려는 참이었다. 대문 밖에서 귀에 익은 그의 애마 소리가 났다. 설마 하면서도 혹시나 하는 마음에 뛰는 가슴으로 문을 열어 보니 신인형 중사였다.

"아, 신 중사님, 어떻게 여기까지…."

"아이고 집에 계셨네요. 그간 걱정 많으셨죠? 김 중위님은 무사하십니다. 지금 아마 순천이나 그 근방에 계실 겁니다. 더 빨리 오려고 했는데 여수에 급한 일이 많아 이제야 겨우 왔습니다. 죄송합니다."

"큰일이 났다는 건 저도 엊저녁에야 알았어요. 밤새워 고민하다가 지금 막 여수로 가려고 했는데…."

"거긴 위험합니다. 그냥 여기 계세요. 그게 김 중위님이 바라시는 겁니다. 상황이 정리되면 바로 데리러 오겠다고 하셨습니다. 그 말을 꼭 전해달라고 하셨어요."

"군란을 일으킨 거죠? 그렇죠? 전 그이에게 갈래요. 여수까지만 데려다주세요. 거기서부턴 제가 찾아갈게요."

4장.

다 빨갱이들 짓인데요, 뭐.

김창복(1948년 10월 20일~10월 28일)

1

1948년 10월 20일, 김창복은 사무실을 나와 저녁 어스름이 깔리는 명동 길을 김안석 소령을 따라 걸었다. 거리 양편에 즐비한 술집과 음식점은 벌써 붐비기 시작했고, 행인들은 마치 명동에 밤이 내리기만을 기다려 왔다는 듯 너나 할 것 없이 한껏 들떠 보였다.

저러고들 다 어딜 가는 걸까? 세상이 어찌 돌아가는지도 모르면서 어쩜 저렇게 즐거울 수 있을까? 오히려, 모르니까 저럴 수 있는 거겠지. 답답한 인생들.

역시 산동반점이었다. 여수에서 발생한 긴급 사태로 새벽부터 초긴장 상태에서 하루를 보냈으니 어딘가 좀 다른 데를 가지 않을까 했는데, 김 소령은 아무 생각 없이 또 그 짜장면집으로 들어갔다. 사람은 거기도 많았다.

짜장면 둘과 탕수육 하나를 시킨 김 소령이 물을 한 컵 들이켜고 나서 "아, 결국은 이런 일이 일어나고 마네."라고 중얼거렸다. 김창복이 약간 짜증 섞인 목소리로 말했다.

"그러니 제가 뭐라 그랬습니까. 이달 초에 그 김영삭 명부 나왔을 때 증거가 있건 없건 그냥 다 잡아들여야 했어요. 이게 다 김지회, 이기주, 윤차돌이 그놈들이 벌이는 짓 아니겠습니까."

"아 이 사람아. 그땐 그럴 수가 없지 않았나. 아까 백 국장님도 그러셨잖아. 지나간 얘긴 하지 말고 지금 벌어진 일에만 집중하라고. 자꾸 그렇게 따지자면 자네가 홍순혁이 잡아들이지 않은 건 어떡할 건가? 그 사람은 명백히 남로당원이라고 적혀 있었잖아."

"아이, 그놈은 이한조 소위가 맡았었는데, 그놈 잡을 순서가 거의 다 돼서 이 사달이 났다고 하네요. 그건 참 면목 없게 됐습니다. 과장님. 그래도, 좀 늦긴 했지만, 김종서, 최남구, 오일규는 지금이라도 잡아넣어야 합니다. 보나 마나 그자들이 뒤에서 조종하고 있을 거예요."

"허허 이 사람, 아니 뭐라도 건덕지가 있어야 잡아넣을 거 아닌가. 괜히 여기저기 쑤시다가 다른 일까지 만들지 말고 지금은 그냥 14연대 일에만 집중하자고."

"제 얘긴 그 사민주의 그룹을 족쳐야 이번 일을 깔끔하게 해결할 수 있다는 겁니다. 14연대 반란을 철없는 일부 장병들의 즉흥적인 항명 정도로 봐선 안 됩니다. 그들 뒤에는 우리 정부를 흔들고자 하는 만만치 않은 조직이 있다고요. 남로당만 있는 게 아니에요. 그 반란군이 오늘 아침 여수 시내에 삐라로 뿌렸다는 호소문도 그렇고, 오후에 열린 인민대회가 뭔가 하는 데서 채택했다는 6개 항 결의문도 그렇지 않습니까. 미군 철퇴, 조선인민공화국 보위, 이승만 정부 분쇄, 토지개혁, 이런 게 다 빨갱이 주장이잖아요. 근데, 소령님, 우리가 지금 파악하기론 이 반란군 두목이 김지회 아닙니까. 사민주의자! 그러니까 뭡니까? 제 말은 사민주의자라는 놈들이 또 다른 빨갱이 집단이라는 겁니다. 자기네들은 공산주의자가 아니라고 하지만 뭐가 다릅니까? 조선인민공화국을 보위하고 충성하자는 거 좀 보세요. 걔들도 그냥 빨갱이인 거예요. 그러니 이놈들을 잡아들여야 해요. 특히 윗대가리들이요. 안 그러면 14연대 반란 같은 일이 다른 연대로도 계속 옮아갈 겁니다."

"아까 김점기 과장도 그러지 않던가. 그 6개 항 결의문에 있다는 조선인민공화국은 김일성의 조선민주주의인민공화국이 아니라 해방 직후 여운형 선생이 선포했던 조선인민공화국을 말하는 것일지도 모른다고. 그건 나도 그렇게 생각하네. 사실, 뭐 다른 데서도 그랬지만, 특히 전라도 지방에선 몽양이 주창했던 조선인민공화국과 인민위원회 체제에 대한 민중적 지지가 대단했었잖나. 그 미련이 남아 있는 게지. 우리가 이 사태에 제대로 대처하려면 저쪽의 정체도 정확하게 파악해야 하네."

"어쨌든 대한민국은 아니라는 거 아닙니까. 이승만 정부를 분쇄하자고 그러잖아요. 그러니 사민주의자들도 반체제, 반정부 집단인 거죠. 빨갱이들하고 다를 게 없다니까요. 안 그래요? 더 늦기 전에 이자들을 박살 내야 합니다."

"그렇다면 또 그렇지. 자, 어서 먹고 들어가세. 국장님도 곧 돌아오실 걸세."

"지금 김백국 중령님 보러 가신 거죠?"

"응. 그러고 나서 또 정일훈 대령님과도 어딜 간다고 하시던데. 아마 채병도 장군님 주도로 반란군을 담당할 별도의 지휘체계를 만드는 것 같아."

2

10월 22일 밤, 백선웅이 주재하는 육본 정보국 회의에 참석한 김창복은 국장 보좌관인 박선호 대위의 현황 보고를 듣고 있다가 문득 이 자리에 앉아 있는 자신이 참 대단하다는 생각이 들었다. 실로 꿈 같은 일이지 않은가? 불과 2년 전, 그는 걸인과 다를 바 없이 아무런 연고도 없는 서울 거리를 헤매고 다녔다. 일본 패망 후 고향인 함경도로 돌아갔다가 일제의 하수인이었던 게 드러나는 바람에 전범으로 몰려 죽을 고비를 두 번이나 넘긴 끝에 가까스로 월남에는 성공했지만, 남쪽에 그를 반겨주는 이는 없었다. 신원보증인은커녕 인사 나눌 사람도 없었으니 마땅한 데 취직하기도 어려웠다. 그저 하루하루 먹고사는 게 인생 지 대사였다. 그랬던 그가 지금 이 나라 군부의 최고 정보통들과 한자리에 앉아 나라 걱정을 하고 있는 것이다.

백선웅 정보국장, 김점기 정보과장, 김안석 특조과장, 그리고 나, 김창복!

김지회가 이끄는 2,000명가량의 반란군은 20일 아침 여수를 장악한 뒤 약 700명의 군사를 남겨두고 순천으로 이동하여 거길 또 점령하고 바로 그다음 날 세 그룹으로 나뉘어 각기 북쪽의 구례, 동쪽의 광양, 서쪽의 벌교 등을 향해 진출했으나 그날부터 본격화된 정부군의 반격에 막혀 22일 19시 30분 현재는 여러 소집단으로 흩어져 순천과 그 부근 산악지대에 산재해 있다는 게 박 대위 보고의 요지였다.

한동안 질문이 이어졌다. 그에 대한 박선호의 추가 설명이 끝나자, 백선웅이 엄중한 목소리로 향후 정보국이 해야 할 역할을 짧게 설명했다.

"어제 총리께서 이번 사태를 공산주의자들이 극우 정객들과 결탁하여 일으킨 반국가적 반란이라고 언론에 발표하셨는데, 그건 다분히 정부의 정치적인 언명이고, 우린 내부적으로 이 사건을 14연대에서 암약하던 공산주의자들과 사민주의자들의 합동 반란으로 규정한다. 반란군의 총지휘자는 김지회 중위다. 남로당이나 북한이 공식적으로 개입했을 개연성은 없거나 매우 낮다. 고로 이번 사태에 관한 한 우리의 적은 남한 군부 내의 좌익, 정확히 말하자면 반체제·반정부적인 좌익 장병으로 한정한다. 우리의 임무는 이 좌익 군인들을 척결하는 데 있다."

김창복이 득의만면하여 물었다.

"그러니까 남로당원들은 물론 사민주의자들도 다 잡아들이자는 거죠?"

"그렇다. 다만, 자네들도 알다시피 사민주의자라고 해서 무슨 징표가 있는 건 아니다. 당원증도 없고, 족보도 직위도 아무것도 없다. 우리가 사민주의자 한 놈을 잡아들이려면 그가 반체제적이거나 반정부적인 군인이라는 사실을 밝혀내야 한다. 쉽지 않은 일이다. 자칫 잘못하다간 역풍을 맞을 수도 있다."

"그깟 놈들, 잡아서 족치면 다 알 수 있습니다. 공산주의자든 사회주의자든 빨갱이 놈들은 다 뻔합니다. 1940년에 일본 헌병이 되고 나서 지금까지 제가 잡은 빨갱이만 수천 명에 달합니다. 그놈들 며칠 굴리면 결국은 다 불게 돼 있습니다."

"결국 자백을 받아내겠다는 거 아닌가. 그러자면 고문할 때도 있을 테고. 그러다 만일, 특히 고급 장교를 상대하다가 안 좋은 일이라도 벌어지면 정치나 사회경제 쪽 문제로 비화할 수도 있다. 명심해야 한다."

김안석이 거들었다.

"맞습니다. 장교 중에는 국회의원이나 미군 고문관, 유력 경제인 등과 친하게 지내는 사람들이 꽤 있습니다. 조심해야 합니다."

백선웅이 눈으로 김창복의 다짐을 받고 나서 다음 주제로 넘어갔다.

"어제 발표 난 대로 반군토벌전투사령부가 구성됐으니, 우리도 광주로 내려가야 한다. 거기서 우리 정보국이 할 일이 많다. 전투는 원용득 대령과 김백국 중령의 2여단이 5여단이 하겠지만, 전체 작전 계획은 우리도 같이 짜야 한다. 물론 토벌사령부의 일차 목표는 순천과 여수를 신속하게 되찾고 반란군을 섬멸하는 거지만 그 못지않게 중요한 것이 군 내부에 있는 반정부 좌익들을 제거해 내는 일이다. 이번 사태를 계기로 숙군작업을 철저하게 해서 우리 군이 모범적인 반공 국가의 군대로 거듭날 수 있도록 해야 한다. 군을 말끔하게 정비하자는 거다. 이건 대통령 각하의 뜻이다."

누가 시킨 것도 아닌데, 대통령 각하라는 말이 나오기가 무섭게 모두가 앉은 채로 일제히 차렷 자세를 취하며 "예, 알겠습니다. 명심하겠습니다."라고 소리쳤다. 백선웅은 차가운 미소를 잠깐 지었다가 말을 이어갔다.

"이번에 우리가 내려가면 전남, 특히 여순 지역의 반란 세력을 정밀히 조사해야 한다. 이건 좀 조심스러운 얘기지만, 군인만이 아니라 필요하면 민간인도 좀 살펴봐야 한다. 반란이 일어나자 인민들의 호응이 대단하지 않았는가. 여수에선 기다렸다는 듯이 그날 바로 인민위원회가 부활했다. 지금도 그 인민 정부가 다스리고 있다. 모양새가 이상하지 않은가? 뿌리가 군 바깥에 있을 수도 있다. 그게 아니라면 줄기나 가지가 그리로 뻗쳐나가 무성해진 것일 수도 있겠고. 아무튼 양쪽을 다 봐야 한다. 어느 쪽에서든 제대로 하나 파내면 감자알 나오듯이 줄줄이 달려 나올 거다. 이참에 끝까지 파고들어 발본색원해야 한다. 요즘 김일성이나 박헌영의 움직임도 심상치 않다. 하루가 급하다. 좌익 척결이 이루어져야 우리 군과 대한민국이 건전하고 건강하게 발전해 갈 수 있다. 난 그 일이 이 시대에 우리 정보국에 주어진 지상과제라고 본다."

일동이 다시 "예, 명심하겠습니다."라고 소리쳤다.

"고맙다. 아마 광주에 내려가면 김점기 소령과 김안석 소령은 작전참모로서도 해야 할 일이 많아 정신이 없을 거다. 그러니 이 중차대한 숙군작업은 적어도 당분간은 김창복 대위가 주도해야 한다. 말하자면, 고군분투해달라는 거다."

김창복이 벌떡 일어서더니 백선웅에게 허리를 90도로 굽혀 인사하곤 "예. 국장님의 명을 받들어 숙군작업에 목숨 바쳐 매진하겠습니다."라고 말하고 앉았다. 그의 목소리는 떨렸고, 눈빛은 더없이 진지했으며, 입술은 다부졌다.

옆에 있던 김점기는 씩 웃고 말았지만, 건너편의 김안석은 오른손 엄지를 치켜세워 김창복에게 축하와 격려의 뜻을 전했다. 하지만 그의 얼굴에도 일말의 뜨악함은 피어났다. 하긴 자기보다 네 살이나 어린 백선웅에게 꼬리 흔드는 강아지처럼 구는 김창복의 모습이 다소 꺼림칙하긴 했을 것이다.

백선웅의 얘기는 계속됐지만, 더는 김창복에게 들리지 않았다. 아니 들을 필요가 없었다. 드디어 내가 이 일을 전담하게 됐다. 이제부턴 내가 하면 된다. 스스로 알아서 하면 된다.

3

10월 27일 황혼 녘, 광주에서 올라온 김창복은 시간이 없다며 오성 살롱 귀빈실에 앉아 중국 음식을 시켜 먹었다. 고급 술집에서 짜장면 냄새를 피우면 어떡하냐고 앙알대던 강 마담도 어느덧 맞은편 자리에 앉아 젓가락질에 바빴다.

늦게 출근한 수향이 귀빈실로 헐레벌떡 들어와선 냄새 타박을 했다. 그래도 김창복은 그런 수향이 귀여운지 그녀를 자기 옆에 앉히곤 접시에 탕수육, 난자완스, 팔보채 따위를 잔뜩 담아주었다. 그녀는 겨우 난자완스 한 조각을 먹고는 느끼하니 위스키를 마시자고 했다. 수향이 뭘 하자면 그저 좋다고만 하던 김창복이 웬일인지 술은 나중에 하자며 대신 홍차를 가져오라고 했다.

뜨거운 홍차 한 잔을 후루룩 소리를 내가며 서너 모금에 다 마시고 난 김창복이 목포가 고향이라던 수향에게 여수에 가본 적 있냐고 물었다.

"없어요. 전라도라고 해봐야 가본 데는 광주뿐이에요. 왜요?"

"여수에서 난리 났다는 건 알지?"

"알지요. 여수만이 아니라면서요. 순천, 구례, 벌교, 광양까지 다라고 하던데."

"다는 아니고 전라도 일부 지역이야. 동쪽. 그리고 여수 빼곤 초기에 다 진압됐어. 여수가 좀 오래 버틴 거지."

"아, 그러면 이제 여수도 조용해졌어요?"

"오늘 오후에 우리 군이 여수를 완전히 탈환했어. 내가 그거까지 보고 받고 온 거야, 지금."

"어디서요?"

"광주. 우리 토벌사령부가 거기 있거든."

"요새 광주에 계셨던 거예요? 아, 그래서 통 안 보이셨구나. 근데, 아까 오후까지 거기 계셨다고요? 그러면 어떻게 지금 여기 계신 거예요?"

강 마담이 아는 체했다.

"대위님 같은 분들은 비행기 타고 다니시잖아. 맞죠?"

김창복이 그게 무슨 대수냐는 듯 덤덤히 말했다.

"그럼, 우린 할 수 없어. 워낙 급하게 다룰 일들이 많으니까. 그래도 뭐 맨날 시간이 부족해서 쩔쩔매는걸. 오늘도 중요한 분을 급히 만나야 해서 그 바쁜 중에 이리 날라 온 거야. 내일 아침이면 일찍이 또 돌아가야 해."

수향이 안타까워하는 표정을 지었다.

"어머 어떡해요? 너무 바쁘게 살면 건강 해치는데. 일도 쉬엄쉬엄하셔야죠. 가끔 놀기도 하면서."

"그럼, 오늘 밤엔 수향이가 나랑 좀 놀아줄래?"

"오늘 저한테 어떻게 하시는지 봐서요."

"오늘은 내가 점잖게 대하마. 흐흐흐. 이따 여기 오시는 분이 아주 점잖은 분이거든. 내 딱 그분만큼만 하지. 그나저나 강 마담이 그 양반한테 신경 좀 단단히 써 줘야겠어. 우리 군의 엘리트 중의 엘리트야. 백 국장님은 물론 그 위에 참모총장님이나 장관님하고도 아주 친한 분이셔. 국방부에서 중책을 맡고 계시고."

강 마담이 호들갑을 떨었다.

"어머 정말 대단하신 분이네요."

김창복이 목소리를 낮추었다.

"그럼. 각하하고도 수시로 만나시는 분이야."

강 마담이 신음하듯 말했다.

"어머머 세상에. 그런 분이 우리 집에 오신다니."

수향도 속삭이듯 말했다.

"각하라면, 그분 말씀하시는 거예요? 박사님?"

김창복이 재미가 있는지 더 작은 소리로 답했다.

4장. 다 빨갱이들 짓인데요, 뭐.

"그렇지. 수향이가 아주 똑똑하구나. 우리 이 박사님이시지."
"어머 그럼 이 박사님도 여기 오세요?"

임상헌 중령은 약속 시간인 19시 30분에 정확하게 왔다. 저녁 식사를 마치고 홀에 나와 기다리던 김창복은 그가 들어오자 벌떡 일어서서 긴장한 얼굴로 거수경례했다. 임상헌은 웃으며 악수만 청했다.

강 마담은 그를 귀빈실로 안내했다. 어느새 짜장면 냄새는 사라지고 은은한 향수 냄새가 방안을 채우고 있었다. 김창복이 상석에 앉은 그에게 전남반란지구 현황을 마치 영화 줄거리 얘기하듯 구성지게 보고하는 사이 테이블에는 위스키와 얼음물, 과일과 마른안주 등이 차려졌다.

웨이터들이 나가고 강 마담이 공손하게 양주잔을 채워주자 임 중령은 같이 마시자는 말도 없이 단숨에 술잔을 비웠다. 그러곤 한 마디 툭 던졌다.

"여수가 탈환됐으니 좌익 척결작업은 이제부터 시작이네."

김창복이 신이 나서 말했다.

"맞습니다. 이제부텁니다. 저는 내일부터 여수에 가 있을 겁니다. 일이 마무리될 때까진 거기가 제 본거지입니다. 14연대 빨갱이들의 뿌리는 분명히 민간에 있을 겁니다. 이번에 가서 제대로 한번 조사해 보겠습니다."

임상헌이 자기 잔을 김창복에게 건네며 술을 따랐다.

"과연 듣던 대로군. 맞네. 뿌리는 당연히 그 땅에 퍼져있는 거지. 14연대가 뭔가? 전남 향토 연대인 광주 4연대에서 나온 거 아닌가. 광주 애들하고 여순 지역 애들 섞어서 또 하나의 향토 연대를 만든 게 바로 14연대라고. 2,000명이 넘는 연대원들 고향이 거의 다 전남이야. 그 동네가 해방 후 지금까지 얼마나 시끄러웠나? 경찰이나 관료는 친일파가 다 해 먹는다는 둥, 일제 때 부자는 더 부자가 됐고 가난한 놈은 더 가난해졌다는 둥, 미곡 수매나 배급제를 철폐하고 북조선 같이 토지개혁을 시행하라는 둥, 거참 가관이지 않았나? 아니 뭔 불만이 그리 많고 뭔 요구가 그리 많아. 가만히 있으면 다 먹고살게 해줄 텐데 말이야. 북조선이 그렇게 좋으면 그리로 가든가. 아니 왜 남조선에 앉아서 빨갱이 짓을 해대는 거야? 안 그런가?"

"제 말이 그겁니다. 저는 김일성과 소련 놈들이 북조선을 빨갱이 세상으로 만드는 걸 볼 수 없어서 남조선으로 온 사람 아닙니까. 그랬는데 여기 와서 보니까 어떤 놈들은 떡하니 남조선에 앉아서 빨갱이 짓을 하는 거예요. 군대까지 붉게 물들여 가면서 말이죠. 그런 놈들을 그냥 둬선 안 됩니다. 못된 나무는 초기에 뿌리째 싹 뽑아야 합니다. 안 그러면 나중엔 깊이 박혀서 어쩌지도 못해요."

"그럼 그럼. 자 우리 한 잔씩 더 하세. 말 통하는 사람 만나니까 술이 술술 들어가는구먼. 그나저나 이게 무슨 술인가? 오, 조니워

커 블랙이구먼. 역시, 좋아."

낄 틈을 못 찾아 눈치를 보던 강 마담이 그제야 활짝 웃었다.

"아, 아시는군요. 김 대위님이 귀한 손님이 오시니까 최상의 서비스로 모셔야 한다고 해서 꼭꼭 숨겨 뒀던 걸 꺼냈어요. 이 술이 오늘 임자를 만났네요. 얼음을 좀 넣어드릴까요?"

"아냐, 좋은 술은 스트레이트로 마셔야지. 그래야 제맛이 나지."

김창복이 맞장구쳤다.

"맞습니다. 중령님. 그냥 스트레이트, 스트레이트죠."

"맞네. 우린 스트레이트지. 핫하하. 그래서 말인데, 김 대위가 토벌사령부에서 허리 역할을 맡고 있으니 거기서도 그냥 스트레이트로 밀어붙이게. 토벌 대상을 반란군으로 한정 지어서는 안 된다고 말일세. 이번 기회에 그 동네의 민간 좌익까지 싹 다 없애야 하네. 전라도가 깨끗해지면 경상도나 충청도는 그냥 따라와요."

"토벌사령부의 공식 임무에 아예 민간 좌익 척결도 넣으라는 말씀이죠?"

"역시 척하면 척일세그려."

"제가 어떻게 감히 그런 일을 혼자…. 백선웅 국장님이나 김백국 여단장님이 앞장서주셔야 합니다. 저야 그냥 그분들 뒤에서 시키는 일이나 하는 거죠."

"무슨 소리. 사실, 그 앞장서는 일을 부탁하려고 급히 좀 보자고 한걸세. 여수를 끝으로 반란군과 지방 좌익에게 점령당했던 지역은 다 찾은 셈이니 내일부터는 당장 토벌사령부 개편 작업이 진행될걸세. 그 과정에서 제일 중요한 건 목표 설정이야. 송호승 사령관은 십중팔구 지리산으로 피신한 반란군 진압을 제일의, 아니 유일의 목표로 삼으려고 할걸세. 그래선 안 되지 않나. 이 기회에 전남의 좌익세력을 완전히 척결해야지. 그러니 목표는 반군 토벌이 아니라 좌익 토벌로 넓혀야 하네. 근데 백선웅이나 김백국이 송 사령관 뜻을 거스르기는 쉽지 않을걸세. 토벌사령부에선 송이 그 두 사람의 직속상관 아닌가. 거기다 친분들도 오래됐고. 그거에 비하면 자넨 좀 쉽지. 송과는 어차피 거리가 꽤 있잖나. 더구나 자넨 세상이 다 아는 빨갱이 사냥꾼이야. 최고라고. 그건 우리 장관님이나 대통령 각하도 인정하시는 거 아닌가. 그런 자네가 이참에 민간 좌익 척결까지 이루어져야 숙군작업이 완성될 수 있다고 주장하고 나서면 송도 뭐라고 하기가 어려울 걸세. 백선웅이나 김백국은 자네가 먼저 그렇게 분위기를 띄워주면 뒤에 있다가 자네 주장을 옹호하면서 차차 합세해 주는 게 낫지. 모양새도 그렇고 실제 효과도 그렇고 말이야. 안 그렇겠나?"

"그렇게 하라시면, 저야 뭐 그냥 합니다. 늘 해온 대로 스트레이트로 가면 되죠. 근데, 제 생각엔, 아무래도 높은 데서 압력이 좀 세게 와야 일이 될 거 같습니다. 사실, 제 말은 물론이고 두 분 중령님의 말씀도 사령관이 독하게 맘먹고 무시해버리면 그걸로 그냥 그만 아닙니까. 사령관이 워낙 고지식하니까요."

"자네도 꼼꼼하구먼. 실은, 그래서 내가 공작을 별도로 하나 또 벌이고 있네. 이제 거의 다 됐어. 조만간 정부 발표가 있을 걸세."

"정부 발표요? 어떤 겁니까?"

임상헌이 강 마담과 수향을 쳐다보며 말했다.

"이건 좀 조용히 할 얘기네"

김창복이 그 두 사람에게 말했다.

"한 10분만 있다가 들어와. 그때부터 제대로 마시자고. 알지?"

수향이 나가면서 짐짓 삐진 체를 했다.

"몰라요."

임상헌이 그녀의 뒷모습을 유심히 바라보며 김창복에게 물었다.

"저 아이 아주 귀엽네. 오늘 밤에 내 짝 삼아도 될까?"

"중령님께는 저런 애보다는 강 마담이 좋죠. 얼굴만 예쁜 게 아니라 몸매도 좋고, 말해보면 교양도 꽤 있는 여잡니다."

"수향이가 자네 여자인가 보군. 안 그런가?"

"아이고, 그런 거 아닙니다. 알겠습니다. 수향이는, 제가 강 마담한테 얘기해 놓겠습니다. 자, 이제 그 얘기 좀 해 주십시오."

"아, 그래. 지난주에 우리 장관님이 여수 반란에 우익도 일부 관여했다고 발표했다가 망신을 좀 당하시지 않았나. 김구 쪽 인간들이 얼마나 난리를 치던지. 게다가 언론은 왜 그래? 나 참, 걔들까지 나서서 야단법석을 떠니 우리가 아주 힘들었어. 우리 영감님은 박 사님한테까지 한 말씀 들으셨네."

"아이고, 그러셨군요. 그냥 공산주의자들의 준동이라고만 할 걸 그랬습니다."

"그 후에 우리가 장관실 인력을 총가동해서 급한 대로 연구를 좀 해봤네. 그 결론이 아까 자네가 말한 바로 그거야. 군란의 뿌리는 민간에 있다는 거지. 전남 지방에 쫙 퍼져있는 민간 좌익세력들이 문제의 근본인 거야."

"맞습니다. 전남 지방을 빨갱이 밭으로 봐야 해요. 그래서 일단 거길 싹 다 갈아엎어야 합니다. 그래야 문제가 풀리기 시작합니다."

"그래요. 그렇게 보자는 거야. 그리고 그걸 온 세상에 알리자는 거야. 국방부가 아니라 정부가 그걸 공식적으로 발표하는 거지. 설득력 있게 말이야. 그러면 힘이 확 실리거든. 장관님하고는 얘기가 끝났네. 자네 혹시 김형모 차장님 아나?"

"모릅니다. 저야 뭐 군인들이나 좀 알죠."

"공보처 차장님이신데 우리 장관님하고는 막역한 사이셔. 동갑에다 족청도 같이 하시고 해서 친구처럼 지내시지. 장관님이 그분에게 당부해 놨으니 아마 조만간 무슨 발표가 있을 걸세. 공보처가 뭔가? 중앙정부의 대변 기구 아닌가. 그러니 공보처가 발표하면 그게 정부 입장인 거야."

"아, 그럼, 송호승 사령관님도 그 뜻을 알아듣겠지요?"

"그렇지. 물론이지. 육군 총사령관이 그걸 못 알아먹겠나? 자네를 포함해서 백선웅이나 김백국 같은 토벌사령부의 중심인물들이 토벌 대상을 민간으로까지 넓혀야 한다고 하는데, 그 주장을 정부가 연구 결과까지 들먹이며 지지해 주고 나서면, 총사령관이 어찌 그걸 무시할 수 있겠나. 그러니 정부 발표까지 나면 일은 되는 거네. 정부 쪽 일은 내가 알아서 할 테니 자네는 내일 내려가면 그냥 스트레이트로 밀어붙이게."

"알겠습니다, 중령님. 부족한 제게 이런 중차대한 일을 맡기시니 황송할 따름입니다. 명하신 바를 그저 황소같이 밀어붙이겠습니다."

"고맙네. 초면에 어려운 부탁을 하게 돼서 내심 걱정했는데 이렇게 흔쾌히 나서주니 정말 고맙구먼. 다음엔 김백국 중령하고 같이 만나세. 김 중령이 자네 칭찬을 많이 하더군. 이리, 아니 지금은 전주로 갔지. 암튼 그 3연대에서 만났다면서?"

"네, 맞습니다. 그때 이리 연대장이셨던 김 중령님이 저를 정보하사관으로 일하게 해 주셨습니다. 제가 장교가 될 수 있었던 것도 김 중령님 덕분입니다. 사관학교 지원할 때 남조선에 아무런 연고도 없는 제게 추천서를 써주셨습니다. 평생 갚아도 모자랄 은혜를 입은 거지요."

"김 중령도 그렇게 해서 자기 사람 하나 만든 거지 뭐. 서로 좋은 거야. 자네가 3기 중에선 대위도 가장 빨리 달았다며? 능력대로 가는 게 맞지. 김 대위, 기왕 속도 낸 거 좀 더 달려보는 게 어때? 이번 기회에 좌익 척결을 본때 있게 하는 거야. 아주 과감하게. 그리고 스트레이트로 무궁화 하나 다는 거지."

"아이고, 그건 힘들죠. 제가 대위 단 지 얼마나 됐다고 언감생심…"

"아냐 할 수 있어. 내가 장담하지. 원래 신생 국가는 능력주의로 가는 게 맞아. 그래야 나라 기틀을 빨리 잡지. 내가 우리 채병도 총장님의 일본 육사 후배라는 건 알지? 그 양반이 아주 후덕한 분이지만 빨갱이는 끔찍이 싫어하시네. 우리 장관님이야 말할 것도 없고. 근데 여순지역에서 저 빨갱이 군란이 일어났으니 두 분 다 얼마나 속상하고 자존심 상하셨겠나."

"그러셨겠죠."

"영관급 이하 군 인사는 이 두 분이 알아서 하시는 거 알잖나. 근데 두 분 다 인사 문제는 항상 나랑 상의하시네. 뭐 사실 인사 문제만 그런 건 아니지만. 아무튼 한번 해보게. 빨갱이만 제대로 소탕해 주면 까짓 소령 되는 거야 일도 아니지. 소령 진급이 문젠가, 아마 당장 경무대에서 들어오라고 하실 걸세. 그럼 가서 박사님께 인사도 드리고 해야지. 측근이라는 게 뭐 따로 있나? 다 그렇게 되는 거지."

4

김창복은 김포 비행장에서 C-47을 타고 광주 송정리 비행장으로 날아갔다. 10월 28일 아침이었다. 착륙할 즈음 창밖으로 보이는 이국적인 모습의 무등산이 새삼 안타까워 보였다. 무등(無等)의 세상이란 건 존재할 수가 없지. 어림도 없는 얘기야.

옆자리에 앉아 같이 왔던 하우스만 대위와 헤어져 어제 비행장 한구석에 세워두었던 자신의 차를 깨워 여수를 향해 달렸다. 화순을 막 지나 차도 양옆에 코스모스가 군락을 이루고 있는 곳을 통과할 때 또 수향이 생각났다. 몸 여기저기엔 아직도 그녀의 나른한 체취가 남아 있었다. 그녀는 어젯밤 잠자리에서 자기도 비행기 한번 타보고 싶다며 여수에 데려가달라고 떼를 썼다. 말도 안 되는 소리를 하는 그녀가 어찌나 귀엽던지. 아니 그녀가 어제따라 유난히 귀엽고 사랑스러웠던 건 누구를 짝으로 선택하겠냐는 임상헌의 물음에 단 1초의 망설임도 없이 자신에게 달려와 안겼을 때였다. 그녀의 깜찍하고 단호한 태도를 보곤 임상헌도 호쾌하게 웃으며 점잖게 물러났다. 기분 좋은 밤이었다.

김창복은 여수에서 처음 열린 정보국 회의 시간을 가까스로 맞출 수 있었다. 여수경찰서 앞에서 우연히 만난 김종견 대위의 무용담을 들어주느라 시간을 허비한 탓이었다. 빠듯하게 도착하여 제일 늦은 줄로 알았는데 시간 약속에 칼 같기로 유명한 백선웅이 아직 오지 않았다.

숨돌릴 시간이 생겨 회의장을 둘러보니 정보국 상근자가 아닌 사람들도 몇 명 있었는데 그 중엔 박정두 소령도 보였다. 그는 김안석과 김점기 과장 사이에 앉아 얘기하다가 김창복이 테이블 건너편에서 눈인사를 보내자 고개를 까딱해 보였다. 언제봐도 차가운 느낌을 주는 사내였다.

아까 길에서 마주친 김종견은 어디서 들었는지 다짜고짜 저 박정두 얘기를 꺼내며 자기가 동향이라 잘 아는데 그놈이 빨갱이가 분명하니 잡아 족쳐보라고 했었다. 그렇지 않아도 오래전부터 그를 주의 깊게 관찰해 오던 터였다. 사실 백선웅과 김안석만 아니었다면 이달 초 김영삭 명부에서 그의 이름을 봤을 때 바로 잡아들였을 것이었다. 그런데 자꾸 영관급은 증거나 증인을 먼저 확보해야 한다고 해서 그런 걸 신경 쓰느라 아무런 조치도 취하지 못했다. 그사이 저렇게 활개를 치고 다니고 있다. 이젠 감히 빨갱이 잡는 대책을 논의하는 자리에까지 와 있지 않은가. 세상이 정말 엉망진창이다.

백선웅은 5분가량 늦게 들어왔음에도 한 시간은 늦은 양 미안해했다. 그와 같이 온 김백국 중령도 다 자기 탓이라며 덩달아 과한 사과를 거듭했다. 김창복은 우익 엘리트 사회에서 심심찮게 볼 수 있는 저런 지나치게 예의 바른 모습이 불편했다. 왠지는 정확히 모르겠지만 저런 모습을 대할 때면 늘 반발심 같은 게 생겼다.

백선웅이 정보국 회의에 5여단장 김백국을 초대한 이유를 설명했다.

"여수를 수복했으니 이제 새로운 국면으로 들어갑니다. 오늘 회의에서는 앞으로 전개될 토벌 작전의 성격에 대하여 정보국이 공식적으로 어떤 견해를 취할지 논의할 겁니다. 당연한 얘기지만, 그 논의를 제대로 하기 위해선 먼저 정확한 전황 파악이 필요합니다. 김백국 여단장님은 그동안 현장에서 반란군 격퇴 작전을 진두지휘해 온 분입니다. 누구보다 현장 상황을 잘 아십니다. 게다가, 이건 아직 발표된 건 아니지만, 우리 국방부는 조만간 전투사령부를 다시 개편할 겁니다. 그렇게 되면 앞으로 지리산 주변 지역에 대한 토벌 작전은, 그 성격이 어떻게 규정되든 간에, 김백국 여단장이 실질적으로 주도하게 될 겁니다. 결국, 오늘 회의를 통해 정보국의 의견을 현장 지휘관에게 바로 전달할 수 있다는 거죠."

김안석 과장이 그 순진해 보이는 눈을 껌뻑거리며 사뭇 진지한 질문을 던졌다.

"토벌 작전의 향후 성격을 논의한다고 하셨는데, 성격이라고 하시면 그게 구체적으로 어떤 의미입니까? 지금까지와는 뭔가 달라져야 한다는 거 같은데, 예를 들자면 뭐 어떤 걸까요?"

"다 아실 만한 분들이니 단도직입적으로 말하지요. 토벌 대상, 그 얘깁니다. 지금까지 전투사령부의 표적은 반군이었습니다. 반란군을 토벌하자는 거였죠. 그런데 지난 일주일간의 토벌 과정에서 충격적인 사실을 확인하게 됐습니다. 반군들을 받쳐주는 거대한 민간 세력이 존재한다는 겁니다. 군란이 발생한 첫날 여수 인민대회장에 얼마나 많은 사람이 운집했습니까. 군중들의 열기가 해방되던 날보다 더했다는 거 아닙니까. 그리고 인민위원회 체제가 가동됐습니다. 행정, 치안, 금융, 산업, 노동, 복지 등 제반 영역에 말이죠. 준비를 해왔다는 거 아니겠습니까? 순천이나 구례, 벌교 등에서도 대개 비슷한 일이 벌어졌어요. 사정이 이러니 토벌 대상을 민간 좌익까지 넓혀야 한다는 주장이 자연스레 나오게 되는 겁니다."

김창복이 큰 소리로 말했다.

"당연한 거지요. 어쩌면 14연대 반란은 민간 좌익들이 사주한 건지도 모릅니다. 군관민 가릴 것 없습니다. 싹 다 뒤져봐야 합니다."

"아무튼 뭐 그래서, 국방부는 토벌 작전의 성격과 방향을 좀 더 정밀하게 다듬어야 한다는 쪽으로 방침을 정했습니다. 그리고 우리 정보국에 그 초안을 만들라는 명령을 내렸습니다. 우리가 초안을 작성하면 장관실은 그걸 놓고 토벌사령부 및 미 군사고문단과 연석회의를 몇 차례 가진 후에 최종 결정을 내리겠다고 합니다. 김안석 소령, 이제 됐습니까?"

"네. 알겠습니다."

"자 그럼 김백국 여단장으로부터 직접 현황 보고를 듣겠습니다."

김백국은 그동안 토벌사령부가 수행한 작전의 전개 과정과 그 결과를 상세하게 보고했다. 그리고 앞으로의 작전 방향과 관련하여 일단의 소회를 피력했다. 그는 특히 두 가지를 강조했는데, 하나는 민간에 이미 반란군의 든든한 지지기반이 형성돼 있는 고로 그

기반을 붕괴시키지 않는 한 산으로 피신한 반란군의 유격전은 장기화할 가능성이 크다는 것이었다. 그는 전남 각지에서 주민들이 반란군을 환대하고 도와주고 숨겨주고 하는 것들을 무수히 목격했다며 분통을 터트리기도 했다. 다른 하나는, 지방 좌익세력이 향토연대를 선동하여 다시금 반란을 일으킬 우려가 있는 곳이 광주 외에도 대구 마산 군산 등 몇 군데 더 있는지라, 정부는 여수에서 벌어진 이 첫 사례에서 강력한 좌익 척결 의지를 보여주어야 한다는 것이었다. 민간 좌익세력도 토벌 대상에 포함함으로써 여순 지역의 좌익들을 샅샅이 색출하여 무관용 원칙으로 엄정하게 처리해야 여타 지방의 좌익들이 감히 엉뚱한 시도를 못 할 것이고, 그래야 전라도와 경상도에 널리 퍼져있는 좌익들의 세가 수그러들고 사라지게 될 것이라고 했다. 그 대목에서 김창복이 다시 나섰다.

"여단장님 말씀이 백번 옳습니다. 민간에 박혀있는 뿌리를 그냥 두면 군대 안으로 들어온 줄기나 가지는 아무리 잘라내도 금세 또 무성해집니다. 민간 좌익 척결이 곧 숙군작업인 겁니다. 이젠 우리 국방부가 입장을 분명히 밝혀야 합니다. 숙군작업의 연장선상에서 전남반란지구의 불순분자들을 말끔히 척결하겠다고 말이죠."

김점기 정보과장이 조심스레 말했다.

"그 취지야 이해할 수 있지만, 그렇게 하면 우리 군이 특정 지역을 일종의 적색 지대로 규정해 버리는 꼴이 되는데, 그 부작용이 크지 않을까요? 설마 지금의 제주도 정도는 아니겠지만, 자칫하면 전남 지방도 반체제나 반정부 지역으로 인식되는 게 아닐지 걱정입니다. 대한민국이 수립된 지 얼마 안 됐는데 이 나라가 자꾸 사회통합이 아닌 사회분열 쪽으로 가는 것처럼 보이는 건 곤란하다고 생각합니다."

김안석이 동의했다.

"그러게요. 제주에 이어 전남까지 반란지구라고 규정해버리면 그거야말로 누워서 침 뱉기입니다. 상당수의 전남 주민이 반란군을 환호하고 그들에 동조했다곤 하지만, 그건 그들의 이념 성향에 기인한 게 아니라 생활고 때문일 가능성이 큽니다. 해방돼서도 여전히 먹고사는 게 힘드니까 정부를 원망하고 있었는데, 돌연 반란군이 무슨 해결책이나 있는 것처럼 당당하게 일어서니 그저 막연한 희망에 들떠 그들을 환대하고 지지했던 걸로 봐야 할 겁니다. 그렇게 본다면 민간에서 벌어진 작금의 사태는 좌우 문제가 아니라 단순히 먹고사는 문제 때문이라고 해야 할 거고, 그렇다면 해법은 토벌이 아니라 설득과 회유가 아닐까, 저는 그렇게 생각합니다."

김창복이 구시렁거리듯 말했다.

"그런 설득과 회유까지 군이 하나요? 먹고사는 문제야 정부를 믿고 기다려 봐야 하는 거지, 그런 문제를 군이 어떻게 해결해 주겠어요?"

평소와 다르게 김안석 과장이 약간 짜증 섞인 말투로 응대했다.

"그러니까 우리 군은 민간인이 아닌 군인을 상대하자는 거 아닌

가. 반란군 토벌에 집중하자는 거지. 그게 맞지 않나?"

김점기가 다시 입을 열었다.

"민간의 반란군 동조 문제는 먹고사는 문제와 연결해서 보는 게 맞을 겁니다. 그걸 전남 사람들의 반체제, 반정부, 좌경적 성격 때문이라고 보고 대응하면 우리 사회나 국가는 앞으로 두고두고 상당한 비용을 치러야 할 겁니다. 국민 분열에 따르는 정치, 경제, 사회, 그리고 심지어 문화적인 대가는 언제나 만만치 않아요. 그리고 더 중요한 것은 그 관점은 사실에도 부합하지 않는다는 겁니다. 46년에 일어났던 10·1 사태를 보십시오. 그건 뭐 민란이라고도 부를 수 있을 만큼 어마어마한 민중항쟁이지 않았습니까. 그게 어디서 처음 일어났습니까? 대굽니다. 대구에서 경북 각지로 퍼져나갔고, 나중엔 남조선 전체로 확산했습니다. 다들 아시다피시, 대구와 경북엔 아직도 그 여파가 있어요. 김백국 여단장님도 언급하셨지만, 우리가 대구 6연대를 위험하게 보는 연유가 거기 있는 거 아닙니까. 그러면 대구나 경북도 좌익 지대로 봐야 합니까? 광주는 또 어떻습니까? 마산은요? 여순지역이나 전남 동부만 문제인 게 아니라는 겁니다. 이건 그냥 말 그대로 먹고사는 문제에요. 먹고사는 게 너무 팍팍하니까 이런저런 불만이 경제, 사회, 정치적으로 계속 쌓이다가 어떤 계기를 만나면 터지는 거예요. 그건 어디서나 그래요. 근데 그걸 특정 지역의 문제로 보면 부작용만 커질 뿐 전혀 해결이 안 됩니다. 송호승 사령관님도 그런 문제 때문에 민간의 좌익 문제는 최대한 신중하게 다루자고 하는 게 아닙니까. 나라가 남북으로 나뉘어 있는데, 잘못하다간 남한 사회마저 분열되는 게 아닐지 걱정하는 거죠."

현황 보고 후 줄곧 듣고만 있던 김백국이 개입했다.

"인정할 건 인정합시다. 남한 사회는 이미 분열돼 있습니다. 지역이 아니라 이념에 의해서 말입니다. 물론 아직은 소수지만, 좌익분자들이 자기들만의 세를 이루고 있는 게 사실이지 않습니까. 이들의 존재야말로 아주 위험한 사회 분열적 요솝니다. 순백이어야 할 남한 사회에 자꾸 뻘겋고 흉측한 부문이 늘어나는 걸 그대로 보고만 있을 수는 없어요. 이들을 제거해야 진짜 사회통합을 유지할 수 있는 겁니다. 하얗게요. 내가 아까 말한 건 전남 지방의 민간 좌익도 토벌 대상으로 삼아야 한다는 거지 전남을 혹은 전남 사람들을 그렇게 하자는 게 아니지 않습니까. 내가 언제 특정 지역을 낙인찍자고 했습니까? 사람 말을 그렇게 매도하면 안 되지요. 난 그냥 민간에 숨어서 암약하고 있는 좌익세력을 솎아내자는 겁니다. 지금 전남 지방에 있는 부대에서 반란이 일어났으니 그 지방의 좌익분자들을 걷어내자는 거지요. 군란이 만약 14연대가 아니라 6연대에서 일어났으면 난 경북 지방의 민간 좌익을 색출하자고 했을 거요. 남북이 좌우 이념으로 나뉜 상황에서 남한 사회마저 좌우로 분열되면 그거야말로 큰일입니다. 유사시에 남한 좌익이 북조선과 연계하여 총궐기라도 하게 되면 그걸 어떻게 할 겁니까? 누가 책임질 겁니까? 정말 큰일 납니다. 정신 바짝 차려야 해요."

회의실이 조용해졌다. 각자들 자기 생각에 빠진 듯했다. 백선웅이 그 큰 눈을 껌뻑거리며 침묵을 깼다.

"우리 김백국 여단장님이 아주 중요한 지적을 해 주셨습니다. 이제 시간이 상당히 흘렀으니 아직 발언을 안 하신 분들을 중심으로 해서 얘기를 조금만 더 듣고 오늘 회의는 마무리 짓도록 하겠습니다."

김창복이 손을 번쩍 들었다.

"좌익 문제라면 박정두 소령님도 전문가이십니다. 박 소령님의 말씀을 좀 듣고 싶습니다."

백선웅이 박정두를 넌지시 쳐다보자 그가 어색한 표정을 지으며 일어났다.

"정보국 회의엔 처음 참석했으니 발언 전에 먼저 인사부터 드리고 앉겠습니다. 그제까지 육군사관학교에서 중대장직을 수행하고 있던 소령 박정두입니다. 명을 받들어 전투사령부의 작전참모로 일하기 위해 내려왔습니다. 주로 백선웅 국장님과 김접기 과장님을 보좌하는 임무를 수행하게 될 겁니다."

박정두가 자리에 앉았다.

"저는 좌익 문제 전문가는 아닙니다. 하지만 이왕 지명됐으니, 작전참모로서의 제 생각을 간단히 말씀드리겠습니다. 우선 반란군 토벌 작전을 신속하게 수행하는 것이 무엇보다 중요하다는 점을 강조하고 싶습니다. 지금까지의 반란군 동선을 보면 그들은 결국 지리산에 집결하여 산악 유격전을 전개해 갈 것으로 판단됩니다. 아시다시피 지리산은 아주 깊고 너른 산입니다. 험준한 계곡을 몇 번씩 넘어 올라가면 한겨울에도 크게 춥지 않고 흐르는 물까지 찾을 수 있는 제법 평탄한 지역도 여러 군데 숨겨져 있습니다. 저들이 장기 유격전을 펼치기엔 아주 좋은 공간입니다. 그러니 반란군이 그곳 지리와 환경에 익숙해지기 전에 하루라도 빨리 소탕해야합니다. 혹시라도 거기에 굳건한 산악요새라도 여기저기 세워지는 날엔 사태가 복잡해집니다. 그런 점에서, 우리 군이 민간 좌익까지 색출해 내는 문제는 신중히 생각해 봐야 할 것입니다. 민간 좌익세력이라고 말은 쉽게 하지만 그 실체를 찾아내는 건 어려운 일입니다. 또, 실체를 파악했다고 해서 쉽게 잡아들일 수 있는 것도 아닙니다. 온갖 곳으로 흩어져 있는 민간인들을 하나하나 잡아내려면 상당한 노력과 시간을 투입해야 합니다. 그런 일까지 우리 군이 맡아야 한다면 반란군 토벌 작전은 그만큼 지체될 수밖에 없습니다. 토벌군은 반란군 진압에 집중해야 합니다. 그 과정에서 특정 민간인이 반란군과 연결된 게 드러나면 그런 건 그때마다 사안별로 처리해 가면 됩니다. 뭐 꼭 필요하면 토벌사령부에 그런 일을 정리하는 전담 부서 같은 건 하나 만들 수 있겠지요. 하지만 민간 좌익세력 척결까지 우리 토벌사령부의 공식 업무가 돼서는 곤란하다는 게 제 생각입니다."

김점기가 만족한 표정으로 백선웅을 쳐다보며 말했다.

"그래요. 작전의 효율성 측면도 봐야죠. 작전 수행 능력을 고려해야 해요."

백선웅이 무표정하게 말했다.

"그건 그렇지요."

박정두가 목청을 가다듬고 다시 말했다.

"한마디만 더 하겠습니다. 아까 낙인찍기라는 얘기가 나왔는데, 저도 그 가능성에 대해 우려하는 쪽입니다. 사실 군이나 정부 기관이 어느 지방을 콕 집어 그곳의 좌익들이 극성이라며 그들을 척결하겠다고 하면 거긴 당연히 불온한 곳, 적색 지대, 빨갱이 동네 같은 데로 찍히게 됩니다. 군이나 정부가 그런 의도를 갖지 않고 있더라도 말입니다. 지금 인민들 사이에서 제주도 혹은 제주 사람에 대한 인식이 어떤지 한번 생각해 보십시오. 제주도가 무슨 빨갱이 소굴이나 되는 것처럼 여겨지고 있지 않습니까. 민간 좌익 문제는 최대한 조용히 처리해야 한다고 생각합니다."

김창복이 또 손을 들었지만, 백선웅은 시간이 없다며 양해를 구하곤 마무리 발언을 했다.

"원래는 오늘 이 회의에서 의견이 대충 수렴되면 그걸 토대로 우리 정보국의 공식 견해를 정리하여 내일 전투사령부 전체 회의에서 내가 기조 발제를 하려고 했습니다. 그런데 우리끼리도 의견 차이가 크니 그렇게 하기는 어렵겠습니다. 자, 그럼 이렇게 합시다.

오늘 회의의 주요 발언은 박선호 대위가 다 기록해 놓았으니 난 그 요약본을 내일 전체 회의에 제출하겠습니다. 그러면 사령관님을 비롯한 다른 참석자들이 그걸 참조해서 각자들의 의견을 또 내시겠지요. 여기 계신 분들도 거의 다 내일 회의에 오실 테니 오늘 못 다 한 얘기는 거기서 다시 이어가도록 합시다. 괜찮겠지요?"

5

김창복은 김백국이 보내준 지프를 타고 한 시간 반을 넘게 달려 순천 읍사무소 앞에 도착했다. 20시가 다 된 시각, 해진 지가 꽤 됐는데도 시내엔 오가는 사람이 제법 많았다. 불 켜진 상점도 여럿 있었다. 폐허 같은 여수와는 사뭇 달랐다. 운전병의 안내를 받아 어느 골목길 끝자락에 있는 낙천정이라는 요릿집에 들어갔다. 난리통을 어떻게 비껴갔는지 고풍스러운 한옥은 그저 밝고 정갈하기만 했다. 이방 저방에서 남녀의 부푼 웃음소리가 새어 나왔다.

주인으로 보이는 중년 여성이 마중 나와 대청 양옆으로 뻗은 툇마루 오른쪽 끝방으로 김창복을 데리고 갔다. 한복 입은 자태나 말하는 본새가 우아하여 괜스레 도발심이 솟았다. 방에 들어가 앉아 불빛 아래에서 보니 아까의 느낌보다 훨씬 젊은 얼굴이었다.

"초면에 실례지만 나이도 많지 않아 보이는데 어떻게 이런 큰 집의 주인이 되셨소? 주인 맞지요?"

"네. 어머니가 하시던 걸 물려받게 됐습니다. 몇 해 전에 돌아가셨지요. 그리고 저도 나이가 좀 있습니다. 서른 넘긴 지가 오랩니다."

"에이 오래는 무슨. 몇 년생이시오?"

"16년생입니다."

"오호 나랑 동갑입니다, 그려. 이거 아주 반갑소. 근데 어쩜 얼굴이 그리 곱소? 처녀라고 해도 뭐랄 사람이 없겠소."

"그렇게 봐주시니 감사합니다. 저는 나문영이라고 합니다. 앞으로 잘 부탁드립니다. 아, 김백국 중령님은 지금 다른 방에 계십니다. 손님 오셨다고 쪽지 넣었으니 이제 곧 오실 겁니다."

"누구랑 계시지? 혹시 압니까?"

"글쎄요. 높은 분이신 거 같긴 한데 전 잘 모르겠습니다. 처음 뵌 분이세요."

그때 젊은 장교가 방으로 들어왔다. 김백국 여단장의 수행 부관인 강백운 중위라고 했다. 그는 김백국이 지금 원용득 대령과 대화 중인데 마무리할 얘기가 조금 더 남아 한 10분쯤 후에야 건너올 수 있으리라고 했다. 하지만 혹시 그보다 더 늦을 수도 있으니 먼저 술 한잔하고 계시는 게 좋으리라는 말도 덧붙였다. 옆에서 얘기를 들은 나문영은 술상을 들여보내겠다며 밖으로 나갔다.

김창복이 강백운에게 물었다.

"원 대령님은 여기 웬일인가? 우리 토벌사령부의 두 분 여단장님이 여기 다 계신 거네. 왜, 무슨 일이 있나?"

"자세한 건 모르겠지만, 조만간 사령부가 크게 개편되는데 그거 관련하여 두 분이 뭘 좀 결정하셔야 하는 것 같습니다. 근데 혹시 아까 정부 발표 들으셨나요?"

"정부 발표? 아니 뭐 특별한 건 들은 게 없는데. 뭐가 있었나?"

"저도 전해 들은 얘긴데, 이번 반란의 주체는 14연대 장병들이 아니라 전남 현지의 민간 좌익들이라고 공보처가 발표했답니다. 지방 좌익들이 소련의 10월 혁명 기념일을 계기로 사회를 대혼란에 빠트릴 만할 민란을 도모했는데 거기에 14연대의 일부 좌익 장병들이 합세한 거라고 말이죠."

"아 그래? 그걸 벌써 했구먼. 공보처의 김형모 차장이 발표했다지?"

"예 맞습니다. 김형모 차장님이 기자 간담회를 통해서 그렇게 발표했다고 했습니다. 미리 알고 계셨군요."

"흠, 생각보다 빠르게 움직였네."

"그런 발표는 장관님이나 대통령 각하께 미리 상의드리고 하는 거죠?"

"물론이지. 결국 이렇게 될 걸 괜히 중간에 있는 몇 놈들이 사회 분열이 걱정된다느니 뭐니 떠들어 대서 시간만 보냈어. 지금이라도 싹 다 쓸어버려야 해. 한 마디로 여순을 중심으로 해서 전남 일대가 빨갱이들의 온상이었던 거야. 빨갱이들이 얼마나 무서운데. 알지? 자네 정말 아나? 내가 얘기 좀 해줄까?"

김창복이 강백운에게 만주에서 빨갱이 잡던 얘기를 신나게 늘어놓고 있는 동안 거한 술상이 차려졌고, 두 사람이 나문영이 따라준 첫 잔을 막 부딪치려는 순간 김백국이 건너왔다.

"잠깐, 잠깐, 나도 같이 건배하세."

"아이고 여단장님, 어서 오십시오."

김창복의 무용담은 건배 후에도 계속됐다. 그가 워낙 허풍을 맛깔나게 치는지라 강백운과 나문영은 재미있는 옛날얘기라도 듣는 양 그의 말에 집중했다. 하지만 그의 뒤를 이어 김백국이 자기가 겪었던 만주 얘기를 꺼내놓자, 그 집중도는 훨씬 더 높아졌다. 아니, 집중도라기보다는 긴장도라는 게 옳았다. 강백운은 소리까지 내며 간간이 마른침을 삼켰고, 나문영은 손에 자꾸 땀이 차는지 양손을 연신 한복 자락에 닦아냈다.

김백국이 간도특설대 중대장이었을 때 만주 전역을 누비고 다니며 항일 무장 단체들을 토벌했던 얘기는 극도로 잔인한 것이었다. 자기네는 항일 세력을 찾아내면 중국인이든 조선인이든 '모두 죽이고, 모두 태우며, 모두 빼앗는다'라는 특설대의 행동강령에 따라 항상 '깔끔하게' 처리했다며 그 사례들까지 지나칠 정도로 생생히 얘기해주었다. 맨 태워 죽이고, 찢어 죽이고, 묻어 죽이고, 밟아 죽이고, 강간하다 죽이고, 고문하다 죽였다는 따위의 얘기였다. 그는 그렇게 하는 것이 토벌 작전의 정석이라는 점을 거듭 강조했다.

김백국이 얘기를 시작한 지 20분가량 흘렀을 때였다. 나문영은 더 듣기가 힘들었는지 급한 일이 있다며 슬며시 자리에서 일어났다. 강백운은 더 듣고 싶어 하는 눈치였지만, 김백국은 그에게 '너도 나가는 게 좋겠다'라는 눈짓을 보냈다. 둘만 남자 김창복이 물었다.

"여단장님, 저를 오늘 여기까지 부르신 게 아까 공보처 발표와 무슨 연관이 있는 건가요?"

"그거 벌써 들었구먼. 원래는 그냥 자네와 오랜만에 술이나 진탕 먹으려고 했어. 여기 분위기는 여수와 영 다르거든. 특히 이 집 술맛이 아주 좋아요. 그런데 김형모 차장이 생각보다 빨리 움직였네 그려. 뭐 잘 됐지. 이왕 이렇게 조용한 데 온 김에 우리도 정부 지침에 맞춰 전략을 대충이라도 좀 짜보세."

"하긴 이제 송호승 사령관 걱정은 안 해도 되겠습니다."

"뭐 또 딴지를 좀 걸려곤 하겠지만, 그래 봐야 내일 전투사령부 전체 회의 결론은 이미 난 거나 다름없지. 내일 우리 주장에 반대할 사람은 고작해야 김안석, 김점기, 박정두 정도일 거야. 하지만 뭐 그 사람들 발언권이야 크게 신경 쓸 거 없잖나. 문제는 송 사령관인데 정부 발표가 이렇게 나버렸으니 그 양반도 더는 버티기 어려울 걸세. 우리도 내일 세게 나가서 이참에 쐐기를 꽉 박자고. 암튼 임상헌이, 발은 참 빨라. 난 사실 정부가 빨리 지침을 내려주지 않으면 전체 회의를 몇 번이나 계속 해야 하는 건 아닌지 해서 갑갑했거든."

"그러게요. 그 양반 참 대단하십니다."

"아까 그 친구와 통화했는데, 박사님이 워낙 강경한 태도를 보이셨대. 며칠 전엔 그게 다 좌익분자들 짓이라며 그자들하고는 결코 같은 하늘 아래 살 수 없다고 하시더라는 거야. 무슨 말인지 알겠지? 앞으로 전투사령부의 작전이 어떻게 진행돼야 할지를 은근히 지시하신 거 아니겠나. 하긴 나라님 처지에서는 그게 당연한 거야. 당신에게 충성을 맹세한 군인들이 감히 반란을 일으키고 거기에 당신의 백성들까지 가담했다고 한다면 그게 좀 수치스러운 일이겠나. 국내외적으로 말이야. 특히 당신을 믿고 대한민국을 세워준 미국엔 얼마나 면목이 없겠나. 그러니 대체 그걸 어떻게 다스리겠냔 말이야."

"다 빨갱이들 짓인데요, 뭐."

"그렇지, 그거야. 당신의 군인들이 아니라 북조선이나 소련 등과 연결된 빨갱이들이 일으킨 난리라고. 그놈들이야 워낙 그런 놈들이니까. 더 따져볼 것도 없어요. 여순 반란은 전남 지방의 빨갱이들 짓이야. 그러니 토벌 대상에 민간 좌익세력이 포함되는 건 지당한 일이지."

"암요. 그렇고 말고요."

"암튼 자네랑은 잘 맞아. 핫하하. 아 그리고 며칠 전에 임상헌이 그 친구가 그러는데 전투사령부 개편안도 이미 다 정해졌다는군.

그것도 그 친구 작품이지 뭐."

"아 그래요? 어떻게 된대요?"

"우선 명칭부터 바뀐다네. 반군토벌전투사령부에서 호남방면전투사령부로. 그리고 일단은 원용득 대령이 총사령관을 맡을 거지만, 나중엔 그걸 북지구전투사령부와 남지구전투사령부로 나눠서 원 대령은 북지구를 맡고 남지구 사령관은 내가 맡는 걸로 했다는군. 이건 아직 기밀 사항이니 자네도 당분간 함구하게."

"물론입죠. 근데 전투사령부 명칭에 아예 호남을 집어넣은 건 이제부턴 반군만이 아니라 호남 지역의 빨갱이들은 민간인까지도 다 때려잡겠다는 의지를 천명하는 거네요. 그런 거지요?"

"역시 김 대위가 날카롭구먼. 맞아. 바로 그거야."

"근데 굳이 남지구와 북지구로 나눌 필요가 있나요? 지리산만 하더라도 그렇죠. 거긴 통으로, 하나의 작전 지역으로 보고 덤벼들어야지 거길 또 어떻게 남북으로 갈라서 두 사령부가 나눠 맡습니까?"

"진짜 날카롭군. 사실 여기 순천에 남지구 사령부를 두고 북지구 사령부는 남원에 둔다곤 하지만, 그건 그냥 형식이고, 전투는 실질적으로 내가 다 주도해 갈 걸세. 토벌 작전이야 만주 때부터 내 전문 아닌가. 원 대령은 작전 수립에만 참여하는 걸로 이해하면 되네. 그 양반이야 본래 군의관이지 야전 사령관은 아니잖나. 임상헌이 이미 양해 구할 건 구하고 허락받을 건 받고 다 그렇게 한 모양이야."

"임상헌 중령님은 정말 치밀하신 분이군요."

"기가 막힌 친구지. 옛날부터 그랬어. 그러니 장관님이나 각하께서 예뻐 어쩔 줄을 모르시지. 어찌 보면 대한민국의 실세는 그 친구야. 아참, 근데 그 친구가 자네를 아주 좋게 봤더구먼. 딱 한 번 보고 말이야. 조만간 자기가 이쪽으로 출장 온다니까 그때 셋이 한번 뭉치자고."

"아이고, 저야 영광이죠."

"그나저나, 아까 보니까 김안석이나 김점기는 전남 출신인 데다 원래 뭐 얌전한 평화주의자들이니까 그렇다 쳐도 박정두는 뭐야? 거긴 왜 그렇게 난리지? 그 새끼 뭐 좀 수상하지 않아?"

"여단장님도 그렇게 보시는군요. 예, 아무래도 수상합니다. 제게 맡기십시오."

5장.
지리산으로 들어갑시다.

김지회(1948년 10월 20일~10월 29일)

1

김지회는 홍순혁 부대가 3대의 트럭에 가득 실어 온 주먹밥과 오이, 그리고 마실 물을 병사들에게 넉넉히 나누어 주도록 했다. 10월 20일 10시 30분경이었다. 지난밤 여수의 서쪽 끝 신월리를 떠나 여러 차례의 전투를 치른 끝에 기차를 타고 여수 반도를 벗어나 순천역 광장에 다다른 병사들은 그 음식을 먹고 마시며 그간의 긴장을 풀어냈다.

얼마 후 800여 병사는 다시 무장을 갖추고 순천경찰서를 향해 서쪽으로 움직여 갔다. 역 주변 조곡동은 이상하리만큼 조용했다. 순천을 남북으로 가로지르는 동천을 건너기 위해 장대 다리 앞에 이를 때까지도 아무런 저항을 받지 않았다.

경찰들이 다 도망간 걸까? 선두에 가던 김지회가 잠시 멈춰 망원경으로 동천 건너편을 살펴본 후 막 다리에 오르려고 할 때였다. 홍순혁이 큰소리로 "잠깐, 잠깐~"하며 달려와 다리 너머 제방 뒤쪽에 경찰이 매복 중이라는 제보가 들어왔다며 행군을 멈추라고 했다. 순천 경찰은 이른 새벽에 여수 경찰의 연락을 받고 보성, 벌교, 광양, 구례, 곡성 등의 인접 경찰서에서 병력 지원을 받아 약 500명의 수비대를 꾸려 장대 다리를 포함한 주요 지점에서 봉기군을 노리고 있다는 것이었다.

500이라면 지금까지 겪어보지 못한 최대의 경찰력이다. 어디 경찰만 동원했겠는가. 십중팔구 군도 이미 출동했을 터다. 시간이 없다. 저편의 세가 더 불어나기 전에 빨리 순천을 장악해야 한다. 김지회는 홍순혁의 귀에 대고 나지막이 말했다.

"심장이 둥둥거리지 않냐? 이제 진짜 시작이다. 여수서부터 가져온 저 박격포와 중기관총의 위력부터 확인해 보자."

5분 후, 동천의 서쪽 제방을 향해 박격포 포탄이 날아갔다. 한 발, 두 발, 세 발째였다. 경찰들이 봇물 터지듯 제방 뒤편으로 쏟아져 나와 반대 방향으로 달아나기 시작했다. 그러자 기다리던 봉기군 1진이 트럭을 몰고 다리를 건너가며 중기관총을 난사했다. 경찰들은 뒤도 돌아보지 않고 뛰었다. 얼마간의 시간이 흐른 후 일부 경찰들이 38식 혹은 99식 소총을 들고 반격을 시도했다. 하지만 그땐 이미 신식 M1으로 무장한 봉기군 대다수가 다리를 건넜을 때였고 승기는 봉기군으로 완전히 넘어온 뒤였다. 화력과 병력, 정신력 등 전투의 승패를 가를 모든 면에서 열세에 놓인 경찰부대는 큰 희생을 낼 수밖에 없었다.

그런데, 도망가는 경찰을 쫓아 시내 방향으로 진격해 가던 봉기군은 돌연히 나타난 1개 중대 규모의 군병력과 맞닥뜨렸다. 봉기 후 처음 대면하게 된 정부군이었다. 일순 팽팽한 긴장감이 돌았다. 한데 그들의 태도가 이상했다. 적대적이긴커녕 오히려 우호적이라는 느낌이 들었다. 가만히 보니 광주 4연대 병사들이었다. 얼마 전까지만 해도 한솥밥을 먹던 동료들이었다.

멈칫하는 사이 저편의 군인 세 사람이 흰 천을 흔들며 다가왔다. 자신들은 광주에서 진압군 선발대로 급파된 병력인데 받아만 준다면 봉기군에 합세하고 싶다고 했다. 김지회가 보조개 들어가는 예의 순진해 보이는 미소를 짓더니 광주 병력을 향해 손나팔을 만들어 "환영합니다~"라고 외쳤다. 뒤에서 그 소리를 들은 봉기군 병사들 사이에서 만세 소리가 터져 나왔다. 정오가 가까운 시간이었다.

그 후로는 탄탄대로를 달리는 듯했다. 순천 시민들의 환대까지 받았다. 읍사무소를 지나면서부터 환호하는 시민들이 조금씩 나타나더니 옥천을 건너 순천동국민학교 앞에 이르러서는 환영 인파로 거리가 붐비기 시작했다. 선봉대가 뿌린 전단을 손에 들고 흔들며 '동족상잔 결사반대', '미군 철퇴', '민족 통일' 등을 외치는 사람들도 있었다. 동국민학교 뒤편의 순천경찰서는 텅 비어 있었다.

경찰서를 포함하여 군청과 읍사무소, 법원과 우편국 등 주요 기관을 모두 점령함으로써 순천을 장악한 시각은 15시경이었다. 그로부터 한 시간도 지나지 않아 지난 2년여간 지하에서만 활동했다는 민주여성동맹, 민주애국청년동맹, 민주학생동맹 등의 순천 지역 좌익단체들이 거리로 쏟아져나왔다.

김지회는 17시 정각에 순천경찰서 대회의실에서 전략회의를 주재했다. 부사령인 이영희, 이기주, 홍순혁은 물론 정락훈, 김금수, 이진방, 송관영, 이흥국 등도 참석하도록 했다. 광주 연대 소속의 150여 명이 합류하여 총 950여 명으로 불어난 봉기군을 어떻게 세 그룹으로 나눌 것인지가 주 의제였다. 회의는 일사천리로 진행됐다. 우선 세 가지 원칙을 채택했다. 하나는 인원 배분의 원칙이었다. 구례와 남원을 거쳐 전주를 향해 행군할 그룹에는 전체 인원의 최소 반 이상을 배치하기로 했다. 서울 쪽을 향한 봉기군 본대의 행군인 만큼 정부와 세간의 이목이 쏠릴 것이므로 그 규모를 최대화하기로 한 것이다. 나머지 인원은 광주와 진주를 향해 나아갈 두 그룹에 절반씩 배정하기로 했다.

두 번째는 소위 선호 중시 원칙이었다. 인원 배분의 원칙이 다소간 손상될지라도 병사 개개인의 선호를 최대한 반영하여 안배한다는 것이었다. 봉기군은 기본적으로 의병이니 각자의 의사를 존중할 필요가 있을뿐더러, 그래야 그들의 자긍심과 사기도 최고조에 달할 수 있다고 본 것이다.

　마지막은 지도부 구성에 관한 원칙이었다. 세 그룹을 각기 전주지대, 광주지대, 진주지대로 명명하고 각 지대에는 지대장 1인과 부 지대장 2인을 두되, 본대에 해당하는 전주지대의 지대장은 총사령이 겸직하기로 했다. 그리하여 세 사람의 지대장과 여섯 사람의 부 지대장이 다음과 같이 확정되었다.

　전주지대 지대장 김지회, 부 지대장 홍순혁과 정락훈; 광주지대 지대장 이영희, 부 지대장 김금수와 이진방; 진주지대 지대장 이기주, 부 지대장 송관영과 이흥국.

　주요 안건들에 대한 논의와 결론 도출이 예상보다 순조롭게 이루어지자 회의장 분위기가 밝아졌다. 게다가 잠시 자리를 비웠던 이흥국 하사가 싱글벙글거리며 돌아와 경찰 통신망으로 지창준 상사와 통화했다며 방금 들어온 여수 소식을 전하자 분위기는 한층 고조되었다.

　여수에선 오늘 오전 2년여 만에 인민위원회가 부활했고, 그 덕분에 15시경에는 진남관 앞에서 인민대회가 발 빠르게 열렸는데, 광장이 넘쳐날 정도로 많은 사람이 몰려들어 환호하고 손뼉 치고 웃고 떠들며 해방구 인민이 된 기쁨을 만끽했다고 했다. 여수 건준과 인민위원회는 광복 후 1년 가까이 자치 행정을 수행한 경험이 있어 이번의 해방구 운영에도 별문제가 없으리라는 것이 지창준의 판단이라고 했다. 그리고 700여 명의 여수 주둔 봉기군은 신바람을 내며 벌써 해방구 수호 작전에 착수했다는 소식도 들려주었다. 홍순혁이 들뜬 목소리로 말했다.

"와, 여수가 한나절 만에 완전히 바뀌어버렸네. 그 정도면 여수 인민공화국이네, 뭐. 내가 거기 남을 걸 그랬나? 얼마나 재밌겠어."

이기주도 들뜨긴 마찬가지인 듯했다.

"무엇보다 인민들이 그렇게 반긴다는 게 고맙군. 하긴 새벽에 행군할 때도 얼마나 많은 사람이 거리로 나와 우리를 격려해 줬나. 다들 오늘 같은 날이 오길 기다렸던 거야."

이영희가 자랑스레 말했다.

"아까 시내에서 순천 사람들 환영도 대단하지 않았어요? 그 많은 사람이 봉기군 구호를 막 외쳤잖아요. 그분들 사이로 박수를 받으며 행군하는데 소름이 돋더구먼요. 자꾸 울컥해서, 참느라고 아주 혼났어요."

김지회가 공감했다.

"오죽했겠습니까. 고향엔 오랜만이시죠?"

"해방 후엔 자주 왔었죠. 와 봐야 친구 놈들과 맨 술만 마셨지만요."

"그러고 보니까 아까 회의 전에도 친구분이 다녀가시는 것 같던데요."

"예, 보셨군요. 행군하는 절 보고선 반가운 마음에 그냥 찾아왔다고 하더라고요. 근데 그놈 말이 순천 인민위원회도 내일 아침에 조직된다고 합니다."

"와 여기도 빠르군요."

"예. 여기도 여수 못지않을 겁니다."

정락훈이 그 이유를 짚어보았다.

"필시 구례나 광양, 보성 같은 데도 마찬가질 겁니다. 워낙 힘들게들 살아왔잖아요. 해방됐다 해도 뭐 하나 희망적인 게 없었는데, 우리가 이렇게 딱 일어나 주니까 이제 뭔가 좀 바뀌나보다 해서 박수를 보내는 거요. 사실, 우리가 당장 해줄 수 있는 건 별로 없지만…."

회의 참석자 중에 나이가 가장 어린 방년 19세의 이흥국이 약간 발끈했다.

"아니 왜 해줄 게 없어요? 미군정 때부터 미곡수집령이니 뭐니 해서 인민들이 얼마나 굶주렸어요. 근데 식량영단 놈들이 무슨 짓을 했어요. 있는 놈들과 공모해서 수단 방법 가리지 않고 없는 사람들 쌀을 다 빼돌렸잖아요. 아까 지창준 상사님도 그놈들이 숨겨놓은 게 동리마다 수천 가마니는 될 거랍니다. 여수만 그러겠어요? 그런 걸 우리가 다 뺏어서 다시 나눠줘야죠. 아 맞다. 여수 인민대회 위원장이 아까 중요 과업 몇 가지를 발표했는데, 그중엔 식량영단이 쌓아 놓은 쌀을 풀어 인민대중에게 배급하겠다는 것도 있대요. 우리가 바로 그런 일을 해야죠!"

홍순혁이 맞장구쳤다.

"맞아. 하려고 들면 할 게 얼마나 많겠어. 쌓여있는 쌀만 풀어줄 게 아니라, 돈도 풀어주고, 땅도 풀어주고, 눌러놓은 희망도 풀어줘야지."

이기주가 진심으로 감탄한 듯했다.

"와, 홍 중위, 말솜씨가 대단하네. 멋있어."

송관영도 한마디 했다.

"그러게요. 운도 딱딱 맞네요."

김지회가 웃으며 말했다.

"우리 홍 중위가 좋은 세상에 태어났으면 누구보다 멋진 낭만주의자로 살 사람인데, 세상이 야속한 거지."

홍순혁이 의외로 진지한 반응을 보였다.

"그거야 그렇지. 내가 그런 사람이지. 근데 가만히 보면 나만 그런 게 아니라 여기 모인 사람들이 다 그래. 다들 기본적으로 로맨티시스트야. 그러니 겁도 없이 새 세상 만들겠다고 정부에 맞짱 뜨는 거지. 아주 낭만적인 사람들이에요. 안 그래?"

김지회가 또 씩 웃으며 말했다.

"그건 그렇지. 자, 이제 지대 편성합시다. 원칙에 맞춰 제대로 하려면 시간 좀 걸릴 겁니다. 그거 마치고 저녁 먹으면 한밤중일 텐데, 그때 우린 또 작전회의를 해야 합니다. 내일부터는 진짜 고되고 빡빡한 일정이 계속될 겁니다. 조금이라도 눈을 붙이려면 지금부터 서두릅시다."

김지회의 예상대로 지대 나누는 작업은 상당히 어려웠다. 무엇보다 진주지대를 선호하는 병사가 적은 게 문제였다. 병사의 대다수를 차지하는 전남 출신들은 기왕이면 고향 쪽으로 가고 싶어 했다. 반면, 전주지대는 지원자가 너무 많았다. 그쪽 방면 출신이 많기도 했지만, 그 못지않게 중요한 이유가 지대장이었다. 병사들은 너나 할 것 없이 김지회를 좋아했다. 그의 지도력에 복종하며 그에게 충성하고 싶어 했다. 어느새 그에게 카리스마가 생겨난 것이다. 이 곤란한 상황에서 3명의 지대장과 6명의 부 지대장은 부지런히 병사들 사이를 돌아다니며 설명하고 설득하고 이해를 구했다. 밤도 늦고 배도 고프고 다들 완전히 지쳤을 무렵에야 가까스로 결론이 났다. 950여 명 중 500여 명이 김지회의 전주지대, 300여 명이 이영희의 광주지대, 그리고 150명 가까이가 이기주의 진주지대에 속하게 됐다.

2

21일 아침, 순천 시민들이 뒤숭숭한 마음을 어찌지 못해 이른 시간부터 길거리로 나와 삼삼오오 웅성거리고 있을 때 봉기군이 보무당당하게 시가지 행진을 시작했다. 먼저 3대의 지프에 분승한 총사령과 지대장들이 연도의 인민들을 향하여 거수경례를 올리며 지나갔고, 그 뒤를 중기관총과 박격포를 탑재한 10여 대의 군용트럭과 스리쿼터가 따랐으며, 그다음으로는 MI 소총으로 무장한 500여 명의 봉기군이 절도 있게 행군했다. 그런데, 그 바로 뒤 행렬은 군인이 아닌 학생들이었다. 흰 머리띠를 두른 200여 명의 남녀학생이 교복을 차려입고 입을 앙다문 채 행진했다. 학생들의 반짝거리는 눈을 바라보다 감동했는지 많은 시민이 박수를 보냈다. 어떤 이들은 눈물을 훔쳐내기도 했다. 마지막 열의 400여 명 군인은 다들 목에 핏줄이 설만큼 힘찬 목소리로 구호를 외치며 지나갔다.

"동족상잔 결사반대!"

"경찰 타도, 인민 수호!"

"미군 철퇴, 민족 통일!"

1,200명가량이 참가한 대행진을 끝내고 봉기군 3개 지대는 각자의 길을 떠났다. 10시가 아직 안 된 시각이었다.

구례와 남원을 거쳐 전주까지 나가보려던 전주지대는 13시경 순천에서 구례로 넘어가는 학구리에서 처음으로 정부군과 마주쳤다. 김지회가 파악한 상대는 3개 중대 규모의 병력이었다. 전주지대를 압도할 정도는 아니었다. 화력도 그리 월등한 것 같지는 않았다. 기선제압이 중요하다고 여긴 김지회는 선제공격을 명했다. 그러나

만만한 상대가 아니었다.

어느 쪽도 밀리지 않는 상태에서 둘 사이의 공방이 네 시간가량이나 계속됐다. 17시경에는 정부군을 북쪽으로 조금 몰아낼 수 있었다. 그렇다고 봉기군이 승기를 잡은 건 아니었다. 위치에 약간의 변화가 생겼을 뿐 대치 상태는 여전했다. 18시 무렵부턴 급기야 소강상태로 빠져들었다.

그즈음 불쑥 이기주가 나타났다. 혼자 돌아온 그가 김지회에게 들려준 말은 이러했다.

이기주의 진주지대는 14시경에 광양경찰서를 무혈 접수했다. 아니, 인계받았다. 진주지대가 광양에 도착했을 때 경찰서를 포함한 주요 기관은 벌써 지방 좌익단체들이 점령하고 있었다. 여수와 순천이 봉기군에 넘어갔다는 소식을 듣고 경찰과 공무원은 모두 엊저녁에 줄행랑을 놓았다고 했다. 광양엔 더 있을 이유가 없었다.

진주지대는 광양을 떠나 경상도 땅 하동을 향해 진격해 가다가 옥곡면의 한 국민학교 운동장에 임시 진을 치고 잠시 머물렀다. 섬진강을 건너기 전에 적의 동태를 살피기 위함이었다. 그런데 이기주가 주변을 정찰하고 돌아오니 학교에 남아 있던 이흥국이 그사이 마산 15연대 최남구 연대장으로부터 전갈이 왔다고 보고했다. 연대장 부관이 백기를 단 지프를 타고 와 김지회 총사령을 비밀리에 만나고 싶다는 연대장의 뜻을 전했다는 것이다. 이흥국은 그에게 이기주 지대장은 잠깐 출타 중이지만 그는 총사령과는 물론 최남구 연대장과도 막역한 사이이니 연대장이 이리로 오시기만 하면 총사령을 만나는 데엔 아무런 문제가 없을 거라고 말해줬다고 했다.

얼마 지나지 않아 정말로 최남구가 왔다. 조시호 소위 한 사람만 대동하고였다. 그가 왜 그리 급하게 김지회를 만나고자 하는지 잘 아는 이기주는 아무것도 묻지 않고 이흥국에게 두 사람을 총사령에게 모셔다드리라고 지시했다. 지금쯤 김지회 지대는 순천과 구례 사이 어디쯤 있을 것이고, 광양부터 거기까지는 해방 지대이므로 스리쿼터로 다녀오면 시간도 별로 안 걸릴 거라고 안심도 시켜줬다.

그런데, 최남구 일행이 떠난 얼마 후 마산 연대의 병력이 섬진강을 건넌다는 급보가 들어왔다. 그것도 1개 중대 정도가 아니라 1개 대대 이상이 중화기로 무장하고 30~40대의 트럭에 분승해 쳐들어온다는 것이었다. 이기주는 망연자실하지 않을 수 없었다. 자기네 연대장이 이쪽에 와 있는 상황에서 15연대가 그렇게 대규모로 공격해 오리라고는 상상도 못 했기 때문이었다.

망원경으로 토벌군의 접근 속도를 확인하고 돌아온 송관영은 산길로 해서 서둘러 후퇴하자고 했다. 적들은 지금부터 20~30분쯤 후면 도착할 텐데, 야지에서 저런 대부대를 맞아 싸우기는 어렵다는 것이었다. 맞는 말이었다. 황급히 김지회와 다음 전략을 논의할 필요가 있다고 판단한 이기주는 한 대뿐인 지프로 순천을 향해 먼저 떠났고, 송관영은 지대원들을 이끌고 산으로 올라갔다.

이기주의 말을 듣고 난 김지회는 진주지대 병사들이 순천 지역으로 들어오면 다들 본대로 합류하게 하자고 했다. 그리고, 그는 최남구 중령을 걱정했다.

"아니 그런데 최 중령님은 어떻게 된 거지? 이흥국하고 16시 좀 넘어서 스리쿼터로 나가셨다면 벌써 오셨어야 하잖아."

"그러게, 나도 이미 와 계실 거로 생각했는데…. 에이 설마 무슨 일 있겠어. 이흥국은 여수에서 태어나 순천에서 학교도 다니고 일도 한 사람이니 이 동네는 길이며 사람이며 다 훤하잖아. 걱정할 거 없어. 좀 더 기다려 보자고."

"이흥국 그 친구가 다 좋은데, 좀 과격하고 제 멋대로인 구석이 있어서…."

"그래도 설마…. 걱정하지 말자고."

소강상태는 날짜가 22일로 바뀔 무렵에 깨졌다. 김지회가 뒤에 들은 얘기지만, 21일 23시 반경에 5여단의 김백국 여단장이 학구리 전선에 직접 들어왔다. 정부가 그날 발족시킨 '반군토벌전투사령부'의 첫 번째 공식 임무를 부여받고서였다. 그의 등장을 전후하여 3개 중대였던 4연대 병력은 1개 대대로 늘어났고, 3연대와 12연대는 각각 2개 대대씩을 학구리에 신규로 투입하였다. 그로써 500명에 불과한 봉기군이 4,000명에 육박하는 5개 대대 규모의 토벌군을 상대해야 하는 국면으로 전환되었다. 토벌군은 자정이 넘어가자 즉각 전면전을 펼치기 시작했다. 갑자기 엄청난 규모로 불어난 병력이 화력을 뿜으며 내려오자 봉기군 병사들은 겁을 먹었다. 일부는 투항하기도 했다.

하필 그 위기의 시간에 광주지대의 이진방이 김지회를 찾아왔다. 김지회는 그의 눈빛만 보고도 알 수 있었다. 아, 광주지대도 막혔구나. 일순 낭패감 같은 게 몰려왔지만 애써 침착하게 그의 보고를 들었다.

순천의 서쪽 방면으로 나간 300여 명의 광주지대 대원들은 늠름하게 행군하여 16시경에 벌교에 도착했다. 광양이 그러했듯, 벌교 경찰서도 이미 지방 좌익의 손에 넘어간 후였다. 이영희 지대장은 벌교에 머무를 것도 없이 바로 보성 땅을 지나 화순으로 가자고 했다. 그러나 50여 명의 대원은 벌교에 남겠다고 했다. 벌교나 그 근방이 고향인 사람들이었다. 이영희는 그들에게 해방구 수호를 당부하고 남은 인원과 함께 행군을 재개했다. 김지회의 뜻에 따라 할 수 있는 한 되도록 멀리까지 행군하여 봉기군의 기개를 널리 알리고 싶었던 것이다.

하지만, 그로부터 세 시간쯤 후인 19시 반경, 생각지도 못한 곳에서 토벌군을 만났다. 보성군 조성면 근방에서였다. 광주 4연대 제1대대 병력이었다. 최신 무기로 중무장한 800명 정규군 앞에서 250명의 봉기군은 기가 죽었다. 교전이 시작됐지만, 계속 밀리기만 했다. 사상자도 늘어갔다.

 이영희는 22시 무렵에 퇴각 결정을 내렸다. 사망자와 실종자가 이미 30여 명에 이를 때였다. 버텨봐야 희생만 커질 게 뻔했다. 그런데, 본대로 복귀하지 않고 보성이나 화순, 광주 등 자기 고향으로 돌아가겠다는 병사들이 꽤 되었다. 말릴 수가 없었다. 결국 남은 인원은 170명가량에 불과했다.

 이영희는 이진방에게 지대장 지프를 몰고 본대를 찾아가 상황보고를 하고 다음 명령을 받아 돌아오라고 했다. 자신은 대원들과 함께 존제산을 넘어가는 산길로 해서 벌교로 돌아가고 있을 테니 대략 새벽 한두 시경을 목표로 해서 벌교 초입에 있는 낙성국민학교로 오라고 했다.

 김지회는 보고를 마친 이진방에게 벌교로 가서 이영희와 함께 광주지대를 이끌고 순천으로 들어오라고 했다.

 얼마 후인 02시경에는 송관영의 인솔로 진주지대원 150명가량이 돌아왔다. 그리하여 병력은 650여 명으로 늘어났지만, 별 도움이 되는 건 아니었다. 그 후로도 봉기군은 계속 밀려나기만 했다.

 해가 뜨자 전세는 더 불리해졌다. 09시 무렵, 김지회는 학구리 일대를 포기하고 순천 외곽지대 적당한 곳에 봉쇄선을 구축하자고 했다. 홍순혁은 구만리 남쪽 끝의 협곡을 추천하며, 자신은 순천 중대 출신들과 남아 토벌군의 남하를 최대한 늦추고 있을 테니 나머지 대원들과 그곳으로 가 봉쇄선을 치라고 했다.

홍순혁이 일러준 장소는 학구 삼거리에서 남쪽으로 10리가량 떨어진 곳이었다. 작은 동리가 산으로 빼곡히 둘러싸인 채 좁고 길게 형성돼 있는지라 내려오는 적을 저지하기엔 더없이 좋은 곳이었다. 저지선을 만들어 토벌군 맞을 준비를 거의 다 마친 13시경, 벌교에서 03시에 출발했다는 광주지대 대원들이 순천 시내 쪽으로부터 올라왔다. 다들 지쳐있었다. 돌아온 지대원은 150명 정도에 불과했다. 순천으로 오는 사이에 20명 가까운 이탈자가 또 발생한 것이다. 김지회는 그들을 딱하고 안쓰러운 눈으로 맞았지만 쉬게 해줄 수는 없었다. 토벌군이 어느새 코앞으로 닥쳐왔기 때문이었다.

토벌군과 맞서 보니 병력이 800으로 늘어난 것도, 지형이 유리하다는 것도 크게 의미 있는 변수는 아니었다. 구만리 저지선은 토벌군의 반궤도 장갑차의 등장만으로도 이미 크게 흔들렸다. 상대가 되질 못했다.

15시경 봉기군은 구만리에서 또 10리가량 밀려나 선평리와 강청리 일대로 쫓겨났다. 김지회는 대원들을 강청마을 근처에서 잠시 숨을 돌리게 하고 그사이에 지대장들과 상의하여 전원을 4개 중대로 나누었다. 그리고 남아 있는 음식물을 고루 배분한 후 봉화산과 난봉산으로 각 2개 중대씩 숨어들도록 했다.

3

해질녘에 이상한 일이 벌어졌다. 토벌군이 남진을 멈추고 선평리 뒤쪽 평야 지대로 물러가는 것이었다. 산속으로 피신한 봉기군이 야음을 틈타 기습 공격을 할 것을 우려하는가 싶었다. 그게 아니라면 본대로 복귀한 진주지대와 광주지대 병사 수를 실제보다 크게 봤을지도 모른다. 어쨌든 모처럼 쉴 수 있는 시간이 왔다.

밤이 깊어서도 별다른 변화는 없었다. 토벌군이 있는 북쪽은 그저 고요했다. 김지회는 21시 정각에 작전회의를 개최했다. 네 군데로 흩어졌던 간부들이 재빠르게 봉화산 자락에 마련된 임시본부로 모여들었다. 그를 포함한 3명의 지대장과 이흥국만 빠진 5명의 부지대장이었다.

"궁금하실 테니 이흥국 부 지대장 얘기부터 간단히 하겠습니다. 두 시간쯤 전에 여기 왔었습니다. 지금 모처에 최남구 연대장과 같이 있습니다. 내일이나 모레 그분과 함께 올 겁니다. 자세한 얘기는 나중에 다시 하겠습니다. 지금 급히 논의할 건 지리산 들어가는 문젭니다. 언제 어떻게 들어가는 게 좋을지, 의견을 주십시오."

이기주가 먼저 발언했다.

"우리가 처음에 세 그룹으로 나누어 행군을 감행했던 목적이 뭐였습니까. 우리의 존재를 세상에 널리 알리고, 가능한 한 많은 향토 연대 사병들이 봉기군에 합세하도록 하자는 거 아니었습니까. 근데 지금까지의 결과는 사실 좀 초라합니다. 예상보다 정부군이 훨씬 기민하게 움직이고 있고, 그 위력도 막강합니다. 우리는 세 방향으로 흩어져 나간 지 겨우 하루 반 만에 다시들 제 자리로 돌아왔고, 그새 인원은 150명이나 줄었습니다. 우리의 봉기가 세상과 인민에게 널리 알려졌을 리도 없습니다. 이제 우리 800명, 하루라도 빨리 지리산으로 들어갑시다. 이 상태로 싸워 봐야 목숨만 더 축날 뿐입니다."

송관영이 동의했다.

"맞아요. 전라도나 경상도 향토 연대 병사들이라고 봉기군에 다 쉽게 들어올 걸로 생각하면 안 돼요. 오늘 우리가 싸웠던 저쪽 병사들 좀 봐요. 우리를 완전히 적대시하잖아요. 그들도 결국 명령에 살고 명령에 죽는 군인인 거요. 말 그대로, 토벌대죠. 우리 쪽으론 잘 안 넘어와요. 그런 걸 크게 기대해선 안 된다고요. 두고 보세요. 앞으로 토벌군은 계속 늘어납니다. 지금도 전군이 다 몰려들 기세 아니요. 그러니 이쯤에서 지리산으로 가자고요. 우리 800명을 고스란히 지키는 게 제일 중요한 거요."

홍순혁이 안타까운 표정을 지었다.

"그래도 조금만 더 해봅시다. 광주 4연대와 대구 6연대 병사들은 여전히 기대해볼만합니다. 광주 연대에선 이미 1개 중대가 왔잖습니까. 좀 더 올 수 있습니다. 우리가 잘만 하면 군산 12연대도 가능합니다. 생각해 보십시오. 어쨌든 우린 세력을 최대한으로 늘려야 합니다. 그래야 지리산에 들어가서도 오래 투쟁할 수 있습니다. 800은 너무 적습니다."

이기주가 퉁명스럽게 한마디 툭 던졌다.

"아니 근데 안 넘어오는데 어떡하냐는 거지. 시간이 마냥 있는 건 아니잖아."

홍순혁이 침을 한번 삼키고 말했다.

"그러니까. 그러니까 더더욱 저편에 있는 병사들에게 우리가 잘 싸우는 모습을 보여주자는 거야. 딱 한 번만이라도 좋아. 대차게 덤벼들어서 어딘가를 아주 작살내자고. 우리가 그렇게 멋지게 싸우는 걸 봐야 저들이 기대와 희망을 품고 우리에게 올 수 있을 거 아냐. 안 그래?"

홍순혁이 김지회에게 얼굴을 돌려 말을 이어갔다.

"오늘 밤 어떻습니까? 멀리서부터 와서 아까 저녁때까지 24시간 이상을 꼬박 싸우느라 저놈들도 완전히 지쳤을 겁니다. 그러니 서평리 밖으로 물러난 게 아니겠소? 마지막으로 담대하게 기습 공격합시다. 이 기회를 놓치지 말고 우리 실력을 제대로 한번 보여주고 빠집시다. 한 번이면 됩니다. 한 번이라도 제대로만 때려주면 분명히 효과가 날 겁니다."

이영희가 찬성했다.

"거사 계획할 때 다들 동의한 것처럼, 만방에 우리의 뜻과 의지를 과시하는 건 아주 아주 중요한 행위입니다. 우리 광주지대도, 그래서, 행군을 가능한 한 멋지고 길게 하려고 했습니다. 그런데 그만, 조기에 퇴각하게 되어 면목이 없는 겁니다. 한데, 토벌군 본대를 만난 이 마당에 우리가 싸움 한번 제대로 못 하고 지리산으로 숨어버리면 꼴이 너무 우스워지는 거 아닐까요? 저쪽 병사들은 물론 우리 인민들에게 일말의 희망이라도 주기 위해선 단 한 번이라도 세게 붙어봐야 합니다. 지더라도 장렬하게 싸우다 져야 인민들도 우리를 더 지지하고 응원할 겁니다."

정락훈이 흥분한 목소리로 말했다.

"그래, 맞아요. 저 시블놈들이 저렇게 움츠리고 있을 때 후딱 가서 박격포로 세게 한 방 날리고 옵시다. 그래야 우리도 면이 좀 설 거 아니요?"

이기주가 조심스레 말했다.

"저들이 물러난 건 지쳐서라기보단 우리의 야습을 우려한 까닭이 클 겁니다. 만약 그렇다면 지금쯤 우리의 역공을 대비하고 있을 게 분명해요. 함정에 빠질 수 있다는 겁니다. 저들의 병력과 화력을 벌써 잊었습니까? 심지어 움직이는 속도까지 엄청 빠르잖소. 자칫하단 초기 단계에서 일을 그르칠 수 있어요. 우린 어떻게든 손실을 줄여야 합니다. 대오를 유지한 채 장기전으로 가야 후일을 도모할 수 있지 않겠습니까."

김지회가 고개를 끄덕였다.

"중과부적은 틀림없습니다. 사실 비교도 안 되죠."

홍순혁이 뜻을 굽히지 않았다.

"전투의 승패가 꼭 병력과 화력 차이로만 결정되는 건 아니잖습니까. 그리고 우리가 지금 전면전을 벌이자는 것도 아니잖아요. 기습하기 좋은 때가 왔으니 이 기회를 놓치지 말고 쏜살같이 가서 세게 한번 치고 오자는 거 아닙니까. 우리가 소위 봉기군 아닙니까. 봉기한 사람들이 그런 거 한번 못한다는 게 말이나 됩니까?"

이기주가 약간 짜증을 냈다.

"야, 홍 중위. 우리는 다음 단계에서 할 일들이 있잖아. 원래 계획 짤 때부터 위험하면 일단 피하고 지리산으로 무사히 들어가는 걸 일차적 목표로 삼자고 했잖아. 지금은 위험한 때라고."

홍순혁이 다시 나서려는 걸 김지회가 손을 들어 제지했다.

"미안하지만, 내가 한마디 하겠습니다. 아까 송관영 부 지대장이 중요한 말을 했습니다. 저쪽 병사들도 명령에 죽고 사는 군인이라는 거 말입니다. 맞지 않습니까? 그러니 그들이 개별적으로 이쪽으로 넘어온다는 건 결코 쉬운 일이 아닙니다. 냉정하게 봐야 합니다. 연대장 이하 모든 장교가 똘똘 뭉쳐서 군기를 세게 잡으면 일반 병사들이 뭘 어떻게 하겠습니까. 아까 우리가 입수한 정보가 있잖아요. 지금 저 토벌군을 이끄는 자들이 누굽니까. 광주 4연대는 이성각 연대장, 전주 3연대는 송석희 부연대장, 군산 12연대는 백인웅 부연대장이 지휘하고 있어요. 그리고 그 세 연대 전체를 통솔하는 자가 바로 김백국 여단장입니다. 다들 만주에서 항일 무장 집단 토벌에 앞장섰던 대표적인 극우 장교들입니다. 아시다시피, 그들에겐 민족도 인민도 별 의미가 없습니다. 그저 강하고 똑똑하고 능력 있는 자들이 통치하는 사회가 최고라고 생각하는 놈들이에요. 이 극우파들이 이승만과 미군에게 얼마나 충성스러울지는 안 보고도 뻔한 거 아닙니까? 그러니 자기네 군사들 기강은 또 얼마나 엄히 다스리고 있겠습니까? 오늘 온종일 맞서 싸우면서 저쪽 병사들의 긴장도나 집중도가 느껴지지 않았어요? 병사들이 우리 쪽으로 넘어오는 일은 이제 없을 겁니다. 물론 예외적인 일은 벌어질 수 있겠죠. 하지만 그 이상의 기대는 하지 않는 게 좋겠어요. 이제 우리도 현실적으로 행동합시다."

홍순혁이 뭔가 얘기를 하려다 그만 한숨을 내쉬었다. 이진방이 홍순혁을 쳐다보며 말했다.

"총사령님 말씀을 따르시죠. 많이 빨라지긴 했지만, 원래 우리 목표도 일단 지리산에 자리 잡는 거였습니다. 시간이 더 가면 거기 가는 길도 막힐 수 있잖습니까. 얼른 가서 든든한 요새도 만들고, 유격부대의 틀도 갖추고 해서 제대로 된 유격전을 펼칩시다. 그때부턴 우리가 공세를 취할 수 있어요. 아까 홍 중위님이 한 번이라도 좋으니 토벌군을 세게 치고 빠지자고 하셨는데, 앞으론 그런 걸 계속하는 겁니다. 토벌군에게 지속해서 타격을 주는 겁니다."

이영희가 혼잣말하듯 했다.

"유격전을 제대로 펼쳐보자? 우리가 주도권을 쥐고? 음, 하긴 장기간에 걸쳐 계속 그렇게 할 수만 있으면, 그게 인민들에게 희망을 줄 수 있는 더 확실한 길일지도 모르지. 저쪽 병사들에게도 그렇고 말이야."

김지회가 눈을 반짝이며 말했다.

"이영희 지대장님이 정리를 잘해 주셨습니다. 바로 그겁니다. 어차피 우린 장기 유격전으로 승부를 봐야 합니다. 예상보다 상황이 나빠져 일찍 시작할 뿐입니다. 유격전을 펼치면서 좋은 때가 오길 기다립시다. 민심도 우리를 지지하고, 여기저기서 봉기도 더 일어나고, 참다운 민족 지도자도 나타나는, 그런 때가 오기를 고대합시다. 때를 기다리면서 마냥 싸우기만 하자는 게 아닙니다. 나중에 이기주 지대장이 자세히 설명하겠지만, 우린 산에서도 나름 재미있게 살 수 있습니다. 농사도 짓고, 가축도 기르고, 연애도 하고, 애도 낳고, 아이들 교육도 하고 그러면서 우리만의 즐거운 인생을 사는 겁니다. 가능합니다."

이기주가 활짝 웃으며 김지회의 말을 받았다.

"맞아요. 가능합니다. 아까 이진방 지대장이 산에 가서 요새를 만들자고 했는데, 바로 그겁니다. 우리가 지리산에 산악요새, 산악마을을 건설하는 겁니다. 중국만이 아닙니다. 스위스, 프랑스, 이탈리아 같은 데도 예로부터 그런 산악요새가 많았습니다. 지리산에도 그런 거 만들만한 데가 있을 겁니다. 지리산 근방이 고향인 분들은 잘 알 거 아닙니까?"

정락훈이 대답했다.

"그렇긴 해요. 세석평전 같은 데선 농사와 목축도 할 수 있어요. 방공시설을 어느 정도 갖춰 놓고 산세를 잘만 활용하면 그 근방에 산악마을 만드는 것도 가능하죠. 물론 뭐 큰 마을 만들어서 다 함께 살기는 어렵겠지만, 은밀한 곳 여러 군데에 작은 촌락을 띄엄띄엄 만드는 식으로 해서 흩어져 살면 안전도 상당히 확보할 수 있을 거요. 한데, 그리되면 우리가 그냥 산골 농사꾼으로 살아가는 거 아니요?"

김지회가 껄껄 웃었다.

"하하하. 그럴 수만 있다면 그것도 나쁘지 않지요. 근데 저놈들이 우릴 그렇게 놔두겠어요? 싫든 좋든 어차피 우린 군인입니다. 농사 짓는 군인, 소 키우는 군인으로 사는 거죠, 뭐. 괜찮지 않아요? 모택동(毛澤東)이 이끄는 중국 공산당도 서금(瑞金)에서부터 시작해서 연안(延安)이나 태항산 등지에서 그렇게 살아온 거 아닙니까. 우리도 그럴 수 있습니다. 안전 확보책만 제대로 마련될 것 같으면, 우리도 한번 해봅시다."

홍순혁이 약간 활기를 되찾은 듯했다.

"총사령만큼은 아니지만, 나도 태항산은 좀 알죠. 중국 팔로군(八路軍)만이 아니라 우리 조선의용군도 거기서 생산활동이라는 걸 해가면서 일본군과 싸웠어요. 맞아요. 그랬어요. 흠, 지리산이 그 정도 산이 될는지는 잘 모르겠지만, 여러분의 뜻이 다 그렇다면, 그래요, 갑시다. 거기다 산악요새를 한번 만들어 봅시다. 뭐, 할 만큼 했는데도 안 되면 하는 수 없고요. 그럼 그땐 우리 다 장렬하게 산화합시다!"

김지회가 옆에 있는 홍순혁의 손을 잡았다.

"그래, 그래보자!"

4

봉기군은 23일 01시경에 순천 지역을 떠났다. 아무런 준비 없이 지리산으로 가기는 어려우니 일단 가까운 백운산으로 들어가 원기도 회복하고 향후 행보도 세밀하게 점검하기로 했다. 김지회는 21일 저녁에 이미 구례 출신인 정락훈 부 지대장을 백운산의 구례 야산대 대장에게 보내 앞으로의 협력 관계와 연대 방안에 대해 깊이 있는 논의까지 진전시켜 놓은 터였다.

800명 장정이 침묵 속에 산길을 걸어 광양의 서북쪽 외곽인 우산리까지 갔다가 거기서 광양 동천을 거슬러 올라가 옥룡면 동곡리 백운사 입구에 도착하니 08시 반이었다. 고맙게도 야산대의 박종호 대장이 그곳까지 내려와 맞아주었다. 그는 눈코입이 크고 키가 훤칠한 게 꼭 서양 사람처럼 보였다. 상상했던 것과는 영 딴판의 사람이었다.

그의 뒤를 따라 숨을 헐떡이며 백운사까지 갔다가 거기서 잠시 쉬곤 다시 주 능선 근방에 자리한 야산대 본거지로 올라갔다. 골짜기 땅 치곤 제법 고르고 넓었지만 거기 들어선 막사 5채는 형편없는 토굴집이었고, 대원은 40명 안팎에 불과했다. 그들 대부분은 단선 반대운동을 벌이며 경찰에 맞서 싸우다 약 반년 전에 산으로 피신해 온 남로당원들이라고 했다. 낡아빠진 옷과 긴 천 따위를 몸에 걸치고, 일제가 버리고 간 구식 무기 아니면 죽창이나 쇠스랑 등을 손에 쥔 그들은 신식 무기로 무장하고 철모에 군복을 갖춰 입은 김지회 부대를 황홀한 눈으로 바라보았다.

그래도 대접은 융숭했다. 야산 대원들은 이른 아침부터 돼지를 잡고, 잡곡밥이나마 뜨끈한 밥을 몇 솥이나 지어놓고 봉기군을 기다리고 있었다. 병사들은 나흘 만에 제대로 된 식사를 할 수 있었다. 갓 지은 밥과 고기는 그들을 행복하게 해줬다.

김지회는 대원들에게 날이 어두워지면 지리산으로 떠날 것이니 미리 낮잠을 자두라고 했다. 그사이 열린 간부회의에서는 봉기군의 첫 번째 지리산 거처가 정해졌다. 문수골이었다. 대대 규모가 넘는 병력이 숨어들 만한 지리산 골짜기 중에서는 그나마 거기가 가장 짧고 완만한 골이며 주변엔 민가가 많은 편이라 보급 투쟁에도 유리하니 초보 유격대의 본거지로는 그만한 데가 없다는 게 정락훈, 이영희, 송관영 등 지리산을 잘 아는 사람들의 공통 의견이었다. 참관인으로 앉아 있던 박종호는 문수골 안쪽 깊은 곳에 수백 명이 당장 아지트로 쓸 수 있는 간이학교가 있고, 거기서 멀지 않은 곳에는 유격대 본부로 쓰기에 적당한 문수사가 있다는 정보도 알려줬다. 지도를 보니 간전면으로 해서 가면 지리산의 큰 골짜기 가운데 가장 빠르게 도착할 수 있는 곳이기도 했다.

다음으로는 조직 개편안이 결정되었다. 먼저 봉기군을 총사령부와 4개 지대로 재편하되 제비뽑기로 지대원을 편성하기로 했다. 그리고 총사령부는 총사령인 김지회와 부사령인 이기주, 홍순혁, 이영희 등으로 구성하고, 1지대는 김금수, 2지대는 송관영, 3지대는 이진방, 그리고 4지대는 정락훈이 맡기로 했다.

재편 작업을 끝내고 문수골을 향해 길을 나선 시각은 19시였다. 김지회는 떠나기 직전에 박종호에게 최남구 얘기를 털어놓으며 이흥국과의 소통이 매끄럽지 못했던 까닭에 아마도 자기가 떠난 한참 후에야 그들이 이리로 올 것 같으니, 그들이 오면 문수사로 보내달라고 부탁했다. 또한, 여수에 남아 있는 지창준 부대도 조만간 난관에 봉착할 듯한데, 그리되면 그들도 이리로 올 것이니 그들 역시 문수골로 보내달라고 하였다.

김지회 부대가 문수골에 도착하였을 때는 24일의 해가 뜰 무렵이었다. 밤샘 행군의 피로도 잊었는지 대원들은 밝은 얼굴로 즉각 아지트 구축 작업에 돌입했다. 김지회는 간이학교보다 더 위쪽에 있다는 문수사를 찾아 혼자 올라갔다. 오르던 중 그는 굽이굽이의 산봉우리 저 밑으로 구례 평야와 섬진강이 거무스레 내려다보이는 오르막길 한 모퉁이에 서서 잠시 감회에 빠졌다. 밝아오곤 있었지만 아래 세상은 아직 검붉은 빛으로 휘감겨 있었다.

상념 끝에 오늘이 봉기 후 맞는 첫 번째 일요일이라는 데 생각이 미치자 마치 몇 년은 못 본 듯한 경진의 얼굴이 떠올랐다. 교회에 갔을까? 아니지, 아직은 이르지. 지금쯤 일어나 준비하고 있겠군. 하아~

그런데 조금 더 생각해 보니 오늘은 그냥 일요일이 아니라 경진의 아버님과 약속했던 날짜가 채워지는 바로 그 일요일이었다. 원래대로라면, 교회 나간 지 정확하게 3개월이 되는 오늘만 지나면 김지회는 언제든 아버님 앞에 가서 사도신경을 멋지게 암송해 보인 후 혼인 허락을 받을 수 있었다. 아, 다음 주말쯤에는 찾아뵈려고 했는데…. 그때는 확실히 허락하실 거라는 자신이 있어 미리 살림까지 합치려 했는데….

그날 저녁, 지리산에서의 첫 만찬 준비로 들떠있는 봉기군 아지트에 드디어 최남구 중령이 나타났다. 이흥국과 구례 야산대원 2명의 안내를 받아서였다. 김지회는 '형님~' 하고 부르며 달려가 얼싸안고 싶었지만 꾹 참았다. 그런데 그의 몸 상태가 말이 아니었다. 같이 온 조시호 소위도 여러 군데 상처가 있었다.

조 소위에게 듣자니, 21일 늦은 오후 이흥국이 모는 스리쿼터를 타고 김지회를 만나러 오는 길에 순천 시내에서 전복 사고가 났다. 그런데 그때 이흥국의 요청으로 도움을 주겠다고 나타난 순천의 좌익단체 청년들이 최남구와 조시호가 수상하다며 거칠게 심문하다 급기야는 린치를 가했다. 최 중령에겐 그날 밤부터 다음 날 새벽까지 고문까지 심하게 해댔다. 이흥국이 말려봤지만 소용없었다. 최남구는 22일엔 온종일 앓기만 하다가 23일 아침에야 풀려났는데 그 몸으로 이틀을 내리 걸어 백운산을 거쳐 여기까지 온 것이라고 했다.

김지회는 위생병에게 최남구 중령을 치료해 드리고 깊은 잠을 주무실 수 있도록 조치해 드리라고 했다. 괜찮다고 거듭 고사하며 밀린 얘기나 하자던 최남구는 간단한 약초 치료를 받고 잠깐 쉬겠다고 눕더니 5분도 지나지 않아 바로 곯아떨어졌다.

김지회는 25일 04시경에 최남구의 방으로 다시 가봤다. 그는 진즉부터 깨어 있었던 모양이다. 김지회를 보자마자 자리에서 벌떡 일어나 양손을 와락 잡았다.

"야~ 너 만나기 정말 힘들었다."

"죄송합니다, 형님. 못난 동생 때문에 고생이 많으셨습니다."

"아냐 아냐. 내가 너무 서두른 탓이야. 마음이 급해서 당최 기다릴 수가 있어야지. 아무튼 용건부터 얘기하세."

최남구가 갑자기 목소리를 낮췄다.

"여기도 쥐나 새의 귀가 있을지 모르니 조용히, 아주 짧게 말하겠네. 20일 이른 아침에 김종서 중령님이 직접 마산까지 오셨어. 김지회가 군사를 일으켰는데 우리가 앞으로 어떻게 하면 좋겠냐고 묻더라고. 그 양반은, 아직은 우리가 기다리던 때가 온 것 같진 않지만, 기왕 이렇게 된 거 그냥 밀어붙일까, 하는 생각도 있다고 하더군. 그래서 나도 똑같은 생각이라고 했지. 뭐 몇 명 안 되지만 그래도 우리 쪽 영관급들이 다 같이 움직이면 봉기가 전국적으로 확산할 수도 있고, 그러면 뭔가 좀 해볼 수 있지 않을까 하는 생각이 들었던 거야. 근데 그게 벌써 5일 전의 일이니…. 아무튼 자넨 어떻게 생각하나?"

"그러셨군요. 선배님들겐 늘 감사하고 죄송할 따름입니다. 그런데, 이미 시간이 너무 많이 흘렀습니다. 설령 그게 아니더라도 선배님들께서 지금 나오시는 건 위험할 것 같습니다. 아직은 우리가 기다리던 그때가 아닌 게 맞습니다. 저희는 다른 방도가 없으니 들고 일어난 거지만, 선배님들은 다르죠. 김원봉 부장님 쪽과 계속 소통하시면서 때를 더 기다리시는 게 옳을 듯합니다. 괜히 이 판에 뭉쳤다가 다 같이 박살 나면 그땐 정말 다 끝나는 거 아닙니까. 저희도 여기서 최대한 시간을 끌면서 좋은 때 오기를 기다리겠습니다. 그때까진 선배님들도 세를 더 키워주십시오."

"그래, 알겠네. 어쩜 우리도 다 지리산으로 들어올지 모르니 여기다 본거지를 잘 만들어 두게. 누가 아나. 여기가 진정한 인민공화국의 성지가 될지. 아, 이럴 땐 정말 여운형 선생님이 계셔야 하는데."

"그러게나 말입니다. 선생님 빈자리가 너무 큽니다."

"우리 김지회가 이젠 게릴라 두목이 됐구먼. 선생님이 계셨으면 뭐라고 하셨을까? 그리고 이건 현금 보관증일세. 김 중령님이 자네 쓰라고 거금을 한 뭉치 준비해 오셨더라고. 나도 조금 보태서 하동읍에 있는 함흥정미소라는 곳에 맡겨 놨네. 주소도 여기 있네. 믿을 만한 내 친척 동생이 하는 곳이니 아무 때나 가서 찾아 쓰게. 전부 35만 원일세."

"아이고 형님, 어떻게 이런 거금을…. 뭐 많진 않지만, 저희끼리도 돈은 좀 모아놨습니다. 아, 알겠습니다. 형님과 선배님 뜻을 잘 아니 사양하지 않고 그냥 받겠습니다. 봉기군의 군자금으로 요긴하게 쓰겠습니다."

"첫 겨울 나는 게 중요할 텐데, 암튼 또 무슨 수를 써보자고."

"저희 중에 지리산이 고향이라고 할 만한 사람들이 꽤 있어서 큰 문제는 없을 것 같습니다. 산세는 어디가 어떤지, 머물만한 데가 어딘지, 어떤 음식물을 어떻게 구할 수 있는지 따-위를 아는 사람이 많습니다. 주변에 있는 소위 '민주 부락'들에서도 상당한 도움을 받을 수 있을 거 같고요."

"그렇다면 다행이지만, 아무튼 만만한 일이 아닐 거야. 아무쪼록 매사에 자중자애해야 하네."

"그리하겠습니다. 이제 돌아가셔야죠? 조 소위는 어디까지 알고 있습니까?"

"아직은 잘 몰라. 나중엔 우리랑 같이해도 좋을 사람 같긴 한데, 이번엔 그냥 날 호위한다고 쫓아온 걸세. 근데 뭐 지금 자세히 알게 할 필요는 없잖나. 그러니 이렇게 하세. 나랑 저 친구를 어디 적당한 곳에 감금해 주게. 의심 가는 게 있어서 심문이 더 필요하다는 등 둘러댈 건 많잖겠나. 물론 나중에 우리끼리 조용히 도망갈 수 있도록 좀 느슨하게 가둬야겠지. 하하하."

5

김지회는 최남구의 방에서 나와 전날 밤에 미리 출동 명령을 받고 대기 중이던 4지대 병사들과 구례로 향했다. 당장 필요한 물품이 한둘이 아니었기 때문이다. 봉기군 최초의 보급 투쟁이 개시되는 순간이었다.

200명의 지대원은 누가 시킨 것도 아닌데 다들 입을 굳게 다물고 행군했다. 어두운 계곡 길을 내려가 군청 앞에 당도했을 때는 훤히 밝아진 07시 반경이었다. 이른 시간이긴 했지만, 그렇다고 해도 구례의 중심가는 이상하리만큼 조용했다. 군청, 읍사무소, 법원, 우편국은 물론 경찰서마저 텅 비어 있었다. 정락훈 지대장이 급히 알아보니 토벌군은 그끄제 이후 순천과 여수에 다 몰려가 있고, 경찰은 어젯밤부터 봉기군이 진격해 온다는 소문이 돌자 황급히 피신했다는 것이었다. 김지회는 경찰서 앞마당에 도열한 대원들에게 보급 투쟁 시의 유의 사항을 전달했다.

"유격대원들에게 가장 중요한 건 인민을 대하는 자세다. 많이들 알겠지만, 모택동의 중공군은 작은 무리의 유격대에서 시작하여 백만대군으로 성장했다. 장개석(蔣介石)의 국민당군이 인민으로부터 미움을 받은 것과 달리 그들은 어디서나 환영받았다. 수많은 농민의 아들딸이 앞다투어 중공군에 자원해 들어갔다. 그런 인기의 비결이 무엇이었는가? 딱 하나였다. 인민을 잘 섬겼기 때문이다. 아무리 춥고 배고프고 목말라도 인민의 허락 없이는 절대로 그들 것에 손대지 않았다. 물 한 모금 쌀 한 톨도 뺏거나 훔치지 않았다. 우리도 그래야 한다. 마음에서 우러나와 무상 제공하는 것 외에는 아무것도 인민의 것을 가지려 들지 말라. 필요한 게 있으면 반드시 돈을 주거나 차용증을 쓰고 사라. 나중에 자세히 말하겠지만, 우리에겐 상당한 군자금이 있다. 그러니 차용증을 써줄 땐 한 달 안에 갚을 거라고 자신 있게 말해라. 명심하라. 민심을 잃으면 유격대는 살아날 수 없다."

대원들은 식량과 식기구, 등유와 성냥, 양말과 신발, DDT와 응급 약품 등과 같이 급구 목록에 포함된 물품 외에는 아예 쳐다보지도 않았다. 그런 물건들도 대개는 관공서나 준공공기관의 창고 등을 뒤져 확보했다. 상점이나 민간에서만 구할 수 있는 것들은 차용증을 써주고 매입했다. 그러다 보니 물품 조달에 상당한 시간이 걸렸다.

목표량을 채우려면 아직 멀었음에도 김지회는 14시경에 철수 명령을 내렸다. 전주 3연대의 2개 대대가 벌써 남원까지 내려왔다는 정보가 입수됐기 때문이었다. 4지대원들이 석양빛을 등에 받으며 문수골 본부로 들어섰을 때는 18시 가까운 시간이었다. 본부에 남아 있던 대원들이 환호와 박수로 그들을 맞았다.

김지회는 급보할 게 있다는 이기주와 독대했다. 그는 김지회가 구례로 떠난 직후 최남구와 조시호를 본부에서 그리 멀지 않은 문수골의 한 폐가에 가뒀다고 했다. 그리고 아직 석연치 않은 점들이 많으니 심문을 계속 해야 한다며 그 임무를 이영희에게 맡겼단다. 그런데 14시경, 보초가 급히 달려와 그 두 사람이 탈출했다고 알렸다. 현장에 가서 따져보니, 이영희가 점심 심문을 마치고 나갈 때 문을 제대로 잠그지 않았던 게 일차적인 문제였고, 풋내기 병사 둘이 무장도 제대로 갖추지 않고 보초를 섰던 게 두 번째 문제였다. 이기주는 급히 1개 소대 병력을 보내 두 사람의 뒤를 쫓게 했다. 하지만 지금까지도 찾지 못했다. 보고를 마친 이기주는 주위를 한번 돌아보고 속삭이듯 말했다.

"점심때 문은 내가 몰래 따 줬어. 최남구 선배는 무사히 탈출한 거야. 내가 따로 심복들 몇 명 데리고 바짝 쫓아가 봤는데, 물론 멀리서 망원경으로 본 거지만, 최 선배가 토지면의 어느 기와집으로 들어가더라고. 조시호도 옆에 있었어. 틀림없어. 거기 숨어있다가 알아서 잘 떠나실 거야. 야, 최남구가 누구냐. 만주벌판을 동네 앞

마당처럼 뛰어다니던 분 아니냐. 거기까지 갔으면 이제 끝난 거야. 걱정하지 마."

김지회도 동의했다.

"하긴 그렇지. 그 형님이 벌써 마을로 내려가 민가로 들어가셨다면 끝났다고 봐야지. 다행이다."

김지회는 이기주와 헤어져 최남구가 갇혀 있었다는 폐가로 가보았다. 그의 남겨진 체취라도 느끼고 싶은 감상적인 마음이 일었던 것이다. 썰렁한 방에 들어가 앉아 후배들에게 쫓겨 내려갔을 그의 뒷모습을 상상하니 쓸쓸함이 몰려왔다. 그리고 옛 생각들이 끝도 없이 이어졌다.

6

최남구를 처음 만난 건 해방되던 해 12월 말의 어느 창창하게 맑은 날, 계동 몽양 선생 댁에서였다. 김지회는 직전 해인 44년 9월부터 건국동맹 일을 도와왔던 터라 몽양이 건준과 인공을 거쳐 사민주의 정당인 조선인민당 사업을 벌이고 있을 그 무렵엔 이미 일머리가 있는 청년 비서로 인정받아 나름의 위치를 구축하고 있던 때였다. 몽양은 그날 김지회에게 최남구를 소개하며 고향도 같고 나이도 세 살 차이밖에 안 나니 형님처럼 가까이 모시면 되겠다고 했다. 웬만해선 사적 연고 같은 건 들먹이지 않는 분이 그런 말씀을 하시니 김지회는 그것을 무슨 특별한 명령인 것으로 받아들였다. 그리하여 그 자리에서 바로 그를 형님으로 모시기로 작정했었다.

사귀어 보니 과연 흥미로운 인물이었다. 어려서 만주로 간 그는 길림중학을 거쳐 봉천군관학교에 들어갔다. 역설적이게도 그의 항일 민족정신은 만주국 관동군 장교가 되어서 발현되었다. 그가 만군 중위 시절이던 45년 4월에 몽양이 창설한 비밀 결사 건국동맹의 만주 군사분맹에 가입한 것도 그러한 까닭에서였다.

멀리서 몽양을 돕던 그는 우여곡절 끝에 해방 후 3개월여가 지난 45년 12월 초에야 서울로 들어왔다. 그러고는 바로 미군정이 세운 군사영어학교에 1기생으로 입교하는 한편 당시 몽양의 군사 총책이던 김원봉과 의기투합하여 소위 민주적 민족 군대 양성 방안 마련에 골몰한다. 초기에 그가 김원봉과 함께 정성을 기울이고 기대를 걸었던 군사 조직은 1만 5천여 명의 중도 및 좌익계 청년들이 모여 있던 조선국군준비대(국준)였다. 하지만 미군정이 남조선국방경비대를 창설하면서 국준을 강제 해산시키자 그는 국준 대원들에게 국방경비대로 옮겨갈 것을 독려했다. 차선책이나마, 국방경비대를 향후 들어서게 될 독립 국가의 민주 군대로 만들어 가기 위해선 기개 있는 청년이 한 사람이라도 더 있어야 한다는 생각에서였다.

46년 2월 16일은 김지회에게 평생 잊을 수 없는 날이다. 정월 대보름이었던 그날 그 토요일 밤에 최남구는 진보적 민족주의 혹은 사민주의 진영의 군사력 확보 방안에 대해 흉금을 터놓고 밤새도록 얘기해 보자며 김원봉, 김종서, 오일규 등의 몽양계 군사 엘리트들을 부암정 산자락에 있는 자그마한 한식집으로 초대했는데 거기에 김지회까지 불렀던 것이다. 김지회는 자신과 같은 무명 지인을 그런 자리에 불러준 그에게 크게 감사, 아니 감동했었다.

휘영청이 밝은 달밤에 북악산 서편 끄트머리의 고즈넉한 한옥 대청마루에 앉아 앞쪽으론 인왕산을 오른쪽으론 북한산 봉우리들을 그윽이 바라보며 동틀녘까지 끊임없이 얘기하고 또 얘기했다. 난롯불도 따뜻했고, 계곡물 흐르는 소리도 정겨웠고, 술도 참 순했다. 무엇보다 사람들이 멋있었다. 나이나 출신, 인생 경로 따위는 달라도 바라는 세상의 모습은 같았다. 그들은 모든 인민이 자유롭고 평등하게 사는 세상, 주권재민 민주공화국, 품위 있고 격조 있는 문화·복지국가 등 사민주의의 이상을 공유하고 있었다.

그날 김지회는 유독 김종서를 관찰하듯 유심히 보았다. 김원봉이야 워낙 몽양의 오랜 동지인 데다 인민공화국 수립을 추진할 때는 군사부장을 맡기도 하여 이미 잘 아는 어른이었고, 오일규는 해방과 동시에 일본 육사를 중퇴하고 귀국한 이래 몽양 댁을 자주 드나들어 몇 달 전부터는 자연스레 친분이 생긴 사람이었다. 하지만 김종서는 먼발치에서 두세 번 정도 얼굴만 봤을 뿐 말 한번 나눠보지 않은, 말하자면 미지의 인물이었다. 그런데 그날 김지회는 그에게서 대단한 매력을 느꼈다.

그의 일본 육사 후배인 오일규에 따르면, 그는 조선인 일본인 할 것 없이 육사 생도들 사이에선 살아있는 전설이었다. 생도 땐 천재로 여겨질 만큼 모든 과목에서 항상 최상위 성적을 거두었고, 임관 후엔 '전투장인'이라고 불리며 여러 전장에서 혁혁한 공을 세웠다.

그랬다는 그가 그날 보니 술은 약했다. 한잔 술에 빨개진 얼굴이 제 상태로 돌아오기까진 두어 시간이나 걸렸다. 말수도 적고 소리도 낮았다. 표정을 보면 이성적이라기보다는 감성적인 사람이었다. 부끄러움도 타는 듯했다. 웃을 때 살짝 보조개 파이는 게 자신과 닮아 그것도 마음에 들었다.

그 김종서가 귀국하여 몽양을 만나고선 스스로가 너무나 부끄러워 밤새워 통곡했다는 얘기를 들려줬을 때, 술이 어느 정도 취해있던 김지회는 하마터면 그에게 달려가 얼싸안고 뽀뽀를 해줄 뻔했다. 당시 그의 심정이 어땠을지가 그대로 느껴지며 연민의 정과 존경의 염이 동시에 발작적으로 일었던 것이다.

그는 어려서부터 영재였다. 그가 다녔던 보통학교의 일본인 교사들이 강권하는 바람에 최고 성적의 일본 애들만 간다는 경성중 입학시험을 쳤는데 그만 수석 합격자가 돼버렸다. 거기서도 전교 1등은 늘 그의 차지였다. 졸업 무렵엔 교장까지 나서서 조선의 수재가 대일본제국의 육사에 들어가는 건 조선 민족에게도 자랑스러운 일이라고 선동하고, 신앙심 두터운 그의 아버지마저 찬동하는 분위기 속에서 별 문제의식 없이 일본 육사행을 선택했단다. 그 길을 밟는 것이 운명이라고 여겼고 그 과정 중에 소명을 발견할 수 있으리라고 생각했다고 했다. 42년 12월에 임관한 그가 태평양 전쟁에 참전했을 때는 미국을 이기는 게 동양을 지키는 일이며, 자신이 전공을 세우는 게 조선과 조선인의 위상을 높이는 일이라고 믿었단다.

그가 혼돈에 빠진 것은 45년에 패전국 대위로 오키나와(沖繩)의 포로수용소에 갇혔을 때였다. 처음엔 안 그러더니 미군들은 차츰 조선인 포로를 일본인과 구분하여 취급하기 시작했다. 그게 한편으론 좋았지만, 다른 한편으론 오히려 수치스러웠다. 하루는 거기서 친해진 한 백인 장교가 "넌 조선인이면서 왜 그리 열심히 일본을 위해 싸웠느냐?"라고 물었단다. 뭔가 설명해 볼까도 싶었지만, 너무 복잡한 것 같기도 하고, 길어질 듯도 싶고, 사적인 얘기를 털어놓기도 민망하여 망설이고 있었는데, 곰곰이 생각해 보니 스스로가 그 답을 명확히 모르더라는 것이었다. 지금까지 살아온 자기가 누군지, 무엇을 위해 어디를 향해 가고 있었는지 도무지 알 수 없더란다. 그 후로 그는 줄곧 자괴감과 허무감에 괴로워하며 지냈다고 했다.

그 괴로움에서 빼내 준 사람이 몽양이었다. 귀국 후 오일규의 소개로 말로만 듣던 그 '민족의 참 지도자'를 처음 만났을 때 몽양은 그의 살아온 얘기를 따스한 눈빛으로 다 듣고 나서는 이런 말을 해줬다고 했다. '괜찮네. 움츠려 있을 필요 없네. 아마 나도 자네 같은 상황에 있었더라면 그런 길을 걸었을 공산이 크네. 민족에게 죄책감이 든다고? 그럴 이유 없네. 내 보기에 자네는 어려서부터 민족을 대표한다는 마음으로 늘 민족의 자긍심을 생각하면서 일본 학생들, 일본의 엘리트들과 경쟁하며 살았을 걸세. 힘겨울 때도 많고 외로울 때도 많았겠지. 왜 안 그랬겠나. 수고했네, 고생 많았어. 이제 해방이 됐으니 그따위 짐일랑 다 내려놓고 마음 편히 기쁘게 살게. 자유롭게 말이야. 혹시 누군가에게 미안한 생각이 든다면, 이제부터는 힘없고 가난한 인민대중을 도우며 살아가게. 그들의 편에 서서 가슴 따뜻한 사람, 멋진 군인으로 살게. 그러면 되는 걸세. 그게 다야.'

김종서가 몽양 얘기를 하는 사이 오일규는 몇 번이나 슬그머니 눈물을 훔쳐냈다. 최남구는 무슨 잘못이나 한 듯 고개를 숙이고 애꿎은 마룻바닥만 긁어댔다. 김원봉은 마치 오랜만에 만난 애틋하면서도 자랑스러운 아들을 대하는 듯한 황홀한 표정으로 내내 그의 얼굴을 바라보며 경청했다.

김지회는 그렇게 성찰하고 반성할 줄 아는 사람들, 이해하고 품어줄 수 있는 사람들, 대범하고 기개 있는 사람들 사이에 있다는 게 행복했다. 이들과 함께라면, 이들과 같이 꾸는 꿈을 위해서라면, 목숨을 바쳐도 아깝지 않겠다는 생각이 들었다.

그 후 김지회를 군문으로 인도한 사람도 최남구였다. 그는 국방경비대를 민주 군대로 키워가려면 '우리 사람들'이 많이 들어가야 한다며 틈날 때마다 입대를 권했다. 결심을 한 것은 46년 7월, 몽양이 그토록 바라왔던 좌우합작위원회가 출범하게 됐을 때였다. 이제 공식적인 조직도 꾸려졌고 인적 물적 지원도 상당히 받게 됐으니 자신은 몽양을 떠나 군문으로 들어가도 괜찮겠다고 생각한 것이었다. 예상대로 몽양은 군인 김지회의 앞날을 축복해 주었다.

최남구는 김지회의 결심을 듣고는 바로 국방경비대 태릉 1연대의 이병수 중대장을 만나게 해주었다. 그리하여 김지회는 46년 8월부터 이병수 중대에서 하사관으로 근무할 수 있게 됐다. 5개월 후인 47년 1월에는 이병수의 추천을 받아 국방경비사관학교에 입학할 수 있었다.

거기서 평생 동지인 문상기, 윤차돌, 홍순혁, 이기주 등을 동기로 만났다. 오일규는 그때 생도 대장이었다. 모두가 없는 사람 설움을 아는 따뜻한 마음의 소유자들이었다. 그리고 사관학교 바깥에선 김종서와 최남구가 형님, 김원봉이 삼촌, 몽양이 아버지 역할을 맡아 응원해 주었다. 어찌 보면 사관학교 시절이 가장 행복한 때였는지 모른다. 그때는 좋은 사람들이 세상에 그득한 것으로 보였다.

임관한 다음 달인 47년 5월의 어느 푸른 토요일, 광화문 네거리 근로인민당 당사에서 창당식이 열렸던 그날엔 그 좋은 사람들이 (몽양만 빼고) 다 한자리에 모였다. 식이 끝나고 김원봉이 모두를 성공회 성당 뒷골목의 찻집에 모이도록 했던 것이다. 김원봉은 혁명은 군사력이라는 그의 지론을 다시금 설명하고 나서 몽양이 근로인민당의 지상 목표로 내세운 '만인이 다 자유·평등한 진정한 민주주의 국가 건설'은 혁명적 과업이라고 규정했다. 그러니 군사력이 동반돼야 한다고 했다. 혁명 과업 수행 중 어느 시점에서는 반드시 정의의 군대가 나서야 한다는 것이었다. 그는 '우리가' 몽양과 근로인민당의 실질적인 군사부 역할을 하자고 제안했다. 전원이 흔쾌히 동의했다. 김원봉은 감사하다는 말과 함께 때가 되면 북에 있는 무정도 '우리와' 같이 할 수 있을 거라며 비밀스러운 얘기를 하나 들려줬다.

건국동맹 시절에 몽양은 당시 중국에서 독립동맹을 꾸려가던 무정과 주권재민 민주공화국 건설을 공동 목표로 하는 강력한 연대 관계를 맺었는데, 그 관계는 해방 후 지금까지도 건재하다는 것이었다. 그 좋은 사람들 사이에서 존경하는 무정 장군의 이름을 생생하게 들으니 태항산 시절이 생각나며 가슴이 쿵쾅거렸다.

그런데, 겨우 2개월 후인 47년 7월 19일, 몽양이 세상을 떠났다. 누구는 암살자의 배후에 이승만이 있다고 했고, 누구는 박헌영이 있다고 했다. 그게 누구든 억장이 무너지는 것 같았고 꿈이 허물어지는 것 같았다.

8월 3일의 장례식 날 밤, 몽양의 군사력으로 살아가자고 결의했던 그 사람들이 다시 모였다. 역시 김원봉이 주재한 모임이었다. 그는 슬퍼만 하지 말고 몽양의 사민주의적 이상과 염원을 '우리가' 이어가자고 했다. 그의 뜻을 마음속에 새기고 실천해 가면 그는 결코 죽은 게 아니라고 했다.

최남구는 그 자리에서 불쑥 남북 합작이나 좌우합작이 어려울 것 같으면, 그래서 조선 반도나 남조선 전체에 진정한 인민공화국을 세우는 게 영 힘들 것 같으면 일단은 범위를 축소하여 인민공화국 비슷한 것을 가능한 지역에 먼저 세워보는 게 어떻겠냐고 했다. 모두가 눈이 동그래졌지만, 김원봉은 차분하게 속뜻을 자세히 설명해달라고 요청했다. 최남구가 덤덤하게 말했다.

"그저 거친 구상 혹은 뭐 어쩌면 공상에 불과합니다. 이를테면, 전라도와 경상도 지역 말입니다. 거기선 지금도 인민위원회 체제, 즉 인민공화국에 대한 인민들의 지지와 기대가 상당하지 않습니까. 그런 데에 먼저 정성을 쏟아보자는 겁니다. 말하자면, 조선 인공이 아니라 남도 인공 같은 걸 만들어 보자는 거죠."

김원봉이 턱을 쓰다듬으며 말했다.

"흠, 남도 인공이라. 무정 장군도 그 비슷한 얘기를 했다던데. 생각해 볼만한 문제요. 아무튼, 군사력이 뒷받침되지 않고서는 시도하기가 어려운 구상인 건 사실이오. 안 그렇소?"

웬일로 말수 적은 윤차돌이 끼어들었다.

"규모를 아주 많이 줄이면, 그리고 지형 조건이 좋은 데를 잘 찾아내면 최소한의 군사력으로도 인공을 건설할 수 있습니다. 프랑스의 기독교 사회주의자인 푸리에는 천여 명가량의 사람들이 모여 자급자족하며 살 수 있는 마을 공화국 같은 걸 만들어 살자는 제안도 했습니다."

"팔랑주(phalange)라는 거 말이군요."

"아, 아시는군요. 바로 그겁니다. 우리도 지리산 같은 데에는 그런 걸 만들어 볼 수 있지 않을까, 하는 생각을 가끔 해봤습니다."

이기주가 거들었다.

"아까 최남구 선배님이 전라도와 경상도의 입지 조건이 좋다고 하셨는데, 지리산이 두 도에 걸쳐있는 곳 아닙니까."

최남구가 말했다.

"거 좋은 생각이네. 지리산에 남도 인공의 성채를 먼저 만들어 두는 거지. 그리고 인공을 점차 경상도와 전라도 전역으로 넓혀가는 거야. 호오, 상상만 해도 기분이 좋네."

그날 밤 9인은 날이 밝아올 때까지 얘기를 계속했다. 그리고 헤어질 때 김종서의 제안에 따라 그 구상을 '남도 인공 사업'이라고 명명했다.

김지회는 최남구가 갇혀 있던 방에서 나와 이미 컴컴해진 산골짝 길을 망연히 내려다보았다. 지금쯤 그가 어디에 있을지 궁금했다. 그가 벌써 그리웠다. 아, 형님이 여기 계실 때 남도 인공 사업도 그렇고, 여러 얘기를 좀 더 나눴어야 했는데⋯. 아까보다 쓸쓸함이 더 해진 것 같았다.

담배를 한 대 물려고 할 때였다. 본부 행정병이 헐레벌떡 뛰어와 구례에 나갔던 척후병이 방금 돌아왔으며, 오후에 백운산에서 온 전령도 총사령을 기다리고 있다고 알렸다.

박종호가 보냈다는 전령은 지창준이 오늘 아침에 200여 명의 병사와 함께 백운산에 당도했으며 지금 총사령의 분부를 기다리고 있다고 전했다. 김지회는 왜 병사가 겨우 200여 명인지, 그리고 왜 바로 문수골로 오지 않고 거기서 새 명령을 내려달라고 하는지 의아했지만, 잠시 생각한 끝에 지창준 부대는 당분간 거기 머물게 하는 게 좋겠다는 결론을 내렸다. 상황이 어떻게 전개될지 모르니 백운산과 지리산의 병력이 서로 호응해 가면서 보급 투쟁이나 게릴라전을 입체적으로 펼치는 게 유리할 거라고 판단한 것이다.

전령을 돌려보낸 김지회는 곧이어 구례에 다녀온 병사를 만났다. 예상대로 어제 오후에 구례로 몰려왔던 토벌군 3연대 병력은 부역자 색출 등의 소동을 한바탕 벌인 후 저녁 무렵에 여수로 떠났다고 했다. 그는 이진방 지대장을 불러 내일 새벽에는 3지대가 구례로 보급 투쟁을 떠나니 지대원들에게 알리라고 지시했다.

7

26일 새벽, 김지회는 못다 한 보급 투쟁을 완수하기 위해 3지대원들과 산에서 내려갔다. 그리고 토벌군이 떠난 구례읍을 또다시 무혈점령했다. 토벌군에게 혹독하게 시달렸던 탓인지 읍민들의 봉기군 대하는 태도는 어제보다 더 호의적이었다. 덕분에 필요했던 물품들을 쉽게 구할 수 있었다.

다음 날인 27일 저녁, 구례읍사무소 첩보원으로부터 여수가 기어이 토벌군의 손에 넘어갔다는 급보가 왔다. 순천, 보성, 벌교, 광양에 이어 여수까지, 이로써 봉기군이나 지방 좌익이 점령하던 전남 모든 지역은 7일 만에 도로 우익 세상으로 돌아갔다. 이제부터 토벌군은 지리산으로 숨은 봉기군 토벌에 전력을 집중할 것이다.

김지회는 대비 태세 강화를 명령하는 한편 간부회의를 열어 아지트 이전 문제를 논의했다. 문수골은 산밑에서 비교적 가깝고 골이 그리 깊지 않아 자리 잡기가 쉬웠던 만큼 적에게도 쉽게 노출될 터이니 더 깊숙한 곳으로 옮기자는 그의 제안에 모두 동의했다. 피아골, 대성골, 거림골, 뱀사골 등이 대안으로 제시되었다. 이기주와 이영희가 지리산과 주변을 잘 아는 대원 10명을 뽑아 실사단을 구성하여 2~3일 내로 선택지 가운데 한 군데를 본거지로 정해 옮겨 가기로 했다.

그러나 그렇게 천천히 움직여 갈 상황이 아니었다. 28일 아침, 김지회는 굉음에 놀라 일어났다. 비행기 소리였다. 국군이 지난달에 미군에게 인계받았다는 군용 경비행기 L-4가 틀림없었다. 간부들과 조심스레 밖으로 나가 보니 비행기는 문수골을 몇 바퀴나 돌고 나서 북쪽 방면으로 유유히 사라졌다. 그게 아니란 건 나중에야 알았지만, 그때는 모두 문수골 아지트가 발각된 게 아닐까, 하는 우려에 휩싸였다. 이영희와 송관영 등 몇 사람은 만약 그렇다면, 조만간 토벌대가 지상과 공중에서 문수골을 에워쌀 것이고, 그리되면 문수골의 지형상 봉기군은 독 안에 든 쥐 꼴이 되고 말 것이니 그 전에 어서 이곳을 벗어나야 한다고 했다. 하지만, 800명이나 되는 병사가 어디가 안전한지도 모르면서 지리산의 다른 계곡으로 무작정 옮겨 다닐 수는 없지 않으냐는 반론도 만만치 않았다. 격론 끝에 내린 결론은 토벌군의 예봉을 피해 일단은 백운산으로 다시 돌아가자는 것이었다.

 비행기의 출현에 잔뜩 움츠러든 봉기군은 지대별로 흩어져 골짜기 깊숙한 곳에 각기 숨어있다가 사방이 완전히 어둠에 덮인 19시 반이 넘어서야 문수골을 떠났다. 최대한 가볍게 움직일 수 있도록 이틀에 걸쳐 확보한 보급품 대부분과 중화기 등은 은밀한 곳에 숨겨놓은 후였다.

6장.

여수가 다 망가졌나요?

조경진(1948년 10월 22일~10월 30일)

1

경진은 안전한 광주에 머물러 있으라고, 그게 김지회가 원하는 것이기도 하다며 거듭 만류하는 신인형을 설득해 그와 함께 여수로 왔다. 고맙게도 그는 죽든 살든 그 사람 곁에 붙어있겠다는, 마음으로는 그것이 가장 평화롭고 안전한 삶이라는 경진의 말이 어떤 의미인지 이해해 주었다. 그러고 나선 무슨 일이 있어도 꼭 김지회의 곁으로 무사히 데려다주겠다는 다짐까지 해주었다.

　신인형이 모는 김지회의 오토바이를 타고 여수 덕충동 오성애의 집에 도착했을 때 10월 22일의 해는 윗부분만 조금 남아있었다. 성애네 집은 종고산 동북쪽 자락에 있어 바다가 훤히 내려다보이는 아담한 한옥이었다. 조금 전에 퇴근해 왔다는 성애는 눈물까지 글썽이며 경진을 맞아주었다. 신인형은 내일 아침 일찍 김지회에 관한 최신 소식을 갖고 다시 오겠다며 경진의 짐만 부려주고 떠났다.

성애 어머니가 차려 준 저녁밥을 먹고 두 처녀는 성애 방으로 들어갔다.

"아, 정말 오랜만에 밥 맛있게 많이 먹었어. 집밥이 역시 다르네. 고마워… 흑…." 말하다 말고 경진이 두 손으로 얼굴을 가렸다.

"왜 그래, 경진아. 식구들 보고 싶어서 그래?"

"응. 다들 내 걱정하고 있을 텐데…, 지회 씨도 걱정이고…."

"에휴, 어떡해. 그래도 내일이면 김지회 씨가 어디 있는지 알게 될 거잖아. 걱정하지 마. 아, 근데 경진아. 김지회 씨가 보통 사람이 아니더라."

경진이 양손으로 눈물을 닦으며 성애를 쳐다봤다.

"14연대 봉기군의 총 대장이 바로 김지회 씨라잖아. 넌 알았어?"

"나도 지금 오는 길에야 신 중사님한테 그 얘기 들었어. 무슨 일인지 모르겠어. 그이는 괜찮을까? 앞으론 어떻게 되는 걸까?"

"글쎄, 아무튼 여수 사람들은 대부분 봉기군 입장을 지지하는 거 같아. 제주도 출병을 거부한 건 아주 장한 일이고, 미군들 나가라는 것도 맞는 말이라며 처음부터 칭찬하는 분위기였어. 너랑 두 번째 전화한 날이 19일이었잖아. 그다음 날엔 정말 대단했어. 이른 아침에 봉기군이 시내를 싹 쓸고 갔는데, 그다음부터는 세상이 완전히 달라진 거 같더라고. 경찰이나 공무원은 다 도망가고 해방 때처럼 인민위원회가 다시 들어섰어. 그리고 오후에 시내 한복판에 사람들이 모이기 시작하는데, 난 사람들이 그렇게 많이 모인 건 난생처음 봤어. 오륙천 명은 되겠더라. 그 많은 사람이 한목소리로 친일파 청산하라, 미군 나가라, 토지개혁 하라, 이승만 물러나라, 인민공화국 세워라, 등등을 외치는데, 듣기만 해도 소름이 막 돋더라고. 뭐랄까, 약간 무섭기도 했지만, 그래도 희망이 생기는 것 같고, 안에서 막 뜨거운 게 일어나는 것 같기도 하고 그랬어. 아무튼 사람들이 다들 그렇게 좋아해 주는데, 그런 봉기군 대장에게 무슨 나쁜 일이 생기겠니? 순천에서도 여기처럼 인기가 좋다는데 뭐. 그러니 걱정하지 마."

"그럴까? 근데 그럴수록 이승만 정부는 더 화날 거 아냐. 자기네한테 맞선 반란군이 인기가 좋아지면 얼마나 불안하겠어. 그러니 어떻게든 빨리 잡아들이려고 하지 않겠어? 봉기군을 중상하거나 모략해서 욕을 먹게 할 수도 있고 말이야. 암튼 난 느낌이 안 좋아. 꼭 무슨 일이 생길 거 같아."

"중상모략! 아, 그건 그럴 수 있겠다. 우리 아버지나 병원 원장님도 비슷한 걱정을 하셨어. 너도 알잖아. 우리 아버지가 몽양 선생님을 존경해서 인민위원회 일도 맡으셨다는 거. 근데 아버지가 그저께 믿을 만한 분한테 들었는데 김지회 씨가 군대 내의 몽양파라는 거야. 그건 맞아?"

"군대 안에 몽양파라는 게 있는지는 모르지만, 지회 씨가 몽양 선생님을 오래 모신 건 사실이야. 그분을 세상에서 제일 존경한댔어. 지회 씨가 가깝게 지내는 친구나 선후배들도 거의 다 몽양과 친한 사람들이고."

"그렇구나. 우리 아버지는 그 얘길 듣고 더 신나서 봉기군을 응원하시는 거야. 근데 어제 이범성 총리가 14연대 봉기는 공산주의자들의 반란이라고 했잖아. 아버진 그게 모함이라고 하시더라고. 몽양이 무슨 공산주의자냐며 막 화를 내셨어."

"지회 씨는 절대로 공산주의자가 아냐. 오히려 공산주의는 위험한 사상이라고 비판하는 사람이야. 사회주의자, 사민주의자일 뿐이지."

"근데도 공산주의자로 몰아서 곤경에 빠트리려 한다는 게 우리 아버지 걱정인 거야. 우리 원장님도 이승만 정부가 의로운 군인들을 사악한 빨갱이로 몰아가는 것 같다고 답답해하셔. 여수에도 그 군인들을 빨갱이로 보는 사람들이 꽤 있대."

"그래? 왜? 뭘 보고?"

"정부 발표도 그렇고, 또 그저께 열렸던 인민대회에서 채택한 결의안에도 그렇게 볼 수 있는 내용이 좀 있었거든."

"뭔데?"

"가령, 조선인민공화국을 보위하고 충성할 것을 맹세한다. 뭐 그런 거."

"그래? 그 조선인민공화국이 북조선을 말하는 거야? 아닐걸…."

"우리 아버지도 아니라고 하셔. 우리가 흔히 말하는 인공 있잖아. 몽양의 인공 말이야. 아버진 그게 그 인공이라고 하시는데, 어떤 사람들은 그게 조선민주주의인민공화국이라고 한대. 서로 의견이 다른 거지. 우리 원장님 얘기로는 처음에 인민대회를 구성할 때부터 그 두 가지 의견이 다 있었대. 남로당원이나 박헌영 지지자들은 조선민주주의인민공화국으로 하자고 했는데, 몽양 계열 사람들이 반대해서 그냥 조선인민공화국으로 했다는 거야. 해석은 각자 하기로 하고 말이야."

"인민위원회도 두 파로 나뉘어 있다는 거네. 공산주의자들도 분명히 있고."

"그건 그렇지. 그게 몽양파와 이정파야."

"이정파?"

"박헌영파 말이야. 봉기군도 마찬가지래. 이를테면, 김지회 씨는 몽양파지만, 지금 여기 여수에 남아 있는 잔류 봉기군의 대장인 지창준 상사는 이정파라는 거야. 그러니까 봉기군 내에도 공산주의자들이 있는 거지."

"그렇구나. 그러니까 공산주의자들이 섞여 있다는 걸 빌미로 해서 이걸 그냥 빨갱이 반란으로 모는 거네."

"그렇지. 그런 게 무서운 거야."

"그럼, 북조선과 내통하는 집단이라고 몰 수도 있겠다."

"봉기군이 남로당 지령으로 움직이는 거라고 말하는 사람들도 벌써 있대."

"아, 걱정이다."

"그나저나 정말, 김지회 씨는 지금 어디 있을까? 아직 순천인가? 답답하지?"

"내일 신 중사님이 알려주시겠지. 아무튼, 그이가 어디 있든 난 무조건 그이 곁으로 갈 거야."

"무조건?"

"응. 무조건."

2

다음 날, 일찍 오겠다던 신인형은 정오가 넘어서도 나타나지 않았다. 아침 열 시경부터 들리기 시작한 대포 소리는 멈출 줄을 몰랐다. 간간이 총소리도 요란하게 울렸다. 경진은 아무도 없는 성애 집에서 홀로 불안감과 싸워야 했다.

두 시쯤, 자전거를 타고 온 한 남자아이가 자기를 지창준 대장의 사환이라고 자랑스레 소개한 후 신인형의 편지를 건네줬다. 정세가 하도 급박하게 돌아가서 제대로 된 정보를 파악하기 힘드니 하루만 더 기다려달라는 내용이었다.

신인형은 10월 24일 정오가 다 된 시간에야 왔다. 밤새 잠을 못 자 눈이 퀭해진 경진은 그가 타고 온 지회의 애마를 보니 새삼 지회가 그리웠다. 더구나 오늘은 그와 함께 여수제일교회에서 새 신자 등록을 하기로 했던 그 일요일이다. 그리고 다음 주말엔 드디어 아버지한테 가기로 했었는데. 대체 그이는 지금 어디 있을까?

경진은 초조함을 감추고 애써 태연한 표정을 지었다. 신인형이 말했다.

"미안합니다. 너무 늦게 왔습니다."

"아니에요. 제가 죄송하죠. 바쁘실 텐데…."

"어제 아침에 토벌군이 여수항으로 상륙을 시도했습니다. 오전 내내 함포까지 쏴대고 요란을 떨었는데 일단은 저희와 시민군이 용케 막아냈습니다."

"어제 대포 소리와 총소리가 그때 났던 거군요. 다행이에요."

"하지만 앞으론 어떻게 될지 모릅니다. 아, 김지회 중위님과 봉기군 본대는 순천 외곽에서 이틀간 토벌군과 대치하다가 그제 밤과 어제 새벽 사이에 어딘가로 떠났다고 합니다. 필경 백운산이나 지리산으로 들어갔을 겁니다."

"네…. 그럼 전 어떻게 할까요?"

"토벌군이 어제 순천을 탈환했으니, 오늘부터는 여수 공격에 모든 병력과 화력을 집중할 겁니다. 첩보대로라면, 오늘 오후 네댓 시까지는 그들이 여수 근방에 도착합니다. 장갑차 부대까지 동원했답니다. 조만간 바다로도 다시 쳐들어올 겁니다. 비행기도 뜨겠죠."

"그럼 어떻게 해야 하죠? 시간이 별로 없네요."

"지금까지 여기 남아 있는 14연대 봉기군은 500명가량입니다. 여수 시민과 학생들이 조직한 시민군은 약 600명 정도고요. 우린 그 병력을 삼분하여 여수를 수호할 겁니다. 주력은 순천에서 넘어오는 길목을 지킬 것이고, 나머지 병력의 반은 항구, 그리고 반은 시내 주요 지점에 배치될 겁니다. 언제까지 버틸 수 있을지는 모르지만 해보는 데까지 해보는 거죠."

"그러다 안 되면 그때 그이가 있는 본대로 올라가는 건가요?"

"그렇습니다. 어쩌면 오늘일 수도 있고 내일일 수도 있습니다. 경진 씨는 떠날 준비를 해서 이따 두 시까지 연등동 잉구부에 있는 안숙사적비 앞으로 오십시오. 제가 모시러 가겠습니다. 여기서 그리 멀지 않습니다. 친구분에게 물어보시면 쉽게 찾을 수 있을 겁니다."

"안숙사적비요?"

"네. 여수절도사였던 안숙이란 사람의 사적비입니다. 그게 서 있는 마을이 잉구부인데 말하자면 거기가 육지에서 여수 시내로 들어오는 관문입니다. 우리 부대가 지금부터 거기 매복해 있을 겁니다."

"알겠습니다. 저도 가서 뭐라도 좀 도울까요?"

"아이고, 아닙니다. 도우실 일 없습니다. 제가 잉구부에 안전한 집을 하나 수배해 놓았으니 거기 계시다가 나중에 우리 부대가 움직이게 되면 그때 같이 가시면 됩니다. 그때도 제가 그 집으로 모시러 갈 겁니다."

"부대가 움직인다는 말은 여수를 떠나 본대로 올라간다는 뜻인가요? 그게 오늘일 수도 있나 보죠?"

"맞습니다. 오늘 적황을 살펴봐서 영 안 되겠다 싶으면 그길로 바로 떠야 한다는 게 지창준 상사의 생각입니다. 사실 수만 명의 토벌군이 중무장하고 땅과 바다와 하늘에서 총공격을 퍼부으면 당해낼 도리가 없습니다. 전멸일 뿐입니다. 더 길게 보고 싸우려면 일단 피하는 게 맞긴 맞죠. 어렵겠다 싶으면 바로 본대로 합류하라는 게 처음 봉기할 때부터 김지회 중위님이 당부하신 말씀이기도 합니다."

"알겠습니다. 그럼 전 이따 잉구부로 가겠습니다."

경진은 꼭 필요한 물건만 챙겨 작은 여행 가방 하나에 넣고 성애의 집을 나섰다. 성애가 있는 공화동 동구밖의원은 급경사 길을 내려가 왼편으로 꺾어 조금 걸으니 있었다. 일직 근무 중인 그녀에게 자초지종을 얘기하자 그녀는 경진을 말렸다. 요는, 위험하다는 것이었다. 그러니 제발 마음을 돌려먹고 여기서 자기와 같이 일하면서 안전해질 때까지 기다리자고 했다.

성애가 말을 마치자, 경진은 조용히 눈을 감았다. 그녀의 이마 한가운데 가느다란 핏줄이 부풀어 올랐다. 파르르하니 연약해 보였다. 잠시 후 경진이 성애를 쳐다보며 말했다. 그녀의 눈에는 눈물이 그렁그렁 달려 있었다.

"이유는 딱 한 가지야. 보고 싶고 그리워. 어떻게 할 수가 없어. 그 사람도 나와 똑같을 거야. 틀림없어. 그런 그이가 불쌍하고 가여워. 내가 가야 해. 그이를 위해서라도 꼭 가야 해."

성애는 아무 말 하지 않았다. 경진을 끌어안아 주었다. 18세 동갑내기 두 처녀는 서로에게 안겨 조용히 각자의 눈물을 흘렸다.

성애가 그려준 약도를 들고 언덕길을 다시 올라가 종고산 자락 길을 따라 서쪽 밑으로 더듬더듬 내려가니 20여 분 만에 위로 크게 굽어진 잉구부 길이 보였다. 너무 빨리 왔다고 생각하며 그 길로 들어서는데 길 위쪽에서 생전 처음 들어보는 소리가 났다. 혹시 기차가 찻길로 들어선 게 아닐까, 하는 생각이 들 정도로 어마어마하게 크고 묵직한 소리였다. 얼마 후에는 길바닥이 흔들리는 게 느껴졌다. 겁이 덜컥 났지만 그래도 약속 장소를 향해 한발씩 조심스레 발을 옮겼다. 그러던 순간이었다. 말로만 듣고 사진으로만 보던 장갑차가 눈앞에 나타났다. 쇠로 만든 거대한 괴물 같았다. 한두 대가 아니었다. 꼬리에 꼬리를 물고 계속해서 구부러진 언덕길을 내려왔다.

공포심이 일어 몸이 굳어지는 듯했다. 어떻게든 움직여 보려고 할 때 어디선가 짧은 구령 소리가 나더니 곧바로 요란한 총소리가 이어졌다. 그녀와 가까운 곳에서 많은 사람이 한꺼번에 총을 마구 쏴대는 것 같은데 도대체 어디가 어딘지 구분할 수가 없었다. 맨몸으로 길 한가운데 덩그러니 노출된 자신에게 사방에서 총알들이 날아들 것만 같았다.

잠시 후 와~ 하는 함성과 함께 언덕길 왼편 개천 쪽에서 수많은 병사가 모습을 드러냈다. 봉기군과 시민군이 섞여 있는 듯했다. 그들은 한 사람씩 길 양옆에 엎드려 토벌군 장갑차와 그 뒤를 따르는 트럭들을 향해 사격을 가했다.

경진은 길 오른편 논바닥으로 황급히 내려가 볏단 뒤에 숨었다. 볏짚 사이로 수십 대의 장갑차와 트럭에서 군인들이 뛰어내리는 게 보였다. 토벌군의 반격이 시작되었다. 한동안 기관총 소리가 온 천지를 뒤덮었다. 포연이 뿌옇게 하늘로 올라갔고 고함과 비명이 난무했다. 그 와중에도 장갑차들은 언덕을 넘어왔다.

경진은 장갑차 행렬에서 조금이라도 더 멀어지고 싶은 마음에 뒤쪽 다른 볏단을 향해 뛰어갔다. 그 짧은 사이에도 총성은 줄곧 귓가를 울려댔다. 막 새 볏단 뒤로 앉으려던 찰나였다. 오른쪽 목 뒤편에서 불에 덴 것 같은 강렬한 뜨거움이 느껴졌다. 소스라치게 놀라 급히 손을 갖다 대다 말고 그녀는 고꾸라지듯 주저앉았다. 오른쪽 발등이 땅바닥에 붙었을 만큼 발이 완전히 꺾여버린 것이다. 너무 아파 숨쉬기가 곤란했고 피가 거꾸로 올라오는지 머리가 지끈거렸다. 두 손으로 접질린 발을 살살 들어 논바닥에 조심스레 누였다. 그제야 숨을 쉴 수 있었다. 그러자 다시 목의 따끔거리는 부위가 느껴졌다. 겁이 나서 조심스레 손을 대봤다. 몹시 쓰라렸다.

손을 내려보니 피가 흥건히 묻어있었다. 아, 이건 또 뭘까? 별안간 외로움이 공포처럼 몰려왔다.

그녀는 등을 볏단에 기대고 종고산 쪽을 바라보며 멍하니 앉아 있었다. 자포자기하는 마음이 들었다. 그때였다. 종고산 북서쪽 끝자락, 아까 그녀가 지나왔던 바로 그 자리에 누군가가 서 있는 모습이 보였다. 희미했지만, 분명히 신인형 중사였다. 너무나 반가워 그 자리에서 바로 두 손을 높이 들어 흔들어 댔다.

그는 지형지물을 이용하여 몸을 숨겨가며 다가왔다. 그와 얼굴을 마주하기까지는 5분도 채 걸리지 않았다.

"미안합니다, 경진 씨. 놈들이 예상보다 훨씬 빨리 쳐들어오는 바람에 그만…."

"예, 저도 그런 줄 알았어요. 그렇지만 죄송한 사람은 저예요. 이렇게 목숨이 왔다 갔다 하는 판국에 제가 사적인 일로 신 중사님을 힘들게 했어요."

"아닙니다, 무슨 그런 말씀을. 전 꼭 경진 씨를 김 중위님께 모셔 다드릴 겁니다. 그건 이제 제게도 중요한 일입니다. 근데 아까 멀리서 보니까 넘어지신 것 같던데 괜찮으세요?"

"아, 발목이 접질리는 바람에…."

"아이고 이런. 발이 퉁퉁 부었네요. 걷기도 어렵겠어요. 그래도 뼈가 상한 건 아닌 것 같으니 좀 쉬면 가라앉을 겁니다."

"지금은 꼼짝도 못 하겠어요. 그리고 중사님, 목 뒤편에서 피가 좀 나는 것 같은데 죄송하지만 거기도 좀 봐주세요. 뭐가 어떻게 된 건지 분간할 수가 없네요."

신인형이 무릎으로 기어 경진의 목덜미를 살펴보았다.

"아, 이건 총알이 스쳐 지나간 겁니다. 깊은 상처는 아닙니다. 천만다행이에요. 큰일 날 뻔했습니다."

"피는 멈춘 거죠?"

"네. 정말 다행이에요. 죄송합니다, 이렇게 위험한 데로 오시라고 해서. 지금은 움직일 수가 없으니 그냥 여기서 기다리죠. 아마 이곳엔 아무도 신경 쓰지 않을 겁니다. 그리고 이 전투는 아무리 길게 가봐야 해 있을 때까지입니다. 해만 지면 일단 끝입니다. 몇 시간 안 남았어요."

"그 사이에 다리가 좀 나아지면 좋겠네요."

"그럴 겁니다. 아, 근데, 잠깐만요."

말을 하면서도 몸을 최대한 낮춘 채 전투가 벌어지는 잉구부 길 쪽에서 눈을 떼지 않던 신인형이 대화를 잠시 중단시키곤 이곳저곳을 유심히 살피면서 무언가를 골똘히 생각했다. 그리고 얼마 후 그가 눈을 반짝이며 말했다.

"보세요. 장갑차 부대가 벌써 우리 앞을 지나갔어요. 속도는 늦지만 계속 저 아래 마을을 향해 내려가고 있어요. 전선도 그에 따라 움직이고 있고요. 길이 구부러져 있으니 조금만 더 기다리면 산에 가려서 우리가 안 보이게 될 겁니다."

"정말 그렇겠네요. 저기 저 산모퉁이만 넘어가면 여긴 전혀 안 보이겠어요."

"그렇죠? 그때까지만 기다렸다가 여길 떠나지요. 아까 제가 서 있었던 저 지점까지만 가면 거기서부터는 안심해도 돼요."

오래 기다리지 않아도 됐다. 20분가량이 지나자, 토벌군도 봉기군도 시야에서 사라졌다. 총성만이 요란했다. 신인형은 경진을 부축해 종고산 자락으로 들어갔다. 경진은 동구밖의원으로 가자고 했다. 그저께 신인형도 잠깐 인사했던 성애가 혼자 일직 근무를 하고 있으니 거기 가서 몸부터 추스르자고 했다. 경진은 사실 발이 아파 움직이기도 힘들 지경이었다. 게다가 목덜미 상처도 혹시 파상풍 등으로 번지지나 않을지 은근히 걱정됐다. 신인형도 어차피 전황을 살펴보려면 당분간 안전한 곳에 있어야 할 필요가 있던 터라 기꺼이 동의했다.

3

성애는 불과 서너 시간 만에 만신창이가 돼서 돌아온 경진을 보곤 경악했다. 하지만 침착하게 상처를 돌봐주고, 얼굴과 몸을 씻어주고, 음식을 데워 먹였다. 신인형은 경진이 침대에 눕는 것까지 보고 나서야 교전 상황 등 바깥일이 어떻게 돌아가는지 파악하고 오겠다며 나갔다.

  신인형이 충무동 서정지서 앞에 세워놨다던 김지회의 오토바이를 몰고 다시 돌아온 건 일곱 시 반경이었다. 잉구부 전투는 네 시경에 토벌군이 순천 방면으로 퇴각함으로써 끝이 났다고 했다. 잘됐다고 기뻐하는 경진에게 그는 발이 다 낫거든 그때 천천히 가면 되겠다고 말했다. 왜 천천히 가냐고 경진이 의아해하자, 그는 지창준과 조금 전에 나눈 얘기를 들려줬다.

  지창준은 해가 떨어지면 자기 휘하의 200여 병사만 데리고 백운산으로 들어가겠다고 했다. 토벌군이 후퇴하긴 했어도 그건 예상치 못한 사고가 났기 때문일 뿐 우리 쪽이 잘 싸워서 그런 건 아니라고 했다. 우리 병사들, 특히 시민군이 무모하리만큼 용감하게 덤벼들어 적을 당황케 한 건 사실이고, 그 와중에 토벌대의 송호승 총사령관이 다치고 미국인 종군기자가 사망하는 일까지 벌어져 적을 후퇴하게 만든 것도 사실이지만, 봉기군과 시민군이 아무리 용을 써도 토벌군의 맞수가 될 수 없다는 것 역시 확인된 사실이라며 현재로선 36계가 최상의 전략이라고 강변했다. 길게 보고 후일을 도모하자는 것이었다. 주력 부대가 말도 없이 떠나버리면 시내와 항구 쪽에 있는 나머지 병사들은 어떡하냐고 했지만, 그래도 모두가 죽는 상황은 피해야 하지 않겠느냐고 했다. 다만, 전령을 그들에게 보내 토벌대가 내일이나 모레 전열을 재정비하여 총공세를 펼 테니 급히 피신하라고 지시할 것이라고는 했다. 그게 다였다. 어두워지자, 그는 정말 부하들을 이끌고 떠나버렸다. 서둘러 가면 백운산엔 내일 아침이면 도착할 거라고 했다.

신인형은 경진에게 아무 걱정하지 말라고 했다. 김지회의 오토바이가 있어 기동력은 갖춘 셈이니 그와 그녀는 언제든 안전한 길로 백운산으로 갈 수 있다고 했다. 그러니 당분간은 그저 상처 치료에만 신경 쓰자고 했다.

25일 월요일 아침이 밝았다. 높고 파란 가을 하늘이 마음이 경건해질 정도로 청명했다. 뭐든 잘될 것 같아 감사 기도가 절로 나왔다.

동문밖의원 박시채 원장은 원래 같이 일하려고 했던 경진을 무척 반갑게 맞았다. 그는 자신도 고향이 제주도이며 오사카에서도 몇 년 살아서 그런지 경진이 남 같지 않다며 성애에게 사정 얘기도 다 들었으니 마음 편히 있다가 다 나으면 천천히 가라고 했다. 주변에 고마운 사람이 많은 것 같아 또다시 감사 기도가 나왔다.

경진은 박 원장에게 목과 발을 치료받은 후 아침까지 잘 먹고 침대에 누웠다. 이 난리 중에 웬 호사인지 싶어 황송한 마음마저 들었다. 꿈인지 생시인지 헷갈리는 가운데 멀리서 지회의 다정한 얼굴이 보이고 그 얼굴이 점점 커지면서 경진에게 다가오고 있는데 어디선가 대포 소리가 들렸다. 총소리도 이어졌다. 그의 얼굴이 다시 멀어졌다. 아, 안돼~

벌떡 일어나 보니 실제 상황이었다. 창밖에서 대포 소리가 들렸다. 성애가 황급히 들어왔다. 그저께처럼 토벌군이 여수항으로 상륙하려는 것 같다고 했다. 봉기군 주력 부대는 이미 여수를 떠나고 여긴 봉기군 소수와 시민군만 남아 있는데, 그리고 시민군이라 봐야 일반 시민과 학생들이 경찰이 버리고 간 총이나 들고 있는 건데 국군이 거기다 대고 저렇게 대포까지 쏘고 그러면 어떡하냐고 울상을 지었다.

오후 세 시쯤엔 신인형이 면회를 왔다. 그의 말에 의하면, 여수 시민군은 지창준의 지시를 따르지 않았다. 아무도 도망가지 않았다. 토벌군이 땅과 바다와 하늘에서 전면적인 공격을 가할 거라는 소문은 오히려 시민과 청년 학생들의 전의를 북돋웠을 뿐이었다. 시민군은 오히려 1천여 명으로 늘어났다. 그때까지 항구와 시내에 남아 있던 소수의 잔류 봉기군도 시민군에 합세했다. 대개 여수나 근방 출신 사병들이었다. 이제 전쟁은 토벌군 대 시민군의 구도로 치러지게 됐다. 경진이 물었다.

"어떻게 그 사람들은 도망갈 생각을 안 하죠? 안 무섭나?"

옆에 있던 성애가 대신 답했다.

"이승만 정부의 태도에 너무 화가 나서 아무것도 무섭지 않을 만큼 머리끝까지 열이 난 거야. 나 아는 애들도 몇 명 시민군에 들어갔는데 걔들 얘기는 다 같아. 해방된 게 언젠데, 그새 북조선 사람들은 농토까지 분배받았다는데, 어떻게 우리 남쪽 인민들은 아직 밥도 제대로 못 먹느냐는 거야. 걔들 말이 맞아. 아이들이 들로 산으로 다니며 뜯어온 나물과 풀뿌리로, 그야말로 초근목피로 연명하는 사람이 얼마나 많은데. 그깟 술지게미 좀 얻어서 끓여 먹으려고 저녁때마다 술도가 앞에 엄마들이 쭉 늘어선다고. 일제 때도 이 정도는 아니었어. 배만 고파? 경찰들 횡포는 또 어떻고? 일제 순사보다 더 악랄하게 군다는 거 아냐. 그러니 몸도 마음도 너무 힘들고 괴로운 거야. 근데 미군정과 이승만 정부는 그동안 대체 뭘 했어? 햇수로 4년이야, 4년. 일제의 앞잡이였던 관료와 경찰들을 그대로 다 기용해서 그 사람들이 부자 편만 들고 약한 인민들 괴롭히는 걸 그냥 방임하고 있으니, 민심이 돌아서는 건 당연한 거 아냐? 그런데 이승만은 그 와중에 오히려 제주도민 학살을 명령하니 열 받지 않겠니? 제주 사람들도 여수 사람들 못지않게 죽도록 고생만 했잖아. 남의 일 같지 않은 거지. 그러니 용서가 안 되는 거야. 아니 어떻게 일제의 조선 총독도 아니고 우리 대통령이라는 사람이 그런 명령을 내리느냐고. 친구 하나는 그러더라. 이런 정부 밑에선 살고 싶지 않다고. 인간으로서의 자존심이 상해서도 못 살겠다고. 그러니 목숨을 걸고라도 옳은 게 뭔지 한번 보여주고 말겠다고 말이야. 이해되지 않니?"

"아이고, 어떡하니…."

연신 고개를 끄덕이며 듣던 신인형이 혼잣말하듯 했다.

"예, 그래요. 우리 김지회 총사령님도 자존심이 상해서라도 가만 있을 수는 없겠다고 했습니다."

경진이 눈을 반짝이며 물었다.

"아, 그이도 그런 말을 했어요?"

"예. 여러 번 하셨지요. 사람 마음이 다 같은 거 아니겠습니까. 여수 민심이 이제 완전히 돌아선 겁니다. 시민군만이 아니에요. 일반 시민들도 총을 안 들었을 뿐 이승만 정부에 넌더리를 내고 있어요. 이 정부를 타도해야 진정한 해방이 올 거라고 보는 거예요. 그러니 여수 전체가 봉기군에게 박수를 보낸 거죠. 더구나 우리 여수 사람들은 해방 후에 잠깐이나마 인민위원회 체제를 경험했잖아요. 그때 민주주의의 맛을 봤어요. 당연히 미군정과 이승만 정부가 좋게 보일 리 없죠. 그때와 비교가 되니까, 뭐가 맞는 건지 누가 잘하는 건지 다 아는 거예요. 그런데 이번에 봉기군이 들어오고 나서 2년 반 만에 그 인민위원회가 부활했잖아요. 인민위원회가 제일 먼저 했던 일이 뭡니까? 식량영단 창고를 열어 쌀을 배급했고, 신발 같은 생필품을 나누어줬고, 서민들이 은행 대출을 받을 수 있게 해줬어요. 가난한 인민을 위한 행정이 뭔지를 다시 보여준 겁니다. 그리고 또 약속했어요. 북조선처럼 토지개혁을 할 것이고, 친일 민족 반역자와 악질 경찰관을 처단할 것이며, 이승만 정부를 혼내줄 거라고요. 그러니 인민들이 환호하지 않겠어요? 그런 인민위원회 체제를 이번엔 꼭 지켜냈으면 하는 거지요. 시민군이 목숨을 걸고 여수를 지키겠다는 건 그런 인민대중의 염원을 대변하겠다는 순수한 의지의 표현인 겁니다."

성애가 한마디 더 했다.

"학생과 청년들이 인민위원회 사람들과 가서 식량영단 창고를 열어 보니까 그 넓은 창고에 쌀이 수북이 쌓여있는데 밑에 있는 건 다 썩어가고 있더래요. 아니, 쌀이 없어서 배급 못 한다고 하더니 그게 말이나 돼요? 피죽도 못 먹어 배를 곯고 있는 사람이 부지기순데…. 그러니 그게 누굴 위한 정부냐는 거죠. 저는 시민군들이 도망가지 않고 저렇게 정부에 맞서 싸우겠다는 그 마음을 충분히 이해할 수 있어요. 여차하면 저도 참여할 거예요."

경진이 말렸다.

"너도? 그건 아니지. 넌 간호부로서 할 일이 있는데. 안돼."

신인형도 웃으며 말했다.

"그럼요. 그건 안 되죠. 성애 씨는 먼저 경진 씨를 낫게 해줘야죠."

성애가 유쾌하게 응수했다.

"알겠어요. 일단 경진이를 낫게 하고 나서 참여 여부를 결정할게요. 근데 신 중사님, 시민군이 정말 끝까지 물러서지 않을까요?"

그때 한동안 조용하던 창밖에서 쾅, 쾅~ 하는 소리가 들렸다. 오전과 달리 이번엔 두세 번으로 그치지 않았다. 네 번, 다섯 번, 여섯 번 계속 이어졌다. 소리도 훨씬 큰 것 같았다.

"상륙작전을 다시 펼치고 있는데 시민군의 저항이 워낙 거세니까 이젠 함포를 쏴대는 것 같습니다. 뜻대로 안 되니 발악을 하는 거죠. 예. 시민군은 물러서지 않을 겁니다. 아까 점심때 시민군 지도자 몇 사람을 만났는데, 어제 토벌군이 잉구부에서 후퇴하면서 여수 북쪽의 미평리를 지나다가 미평 지서에 잡혀있던 사람들을 포함해서 사오십 명쯤 되는 민간인을 쫘 죽였답니다. 부역 혐의가 있다면서요. 자기들이 퇴각하게 된 분풀이를 민간인에게 한 겁니다. 개자식들이죠. 지금 시민군의 분노가 하늘을 찌를 듯해요. 정부와 군이 제주도민에게 했던 짓과 똑같은 짓을 한다고 말이죠. 시민들 처지에서 보면 정말 어이가 없는 일이죠. 지금 여수를 공격하고 있는 저 군대의 명칭이 뭡니까? 토벌군이에요, 토벌군. 한 나라의 군인들이 자기 나라의 인민들을 토벌하겠다고 오는 거예요. 이게 뭡니까? 말이나 됩니까? 시민군은 절대 물러서지 않을 겁니다. 그들도 알아요. 자기네들이 이길 수 없다는 거, 결국 다 죽고 말 거라는 걸요. 근데도 그냥 목숨 걸고 싸우겠다는 겁니다. 그게 사는 것보다 낫다고 보는 거지요."

"하아~" 경진이 감탄사인지 탄식인지 알 수 없는 소리를 냈다.

25일은 그래도 큰일 없이 지나가는 것 같았다. 토벌군의 두 번째 상륙작전 역시 시민군의 격렬한 저항에 부딪혀 무위로 돌아간 듯했다. 늦은 오후부터는 세상이 다시 고요해졌다. 경진도 발의 통증이 한결 가라앉아 기분 좋게 저녁을 먹고 오랜만에 일찌감치 잠자리에 들었다. 내일 오전 중엔 퇴원해도 괜찮겠다는 생각이 들었다. 어쩌면 내일 이 시간엔 그이와 함께 할 거라는 희망도 품었다.

그런데, 그럴 수는 없었다. 26일 오전 열한 시 반경이었다. 박시채 원장과 퇴원 상담을 하고 있을 때 순천 방면 산 쪽에서 총성과 포성이 울리기 시작했다. 그 소리는 점점 더 가까이 다가왔다.

초조하게 기다렸지만, 신인형은 두 시 반이 넘어서야 왔다. 토벌군이 여러 갈래로 나뉘어 잉구부 길이 아닌 구봉산, 장군산, 종고산, 마래산 등의 능선을 통해 진격해 오고 있다고 했다. 늦게야 그 사실을 안 시민군이 여수 북쪽의 여러 산들로 허겁지겁 달려가고 있지만, 토벌군은 이미 깊숙이 들어온 것 같다고 했다. 머지않아 여수가 그들 손에 넘어갈 터이니 더 늦기 전에 어서 이곳을 떠나자고 했다.

다행히 경진은 떠날 채비를 마친 상태였다. 하지만, 때는 이미 늦은 듯했다. 신인형과 성애의 부축을 받아 병원 앞길에서 지회의 오토바이를 막 타려던 찰나였다. 슈웅~ 하는 괴이한 소리가 난다 싶더니 눈앞에 보이는 여수중학교 운동장에서 엄청난 폭발음이 났다. 신인형은 운동장에 시민군 일부가 모여 있는 걸 보고 토벌군이 종고산 꼭대기에서 박격포를 쏜 거라며 낭패당한 얼굴을 했다. 뒤이어 포격 소리가 시내 각처에서 끊임없이 이어졌다. 바다 쪽에서도 나는 걸 보니 상륙작전도 다시 펼쳐진 모양이었다. 조금 후엔 비행기 날아오는 모습도 보였다. 도망갈 데는 없었다.

신인형은 일단 성애 집으로 가자고 했다. 종고산 자락의 주택가이니 거기가 오히려 포격으로부터 안전할 거라고 했다. 성애도 그게 좋겠다며 병원 일을 마무리하고 따라갈 테니 먼저 가 있으라고 했다.
 보통 땐 걸어서 10분 거리인 성애의 집까지 30~40분이 걸렸다. 가는 도중에 포탄이 가까이에서 두 차례나 더 터졌기 때문이다. 이러다간 여수 시내 전체가 쑥대밭이 되는 게 아닌가 하는 생각이 들었다. 설마 여수 시민을 모두 죽이려는 건 아닐 텐데 봉기군도 없는 시내에 왜 저렇게 포격을 가하는지 이해할 수가 없었다.

 27일 새벽 다섯 시경, 경진은 떠날 준비를 하다 말고 요란한 총성에 멈칫했다. 성애도 토끼 눈을 하고 창가로 달려갔다. 멀리도 아니고 바로 동네에서 나는 소리였다. 토벌군이 마을까지 내려왔다는 건가? 순간적으로 엊저녁에 신인형의 말을 들을 걸 하는 후회가 몰려왔다. 그는 해가 기울면서 토벌군의 포격이 잠잠해지자 지금 여수를 뜨는 게 어떻겠느냐고 물었다. 하지만 그녀는 자신이 없었다. 성애 집으로 오는 길에 무리했던 탓인지 발이 다시 아팠고, 언제 또 포탄이 떨어질지 모르는데 오토바이로 달린다는 게 무서웠다. 그래서 그녀는 짧게라도 밤잠을 자면서 다리를 좀 쉬게 하고 새벽 일찍 떠나자고 했었다.
 신인형이 있는 건넌방으로 가보려고 성애와 함께 마루를 막 내려서는 순간 누군가가 대문을 함부로 두들겨 댔다. 발길질도 했다. 두 처녀는 겁이 덜컹 나서 급하게 마당을 가로질러 신인형의 방으로 쏙 들어갔다. 바로 그때 대문 부서지는 소리가 와지끈하고 나더니 "이리 나와 이 빨갱이 새끼."라고 외치는 소리가 들렸다. 시끌벅적한 걸로 보아 여러 사람이 마당에 몰려든 게 분명했다.

방문을 빼꼼히 열고 보니 성애의 아버지가 잠옷 차림으로 허둥지둥 마당으로 내려왔다. 마당엔 젊은 군인 서너 명과 속옷 바람의 중년 남자 한 명이 서 있었다.

군인 하나가 고개를 푹 숙이고 있는 속옷 남자에게 물었다.

"이 새끼야?"

남자가 고개를 그냥 숙인 채 끄덕거렸다. 군인이 이번엔 성애 아버지에게 반말로 물었다.

"니가 오달수야?"

"그렇소만."

군인이 아버지뻘인 오달수에게 다가가더니 다짜고짜 손바닥으로 그의 벗겨진 뒤통수를 짝 소리가 나게 갈겼다.

"뭐 그렇소만? 이 새끼 대꾸하는 폼새가 영락없이 빨갱이구먼."

"허허 이 젊은 사람이 이게 무슨 짓인가?"

"뭐, 허허? 야 이 새끼야, 인민위원회 짓거리나 하고 다니는 빨갱이 주제에 얻다 대고 무게를 잡아, 엉?"

말을 끝내기가 무섭게 군인이 이번엔 개머리판으로 오달수의 머리를 가격했다. 그가 외마디 소리를 지르며 땅바닥에 고꾸라졌. 뒤에서 듣고만 있던 성애가 경진을 밀치고 마당으로 뛰쳐나갔다.

"왜들 이러세요? 사람을 죽이려고 그래요?"

일순 군인들이 움찔하며 뒤로 물러섰다. 성애는 아버지에게 달려가 그의 얼굴을 감싸안고는 엄마를 불렀다.

"엄마, 엄마, 아버지 피가 많이 나. 빨리 내 의료함 갖다줘."

성애 어머니가 넋이 반쯤 나간 얼굴로 하얀 상자를 들고나오더니 "여보~" 하고 외치며 남편 옆에 철퍼덕 주저앉았다. 성애가 상자에서 지혈 도구를 꺼내고 있을 때였다. 오달수를 가격했던 군인이 "이 버러지 같은 것들이 지금 뭐 하는 거야?"라고 소리치며 한두 걸음 다가서더니 그대로 세 사람을 향해 총을 갈겼다.

문틈 사이로 보고 있던 경진은 숨이 턱 막혔다. 방문을 살며시 닫고 돌아앉아 그제야 신인형을 찾았다. 그런데 방엔 그가 없었다. 산쪽으로 난 창문만 활짝 열려 있었다. 그때 바깥에서 "자, 이 집 샅샅이 수색해 봐."라는 소리가 들렸다. 경진은 재빨리 창문을 닫고 그의 흔적으로 보이는 건 모두 치웠다. 그리고 젖혀져 있는 이불 뒤편 방구석으로 가 웅크리고 앉았다. 방문이 와락 열렸다. 총을 겨눈 군인들의 맹수 같은 눈빛이 보였다.

경진은 동국민학교로 끌려가 포승줄에 묶인 채 온종일 운동장에 쭈그리고 앉아 있어야 했다. 발이 아파 자세를 이리저리 바꿔봐도 큰 차이는 없었다. 어디에서 그렇게 잡혀 왔는지 사람들이 하도 많아 나중에는 운동장이 미어터질 것 같았다. 하나같이 근심 가득한 얼굴들을 하고 있었다. 그래도 손이 묶이지 않은 사람들은 훨씬 자유로워 보였다. 학교 바깥에선 박격포와 총 쏘는 소리가 그치질 않았다. 포격 때문에 여기저기서 시커먼 연기가 끊임없이 하늘로 올라갔다. 냄새도 역겨웠다. 마치 지옥문 근처까지 와 있는 것 같았다. 그가 보고 싶었다. 배도 고프고 바람도 차가웠다. 자꾸 눈물이 나려고 했다.

저녁이 되어서야 심문을 받았다. 김지회와 관련된 것만 빼고는 자신의 모든 것을 얘기했는데, 대체 무슨 좌경 혐의가 있다는 건지 알 수가 없었다. 어쨌든 그녀는 정밀 조사가 필요하다는 이유로 한밤중에 다시 종산국민학교로 옮겨졌다. 다행인지 불행인지 2차 심문은 시간이 늦었다며 다음날로 미루어졌다. 그 밤, 그녀는 춥고 배고픈 걸 더는 못 느낄 정도로 불안하고 무서웠다.

4

28일이 밝았다. 아예 심문을 빨리 받는 편이 낫겠는데 정오가 지나도록 부르지를 않았다. 포승줄을 풀어줄 때는 잠깐 좋았지만, 가담 혹은 부역 혐의자로 지목되어 극도의 불안감에 휩싸인 수백 명 사이에서 웅크리고 있으려니 갈수록 마음은 어두워졌다. 시내가 조용한 것도 이상했다. 하룻밤 사이에 세상이 바뀐 것 같았다. 물 한 모금 얻어 마신 것 외에는 아무것도 먹지 못했는데, 허기도 느꺼지지 않았다.

세 시쯤 됐으려나. 앞쪽 열이 갑자기 왁자지껄해지더니 그 소란이 경진 쪽을 향해 조금씩 옮겨왔다. 마침내 어떤 상황인지 알게 된 그녀는 머릿속이 하얘질 정도로 무어라 표현할 수 없는 공포감을 느꼈다.

총을 든 군인들이 부들부들 떠는 한 사내에게 반란군 가담자나 협력자가 누군지 보이는 대로 찍어내라고 소리 질렀다. 머뭇거리던 사내는 몽둥이 몇 대를 맞고 나서는, 쭈그리고 앉아 있는 사람들을 적극적으로 살펴봤다. 모두가 사내의 눈길을 피했지만 어차피 그는 누군가를 손가락으로 가리켜야 했다. 지목된 사람은 사내에게 미친 거 아니냐, 니가 왜 날 찍냐, 대체 무슨 원한이 있어 이러느냐고 고함쳤지만, 군인들은 그 사람을 무지막지하게 낚아챘다. 그리곤 그에게 "억울하면 너도 몇 명 찍어내 이 새끼야."라고 윽박질렀다. 결국 또 새로운 손가락질이 시작됐다.

군인들은 양민들을 꼭두각시처럼 갖고 놀며 그들의 인간성을 파괴했다. 분노도 일었지만, 동시에 여수엔 자신을 아는 사람이 없어 다행이라는 졸렬한 생각도 들었다. 하지만 누군가가 실수든 뭐든 그녀를 지목할 수도 있다는데 생각이 미치면 머리가 쭈뼛 섰다.

가담자나 부역자로 찍힌 사람들은 한쪽에 따로 분류돼 있다가 어느 정도 인원이 채워지면 일부는 트럭에 실려 어딘가로 떠났지만, 일부는 끔찍하게도 운동장 서편 끝에서 즉결 처분을 받았다. 그것은 총살 아니면 참살(斬殺)이었다.

경진의 자리는 바로 그 운동장 끝 편이었던지라 즉결 처분장으로 끌려가는 사람들을 가까이에서 볼 수 있었다. 하나같이 얼굴엔 핏기가 없었고 눈동자는 텅 비어 있었다. 그녀를 더 질리게 했던 건 그들 모두가 양처럼 온순하게 끌려간다는 것이었다. 죽임을 당하러 간다는 걸 모를 리 없을 텐데 다들 얌전하기만 했다. 누구도 저항하거나 울거나 소리 지르지 않았다. 그런 그들을 쳐다보는 것 자체가 공포였다.

2차 심문은 저녁 무렵에야 받을 수 있었다. 경진은 열댓 명쯤 되는 무리에 섞여 학교 본관 앞에 차려진 심문대로 끌려갔다. 그런데 그녀는 심문관 한 사람을 보고는 소스라치게 놀랐다. 아까 일본도로 참형을 집행했던, 광인과 같던 바로 그 육군 대위였다. 명찰을 보니 이름이 김종견이었다.

경진은 어제의 얘기를 그대로 했다. 목소리가 떨리는 게 수치스러웠지만, 나름대로 열심히 말했다. 다른 심문관 두 사람은 고개를 끄덕이며 그냥 통과시켜 주려는 것 같았는데 김종견이 능글맞은 목소리로 여러 가지를 물었다. 아버지가 제주도 목사면 혹시 빨갱이 아니냐, 광주 병원에 있다가 왜 하필 여수로 옮기려 했느냐, 친구인 오성애는 어떤 애였냐, 동문밖의원 원장과는 무슨 관계냐, 그놈도 빨갱이 아니냐는 따위였다. 심지어는 정말 18세냐, 애인 있냐, 말투가 완전히 일본 애 같은데 조선 여자가 맞냐는 둥, 데리고 노는 듯한 질문도 마구 던졌다. 증거나 증인이 없는 상태에서 제대로 반박하거나 설명할 수 있는 질문들이 아닌 터라 그녀는 그저 소극적으로 답할 수밖에 없었다.

김종견은 오성애가 죽고 없다면 적어도 그 병원의 원장 정도는 불러봐야 왜 그녀가 광주에서 여수로 넘어왔는지 알 수 있겠다며 '판단 보류'라는 결론을 내렸다. 이어 조경진을 특별 취조실로 데려다 놓으라고 명령했다. 신인형이 들락거린 걸 아는 박시채 원장이 불려 오면 결국은 숨겼던 게 드러나고 마는 게 아닐까? 또 다른 불안감이 몰려왔다.

특별 취조실 입구에는 숙직실이라는 문패가 붙어있었다. 학교 숙직실치고는 제법 커다란 방이었다. 방문 맞은편 창문 쪽엔 책상이 두 개 놓였고, 방 중앙엔 의자 네 개가 딸린 나무 식탁이 석탄 난로와 약간 떨어져 있었으며, 방 안쪽엔 신발을 벗고 올라가는 온돌 침실이 있었다.

취조실엔 두 명이 먼저 끌려 와 있었다. 둘 다 젊은 여자였다. 한 사람은 쪽찐머리를 하고 많이 구겨지긴 했지만 화사해 보이는 새 한복을 입고 있었고, 유난히 얼굴이 하얀 다른 사람은 긴 머리에 연자줏빛 원피스 차림이었다. 그들은 입에 수건 재갈이 물린 채 식탁 한편의 의자에 나란히 묶여있었고, 건너편 의자엔 하사 계급장을 단 사내 하나가 졸린 눈을 하고 비스듬히 앉아 있었다.

여자들은 경진을 호기심과 경계심, 그리고 동정심이 뒤섞인 눈초리로 쳐다보았다. 하사가 벌떡 일어나 경진을 데리고 온 사병으로부터 쪽지 한 장을 받아보곤 자기 옆 의자에 그녀를 묶고 역시 수건을 입에 넣어 재갈을 물렸다.

김종견이 취조실로 들어온 건 한밤중이었다. 그는 방이 왜 이리 썰렁하냐며 하사에게 불을 좀 때라고 했다. 하사가 난로에 석탄을 넣고 불을 피우는 사이 그는 여자들의 재갈을 풀어주었다. 의자에 묶여있던 손도 자유롭게 해주었다. 그러곤 들고 온 커다란 종이봉투에서 삶은 감자 여러 덩이를 식탁에 쏟아 놓으며 맘껏 먹으라고 말했다. 꼬박 이틀 만에 보는 음식이었다. 하지만 식욕은 일지 않았다. 그보단 김종견이 허리춤에 차고 있는 일본도에 자꾸 눈길이 갔다.

다른 두 여자는 달라진 분위기를 의아해하면서도 아무 말 없이 감자를 주워 들곤 껍질째 허겁지겁 먹어댔다. 난로 위에 찌그러진 양은 주전자에선 김이 모락모락 올랐다. 보리차 향이 구수했다. 경진도 그건 마시고 싶었다. 김종견은 하사를 내보냈다. 그리고 두 여자에게 보리차를 한 잔씩 따라주었다. 마지막으로 경진에게 다가와 그녀를 물끄러미 내려다보더니 그녀에게도 차를 따라주며 물었다.

"왜 감자는 안 먹지? 일본 아가씨는 감자를 싫어하나? 뭐 다른 걸 줄까?"

그 순간 표정과 말투에서 징그러움과 잔인함이 느껴지며 소름이 확 돋았다. 무슨 말을 해야 할지 모르겠고 얼굴을 쳐다볼 자신도 없어 경진은 그냥 눈을 감고 고개를 숙여버렸다. 그녀가 대꾸를 하지 않아서일까. 갑자기 그가 신경질을 부렸다.

"너 조선말 못 알아들어? 넌 아무래도 일본말이 편하지? 그럼, 우리 일본말로 할까? 에이 씨발 이거 내가 해방돼서도 일본말을 써야 하나? 엉?"

"아닙니다. 저 조선말 잘합니다. 지금 제가 정신이 좀 없어서 멍청하게 있었습니다. 죄송합니다."

"그래? 그럼 감자 먹어. 차도 마시고. 그래야 정신이 날 거 아냐. 엉?"

"네. 감사합니다."

경진이 떨리는 손으로 감자를 집어 무심코 그 얇은 껍질을 벗겨 냈다. 그제야 김종견이 만족한 표정을 지으며 관심을 다른 여자들에게 돌렸다.

"야, 너 한복. 넌 좀 그만 먹고 아까 하겠다던 말이나 해봐."

경진의 맞은편에 앉아 있던 여자가 감자를 먹다 말고 깜짝 놀라며 물었다.

"네? 뭐요? 전 아까 다 말했는데요."

"너 아까 내가 가만히 듣고만 있으니까 정말 니 말이 다 믿겨서 그랬는지 알아? 신랑이란 놈이 신방 차린 지 이틀 만에 사라졌는데 일주일이 지나도록 어딜 갔는지도 모르고, 그러면서도 그동안 찾아보지도 않았다는 게 말이 돼?"

"진짜예요. 지난 목요일에 나가서 아무 소식이 없었어요. 전 곡성에서 시집와서 여긴 아는 사람도 없고, 그래서 어디 알아볼 데도 없었고요."

"이년 이거 예쁘장하게 생겨서 좀 봐줄까, 했더니 안 되겠네. 야 이년아, 그럼 어제 새벽에 신방에서 도망갔다는 놈은 누구야? 이게 대한민국 군인들을 다 무슨 바보로 아나?"

"아, 그건 제 동생이에요, 동생. 곡성에서 저 따라왔던 제 친정 동생이요…."

"이거 미친년 아냐. 야 이년아 넌 남동생하고 한방에서 자는데 옷을 다 벗고 자냐? 엉? 우리 애들이 들이닥쳤을 때 넌 이불에서 나오지도 못했다며?"

"아이 그건 자다가 너무 더워서 그냥, 잠깐…."

"이게 또 무슨 말 같잖은 소리를 하고 그래. 너 아깐 뭐라고 그랬어? 나한테만 조용히 다 얘기하겠다며? 그랬어, 안 그랬어?"

"아이 그건… 그땐, 저, 제가 거기서 끌려가면 정말 죽을 것 같아서 그랬어요. 대장님이 제 사정을 제일 잘 봐주실 것 같아서 대장님께 매달린 거예요. 시키는 대로 다 할게요. 제발 좀 봐주세요."

"그래. 그러니까 니 서방이 어떤 놈인지, 어디로 도망갔는지만 말해. 그럼 되는 거야. 그것만 말하면 넌 살아. 내가 살려줄게."

"전 정말 몰라요."

"죽을래?"

"살려 주세요."

"그럼, 니가 나한테 뭘 할래?"

"시키는 대로 정말 다 할게요."

"그럼 이제부터 내 여자 할래?"

"네?"

"내 여자 하라고."

"……."

"저기 저 온돌방 가서 옷 벗고 있어. 어제 새벽처럼. 그대로."

"어머, 대장님. 왜 그러세요. 제발 좀 봐주세요."

"이 쌍년이 누굴 놀리나? 할 거야, 안 할 거야?"

"그건 안 돼요. 제발요. 다른 건 다 할게요."

"이게 뭐 이런 년이 다 있어. 너 나랑 장난하냐? 내가 너 같은 걸 놓고 머릴 써야 해? 내가 백두산호랑이야, 이 씨발년아. 이리 와!"

김종견이 오른손으로 일본도를 쑥 빼 올리더니 단칼에 그녀의 목을 베어버렸다. 잠깐의 망설임도 없었다. 뿜어나온 피가 사방으로 솟구쳤다. 그녀 옆에 있던 여자의 원피스는 피범벅이 됐다. 그녀의 얼굴은 창백하다 못해 무슨 납덩이같았다. 경진도 혼비백산했다. 피비린내가 진동했다. 속이 울렁거리고 머리가 하얘져 양손으로 입과 코를 막곤 그저 다리만 덜덜 떨고 있었다.

김종견이 무어라고 구시렁거리며 피 묻은 일본도를 칼집에 넣더니 큰 소리로 하사를 다시 불렀다. 그때 원피스 입은 여자가 푹 고꾸라지며 바닥으로 떨어졌다. 김종견은 헐레벌떡 들어온 하사에게,

"죽은 년은 갖다 버리고, 이 기절한 년은 온돌방에 누이고, 저 일본년은 더 심문해야 하니 동정각에 데려다 놔."라고 지시했다.

동정각은 공화동의 동쪽 끝, 바다가 보이는 작은 언덕에 자리 잡은 일본식 목조가옥이었다. 김종견이 여수 숙소로 쓰는 여관이라고 했는데 동문밖의원에서는 모퉁이 하나만 돌면 보이는 가까운 곳이었다. 경진은 지프에 실려 그리로 가는 길에 동문밖의원을 지나치면서 죽은 성애가 생각나 가슴이 미어졌다.

김종견은 한 시간가량 후에 경진이 있는 방으로 들어왔다. 감시하던 하사는 슬그머니 방을 나갔다. 그새 어디서 갈아입었는지 그의 복장은 깔끔했다. 일본도는 보이지 않았다. 그래도 무섭고 징그러운 인상은 그대로였다.

그는 경진의 얼굴을 힐긋 쳐다보곤 담뱃불을 붙이며 방에 붙은 작은 정원으로 걸어 나갔다. 정원등에 비친 그의 담배 피우는 모습은 어느 동화책에 등장하는, 입과 코로 연기를 뿜어내는 하마 얼굴의 괴물 같았다. 경진은 오금이 저렸다. 이제 저 흉측한 괴물이 내게 무슨 짓을 할 것인가? 그녀는 방 한가운데 서서 눈으로만 그를 따라가며 입으로는 나지막이 "오, 주여. 오, 주여."라고 되뇌었다.

그가 담배를 바닥에 아무렇게나 버리는 게 보였다. 이제 들어오

나 보다. 경진은 차라리 눈을 감고 말았다. 그의 발걸음 소리가 금세 지척에서 들렸다.

"얼굴에 아직 핏자국이 남아 있구먼. 근사한 히노키탕이 있는 방인데 왜 좀 씻질 못했어? 자, 이제라도 좀 씻을까?"

"아니에요. 괜찮아요. 그냥 시작해 주세요."

"뭘 시작해?"

"심문이요. 빨리 심문하시고 절 보내주세요."

"아, 심문? 그건 서두를 거 없어. 너 심문하는 건 천천히, 오래오래 할 거니까. 오늘은 첫날이니까 인사나 하자고. 너 살아온 얘기 좀 해봐. 길게. 난 너 말하는 거 듣는 게 재밌어. 발음이 아주 귀여워. 마치 예쁜 일본 여자애가 조선말 하는 거 같아. 그래, 일본에서 쭉 살다가 제주도에 온 게 몇 살 때라고 했지?"

"열다섯이었습니다."

"그렇지. 지금 열여덟이니까. 고 때가 제일 예쁠 땐데. 핫하하. 그럼, 광주의 그 간호학교엔 몇 살에 들어간 건가?"

"열일곱이요."

"남자는 그때 만난 건가?"

"네?"

"니 남자 말이야. 광주에 남자가 있었다며?"

"네? 전 그런 얘기 한 적 없는데요."

"너도 대한민국 군인을 바보로 아는 거야? 엉?"

"네? 아니에요, 아니에요. 그게 아니라 그냥 놀라서요."

"그 정도는 약간만 조사해도 다 나오게 돼 있어. 우리가 조사한 게 그것만이 아냐. 뭐, 아무튼, 우선 그 남자 얘기부터 해봐. 우리가 알고 있는 것과 다르면 일이 아주 복잡해지니까 사실대로 말해야 한다. 알겠지?"

"네. 무슨 얘기부터 할까요?"

"그놈하고 언제 처음 잤어?"

"네?"

"이년이 또 못 알아듣는 척하네. 너 자꾸 그럴래? 너도 좀 혼나고 싶어?"

"아니요. 그게 아니라… 네. 저, 그러니까 서울에서요. 올해 7월이요."

"7월? 서울에서? 그럼 겨우 석 달 전이네. 그놈이 니 첫 남자였어?"

"네?"

"남자랑 그때 처음 해본 거냐고?"

"아, 네."

"근데 왜 서울까지 갔지? 광주에서 만났다며. 아, 그건 나중에 얘기하고. 그래서? 그때 처음하고, 그다음부터는 계속했나? 만날 때마다?"

"…… 네."

"호오 이년 봐라. 쪼그만 년이 아주 발랑 까졌네. 맨날 그 짓만 해서 젖이 그렇게 크구나. 엉덩이도 빵빵하고. 엉?"

"아니에요. 맨날 하지 않았어요. 그냥…."

"아니긴 뭐가 아냐 이년아. 옷 벗어봐. 보면 내가 알아."

"아, 제발…."

"너도 나 자꾸 머리 쓰게 할래? 난 머리 쓰는 거 아주 싫어해. 단순한 게 좋아. 그냥 골라. 벗을래, 말래?"

"…… 벗을게요. 대신, 그냥 보기만 하세요. 네?"

"알았어. 일단 벗어. 벗고 말해. 그리고, 이리 와. 이리 와서 여기 내 앞에 서서 벗어. 그래야 내가 제대로 볼 수 있지."

경진은 부들부들 떨며 의자에 앉은 김종견 앞으로 갔다.

"그렇지. 착하네. 자, 여기 서. 이 앞에."

경진이 어색한 자세로 서서 떨리는 손으로 남방 단추를 풀어갔다. 김종견은 단추가 하나씩 풀릴 때마다 한숨을 쉬거나 침을 삼켰다. 마지막 단추를 풀고 나서 잠시 머뭇거리고 있으려니 그가 버럭 소리를 질렀다.

"남방 벗고 이제 그 안에 속옷도 벗어야지, 뭘 꾸물거려? 내가 벗겨줘?"

"아, 아니에요. 근데, 저, 지금도 그냥 보실 수 있잖아요."

"이게 바보야 뭐야? 통 말귀를 못 알아듣는구먼."

김종견이 벌떡 일어서더니 경진에게 다가와 남방과 속옷을 거칠게 벗겨버리곤 그녀를 와락 끌어안았다. 벗어나려고 안간힘을 써봤지만 소용이 없었다. 거구의 그는 자그마한 경진을 꽉 움켜쥐고 농락하기 시작했다. 마치 호랑이에게 목덜미를 물린 사슴처럼 경진은 힘을 쓸 수가 없었다. 그는 경진의 입술과 목을 마구 빨아대다가 가슴을 함부로 주무르더니 급기야는 치마 속으로 손을 집어넣었다. 경진이 비명을 질렀다.

그때, 가까이에서 총성이 여러 발 울렸다. 김종견도 일순 동작을 멈췄다. 바로 방문 앞인 듯싶었다. 곧이어 쾅 소리와 함께 방문이 열리며 군복 입은 사내들이 들이닥쳤다. 거의 동시에 김종견은 경진을 밀치고 정원으로 뛰쳐나갔다. 군인들이 일제히 그를 따라가며 총을 쐈다. 그러나 그는 순식간에 암흑 속으로 사라졌다. 언덕 밑으로 뛰어내린 것이다.

5

신인형이 남방을 간신히 걸치고 벌벌 떠는 경진에게 점퍼를 벗어 주며 물었다.

"발은 좀 괜찮으세요? 걸을 수 있겠어요?"

"네. 괜찮아요."

"가시죠. 우리 차가 앞에서 기다리고 있습니다."

방문 앞과 마당, 그리고 대문 옆에 토벌군 여러 명이 쓰러져있었다. 경진과 신인형이 올라타자마자 스리쿼터가 출발했다. 모퉁이를 돌자, 동문밖의원이 보였다. 경진이 성애에게 속으로 말했다. 안녕. 미안해. 매일 기도할게. 그런데, 스리쿼터가 병원 차고로 들어가는 게 아닌가.

운전병이 시동을 끄곤 바로 차고 문을 내렸다. 경진은 묵묵히 신인형을 따라 병원 안으로 들어갔다. 실내엔 작은 비상등만 몇 개 깜빡거렸다. 어두컴컴했지만 아무도 불을 켜려고 하지 않았다. 신인형은 대기실 의자에 앉고 나서야 경진에게 자초지종을 얘기해주었다.

27일 새벽에 성애 집에 토벌대가 들이닥쳤을 때 건넌방에 있던 그는 수상한 낌새를 느낀 순간 바로 창문으로 도주했다. 경진을 부를 틈은 없었다. 일단 자기부터 피해야 나중에 그녀를 구할 수 있다고 생각했다. 그날 오후 그는 잔류 봉기군 가운데 날랜 후배 네 사람을 설득하여 구출조를 만들었다. 그들은 경진을 구해낸 후 바로 백운산으로 가기로 했다.

밤늦게까지 수소문하고 다닌 끝에 신인형은 토벌대로 내려온 전주 3연대 소속의 한 하사관 친구로부터 조경진이 동국민학교로 끌려갔다가 종산국민학교로 이송됐다는 정보를 얻을 수 있었다. 그 친구로부터 다시 종산국민학교에 주둔해 있는 5연대 소속의 다른 하사관 하나를 소개받았다.

신인형은 갖고 있던 사비를 모두 털어 준 덕분에 다음날인 28일 아침서부터는 그 하사관을 통해 경진의 소재를 거의 실시간으로 파악할 수 있게 됐다. 그리하여 경진이 지프에 태워져 동정각으로 옮겨질 때 그는 후배들과 함께 그 뒤를 쫓을 수 있었다. 하지만 이동 거리가 짧아 도상에서 구출할 기회는 잡지 못했다. 대신 그는 동정각이 동문밖의원과 가깝다는 걸 확인하곤 대안을 생각해 냈다. 박시채 원장이 부역 혐의자로 끌려간 걸 알고 있던 그는 병원을 임시 피난처로 삼기로 한 것이다. 등하불명이라 하지 않았던가.

29일 아침에 경진이 일어났을 때 신인형은 이미 나가고 없었다. 병원엔 호위병으로 한 사람만 남아 있었다. 언제 잠이 들었는진 모르지만, 완전히 곯아떨어져 잤다. 창밖으로 보이는 가을 하늘이 맑고 깊었다. 어젯밤에도 꽤 오랫동안 했는데, 경진은 다시 목욕을 시작했다. 이번에도 길게, 아주 오래.

신인형이 돌아온 건 병원이 다시 어둠에 묻혀갈 무렵이었다. 그는 양손에 음식 보따리를 들었고, 그의 후배 세 사람은 커다란 가방을 한 자루씩 메고 들어왔다. 가방 안에는 군복, 군화, 군모 따위가 가득 들어있었다. 모두 3연대의 것으로, 친구 신세를 또 졌다고 했다.

다음 날 아침 일곱 시경, 여섯 사람이 탄 스리쿼터가 동문밖의원을 빠져나갔다. 신인형이 운전하고 경진은 조수석에 앉았으며 다른 네 사람은 김지회의 오토바이를 트럭의 짐칸 가운데 눕혀놓고 그 양옆으로 둘씩 앉았다. 경진은 간호병 복장을 했고 나머진 모두 3연대 군장을 갖췄다. 신인형의 앞주머니에는 3연대 송석희 부연대장 명의로 발급된 통행증이 들어 있었다. 물론 위조된 것이었다. 혹시 검문당하면 송석희 소령의 지시로 전주 본대로 복귀하는 중이라고 둘러대기로 했다.

백운산 가는 길에 신인형은 3연대의 친구에게서 들었다는 덕충동 학살 사건 얘기를 경진에게 해줬다. 그날 새벽에 성애네 마을을 덮친 부대는 100명가량 되는 국군 3연대 소속 토벌대였다. 그들은 전주를 떠나오기 전 여수가 정부와 군을 적대시하는 좌익 무장세력에게 접수됐으니 각별히 조심하라는 교육을 받았다고 했다. 그리고 그들 사이엔 24일의 잉구부 전투에서 토벌군이 어이없이 밀려난 건 좌경화된 시민군이 미친 듯이 대들고 덤벼든 때문이었으니 이번엔 본때를 보여줘야 한다는 각오가 공유되어 있었다고 했다. 그리하여 여수의 첫 마을인 덕충동에 들어설 때부터 마치 적진에라도 들어선 양 과도하게 긴장하고 있었으며, 그 결과가 일방적인 민간인 공격, 방화, 파괴, 강간 등이었다는 것이었다. 그 과정에서 40여 명의 주민이 학살됐는데 불행히도 거기에 성애와 부모가 포함됐던 것이다.

경진은 다시 마음이 아려와 앓는 소리를 내며 한숨을 쉬었다. 신인형은 그런 비극이 일어난 건 상당 부분 토벌대를 지휘한 송석희 때문이라고 했다.

"경진 씨 혹시 간도특설대라고 들어보셨어요?"

"아니요."

"그게, 일제가 만주군 산하에 만든 특수 부댄데, 말하자면 항일 세력을 제거하겠다고 만든 토벌대였어요. 일제에 덤벼드는 무장 집단이면 중국인이든 조선인이든 가리질 않고 공격했죠. 잔인하기로 악명 높은 부대였어요. 항일 세력을 도왔다는 의심만 들면 민간인 학살도 서슴지 않았으니까요. 마을 전체를 태워버린 일은 비일비재했죠. 송석희 소령이 간도특설대의 조선인 장교였어요. 그 시절에 만주에서 했던 짓거리를 지금 고국에서 똑같이 하는 겁니다."

"이해가 안 돼요. 일제에 항거했던 우리 동포를 학살하고 다녔던 그런 사람이 어떻게 해방 후에 국군 장교가 될 수 있죠? 그리고 지금은 또 어떻게 국군이라는 사람들이 자기네 국민을 학살할 수가 있는 거죠? 성애네 마을 사람들이 나라의 적인가요? 정말, 말이 안 나와요."

"송석희만이 아닙니다. 토벌사령부의 핵심 인물 중엔 간도특설대 출신이 많아요. 송호승 총사령관은 사실 허수아비고 봉기군 진압 작전은 실질적으로 백선웅과 김백국이 지휘한다고들 하는데, 그 두 사람도 간특대 장교들이었어요. 그러니까 봉기군만 잡는 게 아니에요. 여수를 비롯한 전남 지방을 싹 다 밟아버리겠다는 심보에요. 만주에서 자행됐던 간특대의 초토화 작전과 다를 바 없는 거죠. 실제로 전 27일엔 여수가 정말 없어지는 줄 알았어요. 새벽부터 해군이 바다에서 시내를 향해 함포사격을 무차별적으로 해대지, 육상 토벌군은 구봉산과 장군산, 종고산 꼭대기에서 박격포를 마구 쏴대다 내려오더니 시내 곳곳을 다니면서 불놓고 파괴하고 살상하지, 그야말로 생지옥이었습니다."

"아, 27일. 맞아요. 그날 온종일 포격 소리가 그치질 않았어요. 검은 연기도 계속 올라갔고요. 저도 걱정 많이 했어요. 겁도 났고요. 여수가 다 망가졌나요?"

"도시 전체가 거의 폐허가 됐습니다. 사람도 많이 죽었고요. 그래도 그 와중에 경진 씨가 이렇게 무사하셔서 참으로 다행입니다."

"네. 그렇지만…."

경진이 말을 잇지 못하고 갑자기 눈물을 주르륵 흘렸다.

"왜요? 혹시 김종견 그놈 때문에 그러세요? 아이고, 그건 그냥 싹 다 잊어버리세요. 제가 좀 알아보니까 그놈은 정신병자랍니다. 재수가 없어서 미친개에게 물릴 뻔했다고 여기시면 됩니다. 그놈이 사람 목 쳐내는 걸 보셨다고 했죠? 그게 바로 미쳤다는 증겁니다. 그게 어디 정상인이 할 짓입니까? 그놈이 일본군 하사관으로 전장에 나갔을 때 일본인 장교들이 현장에서 일본도로 참수형을 집행하는 걸 보면 그게 그렇게 부럽다고 안달을 떨었답니다. 근데 장교도 아니고 일본인도 아닌 그놈에게 차례가 갔겠습니까? 그러니 그렇게 하고 싶던 인간 백정 짓을 지금 하는 겁니다. 해방된 고국의 국군 장교가 돼서 우리 백성들을 상대로 말입니다. 미친 새낍니다. 그냥 액땜했다고 여기세요. 저도 그 일은 통째로 다 잊어버릴 겁니다."

"예. 고마워요, 신 중사님."

오전 아홉 시가 넘었을 때 고산지대를 달리던 스리쿼터가 백운사 입구에 도착했다. 광양군 옥룡면 동곡리라고 했다. 차는 산자락에 바싹 붙여 세워 놓고 일행은 산을 오르기 시작했다. 드디어 백운산으로 간다. 그이가 거기 있을 수도 있다고 했다. 혹시 없으면 좀 쉬었다가 지리산으로 가면 된다. 발이 아직은 조금 불편했지만, 부푼 가슴 덕분인지 경진은 다른 사람에게 뒤처지지 않고 걸을 수 있었다.

백운사를 지나 만경대가 올려다보이는 작은 암자 앞에 도착하니 그 옆 절벽 밑으로 드디어 구례 야산대의 산채가 있다는 작은 분지가 눈에 들어왔다. 정오가 다 돼 가는 시간이었다. 경진은 가슴이 쿵쾅거려 심호흡을 여러 번 했다. 가슴을 진정시켜가며 신인형을 따라 산채 쪽을 향해 발걸음을 내딛고 있는데 어디선가 "꼼짝 마."라는 소리와 함께 소총을 든 십여 명의 군인이 나타났다. 경진의 심장이 다시 요동치기 시작했다.

경진이 급히 신인형의 얼굴을 바라봤다. 다행히 그가 미소를 지었다.

"야, 나 신인형이다. 한 5일 못 봤다고 벌써 내 얼굴 잊은 거야?"

제일 앞에 서 있던 군인이 총을 내리며 다가왔다.

"아, 신 중사님, 아이고, 이제 오셨군요. 어서 오십시오."

"그래 반갑다. 근데 혹시 본대도 여기 있는가?"

"예. 본대도 어저께 이리로 왔습니다."

"어제? 어디서? 지리산에서?"

"예."

"김지회 중위님은 어디 계신가? 지금 여기 이렇게 약혼자가 와 계시는데."

"예? 아이고, 이리로 오셨구먼요!"

7장.

이승만 정부의 영광을 위하여!

김창복(1948년 11월 6일~11월 30일)

1

 11월 6일 이른 저녁, 김창복은 순천 읍사무소 앞에서 차를 내려 낙천정 골목으로 들어서려다 발걸음을 멈췄다. 해는 남산과 난봉산 사이에 있는데 동녘 봉화산이 낙조를 받아 황금빛을 내고 있었다. 몸을 돌려 산 사이에 간신히 걸려 있는 석양을 바라보았다. 빛을 거두어들이는 그 안쪽, 아직도 이글거리는 주황빛 불덩어리의 속살 같은 것이 보였다. 나는 왜 뜨는 해가 아니라 지는 해를 보면 가슴이 뜨거워질까?
 임상헌이 먼저 와 있었다. 술상도 이미 차려져 있었다. 얼마나 일찍 왔는지 그의 얼굴은 벌써 불콰했다. 그의 옆에 다소곳이 앉아 시중을 들고 있는 나문영의 모습을 보니 슬며시 부아가 치밀었다.

"어이 김 대위, 어서 오게. 난 오늘 좀 일찍 와서 낮술 하고 있었네. 남원에 들러서 원용득 대령님을 만나고 왔는데 예상보다 얘기가 빨리 끝나서 말이야."

오늘따라 임상헌의 말투도 매우 기분 나빴다. 김백국과 동갑이라니 나이도 나보다 한 살 어릴 텐데 저자도 항상 그자처럼 저런 식으로 하대한다. 아직도 자기네는 일본군 장교고 난 하사관쯤이나 되는 놈으로 여기는 건가? 아니면, 지네들은 제대로 된 사관학교 출신이고 난 단기라서? 종간나새끼들.

"먼 길 오시는데 거기까지 들렀다 오셨으니 고생 많으셨습니다. 피곤하시죠?"

"아냐. 서울서 남원까진 좀 힘들었는데 거기서 여기 오는 길은 아주 좋았어. 가을이 깊어가는 걸 만끽하면서 왔네. 오히려 길이 짧아 섭섭하더군. 그런데 여기 와서 우리 나문영 씨를 보니 그 섭섭함도 싹 가셨네. 아니, 이런 미인이 있을 줄이야 누가 알았겠나. 아, 근데 자네는 벌써 여기 몇 번 왔었다며?"

김창복은 임상헌이 문영에게 수작을 피고 있다는 걸 눈치챘다. 저자는 수향이 년에게도 그러더니 여기서도 또 저러는군.

"아, 예, 한 열흘 전에 김백국 중령님이랑 처음 왔었는데, 여기 음식 맛이 좋아 귀한 손님 모시고 한 번 더 왔었습니다."

"그러니 자네도 김 중령이랑 똑같아. 이 사람들이 나만 모르게 이런 보물을 여기 숨겨놓고 있었던 거야."

"아이고, 그럴 리가 있습니까. 숨겨놓긴요. 임 중령님 보여드리려고 오늘 이렇게 날 잡은 거 아닙니까. 근데 우리 문영 씨가 정말 보물은 보물이죠? 전 서울에서도 저렇게 격조 있고 멋들어진 여성은 본 적이 없습니다."

"서울이 뭔가. 대륙에도 저런 미인은 없네."

나문영이 얌전하게 말했다.

"제발 그만들 좀 하세요. 저 같은 걸 놓고 그러시면 안 돼요. 너무 드러내놓고 놀리시는 거잖아요. 다음에 오시면 제가 진짜 미인을 소개해 드릴게요. 동연이라고, 오늘은 못 나왔지만 정말 멋진 애가 있어요. 어린 나이에 어쩜 그렇게 예쁘고 조신한지, 걜 보시면 깜짝 놀라실 거예요."

임상헌이 억울하다는 듯이 말했다.

"아니 왜 사람 진심을 그리 몰라줄까? 동연이고 서연이고 필요 없고, 난 지금 문영 씨 얘기를 하는 거요. 그런 애송이는 김 대위나 소개해 주쇼. 전에 서울서 보니까 김 대위는 그런 애들 좋아하더구먼."

김창복이 못마땅함을 숨기려고 짐짓 장난스럽게 말했다.

"제가 암만 안목이 없어도 문영 씨 멋지다는 거야 알아볼 수 있죠. 흐흐흐."

임상헌이 한마디 더 하려는 순간 바깥에서 김백국이 오는 기척이 들렸다. 김창복이 일어나 문밖 마중을 나갔다. 김백국은 들어와 앉자마자 김지회 욕을 해댔다.

"근데, 그 여우 같은 새끼는 산에 들어간 지 얼마나 됐다고 벌써 게릴라 흉내를 내고 지랄이야, 지랄이."

11월 3일과 5일 사이 김지회가 이끄는 반란군이 구례 간문리와 이평리에서 12연대 토벌군을 연속 습격한 일을 두고 하는 말이었다. 지리산에 있는 줄 알았던 반란군 주력 부대가 그 반대편인 백운산에서 내려와 기습 공격을, 그것도 두 차례에 걸쳐 각기 다른 장소에서 벌인 것은 실로 충격적인 일이었다. 피해도 무척 컸다. 김백국은 채병도 참모총장도 원망했다.

"아니 뭐 정치적인 이유로 호남방면전투사령부를 형식적이나마 남지구와 북지구로 나눴다는 건 이해할 수 있어. 그렇지만 전투를 제대로 하려면 실질적으론 지휘권을 한데 모아 줘야 한다니까, 왜 아직 그 조치를 안 취하는 거야? 난 이럴 땐 총장님을 이해할 수가 없어. 아니, 곧 하겠다고 하신 게 언젠데, 아이, 참…. 이번에도 보라고. 구례엔 북지구의 12연대 애들하고 우리 남지구의 3연대 애들하고 같이 있었어요. 그러니 일사불란하게 움직이질 못하는 거야. 정보 통제도 제대로 못 하고 말이야. 김지회 그 새끼가 그걸 어떻게 알고, 그 빈틈을 노려 12연대 애들을 쳤잖아. 아니 왜 나한테 전권을 못 넘겨? 임 중령, 내가 뭐 모르는 게 또 있는 거야?"

"아냐, 그게 아니라, 원용득 대령도 자기 욕심이 있을 게 아닌가. 그 양반도 족청 회원이니까 나름 장관님과 직통 라인도 있잖아. 그분이 장관님을 통해서 좀 틀고 있었던 모양이야. 오히려 자기한테 전권을 달라고 말이지."

"뭐? 군의관 출신이 무슨…."

"암튼 이제부턴 잘 될 걸세. 어제 12연대가 박살 나지 않았나. 전사자만 40이 넘었어. 거기에 부상 50, 포로 100. 무기도 다 뺏기고. 채병도 장군님은 물론이고 장관님도 노발대발이지. 원용득 대령이 더는 뭐라 할 수가 없게 됐네. 여기 오는 길에 내가 남원 들러서 그 양반 잠깐 만났는데, 자기도 얘길 하더라고. 앞으로 호남전투사령부는 순천 중심으로 운영하는 게 좋겠다고 말이지. 자기는 김백국 중령을 열심히 돕겠다고 하더군."

"진작 그러지. 처음부터 내가 맡아서 했으면 이런 일도 안 일어났잖아. 김지회 그 새끼는 나한텐 못 당한다니까. 그 새끼 순천에서 몰아낸 사람도 바로 나야. 그놈이 순천에서 북진해 가려는 걸 내가 우리 여단의 3연대하고 4연대 병력 데리고 가서 혼내 준 거 아닌가. 학구에서 말이야."

김창복이 아는 체했다.

"아, 그 학구리 전투는 우리 국군사에 길이 남을 겁니다. 대단한 일 하셨어요. 거기서 토벌군이 밀렸으면 정말 아찔할 뻔했습니다."

"자네가 잘 아는구먼. 그러니까 임 중령, 앞으로도 전투는 우리 3연대와 4연대를 중심으로 하고, 2여단의 기타 연대들은 내가 시키는 것만 그냥 하게 해요. 그래야 그 반군 새끼들 금세 잡을 수 있어."

"그러세. 제발 빨리 좀 잡아주시게. 우리 박사님이 여간 조급하신 게 아니네. 불순분자는 무슨 수를 써서라도 싹 다 없애버리라고 하시잖나. 그게 진심으로 하시는 말씀이라고. 속이 막 타시는 거지. 정부 분위기가 지금 아주 살벌해요."

"나한테 힘을 모아만 주면 그까짓 것 금세 끝낼 수 있네. 반군 새끼들만이 아니라 호남 지방의 좌익들도 깡그리 다 날려버릴 걸세. 한데, 박사님이 요즘 부쩍 초조해하시는 건 유엔의 승인 문제 때문이라는 게 맞지?"

"그게 제일 큰 이유지. 사실 얼마나 큰 문젠가? 이제 막 수립된 대한민국 정부를 국제사회가 인정해 주느냐 마느냐가 다음 달에 결정되는데, 군 내부에서 반란이 일어나고 거기에 민간인까지 대거 가담해서 나라 한쪽이 뒤집혔다면 그보다 더 큰 악재가 어딨겠냐고. 제주 반란도 아직 다 진압하지 못했는데 말이야. 외국에서 보면 나라가 엉망진창으로 보일 거 아닌가. 정부는 무능하기 그지없고 말이야. 미국도 요새 엄청난 압박을 가하고 있어요. 대체 뭐 하는 거냐고 말이지. 아이고, 참⋯."

"아무튼 그놈의 빨갱이 새끼들을 빨리 없애버려야지."

김창복이 눈을 반짝이며 말했다.

"지난달 28일에 우리 정부가 여순 반란은 전남 지방의 공산주의자들이 획책한 민란에 일부 좌익 군인들이 가담한 거라고 발표했잖습니까. 그게 핵심입니다. 정부군에 의한 조직적인 군란은 없었어요. 그냥 빨갱이 군인 몇 명이 민간 좌익분자들 음모에 부화뇌동했을 뿐이에요. 제주 반란과 똑같은 거죠. 말하자면, 한국에서 벌어진 공산주의자들의 적화 운동인 거예요. 북조선과 소련이 그들 뒤에 있는 건 당연하고요. 이게 이승만 정부 탓입니까? 아니 미국이나 일본, 구라파 국가들에선 이런 일이 없어요? 지금 어디나 마찬가지예요. 민주국가 어디서나 좌익들은 암행하고 있고, 그들은 늘 적화 음모를 꾸미고 있어요. 여순 반란도 그중 하나일 뿐이에요. 정부를 탓할 게 전혀 아니라는 거죠."

임상헌이 손뼉까지 치며 좋아했다.

"야, 이거 김 대위가 대외 홍보도 맡아야 해. 맞아. 국제사회에 대고도 그렇게 말해야 한다고. 여순 반란의 주체는 민간 좌익이야. 정부군이 아니라고. 전남의 공산주의자들이 자기네들도 소련이 주도하는 전 세계 적화 운동에 뭔가 좀 이바지하겠다고 그런 한심한 짓을 벌인 거야."

김창복이 더 큰 목소리로 말했다.

"미군정과 이승만 정부의 실정에 실망한 젊은 장병들이 민심을 대변해서 군란을 일으켰다는 등의 유언비어도 다 민간 빨갱이들이 만들어서 유포한 겁니다. 그 점도 확실히 잡아줘야 해요."

"맞아, 맞아. 역시 김 대위가 철저하네. 저러니 내가 갈수록 김 대위를 좋아할밖에. 핫하하. 여보게 김 중령. 자네 저 김 대위가 여순 지역에 와서 그동안 좌익분자들을 얼마나 많이 잡아냈는지 아나?"

"뭐 안 봐도 뻔하지. 벌써 수십 명은 잡았겠지. 내가 저 김창복을 키운 사람이야. 안 그런가, 김 대위? 내가 3연대장 할 때 저 사람을 우리 연대 정보하사관으로 임명했다고. 그래서 지금 이 나라의 최고 정보통이 된 거야."

김창복이 황송한 얼굴을 지었다.

"아이고 최고는 제가 무슨…. 그냥 빨갱이 없는 세상 만들려고 최선을 다할 뿐입니다."

임상헌이 더 추켜세웠다.

"저 사람이 여순 지역으로 사무실 옮긴 게 불과 열흘 전이야. 근데 그새 백 명 가까운 좌익분자들을 검거했어. 하루에 열 명꼴이야. 대단하지 않나? 잠도 안 자고 빨갱이만 잡으러 다니는 거 같아."

"내 그럴 줄 알았어. 그러니까 내가 우리 사람이라고 하잖았나. 전투 현장에 이성각, 송석희, 조재민 등이 있다면, 정보 공간엔 저 김창복이 있는 거야. 국방부 차원에서 중간 포상 같은 거 뭐 없나?"

임상헌이 갑자기 목소리를 낮춰 말했다.

"포상 정도가 아니지. 이거 대외비니, 조심하게. 이달 중순께 소령 다네."

"뭐? 저 사람이 벌써 영관급 장교가 되는 거야? 야, 그야말로 초고속 승진이구먼. 아니 3기면 이제들 중위 아냐? 와, 근데 자넨 소령이라고?"

김창복이 얼떨떨한 표정으로 임상헌을 바라보며 말했다.

"아니, 아니 그게 진짭니까? 아이고 어떻게 그런 일이…."

임상헌은 말 한마디 없이 그저 다소곳이 앉아만 있는 나문영을 보면서 답했다.

"진짜지 그럼. 내가 전에 약속했잖나. 총장님이나 장관님도 다 동의하셨네. 자꾸 말하지만, 신생 국가는 능력주의로 가는 게 맞는 거야."

김백국이 말했다.

"야~ 정보국 특별조사과가 특별정보대로 바뀌면서 권한도 더 막강해지더니 김창복이 소령까지 됐네. 빨갱이 놈들은 이제 다 죽었다, 하하하."

"그러게. 바야흐로 김창복 천하가 오는 거야. 좌익 척결은 자네 손으로 마무리까지 깔끔하게 다 하시게."

"감사합니다. 이 목숨 바치겠습니다."

"이 박사님도 자네에게 크게 기대하고 계시네. 대국민담화에서 뭐라 하셨나. 아이들까지도 철저히 조사해서 불순분자는 하나도 남김없이 제거해야 한다고 하시잖았나. 그래서 특별조사과를 특별정보대로 격상시켰다는 걸 잊지 말게. 실질적으론 자네가 거기 대장인 거야. 적당한 때가 오면 정보국에서 분리해서 아예 국방부 직할 부대로 만들 계획도 있다네. 방첩대나 특무대 같은 이름을 붙여서 말이야. 그것도 다 자네 하기 나름일세."

"예. 명심하겠습니다."

김백국이 대뜸 다 같이 건배하자며 나문영에게 고갯짓을 했다.

그녀가 조용히 세 사람의 술잔을 채워줬다. 그가 "빨갱이 없는 하얀 나라, 하얀 세상을 위하여 건배!"라고 선창하자, 두 사람이 "건배~"라고 복창하며 단숨에 잔을 비워냈다. 김백국이 만족스러운 얼굴로 말했다.

"야, 이거 오늘 아주 뜻깊은 자리가 됐어. 내가 생각해도 이 자리는 참 잘 만든 거야. 오늘 우리가 토벌대의 전투력과 정보력이 동시에 강화될 거라는 걸 분명히 확인했으니 이제 남은 일은 단시일 내에 저놈들을 박살 내는 것뿐이네. 자, 그런 의미에서 한 잔씩 더 하세."

나문영이 다시 잔을 채워주자, 이번엔 임상헌이 건배 제안을 하겠다고 했다. "자유 대한민국의 번영과 발전을 위하여!" 자연스레 세 번째 건배가 이어졌다. 김창복의 구호는 '이승만 정부의 영광을 위하여'였다. 김백국이 다소 흥분한 목소리로 말했다.

"야~ 이 집이 뭔가 기운이 좋은가 봐. 앞으로 여기서 자주 모이세. 아 근데, 나와 김 대위는 요새 늘 이 근방에 있으니 괜찮은데, 임 중령이 문젤세."

"아냐 나도 괜찮네. 여기 좋아. 광주 비행장으로 해서 오면 금세 오잖나. 게다가 어차피 한동안은 이 동네 자주 와야 해. 일단 다음 주 토요일 어떤가? 13일. 딱 일주일 후네. 그날 또 내가 남지구사령부에 와야 하잖나."

"아, 전투사령부 전체 회의가 13일 순천이지. 장관님도 오실 수 있다면서?"

"확정된 건 아니지만 그럴 가능성이 크네. 이젠 실제로 순천이 중심이 돼야 하니까 장관님이 한번 오시는 게 좋지."

김백국은 신이 나서 임상헌에게 순천 중심의 전투력 강화 방안을 끝도 없이 얘기했다. 김창복도 연신 고개를 끄덕이며 동의를 표했다. 하지만 어느 순간부터 그의 머리는 다른 생각으로 채워져 갔다.

반란군을 진압하고 민간 부역자를 척결하는 것도 중요하지만 더 중요한 건 좌익의 뿌리를 색출해 내는 일이다. 남로당 놈들은 물론 사민주의자 새끼들이 사회 곳곳, 심지어 군대 안에까지 깊숙이 들어와 있지 않은가. 아주 촘촘하게 말이다. 발본색원이 필요하다. 그러지 않고서는 끝장을 낼 수가 없다.

일단 박정두를 족쳐보자. 아무래도 수상하다. 지난달 말의 여수 정보국 회의 때도 그는 은근슬쩍 좌경 민중들을 감쌌다. 비상 전투사령부에 작전참모로 임명돼 온 영관급 장교가 할 발언은 아니었다. 그런데도 그는 감히 그런 소리를 내뱉었다. 김백국 중령도 이상한 놈이라고 하지 않았던가. 맞다. 그날 거리에서 마주쳤던 김종견도 그자가 빨갱이일 거라고 했다. 김영삭 명부에서 그자의 이름을 봤을 땐 남로당 가입 여부가 안 적혀 있어서 그냥 사민주의자 정도인 줄 알았는데, 그게 아닌 것 같다. 육감 상 보통 놈이 아니다. 어쩌면 대어 중의 대어일 지도 모른다.

2

　11월 7일 일요일 아침, 김창복은 서울로 가기 위해 광주 송정리 비행장으로 차를 몰았다. 어제도 많이 마셨다. 게다가 그는 술자리가 파하고 난 뒤에 혼자 낙천정으로 돌아가 문영과 긴 밤을 보냈다. 반강제적이긴 했지만, 좌우간 그토록 탐나던 그녀를 기어코 취할 수 있었다.
　운전하는 내내 머리는 빠개질 듯 아프고, 배는 뒤집힐 듯 울렁거리며, 아랫도리는 마취된 듯 얼얼했지만, 가슴만은 여전히 뜨겁게 뛰었다. 바른 세상을 만들기 위한 자신의 열정에 스스로 경외감이 들었다.
　박정두가 대물이라면 김영삭이 그걸 모를 리 없다. 근데 이 새끼는 그저 물어본 것만 답한 거다. 아무리 중요한 거라도 스스로 불지는 않았다. 김영삭, 이 새끼를 더 조지면 박정두의 정체가 드러날 거다. 뿌리가 보이기 시작할지도 모른다. 빨갱이 새끼들, 이것들을 깡그리 제거해야 세상이 바로 선다!
　김창복은 정보국 지하 보호실에 구금된 김영삭을 일요일 늦은 오후에 특별정보대 취조실로 올라오게 했다. 9월 말에서 10월 중순까지는 매일 몇 시간씩이나 대면했던 그와 근 한 달 만에 만나는 것이었다.
　"김 선생, 오랜만이요. 난 그놈의 여순 반란 때문에 정신이 통 없었소. 어때, 지내실 만은 하오?"

"뭐 그냥 시키는 일 하면서 그럭저럭 지내고 있습니다. 근데, 전 앞으로 어떻게 되는 겁니까? 약속하신 대로, 되는 거지요?"

"물론이요. 우리가 김 선생 덕을 얼마나 봤습니까. 이제 마지막 작업만 하면 되는 거요. 그럼 김 선생은 바로 집으로 돌아갑니다."

"근데 말씀하신 사민주의자들 관련해선, 제가 정말 더는 무슨 증거 같은 걸 댈 게 없습니다. 지금까지 적어 드린 게 답니다."

"알아요. 같은 소리 계속할 필요 없어요. 증거나 증인은 앞으로도 우리가 계속 모을 테니 김 선생은 그때그때 확인만 해주면 돼요. 알지요?"

"아, 예."

"그전에 먼저 물어볼 게 있소."

"네."

"박정두 말이요. 그 사람 남로당원이던데, 왜 아니라고 했소?"

"네? 제가 언제 아니라고 했습니까? 그 사람 남로당원입니다. 그것도 일반 세포가 아니라 군부 조직책이라는 막중한 직책을 가진 사람입니다."

"뭐요? 아니 근데 왜 당신 명부에는 그런 게 안 적혀 있소? 이걸 보시오. 박정두 이름 옆에는 남로당 관련 사항이 아무것도 없잖소. 이 사람 이거 무슨 꿍꿍이가 있었던 거 아니요?"

"네? 무슨 그런 말씀을…. 아이고, 이거 정말 그렇네요. 어째 이런 일이. 아, 아마 제가 박정두는 그냥 너무나 당연하다고 생각해서, 아니 그러니까, 아무 생각도 없이 안 적은 것 같습니다. 잠깐만요…. 자, 이거 보십시오. 그 유명한 하병건 중위 이름 옆에도 아무것도 없잖습니까. 그냥 우리 내부 사람으로 생각해서, 아마 그렇게 그냥….”

"그러고 보니 하병건도 빈칸이네. 이런 씨… 대체 뭘 한 거야, 어휴~. 아무튼 이런 건 나중에 따지고, 그럼 박정두가 남로당원이건 확실한 거죠?"

"네. 저랑 대질시켜도 좋습니다. 그를 남로당에 가입시킨 이재룡 목사랑도 여러 번 같이 만났습니다."

김영삭의 도움으로 며칠 사이에 충분한 증거와 증인을 확보한 김창복은 11월 11일에 박정두 소령을 체포했다. 보나 마나 뻣뻣하게 나올 거라고 여겨 만반의 준비를 하고 심문했는데 예상외로 그는 고분고분했다. 묻는 대로 솔직하게 답했고, 묻지 않는 것까지도 설명해 주었다. 그와 사관학교 동기인 김안석 과장은 그가 모든 걸 포기한 것 같다며 딱하게 여기기도 했다.

사흘간의 취조를 통해 김창복은 자신의 육감이 맞았다는 걸 확인했다. 박정두는 역시 쓸데가 많은 놈이었다. 특히 그가 사민주의 그룹의 주요 인물들과 각별하게 지낸다는 점, 그런데 유독 김종서와는 그렇지 않다는 점이 마음에 들었다.

그는 남로당원이기는 해도 사민주의자들과 더 어울렸다. 오일규는 그가 가장 예뻐하는 일본 육사 후배였고, 최남구는 만주군 시절부터 절친한 사이였으며, 김지회, 이기주, 윤차돌 등은 그가 제자처럼 아끼는 후배들이었다. 다만 김종서와는 가깝지 않았다. 일본 육사 1년 선배인 데다 가치관도 비슷하고, 그와 그렇게 친한 오일규, 최남구, 김지회, 이기주, 윤차돌 등이 다 김종서와 형제처럼 지냈건만 그만은 달랐다. 그는 김종서와 소원한 관계에 있었다. 가만히 살펴보니 그 까닭은 김종서에 대한 그의 열등감과 경쟁심인 듯싶었다.

김창복은 정보국이 현재 김종서를 군부 내 반정부 사민주의 그룹의 수괴로 보고 있는데, 혐의를 입증하는 데 도움을 주면 그에 상당한 보상이 주어질 것이라고 귀띔해 주었다. 꼭 그 때문만은 아닌 것 같았지만, 박정두는 어느 날 하룻밤을 꼬박 새워가며 김종서에 대한 보고서를 대학노트 반 권 정도의 분량으로 써냈다. 거기엔 분명 그의 사감이 녹아 들어가 있었다.

박정두가 본 김종서는 한 마디로 가난한 민중을 선동하여 그들의 지지에 힘입어 국가 지도자로 우뚝 서고자 하는 야망가였다. 그는 자신이 언젠가는 여운형의 뒤를 이을 중도 좌파의 지도자로 부상할 것이며, 그렇게 되면 결국엔 (물론 민주주의가 작동한다는 전제하에) 국가 전체의 지도자가 되리라고 믿고 있었다.

그는 해방 직후인 1945년 10월에 중도 우파 성향의 잡지『선구』

가 실시한 여론조사 결과를 자주 언급하고 다녔는데, 국민의 압도적 다수는 공산주의(7%)도 아니고 자본주의(14%)도 아닌 사회주의(70%)를 독립 조국에 가장 적합한 이념으로 여기고 있다는 것이었다. 거기서 말하는 사회주의란 공산주의와 구별되는 사민주의임을 애써 강조하면서 김종서는, 그렇다면 우리 국민의 대다수가 선호하는 사민주의의 지도자가 국가 전체의 지도자가 되는 것이 당연하고 마땅하다는 주장을 펼치곤 했다. 그런데 자신이 바로 그 사민주의의 지도자가 되겠다는 것이었다.

여운형이 김종서를 아낀 건 사실이었다. 몽양은 조선인으로선 들어가기가 극히 어려웠던 경성중학과 일본 육사를 나와 일본군 내에서도 엘리트 코스만을 밟아온 그의 능력과 성실함을 인정한 데다, 해방 직후에 그가 취한 언행 심사를 직간접적으로 관찰하곤 '극적으로 아름답고 압축적인 성찰 과정'이라고 높이 평가했다. 몽양이 그렇게 후한 점수를 주자 그는 일약 중도 좌파의 황태자가 되었다.

그래도 어떻게 일제의 육군 장교 출신을 해방 조국의 지도자로 키울 수 있느냐는 일각의 비판에 대해선 몽양의 군사 참모인 김원봉이 적극적으로 해명해 주었다. 이를테면, 장개석이 중국 민족의 지도자로 자신을 성장시키기 위해 일본 육사를 택했던 것과 똑같은 뜻과 각오를 김종서가 품고 있었다는 것이었다.

중도 좌파만이 아니었다. 중도 우파의 수장인 김규식도 김종서를 차세대 지도자감이라고 추어올리곤 했다.

심지어는 미군정도 그를 대한민국 군대를 이끌어갈 최고의 엘리트라고 평가했다. 미국 측의 그런 태도는 현재까지도 변함이 없다. 정부 수립 후에도 군사고문으로 남아 있는 하우스만 대위가 그를 미래의 참모총장감이라며 얼마나 총애하고 있는지는 수많은 사람이 알고 있다. 김종서가 누구인가. 태평양 전쟁 때 미군과 직접 총부리를 겨누고 싸웠던 오키나와 주둔 일본군의 전투 지휘관이 아니었던가. 그래서 전후 미군이 이시가키(石垣) 포로수용소에 가두어놨던 자가 아니던가. 그런데 이젠 그런 자를 대한민국의 군부 지도자로 키우겠다고 한다. 석연치 않은 구석이 있지만, 어쨌든 그는 미국도 인정하는 차세대 지도자라는 평판까지 획득했다.

김종서는 이런 분위기를 십분 활용해 우선 중도 성향의 젊은 장교들이 자신을 미래의 지도자로 여기게끔 다양한 노력을 기울였다. 군 내외의 여러 현안과 관련하여 시시때때로 대안을 제시했고, 촉망되는 후배들을 일일이 찾아다니며 선심을 썼으며, 자금을 모으고 조직도 만들었다. 그 덕에 이미 군내 사민주의 그룹에서는 리더의 지위를 확고히 다져놓았다. 필경 그다음 목표는 민중의 지도자로 부상하는 것이리라. 어쩌면 그는 여수 14연대의 반란을 대규모적 민중봉기로 전환하려 했는지도 모른다. 아니 지금도 그 기획은 지리산을 중심으로 진행되고 있는지도 모른다. 그러다 적절한 때가 오면 그는 가난하고 핍박받는 민중의 불만과 불평을 정치적으로 동원하여 스스로 대안적 지도자로 자임하고 나설 것이다. 이승만 정부에게 그는 매우 위험한 자이다.

김창복은 보고서를 읽고 나서 박정두에 대해 깊이 생각해 보았다. 활용 가치가 높은 인물이라는 생각과 함께 동병상련의 감정도 들었다. 박정두의 입장에서는 자기도 일본 육사 출신이며, 해방 직후 절절히 반성하는 심정으로 몽양에 다가간 것도 같고, 또 누구 못지않게 민중을 아끼고 사랑하는 사람이기도 한데, 왜 몽양과 중도파 지도자들은 김종서만을 싸고도는지, 왜 자신은 그가 받았던 그런 인정과 평가를 받지 못했는지 이해할 수 없었을 것이며, 그래서 마음속에 서운함과 분노가 쌓였을 것이다. 가난하고 핍박받는 민중의 편에 서서 그들을 대표하고 대변할 미래의 지도자감을 꼽는다면 김종서와 같이 좋은 집안에서 유복하게 자란 자보다는 오히려 자신처럼 가난하고 볼품없는 집안 출신이 더 적합한 게 아니냐고도 묻고 또 물었을 것이다. 그리고 아마도 종국엔 이런 결론을 내렸을 것이다.

김종서와 몽양을 포함한 저 엘리트 사민주의자들은 가난한 민중을 위해 살아야 한다고 떠들어 대긴 하지만 실상은 온정주의로 자신들의 실체를 포장한 또 다른 기득권자들일 뿐이다. 약하고 가난한 민중의 지지를 모아 자신들의 사적 욕망과 야망을 달성하려는 위선자들이다. 역겹다. 오히려 공산주의자, 남로당원들이 더 순수하다. 아, 아니다. 꼭 그런 것도 아니다. 그 지도자들을 보라. 그들도 위선적이고 역겹긴 매한가지다. 그렇다면, 자신들을 포함한 각 개인의 욕망과 이득의 총합이 곧 국가 전체의 이익이며, 따라서 국가의 기본 임무는 사회적 평등보다는 개인의 자유를 최대한 지켜주고 보장해 주는 것이라고 주장하는 우익민족주의자들이 가장 솔직하고 믿을만한 사람들인지도 모른다.

3

11월 17일 늦은 밤, 김창복은 박정두를 취조실이 아닌 응접실로 오게 했다. 수갑도 풀어주고 차도 마시게 하고 담배도 피우게 했다. 체포 후 처음으로 박 소령님이라는 경칭도 써줬다. 갑작스러운 환대에 박정두가 오히려 경계하는 것 같았다.

"박 소령님, 긴장하실 것 없습니다. 이제부터 우리 인간적으로 진솔하게 얘기해 봅시다. 그러면 우리가 좋은 결론을 뽑아낼 수 있을 겁니다. 자, 뭐 아마 아시겠지만, 지금까지 드러난 죄목만으로도 사형을 피하긴 어렵습니다. 알지요?"

박정두가 새 담배를 입으로 가져가며 잠긴 목소리로 "예."라고 짧게 답했다. 김창복이 라이터로 불을 붙여주며 말을 이어갔다.

"하지만 말입니다. 사실 박 소령님은 반란에 참여한 것도 아니고, 누굴 죽이거나 다치게 한 것도 아니고, 국가에 금전적 손실을 끼친 것도 아닙니다. 알죠?"

박정두가 담배 연기를 내뿜으며 다시 "예~"라고 탄식하듯 답했다.

"남로당에도 뭐 꼭 공산주의자라서가 아니라 아버지처럼 따르던 친형 박상두 씨가 대구 10·1 사태 때 우익에 피살됐고, 또 형님의 친구인 이재룡 목사가 자꾸 찾아와서 복수심 같은 걸 부추기고 하니까 마지못해 가입한 거 아닙니까? 맞죠?"

박정두가 담배를 놋재떨이에 비벼 껐다. 그의 손이 미세하게 떨리는 게 보였다. 그가 마지막 연기를 한숨과 같이 뱉어내곤 김창복의 눈을 한번 바라보더니 사뭇 당당한 목소리로 말했다.

"정확히 맞습니다. 전 공산주의자가 아닙니다. 사민주의자도 아닙니다. 단지 귀국해 보니 고향 선후배들이나 제 형님 친구들이 남로당에 많이들 들어가 있고 해서 저도 그냥 정에 이끌려 가입했을 뿐입니다. 가입해서도 뭐 특별히 활동한 건 없습니다. 그저 사람만 몇 명 소개해 줬을 뿐입니다."

"알죠, 알아요. 내 말이 그 말이에요. 그러니까 우리 수사에 적극적으로 협조만 해주시면 정상참작을 받을 여지는 충분히 있어요."

"미력이나마 도와드릴 일이 있으면 뭐든 다 하겠습니다. 군내 남로당 조직 같은 건 제가 완전히 꿰고 있습니다."

"남로당 조직은 이미 상당히 파악됐습니다. 그건 박 소령님이 조금만 더 보완해 주시면 완벽하게 정리될 겁니다. 근데 그보다 더 중요한 일이 있습니다."

"……."

"사민주의자 장교들의 족보를 만들어 주십시오. 아시다시피 김지회가 사민주의자 아닙니까. 우리 정보로는 그 배후에 김종서, 오일규, 최남구 등이 있습니다. 요컨대, 14연대 반란은 사민주의자들의 소행이라는 겁니다. 심증은 그렇게 가는데, 사실, 증거나 증인은 별로 없습니다. 뭐든 좋습니다. 이 자들이 반정부 사민주의 그룹을 형성하고 있다는 걸 증명하거나 설명할 수 있는 자료를 좀 생산해 주십시오. 박 소령님은 그들 대부분과 아주 긴밀한 관계를 맺어오지 않았습니까. 김종서의 문제도 누구보다 잘 아시고요. 그러니 며칠만 좀 집중해 주시면 설득력 있는 족보를 만드실 수 있을 겁니다."

"어느 정도는 창작의 수고도 감내하라는 말씀이군요."

"이 판에 사민주의 그룹이 실체로서 등장하지 않으면 결국 남로당원들이 모든 책임을 져야 합니다. 저희로선 그편이 더 쉬울 수도 있어요. 김지회나 이기주 정도만 남로당원으로 만들면 되는 거니까요. 하지만 그 경우엔 김종서는 살고 박정두는 죽습니다. 알죠? 그러니 망설이지 마시고 위선자들은 이쯤에서 제거해 버립시다. 그러고 나면 조국을 위해서 우리가 할 일이 얼마나 많겠습니까."

"근데 그런 족보를 만들면 오일규와 최남구 같은 사람은 어찌 될 것 같습니까? 뭐 김지회나 이기주는 어쩔 수가 없겠지만 말입니다."

"족보를 어떻게 만드느냐에 따라 다르겠지요. 수괴는 김종서고 오나 최 같은 자들은 단순 추종자 정도라고만 그려지면 뭐 극형까지야 가겠습니까."

"예. 그렇겠지요?"

"근데 지금 남 걱정하실 때가 아닙니다. 오나 최 정도를 살리겠다고 족보를 느슨하게 만드시면 박 소령님이 곤경에 빠질 수도 있습니다. 알지요?"

"네."

"족보만 제대로 만들어 주시면 박 소령님 구명운동은 내가 책임지고 성사하겠습니다. 자신 있습니다. 김안석이나 김점기 과장님은 물론 백선웅 국장님도 박 소령님을 빨갱이라고 생각하지는 않습니다. 나까지 포함해서, 박 소령님을 체포하고 심문한 우리 정보국 장교들이 다 나서서 구명운동을 펼치면 그걸 누가 무시할 수 있겠습니까. 우리만도 아닙니다. 이성각, 김백국, 임상헌 등 군부 내 최강의 반공주의자들이 도와줄 겁니다. 그렇게 되면 100프롭니다. 그분들 탄원은 채병도 총장님과 이범성 장관님을 거쳐 박사님한테까지 다 올라갑니다. 그건 내가 알죠."

"예, 잘 알겠습니다."

4

11월 18일, 김창복은 순천 낙천정에서 김백국과 저녁 식사를 했다. 원래 13일이었던 세 사람의 모임이 임상헌의 일정 변경으로 이 날로 옮겨진 것이다.

임상헌은 두 사람이 식사를 마친 후에야 도착했다.

"김 소령, 미안하네. 소령 달곤 처음이지? 아이고 이거 나 때문에 날짜도 옮겼는데 이렇게 늦기까지 했네."

"전투사령부 회의가 연기돼서 그런 건데 그게 왜 중령님 탓입니까. 식사하면서 김백국 사령관님한테 회의는 잘 진행됐다고 들었습니다."

"그래, 괜찮았어. 장관님도 흡족해하셨고. 원용득 대령도 이젠 정말 고분고분하시더군. 지금 장관님이 모처에서 원 대령을 위로하고 계시네. 두 분 사이가 또 그렇지 않나. 그나저나 정말 미안하구먼. 바쁜 사람 일정을 이렇게 틀어놔서 말이야."

김창복이 뒷머리까지 긁적이며 황송해했다.

"아이 정말 아닙니다. 좀 전에 사령관님께도 말씀드렸지만, 날짜가 이렇게 옮겨진 게 오히려 다행입니다. 저도 그간 열흘 넘도록 하루 이틀 빼곤 죽 서울에만 있었습니다. 박정두 문제를 푸느라고요."

김백국이 임상헌에게 말했다.

"내가 전에도 그랬잖아. 박정두 그 새끼 좀 이상하다고. 내 감이 맞았어. 그자가 남로당 군책이었대."

"흠, 그럴 수 있는 인물이긴 하지. 일본 육사 때도 보면 좀 왔다 갔다 했어. 야심도 있고 말이야. 그래도 박헌영이한테 간 건 좀 의

외네."

김창복이 설명했다.

"예, 귀국하고 나서 처음엔 몽양 쪽에 접근했답니다. 최남구와도 친하고 하니까요. 근데 몽양이 별로 탐탁지 않게 대했던 것 같습니다."

"흠, 왜 그랬을꼬? 그것도 흥미롭네. 그 당시엔 몽양이 민주 군대 만들겠다고 괜찮은 군인이 오면 쌍수를 들고 환영했을 땐데."

"그 이유는 잘 모르겠지만, 아무튼 몽양과 김원봉은 나중에 나타난 김종서 중령만 싸고돌았던 모양입니다."

"아, 알겠다. 박정두가 또 김종서에게 밀린 거지. 박정두 그자가 대장 노릇 하는 걸 아주 좋아해요. 지곤 못사는 사람이야. 근데 육사 때도 김종서만 등장하면 늘 밀렸어. 사실 뭐로 봐도 김종서가 더 우수하거든. 그러니 매번 속상하고 화가 나지."

김백국이 재밌어했다.

"호오, 그 두 사람이 또 그런 관계였군. 암튼 난 둘 다 마음에 안 들어. 특히 그 김종서 놈."

임상헌이 씩 웃더니 말을 이었다.

"박정두는 몽양이 적어도 군사 분야의 소장파 리더 역할 정도는 맡길 줄 알았을 거야. 근데 그 자리가 김종서에게 갈 것 같으니 또 울화가 터진 거지. 어쩌면 홧김에 몽양 대신 박헌영이를 택한 것일 수도 있어."

김창복이 다시 설명했다.

"예, 뭐 그 밖에도 몇 가지 개인적인 연고로 남로당에 가입한 것 같은데, 진짜 빨갱이는 아닌 듯싶습니다. 앞으로 우리 정보국 수사에 적극적으로 협조하기로 했는데, 얼마나 잘하는지, 그걸 보면 알겠지요."

"그래. 잘 두고 보시게. 근데, 김 소령이 그 사람과 무슨 거래를 튼 것 같구먼. 같이 사민주의 그룹을 엮어내기라도 했나?"

"아이고, 아무튼 임 중령님은 정말 귀신 같으십니다. 지금 단계에선 제가 자세한 말씀을 드릴 순 없지만, 예, 뭐 그 비슷한 일을 하고 있습니다. 사민주의 놈들을 때려잡지 않으면 일이 영 끝나지 않을 것 같아서요."

"김종서가 결국 박정두와 김창복 공동의 적이 됐구먼. 그래, 자네 말이 맞아. 남로당 놈들이야 투명하지. 한데 그 사민주의 놈들은 조직도 없고 정체도 불분명하니 장기적으론 더 큰 문제일 수 있어. 그래도 분명한 건 있네. 그놈들이 빨갱이는 아니라고 해도 반미, 반정부 세력인 건 맞잖나. 말썽이겠다 싶으면 싹수가 노랄 때 싹 다 뽑아버리는 게 최고야. 잘해보시게. 나도 도울 일 있으면 돕겠네."

"예. 감사합니다."

"감사는 무슨, 다 우리 일인데. 그나저나 김 사령관이 한 건 했더구먼. 8일 맞지? 우리 모였던 그 다음다음 날. 그날 구례에서 실력 발휘를 제대로 했다며?"

7장. 이승만 정부의 영광을 위하여!

김백국이 히죽 웃었다.

"응, 그거? 그날 내가 순천에 있다가 새벽에 연락받고 바로 올라가서 손 좀 봐줬지. 에이, 나한테 진작 전권을 줬으면 11월 초에도 구례에서 그렇게 당하진 않았지. 뭐 그건 지난 일이고. 어쨌든 김지회 그 새낀 내 손으로 꼭 죽일 거야. 그거 아나? 그 8일 이후에 우리가 백운산을 샅샅이 뒤지고 있는데 그 새낀 코빼기도 안 보여. 이 새끼가 내가 나타난 걸 알곤 또 어디로 줄행랑을 친 거야. 암튼, 그 새낀 무조건 거칠게 대해야 해. 그래야 얌전해져."

김창복이 나섰다.

"맞습니다. 누군 뭐 그놈이 영웅이네 뭐네 하고 떠들어 대지만 몰라서 들 하는 소리예요. 그놈이 하는 짓을 잘 보면 근저에는 노예근성이 깔려 있어요. 실은 아주 겁 많고 비굴한 놈이죠."

임상헌이 약간 놀란 듯했다.

"그래? 그놈이 그런 면이 있어? 그렇다면 정말 임자를 만났구먼. 김백국이라면 처음부터 끝까지 사정없이 윽박지르고 몰아붙일 텐데 말이야. 안 그래?"

김백국이 막걸릿잔을 단숨에 비우고 나서 평소보다 더 거친 목소리로 말했다.

"물론이지. 내 기어이 고 쥐새끼 같은 놈의 숨을 끊어 놓을 거야. 나만 열받은 게 아니라고. 지금 우리 간특대 출신들이 전남 땅으로 모여들고 있어요. 우리가 누군가? 우린 적이 어딨는지만 알면 그 부근을 아예 초토화해 버린다고. 김지회는 물론 그 새끼 곁에 있는 생물은 우리 손에 다 죽게 돼 있어."

임상헌이 말했다.

"그래. 뭐든 문제를 제대로 풀려면 발본색원이 최고야. 두 분이 그렇게 나서주시겠다니 이제 뭐 걱정할 게 없네."

"근데, 김지회하고 저 반란군 새끼들 없애는 거야 시간 문제지만, 좌익들 발본색원은 내가 봐도 쉽지 않은 일이야. 이제 영관급 장교도 되셨으니 김 소령이 고생 좀 더 해주시게."

김창복이 허리를 곧추세우며 비장한 표정으로 말했다.

"예, 중령님, 명심하겠습니다. 두 분께서 제 어깨에 무궁화까지 심어주셨으니 목숨 바쳐 충성하겠습니다."

임상헌이 껄껄 웃으며 화답했다.

"아무튼 김 소령은 언제나 화끈해서 좋아. 근데 그 충성은 당연히 우리 이 박사님께 가는 거겠지?"

"물론입니다. 제일 먼저 김종서 그 재수 없는 놈과 사민주의 일당을 싹 다 잡아들여서 박사님께 날 것으로 진상하겠습니다."

"진상? 날 것으로? 핫하하하. 인육회(人肉膾)를 말하는 건가? 김 소령은 말도 아주 재밌게 해요. 아, 전에 내가 잠깐 얘기한 대로, 조만간 경무대에 데려갈 테니 미리미리 준비해 놓고 있어요. 일정 잡히면 바로 연락할 테니 말이야."

"아이고 황송할 따름입니다."

5

 1948년 11월 30일, 김창복이 드디어 하늘같이 존경하는 박사님을 보러 가는 날이다. 그는 설레어 잠도 설쳤으면서 평소보다 일찍 일어나 한 시간 넘게 구보를 했다. 소설이 지난 쌀쌀한 날씨임에도 온몸에 땀이 찰 정도로 빠르게 뛰다 보니 머리가 맑아지면서 해방 이후 넘겼던 아슬아슬했던 순간들이 영화 장면처럼 지나갔다.

 고향이라고 돌아갔던 북조선에서 일제의 개였다고 손가락질당하며 받았던 두 번의 사형 선고와 죽기 아니면 살기로 감행했던 두 번의 탈출 장면, 가까스로 월남에 성공했으나 기댈 데가 없어 서울역 거지 생활을 하다가 어린 양아치들에게 끌려가 죽기 직전까지 매 맞던 장면, 천신만고로 하사관이 되어 성실히 복무한 덕에 사관학교 응시 자격을 얻으려는 찰나 좌익 장교들이 일제 오장 출신에겐 그런 자격을 줄 수 없다며 반대해 꿈이 좌절되던 장면, 재도전 끝에 사관생도가 되어서도 좌익 교관과 좌파 동기생들에게 무식하다고, 생각 짧다고, 친일 친미 사대주의자라고 멸시당하고 무시당하던 장면 등이 생생하게 떠올랐다.

 그런데 나는 오늘 육군 소령 계급장을 달고 나라님을 만나러 간다. 월남한 지 불과 2년 반 만에 말이다. 핫하하하.

 경무대에는 정보국장 백선웅과 특별정보대장 김안석이 함께 들어갔지만 주인공은 단연 김창복이었다. 임상헌이 "바로 이 사람이 김창복입니다."라고 소개하자 이승만은 활짝 웃으며 황송하게도 손까지 내밀어 주었다.

"얘기 많이 들었네. 상상했던 것과 달리 순하고 얌전하게 생기셨구먼."

김창복은 감격에 겨워 뭐라고 대꾸해야 할지도 몰랐다. 그저 이승만이 내민 오른손을 부여잡고 고개를 숙인 채 "감사합니다."라는 말만 읊조리듯 거듭했다. 여차하면 무릎을 꿇고 눈물이라도 흘릴 기세였다.

이승만이 달래기라도 하듯 왼손으로 그의 어깨를 툭툭 두어 번 두드려 주자 그제야 비로소 조심스레 박사님을 쳐다보았다. 그래도 고개는 감히 바로 들질 못했다. 그저 황공하기만 할 따름이었다. 이승만이 어진 미소를 띠며 말했다.

"김 소령이 해줄 일이 많아요. 지금 저 여순 지역의 반도(叛徒)들이 산으로 들어가 한 달이 넘도록 잡히질 않는데 저런 게 저렇게 오래가면 민중 심리가 불안해지지. 생활도 불안정해지고. 그러면 나라가 어떻게 되겠어. 하루빨리 저 못된 놈들을 잡아들여야 해요."

김창복이 고개를 숙인 채 다소곳이 말했다.

"지당하신 말씀입니다. 더 급히 서두르겠습니다. 그리고, 다시는 저런 불손한 일이 일어나지 않도록 군 내외에서 빨갱이들의 뿌리를 철저히 뽑아내겠습니다."

"그래요. 우리나라가 미국과 어깨를 같이 하는, 제대로 된 자유국가, 반공 민주국가로 바로 서려면 저런 반역과 비행이 다시는 일어나지 말아야 해요. 혹시 트루먼 독트린 읽어봤나? 바빠서 아직 못 봤으면, 꼭 한번 읽어보게. 아주 좋은 글이야. 음, 그렇고말고. 백 국장, 당신 아주 훌륭한 사람을 데리고 있군그래."

백선웅이 앉은 자리에서 차렷 자세를 하며 말했다.

"김백국 중령이 발굴해 낸 정보통인데 제가 큰 도움을 받고 있습니다. 다 각하 덕분입니다."

"당신이야말로 군사 천재야. 당신도 김백국처럼 간특대 간부였잖나. 그런 무시무시한 야전 장교가 지금은 또 정보 총책 일을 차분히 수행하고 있으니 말이야."

"과찬이십니다. 각하를 제대로 모실 수 있는 군인이 되려면 아직 멀었습니다. 더 열심히 하겠습니다."

"아무튼 백 중령은 항상 반듯해. 어디 뭐 흠잡을 데가 있어야지. 근데 우리 덜렁이 김백국이는 한동안 잘하더니 지난주엔 또 왜 그런 실수를 했누? 토벌사령부 전권만 주면 단시일 내에 다 쓸어버리겠다고 그렇게 큰소리를 쳤다더니…."

임상헌이 대신 말했다.

"전권을 김 중령에게 주시고 나서 정말 우리 토벌대가 승승장구하지 않았습니까. 그러다 보니 일부 대원들의 기강이 해이해졌던 모양입니다. 김지회 그놈이 그걸 또 어떻게 알고 약해진 틈을 치고 들어왔던 겁니다."

"아니, 토벌 나간 사람들이 기강이 해이해져? 누군 전투가 한창일 때도 총 들고 낮잠을 잔다더니, 그런 게 다 정말인가? 난 이해가 안 되네. 내 보기에 진짜 문제는 정보가 새 나갔다는 데 있어. 산속에 박혀있던 그놈들이 어떻게 우리 토벌대의 합동훈련 날짜와 장소는 물론 이동 경로까지 알았겠는가? 구례나 남원에 협조자들이 있다는 거 아닌가. 난 그게 진짜 심각한 문제라는 걸세. 그런 건 우리 병사들이 잘 싸운다고 해서 해결될 문제가 아니에요. 김창복 군, 안 그런가?"

이승만이 이름을 부르자, 김창복은 전교생 앞에서 교장 선생님께 표창장 받는 어린아이와 같은 표정을 지었다.

"정말, 기가 막히게 정확하신 말씀입니다. 저 반도 놈들을 꼼짝 못 하게 하려면 산 아래에서 저놈들을 돕고 있는 불순분자들을 깨끗이 제거해 내야 합니다. 아래쪽을 고사시켜야 위쪽 놈들이 못 버팁니다."

"흠…. 그래."

백선웅이 점잖게 끼어들었다.

"그게 바로 저희 정보국이 해야 할 일입니다. 토벌대 용사들이 어두침침한 숲을 말끔하게 태워버리는 동안 저희 정보국은 얽히고 설킨 지저분한 뿌리들을 뽑아내어 옥토를 다시 깔끔하게 회복시키겠습니다. 그럼 조만간 산이 깨끗해지면서 그 자리에 새싹이 나고 얼마쯤 지나면 곧고 바르고 보기 좋은 수목들이 들어설 겁니다."
이승만이 흡족한 웃음을 만면에 띠었다.
"그래요, 그 얼마나 아름다운 일이요. 좋아요, 좋아."

8장.

그걸 마시지 말았어야 했다.

김지회(1948년 10월 30일~11월 28일)

1

10월 30일, 백운산 신선대로 떨어지는 정오의 햇볕은 따스하기 그지없었다. 창천! 푸르고 푸르기만 한 텅 빈 하늘, 끝 모를 공간 한쪽에 여유롭게 구름 한 점이 떠 있었다.

김지회는 잠시 감회에 젖었다. 지난 열흘 동안 호랑이 등에 올라타 거친 폭풍우 속을 쉬지 않고 달려 여기까지 온 것 같았다. 하지만, 아직 멀었다. 아니, 이제 겨우 시작이 아니던가.

그는 널찍한 바위 위에 양반다리를 하고 앉았다. 그리고 눈을 감았다. 미풍 사이에 섞여 대기 움직이는 소리가 웅~하니 들렸다. 눈이 따끔거리는 가운데 그 소리가 점점 커졌다. 내가 혹시 하늘로 뜨고 있나?

잠을 못 잔 탓이리라. 그는 밤샘 행군으로 어제 새벽 백운산에 도착한 이후 지금껏 제대로 자지 못했다. 어제는 대원들을 배치하고 나서도 지창준 부대를 제5 지대로 재편하는 행정 업무에 거의 온종일 매달려 지칠 대로 지쳤는데도 막상 밤이 오자 잠은 오지 않았다. 오늘 아침 회의를 마친 후 그는 온몸으로 정기를 받을까 해서 정상인 상봉을 거쳐 이곳 신선대까지 혼자 올라왔다.

산꼭대기의 대기 흐르는 소리가 익숙해지자 그는 눈을 떠 멀리 섬진강 건너편의 지리산을 바라보았다. 거대한 병풍처럼 펼쳐진 지리산 연봉을 보고 있자니 뜬금없이 민족과 역사, 삶과 죽음, 신과 인간 따위에 대한 단상이 빠른 속도로 떠올랐다 사라졌다. 평소엔 잘 생각해 보지도 않는 이런 낯선 주제들이 왜 갑자기 이 시간에 찾아오는 건지, 스스로 의아했다.

머릿속 상념을 모두 흩어버리고 그곳으로 경진을 초대했다. 그녀는 늘 그렇듯, 바로 와주었다. 애정 가득한 그녀의 깊고 짙은 눈빛이 새삼 고마웠다. 마음이 편해졌다. 하지만 곧 그녀의 실재를 바라는 마음이 강렬해져 금세 또 힘들어졌다. 그런데, 실제로 그녀가 왔단다.

땀을 뻘뻘 흘리며 올라온 최수종이 그녀가 지금 산채에 있다고 얘기했을 때 김지회는 잠깐은 어리벙벙했지만, 곧 평온해졌다. 그럴 줄 알았다, 그럴 줄 알았어. 그래야 경진이지. 하하하.

상봉과 만경대를 거쳐 산채로 돌아오는 험한 길이 아까와는 달리 꽃길로 변해 있었다. 드디어 저 아래 경진이 보였다. 많은 사람에 둘러싸여 있었지만, 그녀의 얼굴은 또렷이 보였다. 해맑게 웃고 있었다. 그녀도 이럴 줄 알았던 것이다. 하하하.

박종호가 경진을 환영하고자 차린 점심 식사 자리에서 이기주가 혼잣말처럼 한마디 했다.

"근데 우리 총사령님 신방은 어떻게 하나?"

일순 왁자지껄하던 방안이 조용해졌다. 신인형이 어색함을 깼다.

"아시는 분은 아시겠지만, 이번 봉기만 아니었으면 총사령님은 원래 이달 17일에 여수에다 신방을 차리려고 했습니다. 2주 정도 늦어졌지만 여기 이 백운산에 차리면 어떻겠습니까. 어쩌면 더 근사할 수도 있습니다."

박종호가 덩달아 신을 냈다.

"두 분 계실 곳은, 토굴집이라면 새로 지어도 금세 짓지만, 뭐 그럴 것도 없습니다. 여기 막사가 다섯 채나 있습니다. 보기엔 저래 보여도 그동안 보수 공사도 여러 번 해서 제법 단단합니다. 그중 제일 작은 건 그냥 창고로 쓰고 있습니다. 몇 시간이면 깨끗하게 손질할 수 있습니다. 그걸 쓰시죠."

이기주가 기뻐했다.

"아 그래요? 잘됐습니다. 그 집 손질은 저희가 하겠습니다. 어차피 지금부턴 저희도 임시로라도 막사를 여러 채 지어야 하니까요."

"인원이 천명이나 되니 시간 좀 걸리겠습니다. 아, 하긴 열 명씩 조를 지어 자기들 초막을 지으라고 하면 금세들 지을 겁니다. 요령은 다 알려드리겠습니다."

김지회가 쑥스러워했다.

"허 이거 참, 유격부대 안에 살림집을 차리게 됐으니 여러모로 송구할 따름입니다. 행여라도 기강 유지에 방해되는 일이 없도록 각별히 조심하겠습니다."

이기주가 농담했다.

"아냐 아냐, 우리 군기가 지금 지나치게 세니 두 분이 좀 보드랍게 만들어 주시게. 흐흐"

신인형이 따라 웃으며 경진에게 말을 걸었다.

"다리는 좀 어떠세요?"

"이젠 거의 다 났어요."

"목도 괜찮으세요?"

"거긴 진작에 아물었고요."

"에고 다행입니다. 낭군님 곁에 계시겠다고 정말 별 고생 다 하면서 여기까지 오셨습니다. 오늘 밤부턴 편히 쉬실 수 있겠습니다."

2

 지창준 지대까지 포함하여 총 1천여 명 대식구가 된 김지회 부대는 11월 1일부터 구례 야산대로부터 단기 게릴라 훈련을 받기로 했다. 이제 정규군이 게릴라로 변신하는 본격적인 과정이 시작되는 것이었다.
 그날 아침 김지회는 지대장들을 불러 훈련 개시 전에 대원들에게 일러둘 말이 있으니 전원 백운사에 집합시키라고 했다. 훈시나 조례 같은 걸 좋아하지 않는 김지회가 웬일인가 싶은지 지대장들은 다소 긴장하는 기색을 보였다.
 임시본부로 쓰는 백운사의 앞마당이 그리 넓지 않아 대원들은 대웅전의 왼편과 오른편 마당으로도 서로 어깨를 밀착하고 빽빽이 섰다. 거기에도 끼지 못한 상당수 병사는 경내 바깥 계곡 밑으로까지 내려가 고개를 빼꼼히 들고 서 있었다.
 김지회가 대웅전 현판 아래 섰다. 가을 하늘이 시퍼렜다. 구름 한 점 없었다. 아침 햇빛을 받은 그의 얼굴은 밝고 힘찬 기운을 발산했다.
 "10월 19일부터 오늘까지 정확히 2주가 흘렀다. 그동안 여러분은 평소엔 상상도 못 했던 일들을 무수히 겪었을 것이다. 2주가 아니라 2년이나 20년 같았을지도 모른다. 하지만, 아직 끝나지 않았다. 우리가 왜 봉기했는가? 우린 조선 사람의 아들로서 조선 동포를 학살하라는 이승만 정부의 명령을 결코 받아들일 수 없기 때문이었다. 우리는 우리의 사명이 우리 국토를 외세로부터 지키고, 우리 인민의 권리와 복리를 위해 생명을 바치는 것이라는 걸 잘 알고 있다. 그렇지 않은가?"

"예~~" 천여 명 청년의 함성이 백운산을 흔들었다.

"그런데 이 정부는 여기저기서 우리 인민을 학살하고 있다. 동족상잔을 부추기고 있다. 미군도 뒤에서 나쁜 영향력을 행사하고 있다. 우린 이 정부가 정신 차릴 때까지 저항하지 않을 수 없다. 지금 산 아래에선 우리와 뜻을 같이할 장병들이 하나둘씩 모이고 있다. 특정 연대나 중대 차원에서만이 아니다. 심지어 여단급에서의 움직임도 있다. 여수와 순천에서 우리가 직접 봤듯이 우리에 대한 인민대중의 지지도 뜨겁다. 우린 이 모든 애국애족 세력들과 힘을 합해 이 정부가 각성하여 사과하고 제대로 된 민주 정부로 거듭날 때까지 싸울 것이다. 당장은 유격전이다. 적어도 1~2년은 게릴라 부대로 맞서자. 우리가 그렇게 싸우는 동안 도시에서는 우리의 동지들이 점점 더 큰 세력으로 규합돼 갈 것이다. 그리하여 때가 되면 우리가 그들과 함께, 그리고 우리 인민대중과 함께 누구도 맞설 수 없는 거대한 민주 세력으로 성장하여 전국 방방곡곡에서 다 같이 만세를 부를 날이 올 것이다. 그날이 우리의 진정한 광복절이다. 우리가 진정한 독립 국가를 이루는 날이다. 우리의 목숨은 저 푸른 하늘에 맡기고, 그날이 올 때까지 우리는 그저 힘없고 가난한 우리 조선 동포를 위해 묵묵히 전진해 가자!"

 김지회의 뒤에 서 있던 홍순혁이 팔뚝으로 눈물을 쓱 훔치곤 "가자~"라고 소리 지르며 주먹 쥔 두 팔을 올려 마구 흔들었다. 이내 누가 먼저랄 것도 없이 모든 병사가 그를 따라 외치며 환호했다. "가자~ 가자~ 가자~"

 병사들 가운데 섞여 김지회의 연설을 듣던 경진은 감격에 겨웠는지, 아버지가 보고 싶어졌는지, 흐르는 눈물을 연신 훔쳐내며 어깨를 들썩거렸다. 김지회가 그런 경진을 지긋이 내려다보며 말을 이어갔다.

 "오늘부터 게릴라 훈련이 시작된다. 고될 것이다. 그러나 여러분은 능히 해낼 수 있다. 동포를 위해 봉기한 의병들이지 않은가. 긍지와 자부심으로 이겨내자."

 박수와 환호 소리가 다시 백운산 골짜기를 메웠다. 김지회는 이어 유격 훈련의 총지휘를 맡아 주기로 한 박종호를 대원들에게 소개했다. 그는 모든 것에 앞서 게릴라가 반드시 지켜야 할 네 가지 사항을 먼저 얘기하겠다고 했다.

 비상시가 아닌 한 능선을 타서는 안 된다는 것이 첫째였다. 적의 눈에 쉽게 포착되기 때문이라고 했다. 게릴라가 다니는 길은 능선에서 3보 밑 사면이어야 한다고 강조했다. 두 번째는 집단 이동 시엔 앞 대원과 4보 간격을 두고 일렬종대를 유지하라는 것이었다. 그래야 적의 공격을 받아도 손실을 최소화할 수 있다고 했다. 세 번째는 불을 피워야 할 땐 불빛과 연기가 보이지 않게 하라는 것이었다. 연기 안 나게 불 피우는 법과 불꽃 가리는 법 등은 무수히 많으니 차차 가르쳐 주겠다고 했다. 마지막은 소리를 내지 말고 살라는 것이었다. 조용한 산속에선 인간이 내는 어떤 소리도 5리, 10리까지도 퍼진다고 했다. 걸을 때도, 말할 때도, 먹을 때도, 쌀 때도, 재채기할 때도, 심지어는 적을 죽일 때도, 뭐든 언제나 조용히 하라고 했다.

대원들이 진지한 눈빛으로 얘기를 듣자, 신이 난 박종호는 자기가 구사했었다는 유격 전술 몇 가지를 장황하게 설명했다. 예정에도 없던 그의 전술론 강의, 아니 무용담은 한 시간이 넘도록 계속됐다. 대원들이 10개 조로 나뉘어 본격적인 훈련에 들어갔을 때 해는 이미 중천에 걸려 있었다.

3

구례 야산대의 교육 내용은 기대 이상으로 알찼다. 박종호를 비롯한 교관들의 태도나 교수법도 훌륭했다. 김지회를 포함한 간부들도 첫날과 이튿날 연속 빡빡한 훈련에 참여했다. 경진도 함께했다.

사흘째인 11월 3일에는 원래 일정엔 없었던 실전 훈련이 시행됐다. 전날 저녁 구례의 한 정보원으로부터 국군 12연대 소속의 2개 중대 병력이 간전면 간문리에 임시 막사를 치고 들어앉았다는 보고를 받은 김지회는 다음 날 새벽에 기습 공격을 한다는 과감한 결정을 내렸고, 홍순혁은 좀 이르긴 해도 기습을 대원들의 첫 번째 실전 훈련으로 삼자고 했다.

대원들은 봉기 후 처음으로 토벌군을 선제공격하러 가는 이날을 흥분으로 맞았다. 03시 30분, 사방은 어둠에 묻혀 있었다. 지대장들의 제비뽑기로 이 거사의 주역을 맡게 된 제1 지대와 제3 지대 400여 명 대원의 안광이 새벽어둠 속에서 야수의 그것처럼 빛났다. 게릴라 부대로서의 첫 출전이니만큼 총사령과 부사령들도 같이 가기로 했다. 다만, 이기주만은 만일의 사태를 대비하여 산채에 남기로 했다.

안개 낀 국사봉 계곡을 내려가 간문리에 도착했을 때 김지회의 시계는 정확히 07시 반을 가리키고 있었다. 섬진강 변에 펼쳐진 적진을 살펴보니 토벌군은 강 건너편 지리산 쪽을 경계할 수 있도록 북향 대형을 취하고 있었다. 예상이 맞았다. 그들은 봉기군이 며칠 전에 섬진강을 건너 백운산으로 들어와 있다는 사실을 아직도 모르고 있었던 것이다.

이제 막 아침 식사가 끝났는지 토벌군 병사들은 흐트러진 자세로 이리저리 부산하게 움직이고 있었다. 김지회는 지체하지 않고 공격 명령을 내렸다. 대원들이 쏜살같이 달려가 간문국민학교 뒤편의 간문천을 넘었다. 이어 바로 적들의 코앞에까지 진격해 들어가 M1 소총을 난사했다. 허를 찔린 토벌군은 혼비백산했다.

순식간이었다. 지휘체계가 작동할 틈도 없었다. 2~3분 만에 토벌대는 뿔뿔이 흩어졌다. 일부는 금정리 마을로, 일부는 계족산으로, 그리고 일부는 무작정 섬진강을 향해 달아났다. 봉기군의 첫 번째 게릴라전은 그렇게 완승으로 끝났다.

포로로 잡은 토벌군만 90명이 넘었다. 박격포, 중기관총, M1 소총 등의 각종 무기와 탄약, 피복, 식량 등의 전리품도 많았다. 김지회는 포로들에게 전리품들을 지게 했다. 백운산 정상에 가까운 도솔봉 중턱까지 올랐을 때 김지회는 그들에게 짐을 내리라고 했다. 풀어줄 터이니 이제 내려가선 악행을 일삼는 이승만 정부의 군대는 그만두고 고향으로 돌아가 부모형제와 인민을 위해 살라고 당부했다. 그리고, 여비에 보태쓰라며 100원씩을 주었다. 죽을 줄로만 알았던 포로들은 돈까지 주며 풀어주니 그저 감격할 뿐이었다. 그 가운데 7명은 봉기군에 합류하겠다며 남았다.

실전훈련은 다음날과 그 이튿날까지 계속됐다. 그냥 지나칠 수 없는 고급 정보가 3일 저녁에 다시 들어왔기 때문이었다. 간문리 기습 사건에 놀란 북지구 사령관 원용덕 대령이 남원에서 예하 부대 지휘관 회의를 소집했으며, 이에 구례에 있던 12연대 연대장 백인걸 중령이 4일 13시경 호위 대원 십여 명만을 데리고 남원으로 떠난다는 것이었다.

이번 제비뽑기의 승자는 제2 지대 송관영 지대장이었다. 김지회는 환호하는 2지대 병사들과 함께 또다시 산을 내려갔다. 부사령으로는 홍순혁만이 동행했다. 4일 미명에 구례읍 북단에 도착한 김지회는 병사들을 5개 조로 나누어 구례읍에서 남원읍으로 가는 주요 길목마다 한 조씩 배치했다.

백인걸 중령 일행은 산동면 이평리의 고갯길을 지키던 매복조에 걸렸다. 불시에 고갯마루 양옆에서 소대 병력 규모의 게릴라가 나타나 중기관총까지 동원하여 일제히 사격을 가하자, 지프 1대와 트럭 2대로 느릿느릿 고개를 넘던 군인들은 제대로 응사도 해보지 못하고 궤멸했다. 재빨리 대밭으로 도망간 3명 외에는 전원이 사살되거나 사로잡혔다. 놓친 3명 중에 백인걸이 포함됐다는 게 애석했지만 그래도 대원들은 또 다른 전과를 올렸다는 기쁨에 환호했다.

승리의 기쁨은 다음날에도 찾아왔다. 김지회의 빠르고 정확한 판단 덕이었다. 그는 전날 해질녘까지 백인걸 등이 숨어 들어간 대나무밭을 뒤진 끝에 거기서 그들이 갈 곳은 천마산밖에 없음을 확인했고, 그렇다면 그들은 오랜 시간을 헤맬 것이므로 내일이면 연대장을 찾기 위한 12연대의 수색 작업이 개시되리라고 판단했다. 그리곤 즉각 백운산에 전령을 보내 전 대원 출동 명령을 내렸다.

5일 아침, 산에 있던 지대원 800명이 중무장으로 내려왔다. 대원들의 눈빛은 하나같이 전의로 이글거렸다. 김지회는 그들을 기존 5개 매복조에 추가 투입했다. 15시가 가까워졌을 때, 어제의 이평리

고갯마루에 서 있던 김지회는 멀리에서 국군 트럭 수십 대가 먼지를 뽀얗게 내며 몰려오는 걸 봤다. 대규모 수색대가 백인걸의 행로를 그대로 따라오고 있는 것이었다.

급히 길가로 벗어나며 홍순혁에게 병력 이동 명령을 내리려던 찰나 고갯길 초입을 500~600미터가량 남겨둔 지점에서 트럭들이 멈춰 섰다. 군인들이 하차하여 대오를 갖췄다. 거기서부터 도보 수색을 하려는 듯했다. 김지회의 망원경에 12연대 2대대장 김희주 대위의 얼굴이 희미하게 잡혔다. 800명 가까운 대대원 전원을 데리고 출동한 모양이었다.

김지회는 즉시 다른 곳에 매복한 4개 조를 모두 불러들이라고 명령했다. 그는 자신 있었다. 우리 인원이 더 많다. 게다가 우리 병사들의 사기는 최고조에 달해 있다. 지형도 우리 쪽에 훨씬 유리하다. 우리가 이긴다!

그는 수십 문의 박격포와 중기관총을 평야가 내려다보이는 고갯마루 부근에 도열해 놓고 수백 명의 소총수를 요소마다 고루 배치한 후 토벌군 수색대가 사정권 안에 들어오기를 기다렸다. 10여 분 후, 드디어 그들이 들어오기 시작했다. 먼저 박격포들이 일제히 불을 뿜었다. 수색대의 대오가 한 순간에 무너졌다. 그럼에도 토벌군은 떼를 지어 고갯길을 오르기 시작했다. 이번엔 중기관총 차례였다. 엄청난 총성과 함께 곳곳에서 총알이 쏟아지자 그들은 다시 사방으로 흩어졌다. 도망가는 개별 군인들을 하나씩 잡는 건 소총수들의 몫이었다.

　김희주가 퇴각 명령을 내린 듯했다. 고갯길 아래쪽의 병사들이 몸을 돌려 달아나기 시작했다. 그것을 본 위쪽의 군인들도 급히 따라갔다. 고갯마루에 올랐거나 이미 내리막길로 접어든 자들만이 상황 파악을 못 하고 우왕좌왕했다. 봉기군은 김지회의 명령에 따라 일사불란하게 움직였다. 멀리 트럭 쪽을 향해서는 박격포가 날아갔고, 무리 지어 뛰어가는 군인들에겐 중기관총이 연사됐으며, 혼자가 되어 헤매고 있는 군인들에겐 소총수들이 따라붙었다.

　대승이었다. 봉기군 3명이 전사했지만, 토벌군은 40여 명이 죽었고 50여 명이 부상했으며 100명 가까이가 포로로 잡혔다. 수십 문의 중화기, 수백 정의 M1 소총, 수십만 발의 탄약 등도 획득했다. 불태워 버린 국군 트럭도 12대나 됐다.

4

　11월 7일, 산에서 경진과 맞는 두 번째 일요일이었다. 아침을 먹고 방에 앉아 있자니 근질거렸다. 놀고 싶다는 몸의 신호였다. 일요일이면 광주에서 늘 그녀와 나다녔던 탓이리라. 더구나 수, 목, 금 3일을 계속 싸웠으니, 그것도 내리 승리했으니 오늘쯤은 좀 놀아줘도 되는 게 아닌가 하는 생각도 들었다.

애마도 타고 싶었다. 고맙게도 신인형은 스리쿼터에 그놈까지 싣고 왔다지 않는가. 그놈이 지금 산 밑에서 주인을 기다리고 있다. 어디든 좋으니 경진과 그놈을 타고 자유롭게 달려보고 싶었다. 그러면, 말은 안 하지만, 급격한 삶의 변화에 마음고생하고 있을 경진에게도 상당한 위로가 될 것이다.

시기도 적당했다. 어제 아침 이후 지금까지 들어온 정보에 의하면 토벌군은 크게 위축돼 있다. 구례 외곽 지역에선 그제 저녁부터 토벌군의 그림자도 보이지 않는다고 한다. 하긴 구례 동남쪽 간문리와 서북쪽 이평리에서 사흘에 걸쳐 그 큰 피해를 봤으니 그럴 만도 하다. 아마도 천여 명의 반란군이 무수한 민간 좌익분자들과 함께 구례읍을 빙 둘러 포위하고 있다는 두려움에 싸여있을 거다. 그렇다면 적어도 며칠 간은 구례읍만 빼곤 근방이 모두 안전지대다. 언제 이런 때가 또 오겠는가.

김지회는 경진에게 애마를 타고 나들이 나가자고 했다. 혹시 펄쩍 뛰며 걱정하면 어쩌나 했는데 역시 그녀는 천진난만했다. 펄쩍 뛰긴 했지만, 기뻐서였다. 그녀의 해맑은 웃음이 보기 좋았다.

11월 1일부로 총사령의 부관으로 임명된 신인형이 이런 것도 자기 일이라며 스리쿼터가 있는 옥룡면 산 밑까지 같이 내려가 주었다. 그 덕분에 오토바이도 차에서 쉽게 내릴 수 있었다. 그는 다른 사람들에겐 근방에 소풍 정도 가신 걸로 해둘 테니 저녁 전에만 돌아오시면 될 거라고 했다.

옥룡북국민학교까지는 전날 내린 가을비로 길이 질척거렸지만 거기서부터 봉강면을 거쳐 간전면으로 이어지는 길은 나쁘지 않았다. 애마를 빨리 몰 때면 느끼는 날아갈 듯한 자유로움과 상쾌함을 충분히 즐길 수 있었다. 뒤에 바싹 붙어 앉아 등에 얼굴을 기대고 양손으로 자신을 끌어안은 경진의 온기도 따듯하고 좋았다.

지회는 혹시 경진이 춥거나 무섭진 않을까, 하여 오토바이를 잠시 멈춰 세웠다.

"괜찮아? 너무 빨라?"

"아니요, 아주 신나요! 양팔을 이렇게 비행기 날개처럼 벌리면 꼭 날아갈 것 같아요. 나도 내 애마가 있으면 좋겠어. 둘이 나란히 달리면 얼마나 멋질까요."

"그래! 나중에 니 것도 한 마리 구하자. 아무튼 넌 참 귀여운 애야. 하하."

한 시간 반 만에 도착한 간문리의 날씨는 어찌나 따사롭던지 마치 봄날 같았다. 며칠 전 토벌군과 전투를 벌였던 곳은 피하고 싶어 간문천 동편 길로 해서 섬진강 변으로 나갔다. 강물에 반사된 정오의 햇빛에 눈이 부셨다. 섬진강 넘어 드넓은 평야와 좌우로 길게 펼쳐진 지리산의 모습이 장엄하게 보였다.

담배를 한 대 꺼내 물었다. 얼마 전까지 머물렀던 문수골 쪽을 바라보다 그때 그리도 그리워하던 경진이 지금 곁에 있다는 사실에 새삼 가슴이 벅찼다. 불을 붙여 깊이 한 모금 빨아들였다.

경진이 참으로 사랑스러워 보였다. 고개를 숙여 그녀의 목 언저리에 얼굴을 갖다 댔다. 강물과 바람, 그녀의 목과 가슴, 그리고 구례 땅과 지리산에서 나는 냄새 등이 섞여 깊은 향을 만들어 냈다. 기분이 묘해졌다. 그녀의 목에 입을 맞췄다. 그녀가 몸을 움츠렸다. 그 모습이 너무나 앙증맞고 귀여워 그녀를 꼭 껴안아 주었다.

김지회의 품에 안겨 아기처럼 쌕쌕거리던 그녀가 잠깐 거친 숨을 몰아쉬더니 급기야는 흐느끼기 시작했다.

"어? 왜 그래, 경진아."

"난 여보가 전투에 나가면 혼자서 너무 무서워요. 아무것도 할 수가 없어요."

"또 그 얘기야? 걱정할 거 없다니까. 훌륭한 게릴라는 원래 이기는 싸움만 하는 거야. 앞으로도 늘 이길 싸움만 골라서 할 거니까 아무 걱정하지 마."

"진짜요? 그렇지만 어떻게 늘 그럴 수가 있어요. 혹시라도 무슨 일이 생기면 어떡해요. 정말 괜찮아요?"

"그럼. 이건 아주 긴 싸움이 될 거니까 나도 감정 조절을 잘해서 실수하지 않도록 조심하고 또 조심할게. 근데 경진아, 전에 우리 광주에서 다윗 공부할 때 다윗도 게릴라 생활했다는 거 기억나?"

경진이 눈물을 훔치며 물었다.

"게릴라? 그랬었나요? 언제죠?"

"그가 20대 때, 사울 왕을 피해 자기 병사 600명과 블레셋 땅으로 도망가서 시글락인가 하는 곳에서 1년 반 정도 웅거하고 있었잖아. 그게 게릴라 부대지 뭐."

"아, 맞아요. 시글락! 여보는 기억력도 좋아요. 그러네요, 정말. 다윗도 20대 때 게릴라 대장이었네요. 여보랑 똑같아요."

"그때 다윗 심정이 어땠을까? 그 사람도 하루하루가 불안했겠지?"

"그랬겠지요. 오죽했겠어요. 그렇지만 기도하면서 잘 버텨냈을 거예요. 나중엔 결국 왕이 됐잖아요. 우리, 다윗 공부 다시 할까요?"

"좋지. 지금은 어렵지만 좀 안정되면 또 해보자."

"근데 마땅한 교재가 없어서…. 암튼 준비 좀 해볼게요."

5

저녁 식사를 마치고 다음 주 일정을 점검하고 있을 때 박종호가 찾아왔다. 내일 재개하기로 한 게릴라 훈련을 하루 연기하자는 거였다.

"왜요? 오랜만의 훈련이라 병사들 기대가 큰 거 같던데. 무슨 일 있습니까?"

"우리 야산대 대원들이 전장에 나가고 싶어서 안달입니다. 봉기군이 내려가서 연승을 거두고 오니까 자기들도 뭐 좀 해보고 싶은 거죠. 더구나 요즘 토벌군 횡포가 심해지면서 산으로 도망 온 풋내기 대원이 부쩍 늘지 않았습니까. 그 사람들이 유독 그렇게 싸우고 싶어 합니다. 가서 복수라도 한번 해보고 싶은 거죠."

하긴 처음 만났을 땐 40명 정도에 불과하던 야산대 대원 수가 지금은 100명이 넘어간다. 특히 지난 1~2주 동안 급격히 늘어났다. 10월 말에 이승만 정부가 민간 좌익도 반란군이나 마찬가지로 토벌의 대상이라고 규정하면서 일어난 일이었다. 민간의 희생이 늘어나는 게 김지회에겐 점점 큰 부담으로 다가오고 있었다.

"그분들 심정은 이해합니다. 근데, 당장 내일 가시겠다는 겁니까? 아직 총도 잡을 줄 모르는 사람들이 태반일 텐데요. 어디 목표로 정하신 데는 있습니까?"

"사실 어제와 오늘 구례읍에 사람을 보내 정탐을 했습니다. 읍사무소 뒤편 백련천 앞에 1개 중대 병력의 토벌대가 숙영 중이더군요. 인원이나 지형 등을 볼 때 거길 공격하는 게 제일 좋을 듯싶습니다. 전투는 오래된 대원들이 주로 하고 새로 온 사람들은 지원활동만 하게 할 겁니다."

"12연대 주력은 지금 중앙국민학교에 있지 않습니까? 백련천에서 그리 멀지 않은 곳인데, 괜찮을까요?"

"야간 행군으로 새벽 두세 시쯤 도착해서 기습 공격을 하고 바로 빠져나올 겁니다. 길어야 이삼십 분입니다. 연대본부가 움직일 때면 우린 이미 읍에 없을 겁니다. 심려 마십시오. 게릴라 전술의 정도를 지켜 신속 정확하게 처리하고 오겠습니다."

"예. 대장님만 믿겠습니다. 혹시 도와드릴 일이 있으면 뭐든 말씀해 주십시오."

그런데 박종호는 정도를 지키지 못했다. 짧은 시간 내에 달성할 수 있는 목표를 정하고 그걸 이루면 바로 빠져나왔어야 했는데, 토벌군이 예상보다 쉽게 무너지자 과욕을 부렸다. 11월 8일 03시에 공격을 시작한 야산대는 읍내라고 방심하여 철저한 방비책 없이 깊은 잠에 빠져있던 국군 병사들을, 한 마디로, 도륙했다. 수십 명이 즉사하고 수십 명이 총상을 입었다. 야산대원들은 무기도 챙기지 못하고 달아나는 장병들을 악착같이 쫓아가 쏴 죽이거나 찔러 죽였다. 목을 잘라 나무에 걸기도 했다. 그러는 동안 연대본부 병력이 들이닥쳤다.

전세는 역전됐다. 80밀리 박격포까지 쏴대며 토벌군이 몰려오자 처음으로 그런 대군을 시내에서 만난 구례 야산대는 중심을 잃고 뿔뿔이 흩어졌다. 전투가 종료된 건 04시가 훨씬 넘어서였다. 물론 천변에서 자고 있던 12연대 병사들은 많이 희생됐지만, 그들을 구하기 위해 출동한 장병들은 단 1명도 다치지 않았다. 반면, 구례 야산대는 근 20명이 죽었고 30여 명이 포로 신세가 됐다. 대다수가 신입 대원인 실종자도 20명에 달했다. 박종호 부대는 정오 무렵에야 본부로 돌아왔다. 고작 30여 명이었다. 떠날 땐 100여 명이었는데….

김지회는 박종호의 보고를 듣곤 백운산을 떠나기로 마음먹었다. 그렇게 많이 포로로 잡혔다면 개중에는 분명 봉기군의 소재와 현황 등을 제공하는 자들이 나올 테고 12연대는 조만간 이곳으로 진격해 올 것이었다. 이 산은 천 명이 넘는 대원들이 정규군의 대대적인 공격을 피해 가며 게릴라전을 펼치기엔 너무 좁다.

바로 간부회의를 소집했다. 지창준 지대만 제외하곤 모두 날이 어두워지는 대로 피아골로 건너가기로 했다. 피아골은 입구에서부터 주 능선까지의 거리가 16킬로미터에 이르는 지리산 최장의 골짜기인 데다 올라갈수록 숲이 울창하고 지형도 험하여 수백 명이 숨어들어도 표 나지 않을 곳이라고 했다. 더구나 가는 길도 비교적 안전하다. 중대천을 따라 백운산을 내려가 섬진강을 건너면 바로 피아골 입구인데 거기까지 거의 산길이니 토벌대와 만날 가능성도 작다.

지창준의 5지대는 향후 전개될 게릴라전을 입체적으로 수행할 수 있도록 박종호의 야산대와 함께 백운산 서쪽의 조계산으로 옮겨 계속 섬진강 남쪽 방면에 남아 있기로 했다. 그때그때의 필요에 따라 본대와 적절히 역할을 분담함으로써 다양한 전략을 유연하게 구사하기로 한 것이다.

늦은 점심 식사를 마치고 이동 준비를 하는데 구례에서 새 정보가 들어왔다. 김백국에 관한 것이었다. 그가 11월 6일부로 호남전투사령부의 실질적인 총사령관이 됐으며, 지난 새벽 야산대를 박살 낸 토벌군의 지휘관도 바로 그였다고 했다. 그는 간문리와 이평리 피습 사건의 전모를 파악하기 위해 그 전날 저녁부터 구례에 와 있다가 당일 새벽 야산대의 출현 보고를 받고 직접 대대 병력을 이끌고 백련천으로 진군했다고 했다. 가장 놀라운 정보는, 그가 지금 백운산 공격을 준비하고 있다는 것이었다.

김지회는 18시에 떠나려던 계획을 급히 바꾸어 14시 출발을 명령했다. '전쟁 귀신'이라고 불리는 김백국이라면 벌써 구례를 떠나 이곳을 향하고 있을지도 모를 일이었다.

6

섬진강을 건너 화개장터 입구에 다다르니 18시가 넘어섰다. 어두워져 노출될 염려는 적었지만, 강바람이 차가워 대원들 젖은 몸에 감기라도 들러붙을까 걱정됐다. 특히 힘들다는 소리 한번 안 하고 행군을 버텨낸 경진이 한기에 질까봐 마음이 졸였다. 그래도 더 가야 했다. 체온 떨어지는 걸 막으려고 김지회는 구보 강행군을 명령했다. 경진도 숨을 헐떡이며 열심히 뛰었다. 그 덕에 화개장터에서 외곡리 피아골 입구를 거쳐 불을 피워도 될 만한 초입 계곡까지 불과 40여 분 만에 갈 수 있었다.

저녁은 계곡 가의 어느 집성촌에서 사 먹기로 했다. 몇 집에 나름 큰돈을 주고 주먹밥을 부탁했다. 인심 좋은 아낙네들이 주먹밥에 챙겨준 김치는 매콤 새콤한 것이 눈물이 날 정도로 정겨운 맛이었다. 밥을 먹으며 대원들은 지대별로 삼삼오오 흩어져 모닥불에 몸을 녹였다. 주민들은 보리차도 끓여다 주고 말리던 감도 내다 주었다. "좋은 세상 만들겠다고 고생한다."라며 없는 살림에 뭐라도 있으면 갖다주려는 그들의 호의가 따뜻하고 감사했다.

20시 정각에 행군을 재개하여 연곡사를 지나 직전마을에 닿으니 22시가 조금 넘었다. 보름이 가까웠는지 달빛이 좋았다. 입구부터 여기까지 피아골 오르막길 25리를 단 두 시간여 만에, 그것도 한밤중에 주파한 자신들이 스스로 자랑스러운지 먼저 도착한 1지대원들은 뿌듯한 얼굴로 아래쪽 굽잇길을 내려다보았다. 나머지 대원들이 긴 줄을 지어 올라오고 있었다.

침묵 속 휴식 후 다시 길을 나섰다. 이제부터는 훨씬 더 험하고 가팔라질 거라고 하더니 과연 그랬다. 특히 곳곳에 깔린 너덜 지대를 지날 때면 언제 어디서 돌덩이들이 쏟아 내릴지 몰라 바싹 긴장한 채 걸어야 했다. 집채만 한 바위도 워낙 많아 그것들을 돌아가려니 기력 손실도 심했다. 올라갈수록 기온이 급속히 떨어져, 서릿발 깔린 구간이 자주 나타나 넘어지는 대원도 많았다.

김지회마저 기진해질 무렵이었다. 앞서가던 4지대의 정락훈 지대장이 "다 왔다~"라고 소리 질렀다. 0시 30분경이었다. 직전마을에서 10여 리 위쪽, 주 능선까지는 5리를 남겨둔 지점이었다. 위아래는 경사가 심한 비탈이었지만 묘하게도 그곳만은 일부러 깎아낸 듯, 작은 들판처럼 보일 만큼 평탄한 땅이 펼쳐져 있었다. 아까보다 더 크고 밝아진 달 덕분에 그 순한 땅이 더없이 평화로워 보였다.

지회는 4개 지대 모두가 적절한 야영 자리를 잡는 걸 확인하고 나서야 경진에게 갔다. 신인형과 짐 정리를 하던 그녀가 활짝 웃으며 맞았다.

"우리도 이제 취침 준비해야죠?"

지회는 경진이 귀엽기도 하면서, 한편으론 애처로웠다.

"취침 준비? 핫하. 오늘은 그냥 땅바닥에서 자는 거야. 아마 무지무지 추울 거야. 그렇지만, 오늘만이야. 내일부턴 초막집이라도, 멋진 우리 집에서 잘 거야. 그러니까 걱정하지 마. 알았지?"

"그럼요. 그렇지만 오늘도 낙엽 침대를 만들어서 옷 잘 껴입고 자면 따뜻하게 잘 수 있어요."

"낙엽 침대?"

"네."

경진은 이미 봐둔 데가 있다며 지회를 숲 가장자리로 데려갔다. 낙엽이 수북이 쌓인 곳이었다. 경진이 먼저 낙엽 한 무더기를 두 손 가득히 퍼냈다. 지회가 다가가 더 큰 더미를 퍼 올렸다. 둘이 그렇게 몇 번을 번갈아 가며 낙엽을 헤치고 퍼내고 정리하니 나름 아늑한 공간이 만들어졌다. 두 사람은 입을 수 있는 옷은 다 껴입고 그 움푹 파인 공간에 쏙 들어가 몸을 밀착시켰다.

"봐요. 따뜻하죠?"

"오 정말 그러네. 아 좋다. 저 별 좀 봐."

"와 지리산 별은 엄청나게 크네요. 살아있는 거 같아요."

두 사람은 한동안 달, 별, 우주, 지구, 시간, 공간, 인간, 그리고 하나님에 대해 생각나는 대로 두서없이 얘기하다 거의 동시에 잠들었다.

아침에 주변을 둘러보니 그들의 잠자리는 아름드리 단풍나무 아래였다. 뻘건 나뭇잎들이 아침 해를 받아 시퍼런 하늘을 배경으로 싱그럽게 빛나고 있었다.

"여보~ 저거 봐요. 어쩜 색깔이 저래요? 그림 같지 않아요?"

"그러게. 와~ 기가 막히다. 누가 몰래 와서 그려놓고 갔나 보네. 잠은 잘 잤어? 춥진 않았어?"

"한 번도 안 깨고 푹 잤어요. 여보는요?"

"난 몇 번 깼는데, 그래도 잘 잔 편이야. 경진이가 잘 잤다니, 기분 좋다. 자, 오늘 하루 또 유쾌하게 시작하자."

그런데 김지회가 접한 그날의 첫 소식은 불쾌한 것이었다. 지대장들이 연이어 이탈자 발생을 보고했는데 무려 48명에 달했다. 지대별로 평균 12명이 달아난 것이다. 김지회의 머릿속이 착잡하고 복잡해졌다.

엊저녁에 외곡리 마을에서 인원 점검을 했을 때는 별 이상이 없었다. 피아골 행군 도중에 탈주병이 나온 것이다. 뭐가 그들을 두렵게 했을까? 진정한 독립 국가를 이루는 날이 조만간 올 테니 마음을 굳게 먹고 동포를 위해 묵묵히 전진하자는 내 말이 설득력이 없었던 걸까? 혹시 남은 병사들 가운데도 상당수가 흔들리고 있는 게 아닐까? 만약 그렇다면 그들을 데리고 어떻게 장기 유격전을 펼칠 수 있겠는가?

성질 같아선, 불쌍한 인민을 위해 목숨을 버리겠다는 각오가 분명하지 않은 병사들은 다 하산하라고 말하고 싶었다. 정예 대원만 남아서 멋지게 한판 싸우다가, 죽을 때가 오면 그저 장렬하게 죽고 싶었다. 하지만, 홍순혁이나 김금수 같은 강경파들이 동의해 줄 리 없었다. 그들은 필경 새 아지트를 비롯한 모든 걸 다 아는 놈들을 그대로 살려 보낼 수는 없다고 할 것이었다.

그래. 하산을 부추길 필요는 없다. 여수부터 여기까지 온 병사들이다. 마음만 먹었으면 그동안도 달아날 기회는 많았다. 기본적으로 의기가 있는 사내들이다. 단지 몇 사람이 심약해졌을 뿐이다. 그렇다면 남은 대원들을 격려하고 고무하고 돌봐줄 일이지, 의심하고 감시하고 내칠 일은 아니지 않는가. 그들에게 다시 희망과 용기를 주자.

오후 회의에서 김지회는 부사령과 지대장들에게 게릴라 훈련은 백운산에서 했던 방식대로 계속하되 11월 말까지는 조직 재편과 월동 준비 작업도 어느 정도 마쳐야 한다고 강조했다. 사실 조직의 재편, 정확히 말하자면 봉기군의 소분 혹은 소집단화는 당장 대원 관리 측면에서도 필요한 일이었지만, 게릴라 부대의 기동성과 민첩성 확보를 위해서도 꼭 단행해야 할 과제였다. 김지회는 어느 정도의 자율성을 갖는, 말하자면 정부군의 연대 격에 해당하는 게릴라 부대의 규모는 2백수십 명이거나 많아야 3백 명가량이 적합하리라고 보았다. 백운산에서 피아골로 건너올 때도 경험했지만, 800명이 1열 종대로 4보 간격을 유지하며 행군하자니 대열의 거리만 해도 무려 2킬로미터에 달해 대원들 간의 원활한 소통이 불가능했다. 대열 중간에서 급사가 발생해도 지휘자들이 제때 파악하고 수습하기 어려운 구조였다. 그렇게 둔하고 무거운 몸으로 게릴라 활동을 제대로 수행할 수는 없는 노릇이었다.

그는 봉기군 전체를 서너 부대로 나누어 각자가 따로 날렵하게 움직이면서도 언제나 밀접하게 협력할 수 있는 체제를 갖추자고 했다. 각 부대는 다시 중대, 소대, 분대 단위로 편제함으로써 각급 지휘관이 자기 대원들을 제대로 돌볼 수 있는 구조를 만들자고 했다.

이 제안의 기본 방향과 원칙에는 모든 간부가 찬성했다. 하지만 구체적인 재편 안에 대해서는 의견이 분분하여 결론을 내기가 쉽지 않았다. 결국, 일단은 원칙만 정하고 구체안은 각자 더 숙고하여 11월 하순에 최종적으로 결정짓기로 했다.

월동 준비는 이영희 부사령의 주도로 진행하기로 했다. 월동에 필요한 물자는 다음 세 가지 방식으로 조달하기로 했다. 첫째는 전통적인 보급 투쟁이다. 가까이는 피아골을 따라 산재한 토지면의 작은 마을들, 조금 멀리는 화개면의 큰 시장과 그 주변 마을들, 그리고 더 멀리는 구례읍까지 진출하되 민간인으로부터 물품을 구입할 때는 반드시 현금이나 차용증서를 주기로 했다.

둘째는 정식 구매다. 의약품이나 군화 등과 같이 주변 마을에서 구하기 어려운 물품은 연곡사 스님의 도움을 받아 쌍계사를 통해 구매하기로 했다. 물론 군자금을 아껴 써야 하므로 이 방식으로 구하는 물건은 최소한에 그칠 수밖에 없겠지만, 그래도 필수품 확보를 위해선 연곡사 거래선을 열어놓는 게 중요했다.

마지막은 자체적인 생산활동이다. 이영희는 쌀이나 보리 등 주곡을 빼곤 지리산 안에서 웬만한 먹거리는 구할 수 있다며 겨울이 오기 전에 그것들을 부지런히 거둬들여 쟁여만 놓으면 월동엔 큰 문제가 없으리라고 호언장담했다. 다만, 시간이 별로 없으니 이 활동은 당장 시작해야 한다고 강조했다.

김지회의 최종 결정으로 생산활동은 다음 날인 11월 10일에 바로 개시하기로 했다. 지대마다 대원들을 2개 조로 나누어 채취 조는 버섯, 하수오, 산사과, 칡뿌리, 개암과 도토리, 그리고 각종 산나물 등을 캐거나 따오게 하였고, 수렵조는 꿩, 토끼, 노루, 산돼지 등을 잡아 되도록 포로 떠서 말려놓도록 했다. 이후 대원들은 땅이 얼어 활동이 어려워진 11월 말까지 전투가 있는 날을 제외하곤 매일 이 고된 작업에 매달려야 했다.

7

　11월 12일 오전에 김지회는 최남구와 김종서에게 지리산 피아골로 들어왔다는 간략한 상황 보고와 함께 다음 단계에 대한 조언을 구하는 편지를 썼다. 최수종을 불러 직접 가서 전해주고 답신을 받아오라고 했다.
　오후에는 본부 막사에 혼자 앉아 식량 걱정을 했다. 겨울을 나기 위해선 아무래도 주곡이 상당 정도 있어야겠고, 그렇다면 위험할지라도 구례읍으로 다시 나가는 수밖엔 없다고 결심을 굳히고 있을 때 적정을 살피러 나갔던 척후병들이 돌아왔다. 그들은 오는 길에 복덩이를 발견했다며 싱글벙글했다.
　아기였다. 갓난것이 포대기에 싸여 산으로 올라왔다. 얼른 다가가 포대기를 살짝 열어 보았다. 쌕쌕거리며 자는 아기의 냄새가 상큼하게 올라왔다. 통통한 뺨에 속눈썹 긴 얼굴이 마치 하늘에서 온 천사 같았다.
　아기 엄마 이름은 이정순이었다. 엄마라고는 하지만 경진이 또래의 소녀였다. 남편은 반란군을 도와줬다는 이유로 마을 청년 여럿과 함께 끌려가 무릎이 꿇려진 채 토벌군의 총에 뒷머리를 맞고 즉사했다고 했다. 자신은 멀리서 그 광경을 바라만 봤을 뿐 무서워서 가까이 가지는 못했다고 말하다 말고 아기 엄마는 그만 서러운 울음을 터트리고 말았다. 어느새 와 있던 경진이 그녀를 따라 울었다.

아, 6일 전인가, 우리가 주먹밥을 시켜 먹었던 마을이다. 그 마을에서 온 아기 엄마다. 우리 때문에 아기가 아빠를 잃은 거다. 착잡한 심경에 죄책감이 들어 어찌할 바를 모르고 있을 때 이정순이 눈물을 닦으며 말했다.

"그래도 우리 아기가 여길 올 수 있게 돼서 다행이에요. 귀찮게 안 할게요. 여기서 우리 아기가 씩씩하게 자랄 수 있게 해주세요. 비록 여자애지만 이 아이가 커서 아빠 원한을 풀어줄 거예요. 저도 시키는 일은 뭐든 다 할게요."

경진이 말했다.

"귀찮다니, 그게 무슨 말씀이세요. 이 예쁜 아기가 정말 우리 모두의 복덩이가 될 거예요. 그렇죠?"

김지회가 답했다.

"그럼요. 하늘이 보내주신 복덩어리가 틀림없습니다. 그러니 이 아기는 우리 부대 전체가 나서서 키울 겁니다. 걱정하지 마십시오."

구례읍 재출격은 그로부터 일주일 후에야 이루어졌다. 그사이 이진방과 송관영은 하동읍에 가서 최남구가 맡겨 놓은 현금 35만 원을 찾아왔다.

김지회가 11월 19일을 거사일로 잡은 데에는 김백국이 18일에 순천에서 열리는 호남방면전투사령부 전체 회의에 참석하기 위해 며칠간 자리를 비운다는 첩보가 결정적이었다. 11월 8일의 백련천 전투 이후 호랑이 같은 김백국 밑에서 열흘 동안이나 바싹 긴장했던 12연대 장병들이 그의 부재가 가져다줄 해방감 속에서 상당히 해이해져 있으리라고 판단한 것이다. 더구나 연대본부가 들어서 있는 구례읍 중앙국민학교에는 현재 2개 중대 400명가량의 병사만이 남아 있다니 화력 자체가 그리 세지도 않을 것이었다.

  지리산에선 이번에도 2개 지대만 내려가기로 했다. 지대장들의 제비뽑기에서 승자가 된 정락훈의 4지대와 김금수의 1지대였다. 하지만, 구례에서 합류하기로 한 백운산의 지창준 지대까지 치면 총 3개 지대 병력, 570여 명이었다.

  02시 30분에 화엄사를 통과한 2개 지대 370여 명 유격대원은 04시 30분경에 서시천을 건넜다. 줄곧 그들을 따라왔던 암흑과 적막은 구례읍까지 쭉 이어져 있었다. 두 지대는 거기서 헤어졌다. 정락훈 지대는 김지회와 함께 시내 쪽으로 달렸고, 김금수 지대는 홍순혁과 함께 중앙국민학교로 향했다.

  정락훈 지대의 주 임무는 보급 투쟁이었다. 쌀과 보리는 물론 옥수수, 감자, 고구마 등의 여타 끼닛거리를 되는대로 많이 확보하기로 했다. 김금수 지대는 그사이 지창준 지대와 12연대 본부를 협공하여 무기와 포로를 최대한 획득하기로 했다.

아무런 희생 없이 경찰서부터 장악한 정락훈 지대는 세 시간여에 걸쳐 보급품을 마음껏 챙길 수 있었다. 주로 군이나 관의 창고를 뒤져 징발했는데 그 과정에서 어떠한 저항도 받지 않았다. 이른 시간에 반강제적으로 문을 열게 된 상점 주인들은 심사가 불편했을 텐데도 대개 싼 값에 물건을 내주곤 했다. 인민을 위해 일하는 분들에게 이익을 많이 남길 순 없다는 것이었다.

김지회는 신인형과 함께 다니며 종이와 필기구, 등사기 등도 사 들였다. 문방구와 사무용품까지 살 여유가 생긴 것이다. 심지어는 서점에 들러 소설도 몇 권 샀다. 성경이 눈에 띄길래 경진을 생각하며 그것도 한 권 집어넣었다. 오랜만에 정신적 풍요로움을 느꼈다.

한데, 김금수와 지창순 지대에 문제가 생긴 듯했다. 09시 30분에 화엄사골 입구인 마산면 청천국민학교 앞에서 만나 함께 피아골로 가기로 했는데 10시가 넘도록 오질 않았다. 그들이 나타난 건 11시경이었다. 패잔병의 모습이었다.

급히 점검해 보니 지창준 지대와 김금수 지대를 합해 150명가량이 부족했다. 사상자와 포로로 잡힌 자가 반 정도일 거고, 나머지 반은 전투 중 대오를 벗어나 도망친 것 같다는 게 두 지대장의 공통 의견이었다. 또 그 많은 이탈자가 발생하다니! 김지회는 속이 쓰라렸다. 아무런 말도 하고 싶지 않았다.

추격대가 올지도 모른다는 불안감에 나르기 어려운 짐은 교사 뒤편 한쪽에 비장해 놓고 서둘러 산으로 올라갔다. 한동안은 침묵의 행군이었다. 화엄사를 지나 노고단 길로 들어서자 홍순혁이 김지회 옆으로 다가와 입을 열었다.

"우리가 학교 앞에 도착해 보니까 05시도 안 됐는데 벌써 육탄전이 벌어졌더라고. 지창준 저 새끼가 너무 서둔 거야. 물론 정보 탓도 있었지만…."

"정보에 무슨 문제가 있었어?"

"본부 잔류 병력이 2개 중대가 아니었어. 대충 봐도 2개 대대는 되겠더라고."

"뭐? 이런 씨…. 아니, 그럼 오히려 멀찌감치 떨어졌어야지 어쩌자고 바로 육탄전으로 돌입해?"

"처음엔 그걸 몰랐던 거지. 2개 중대면 400명도 안 되고, 그나마도 군기들 빠져서 널브러져 있을 걸로 생각했대. 그래서, 우리도 곧 오고 할 거니까, 눈에 보이는 놈들을 일단 약 좀 올려봤는데, 아 글쎄 이놈들이 거칠게 덤비더라는 거야."

"그래서 혼 좀 내주다 보니까 12연대 애들은 숫자가 끝도 없이 늘어나고, 어딘지도 모르는 곳에서 총알이 막 날아오고, 중기관총과 80밀리 박격포가 등장하고, 급기야는 장갑차까지 부릉거리고, 뭐 그랬다는 거지?"

"그렇지. 말하자면…."

"정보가 잘못된 것도 문제고, 지창준 성격 급한 것도 문제지만, 제일 큰 문제는 이탈자들이 또 무더기로 나왔다는 거야. 정말 어찌

해야 할지 모르겠다. 아니 왜 자꾸 이런 일이 벌어지지?"

"나쁘게만 생각하지 말자. 겁많은 약골들은 그렇게 없어져 주는 게 좋아. 자꾸 그러다 보면 나중엔 정말 강하고 센 애들만 남을 거 아니냐. 일은 결국 그런 애들과 해야지, 안 그래?"

안 좋은 일이 있으면 머잖아 좋은 일도 생기는 법이라고 어제 경진이 말해줬는데 정말 그런 것 같았다. 이른 저녁을 먹고 곯아떨어져 아침까지 자고 일어났더니 최수종이 박말석이라는 청년과 함께 본부 막사에서 기다리고 있었다. 그 청년은, 어디서 본 듯도 한데, 자신을 김종서의 개인 비서라고 소개했다.

최수종은 먼저 김종서의 서신을 내밀었다. 19일 자, 바로 어제 쓴 편지였다. 김지회는 그의 필체만 보고도 가슴이 설렜다.

김종서는 최남구 중령이 지금 자기와 같이 있다는 얘기부터 썼다. 봉기군과 내통했다는 혐의로 붙들려 가 한동안 고생하다가 간신히 풀려났는데 지난주에 4여단 참모장으로 부임해 왔다는 것이었다.

다음은 김창복이 자신을 좌익분자로 엮어 넣으려고 별 수를 다 동원하고 있다는 얘기였다. 실세인 임상헌의 측근에게서 나온 것이니만큼 필경 정확한 정보일 터이나 섣불리 움직일 수는 없으니 상황을 지켜보다 영 불리하다 싶으면 어디론가 피신할 수도 있겠다고 했다. 그러니 앞으론 연락할 일이 있으면 박말석의 부친이 운영하는 수원의 화성사진관으로 사람을 보내거나 편지를 하라는 말을 덧붙였다. 안타까워 가슴이 조여오는 듯했다.

그런데 그 와중에 봉기군의 월동 걱정까지 해주었다. 급한 마음에 보급 투쟁을 거칠게 하다 보면 민심을 잃을 수 있고, 그리되면 유격대 활동이 더 어려워질 테니 월동 물자는 될 수 있는 대로 현찰을 주고 구매하라고 했다. 그러면서 준비해 뒀던 군자금 1백만 원을 1백 원권으로 보내니 당분간 요긴하게 쓰라고 했다.

한 달 전에 최남구를 통해 보낸 돈도 아직 남아 있는데 또 이런 거금을⋯. 김지회는 송구해서 얼굴이 뜨거워졌다. 1백만 원이면 쌀 4백 가마니 가격이다. 1천 명의 대원들을 1백일 동안 먹일 수 있는 돈이다. 그의 부친이 아무리 부자라 할지라도 이런 큰돈을 쉽게 내놓았을 리는 없다.

김지회가 편지를 읽다 말고 "아니 어떻게 이런 큰돈을 또 보내셨지?"라고 놀란 얼굴로 묻자, 괜스레 멋쩍었는지 최수종이 숫기 없는 말투로 어색한 농담을 했다.

"사령관님, 전 평생 처음으로 돈을 버리고 싶다는 생각을 해봤습니다. 이걸 좀 들어보십시오. 제가 메고 온 돈가방입니다. 족히 5킬로그램은 될 겁니다. 오는 길에 자꾸 무거워져서 나중엔 정말 버리고 싶더군요. 흐흐. 저 박말석 군이 메고 있는 돈 보따리는 더 무겁습니다."

"안 버리고 오느라고 고생들 했어. 나 이거 마저 읽고, 아침 식사 같이하자."

　김종서의 다음 얘기는 병력 증강에 힘쓰라는 것이었다. 그는 얼마 전에 대구 6연대 소속의 200여 병사들이 봉기했다는 소식을 알려주며 경상도와 전라도의 향토 연대엔 봉기에 동의하는 병사들이 많으니, 이들을 어떻게 모아갈지 꾸준히 고민해 보자고 했다. 특히, 호남전투사령부에 차출되어 원용득과 김백국의 지휘하에 있는 대구 6연대, 마산 15연대, 군산 12연대, 전주 3연대, 광주 4연대의 병사 중에 그런 병사들이 상당히 많다는 데 유념하여 그들을 어떻게 포섭할지 구체적으로 궁리해 볼 필요가 있음을 강조했다. 이 대목에서 김지회는 토벌대 병사들을 적이나 남으로만 보고 미처 포섭의 대상으로는 생각하지 못했던 자신의 속 좁음을 꾸짖었다. 김종서는 확실히 세상을 넓게, 그리고 길게 보는 사람이었다.

　김종서는 한동안 잊었던 김원봉의 존재도 기억 속에서 끄집어내 주었다. 김원봉은 48년 4월 남북 연석회의 때 김구, 김규식, 조소원 등과 함께 남측 대표로 평양에 갔다가 그대로 북조선에 주저앉았다. 몽양이 암살당한 후 온갖 위협 속에서도 좌우합작운동을 어떻게든 이어가고자 했던 그도 더는 버티기가 어려웠기 때문이었으리라. 북에서 그는 환영받는 인물이었다. 48년 9월 조선민주주의인민공화국이 수립될 때 내각 국가검열상이 되었다. 그런 그가 김종서를 통해 김지회에게 말을 걸어온 것이다.

　김종서는 며칠 전에 인편으로 그의 밀서를 받았는데, 그는 김지회에게 전해달라며 세 가지를 특히 강조했다고 했다. 첫째는 북쪽에도 남도 인공 구상에 호응할 수 있는 만만찮은 세력이 있으니 힘을 내라는 것, 둘째는, 비록 서두른 감은 있지만, 기왕 거사를 일으켰으니 유격전은 반드시 장기로 끌고 가야 하는데 그러기 위해선 무엇보다 병력을 늘리는 게 중요하다는 것, 그리고 마지막은 이르면 내년 5월, 늦어도 9월경에는 자기들 쪽에서 상당한 병력과 무기를 소백산맥 경로를 통해 보내줄 수 있을 터이니 지리산 주변 적절한 곳에 자급자족이 가능한 해방구를 만들어 볼 생각을 지금부터 해보자는 것이었다고 했다. 아마도 김원봉은 민족보위성 부상 겸 인민군 포병 사령관인 무정 장군과 이미 남도 인공 사업에 관해 꽤 깊은 논의를 한 것 같다는 게 김종서의 첨언이었다.

김지회는 김종서의 편지를 읽고 고무되었다. 해야 하고 해볼 만한 일을 한다는 자긍심과 자신감이 오랜만에 들었다. 우선 병력 증강에 힘쓰자고 다짐했다. 김종서나 김원봉의 말이 지당하다고 여겨졌다.

그래, 결국은 사람이다. 뜻이 같은 사람들을 모아야 한다. 최대한 많이!

8

 미뤄두었던 조직 재편을 11월 하순엔 단행하기로 했었지만, 김지회는 그걸 또 연기했다. 대신 토벌군 재공격 준비에 총력을 집중하기로 했다. 이번 작전의 주목표는 국군 병사 포섭이었다.
 사실 김지회는 어느 정도 자신이 있었다. 11월 들어 많은 국군 포로를 면담했는데, 그들은 대개 무례하고 막돼먹은 장교들과 형편없는 대우 등에 대한 불평과 불만으로 가득 차 있었다. 자신들이 형제자매와 인민대중의 지지를 받지 못하는 싸움에 뛰어들어 그들로부터 괴리될 것 같다는 불안감을 토로하는 병사도 많았다. 향토연대의 병사들 대다수가 기본적으로 반경찰, 반이승만, 반기득권, 반미적 성향이라는 건 잘 알려진 사실이 아니던가. 따라서 설득만 잘하면, 대의명분은 봉기군 쪽에 있으며 승산도 충분히 있다는 걸 믿게만 하면, 상당수의 전향자가 나올 수 있으리라는 게 김지회의 인식이었다. 게다가 이제 군자금도 넉넉하니 1천 명 이상의 대부대로 늘어나도 월동엔 문제없으리라는 심적 여유도 있었다.
 21일의 회의에서 공격 날짜를 26일로 정했다. 그날, 각기 구례와 남원에 주둔하는 군산 12연대와 전주 3연대가 2개 중대씩을 구례군 산동면 수락골에 보내 합동훈련을 벌인다는 고급 정보가 들어온 것이다. 놀랍게도, 그것은 피아골 기습 작전을 앞둔 모의 훈련이라고 했다. 훈련 지휘는 김백국이 맡는다고 했다. 김지회는 좋은 기회가 왔다며 그날 수락골을 선제공격하자고 제안했고 간부 대다수가 동의했다. 그는 합쳐서 4개 중대라면 1개 대대 병력, 즉 7백여 명이 좁은 골짜기에 길게 포진해 있으리라는 건데, 이는 분할 격파 작전을 펼치기에 더없이 좋은 대형이라고 말하며 씩 웃었다.

당장 21일 밤에 그는 홍순혁과 함께 지대장들을 데리고 수락골로 갔다. 22일 한나절 동안 그곳 지세를 상세히 익히고 돌아왔다. 수락골은 지리산의 서쪽 끝 산 중턱에서 산동면 소재지인 원천마을까지 흘러내리는 20리 수락천의 상류 지대 협곡이라고 했는데, 가서 보니 마음에 딱 들 만큼 좁고 험했다. 곳곳에 폭포와 숲, 너덜지대 등과 같이 공간 분할에 도움이 될 지형지물도 많아 더욱 마음에 들었다.

사흘에 걸친 고난도의 분할 격파 훈련을 마친 대원들은 25일 17시 정각에 피아골 산채를 떠났다. 경진까지 포함한 전 대원 출격이었다. 경진은 첫 출전이 허락된 게 그렇게 좋은지 마치 소풍이라도 가는 양 들떠 보였다.

22시가 조금 넘어 수락골에 도착한 800여 명의 봉기군은 주먹밥으로 요기하고 바로 취침에 들어갔다. 정확히 네 시간 후에 일어나 26일 03시부터 지대별로 흩어져 매복 자리를 만들었다. 매복지는 모두 김지회가 미리 골라놓은 곳들이었다.

토벌군도 일찌감치 움직인 모양이었다. 04시경 아직도 어둠이 계곡을 메우고 있는 시간에 아래쪽에서 그들이 몰려오는 소리가 들렸다.

김지회의 예상이 맞았다. 1개 중대는 후방부대로서 구례의 최북단 마을이라는 중기마을에 진을 쳤고, 나머지 3개 중대 병력은 그로부터 산 중턱의 양해박골까지 이어지는 3킬로미터가량의 협곡을 따라 1개 소대씩 점점이 자리를 잡았다.

봉기군 각 지대의 매복 위치는 아주 적절했다고 자평할 수 있었다. 우선 지창준 지대를 중기마을을 포위하는 형태로 배치해 놨고, 나머지 4개 지대는 각각 거대한 암석들에 막혀 반원 형태의 좁은 길로 돌아가야 하는 마을 북쪽 800미터 지점의 대나무 숲, 그만큼 더 북쪽에 있는 수락폭포 상단 양옆의 소나무 숲, 또 그 정도 위쪽의 질매재골과 양해박골 사이의 너덜지대 주변, 그리고 제일 끝 양해박골 너머에 매복하게 했다.

05시 반경, 여명이 스며든 골짜기에 푸른 빛이 감돌 무렵, 김지회가 조명탄을 쏘아 올렸다. 그 즉시 지대별로 미리 선정한 5~6명의 일등 사격수가 토벌대 장교로 보이는 자들만 골라 일제히 저격했다. 여기저기서 지휘관들이 총을 맞고 쓰러지자 사병들은 당황하기 시작했다.

김지회가 두 번째 조명탄을 발사했다. 이번엔 봉기군들이 각 매복 지점에서 화력을 뿜어대며 수백 명씩 쏟아져 나와 전체 협곡을 분할했다. 전투 공간이 중기마을에서 암석 지대, 거기서 수락폭포,

거기서 너덜지대, 그리고 거기서 양해박골까지의 4개 지역으로 나뉘었다. 각 지역의 봉기군 병사들은 맡은 역할을 차분하고 정확하게 수행했다. 제1대가 협곡의 양옆 산등성이에서 총성과 포성을 천둥소리처럼 내며 토벌군을 위협하여 꼼짝 못 하게 하면, 제2대는 직접 골짝으로 뛰어 내려가 육탄전으로 그들을 제압했고, 제3대는 멀리서 조준 사격을 통해 공간이 흐트러지는 것을 막았다. 시간이 흐르면서 4개 공간 모두에서 토벌군 사병들이 앞다투어 봉기군에 투항하는 양상이 벌어졌다.

계곡 안 토벌군이 그렇게 분할 격파 돼 가는 동안 중기마을에 남아 있던 190여 명의 토벌군 역시 속절없이 무너졌다. 골짜기에서 전투가 벌어졌음을 인지하고 부랴부랴 임전 태세를 갖추려 했을 때는 이미 지창준 지대의 총과 포가 그들을 정조준하고 있을 때였다. 저항이 없었던 건 아니지만 대단한 건 아니었다. 대다수 병사는 자신들이 포위당했다는 사실만으로도 이미 전의를 잃고 있었다.

김지회가 전투 종료를 선언했을 때는 겨우 07시가 막 넘은 시간이었다. 도망가는 토벌군 병사들을 끝까지 쫓을 필요는 없었다. 이미 대승이었다. 되도록 살상은 피하고자 했지만, 토벌군 60여 명이 죽었다. 그중 20여 명이 장교였다. 중경상자는 그보다 훨씬 많았다.

김지회는 투항하거나 사로잡은 토벌군 500여 명을 추수가 끝난 마을 앞 들판에 줄지어 앉혀놓고 아침 식사를 나눠주었다. 토벌군 트럭에는 음식이 넘쳐났다. 봉기군도 그들 양옆에서 같이 먹었다.

생김새나 복장, 먹는 음식이나 쓰는 말, 앉아 있는 품새까지 그들은 누가 봐도 한 족속이었다. 하긴 지난달 19일까진 저들 모두가 대한민국 군대에서 한솥밥을 먹던 동료가 아니었던가.

08시 30분, 김지회가 임시 단상에 올라 확성기 앞에 섰다. 그는 먼저 국방경비대에 처음 들어갔을 때의 심정이 어떠했는지 각자 생각해 보자고 말했다. 혹시 경찰이나 공무원 또는 동네 유지가 되어 권력자로 재등장한 일제 때 친일파들에 대한 분노, 그때와 하등 달라진 게 없는 자신과 가족들의 가난과 불안함에 기인한 불만과 허망함, 그리고 세상을 향한 원망과 복수심 따위로 가득 차 있지 않았는지 물었다. 물론 어떤 이들은 불쌍한 조선 인민 모두가 잘 먹고 잘살게 되는 복된 나라를 건설하겠다는 애국심과 애족심으로 마음이 뜨거웠을 거라고도 했다. 들판이 무거운 침묵으로 덮여갈 때 김지회가 또 물었다.

"그런데 지금은 어떻습니까? 그때의 분노와 허망함, 복수심이 해소됐습니까? 적어도 희망은 생겼습니까? 조금 더 기다려 보면 정의가 바로 서고 많은 것이 좋아질 것 같습니까? 조선 인민을 향한 뜨거웠던 마음은 어떠합니까? 여전합니까?"

들판의 침묵은 더욱 무거워졌다. 떠오르던 아침 해가 스스로 민망한 듯 구름 뒤로 숨었다. 한동안 토벌군 병사들을 물끄러미 바라보던 김지회가 이번엔 봉기군들을 쳐다보며 물었다.

"그러면 여러분은 어떻습니까? 세상을 바로 잡을 자신이 있습니까?"

"예~"하는 함성이 들판을 벗어나 마을로, 골짜기로, 하늘로 메아리쳐 올라갔다.

"여러분 마음속에 희망이 가득합니까?"

"예~"

"인민을 향한 단심은 여전합니까?"

"예~"

"정말입니까?"

"예~"

김지회가 다시 토벌군 병사들을 바라보았다. 그의 눈에 눈물이 고여있었다. 마른기침을 하곤 목청을 가다듬어 다시 말했다.

"지금도 늦지 않았습니다. 여러분이 군인 될 결심을 했을 때 가슴 깊이 품었던 그 마음, 그때의 정의감과 자존감, 초심을 회복하고 싶다면, 그리고 그때 가졌던 꿈을 실현해 보고 싶다면, 봉기군으로 오십시오. 지금 여러분 옆에 앉아 있는 저 봉기군들, 여러분의 형제들이 기다리고 있습니다. 같이 꿈을 꾸고, 같이 그 꿈을 이루었으면 하는 것입니다. 안 그렇습니까?"

누가 시킨 것도 아닌데 봉기군 사병들이 일제히 일어나 토벌군 사병들을 향해 손뼉을 치며 환영의 뜻을 표했다. 양쪽 사병 중엔 김지회처럼 눈물을 머금는 청년들도 여럿 있었다.

"우리는 정확히 10분 후에 이곳을 떠나 지리산으로 갑니다. 봉기군에 들어올 사람은 그때 우리와 같이 가면 됩니다. 아무것도 묻지 않을 겁니다. 토벌군에 남을 사람들은 맘 편히 부대로 복귀하십시오. 아무 제재도 가하지 않을 겁니다."

김지회가 얘기를 마무리할 때 짧게 몇 마디만 하겠다며 홍순혁이 단상으로 뛰어 올라왔다.

"날씨가 꽤 추워졌습니다. 이렇게 추운데 지리산에 들어갔다가 얼어 죽는 거나 아닐지, 먹을 것도 별로 없을 텐데 굶어 죽는 거나 아닐지, 월동이나 제대로 할는지, 이런 걸 걱정하는 사람들이 있을 겁니다. 기우입니다. 아무 걱정하지 마십시오. 우리에겐 꽤 많은 군자금이 있습니다. 그 돈이면 천명이 아무것도 안 하고 쌀밥만 먹으며 겨울을 날 수도 있습니다. 우리에겐 그런 군자금을 마련할 수 있는 능력이 있습니다. 봄이 오면 무기와 병력도 대량으로 확보할 겁니다. 그때면 우린 우리만의 공화국을 건설할 수도 있습니다. 물론, 실패할 수도 있습니다. 그러나, 당연한 얘기지만, 동지가 많아질수록 성공 가능성은 커집니다. 10분 안에 결단하십시오. 여러분의 결단이 여러분 자신은 물론 여러분의 부모형제와 우리 동포의 미래를 결정할 겁니다. 지금부터 10분입니다."

20분 후, 봉기군들이 귀대 행렬을 이루어 지리산을 향해 마을을 나섰다. 중경기관총 40여 정, M1 소총 300여 정, 실탄 25만여 발 등 노획한 무기들이 많았지만, 원좌마을까지는 토벌군이 두고 간

트럭들로 옮길 수 있었고 거기서부터는 올 때보다 인원이 100여 명 늘어난 덕에 직접 대원들 손으로 산채까지 가져갈 수 있었다. 가는 내내 김지회는 가슴이 뿌듯했다.

분할 격파 작전은 대성공이었다. 큰 희생을 치르지 않고도 토벌군에게 엄청난 손실과 타격을 주었다. 특히 장교들이 받은 충격은 컸을 것이다. 오죽하면 전쟁 귀신 김백국이 줄행랑을 쳤겠는가. 획득한 무기는 봉기군의 화력 제고에 큰 도움이 될 것이었다. 무엇보다 기쁜 건 100여 명의 동지를 새로 얻었다는 것이다.

그런데 하나, 찜찜한 것이 있었다. 중기마을을 비롯해서 봉기군이 거쳐 갔던 산동면 여러 마을에서 입산하겠다는 청장년 주민들이 10여 명가량 줄지어 따라왔다. 개중에는 여성도 있었다. 처음에는 좋은 징조라고 여겼다. 그만큼 봉기군을 신뢰하고 따르는 사람들이 늘었다는 증거라고만 생각했다. 그런데 사정을 살펴보니 꼭 그런 것만은 아니었다. 그들은 반란군이 왔다 간 마을은, 특히 반란군에게 물이라도 한 모금 먹여준 마을은 토벌군이 그냥 두지 않는다는 걸 알았다. 더구나 이번 전투에선 토벌군이 대패했다고 하지 않는가. 분기탱천한 토벌군에게 개죽음당하느니 눈물을 머금고 고향 마을을 떠나는 게 낫다고 판단한 사람들이었다.

저들의 판단이 맞는다면 구례 지역엔 곧 피바람이 불 것이다. 아, 이 일을 또 어찌하면 좋겠는가.

9

피아골로 돌아온 봉기군은 늦은 점심을 대충 먹곤 바로 이사 준비에 돌입했다. 약이 바짝 오른 김백국이 피아골 공격 일정을 바투 당길 거로 예측한 김지회의 지시에 따른 것이었다.

어둠이 내려온 17시 30분, 군인 900여 명과 민간인 10여 명이 피아골을 떠났다. 무기와 식량 대부분은 비장해 두고서였다. 일단은 대성골로 가기로 했다. 김지회는 전군에게 2보 간격, 능선 행군을 명령했다. 평소 같으면 생각지도 못할 과감한 결정이었다. 그토록 큰 타격을 받은 토벌군이 하루도 지나지 않아 대오를 재빨리 정비하여 지리산 공격을, 그것도 야간에 감행하진 못할 거라는 계산에 따른 것이었다. 4보가 아닌 2보 간격으로, 게다가 사면이 아닌 능선을 타고 전진하니 역시 빨랐다. 지리산 주 능선에 올라 벽소령까지 달리듯 행군하다 거기서 하산길로 옮겨타 의신마을을 거쳐 대성골에 도착하니 아직 22시도 안 된 시간이었다.

다음 날인 11월 27일 아침, 하늘은 맑았지만 바람은 매서웠다. 피아골보다 더 추운 듯했다. 동트는 걸 물끄러미 바라보던 김지회는 천변으로 내려가 얇게 덮인 얼음을 깨고 시퍼런 물을 두 손으로 퍼마셨다. 물이 차가워 머리가 깨질 것 같았다. 그럼에도 그는 얼굴과 머리를 시원하다는 듯이 벅벅 닦아냈다.

대성골 전체를 꼼꼼히 살펴볼 요량으로 계곡 한가운데를 흐르는 화개천 지류를 따라 남부 능선 방향으로 천천히 올라가 보았다. 이 추운 날씨에 계곡 양쪽 가장자리에 박쥐처럼 달라붙어 웅크리고 자는 병사들의 모습을 보니 마음이 아렸다. 물론 어젯밤엔 시간도 늦고 지치기도 하여 각자 저렇게들 잘 수밖엔 없었다. 그런데, 문제는 시간이나 체력이 아닌 듯싶었다. 급한 마음에 가까운 대성골로 오긴 했지만, 900명 넘는 사람들이 머물 수 있는 산채를 짓기엔 골이 좁았다. 작은 천을 사이에 두고 협곡의 양쪽 비탈에 초막을 촘촘히 만들어 놓으면 적의 공격에 취약할 수밖에 없을 것이었다.

　김지회는 간부들과 함께 아침 식사를 하며 드디어 조직 재편을 단행할 시간이 왔다고 말했다. 대성골이 협소한 것은 당장의 문제이니 일단은 봉기군 전체를 상당한 자율성을 갖는 서너 부대로 분리하는 작업에 집중하고, 각 부대를 다시 지대와 소대, 분대 단위로 편제하는 것은 추후 각 부대장에게 맡기자고 했다. 그동안 각자 생각할 시간이 많아서였는지 회의는 빠르고 효율적으로 진행됐다.

　한 시간도 걸리지 않아 준독립적인 3개 부대가 탄생했다. 각 부대의 지휘부는 부대장과 3인의 지대장으로 구성하고, 대원 수는 평균 305명으로 하기로 했다. 대성골에 남기로 한 지창준 부대의 지대장으로는 이영희, 김금수, 이흥국, 거림골로 옮기기로 한 홍순혁 부대의 지대장에는 최철기, 송관영, 이진방, 그리고 일단은 거림골로 옮겼다가 조만간 제3의 주둔지를 찾아 나서기로 한 본대인 김지회 부대의 지대장엔 이기주, 정락훈, 신인형 등이 임명되었다.

홍순혁 부대와 김지회 부대는 대원 배치가 완료되는 즉시 거림골로 옮기기로 했다. 그토록 보고 싶던 세석평전에 올라갔다 가려면 세 시간은 걸릴 터이고, 도착해서 해지기 전에 초막이라도 치려면 또 몇 시간이 걸릴 테니 되도록 서둘러야 했다.

부대 재편 작업이 끝나갈 즈음에 어제 전투 후에 구례에 남게 했던 정탐병들이 돌아왔다. 그들은 야지고 산골이고 사람 사는 곳에서는 어디서나 무자비한 수색과 폭행, 연행과 감금, 고문과 학살 등이 벌어지는 중이라고 보고했다. 그들에 의하면, 김백국은 수락골 참패의 화풀이를 지리산 주변 마을에 쏟아내고 있었다. 그는 패배의 원인이 반란군에게 정보를 제공한 주민들 때문인 것처럼 말하며 마을마다 숨어있는 부역자나 협력자들을 색출해 내라는 명령을 내렸다고 했다. 그가 직접 나서서 전투사령부가 명명한 소위 민간 좌익 척결 사업을 진두지휘하자, 구례는 단번에 지옥으로 변한 것이었다.

김지회는 무거운 마음을 안고 세석평전을 향해 대성골을 떠났다. 한참 뒤에 있는 줄 알았던 홍순혁이 숨을 몰아쉬며 달려왔다.

"야, 지회야. 기분 풀어라. 민간의 피해가 큰 건 정말 죄송스럽고 가슴 아프지만 그렇다고 여기서 물러날 수는 없잖냐. 더 큰 피해를 막기 위해선 우리가 승리하는 수밖에 없다."

"그야 그렇지. 근데도 속상한 건 또 어쩔 수가 없네."

"좀 이따 세석평전을 보면 새 힘이 날 거야, 응? 가보자."

홍순혁의 말이 맞았다. 세석평전이 눈 앞에 펼쳐지자 여기저기서 와~ 하는 탄성 소리가 들렸다. 이 높은 곳에 이런 평지가 있다니…. 김지회도 그저 감탄할 뿐이었다. 바람을 받아 웅장한 파도 소리를 내는 억새밭 너머로 빛바랜 단풍잎을 몇 가닥씩 품고 띄엄띄엄 서 있는 키 작은 나무들 모습이 그림 같았다. 그뿐만이 아니었다. 신비로운 새소리가 평원에 가득했고, 얇게 덮인 얼음 밑으로 맑은 물이 곳곳에 흐르고 있었다. 감격스러웠다. 이기주는 이 정도면 고랭지 농업과 목축업도 잘 되겠다며 무척 기뻐했다. 대원들도 모두 무릉도원이나 발견한 듯 상기돼 보였다.

홍순혁의 제안으로 지대장, 부대장, 총사령 순으로 간부들이 대원들에게 덕담 한마디씩 건네기로 했다. 다들 한마디가 아니라 열 마디, 스무 마디씩을 했지만, 마지막인 김지회는 딱 네 마디만 했다.

"중요한 얘기는 앞서 다 했으니 난 그저 유쾌한 제안이나 하나 하겠다."

김지회가 말을 멈추고 대원들의 초롱초롱한 눈을 천천히 둘러보았다. 전부 숨을 죽이고 그의 다음 말을 기다렸다.

"오늘은 시간이 없어 이 멋진 곳을 마음껏 즐길 수 없지만 우리는 조만간 만반의 준비를 해서 다시 올 거다. 그땐 여기에다 우리의 성채를 짓자. 그리고 여기서 신선처럼 멋지게 살자"

600여 병사가 일제히 함성을 지르며 들고 있던 총을 위아래로 흔들어 댔다. 젊음과 희망의 에너지가 30만 평 고원을 가득 채웠다.

세석평전에서 거림골로 내려갈 때는 홍순혁이 앞장서도록 했다. 부대장이 직접 자기 부대원들 거처를 고르는 게 좋을 것 같아서였다. 그는 거림마을 못미처 산 중턱쯤에서 걸음을 멈추었다. 내대천이 한가운데를 흐르는 제법 널따란 평지였다. 대원들은 내대천 양옆 골짜기에 익숙한 솜씨로 초막촌을 지었다. 주자재인 산죽이 여기저기 무성해서 초막 짓기는 수월하게 진행됐다. 다 짓고 나니 나름 아늑하고 평화로운 촌락처럼 보였다.

김지회는 막 지은 홍순혁 부대의 초막 본부에서 간부들과 저녁 식사를 같이하면서 향후 3개 부대가 어느 정도의 자율성과 구속성을 갖는 게 바람직할지 등을 논의했다. 동굴과 연결해서 지은 초막 본부는 꽤 근사했다. 안쪽은 따뜻하고 조용해서 마치 집에 앉아 있는 것 같기도 했다. 분위기가 좋아서였는지 남자들의 수다가 길어졌다. 여운형과 김원봉, 김종서와 최남구, 김창복과 김백국, 그리고 먼저 간 문상기와 윤차돌 등에 대해 이런저런 얘기를 나누었다.

그러던 중 지회는 불현듯 경진이 보고 싶어졌고, 그녀에게 미안하단 감정이 일었다. 시계를 보니 벌써 21시가 넘어서 있었다. 곧장 달려갔다. 그녀는 서늘한 초막 바닥에 천연덕스레 앉아 성경을 뒤적이고 있었다.

"이렇게 컴컴한 데서 글이 보여? 밥은 잘 먹었고?"

"예. 정순이랑 아기랑 애자 언니랑 맛있게 먹었어요. 달빛이 밝잖아요. 이 성경은 여보가 열흘 전에 사다 준 건데 아직도 읽질 못하고 있었어요."

"당연하지. 그동안 워낙 바빴잖아. 경진이도 얼마나 힘들었어. 머 잖아 우리 부대도 자릴 잡을 거니까 그때 되면 모든 게 좀 나아질 거야."

"그래요. 바빠도 이젠 읽어야겠어요. 적어도 사무엘서, 열왕기, 역대기 같은 건 빨리 다 읽고 싶어요."

"뭐였더라, 그게?"

"다윗이 등장하는 성경들이요. 그걸 다 꼼꼼히 읽어야 다윗 공부를 시작할 수 있잖아요."

"그러면 시편도 읽어야지."

"물론이죠. 그게 젤 중요하죠."

"그래, 우리 자리 잡으면 나 다윗 공부 좀 시켜줘. 근데, 밤에 성경 읽으려면 작은 호롱불이라도 하나 켜야 할 텐데, 그러려면 빛 차단 장치 같은 걸 하나 만들어야겠다. 그래야 맘 편히 읽을 수 있지."

"어머 그러면 좋죠. 근데, 여보, 자꾸 다윗 생각이 나요?"

"아냐 뭐 그냥, 다윗이 궁금하긴 해. 뭐랄까, 이럴 때 다윗 같았으면 어떻게 했을지 알고 싶은 거지. 난 그 사람이 좀 만만해. 아니, 친근해. 나처럼 못난 데도 많고, 실수도 자주 하고, 그러면서도 또 뭔가 열심히 해보려고도 하고, 그래서…."

"여보, 혹시 무슨 고민 있어요?"

"고민이야, 뭐…. 근데, 아까 점심 무렵에 구례에서 정탐조가 돌아왔잖아."

"네."

"조장이었던 추 중사가 내게만 조용히 말한 건데, 어제 늦은 오후부터 놈들이 마을마다 방을 붙이기 시작했대."

"방이요?"

"응. 반란군 수괴들에게 거액의 현상금이 걸렸다는 거야. 홍순혁, 이기주, 지창준은 20만 원이래. 나는…, 난 얼마게?"

"50만 원?"

"그래, 맞아. 하하하. 생포하면 50만 원이고 사살하면 25만 원이래."

"와, 큰돈이네요."

"반란군 병사가 날 죽이거나 잡아 오면 현상금만 주는 게 아니라 사면 조치까지 해줄 거라고 쓰여 있더래. 이간책이지. 우리 내부에 균열을 일으키려는 거야."

"현상금 때문에, 우리 중에 누구 배신할 사람이 나올 거 같아요?"

"경진이가 보기엔 어때?"

"음…. 나올지도 모르죠. 그간 이탈자도 많았잖아요."

"그래. 나올 가능성 있어. 그렇지만 어떡하겠어? 우리가 할 수 있는 건 사실 없잖아. 그걸 무슨 수로 방지하겠어? 그래서 궁금해. 다윗은 어떻게 했는지. 그 사람도 늘 쫓겨 다녔잖아. 배신도 많이 당하고. 적국의 장수는 물론 자신이 모시던 왕, 자기 부하, 자기 애인, 심지어는 자기 아들에게도 쫓겼잖아. 얼마나 불안하고 절망스럽고 허무했겠어. 그걸 다 어떻게 극복하고 살았는지 알고 싶어."

"그래요. 다윗 공부 빨리 다시 시작해요. 우리 거처가 결정되면 바로 시작할 수 있도록 제가 열심히 준비할게요."

그때 이기주의 목소리가 들렸다.

"총사령님, 잠깐 들어가도 되겠습니까?"

"어, 기주야. 어서 들어와."

이기주가 다소 어색해하며 초막 안으로 들어와 앉았다.

"바깥에서 듣자니 두 분 목소리가 좀 어두운 거 같습니다. 뭐 안 좋은 일이라도 있습니까?"

이기주는 조경진을 바라보며 물었지만, 김지회가 대답했다.

"아냐 그런 거 없어. 그냥 좀 지친 거지. 요 며칠 우리가 엄청나게 달렸잖냐."

"그래, 그래서 난 경진 씨가 걱정돼요. 몸도 고단하실 텐데 잠도 계속 이렇게 춥고 거친 데서만 주무시니 몸살이라도 나실까봐요."

"아녜요. 전 괜찮아요. 제가 이래 봬도 몸은 강골이에요. 전 아주 기쁘게 게릴라 생활하고 있어요. 더구나 여성 동지도 더 생겨서 이젠 더 즐거워질 것 같아요."

"아 그건 정말 잘된 일이네요. 이정순 씨 말고도 세 분이 더 있죠?"

"예. 근데 부대가 나뉘면서 우리도 갈렸어요. 그래도 본대에 제일 많죠. 정순이 하고 애자 언니가 우리 부대에요. 이 바로 옆이 그분들 초막이에요"

김지회가 물었다.

"그나저나 이 시간에 웬일이야? 혹시 뭐 말할 게 있어? 나가서 얘기할까?"

"아냐, 아냐. 왠지 마음이 좀 느긋해져서 그냥 마실 삼아 온 거야."

"그래 여기 거림골이 뭔가 좀 포근한 느낌을 주네. 우리 옛날에 태릉 있을 때는 초저녁에 가끔 명동까지 몰래 가서 막걸리도 한 잔씩 하곤 했는데…. 하하, 그런 날이 다시 오려나?"

"오겠지. 와야지. 아, 막걸리까지는 아니더라고 뭐 맛있는 거 좀 먹고 싶다. 안 그래? 사실 이 산청이 곶감으로 유명한 고장 아니냐. 마을 내려가면 좀 얻어먹을 수도 있을 텐데."

경진이 눈을 반짝이며 말했다.

"아 여기가 산청이에요? 저도 곶감 참 좋아하는데. 지회 씨, 우리 잠깐 내려갔다 올래요? 제가 마을 사람한테 한번 말해볼게요. 서너 개만 달라고요. 여자가 그런 정도 부탁하면 별로 경계하지 않을 거예요."

"에이 그래도 그건 좀 그렇고. 아, 맞다. 아까 누가 그랬잖아. 거림마을 지나서 한 10리 더 가면 예치마을이라고 제법 큰 마을이 있다고. 거기 가면 점방 같은 게 있을 수 있지. 아니면 식당이든가."

이기주가 좋아했다.

"그래. 그 정도 거리면 두세 시간이면 다녀올 수 있어."

"순혁이는 어떡하지?"

"걔는 지금 자기네 부대 짓는다고 부대원들하고 아주 바빠. 그냥 우리끼리 조용히 갔다 오자. 경진 씨, 괜찮죠?"

"그럼요. 근데 애자 언니도 같이 가면 어떨까요? 보통학교 때 육상 선수도 하고 해서 몸도 날렵하고, 얘기도 참 재밌게 해요. 정순이는 어차피 아기 재워야 하니까 섭섭해하지 않을 거고요."

"아, 육상 선수였대요? 어쩐지…. 저는 좋아요. 총사령님, 그렇게 합시다."

"몸이 날래면 같이 가도 괜찮지. 그럼, 경진이가 조용히 물어보고 올래?"

"네. 아주 좋아할 거예요."

10

예상대로 홍애자는 신이 나서 따라 나왔다. 네 사람은 발소리를 죽여가며 골짜기를 내려갔다. 30분쯤 후에 민가가 나타났다. 초가집 대여섯 채가 옹기종기 모여 있는 거림마을이었다. 거기서 한 시간가량을 더 걸으니 드디어 예치마을이 나왔다. 내대천에 빙 둘러싸인 신비로워 보이는 촌락이었다. 천에 뜬 반달은 물살에 얌전히 흔들리고 있었다. 반갑게도 바로 마을 초입에 식당이 있었다. 마당 한쪽엔 주렁주렁 매달린 곶감들이 말라가고 있었다.

50대 중반으로 보이는 통통한 얼굴의 주인아주머니는 무서워하는 기색 없이 네 사람을 반갑게 맞아주었다. 추우니 방으로 들어가라며 초롱불까지 밝혀주었다. 홍애자가 오랜만에 경상도 말을 들으니 참 반갑다고 하자 아주머니는 고향이 어디냐며 더 살갑게 대했다. 그 사이 국밥 냄새를 이기지 못한 이기주는 기어이 네 그릇을 시키고 말았다. 그러면서 밖에 걸린 곶감이 먹음직스럽다며 너스레까지 떨었다. 아주머니는 밥 먹고 나서 먹어보라며 곶감 한 줄을 그대로 내주었다.

뜨끈뜨끈한 온돌방에 앉아 국밥 한 그릇씩을 뚝딱 비우고 곶감을 빼 먹으며 잡담을 나누는데 아주머니가 더덕 담금주를 항아리째 가져왔다. 집에서 담근 것이니 맛이나 보라고 했다. 잠깐 망설이던 이기주가 기왕 주신 거니 딱 한 잔씩만 마시자며 표주박으로 더덕주를 떠서 각 사람의 잔을 채워주었다.

그걸 마시지 말았어야 했다.

지회가 눈을 떠보니 초롱불이 만든 거대한 그림자가 천장과 벽을 가득 메우고 있었다. 불이 흔들릴 때마다 그림자도 같이 움직였다. 마치 마귀가 춤추는 것 같았다. 머리가 빠개질 듯 아팠다. 목이 바짝 말라 침도 안 넘어갔다. 손목시계를 봤다. 11월 28일, 일요일, 04시 15분이었다. 아….

그림자의 주인공은 경진이었다. 그녀는 그의 옆에 무릎을 세우고 쭈그리고 앉아 고개를 묻고 자고 있었다. 그녀 뒤쪽엔 홍애자가 등을 돌리고 누워 코를 골고 있었다. 기주는 보이지 않았다.

한잔, 두잔, 세잔… 넉 잔까지는 생각이 났다. 그런데, 그 후론, 가물가물했다. 아, 그랬다. 무고한 인민들이 우리 때문에 수도 없이 죽어 나가는데 언제까지 이렇게 숨어지내야 하냐며 당장 서울로 쳐들어가자고 생떼를 썼었다. 그만 마시라는 경진에게 처음에는 괜찮다고 부드럽게 말했지만 나중엔 큰소리로 화까지 냈다. 방바닥에 침도 막 뱉었던 것 같다. 이후로는 기억나는 게 없다. 아… 이 미친놈이 또….

얼마 후, 경진이 인기척을 느꼈는지 고개를 들었다. 그리고 한동안 지회를 멍하니 쳐다봤다. 퉁퉁 부은 그녀의 눈을 보니 가슴이 아팠다.

"물 좀 줘."

그녀답게, 미리 준비를 해놓은 모양이었다. 곧바로 물그릇을 건네주며 걱정 가득한 목소리로 나지막이 물었다.

"괜찮아요?"

단숨에 그릇을 비운 지회가 다시 시계를 봤다. 04시 30분. 낭패감이 몰려왔다.

"응 괜찮아. 빨리 가자. 가면서 얘기하자."

경진이 급히 홍애자를 깨웠다. 지회는 먼저 나가 군화 끈을 묶다가 급하게 올라오는 메스꺼움을 참지 못하고 토하고 말았다. 아, 그냥 콱 죽고 싶다.

9장.

내가 노루 닮았어요?

조경진(1948년 10월 30일~11월 30일)

1

10월 30일 정오경, 해발 1천 미터가 넘는 상백운암에 도착했을 때 경진은 이미 그가 지척에 있음을 느꼈다. 하늘은 푸르렀고, 햇살은 따사로웠으며, 바람은 보드라웠다. 거기에 더하여 주변의 향마저 달콤했다. 그가 근처에 없다면 이런 조합이 나올 수는 없었다. 그가 산 위에 있다는 얘기를 들었을 때 그녀는 절로 웃음이 나왔다. 아, 좋으신 하나님. 그래, 내가 이렇게 죽을 듯이 보고 싶은데, 어찌 그이를 거기 있게 하시지 않겠어.

그날 밤, 구례 야산대가 마련해 준 신방에 단둘이 있게 됐을 때 지회는 이기주가 모아줬다는 군용 담요 넉 장과 광목천 한 장으로 나름 근사한 금침을 만들어 방바닥에 깔았다. 그리고, 경진을 눕게 하곤 자신도 옆에 누웠다.

경진은 자기가 어떻게 여기까지 왔는지 그간의 일을 조목조목 얘기해주었다. 어떤 부분에선 왈칵 눈물을 흘리기도 했다. 그럴 때면 지회가 그녀의 손을 꼭 잡아주거나 머리를 쓰다듬어 주었다. 나중엔 오른팔을 그녀 머릿밑으로 넣어 어깨를 감싸안고 있었다. 그러는 사이 서로의 온기가 교환되며 몸이 따뜻해졌다.

그런데, 김종견에게 잡혀갔던 얘기를 할 때는 어깨를 쓰다듬던 지회의 손이 멈췄다. 차가운 느낌이 들었다. 숨소리도 거칠었다. 신인형이 나타나 구해주는 대목에서부터 비로소 그의 손이 다시 부드럽게 움직였다.

오랜만에 맞이한 그의 몸은 바위처럼 묵직하면서도 태양같이 뜨겁고 뭉게구름처럼 부드러웠다. 이런 황홀함은 처음이었다. 땅이 꺼지며 그 끝으로 떨어져 버리는 게 아닐까, 하는 몽롱한 위태로움마저 들었다. 바깥에서 들리는 바람 소리가 아스라할 때면 아예 그렇게 되면 좋겠다고도 생각했다.

새벽 여명이 스며들 무렵 그가 다시 경진에게 들어왔다. 경진도 그를 활짝 받아주었다. 경진의 귀에서 새로운 바람 소리가 들리기 시작할 때 목을 애무하던 지회가 갑자기 동작을 멈췄다.

"여기 왜 이런 자국이 있지? 검붉어."

"그거… 그 나쁜 놈 때문일 거예요."

"그놈이 널 만졌어? 이런 데도 막 그랬어?"

"그놈이 그런 짓을 막 하기 시작할 때 신인형 중사님이 부하들이랑 총을 쏘면서 들어온 거예요. 그 덕분에 전 아무 일도 당하지 않았어요. 걱정하지 마세요."

"그래. 알겠어! 무서웠겠다, 내 사슴. 미안해."

2

11월 3일 저녁, 간문리 전투를 치르고 올라온 지 몇 시간 만에 지회는 밥도 한술 뜨지 못하고 다시 병사들을 이끌고 구례로 내려갔다.

그는 6일 새벽에야 파김치가 되어 돌아왔다. 며칠 새 얼굴이 반쪽이 된 것 같았다. 숨을 헐떡이면서도 그는 이번 전투에서 간문리와는 비교도 안 될 정도의 큰 승리를 거두었다며 아이처럼 기뻐했다.

경진은 미리 준비해 둔 깨끗한 물수건들로 그의 얼굴과 목, 손과 발 등을 닦아주며 어디 다친 데가 없는지 꼼꼼히 살폈다. 그는 그녀에게 몸을 맡겨 놓고 입으론 끊임없이 이평리에서 일어났던 일들을 미주알고주알 이야기했다. 그저 해맑기만 한 얼굴로 무용담을 들려주는 그를 보면서 경진은 마음 한쪽이 불안했다. 이 사람은 어찌 이리도 단순할까. 오늘은 무사히 돌아와서 밝은 모습을 보여

주고 있지만, 언제까지나 이럴 수 있는 건 아니지 않을까? 과연 하나님의 뜻은 뭘까? 계속 이이를 지켜주실까? 내가 믿음이 부족한 걸까?

　사실 경진은 간문리와 이평리 전투가 이어진 지난 며칠 동안 밥도 잘 못 먹고 잠도 제대로 잘 수 없었다. 두려워 말라는 성경 구절들만 찾아내어 읽고 또 읽었지만 불안은 가시질 않았다. 그이를 더는 못 보는 게 아닐지 겁이 났다. 오사카 빈민촌에 살던 어린 시절, 아파서 누워있는 엄마 곁에서 낮잠을 자고 일어나 보니 집에 아무도 없어 혼자 무서워 거리로 나섰다가 낯선 아저씨들에게 어디론가 끌려갔던 일이 떠올랐다.

　며칠 동안이나 컴컴한 헛간 같은 곳에 갇혀 있었는데 나중엔 공포가 심해서였는지 손가락 하나 까딱하지 못할 정도로 온몸이 굳어있었다. 입도 굳어 말소리를 못 냈고, 신경도 작동하지 않아 배도 안 고팠고, 심지어는 열 살이나 된 아이가 소변도 가리지 못했다. 그냥 엄마만 보고 싶었다. 나중에 안 거지만, 거기서 구조된 건 순전히 우연이었다. (아버진 우연이 아니라 하나님이 구출해 주신 거라고 하지만….)

　집에 돌아왔을 때 아버진 경진을 와락 끌어안으며 미안하다면서 한동안 그저 울기만 했다. 엄마는 하늘나라로 갔다고 했다. 아버지가 경황이 없어 낮잠 자는 경진을 그대로 두고 황급히 엄마를 병원으로 옮겼지만 그예 돌아가셨던 거다. 그녀는 다정하기만 했던 엄마와 인사도 나누지 못하고 헤어진 게 못내 슬펐다. 마지막 가는 길에 엄마는 나를 얼마나 보고 싶었을까? 경진은 엄마가 가여워 며칠을 계속 울기만 했다.

경진이 지회의 이야기가 끝나길 기다려 물었다.

"우린 게릴라니까 전투는 끝이 없겠죠?"

"응? 그거야, 이승만 정부에 달린 거지. 정부만 정신을 차리면 모든 게 평화롭게 해결될 거야. 그게 아니라면, 우린 계속 싸울 수밖에. 근데 왜?"

"나도 싸우고 싶어요. 이렇게 아무것도 안 하고 산채에만 있고 싶진 않아요."

"간호병이잖아."

"물론 그 일은 제가 해야죠. 하지만 아직 간호병이 할 일은 별로 없잖아요. 당신이 전투에 나갈 땐 나도 같이 가고 싶어요. 전투하는 간호병, 멋있잖아요."

"그건 안 돼. 너무 위험해. 경진이 왜 그래? 간호 일이 아니라도 산채에서 할 일은 많잖아."

"힝, 여보만 보내기 싫어요. 나도 같이 다닐래요. 나 혼자 산채에 있으면 걱정하느라고 너무 힘들어요. 전투에 나가는 게 훨씬 편할 거예요. 이번에도 여보 없는 며칠 동안 난 정말 아무것도 못 하고 걱정만 했어요. 온종일 가슴이 막 쿵쾅쿵쾅 뛰고, 숨쉬기도 어려웠어요. 우울하고 무서웠어요. 앞으론 나도 같이 가게 해주세요. 우린 게릴라 부부잖아요. 싸움도 같이해야죠, 네? 그리고, 전에도 말했지만, 전 게릴라 훈련 재밌어요. 저랑 잘 맞아요. 여보도 나 너무 잘해서 놀랐다고 했잖아요. 여전사가 되고 싶어요. 잘할 수 있어요. 간호병보다는 전투병이 더 잘 어울리는 것 같아요."

"혼자 있는 게 그렇게 힘들어?"

"네. 꼭 죽을 거 같이 힘들어요. 어렸을 때 엄말 그렇게 보내고 나서 저한테 분리 불안증 같은 게 생겼다고 얘기했잖아요."

지회가 경진을 꼭 안아 주었다.

"알았어. 이젠 전장에도 같이 나가자. 대신 조건이 있어. 니가 11월 1일부터 훈련받았지? 적어도 3~4주는 기초 훈련을 받아야 하니까, 출전은 그 후에 하는 걸로 하자. 내가 봐서 이 정도면 되겠다 싶을 때 같이 가는 걸로 하자고. 알았지?"

"네. 알았어요. 고마워요, 여보."

"에구 착한 거, 내 사슴."

3

11월 7일에 경진은 지회와 섬진강으로 가을 소풍을 다녀왔다. 오랜만에 일요일을 맘껏 즐겼다. 꿈같은 시간을 보낸 그날 이후 신기하게도 좋은 날만 계속됐다.

8일 새벽에 박종호의 구례 야산대가 토벌군을 공격하러 간다고 해서 지회의 눈치를 보며 마음을 졸였는데 고맙게도 그는 그 작전에 끼어들지 않았다.

 그날 오후 급작스레 백운산을 떠나 피아골로 옮겨갈 때는 열 시간 넘는 행군 길에 몸은 녹초가 됐지만 기분은 좋았다. 산 넘고 물 건너며 끊임없이 걷기만 하던 어느 순간엔 성전(聖戰)을 치르는 늠름한 군인이 된 듯한 뿌듯함이 들기도 했고, 서로 위로하고 격려하는 대원들 사이에서 가슴 훈훈한 동지애를 느낄 수도 있었으며, 무엇보다 정이 듬뿍 담긴 지회의 걱정 어린 눈길을 받는 게 행복했다.

 피아골에 터전을 마련하고 생산활동을 시작한 10일부터는 하루하루 또 새로운 경험을 할 수 있게 되어 좋았다. 오전엔 게릴라 훈련을 받고 오후엔 지대별로 흩어져 채취나 수렵 활동을 벌였는데, 경진은 4지대 채취 조에 배속되어 일했다. 물론 산나물과 산열매를 찾아 저물녘까지 깊은 산속을 헤매고 다니는 건 고된 일이었다. 하지만, 즐겁기도 했다. 이전의 그녀에게 산에 있는 녹색은 모두 풀 아니면 나무였다. 그런데 이젠 그들이 다 다르게 생겼으며 제각기 이름이 있다는 걸 알게 됐다. 새로운 세상을 발견하고 속사정을 알아가는 기쁨은 대단한 것이었다.

 14일엔 경진이 또래의 여자가 백일이 갓 지난 아기와 함께 산채로 왔다. 동그란 얼굴에 새까만 눈동자, 유난히 빨간 볼을 가진 이정순이었다. 토벌군이 아직 이름도 갖지 못한 갓난아기의 아빠를 무참히 죽인 얘기는 너무나 슬펐지만, 이 산속에서 동년배 친구를 만나게 된 건 감사할 일이었다. 고향인 구례 토지면에서 국민학교를 나와 순천에서 여학교도 잠깐 다녔다는 그녀는 말도 조리 있게 잘했다. 마치 하늘로부터 선물을 받은 것 같았다.

 그날 이후 경진은 한동안 저녁만 먹고 나면 지회를 내버려 두고 그녀의 초막으로 갔다. 초막 안으로 들어서면 바로 풍겨오는 아기 냄새, 조금만 웃겨주면 까르륵하고 터지는 아기의 웃음소리, 손가락만 갖다 대면 그걸 꼭 잡아주는 포동포동한 아기의 손, 그 아기를 지긋이 바라보는 다정다감한 정순의 까만 눈동자 등, 초막 안이 모두 사랑이었다. 그곳은 마치 천국 같았다. 아기의 태명도 천사였다고 했다.

 물론 좋은 날이 더는 오지 않는 건가 하는 걱정에 휩싸인 때도 있었다. 지회가 2개 지대를 이끌고 구례로 내려간, 가을비 내리던 18일 저녁이 특히 그랬다. 그의 모습이 시야에서 사라지자, 한동안 잊고 살았던 불안증이 도졌다. 가슴이 마구 뛰고 현기증이 올라오고 메슥거리기조차 했다. 시야가 컴컴해졌다가, 좁아졌다가, 휘어졌다가, 갑자기 뻥 뚫리기도 했다. 그 밤에 천사네 초막이 없었다면, 거기서 정순과 아기와 같이 잘 수 없었다면, 정말 어떤 일이 벌어졌을는지 모른다. 정순은 밤새도록 경진의 아픈 마음을 쓰다듬어 주었다.

 19일 아침, 옆으로 누워 천사의 옹알이를 들으며 초막 틈으로 스며든 싱그러운 햇살을 물끄러미 바라보다가 경진은 이날이 좋은 날이 되리라는 걸 예감했다. 바깥에서 이름 모를 새들의 노랫소리가 들렸다. 벌떡 일어나 천사를 안고 맑게 갠 하늘 아래로 나갔다. 바람도 시원하고 햇볕도 따사로웠다. 그가 곧 좋은 소식을 들고 올 거라는 느낌이 들었다.

역시 그랬다. 그이는 무사히 돌아왔다. 게다가 성경까지 구해왔다. 이 산골에서 성경을 볼 수 있게 되다니! 마치 하늘에서 내려주신 동아줄 같았다. 가슴 속에서 희망과 기운이 새로이 돋는 듯했다. 그 힘으로 경진은 이탈 병사가 많이 생겨 풀이 죽은 지회를 위로했다.

"힘내세요. 안 좋은 일이 있으면 머잖아 좋은 일도 생기는 법이에요. 항상 그래요. 내일을 기대해 봐요!"

바로 다음 날, 지회에게 정말 좋은 일이 생겼다. 그가 제일 좋아하는 김종서 중령이 기다리던 답신과 함께 거액의 군자금을 보내온 것이다. 편지에 실린 최남구 중령과 김원봉 부장의 소식도 그를 무척이나 기쁘게 했다. 그는 특히 무정 장군이 남도 인공 사업에 관심을 기울이고 있다는 대목에서 흥분했다. 오랜만에 시작된 그의 무정 장군 이야기는 그다음 날인 일요일까지도 계속됐다. 덩달아 그의 조선의용군 시절 이야기까지 다시 들어야 했지만, 그래도 경진은 그가 그리도 신나 하는 게 참 좋았다.

다만, 한 가지 섭섭한 게 있었다. 그녀의 아버지와 동생들이 김종서 부친의 녹번리 농장에 살고 있는데 답신엔 그에 관해 아무 말이 없었다. 경진이 왜 그런지 궁금해하자 그는 뭐 그냥 무탈하시니까 아무 말 안 쓰셨겠지, 라며 무심하게 넘겨버렸다. 물론 그럴 수도 있겠지만, 그래도 서운했다. 그이가 처음에 편지를 보낼 때부터 아버지의 안부를 물었더라면, 답신엔 짧게라도 무슨 얘기가 있었을 게 아닌가. 10월 말에 둘이 찾아뵙기로 했었는데…, 아버진 얼마나 애를 끓고 계실까.

경진은 속이 상해 정순에게 갔다. 그녀는 경진의 섭섭함이 당연한 거라고 했다. 남자는 원래 자기 일 외에는 별 관심이 없는 종자들이라고 대신 욕해주었다. 그러곤 시집갔던 첫날 밤 얘기를 꺼냈다. 혼자 두고 온 병든 엄마가 가엾고 그리워 하염없이 울고만 있는데 신랑은 아랑곳하지 않고 그저 몸만 탐하더란 것이었다. 일을 다 치르고 나서야 왜 그리 슬피 우느냐고 건성으로 묻더니 대답도 마치기 전에 친구들이 기다린다며 나가버렸단다. 그래도 그녀의 신랑이 나쁜 놈은 아니었다고 했다. 부모 공양과 농사일은 누구보다 열심히 했단다. 임신했을 땐 그녀를 참 살뜰히도 보살폈고, 천사가 세상에 나오자 아기를 위해서라면 뭐든지 할 사람처럼 굴었다고 했다. 그런데 지금 생각해 보면 그가 그렇게 열심히 한 것들은 모두 자기 자신과 자기 피붙이를 건사하는 일뿐이었단다. 물론 그 정도만 해도 훌륭한 사람이라고 할 수 있겠지만, 다른 측면에서 보자면 그는 장모의 병이나 처가 식구의 굶주림, 그 때문에 생기는 마누라의 시름 따위에는 무감각한 냉혈한이라고 했다.
 자기 일과 욕망 외에는 웬만해선 다른 어떤 것에도 관심과 애정을 기울이지 않고 공감도 동조도 하지 않는 작자들이 남자라는 정순의 말을 들으며, 경진은 그렇다면 지회는 참 특별한 남자라고 생각했다. 그는 자기와 자기 가족만이 아니라 동포와 인민대중이 다 같이 잘 사는 세상을 만들기 위해 목숨을 바치겠다는 사람이 아닌가. 불쌍한 사람들의 처지를 그처럼 잘 이해하고 공감하는 사람이 어디 있겠는가. 그래, 그의 일에 동참하자. 그가 일에 전념할 수 있도록 돕자. 경진의 섭섭함은 그렇게 풀어졌다. 그리고 좋은 날은 이어졌다.

4

 드디어 11월 25일이 왔다. 지회가 별러오던 전 대원 출격의 날이다. 지회는 그녀에게도 출전 준비를 하라고 했다. 훈련 교관도 그렇게 평가했지만, 자기가 봐도 이젠 전투원 자격이 충분하다고 했다. 경진은 신이 났다. 광주의대 간호부양성소 시험에 합격했을 때보다 기분이 더 좋았다.
 전투 현장에서 본 지회는 또 달랐다. 어려서부터 할아버지에게 받았다는 왕손 교육이 정말 대단한 것이었나보다 하는 생각이 들

정도로 그는 위엄있고 늠름하고 멋있었다. 나이도 한참 위이고 사회 경험도 훨씬 많은 지대장들도 그의 말에는 절대복종했다. 겉으로만 그러는 게 아니라 진심으로 그를 따른다는 걸 알 수 있었다. 이기주와 홍순혁도 전장에선 그의 충실한 부하였다. 경진은 그가 자기의 남자라는 사실이 자랑스러웠다.

26일 새벽, 지회의 조명탄 발사로 시작된 수락골 전투는 일곱 시가 조금 넘어 끝이 났다. 그 짧은 시간에 지회가 고안한 소위 분할 격파 작전은 대단한 전과를 올렸다. 사망자와 도망자를 빼고, 생포한 국군 병사만 500명이 넘었다.

마치 잘 짜인 연극 무대 한 편을 본 것 같았다. 대원들은 노련한 배우처럼 각자의 역할을 침착하게 수행했고, 지회는 총지휘자로서 그들 모두의 개별적 역할을 집결하여 하나의 작품으로 승화시켰다. 시글락에서 게릴라 부대를 이끌고 유격전을 벌였던 다윗의 모습이 꼭 저랬으리라고 생각했다. 멋졌다!

경진은 지회가 포로들에게 연설할 때 새로이 반했다. 말도 길지 않았다. 미사여구를 쓰는 것도 아니었다. 잘난 체하는 것도 전혀 없었다. 일부러 카리스마를 뿜어내려고도 하지 않았다. 그런데 그의 뜨거운 심장이 느껴졌다. 그녀의 가슴도 덩달아 뜨거워졌다. 경진은 그의 목소리가 떨리고 그의 눈이 젖어 있다는 걸 알았다. 그의 순수함과 진심, 열정에 목이 메었다. 그와 함께라면 당장 죽어도 좋다고 생각했다.

피아골로 돌아가는 길에, 그녀는 그의 뒷모습을 바라보며 혼자 흐뭇했다. 이 큰 전투에 참여했으니 앞으로도 저이가 가는 곳엔 어디든 당당히 따라갈 수 있게 됐다. 이제 나를 내칠 수 있는 이유는 없다. 나는 늘 저이와 함께 있을 거다. 흐흐.

이제 더는 전장에 그를 떠나보내고 홀로 근심과 불안에 사로잡혀 지내지 않아도 된다고 생각하자 절로 미소가 지어졌다. 그리고 막상 해보니 전투병의 역할도 마냥 위험하거나 정신 못 차리게 무섭기만 한 건 아니었다. 충분히 해볼 만했다. 지회가 누누이 강조한 대로 성전에 임한다는 마음 자세를 굳건히 유지하자 서로 죽고 죽이는 일도 걱정했던 것보다는 훨씬 덤덤하게 받아들일 수 있었다.

그렇게 혼자 뿌듯해하다가 문득 아까 입산하겠다고 따라오던 민간인 중에 젊은 여자 셋이 있었던 게 생각났다. 그들을 찾아 나섰다.

경진이 다가가자 그들은 크게 반기는 표정을 지었다. 한 사람씩 돌아가며 인사를 나누었다. 치마저고리를 입은 두 사람은 가족과 같이 왔다는데, 양장 차림의 여인은 혈혈단신이라기에 신경이 쓰여 더 많이 얘기했다.

진한 경상도 사투리의 괄괄한 말투로 봐서는 시원하고 털털할 것 같지만, 눈빛이나 입매는 쌀쌀하기 그지없어 보이는 그녀의 이름은 홍애자였다. 놀랍게도 그녀는 수락골 앞에 있는 원촌국민학교 교사라고 했다. 궁금했다. 학교 선생님이 어쩐 일로 입산을 결심했을까? 그 밖에도 묻고 싶은 게 많았지만, 초면에 실례일 것 같아 일단 나이만 물었다. 25세, 경진보다 일곱 살 위, 지회보다 두 살 위였다. 바로 언니라고 부르겠다고 했다. 애자도 흔쾌히 그러라고 했다. 정순에 이어 여성 동지가 하나 더 생길 듯하여 기분이 좋았다. 게다가, 이번엔 심지어 언니다.

5

11월 27일, 피아골과 대성골을 거쳐 거림골에 도착한 그날 저녁, 여자들만의 자리가 마련됐다. 치마저고리의 두 여인은 대성골 지창준 부대에 남았으므로 본대 여자는 천사까지 네 명이었다. 지회의 배려로 애자 언니와 정순 모녀가 경진네와 이웃하여 살게 됐는데 여자들의 첫 모임은 바로 그 천사네 초막에서 이루어졌다.

여자끼리 둘러앉아 밥을 먹으며 맘껏 수다를 떠는 건 정말 즐거운 일이었다. 얘깃거리는 끝도 없이 많았다. 세 여자는 두어 시간 만에 서로가 어떻게 살아왔는지 큰 줄거리는 거의 꿸 수 있게 됐다. 누구의 것이나 인생은 다 그런 모양이었다. 영화고 소설이고 음악이었다.

경진은 애자 언니가 봉기군을 따라나서게 된 사연을 들으며 저 얘기만 듣고 이젠 일어서야겠다고 마음먹었다. 길긴 했지만, 아주 흥미로운 얘기였다. 언니가 마지막 말을 했다.

"그래서 이건 그냥 운명이라고 여겼어. 하늘이 날 봉기군으로 인도한다고 인정한 거지."

"와~"경진이 감탄사를 내뱉곤 뜬금없는 질문을 했다.

"언니 혹시 종교 있어요?"

"없어. 난 죽으면 그냥 흙으로 돌아간다고 믿어. 사는 동안만 열심히 사는 거야. 그걸로 끝이야. 깔끔하게!"

"아, 네. 전 기독교 신자라 언니 얘기를 들으니, 하나님이 언니를 어디론가 이끄시는 것 같다는 생각이 들어서요."

"하나님이 있다면 날 어디로 이끄시는 걸까? 궁금하긴 하다."

경진은 자기 때문에 하나님 얘기가 시작되는 바람에 바로 떠나질 못하고 그들과 또 한참을 같이 있다가 부엉이 소리에 놀라 시계를 보곤 급히 자리에서 일어났다. 자기 없는 초막에 지회를 혼자 들여보내기 싫어서였다. 얼른 가서 지회를 기다리고 있다가 피곤해서 들어오는 그를 감싸듯 맞아주고 싶었다.

경진네 초막은 그래도 총사령의 거처라고 튼튼하게 만들었다고 했는데, 왠지 천사네보다 엉성하고 썰렁한 것 같았다. 돌아온 지 얼마 안 되어 금방 아기 냄새가 그리웠고 친구들이 보고 싶었다. 그나마 달빛이 좋아서 다행이었다. 환기창으로 쓰는 작은 구멍의 헝겊 덮개를 젖히니 방안이 제법 밝아졌다.

경진은 달빛 아래에서 성경을 펼쳤다. 큰 글씨 성경이라 읽는 덴 큰 문제가 없었다. 다만 추운 게 좀 싫었다. 벌써 이러니 한겨울엔 어쩌려나….

10여 분쯤 후에 지회가 왔다. 그는 경진을 보자 활짝 웃었다. 소년 같았다. 아까 그 시간에 얼른 일어난 게 참 잘했다는 생각이 들었다.

지회는 경진이 성경을 읽고 있는 게 보기 좋았던 듯싶다. 옆으로 와서 다정히 앉더니 성경을 달래서 이리저리 뒤적거려 보기도 하고, 아는 체도 좀 하더니, 나중에는 다윗 얘기도 꺼냈다.

그때 마침 이기주가 찾아왔다. 애자 언니까지 넷이 예치마을이라는 곳으로 은밀히 마실을 다녀오기로 했다. 잘하면 산청 곶감도 먹을 수 있을 거라고 했다. 신이 났다. 상상도 못 했던 즐거운 일이 벌어질 듯싶었다.

그런데, 그게 아니었다. 벌어진 건 상상도 못 했던 괴로운 일이었다. 그가 또 취했다. 지난여름 무등산 때보다 심했다. 몸을 가누지 못하고 횡설수설하는 건 물론 그렇게 친한 친구인 이기주에게 막말을 퍼부었다. 도저히 듣고만 있을 수 없어 몇 번이나 말렸지만 그때마다 그의 말 폭력은 더 심해졌다. 그저 참고만 있는 이기주가 고맙고 대단해 보였다.

애자 언니에게 다가가 거슴츠레한 눈으로 "당신 수상해."라고 했을 땐 그녀에게도 무례하게 굴까봐 조마조마했는데 다행히 그냥 지나갔다. 대신, 경진에게 이상한 질문을 몇 개 던지곤 초점 흐려진 눈으로 한참을 노려봤다. 그러곤 누군가에게 쌍욕을 하며 방바닥에 침을 몇 번 뱉더니 푹 고꾸라졌다. 이 일을 어떻게 수습할지, 그때 이미 정신이 혼미해졌다.

그게 다가 아니었다. 잠든 줄 알았던 그가 갑자기 벌떡 일어나더니 비틀거리며 바깥으로 나갔다. 경진이 따라가 보니 구토 때문이었다. 뒤에서 그의 등을 두드려 주다가 그만 눈물이 나왔다. 더는 아무것도 나오지 않는데도 속에 있는 뭘 그리도 악착같이 긁어내려는지 웩웩거리며 안간힘을 쓰는 그의 모습이 안쓰러웠다. 비쩍 마른 그의 등과 목, 어깨는 왜 또 그렇게 서러워 보이던지.

고맙게도 이기주와 애자 언니가 묵묵히 뒤처리를 해주었다. 지회를 제대로 눕혀주고, 술상을 치워주고, 방을 닦고, 아주머니에게 가서 사과하고, 경진을 위로해 주었다. 그러고 나서 이기주는 혹시 부대에서 누군가 총사령을 찾을지도 모르니 먼저 들어가 보겠다고 했다. 두 사람은 눈을 좀 붙이고 있다가 지회가 깨는 대로 뒤따라오라고 했다.

새벽 네 시가 훌쩍 넘어 잠에서 깬 그는 잔뜩 풀이 죽은 채 초점 없는 눈으로 경진을 바라보며 물을 달라고 했다. 물 한 바가지를 다 마시고 혼자 나가 묵묵히 군화를 신던 그는 또다시 심하게 게워 냈다. 이젠 진짜 나올 것도 없을 텐데⋯.

경진은 식당을 나와 길을 나서며 그에게 최대한 상냥하게 말했다.
"기주 씨는 누가 총사령을 찾을지도 모른다며 어젯밤에 먼저 올라갔어요. 지금쯤 거림마을에서 신인형 중사님이 우릴 기다리고 있을 거예요. 그렇게 조치해 두겠다고 했어요."

그가 파리해진 얼굴을 쓰다듬으며 머쓱해했다.

"그래, 알았어. 미안해."

그는 애자에게도 사과했다.

"홍 선생님, 죄송합니다. 제가 술 조절을 못 해서 이렇게 됐습니다. 면목이 없습니다."

"아, 아니에요. 그럴 수도 있죠. 전 이런 경험이 많아서 아무렇지도 않아요. 학교 선생님들 주사가 얼마나 심한데요. 총사령님과는 비교도 안 되죠. 정말 괜찮으니까 신경 쓰지 마세요."

"그렇게 말씀해 주시니 고맙습니다."

세 사람은 산골길을 각자의 생각에 빠져 한동안 따로 걸었다. 지회가 앞장서고 그 뒤를 경진과 애자가 차례대로 따랐다. 얼마 후 한숨만 쉬던 지회가 발걸음을 늦춰 경진을 기다렸다. 그걸 본 애자는 일부러 더 늦게 걸어 두 사람과 거리를 벌렸다. 지회가 가까이 온 경진에게 물었다.

"내가 기주한테 뭐 잘못했지? 뭔가 찝찝한 데, 생각이 안 나. 서운하게 쳐다보던 걔 눈만 생각나. 내가 많이 잘못했어?"

"말을 좀 막 했어요. 아마 여보 딴엔 섭섭한 게 있어서 그랬겠지만, 기주 씨가 많이 놀랐을 거예요."

"그러니까, 뭐라고 했는데?"

"이말 저말 많이 했지만, 넌 왜 전투 현장에서 보기가 어렵냐, 라고 했을 때 제일 당황하는 것 같았어요."

"내가 그랬어? 아~ 걔가 사실 언제부턴가 전투 참여를 자꾸 회피하는 것 같더라고. 그래도 뭐 다른 일을 워낙 많이 하고 또 잘하니까 문제 될 건 없다고 생각했는데, 마음 한편에선 내가 그걸 섭섭해했나 보네. 아휴~ 그래도 그렇지. 뭐 하러 그런 얘길 했을까…. 또, 무슨 얘길 했어?"

"지나친 이상주의자라는 말도 했어요. 차돌이는 그래도 소박한 꿈을 꾸니까 괜찮았는데, 넌 세상을 확 바꾸자고 그러면서 대책은 없지 않냐고 막 따졌어요."

"에휴~. 그러니까 기주는 뭐라고 했어?"

"그냥 아무 대꾸도 못 하고 망연히 듣고만 있었어요. 좀 불쌍하더라고요."

"아, 난 왜 그러냐, 정말… 그냥 확 죽고 싶다, 휴~. 너한테도 뭐 실수했지?"

"나한텐 뭐, 별거 없었어요."

"그래? 다행이다."

지회는 다시 침묵 속으로 빠져들었다. 눈이 왔다. 많이 오는 건 아니었지만, 하여튼 그와 함께 기다리던 첫눈이었다. 그럼에도 지회는 그냥 묵묵히 걷기만 했다. 눈은 안중에도 없는 것 같았다. 경진은 그가 앞서가도록 내버려 뒀다. 그녀도 혼자 있고 싶었다.

사실 지회는 어젯밤 경진에게 답하기 곤란한 질문을 퍼부었다.

특히 김종견이 그녀에게 무슨 짓을 했느냐고 물었을 땐 머리끝이 쭈뼛 서며 심장이 떨릴 정도로 놀랐다. 이이가 무슨 얘길 들은 걸까? 혹시 신인형 중사님이 무슨 실수라도 했나? 그래서 그렇게 취해버렸던 걸까?

그게 아니라면, 이탈자 발생이 끊이질 않아서, 그게 속상해서 저렇게 됐는지도 모른다. 혹은, 현상금 걸린 거 때문일 수도 있다.

그는 죽거나 잡혀가는 것 자체는 두렵지 않다고 했다. 하지만, 배신자가 나오는 게, 돈 몇 푼에 눈이 멀어 자신과 동료들과 인민대중을 배반하는 놈이 나오는 게 싫다고 했다. 그런 일이 벌어지면 인생이 허무할 것 같고, 살기가 싫을 것 같다는 말을 여러 번 했다.

걸으며 이런저런 생각을 하다 보니 그를 향한 연민의 정이 일었다. 그가 불쌍했다. 그의 삶을 지탱해 주는 것들이, 그의 자존감 기반이 너무 취약하고 불안정하고 가변적이라는 생각이 들었다. 대원들의 의리와 정의감만을 의지하고 있다가 그들이 하나둘씩 돌아서면 정말 어쩌려고 하는지, 왜 저렇게 사람을 믿고자 하는지, 그가 안쓰러웠다.

그러다 문득 그녀야말로 그를 무작정 믿고 의지하는 게 아닐까, 하는 불안한 마음이 처음으로 일었다. 지난 8월에 그가 술 먹고 인사불성이 되어 망나니짓을 했을 땐, 물론 무척 놀라긴 했어도, 어쩌다 일어난 어처구니없는 사고일 거라고만 여겼다. 그런데 그때보다 더한 술주정을 겨우 석 달 반 만에 다시 겪어보니 스멀스멀 의구심이 밀려드는 모양이었다. 술에 취하면 종종 정신을 잃고 행패를 부리는 게 그의 고칠 수 없는 주벽이라면, 그럴 때 하는 말과 행동이 그의 진짜 모습이라면, 과연 내가 그를 평생 감당할 수 있을까?

그때 눈 내리는 계곡 길을 네댓 걸음 앞서가는 그의 등이 눈에 들어왔다. 쓸쓸해 보였다. 광주의대 병원에 입원했을 때의 그의 옛 모습이 떠올랐다. 상처 입은 호랑이처럼 투병 생활도 늠름하게 하던 그가 가끔 창밖을 내다보며 저런 모습을 보였었다. 왠지 안쓰러워 다가가서 말을 걸면, 선하지만 약간은 경계하는 눈빛으로 쑥스러운 인사를 하곤 했다. 그때 그녀는 알았다. 그가 외로운 사람이라는 걸. 그는 누군가가 필요하다는 걸. 그리고 언제부턴가 그를 돌봐주고 싶어졌다.

그래 맞다! 저 이는 하나님이 짝지어 주신 내 사랑이다. 아버지도 첫눈에 저 사람을 얼마나 좋아했던가. 저 이도 그랬다. 처음부터 아버지 말이라면 무조건 따랐다. 그 덕에 교회도 나가고, 성경도 공부하고, 사도신경도 외웠다. 열흘 전엔 보급 투쟁 갔다가 성경까지 사오지 않았던가.

그래. 어차피 난 그에게 사랑을 받고 싶어서가 아니라 사랑을 주고 싶어서 그의 곁으로 간 것이다. 그에겐 내가 있어야 한다. 난 그를 떠나지 않을 거다. 끝까지 사랑할 거다. 끝까지 돌봐줄 거다. 그리고 사실, 그처럼 다정하고 멋진 사람도 없다. 술병은 결국 하나님이 고쳐주실 것이다.

용의주도한 신인형 덕분에 경진과 지회는 아무도 몰래 초막으로 들어갈 수 있었다. 하지만, 초막 안은 춥고 썰렁했다.

몸 상태도 안 좋았지만, 그보다는 술 냄새가 심해 지회는 칭병하고 일요일 한나절을 누워만 있었다. 아무것도 먹지 못하고 계속 헛구역질만 하던 그는 정오경에야 겨우 죽 몇 숟갈을 먹고 잠이 들었다.

경진은 답답한 마음을 안고 옆 초막으로 건너갔다. 잠시라도 천사를 보고 싶어서였다. 천사는 엄마 품에 안겨 색색거리며 자고 있었다. 무릎으로 기어가서 그 포동포동한 볼에 입을 맞추었다. 음~ 아기 냄새! 참 이상했다. 분명히 더 작고 더 엉성한 초막인데 왜 여기가 항상 더 따뜻하고 푸근한지 알 수가 없었다. 저 예쁜 천사가 있어서인가? 정순이 애처로워하는 눈빛으로 물었다.

"괜찮아?"

"누구? 지회 씨? 나?"

"둘 다."

"저이가 더 안 좋지. 난 마음만 아픈데, 저인 몸과 마음이 다 아프니까. 몸살이 난 것 같기도 하고. 그래도, 마음이 더 아픈가 봐. 그냥 죽고만 싶대. 눈도 이렇게 예쁘게 왔는데…."

애자 언니가 조심스레 물었다.

"총사령님, 저런 거 처음이니? 주사 부리고, 아무 기억 못 하는 거 말이야."

"두 번째야. 8월 15일, 이승만 정부 수립하던 날 광주에서도 한 번 그랬어."

"얼마 안 됐네. 하긴 그 짧은 사이에도 가슴 아픈 일이 많았지. 그래도 매번 술 마실 때마다 저러시는 건 아니지?"

"그건 아냐. 어제보다 많이 마셨을 때도 몇 번 있었는데 그땐 안 그랬어."

경진이 본 것으로 지회가 제일 많이 마셨을 때는 6월 중순에 당시 여수 연대장이었던 김익로 중령이 사관학교 3기 장교들을 불러 연회를 열었을 때였고, 그다음은 9월의 마지막 주말에 광주에 출장 왔던 김종서 여단장이랑 총살당한 문상기를 그리며 밤늦도록 마셨을 때였다. 그땐 그냥 얌전히 마셨다. 10월 초순에 신인형 중사와 광주에서 어울렸을 때도, 제법 많이 마셨지만, 주취 상태로는 가지 않았다.

"그럼 어쩌다 한 번씩 그러시나 본데, 그것도 문제잖아. 언제 또 그럴 줄 모르니 말이야. 그리고 사실, 한두 번 저러면 대개는 계속 저래. 보통 사람이면 모를까 총사령님이 저러시면 안 되잖아. 내 생각엔, 술을 아예 입에도 대지 말아야 해. 그 수밖에 없어. 실은 우리 아버지도 평생 저러셨어. 본인은 물론이고 주위 사람 고생이 하도 심해서 약도 먹어보고, 금식도 해보고, 굿도 하고, 나중엔 아버지가 손가락도 하나 자르고 하셨는데, 안 돼. 술 귀신이 붙는 거라서 인력으로 못 고쳐. 그냥 술을 피하는 것 외엔 방법이 없어."

6

 11월 29일 오후에 거림골 산채로 하준서라는 사람이 지회를 만나러 왔다. 함양 야산대 대장이었다는데 구례 야산대의 박종호 대장과는 전혀 다른 인상을 풍겼다. 키가 큰 것도 아니고 골격이 장대한 것도 아닌데 왠지 범상치 않은 무게감이 느껴졌다. 눈은 작았지만, 눈빛이 유독 강렬하면서도 차분하여 존재감이 대단했다. 말을 하면서도 상대방을 꿰뚫어 보는 것 같았다. 경진은 첫눈에 이 학자풍의 군인이 마음에 들었다. 까닭 없이 신뢰가 갔다.
 김지회도 마찬가지였던 듯싶었다. 하준서를 보내고 나서 이기주, 정락훈, 신인형 등과 잠깐 회의를 하고 돌아온 지회는 내일 당장 지리산 북면의 백무골로 옮겨갈 거라고 말해줬다. 하준서의 제안이었다고 했다. 그의 말투나 안색이 오랜만에 밝고 정돈돼 보였다. 아까 오전까지만 해도 우울해하고 외로워하던 그가 뭔가 새 희망을 찾은 눈빛을 했다. 하준서가 용기를 줬음이 틀림없었다.
 "홍순혁 부대는 여기 남고 우리 부대만 옮기는 거죠?"
 "그렇지. 이제 우리 세 부대의 주둔지가 다 정해진 거야."
 "근데 지리산 북면은 겨울에 너무 추워서 안 간다고 했잖아요. 뱀사골엔 그래서 답사도 한번 안 갔잖아요. 근데 어떻게 그리로 가기로 했어요?"
 "백무골이 그렇게 좋다더군. 유격 훈련하기 좋은 데도 많고, 굴곡진 계곡이 넓은 면을 휘감고 이어지는 터라 양지바른 곳도 꽤 있 대. 하준서 씨가 옛날 야산대 시절부터 닦아놓은 대민 관계도 탄탄 하고 해서 보급 환경도 좋고. 또….〞

"처음 본 사람 말만 듣고 그렇게 중요한 결정을 내린 거 보면 그 사람이 썩 마음에 들었나 봐요."

"경진이가 봐도 사람이 안정적이고 듬직한 것 같지 않아?"

"네, 그렇긴 해요."

"게다가 김종서 중령님이 보내셨다니까 신뢰가 가잖아. 중령님 이 짧은 편지도 같이 보내셨는데, 믿을 만한 사람이니까 뭐든 다 터놓고 상의하라고 쓰셨더라고."

"중령님과는 어떻게 아는 사이래요?"

"아, 동경에서 유학하다가 조선인 학생 강제 징병제가 시행될 거 라는 얘길 듣고 43년 말에 급거 귀국했대. 그러곤 고향에 와서 일 제에 맞서겠다고 야산대를 꾸렸다는 거야. 해방돼선 그 덕분에 몽 양 선생님이 하시던 건준의 함양 위원장이 됐는데, 김 중령님을 건 준 모임에서 만났대. 이후로도 계속 교류를 해왔고."

"지금은 함양에서 무슨 일을 하는데요? 백무골이 함양에서 가깝 나요?"

"함양읍까지 70리가 좀 넘는다고 하니까 30킬로 정도 되겠지. 근데 지금은 함양이 아니라 평양에 살고 있대."

"평양이요? 근데 어떻게 여길?"

"하준서 씨는, 뭐 우리도 그랬지만, 여운형 선생님이 암살되자 마음고생이 심했나 봐. 결국엔 사민주의의 나약함에 화가 나서 남로당에 입당했대. 그리고 지리산 부근에서 쭉 야산대 활동을 이어가다가 지난 8월에 해주에서 열린 남조선 인민 대표자 회의라는 데에 참석차 월북했다더군. 그런데 거기서 만난 김원봉 부장님과 의기투합이 돼서 그분처럼 자기도 그냥 북쪽에 남기로 했대."

"김원봉 선생님과는 또 그렇게 연결이 된 거예요? 세상 참 좁네요."

"김 부장님과도 원래 몽양 선생님 일하다가 알고 지냈던 사이였대. 아무튼 그 후론 북조선에서 무슨 군사교육기관의 교관으로 일해왔는데, 얼마 전에 급한 일이 생겨 두어 달 말미를 내어 비밀리에 남으로 내려왔대. 김종서 중령님에겐 인사차 일부러 찾아갔었나 봐. 그랬다가 우리 얘길 듣고 함양에 온 김에 여기까지 온 거래. 물론 중령님이 부탁하신 거지."

"네. 그랬군요. 중령님은 항상 당신 걱정인가 봐요."

"그러게, 고마우신 분야. 그래서, 하 선생한테 내 고민을 털어놨어. 부대를 셋으로 나누었는데 본대가 아직 갈 자리를 못 잡고 있다, 춥다곤 하지만 아무래도 북면으로 가야 균형이 맞춰질 것 같은데 어디가 좋을지 모르겠다, 뱀사골은 어떠냐? 뭐, 이런 질문들을 막 퍼부었지. 그랬더니 백무골을 권하는 거야. 자기가 함양을 중심으로 야산대 활동을 오래 해서 덕유산과 지리산 지역은 훤한 편인데 지리산 북면이라면 백무골을 추천하겠대. 가까이에 민주 부락도 여럿 있고, 함양읍이나 산청읍도 그리 멀지 않아서 일단 보급 환경이 좋대. 게다가 바로 옆 계곡인 칠선골엔 자기가 조직했던 야산대가 아직 남아 있어서 여러 가지로 도움을 받을 수 있을 거라는군. 그 사람은 특히 동계 유격 훈련을 강조하더라고. 큰 싸움은 어차피 봄에 벌려야 하는데 거기서 한해의 승기를 잡으려면 겨울엔 반드시 강훈련을 받아놔야 한다는 거야. 근데 칠선골에 유능한 유격 교관들이 여러 명 있대. 또 하나, 토벌군이 현재는 순천, 구례, 남원 등 주로 전라도 지역을 기반으로 해서 토벌 활동을 벌이고 있으니 봉기군 본대는 경상도 땅에 두는 게 적어도 당분간은 안전하리라는 거야. 안전하게 있으면서 동계 훈련에 집중하라는 거지."

"다 맞는 말인 거 같네요."

"그렇지? 지대장들도 다 동의하더라고. 그래서 내일 바로 떠나기로 한 거야."

김지회 부대는 30일 오전 아홉 시경에 거림골을 떠났다. 지회와 이기주는 홍순혁과 헤어지는 걸 몹시 아쉬워했다. 지창준 부대를 대성골에 두고 올 때와는 분위기가 사뭇 달랐다. 하긴 경진도 마음 한편에서 서글프고 쓸쓸한 감정이 이는데 친한 친구들 간에는 오죽할까 싶었다.

지회가 "너희 부대도 동계 훈련 열심히 해놨다가 봄이 오면 같이 저놈들하고 화끈하게 한판 붙자."라고 하자 홍순혁은 아무 말 안 하고 고개만 끄덕이더니 막상 지회가 돌아서서 몇 걸음 걷자 "야, 새끼야, 너 건강해야 해. 기주도 잘 챙겨주고…."라고 소리쳤다. 말끝이 흐려진 게 울먹여서 그런 건지는, 알 수 없었다.

경진은 거림골에서 백무골로 가자면 세석평전을 지나야 한다는 게 좋았다. 그 신비로운 곳에 다시 가면, 꼭 조용히 기도하고 싶었다. 마음을 새로이 다잡고 싶었다. 지회도 그 비슷한 생각을 했는지, 세석평전에서 점심을 먹고 한 시간가량 쉬어갈 거라고 했다. 800명이나 900명씩 다니다가 300명만 움직이니 단출해서 좋았다. 마치 몸이 가벼워진 것 같은 홀가분함을 느꼈다. 세석평전에도 단숨에 오른 듯했다.

역시 푸근하고 아늑한 곳이었다. 무엇보다 햇볕이 좋았다. 1,000미터 고지를 넘고 나서는 귀가 시려오고 손발이 차가워지고 몸이 으스스했는데, 1,600미터가 넘는 세석에 이르니 태양의 바로 밑까지 올라온 듯 오히려 몸이 따뜻해졌다. 눈도 많이 녹아 있었다. 봄 세상으로 들어온 듯한 착각이 일었다.

처음 왔을 때도 놀라긴 했었다. 어떻게 이런 너른 땅이 깊은 산꼭대기에 있는지 경이로웠다. 하지만 그때는 서둘러 가야 해서 자세히 보고 음미할 여유가 없었다. 그런데 이제 느긋하게 돌아보니 정말 기막힌 곳이었다. 거룩한 장소로도 보였다.

거림골에서 만들어 온 주먹밥을 대원들과 먹다 말고 경진은 슬그머니 일어나 세석평전의 아래쪽으로 내려가 보았다. 남아 있는 눈 때문에 선명하게 보이진 않았지만, 일부러 닦아놓은 게 분명한 둘레길이 보였다. 약간의 설렘과 두려움을 안고 그 길을 따라 걷다가 아직 다 얼지 않은 실개천이 흐르는 작은 골짝 하나를 발견했다. 구상나무가 그 주위를 울타리처럼 빙 두르고 있어서 한가운데로 들어가 보니 마치 천국 정원에라도 들어온 듯한 경건한 기분이 들었다.

경진은 급히 돌아가 지회를 데리고 왔다. 지회도 그림 같은 골짝을 보더니 멋지다며 한참을 경탄했다. 뛰어 내려가 시냇물을 두 손으로 떠 마시곤 노루가 사는 동네 같다는 말도 했다.

"아, 노루! 제주도에도 많았는데…, 내가 노루 닮았어요? 해방되고 제주로 귀국했을 때, 거기 학교 애들이 그랬어요."

"어? 그러고 보니 그러네. 어딘지 정확히 모르겠는데, 닮았다, 닮았어. 사슴보다는 오히려 노루네. 아이, 귀여워."

지회가 오랜만에 장난기 가득한 말투를 함으로써 이제 원래대로 돌아가자는 자기의 바람을 슬쩍 알렸지만, 경진은 도리어 진지한 표정을 지었다.

"왜 그래? 노루라는 게 싫어?"

"아니에요. 그게 아니라 여보, 우리 여기서 기도해요. 시간이 많지 않으니까 딱 10분만 해요. 그냥, 생각나는 대로 하나님께 얘기해요. 잘못한 게 있으면 솔직히 다 말하고, 용서해달라고 하고, 앞으로 어떻게 사는 게 좋을지 물어보고, 원하시는 게 뭔지도 여쭤보고, 뭐 그런 거 다, 생각나는 대로 해요. 네?"

의외였다. 갑자기 무슨 기도냐고 펄쩍 뛸 줄 알았는데, 웬일인지 지회가 순순히 알겠다고 했다. 경진이 구상나무 아래로 가 무릎을 꿇고 두 손을 모으자 그도 옆으로 와 무릎을 꿇었다. 그녀가 고개를 숙이고 기도를 시작하자 그도 뭐라고 웅얼거렸다. 경진은 하나님께 지회를 불쌍히 여겨 달라고 했다. 의롭게 살고 싶어 하는 그의 순수함을 알아주십사고 빌었다. 술에 취하지 않게 해달라고 간청했다. 외로움을 심하게 타는 그의 마음 병을 낫게 해달라고 눈물 흘리며 기도했다.

경진이 기도를 마치고 눈을 뜨자 지회가 활짝 웃으며 그녀를 반겼다.

"니가 그랬잖아. 안 좋은 일이 있으면 곧이어 좋은 일이 생긴다고. 이제 좋은 일이 생길 거야. 새 희망을 품자. 백무골에서 우리 다시 시작하자, 응?"

"그래요, 좋아요. 여보는 하나님께 할 말 다 했어요?"

"응, 이거저거 많이 얘기했어. 술 먹고 주정 부려서 죽고 싶었다고도 얘기했고, 이럴 때 다윗은 어떻게 했을지 궁금하다고도 했고, 나도 그 사람처럼 하나님과 친해질 수 있을지, 뭐 그런 것도 막 물어봤어."

"어머, 그런 말도 했어요? 잘했어요."

"그러고 나서 사도신경도 한번 외워봤어. 그건 거의 다 생각나더라고."

"사도신경은 언제 다 외웠어요?"

"원래는 10월 말에 아버님 찾아뵙고 그거 암송하기로 했었잖아. 사실은 10월 17일에, 니가 여수로 이사 오는 날에 너한테 먼저 보여주려고 미리 다 외웠어."

"아, 그랬었구나. 고마워요, 여보."

"나 다윗 공부도 다시 열심히 해볼 거야."

"네. 백무골에 가면 바로 시작해요. 준비도 따로 할 거 없어요. 부족한 건 그냥 하면서 같이 채워가요."

"그래 그러자. 재밌을 것 같아."

10장.

도의가 이루어지는 시대가 오는구나.

김지회(1948년 11월 30일~1949년 2월 20일)

1

세석평전을 떠나 한신계곡을 타고 내려가 백무골에 도착하니 16시 반이었다. 하준서의 말대로 지리산 북면이라고 해서 다 응달인 건 아니었다. 남면에 비해 해가 일찍 지긴 했지만, 해 있는 동안엔 줄곧 양달인 지대도 꽤 있었다. 산들이 완만한 사면을 유지하며 드넓게 펼쳐졌고, 그사이에 난 골짝은 좌우로 방향을 크게 바꿔가며 흐르는 까닭이었다.

김지회 부대가 자리 잡은 곳은 햇볕 따스한 강청천변이었다. 대원들은 이젠 초막 만들기에 이골이 붙은지라 산죽 아지트는 해 지기 전에 금세 조성됐다. 지회와 경진의 초막은 이번에도 홍애자와 이정순의 초막과 이웃했다.

백무골에서의 첫 저녁을 준비하고 있는데 하준서가 불쑥 황소 한 마리를 끌고 찾아왔다. 옆 골짜기 칠선골의 방무혁 야산대장과 부하 몇 명도 같이 왔다. 방무혁은 삼국지의 장비를 연상시키는 기골 장대한 털보 군인이었다.

얼마 되지 않아 계곡이 고기 굽는 냄새와 연기로 가득 찼다. 대원들은 오랜만에 보는 소고기 맛으로 황홀경에 빠진 듯했다. 김지회가 하준서에게 깍듯이 인사했다.

"이렇게 좋은 장소를 소개해 주시고, 게다가 영양 보충까지 시켜 주시니 고마워 어찌할 바를 모르겠습니다."

"오늘 아침에 연락받고 깜짝 놀랐습니다. 거림골에서 말씀 나눈 게 어젠데 어떻게 그리 빨리 움직이신다는 건지 해서요."

"하 선생님 말씀이 다 맞는 것 같아 바로 그냥 따르기로 한 겁니다. 그런데 그새 저런 황소까지 구해주시고, 이 신세를 어찌 다 갚을지…."

"신세는요. 함양의 인심이 아직까진 후하답니다. 조만간 마천면 소재지인 당흥마을에 한번 가시죠. 제가 안내하겠습니다. 쌀이든 뭐든 급한 게 있을 텐데, 거기서도 웬만큼은 구할 수 있을 겁니다."

"아이고, 감사합니다. 그러잖아도 쌀이나 감자, 옥수수 같은 건 함양 가서 구할 양으로 거의 다 거림골에 두고 왔습니다. 저희에게 군자금이 좀 있습니다. 이번 겨울 나는 데는 큰 문제가 없을 듯합니다."

"거참 다행입니다. 그럼 보급 문제는 됐고, 겨울 동안 군사 훈련에만 집중하시면 되겠습니다. 게릴라 부대는 뭐니 뭐니 해도 기동력 아니겠습니까. 부대 전체를 기동대로 만든다는 목표로 동계 훈련에 박차를 가하시는 게 어떻겠습니까?"

"좋습니다. 저도 그렇게 생각하고 있었습니다. 우린 기동대가 돼야 합니다. 하 선생님을 이 시기에 만난 건 천운입니다."

"총사령님께 정말 중요한 사람은 여기 이 방무혁 대장입니다. 이 친구가 일본군 기동대 출신인데 특히 산악전술의 귀재입니다."

김지회가 하준서 옆에 무뚝뚝하게 서 있는 방무혁에게 물었다.

"산악전술을 제대로 구사하기 위해선 주로 어떤 훈련을 받아야 합니까?"

"급속행군, 전술보행, 지형극복, 방향유지, 기동사격, 숙영 및 취사, 수색 및 매복, 탐색격멸 등 산악 기동훈련 전반을 균형 있게 실시해야 합니다."

하준서가 웃었다.

"이 친구 말투가 이렇습니다. 암튼 이 친구에게 맡기시면 봉기군을 훌륭한 산악 기동대로 만들어 낼 겁니다."

방무혁이 말했다.

"우리 야산대는 30명도 안 됩니다. 그 숫자론 제대로 된 기동대를 만들 수 없습니다. 지금 여기 있는 봉기군은 300명이 넘지 않습니까. 그 정도면 충분합니다. 허락해 주시면 우리 야산대를 봉기군에 합류시켜 330여 명으로 구성된 멋들어진 산악 기동대를 만들어 보겠습니다."

김지회가 감격스러운 얼굴로 답했다.

"허락이 무슨 말씀입니까. 그렇게만 해주신다면 저희야 그저 감사할 따름이죠."

하준서가 자기 일처럼 기뻐했다.

"잘 됐습니다. 그럼, 당장 칠선골 부대를 봉기군에 통합시키고 동계 훈련에 들어가시지요. 그래서 12월, 1월, 2월 석 달간 세게 훈련하고 3월부터 춘투에 돌입하면 막강한 전투력을 발휘할 수 있을 겁니다."

김지회가 신나서 얘기했다.

"아, 춘투요! 정말 하 선생님하고는 뭐가 잘 맞는 것 같습니다. 제가 요 며칠 혼자 춘투 계획을 짜고 있었습니다. 3·1운동 30주년을 기념해서 뭔가 의미 있는 군사 행동을 전개하려고 합니다."

하준서가 응수했다.

"아, 내년이 정말 30주년이군요. 깜빡하고 있었습니다. 3·1운동 30주년 기념 춘투라, 거참, 말로만 들어도 멋있습니다."

다음날인 12월 1일, 방무혁이 아침 일찍 수하 27명을 데리고 백무골로 넘어왔다. 김지회는 그들을 3개 지대에 각기 9명씩 배치하고 방무혁을 김지회 부대의 훈련총책으로 임명했다. 산악 기동대 훈련은 당장 그날, 점심 식사 후에 바로 개시됐다. 대원들은 그때부터 3개월간 일요일만 빼곤 날마다 여섯 시간씩 강훈련을 받아 가며 지리산의 겨울을 견뎌내야 했다.

3일 후인 12월 4일 토요일엔 하준서가 김지회와의 약속을 지키려고 일부러 시간을 내어 산채로 올라왔다. 그와 함께 오일장이 선 당흥마을로 들어가니 주민들은 그를 하 도령이라 부르며 환대했다. 그의 인기 덕분에 물품 확보가 어느 때보다 빠르고 순조롭게 이루어졌다.

예상보다 작업을 빨리 마칠 수 있게 되어 지회는 대원들이 귀산 준비를 하는 동안 다소 느긋한 마음으로 시장을 둘러보았다. 혹시 경진이 좋아할 만한 것이 눈에 띄면 선물로 사 갈 요량이었다. 거의 일주일이 지났건만, 그날 주사 부린 게 떠오르면 아직도 경진을 보기가 미안했다.

마땅한 물건이 없어 좌판 시장을 벗어나려는 순간 두툼한 털실 뭉치들이 눈에 들어왔다. 문득 어린 시절 누나에게 뜨개질 배우던 생각이 났다. 할아버지에게 발각되어 치도곤을 당하기 전까진 사실 뜨개질 하는 시간이 제일 좋았다. 뜨개질을 하고 있노라면 어두웠던 마음이나 외로움, 심지어는 배고픔도 사라지는 것 같았고, 무엇보다 누나와 같이 있으면서 그녀에게 잘한다는 칭찬을 듣는 게 행복했었다.

지회는 털실 한 뭉치를 들어 올려봤다. 부드러운 촉감과 적당한 무게감이 기분을 편안하게 해줬다. 그는 주인에게 대바늘이 있냐고 물어 그것 몇 개와 손가위, 그리고 빨간 털실 다섯 뭉치를 사비로 사 누가 볼까 얼른 배낭에 집어넣었다.

그날 밤 경진은 놀라고 감탄하고 즐거워했다.

"어머 어쩜 이렇게 잘 떠요? 어렸을 때 누나한테 뜨개질 배운 적 있다길래 그냥 그랬나보다 했더니 보통 솜씨가 아니네요."

"나도 놀랐어. 따져보니까 13년 만인데, 어떻게 이렇게 금세 손에 익지?"

"그러게요. 그냥 척척 하시네요. 대원들이 보면 깜짝 놀라겠어요."

"미친 줄 알 거야. 핫하하. 몰래 해야지. 기주도 모르게 하자고."

"근데 이 빨간 실로 뭘 짜려고요?"

"그건 비밀이야."

"예쁘게 짜줘요."

"뭘 짜는데?"

"내꺼 뭐 짜는 거잖아요. 아녜요?"

"그건 나도 몰라. 손 가는 데로 짜는 거야."

"말해줘요, 뭔지."

"모른다니까."

"그럼, 누구 건지만 알려줘요."

"허 참…. 나중에 보면 알 텐데 뭘 그래."

"그래도 말해줘요."

"노루 줄 거야."

"거봐. 히히."

경진의 웃음소리를 들으니 오랜만에 그녀와의 사이에 다시 평화가 온 듯했다. 누군가에게 감사하다는 마음이 들었다.

1948년 12월과 그 이듬해 1월은 그렇게 평화로웠다. 반복적인 일상이라는 게 생기니 경진도 지회도 다른 대원들도 모두 긴장을 풀어갔다. 아침에 일어나 밥해 먹고, 점심 식사 전후로 세 시간씩 집단 훈련받고, 두 시간 개별 훈련 후 저녁에 다시 밥해 먹고, 마지막으로 한 시간씩 분대 회의 갖는 일상이 모두에게 안정감을 주었다. 밤에는 각자 좋아하는 일도 한두 가지씩 할 수 있었다.

12월의 첫 월요일부터 지회는 자기 전에 두 시간 가까이 뜨개질을 했다. 며칠 만에 그 시간은 그만의 공상 혹은 묵상의 시간으로 자리를 잡았다. 처음 10분가량은 대개 골치 아픈 일들이나 죽이고 싶은 놈들 따위가 생각났지만, 그 후엔 차차 머릿속이 비워지면서 마음이 차분해졌다. 그 상태에서, 꼭 필요할 때만 빼곤 눈을 감은 채 뜨개질을 계속하다 보면 머릿속에 무형의 검은 공간이 펼쳐지곤 했다. 그것은 마치 암흑 상자 속에 펼쳐진 우주공간과도 같았다. 잠시 기다리면 어떨 땐 만주로 시집간 누나, 어떨 땐 어릴 적 소식 끊긴 아버지, 어떨 땐 돌아가신 할아버지가 그 공간에 나타났다. 가끔은, 좋아했던 여자애들도 등장했다.

함흥농업학교 다닐 때 알게 된 함주서점 집 딸 이애리자는 처음 입맞춤했던 여자애였다. 태항산에서 만난 중국 소녀 진덕기와는 서로를 애달피 여기다 기어이 동정과 처녀를 주고받았다. 몽양의 청년 비서로 함께 일했던 백은주는 누이처럼 상냥했던 연상의 연인이었다. 하나같이 사랑이 넘쳐나는, 과분한 여성들이었다. 지회는 그녀들의 순수한 사랑을 고마워하지 않았다. 그저 자기네들이 좋아서 그럴 뿐이라고 생각했다. 깊은 사랑을 받으면서도 어딘가 늘 허전했고, 또 다른 무언가를 구했다. 그래서, 나름 다 이유는 있었지만, 그녀들을 떠나게 한 것도 결국은 항상 그였다.

그녀들이 그 공간에 떠오르면 안타깝고 미안한 마음이 들었다. 하지만, 지금의 경진에게 비하랴. 그래도 그녀들은 가족과 같이 살았고, 친구들과 어울렸으며, 학교든 직장이든 소속된 곳이 있었다. 경진은 다르다. 도대체 뭘 믿고 그러는지 이제 열여덟 살짜리 여자애가 아무것도 가진 것 없는 남자를 따라 이 험한 산속에 자신을 던져넣었다. 그저 남자의 뜻이 선하고 바르니 자신도 죽는 날까지 그와 같이하겠단다. 고맙고 미안할 뿐이다.

그런데도 그런 경진에게 벌써 두 번이나 못 된 술주정을 했다. 아무도 없는 구석에 몰아놓고 거의 행패를 부린 셈이었다. 얼마나 외롭고 슬펐을까. 사람이, 그것도 약자를 위해 살겠다고 작정한 사람이 할 수 있는 짓이 아니었다.

그녀는 그래도 성 한 번 내지 않았다. 비난이나 불만 섞인 말 한 마디 없었다. 오히려 그를 가여워했다. 어려서부터 외롭게만 살아서 마음에 응어리가 생긴 탓일 거라며 안쓰러워했다. 원래 강직하고 의롭게 사는 사람은 외로운 법이라며 하나님과 함께하면 그 응어리가 다 풀어질 거라는 위로도 자주 해줬다.

그녀는 백무골에 와서 다시 시작한 다윗 공부에 큰 기대를 거는 눈치였다. 다윗이 하나님과 어떻게 사귀며 살았는지 알게 되면 지회도 희망을 품을 것이며, 그러면 점차 그의 외롬증도 치유될 거라고 믿었다. 그리고 매일 기도했다.

그녀의 정성이 하늘에 닿은 걸까? 다윗 공부를 재개하고 얼마쯤 지나면서부터 그 머릿속 우주공간에 다윗의 모습이 종종 나타났다. 날이 어두워지면 외로움을 달래려고 혼자 노래를 부르고 비파를 타다가 별을 올려다보며 무언가를 중얼거리는 어린 양치기, 오랜만에 집에 왔는데도 형들이 끼워주지 않자 홀로 집 뒤 오솔길을 걷다 파란 나비를 보곤 그 뒤를 폴짝대며 쫓아가는 긴 갈색 머리 남자아이, 거인 골리앗을 대적하게 됐음에도 겨우 물맷돌 몇 개를 주머니에 넣고 무서워하는 기색 하나 없이 덤덤히 나아가는 볼 빨간 소년, 충성으로 섬겼던 사울 왕이 자신을 죽이려 들자 깊은 산속으로 도망 다니면서도 그의 안녕과 그와의 화평을 염원하던 눈빛 맑은 청년, 허기를 참지 못해 감히 제단에 올려진 빵을 먹으면서도 제사장에게 자기는 왕의 명령을 수행하는 성별된 자라 괜찮다고 둘러대는 거짓말쟁이, 외롭고 가난한 사람들의 처지가 가슴 아파 하늘을 우러러 공의를 호소하며 굵은 눈물을 흘리는 시대의 의인, 부하의 아내인 밧세바를 자기 여자로 만들고 그 부하는 죽게 만든 비열한 치정 행각이 드러나자 그때야 하나님께 나아가 자기 죄를 없애달라고 읍소하는 철면피, 반역을 일으킨 셋째 아들 압살롬이 자기의 후궁 셋을 사람들 보는 데서 강간하고도 모자라 아비인 자기까지 살해하려 들자 텅 빈 눈을 한 채 황망히 맨발로 피신하는 늙고 초라한 왕….

다윗은 그렇게 변화무쌍한 모습으로 나타났다. 대장부이지만 졸장부이기도 했고, 용감하지만 비겁하기도 했으며, 의인이지만 속물이기도 했다. 참으로 복잡한 인간이었다. 하지만, 하나님을 향한 그의 애정만큼은 늘 한결같았다. 외로울 때도, 두려울 때도, 원통할 때도, 기쁠 때도, 죽고 싶도록 창피하거나 참담할 때도, 심지어는 바로 그분께 큰 죄를 짓고 나서도 그는 그분 곁에 가서 그분 옆에 있고 싶어 했다. 어쩌면 인간이 그토록 신과 친밀할 수 있는 걸까? 신은 대체 어떤 존재이길래 인간이 저럴 수 있는 걸까? 지회는 종종 다윗만이 아니라 그의 하나님도 궁금했다.

어쨌든, 다윗의 출현 횟수는 날이 갈수록 늘어났다. 나중에는 아예 지회 쪽에서 그를 불러내기도 했다. 만날수록 그와 정이 깊어지는 것 같았다. 그러더니, 신기하게도, 어느 새부턴 그와 무언으로 얘기도 나눌 수 있게 됐다. 그의 말이 긴 건 아니었다. 말을 걸면 그저 요점만 짧게 답할 뿐이었다. 대꾸가 없을 때도 있었다. 하지만 그때도 표정으론 얘기했다. 어쩌면 그와의 대화는 머릿속으로 하는 지회 혼자만의 일인극 놀이였는지도 모른다. 그렇다면, 다윗이 하는 말은 기실 마음속에 있는 지회 자신의 다른 생각이나 소망이 투영된 것뿐이리라. 뭐, 그래도 좋았다. 그와의 대화는 언제나 진지했고 성찰적이고 흥분되는 것이었다.

다윗에 집중하다 말고 불현듯 경진이 궁금해져 그녀를 찾아보면 그녀는 대개 지회가 만들어 준 빛 차단막을 펼치고 그 밑에 쭈그리고 앉아 조막만 한 호롱불에 의지하여 성경을 읽거나 연필화를 그리고 있었다. 뜨개질 시간에 그녀가 지회에게 말을 거는 일은 없었다. 다윗과 하나님의 세계를 알아가는 중이니만큼 오롯이 그 일에만 집중할 수 있도록 아무 간섭도 안 하겠다는 마음 씀씀이가 읽혔다.

그렇게 근 한 달이 지나자 빨간 스웨터가 완성됐다. 지회는 크리스마스 전날 밤에 그걸 경진에게 선물하며 말했다.

"같이 있어 줘서 고마워. 다윗 공부 계속 열심히 할게."

경진은 스웨터를 입어보면서 "아 따뜻해!"라고 기뻐하더니 눈물을 또 흘렸다.

2

 49년 1월에도 끼니 거르는 일 없었고 큰 사고도 없었으며 기동대 훈련도 무탈하게 진행됐다. 추위도, 12월과 마찬가지로, 걱정했던 것만큼 심하지 않았다. 대원들의 체력과 정신력은 눈에 띄게 향상됐다. 대민 관계도 돈독해졌다. 3월의 춘투가 기다려졌다. 이대로 간다면 대단한 성과를 거둘 수 있으리라는 확신이 들었다.
 하지만, 세월이 평화롭게만 흘러갈 수는 없는가 보다. 2월 중순에 김지회는, 홍애자의 말마따나, 또 술 귀신에게 붙잡혔다. 어쩌면 그건 이미 1월 중순에 예견됐던 일인지도 모른다. 그 무렵, 지회의 눈에 다른 여자가 보이기 시작했다. 반복적인 일상이 그를 안일하게 만든 걸까?
 1월부터 김지회는 지리산 북쪽 마을 몇 군데에 정보원을 심어 놓기로 하고 주말이면 되도록 자기가 직접 대상지와 후보자를 보러 가곤 했다. 대개는 이기주와 함께였다. 1월의 세 번째 토요일인 15일엔 뱀사골 입구의 반선마을로 갔다. 이때는 정락훈이 동행했다. 구례읍에 사는 고향 후배의 추천을 받아 그 마을에서 주막을 한다는 서몽실이라는 여인을 세포로 삼자고 제안한 이가 그였기 때문이다.
 산골 마을 주모라길래 억세고 거친 중년 여성을 상상했는데, 가서 보니 서몽실은 30대 초반으로 보이는 여리여리한 여자였다. 옷을 땐 눈과 입술에서 요염함이 느껴지기도 했다. 김지회만이 아니었다. 그녀를 천거한 정락훈조차 그런 의외의 모습에 놀라는 눈치였다.

그녀는 김지회가 주막에 들어서자, 누군지 바로 알아보고 뜨거운 국밥부터 말아왔다. 서설을 길게 풀 필요도 없었다. 그녀 쪽에서 먼저 봉기군을 위해 자기가 무슨 일을 할 수 있는지를 유독 이쁘게 들리는 전라도 사투리로 조곤조곤 말했다. 며칠 전에는 국군 장교들 몇이 왔었는데 봄이 되면 길상사에 토벌대 임시본부를 설치할 거라더라며 대비를 일찍부터 해야 한다는 조언까지 해줬다.

한 시간가량 머무는 동안 김지회는 그녀에게 묘한 감정을 느꼈다. 일단 그녀가 30대가 아니라 자기 또래인 것에 놀랐다. 13세 때 팔려 와 늙은 서방을 섬기며 산 지 벌써 10년째라고 했는데, 그녀에겐 그 10년이 20년처럼 길었던 모양이었다. 김지회는 자신의 지난 10년을 돌아보며 괜스레 미안한 마음이 들었다. 한편으론, 그 세월을 깊은 산골에서 부엌데기처럼 살아왔다면서 어떻게 그리도 훌륭한 역사 인식과 동포애를 가졌는지 신기하기도 했다. 그녀는 해방은 아직 멀었다는 의미심장한 말을 했다. 불쌍하고 억울한 사람이 지천으로 깔려 있는데, 수없이 많은 사람이 아직 어둡고 무서운 세상을 숨도 제대로 못 쉬고 살고 있는데, 이게 무슨 해방이냐고 했다. 그런데 특히 묘한 것은 그녀의 표정이었다. 그런 심각한 말을 하면서도 줄곧 잔잔한 미소를 짓고 있었다. 차가우면서도 아름다워 보였다. 대화 중에 그녀는 김지회의 눈을 자주 쳐다봤는데 그때마다 그녀의 눈빛에서 어떤 애절함 혹은 그리움 같은 걸 느꼈다. 가끔 분위기가 어색해져 딴청을 피워야 할 때도 있었다.

돌아오는 길에 정락훈이 들려준 얘기를 들으니 그녀에 대한 호기심이 더해졌다. 그녀는 산내면에서 손꼽히는 부자 영감의 네 번째 첩이라고 했다. 아이를 낳지 못해 영감의 노리개 취급만 받고 살다가 해방되던 해에 영감이 병으로 드러누우면서 저 주막을 차렸는데, 거기서 번 돈으로 지난 몇 년 동안 가난한 사람을 많이 도와 동네 평판이 아주 좋다고 했다. 최근에는 산내국민학교 학생들을 위해 장학사업까지 펼치고 있다고 했다.

김지회는 그녀를 그다음 주 금요일인 21일에 다시 만났다. 이기주와 함께 마천면과 산내면 소재지에 세포 심기 작업을 하러 갔다가 그 주막에 들렀다. 사실 반선마을에 갈 필요는 없었다. 단지 서몽실 얘기를 들은 이기주가 한번 보고 싶다고 조르는 바람에 못 이기는 척하고 갔던 것이다.

김지회가 들어서자, 손님들에게 음식을 나르던 그녀가 놀란 눈으로 쳐다보곤 귀밑까지 붉어진 얼굴을 감추려는 듯 고개를 숙이고 그의 인사말에 간신히 대꾸했다. 들릴락 말락 하는 작은 소리였다. 하지만, 지나는 길에 이기주 지대장을 소개하려고 잠깐 들렀을 뿐이라고 말하고 나가려 하자, 근무 중이라 술은 안될지라도 몸에 좋은 지리산 산야초 차는 한잔하고 가라고 큰 소리로 말했다. 그녀의 전라도 사투리는 들을수록 정감이 있었다.

산야초 차는 향이 그윽하고 맛도 깊었다. 따뜻한 차 몇 모금에 얼었던 몸이 스르르 녹는 것 같았다. 서몽실은 잔이 빌 때마다 꼭 두 손으로 주전자를 들어 공손하게 채웠다. 다정하고 포근한 느낌을 주는 여자였다. 주막을 나오자마자 이기주가 한마디 툭 던졌다.

"불안하다, 불안해."

"뭔 소리야?"

"널 쳐다보는 눈빛이 심상치 않아. 너도 그렇고."

"별걱정 다 한다. 지금 때가 어느 땐데…. 그냥 좀 호기심이 생겼을 뿐이야."

"그래 지회야, 너 정신 바짝 차려야 한다. 지금은 전시야. 지금 천 명이나 되는 청년들이 니가 든 깃발 아래 모여 전쟁을 치르고 있다고. 대장이 흔들리면 다 죽어. 그들뿐이냐? 우리에게 희망을 걸고 있는 불쌍한 우리 인민들은 다 어떡할 거야?"

"아이고, 별말을 다 한다. 내가 널 괜히 여기 데리고 와서 니 머리를 복잡하게 만들었나 보다. 아무 말 안 했으면 아무 걱정 없었을 텐데."

"너 여자한테 약하다는 거, 너도 알잖아. 내가 아는 여자만 해도 몇이냐. 어렸을 때 부모 사랑을 못 받아 그런 거 같다고, 너 자신도 그걸 걱정했잖아. 그거 아직 고쳐진 거 아닐 수도 있어. 정말 조심해야 한다고."

"알았어, 알았어. 조심해야지…."

김지회의 침묵이 길어지자 이기주가 물었다.

"왜 그렇게 조용해? 반성하냐?"

"며칠 전에 경진이가 그러더라고. 나하고만 있으면 아무것도 부럽지 않고 그저 완벽하게 행복하다고. 그 말 듣고 난 좀 미안했어. 사실 난 꼭 그렇진 않거든. 경진이와 있으면 물론 좋아. 제일 좋아. 하지만 그렇다고 외로움이랄까, 허무함 같은 게 완전히 사라지는 건 아냐. 요즘에도 문득문득 누군가가 그립고, 어딘가로 가고 싶고, 뭔가를 좀 해야 할 것 같고, 여전히 그래. 모르겠어! 대체 왜 그런지."

"어휴, 넌 참, 어떡하냐…."

1월 22일 토요일, 저물녘이었다. 전날의 짜릿했던 감정을 되새김하면서 저녁밥을 기다리고 있는데 대성골 부대에서 전령이 왔다. 지창준 부대장이 칠불암 근처에서 체포됐다는 것이다.

그날 아침 지창준은 이흥국 지대의 1개 소대원 30여 명과 함께 대성골 아래 의신마을로 생필품을 구하러 갔다가 거기서 10리가량 떨어진 왕성국민학교에 경찰 토벌대 1개 소대가 진을 치고 있다는 급보를 접했다. 두 달 가까이 전투다운 전투 한 번 치러보지 못했던 그는 순간적으로 흥분했던 모양이다. 좀 더 살펴보자는 이흥국의 만류에도 공격 명령을 내렸다. 정찰대 1개 소대 정도면, 그것도 경찰부대라면 단박에 제압할 수 있다고 자신했단다. 하지만 경찰만이 상대가 아니었다. 전장이 학교 밑 계림 계곡까지 넓혀진 지 10분도 지나지 않아 어디선가 수많은 군인이 나타났다. 지창준은 즉각 퇴각 명령을 내리고 자신도 칠불암 방향으로 달아났지만 두어 시간 후에 생포됐다. 이흥국은 지창준과 헤어져 의신마을 부근에 피신해 있다가 그가 잡혀갔다는 보고를 받고 대성골로 귀대했다고 했다.

김지회는 편지 한 통을 급히 써서 전령에게 주었다. 이영희 지대장에게 보내는 그 편지에서 그는 부대장의 유고로 황망하겠지만 즉각 부대를 이끌고 함양 북쪽의 덕유산으로 가서 새 아지트를 구축하라고 했다. 말하자면, 주둔지 이동 명령이었다. 사실 이전부터 그는 대성골과 거림골은 부대를 하나씩 두기엔 거리가 너무 가깝다고 생각했다. 춘투와 그 후에 추진할 해방구 조성 사업을 위해서라도 부대 하나는 함양 북쪽에 두는 게 좋으리라고 여겼다. 그러니 이참에, 즉 토벌대의 추적이 의신마을과 대성골 근방에 집중될 공산이 큰 이때 대성골 부대를 옮기려는 것이었다. 더불어 그는 서면으로 인사 명령도 내렸다. 이영희를 부대장으로 승진시키고, 신임 지대장은 이영희가 지명하는 인물로 임명한다는 것이었다.

김지회는 그로부터 4일 후인 26일 늦은 오후에야 이영희의 답신을 받았다. 덕유산 중턱쯤에 해당하는 거창군 북상면 병곡리 계곡에 자리를 잡았는데 이동 중에 이탈자가 많이 생겨 부대원은 200

명가량으로 줄었다고 했다. 그리하여 부대의 편제를 3개 지대에서 2개 지대로 바꾸고 김금수와 이흥국이 지대장직을 계속 맡도록 했다고 했다. 역시 이영희는 믿고 맡길만한 지휘관이었다.

그날 밤 김지회는 오랜만에 깊은 잠을 잘 수 있었다. 하지만, 아침에 깨어보니 잔뜩 먹구름이 끼어 날이 어두웠다. 그의 심상과 같았다. 지창준 생각이 나서인지, 풀죽은 이영희 부대원들 모습이 떠올라선지, 마음이 스산하고 어수선했다. 그런데 늦은 오후에 어딘가 엉뚱해 보이는 청년이 등에 커다란 궤짝 같은 걸 지고 산채로 올라왔다. 고추장 더덕장아찌였다. 서몽실이 봉기군에게 보내는 격려품이라고 했다. 허어, 이거 참…. 그제야 먹구름이 거치며 맑은 하늘이 펼쳐졌다.

1월 29일. 아침부터 함박눈이 내린 탓일까. 3일 연속 시편을 읽고 다윗 생각을 하며 마음을 다스렸는데도 토요일 오후가 되자 은근히 안달이 났다. 담배를 한 대 꺼내 물었다. 눈 내리는 산길을 혼자 걷고 싶었다. 람천과 만수천을 끝없이 따라가 보고 싶기도 했다. 그 끝에는 반선마을이 나올 것이었다. 마을 어귀의 그 주막으로 들어가 눈 덮인 세상을 바라보며 막걸리 한 사발을 조용히 마시면 기분이 어떨까?

술 따르는 그녀의 하얀 손, 그러면서 지회의 눈을 조심스레 쳐다볼 그녀의 깊고 다정한 눈빛이 보이는 듯했다. 상상만으로도 머리가 몽롱하고 몸이 노곤해졌다.

  2월 12일, 다시 토요일이 왔다. 아침 일찍 하준서가 또 소 한 마리를 끌고 나타났다. 아무튼 통 큰 사내였다. 조만간 평양으로 돌아간다고 했다. 그가 가져온 소로 푸짐한 점심상을 마련하여 송별회를 벌였다.
  작별을 고하고 하준서가 길을 나설 때 김지회도 배웅하겠다며 따라나섰다. 만난 지도 얼마 안 된 사람인데 그새 정이 들었는지, 아니면 뜻이 워낙 잘 통해서인지 잘 가라는 말로 그냥 보내줄 수가 없었다. 이승만과 김일성을 같이 욕하다가, 몽양을 같이 그리워하다가, 김원봉과 김종서를 같이 상찬하다 보니 어느새 한 시간 반가량을 걸어 당흥마을 초입까지 왔다. 15시경이었다. 이젠 정말 헤어져야 했다. 멋진 말을 건네고 싶었지만 적절한 말이 떠오르지 않았다. 그도 마찬가지였는지 어색한 표정으로 우물거리기만 했다.
  "잘 가십시오. 언제 다시 볼지 모르지만, 그때까지 건강히 잘 지내십시오."
  "네. 감사합니다. 대장님도 내내 건승하시길 바랍니다."
  그게 다였다. 돌아서는 그의 뒷모습이 쓸쓸해 보였다. 내 모습도 아마 저렇겠지. 멀어져가는 그를 물끄러미 바라보고 있는데 눈이 내렸다. 갑자기 못 견딜 것 같은 외로움이 몰려왔다. 담배를 입에 물었다.

발길이 저절로 반선마을을 향했다. 눈보라를 헤치고 세 시간을 넘게 걸어 주막에 도착했다. 그녀가 미소를 지으며 활짝 맞아주었다.

3

지회가 잠에서 깼다. 옆에서 낮게 코 고는 소리가 들렸다. 가슴이 철렁 내려앉으며 눈이 번쩍 떠졌다. 다행이었다. 경진이었다. 그래도 불안했다. 눈을 다시 감고 그대로 누워 그간의 상황을 정리해봤다. 제일 먼저 경진이 흠뻑 젖은 그의 옷을 갈아입히던 장면이 떠올랐다. 그가 몸을 제대로 가누지 못해서 그녀가 끙끙거리며 애를 먹었다. 그러고 나서 그녀는 담요와 광목천, 옷가지 등으로 그의 몸을 덮어주었다. 마치 온몸을 꼭꼭 싸매는 것 같았다. 다행히 소리를 지르거나 말썽을 피우지는 않았던 것 같다. 다만, 뭐라고 그랬는진 모르겠지만, 계속 중얼거렸던 게 생각났다. 어쨌든, 종국엔 그녀에게 고마움을 느끼며 잠들었다.

어떻게 산채까지 왔는지는 거의 생각나지 않았다. 눈 덮인 산길을 걷고 뛰고 구르고, 그러다 죽을 듯이 헉헉거리던 일 따위만 띄엄띄엄 생각났다. 정월 대보름인지라 달은 무척 밝았고, 환한 달빛이 천지를 뒤덮은 눈에 반사되어 길은 어둡지 않았다. 큰 짐승도 만났던 것 같은데, 뭐였는지는 모르겠다.

하준서와 헤어져 주막에 도착한 건 18시가 넘은 때였다. 그녀는 잠깐 있으라더니 급히 국밥 한 그릇을 내왔다. 다른 손님은 없었다. 뜨거운 국밥을 몇 숟갈 먹으니 몸이 녹으며 얼굴에 땀이 흘렀다. 그녀가 안쓰러운 듯 수건을 가져다줬다.

식사가 끝나갈 즈음에 그녀가 기력 회복에 좋은 것이니 두어 잔만 마셔보라며 오래돼 보이는 백자 호리병을 식탁 위에 예의 바르게 올려놓았다. 직접 담근 산수유 술이라고 했다. 잠시 망설였지만, 지회는 기세 좋게 호리병을 들어 올렸다. 과실주 두어 잔쯤이야 어떻겠나 싶었다. 하얀 잔에 따르니 맑은 선홍빛 액체가 아름다웠다. 맛도 좋았다. 입안도 덩달아 맑아지는 것 같았다.

두 번째 잔은 그녀가 서서 따라주었다. 보기보단 독한 술이었지만, 뒷맛은 쌉싸름하니 상큼했다. 한두 잔쯤 더 해도 괜찮을 듯싶었다. 그녀가 옆으로 와 앉더니 세 번째 잔을 따랐다.

지회가 같이 마시자고 권했다. 그녀는 수줍은 미소를 지으며 그에게 잔을 비우고 그 잔을 달라고 했다. 그가 기분 좋게 잔을 비우고 술을 따라 그녀에게 건넸다. 그녀가 단숨에 비우고 다시 잔을 돌려주었다. 그렇게 시작된 주거니 받거니는 호리병이 빌 때까지 계속됐다. 서로의 얘기도 잔처럼 그렇게 오고 갔다. 얘기하는 게 맛있다는 느낌이 들었다. 특히 어떻게 군란을 일으킬 결심까지 하게 됐냐는 그녀의 질문에 답하는 과정에서 그랬다. 해방이 돼서도 여전히 부당한 권력 아래에서 숨죽이고 살아야 하는 현실이 너무 화가 나고 자존심 상하고 치욕스러워서 견디질 못해하던 가슴 뜨거운 청년들이 제주출병 명령에 결국 분노를 폭발한 거라는 지회의 설명에 그녀는 대목마다 십분 공감했다. 자기가 14연대 병사였다면 그녀도 무조건 지회를 따랐을 거라고 말할 땐 그녀가 귀엽고 예쁘고 친근해 보였다.

산수유주가 바닥났을 때, 그녀는 빈 호리병을 들고 일어서며 따로 빚은 특별한 막걸리가 있는데 맛 좀 보시겠냐고 물었다. 지회가 약간 취기가 돈다는 걸 느끼며 손목시계를 봤다. 19시 40분이었다. 그녀는, 이제 곧 돌아가셔야 할 터이니 딱 한 잔씩만 하자고 했다.

그녀가 금세 술상을 차려왔다. 과연 좋은 술이었다. 조금만 마시고 내려놓으려 했지만 그럴 수가 없었다. 막걸리가 스스로 목을 타고 들어가는 것 같았다. 그녀도 단숨에 잔을 비우곤 겨울 배추김치를 쭉쭉 찢어 김지회 앞에 놔주었다. 막걸리와 같이 먹는 김치 맛이 그렇게 좋을 수가 없었다. 그가 김치를 맛있게 먹는 걸 보곤 그녀가 한 잔 더 하고 싶냐고 눈으로 물었다. 그가 고개를 끄덕거렸다.

그 후로도 평등한 세상을 어떻게 만들어 갈 수 있는지 등에 관한 얘기를 맛깔나게 나누며 서너 잔은 더 마신 것 같은데 어느 구간부터는 기억이 정확히 나지 않았다. 그녀가 지회의 허벅지를 만지며 바위 같다고 했던 건 생각이 났다. 세상에 이렇게 아름다운 남자가 있는지 몰랐다는 남사스러운 말도 했었다. 맞다. 그도 그녀를 만졌다! 볼과 목과 어깨를 쓰다듬었던 것 같다. 입술에 뽀뽀도 했었던

가? 아~.

그때 경진이 일어났다. 손바닥으로 그의 이마부터 만졌다.
"괜찮아요?"
"응. 괜찮아. 어젠 미안했어."
"왜 또 그랬어요? 하준서 씨랑 무슨 일 있었어요?"
"아냐, 그냥, 피곤한데 좀 마셨더니, 맥없이 잠이 들었나 봐. 허둥지둥 오느라고 정신이 하나도 없었네. 미안해."
"다친 데 없으니 다행이죠, 뭐. 근데 여보."
"응?"
"저 정말 김종견에게 아무 일도 당하지 않았어요. 그냥 협박만 좀 받았을 뿐이에요. 그러니 제발 속상해하지 마세요. 정말이에요."
 그제야 생각이 났다. 어젯밤에 내가 김종견 새끼를 처단할 거라고 계속 중얼거렸다. 그러면서 경진에게 채근했다. 그놈이 무슨 짓을 했는지 말하라고. 아이고, 또 이 착한 애를 못살게 굴었구나. 벌써 세 번째다. 아, 정말 나란 놈은 대체….
"알았어. 싫어하는 말 자꾸 해서 미안해. 이젠 다시 안 할게. 근데 어제 내가 돌아왔을 때가 몇 시였지?"
"치, 시간도 모르고. 정확히 말하면 어제가 아니라 아까에요. 새벽 한 시 반쯤이었어요. 그래도 별일 없이 바로 잠들어서 다행이죠. 전 혹시 여보가 전처럼 소리 지르고 하면 어떡하나 해서 조마조마

했어요. 여긴 주변에 다 들리잖아요."

"경진인 정말 괜찮은 거지? 나 미워하는 거 아니지?"

"무슨 그런 말을 해요? 그냥 걱정하는 거지. 그래도 지난번보다 훨씬 나아졌잖아요. 점점 좋아질 거예요. 저도 기도 많이 하고 있어요."

순진한 경진의 말이 지회의 양심을 푹 찔렀다.

"고마워. 나도 노력할게… 아직 해 뜨려면 멀었으니 더 자. 나도 더 잘게."

"그래요. 더 주무세요. 얼마나 피곤하겠어요. 저도 잘게요."

그녀는 머리를 누이자마자 곯아떨어졌다. 정말 지치고 피곤한 사람은 이 아이일 것이다. 나같이 못된 놈을 만나 이게 웬 고생이란 말인가.

지회는 몸을 뒤집어 베개에 코를 묻었다. 그녀의 외투 두어 개를 둘둘 만 것이라 거기서 경진의 냄새가 배어 나왔다. 옆에 있는 그녀에 대한 그리움과 자책감이 동시에 몰려들었다. 장탄식이 새어 나왔다.

그는 머리를 베개에 박은 채 발버둥 치듯 양다리를 움직거리다 무릎을 꿇어 보았다. 왠지 모르게 그 자세가 마음을 편하게 해줬다. 문득 지난번 세석평전에서 땅바닥에 엎드려 기도하던 때가 생각났다.

"하나님, 정말 살아계신다면 저도 좀 착하게 해주세요. 경진일 지켜주세요."

4

지회는 자괴감에 빠져 일요일 낮을 우울하게 보냈다. 조금만 움직여도 머리가 울리고 구토 증세가 났다. 경진은 되레 그런 지회의 눈치를 봐가며 위로해 주려고 무진 애를 썼다. 얘는 대체 어디까지 착할 수 있는 거지? 변함없는 경진의 선함과 자상함이 오히려 그의 마음을 더 곤궁하게 만들었다. 어딘가로 숨어버리고 싶었다. 지도자감이 아니라는 자기비판이 일어 괴로웠다.

서쪽 하늘이 노을로 뒤덮였을 무렵에야 머리가 좀 맑아졌다. 힘도 그제야 조금씩 나는 것 같았다. 그래, 인제 와서 어쩌랴. 다시 시작하자. 그냥 가는 거다. 나쁜 일이 있었으니 곧 또 좋은 일이 생길 거다. 기다리면서 훈련에 집중하자.

춘투 계획을 구체화하고 그에 맞춰 기동대 훈련 일정을 조정하는 데 몰두하다 보니 월, 화, 수 3일이 금세 지나갔다. 하지만, 중간중간에 서몽실 생각이 나는 건 어쩔 수 없었다. 대체 그날 밤에 그녀와 무슨 얘기를 했고, 육체적인 접촉은 또 어디까지 했을까? 뽀뽀를 한 것도 같고, 가슴을 만진 것도 같고, 다 아닌 것도 같고…. 생각할 때마다 정체 모를 불안감이 그를 툭 건드리고 지나갔다.

그러던 중, 목요일 오후에 정신을 바짝 들게 하는 소식 두 가지가 산채로 올라왔다. 하나는 작년 12월 중순부터 숙군 작업이 대폭 강화되어 2개월 만에 무려 1천여 명의 좌익 혐의자들이 검거됐는데,

이번엔 사민주의 그룹도 표적이었다는 것이었다. 다행히도 김종서와 최남구 중령, 그리고 오일규 소령은 검거되기 직전인 2월 초에 각자 피신했다고 했다.

다른 하나는 소령으로 승진한 김종견이 마산에 창설되는 국군 16연대 부연대장으로 임명됐는데, 그리로 가는 길에 남원에 들러 여수 진압 때의 직속상관이던 원용득 사령관을 만난다는 것이었다. 김지회는 즉각 김종견의 동선을 파악해 오라는 명령을 내렸다.

토요일 저녁엔 최수종을 수원의 화성사진관으로 보냈다. 김종서에게 갈 편지를 들려 보낸 것이다. 편지에서 그는 김종서는 물론 최남구와 김원봉의 지원과 격려에 대한 감사의 마음을 전하고 그간 봉기군에게 있었던 변화를 간략히 보고한 후 김종서에게 백무골로 들어와 계시는 게 어떻겠냐는 제안을 했다. 가능하면 최남구와 오일규에게도 같은 말을 전해달라는 부탁도 썼다.

몇 시간 후 김지회는 왼쪽 허리춤에 단신거사를 차고 길을 나섰다. 양쪽 다리에 힘이 불끈 들어가 보였다. 그의 뒤를 신인형과 그의 정예 11명이 따랐다. 그들은 국군의 최악질 장교로 소문난 김종견을 자기들 손으로 처단하러 간다는 자부심으로 들떠있었다. 금요일 밤에 최종적으로 취합한 정보에 의하면 김종견은 토요일 오후에 남원에 도착하여 하룻밤을 묶고 이튿날 아침에 함양과 진주를 거쳐 마산으로 가는데, 수행 인원은 10명 내외이며 이동 수단은 지프와 스리쿼터 각 한 대라고 했다. 김지회는 남원과 함양 사이의 운봉에서 그를 치기로 했다.

여섯 시간을 행군하여 운봉면 소재지에 도착하니 04시가 조금 넘은 시간이었다. 큰 마을이었지만 개 짖는 소리 외에는 고요했다. 김지회 일행은 최상의 공격 지점을 찾아 주변 지형을 꼼꼼히 살피며 다녔다. 매복지를 결정했을 때는 여명이 밝아올 무렵이었다. 왔던 길로 30분 정도 되돌아간 지점의, 황산 아래 람천 변이었다. 차 한 대가 간신히 지나갈 만한 좁은 천변 길 양옆이 산자락으로 막혀 있어 기습 공격에 안성맞춤인 자리 두 군데가 거기 연이어 있었다.

09시가 지나서도 김종견은 나타나지 않았다. 안달증이 났는지, 앉아 있던 김지회가 갑자기 벌떡 일어나 칼집에서 단신거사를 꺼내 들어 하늘에 비추어 보았다. 햇빛에 날이 번쩍였다. 사악한 일본도를 감히 해방된 조국에서 휘둘러? 더러운 칼로 우리 양민의 목을 베고 여성을 능욕하고 민족을 욕보여? 이 개새끼! 오늘 내 조선도의 맛을 봐라. 여생을 무력감과 수치감 속에서 지내게 해주마.

10시 반경 드디어 그가 탄 지프가 첫 번째 협곡 길로 들어왔다. 스리쿼터는 조금 떨어져 따라오고 있었다. 길 양쪽에 매복한 대원들은 지프는 그냥 보내고 스리쿼터가 들어왔을 때 거기에 총격과 포격을 가했다. 앞서가던 지프는 잠시 멈칫하더니 이내 최고속도를 내어 줄행랑쳤다.

하지만, 지프가 두 번째 협곡 길을 지날 때 차의 앞뒤 좌우에서 빗발치듯 쏟아지는 총알과 함께 큰 바위가 굴러 내려왔다. 전속력으로 달리던 차가 바위에 받혀 그대로 멈춰 섰다. 운전병과 옆자리의 군인은 피를 흘리며 쓰러졌다. 뒷자리의 김종견이 두 손을 번쩍 들고 일어나 "항복~"이라고 소리높여 외쳤다.

김지회가 내려갔다. 그가 바들바들 떨며 살려달라고 했다. 김지회는 그에게 다짜고짜 일본도를 갖고 있냐고 물었다.

"예. 여기 있습니다. 가져가십시오. 아주 길이 잘 든 보검 중의 보검입니다."

"미친 새끼. 그거 갖고 이리 나와. 나랑 한 판 붙자."

"네?"

"칼 갖고 나오라고, 이 쪽발이 앞잡이 새끼야. 내 조선도랑 겨루잔 말이다."

그제야 말귀를 알아들은 김종견이 눈을 반짝이며 간사스러운 말투로 물었다.

"뭐 그럴 리는 없겠지만, 혹시, 제가 이기면 풀어주시는 겁니까?"

김지회가 따라 내려온 부하 세 명에게 큰 소리로 말했다.

"만약 조선도가 일본도에 패하게 되면 저놈을 놓아줘라. 머리카락도 건드리지 말라. 알았나?"

"예~"

"자, 이제 시작하자."

김종견이 일본도를 들고 지프에서 내려와 자세를 취했다. 김지회도 왼편 허리춤의 단신거사 손잡이를 오른손으로 꽉 쥐었다. 팽팽한 긴장감이 협곡을 감돌았다. 그때, 잠잠했던 첫 번째 협곡에서 기관총 소리가 다시 요란하게 울렸다. 두 번째 충격전이 벌어진 듯했다. 그런데도 두 사람은 흔들리지 않고 오직 상대에게만 집중하며 허리를 조금 숙인 상태에서 서로를 빙빙 돌았다.

그러던 어느 순간 김종견이 일본도를 높이 치켜들고 기합 소리를 내며 김지회에게 달려들었다.

"하야아~~ 압~"

김지회도 같이 달려들며 단신거사를 움직였다.

"아악~~~"

김종견이 죽을 듯이 비명을 지르며 칼을 떨어트리고 바닥에 철퍼덕 무릎을 꿇더니 오른쪽 귀 부위를 양손으로 감쌌다. 손가락 사이로 피가 흘렀다.

김지회가 다가가 발로 놈의 일본도를 부하들 있는 쪽으로 차버리곤 조선도를 천천히 칼집에 넣었다. 그리고 허리 뒤편에서 단도를 꺼내 들었다. 김종견이 공포에 찬 눈으로 그를 바라보며 애원했다.

"제발 살려만 주십시오. 앞으론 불쌍한 인민을 위하며 착하게 살겠습니다. 정말입니다. 맹세합니다."

"잘됐네. 그러잖아도 네놈이 그렇게 살 수 있도록 손 좀 봐주려고 했는데. 자, 지금부터 네놈의 아킬레스건과 손목인대를 끊어주마. 오래 걸리지도 않고 별로 아프지도 않다. 수술을 받고 나면 넌 다신 우리 인민들에게 칼을 휘두르지 못할 거고, 아녀자들을 희롱하지도 못할 게다. 너로선 그것만으로도 아주 착하게 사는 거야. 자, 시작하자. 잠깐이면 된다."

김지회가 가까이 가자, 김종견은 두 손을 모아 빌며 살려달라고 미친 듯이 소리 질렀다. 그 바람에 칼에 베인 그의 오른쪽 귀가 끝부분만 간신히 붙어 달랑거리는 흉측한 꼴이 드러났다.

"걱정하지 마. 죽이진 않는다니까."

"김 중위님, 좀 봐주시오. 점잖은 분이 왜 이러시오. 내 정말 개과천선하리다."

김지회는 그에겐 아무 대꾸도 없이 부하들에게 그를 꽉 잡으라고 명령했다. 세 명이 달려들어 버둥대는 그를 제압하려 할 때였다. 협곡 입구로 국군 4~5명이 뛰어 들어오더니 M1 소총을 마구 쏴댔다. 순식간에 부하 둘이 쓰러졌다. 김지회는 남은 부하 1명과 함께 숲속으로 몸을 던졌다.

산에 올라서도 쉬지 않고 20분여를 뛰었다. 더는 추격이 없는 것 같아 미리 정해놨던 귀대 경로로 복귀하여 지리산 서북 능선의 부운치로 올라갔다. 신인형과 대원 3명이 먼저 와 있었다. 신인형은 자신도 다리에 총상을 입었으면서도 연신 미안하다고 했다. 첫 번째 협곡에서 쓰러트렸다고 여겼던 스리쿼터에 기관총까지 장착된 줄은 모르고 만만히 대했다가 어이없이 당하고 말았다며 자기 탓을 했다.

김지회는 할 말이 없었다. 13명 중에서 6명만 살아남은 건가? 겨우 내 사감을 해소하려고 귀한 목숨 일곱을 희생했단 말인가? 아~

묵묵히 내려가 부운마을에 도착하니 15시 40분이었다. 신인형의 총상이 깊어 더는 갈 수 없었다. 다행히 부운마을은 봉기군이 '갑4'로 명명한 마을로, '갑3'으로 불리는 반선마을과 함께 산내면의 대표적인 민주 부락이었다. 김지회가 안면 있는 민가로 들어가 도움을 청했다. 집주인인 사냥꾼 노 씨는 신인형을 방에 눕히고 상처를 살펴보더니 운 좋게 총알이 뼈를 비켜나갔다며 머큐로크롬액으로 소독하고 소염 효과가 좋은 한약재를 며칠 쓰면 머잖아 깨끗해질 거라고 했다. 신인형은 안심이 됐는지 노 씨 부인이 가져다준 금전초 끓인 물을 마시곤 금세 잠이 들었다.

김지회는 다른 대원들에게도 눈을 좀 붙이라고 했다. 사실 어젯밤부터 한잠도 못 잔 터라 다들 녹초가 된 상태였다.

김지회도 어느덧 잠이 들었던 모양이다. 한기를 느끼며 눈을 떠 보니 대원들 모두가 깊은 잠에 빠져 있었다. 조용히 일어나 노 씨 집 마당으로 나갔다. 뉘엿뉘엿 해가 지고 있었다. 불현듯 서몽실의 얼굴이 떠오르며 담배가 몹시 당겼다. 주머니를 뒤져보니 빈 갑뿐이었다. 어딜 갔는지 노 씨 아저씨도 안 보였다.

그녀에게 가면 있을 텐데…. 반선마을은 도보로 불과 30분 거리 아닌가…. 가자! 가서 담배 한 대 피우면서 할 말만 딱 하고 돌아오자.

주막 안으로 들어서자, 상을 닦던 서몽실이 반기는 건지 꺼리는 건지 알 수 없는 표정으로 지회를 쳐다봤다. 하지만 그녀의 눈은 분명 촉촉이 빛나고 있었다. 그가 마냥 숨을 몰아쉬다가 간신히 입을 뗐다.

"이 근처에 작전이 있어서 왔다가 할 말이 있어 잠깐 들렀습니다. 근데, 혹시, 담배 가진 거 있습니까?"

서몽실이 어이없어하면서도 다정한 웃음을 짓곤 급히 방으로 가 담배 한 갑을 가져다주었다.

"전에 보니까 이 담배를 피우시는 것 같던데, 맞죠?"

"아, 예, 감사합니다. 그럼⋯."

지회가 담배 연기를 시원하게 내뱉고 나자 서몽실이 물었다.

"하실 말씀이 뭔데요?"

지회가 급히 담배를 한 모금 더 피우고 말했다.

"그날 제가 혹시 무슨 실수나 하지 않았는지 모르겠습니다. 중간중간 생각이 안 나는 구간이 있습니다. 잘못한 게 있으면 용서해 주십시오. 술이 과했습니다."

"저랑 입 맞춘 건 기억나세요? 그건 실수였나요, 진심이었나요?"

"아, 제가⋯, 그랬군요. 그건 아마 진심이었을 겁니다."

"그럼, 잘못한 게 아니에요. 저도 진심이었어요."

"아, 네. 하지만 전⋯."

"약혼자가 있다고요? 그건 저도 알아요. 아직 결혼한 건 아니잖아요. 뭐가 문제죠? 설령 결혼했대도, 그런 건 문제 될 게 없어요. 전 그냥 당신이 괜찮은 사람으로 끌렸을 뿐이에요. 당신도 그런 거 아니에요? 전 어느 노인네의 네 번째 첩이에요. 아시죠? 그런데도 절 그냥 좋은 사람으로 봐주셨잖아요. 그게 뭐 어때요?"

"아닙니다. 전, 그럴 수 있는 처지가 아닙니다."

"왜요? 인민들 편에 서서 싸워야 하니까요? 정의로운 봉기군의 대장이니까요? 그런 사람은 이성에 끌리면 안 되나요? 그게 무슨 상관이죠? 아님, 혹시, 저한테 진지하신 게 아니었던가요? 저 혼자만 그랬던 건가요?"

"그런 건 아닙니다. 암튼 전, 그냥 제 길을 가겠습니다. 우리 인연은 여기까지인 걸로 하시죠. 죄송합니다."

"죄송하긴 뭐가 죄송해요? 내가 당신한테 뭐 구걸을 했어요, 매달리길 했어요? 참말로 별꼴을 다 보겠네요. 그래요. 알겠어요. 인제 그만 가보세요. 그리고 다신 오지 마세요. 나도 그렇게 한가한 사람이 아니에요."

그녀의 하얀 얼굴이 빨개졌다. 자존심이 많이 상한 듯했다. 뭔가 또 말을 잘못한 것 같기도 했다. 마음이 쓰렸지만, 어쩔 수가 없었다. 고개 숙여 인사하고 바로 나와버렸다. 그리고 부운마을까지 쉬지 않고 뛰었다.

뛰면서 그는 오직 3·1운동 기념 춘투만을 생각했다. 머릿속에 다른 상념이 끼어들려 하면 꾸짖어 내쫓았다. 한동안 외우고 다녔던

3·1운동 선언문을 한 구절씩 짚어보았다. 거의 다 생각났다. 가슴이 웅장해졌다. 특히, '힘으로 억누르는 시대가 가고, 도의가 이루어지는 시대가 오는구나.'라는 구절에 가서는 왈칵 눈물이 쏟아질 것 같았다.

11장.

여보랑 함께라면
싸우다 죽는 것도 괜찮아요.

조경진(1948년 12월 1일~1949년 2월 27일)

1

백무골로 옮겨와 제일 좋은 건 지회가 다윗 공부를 열심히 한다는 거였다. 그가 크리스마스 선물로 스웨터를 짜준 건 물론 감격적이었지만, 한 달간 이어진 하루 두 시간가량의 그 뜨개질 시간에 언제나 다윗을 묵상하는 그의 모습은 더더욱 감동적이었다. 어떨 땐 수도자처럼 보이기도 했다. 그럴 때면 그를 보는 것만으로도 마음이 거룩해지는 것 같았다. 그는 스웨터를 다 짜고 나자, 그 시간에 본격적으로 다윗 공부를 했다. 성경을 읽고 혼자 맥락을 맞춰 보기도 하고 경진에게 묻기도 하고 토론도 자주 걸어왔다. 질문도 갈수록 어려워졌다.

1월 중순의 어느 날 밤이었다. 다윗을 읽다 말고 그가 약간 짜증을 냈다.

"다윗 이 사람, 어떨 때 보면 인생을 정말 막 산 거 같아. 대체 여자가 몇이야? 정식 부인 일고여덟에, 후궁은 열 명이 넘는 것 같고, 이름 모를 여자들까지 다 합치면, 아이고 야. 그 중엔 밧세바처럼 남의 부인이었던 여자도 여럿이잖아."

"옛날엔 우리나라 왕들도 그랬잖아요. 제도가 그랬던 건데요, 뭐. 남의 여자를 뺏은 건 문제지만."

"그뿐만이 아니잖아. 어떻게 그 밧세바가 낳은 아들을 후계자로 삼을 수 있지? 난 솔로몬의 친모가 밧세바라는 걸 알고 정말 깜짝 놀랐어."

"뭔가 우리가 모르는 사정이 있었을 거예요. 어쨌거나 여자를 지나치게 좋아했던 것 같긴 해요. 너무 외로움을 많이 타서 그랬나? 어머! 어떡하죠?"

"뭘? 왜?"

"여보도 외로움 많이 타잖아요."

"에이, 그렇다고 다윗 같을까."

"여보도 여자들한테 인기 많았잖아요."

"그건 다 옛날얘기지. 난 지금이 최고로 좋아. 어떤 땐 믿어지지 않을 때도 있어. 이 깊은 산골에서 경진이랑 이렇게 행복하게 산다는 게 말이야."

"저도 그래요. 전 정말 여보하고만 있으면 아무것도 부럽지 않아요. 그냥 완벽하게 좋아요. 그중에서도 제일 행복한 시간이 여보하고 이렇게 다윗 공부하는 시간이에요. 여본 어때요?"

"나도 이 시간이 제일 좋아. 아니다. 다윗 공부하고 나서 잠자리에 누웠을 때, 너랑 같이 누워서 다윗 생각할 때, 그때가 제일 좋다. 뭐랄까, 그럴 땐 마치 저 우주의 어느 한 공간 혹은 먼 과거의 어느 한 시간과 맞닿아 있는 것 같아. 꼭 너랑 시간 여행을 하는 것 같기도 하고…. 오묘해. 하여튼 아주 좋아."

"나도 그럴 때 있는데. 히히. 여보가 다윗을 좋아해서 참 다행이에요. 그 덕에 하나님 생각도 많이 하게 됐잖아요."

"그건 그렇지. 신과 우주, 시간, 인간… 이런 것들에 대해 이렇게 깊이 생각하게 될 줄이야 정말 몰랐지."

"여보는 다윗이랑 참 많이 닮았어요."

"어디가?"

"먼저, 얼굴!"

"잉? 경진이가 다윗 얼굴을 알아?"

"옛날부터 다윗 생각을 하면 떠오르는 얼굴들이 있었어요. 그걸 다 모아보면 바로 여보 얼굴이에요. 진짜예요."

"넌 정말 귀엽다."

"얼굴 다음으로는, 음, 항상 약한 사람들 편에 서는 거, 강자한테 강한 거, 그렇지만 강자한테도 예의를 지키고 친절을 베푸는 거, 외로움 많이 타는 거, 그리고 이건 지금만 그런 거지만 어쨌든 쫓겨 다니면서 게릴라로 사는 거, 게릴라 대장! 하하. 뭐 많네요. 그죠?"

"그러네. 그렇다면 또 하나 있어. 허무주의자라는 거."

"허무주의자?"

"다윗이 그랬잖아. 사람은 헛것 같고 그의 날은 지나가는 그림자 같다고. 사람들이 하는 모든 게 허사라잖아. 사람들은 그저 헛된 일로 소란할 뿐이라잖아. 다 맞는 말이야. 나도 그렇게 생각해. 인생 무상이지."

"그렇지만 다윗은 허무주의에 머물진 않았잖아요. 사람이 하나님을 만나면 그 허무했던 인생에 소망이 생기고, 영원까지 살 수 있다고 믿었잖아요. 그래서 '나의 소망은 주께 있나이다.'라는 말을 평생 읊조리며 살았잖아요."

"하긴 또 그렇네."

"여보도 그런 믿음을 가져요. 그래서 정말 다윗과 꼭 닮은 사람이 돼요."

"근데, 다윗 같은 믿음을 갖게 되면 나도 하나님께 당당해질 수 있을까?"

"당당하다는 게, 뭘 말하는 거예요?"

"다윗은 늘 자기가 원하는 걸 거의 뭐, 뻔뻔하달 만큼 당당히 요구했잖아."

"하나님께요?"

"그래. 엄청난 죄를 저질러놓고도 하나님께 화내지 말라고, 책망하지 말라고, 징계하지 말라고 막 그러고, 곤란에 빠져 도와달라고 하면서도 윽박지르듯이 왜 안 돕냐고, 응? 내 신음이 안 들리냐고 따지고, 자기를 지켜달라는 것도 명령하듯이 하잖아. 날 보호하소서, 숨지 마소서, 멀리하지 마소서. 날 속히 건지소서, 뭐 이러면서 말이야. 거의 뭐 빚쟁이 같은 태도지."

"맞아요. 다윗에게 그런 면이 있었죠. 마치 응석받이 외아들처럼 굴 때가 많았어요. 하나님한테 사랑을 많이 받아서 그랬나?"

"응. 그랬을 거 같아. 나 어렸을 때 우리 동네에 우경이란 애가 있었거든. 근데 걔가 늘 그렇게 제 엄마한테 생떼를 썼어. 밥 더 달라고, 더 놀게 해달라고, 뭐 사달라고, 옆집 형들 때려달라고, 재워달라고, 자기가 잘못해서 엄마가 좀 뭐라고 하시면 혼내지 말라고 또 울고불고 소리 지르고…. 암튼 대단했어. 어쩔 땐 엄마를 때리기도 했으니까. 난 그런 우경이를 참 한심한 놈이라고 보면서도 다른 한편으론 좀 부러워했던 거 같아. 걔 엄마는 그런 망나니 같은 놈을 마냥 예뻐만 하면서 늘 안아 주고 눈물 닦아주고 재워주곤 했거든. 그런 엄마가 있다는 게 참…."

"여보는 엄마 생각이 하나도 안 나요? 네 살 때 돌아가셨으면 그래도 좀 생각나는 게 있지 않나?"

"그냥 뭐 사진이나 영화 장면처럼 몇 개 떠오르는 게 있긴 하지. 그중에서 제일 이상한 건 내가 엄마 품에 안겨서 젖을 물고 있는 장면이야. 아주 어릴 때였을 텐데, 어떻게 그게 아직 뇌리에 남아 있는지. 지금도 집중하면 그때가 아스라이 느껴져. 향기, 촉감, 소리, 뭐 그런 것들이 말이야. 신기하지?"

"어머 정말 신기하네요. 또 어떤 것들이 생각나요?"

"엄마가 어두운 방 같은 데 웅크리고 앉아 울던 거, 누나랑 어디 먼 길을 가고 있었는데 엄마가 나만 업어 줬던 거, 엄마가 꽃인지 무슨 열매인지 암튼 좀 예쁜 뭔가를 따서 바구니에 담던 거, 그리고 엄마 돌아가시던 날, 누워서 날 망연히 쳐다보던 힘 없는 눈망울…. 그 정도야."

"불쌍해 우리 여보. 여보도 엄마한테 응석 부리고 떼도 쓰고 그러면서 자랐으면 좋았을 텐데. 아이 씨, 너무 속상하다. 아빠는요? 아버지 기억은 좀 많아요?"

"별것 없어. 그 양반은 나한테 관심이 없었던 거 같아. 나랑 눈 맞춰 본 적도 없는 거 같고, 무슨 얘기를 같이 해본 적도 없었던 거 같아. 누나 시집 보낼 때도 내가 그렇게 울며불며 매달렸는데, 날 그저 내치기만 할 뿐 숫제 상대도 안 했어. 그러다 언제부턴가 아예 없어졌지. 그냥 사라진 거야."

"여보가 너무 쓸쓸했겠다."

"그래도 할아버지가 계셨으니까…. 사실, 아버지란 사람은 어린 나를 버린 거였지 뭐. 안 그래?"

"그분도 우리가 모르는 무슨 사정이 있었을 거예요. 하여튼, 여보는 그런 것도 참 다윗과 비슷해요. 다윗도, 여보처럼은 아니지만, 자기 아버지 이새한테 무시당하며 자랐어요. 대 선지자 사무엘이 황공하게 집까지 찾아와서 그의 아들들을 다 보고 싶다고 했을 때도, 이새는 양 치러 나간 막내아들 다윗은 아예 부르지도 않았잖아요. 이새는 다윗을 그저 있으나 마나 한 아들로 여겼던 것 같아요. 그러니 그 여섯 형들도 다 그를 무시했던 거죠."

"그러네. 그런 거였어."

"그렇지만, 그 덕분에 다윗이 하나님과 친해졌을 거예요. 아무도 없는 데서 하루 종일 양만 치면서 그 어린애가 뭘 했겠어요? 온갖 생각을 다 했을 거 아니에요. 그러다 어떻게 하나님과 통하게 되면 마음으로 그분과 이런저런 얘길 나눴겠죠. 다윗은 그러면서 큰 거예요. 온종일 하나님과 사귀면서요. 그에게 있어서는 하나님이 진짜 아버지였던 거죠."

"그랬겠다, 정말. 아, 나도 어려서 하나님을 알았으면 다윗 같았을까? 엄마나 아버지 대신 하나님한테 투정도 피우고 땡깡도 부리고 말이야. 그랬으면 이런 외롬병 같은 건 없었으려나?"

"하나님한테는 지금부터 그렇게 해도 괜찮아요. 안 늦었어요. 해요. 그렇게."

"내가? 지금부터? 아이고…. 다윗이 그럴 수 있었던 건 그만큼 하나님과 친했기 때문일 거야. 하나님이 자기를 한량없이 사랑한다는 걸 어려서부터의 경험으로 잘 알고 있었던 게지. 그러니까 그렇게 까불 수 있었던 거라고. 상대방을 완전히 믿으니까. 우경이가 제 엄마한테 맘 푹 놓고 별짓 다 할 수 있었던 것과 같은 이유겠지. 난 아니지. 나중엔 또 모르지만, 아무튼 지금은 아니야."

"여보도 빨리 하나님과 친해지면 좋겠다. 하나님을 참 아버지로 온전히 믿고 그분께 모든 걸 다 얘기하고 살면 좋겠어. 그러면 여보가 훨씬 더 편해질 텐데. 어떡하죠? 음…, 여보는 그냥 지금처럼 계속 공부하면 돼요. 여보는 원래 한번 깨달으면 행동도 그대로 하잖아. 내가 옆에서 기도할게요. 언젠간 여보도 '여호와는 나의 목자시니 내게 부족함이 없으리로다.'라고 말하게 될 거예요."

"꿈같은 얘기다. 근데, 정말 그렇게 되면 좋긴 좋겠다. 사는 게 편하겠어."

"하나님을 그렇게 믿을 수 있도록, 그런 믿음을 달라고 우리 같이 기도해요. 믿음도 하나님이 주시는 거라고 했어요."

"경진이는 아버지가 목사님이라 참 좋았겠다."

"꼭 그렇지도 않아요."

2

12월과 1월 내내, 그리고 2월에도 한동안은 평화로운 날이 이어졌다. 경진은 연필화 그리는 데도 재미를 붙였다. 그림의 주인공은 늘 지회였다. 그의 모습을 이것저것 머릿속에 떠올린 후 매일 조금씩 그려나가는 일이 무척 즐거웠다.

그런데 그가, 또 취해서 왔다. 2월 12일 밤, 아니 13일 새벽이었다. 그날 오후에 지회는 작별 인사차 산채로 올라왔던 하준서를 배웅해 주겠다며 따라 나가선 날이 어두워지도록 돌아오지 않았다. 처음엔 막연히 불길한 기분이 들더니 나중엔 술 사고가 난 게 틀림없다는 생각이 자꾸 들었다. 안절부절 어찌할 바를 몰라 초막 안에서 가슴을 졸이다가 밖으로 나가 서성거리고 있는데 밤 여덟 시쯤에 이기주가 찾아왔다. 그도 걱정이 됐던 것이다.

경진은 그에게 지회는 좀 전에 왔는데 피곤한지 바로 곯아떨어졌다고 거짓말했다. 물론 그에게 다 털어놓고 도움을 청하고 싶은 마음도 있었다. 하지만, 그에게도 더는 지회의 취한 꼴을 보여줘선 안 될 것 같았다.

그러고도 한참이 지나도록 지회는 오지 않았다. 달이 밝은 게 그나마 다행이긴 했지만, 그래도 술에 취한 사람이 눈 덮인 지리산을 무사히 올라올 수 있을지 걱정됐다. 자정이 넘어갈 땐 애간장이 다 졸아드는 것 같았다. 그러고 또 한 시간 이상이 지나갔다. 마침내, 새벽 한 시 반경 멀리서 그가 오는 소리가 들렸다.

눈에 파묻혔다가 간신히 빠져나온 들짐승 같았다. 그 추운 날씨에도 온몸에서 김이 났다. 눈에 빠져가며 사력을 다해 돌아온 그가 기특하고 고마웠다. 그러나 눈엔 초점이 없었다. 다리도 풀려있었다. 걷는 게 아니라 흐물흐물 기는 것 같았다. 그는 이미 다른 세상 사람이었다.

지난번처럼 소리 지르고 억지를 부리면 어쩌나 걱정했는데 고맙게도 그는 얌전했다. 부축하려고 가까이 갔을 때도 고개를 푹 숙이고 순순히 몸을 맡겼다. 그저 한숨만 거칠게 내쉴 뿐이었다. 술 냄새가 지독했다.

초막으로 들어가 옷을 갈아입히고 제대로 눕힌 다음 담요와 광목천 따위로 차가운 몸을 꽁꽁 싸줄 때까지도 그는 눈을 감은 채 한마디도 하지 않았다. 잠이 깊이 든 것 같았다. 한동안 물끄러미 그의 얼굴을 내려다보던 경진은 문득 가슴이 뜨거워져 무릎을 꿇고 감사 기도를 드렸다. 무사히 보내주신 게 감사했고, 얌전히 잠들게 하신 게 감사했다. 그리고, 앞으로도 그를 보호해 주셔서 하나님의 아들로 받아주십사하는 청원 기도도 드렸다.

자리끼를 준비하는데 그가 언제 깼는지 가라앉은 목소리로 경진을 불렀다.

"왜요? 물 줄까요?"

"김종견 그 새끼가 너한테 무슨 짓 했어?"

"하~ 여보~ 그때 정말 아무 일 없었어요. 걱정 안 해도 돼요. 전 벌써 다 잊었어요. 여보도 잊어버려요. 아무것도 아니에요."

"그놈이 못된 짓 한 거 다 알아. 내가 그 새끼 혼내줄 거야. 한 번에 죽이지 않고 평생을 고통 속에서 살게 할 거야. 개새끼. 일본 놈보다 더 나쁜 새끼…."

"그래 알았어요. 고마워요. 이제 푹 자요."

"친일파 새끼들이 이젠 또 다 친미파가 됐어. 그 새끼들 사대주의 짓거리는 언제나 똑같아. 창피해, 그런 것들하고 같은 민족이라는 게. 거지발싸개 같은 새끼들. 게다가 말이야…."

김지회는 잠꼬대하듯 점점 알아듣기 어려운 말로 무언가를 중얼거리다 느닷없이 "고마워 경진아, 정말 고마워."라고 하더니 기절하듯 잠들었다.

3

며칠 시무룩해 있던 지회가 목요일 밤부터 뭔가를 열심히 준비하더니 토요일인 2월 19일 밤에 신인형과 지대원 십여 명을 데리고 작전을 나간다며 길을 나섰다. 그는 같이 가겠다는 경진을 주저앉혀 놓고는 무슨 작전인지도 말해주지 않았다. 평소 같으면 지회 모르게 살짝 귀띔이라도 해줄 신인형조차 아무 말 하지 않았다. 무엇보다, 난데없이 왜 단신거사를 차고 가는지 공연스레 불안했다.

그 불안감은 다음 날인 20일 밤 아홉 시경 지회 없이 달랑 네 명의 대원만 돌아왔을 때 극에 달했다. 그중 둘은 총상까지 입고 왔다. 지회의 생사는 그들도 알지 못했다. 경진은 부상병을 치료하며 지회와 다른 사람들의 안위는 하나님께서 돌봐주십사고 기도했다.

그가 돌아온 건 자정이 가까워서였다. 다친 데는 없었다. 네 명이 먼저 귀대했다는 보고를 듣곤 바로 그들에게로 달려갔다. 경진도 지회를 따라갔다. 그는 기분이 아주 좋아 보였다. 그들 걱정을 많이 했던 모양이었다.

새벽 한 시나 되어 잠자리에 들었다. 지회는 자리에 누워서야 어딜 다녀왔는지 얘기해줬다. 일본도를 든 김종견의 오른쪽 귀를 단신거사로 베어버리고 나서 그의 아킬레스건과 손목인대를 끊어 놓으려 할 때 그의 부하들에게 역습을 당해 물러설 수밖에 없었다는 말을 들으며 경진은 눈물을 흘렸다. 말하는 지회의 목소리가 떨려서였다. 얼마나 분하고 언짢았으면 아직도 저럴까. 혼자 속상해했을 지회의 마음이 고스란히 전해지는 것 같았다.

신인형은 중상을 입어 부운마을에 두고 왔다고 했다. 운 좋게도 좋은 약을 쓸 수 있게 되어 며칠 내에 쾌차할 수 있을 거라고 했다. 다만, 실종됐던 네 명이 귀환했으니 이제 생사를 모르는 대원은 셋인데, 그들은 아무래도 죽은 것 같다며 그들에게 빚진 걸 어떻게 갚아야 할지 모르겠다며 침울해했다.

그래도 다음날부터 지회는 원기를 회복해 갔다. 회색빛이던 얼굴이 밝아졌고 목소리에도 힘이 들어갔다. 이제 앞만 보며 달려가겠다는 말도 했다.

2월 22일 화요일엔 거림골에서 홍순혁 부대장과 송관영 지대장이, 그리고 덕유산에선 이영희 부대장과 김금수 지대장이 백무골로 왔다. 이날 오후로 예정된 '3·1운동 기념 춘계 투쟁 전략회의'에 참석하기 위해서였다.

지회는 오랜만에 동지들 여럿이 모이니 신이 나는 모양이었다. 특히 홍순혁을 보곤 무척이나 기뻐했다. 밤늦게까지 계속된 첫날 회의가 끝나고 나선 이기주까지 셋이 천막 회의실에 누워 밤새도록 이야기했다. 바로 옆에 있는 막사인 지라 경진은 그들의 두런거리는 소리를 자장가 삼아 편안한 잠에 빠져들었다.

이틀간의 회의가 끝나고 손님들이 다 돌아간 23일 밤, 지회는 경진에게 그간 어떤 결정을 어떻게 내렸는지 회의록까지 보여주며 재미나게 설명했다. 무엇보다 지회가 초안을 쓰고 모두가 한 번에 동의했다는 출정문의 첫 단락이 마음에 들었다.

우리는 3·1운동의 정신을 이어받아 도의가 이루어지는 시대를 앞당기기 위하여 지난가을 총궐기하였다. 하지만 겨울이 지나가고 봄이 오는 지금까지도 정권을 잡은 불의의 세력은 참회와 반성은커녕 가난한 우리 인민들을 여전히 힘으로 억누르고 있다. 이에 우리는 다시금 전열을 가다듬어 대정부 춘투에 나선다. 동참을 원하는 이들은 민족의 영산인 지리산으로 오라. 힘을 합하여 불의를 타파하자. 직접 오기 어렵다면, 우리의 봉기 사실을 글이나 말로 온 세상에 널리 알리라. 사람의 뜻이 모이면 하늘이 움직일 것이다.

지회는 3개 부대 총원 850여 명이 때론 흩어져서 때론 다 같이 3월 한 달 내내 지리산 주변 도시와 마을을 휩쓸고 다닐 거라고 했다. 관공서와 경찰, 군부대 등에 대한 습격이 이어지면 호응하는 주민들이 늘어나고 소문이 무성해지면서 지역과 중앙의 언론이 주목할 것이며, 그리되면 의병이 여기 있음을, 정의가 살아있음을 만방에 알릴 수 있을 거라고 했다. 그는 또 피신한 김종서, 최남구, 오일규 등이 이참에 아예 봉기군에 합류할 수도 있을 것이며, 잘하면 김원봉과 무정도 3·1운동 기념 춘투의 의미와 그 반향을 높이 평가하여 나름의 지원책을 강구할 수 있으리라고도 했다. 모든 것에 낙관적인 그가 아슬아슬하면서도 멋져 보였다.

경진이 3월 춘투가 끝나고 나서의 일정에 대해 조심스레 물었다. 3월 말엔 군자금도 바닥나고 장기 전투의 피로감과 후유증도 상당할 터이며 그리되면 대원들의 사기도 떨어질 텐데, 그 어려움을 어떻게 극복할 것이냐는 우려가 깔린 질문이었다. 지회도 질문의 의미를 모르지 않았다.

"3월 한 달 동안 전국에서 자원 입대자가 몰려들어야 해. 김종서 중령님이나 김원봉 부장님 등을 통해서 자금 지원도 이루어져야 하고. 우리를 지지하는 국민 여론도 강화돼야지. 그렇게 돼야 승산이 있어. 그러면 우리가 4월 초에 세석평전에서 선포할 남도 인공 건설 계획에 상당한 힘이 실릴 거야."

"4월 초에 그 구상을 발표하는 거예요?"

"응. 춘투에서 어느 정도 성과를 거두면 믿을 만한 기자들을 몇 명 초대해서 그렇게 하기로 했어. 하지만 남도 인공이라는 명칭이나 공화국의 위치 같은 건 밝히지 않고 그냥 우리 목표는 작은 지역에라도 진짜 민주주의, 즉 인민이 진짜 주인인 진정한 민주공화국을 건설하는 것이란 걸 천명하는 정도로만."

"세석평전에서 발표하면 거기다가 그런 걸 만들 거로 생각하겠어요."

"그렇게 생각해도 좋지. 사실 그게 차돌이와 기주의 꿈이기도 했잖아. 그 꿈도 나중엔 실현할 수 있을 거야. 하지만 일단은 산밑에 해방지구를 먼저 만들어야 해. 작년 11월 하순에 김종서 중령님이 편지로 전해준 김원봉 부장님 말씀 생각나? 지리산 주변에 해방구를 우선 만들어 보라는."

"서금과 연안 등을 해방구로 만들어 일어섰던 중국 공산당처럼, 그렇게 해야 한다던 말씀이요?"

"그래. 김 부장님이 또 그러셨다잖아. 빠르면 올 5월쯤에 무정 장군님 쪽에서 병력과 무기를 지원해 줄 수도 있을 거라고 말이야. 무정 장군님은 한번 한다면 하는 분이야. 내가 잘 알지. 김 부장님이 괜한 말을 했을 리 없어. 우리 쪽에서 먼저 활발하게 움직이면 그쪽에서도 지원 계획을 앞당겨 실행해 줄 수 있을 거야. 해보자고. 뭐, 안 되면 할 수 없고."

"그러니까 해방구를 먼저 만들고 거기를 기지로 삼아 남도 인공을 건설해 간다는 거죠? 그럼 그 해방구는 대충 어디쯤으로 보고 있어요?"

"아무리 봐도 지리산 공화국은 안 되겠어. 지리산이 암만 넓다 하더래도 주요 능선만 장악당하면 결국엔 각개 격파될 수밖에 없어. 더구나 하늘에서 공격하면 어쩔 거야. 우리가 조만간 제공권을 확보할 수 있는 것도 아니잖아. 그러니 해방지구는 어쨌든 산밑 야 지여야 해. 간부들한텐 지리산과 덕유산 사이 어디 적당한 데를 찾아보자고 했는데, 난 사실 함양이 제일 좋아 보여. 거긴 사방팔방으로 다 통하는 데다 급할 땐 지리산과 덕유산 어디든 쉽게 들어갈 수 있어. 함양만 장악할 수 있다면 북쪽에서 도움이 올 때까지 꽤 오래 버틸 수 있을 거야."

"그러면 춘투 후엔 함양 공략이네요."

"지금 생각으론 그래."

"잘될 거 같아요?"

"쉽지 않아. 전제 조건이 너무 많아. 춘투에서 승리해야 하고, 군자금과 병력을 충분히 더 모아야 하고, 무정 장군님이 적기에 움직여 주셔야 하고, 여론이 우리 편이어야 하고, 기타 등등. 필요한 게 너무 많아."

"그럼 어떡해요?"

"다윗도 게릴라전 할 때 항상 이러지 않았을까? 계산이 나오지 않으니까 그냥 다 하나님께 맡기고 밀어붙였던 거잖아. 나도 그 수밖에 없을 거 같아. 문제는 내 믿음이 다윗 같지 않다는 건데. 뭐 어쩌겠어. 가볼 때까지 가보는 거지."

"네…."

"실망했어?"

"아뇨. 저도 여보와 생각이 같아요. 할 수 있는 데까지 해보는 거죠. 전 여보랑 함께라면 싸우다 죽는 것도 괜찮아요. 아무렇지 않아요."

"아이고 이런…, 미안하다…."

"뭐가 미안해요. 멋있잖아요. 우리, 그렇게 다 내려놓고 멋지게 살아요."

4

출정 전날인 2월 27일 저녁, 경진은 지회에게 십자가 목걸이와 연필화 다섯 점을 선물했다. 십자가 목걸이는 가느다란 나뭇가지 여러 개를 꼬아 만든 것이었고, 대학노트에 그린 연필화는 지회 사진을 보고 그린 인물화 하나 빼고는 다 상상화였다. 엄마 품에 안겨 젖을 먹는 갓난 지회, 누나 등에 업혀 잔뜩 웅크린 아기 지회, 눈 오는 날 저물녘 사립문 앞에 쭈그리고 앉아 엄마를 기다리는 어린 지회, 세석평전을 배경 삼아 늠름하게 서 있는 청년 지회 등이 그

것이었다. 지회는 감탄했다.

"와, 대단한데! 다 그려놓고 보니까 이건 하나하나 완전히 작품이네. 어떻게 또 이런 재주가 있어?"

"아이 이게 무슨 작품이에요. 그동안 스케치했던 것 중에서 이 다섯이 제일 괜찮은 것 같아서 지난 며칠 좀 다듬었을 뿐이에요. 정말 마음에 드세요?"

"그럼. 근데 이거 참 신기하다. 하나 말곤 전부 상상해서 그린 건데, 어쩜 이렇게 진짜 다 내 모습 같으냐. 특히 이 세 개는 내 어릴 적 모습인데도, 와~ 느낌이 정말 나 같아. 경진이가 과거로 가서 날 보고 왔나? 진짜 대단하다."

"뭐가 젤 마음에 들어요?"

"다. 정말 다 좋아. 기가 막혀."

"십자가 목걸이는 어때요?"

"이것도 멋있지."

"그 목걸이, 하고 다닐 수 있겠어요?"

"지금부터? 그건 좀… 일단 주머니에 넣고 다닐게."

"그래요. 그러다 어느 때고 예수님이 여보를 위해 십자가에서 돌아가셨다는 게 믿어지면 '주여, 감사합니다'라고 말하고, 그때부턴 꼭 그 목걸이를 하고 다니세요. 네?"

"알았어. 그렇게 할게."

12장.

수괴가 김종서라는 걸 밝혀야 합니다.

김창복(1948년 11월~1949년 3월)

1

오래 걸리지도 않았다. 박정두는 말한 지 딱 일주일 만에 김영삭 명부에는 오르지 않았던 군내 남로당원들 명단과 함께 사민주의 그룹의 조직도를 그럴듯하게 그려왔다. 11월 24일이었다.

김창복은 흡족했다. 특히 사민주의자 족보가 마음에 들었다. 장교만이 아니라 하사관 그룹까지 망라한 방대하면서도 체계적인 조직도였다. 필요한 부분마다 설명도 깔끔하게 붙여져 있었다. 이 정도면 사민주의자로 의심되는 장교와 하사관 300여 명은 지금 당장이라도 반체제 좌익분자로 잡아들일 수 있을 듯싶었다. 조직도의 최상단에 수괴로 그려진 김종서와 그 바로 아랫단에 위치한 최남구와 오일규 등을 검거하는 데에는 더더군다나 아무런 문제가 없을 듯했다.

신이 난 김창복은 다음날부터 박정두가 가져온 조직도를 밑그림 삼아 생생하고 입체적인 투시도를 그려가기 시작했다. 특정인들을 지연, 학연, 혈연, 혹은 이념이나 사상의 친밀도 등으로 연결하고 그 인적 관계를 다시 특정 사건과 사고들의 배후 또는 핵심 요소 등으로 규정해 가는 방식으로 무수히 많은 작은 얘기들, 그리고 그들을 또 씨줄과 날줄 삼아 재구성하는 큰 얘기 몇 편을 만들어 내는 작업이었다. 크고 작은 그 모든 얘기를 취합하여 그가 내릴 최종 결론은 김종서를 우두머리로 하는 군내 사민주의자 그룹이 반체제 반정부 반이승만 기획을 모의하고 추진하는 중인바, 여순 반란은 그 역모의 일환이라는 것이었다.

김창복은 이 사민주의 그룹의 위험성을 실감 나게 묘사해 갔다. 그는 우선 김지회, 이기주, 홍순혁 등 현장에서 반란을 주도한 여수 14연대의 위관급 장교들이나 그들을 배후에서 조종한 김종서, 오일규, 최남구 등의 영관급 장교들 모두 몽양을 따르던 중도 좌파 사민주의자임을 상기시켰다. 이어서 해방 직후 몽양이 조선인민공화국의 성립을 선포했을 때 군사부장을 역임하였고 이후 군내 사민주의자들의 대부 역할을 해왔던 김원봉이 48년 4월에 월북하여 현재 북조선 내각의 국가검열상이라는 사실 등을 부각하며, 이 사민주의 그룹은 김원봉을 통해 북조선과 긴밀히 연계돼 있다고 주장했다. 그러면서 반체제 반정부 반이승만 군란을 주도한 군내 사민주의 그룹이 북조선과도 연결된 조직이라고 한다면 그것이 남로당과 다를 것이 무엇이냐며 그 척결 필요성을 강변했다.

김창복은 11월 30일 이승만을 알현하러 갈 때 스스로가 매우 만족스러운 상태에 있었다. 그분이 무엇을 질문해도 대답할 자신이 있었고, 무엇을 명령해도 수행할 수 있는 준비가 돼 있었기 때문이었다. 군내 남로당 인맥을 완벽하게 파악했을뿐더러, 사민주의 그룹의 관계도도 완성해 놓았다. 이제 미세 조정 등 마무리 작업만 끝내면 언제든 써먹을 수 있는 최고급 정보가 그의 손안에 있는 것이다.

그는 역시 영광스러운 경무대 만찬을 당당하고 멋지게 즐길 수 있었다. 박사님은 예상대로 그의 자신감과 충성심과 애국심에 홀딱 반한 듯했다. 대한민국 최고의 정보통인 백선웅과 임상헌을 젖혀둔 채 오직 그에게만 질문하고 그의 말만 경청하고 그의 계획에만 관심을 보이는 듯했다. 인생 최고의 밤이었다.

돌아오는 길에 그는 마무리 작업을 서둘러야겠다고 생각했다. 마음이 급해진 그는 앞 좌석의 부관에게 내일 첫 시간에 당장 박정두를 다시 불러들이라고 명령했다. 그러곤 흔들리는 차 안에서 수첩을 꺼내 미세 조정이 필요한 부분들을 생각나는 대로 하나씩 꼼꼼하게 적어 나갔다.

12월 1일 아침, 김창복에게 불려 온 박정두는 그의 얘기를 다 듣고도 흥분하는 기색을 보이지 않았다. 김창복은 내심 불쾌했다. 감히 각하를 만났다는 데도, 그분께서 사민주의 그룹에 관해 관심을 보이셨다는 데도, 직접 이러저러한 말씀을 세세하게 하달하셨다는 데도, 그는 그저 침착하게 듣고 덤덤하게 응수했다. 흥분해서 말하는 자기가 오히려 가벼운 사람이 된 기분이었다.

"박 소령님! 당신이 만든 사민주의 족보는 밑그림 정도에 불과해요. 설마 그걸로 당신 할 일은 다 했고, 그 덕에 사면이나 감형이 될 거라고 기대하는 건 아니죠? 거기엔 아직 구멍이 많아요. 내가 지난 며칠 동안 그걸 좀 메꿔보려고 노력했지만, 아직 멀었어요. 근데, 지금 별로 시간이 없어요. 알지요?"

그제야 박정두가 조금 긴장하는 것 같았다.

"그러면 제가 뭘 더 해드리면 될까요? 며칠 밤을 새워서라도 하라시는 대로 다 하겠습니다."

"이거, 가볍게 생각하면 안 돼요. 당신 목숨만이 아니라 이젠 내 목숨도 달린 문제란 말이요. 아니 박사님께서 그렇게 지대한 관심을 보이셨다는 데도 상황 파악이 안 돼요? 그 느긋한 태도는 대체 뭐요?"

"죄송합니다. 그 족보를 만들고 며칠 멍하니 있었더니 긴장이 풀렸나 봅니다."

"호, 그래요? 하긴 그럴 수도 있지요. 그거 만드느라고 체력과 정신력 소비가 엄청났을 테니 말이요. 그건 내가 압니다. 하지만 조금만 더 힘을 내주시오. 이제 다 왔어요. 몇 군데만 손질하면 됩니다."

"예. 말씀해 주십시오."

"요컨대, 이 사민주의자 놈들이 빨갱이라는 걸 밝혀야 해요. 여기서 우리가 말하는 빨갱이가 누굽니까? 북조선 당국하고 같이 움직이는 놈들이에요. 그래서 이승만 정부를 흔들고 대한민국의 진짜 민주주의 체제를 무너트리려는 놈들이에요. 공산주의니, 사민주의니 하는 이념은 본질적인 개념과 관계가 없어요. 자기네 이념을 뭐라고 하든 반체제 반정부 반이승만 세력이면 그건 다 똑같은 놈들이에요. 다 빨갱이예요. 안 그렇습니까?"

"예. 맞습니다. 그렇습니다. 그게 빨갱이죠."

"그러니 김종서 일당이 사민주의자인 것보다 중요한 건 그놈들이 북조선과 연결되어 반정부 반체제 짓거리를 했다는 겁니다. 그걸 밝혀야 하는 겁니다. 그게 우리 일의 핵심이에요. 그러고 나서 그놈들이 김종서를 수괴로 해서 최남구와 오일규, 김지회와 홍순혁, 이기주 등으로 내려가는 피라미드 조직을 만들어 활동했다는 걸 보여주면 되는 겁니다."

"제가 드린 김종서와 김원봉 관련 정보는 거의 다 최남구와 오일규에게 직접 들은 겁니다. 47년 5월 몽양의 근로인민당 창당식이 열렸던 날에 김원봉이 주관해서 그 사민주의자들이 일종의 발족회를 했다는 것, 거기서 그들이 근로인민당의 군사부 역할을 맡기로 결의했다는 것, 그 이후 김원봉이 북조선의 무정 장군도 같은 뜻을 품고 있다며 그도 동지라고 자주 얘기했다는 것, 몽양과 김원봉이 워낙 총애하니 김종서가 자연스레 군내 사민주의 그룹의 좌장이 됐다는 것, 뭐 이런 얘기들 말입니다. 그런데 김원봉이 올 4월에 월북해서 지금은 그쪽의 장관 자리를 차지하고 있는 겁니다. 그걸로는 부족한가요? 그거면 이 사민주의 그룹이 김원봉을 매개로 북조선과 연결돼 있다는 게 밝혀진 거 아닌가요?"

"그 정도로도 일단 말은 돼요. 암, 되고말고. 게다가 나중에 그놈들 다 잡아들여서 하나씩 족치면 결국 사람과 사람, 사건과 사건 사이의 연결도 아주 부드럽게 될 거요. 다만, 그러기 전에 그림의 완성도를 미리 좀 화끈하게 높여 놓자는 거요. 그게 내 바람이요. 그래야 잡아들이기도 쉽고, 자백받기도 쉽고, 이 사건 전체를 깔끔하게 마무리하기도 쉬워요. 그렇게 해서 일을 빨리빨리 처리해 드려야 우리 박사님도 맘 편히 쉬실 거 아니요. 나라도 조용해지고 말이요."

"결국 이자들의 목표는 반공과 자유를 강조하는 우리 이승만 정부의 민주주의 체제를 무너트리고 북조선이 원하는 방향으로 나라를 움직여 가려는 것이었다, 뭐 이런 그림을 꼼꼼히 그려내자는 거죠?"

"그렇소. 그놈들의 반정부 반체제적인 성격이 명확히 드러나 보이게 하자는 겁니다."

"제가 드린 보고서에 몽양의 장례식 날 밤에 그자들이 모여 고인의 유지를 받들어 인민공화국 운동을 펼치기로 다짐했다는 대목이 있습니다. 기억하시는지요?"

"물론이죠. 아주 중요한 대목이죠. 요리만 잘하면 아주 영양가 높은 음식이 될 재료인데 뭔가 좀 부족하다, 뭐 그런 생각을 했었습니다."

"그렇죠. 그런데, 이상한 게, 최남구나 오일규 모두 그 얘길 할 땐 아주 짧게만 했습니다. 흥미로운 얘기라서 제가 계속 여러 질문을 했지만, 둘 다 그냥 얼버무리고 말더군요. 다른 얘길 할 땐 그러지 않았거든요. 제가 좀 흥미를 보이면 굳이 묻지 않아도 이거저거 더 설명해 주곤 했었는데. 유독 그 얘기는 그렇게…."

"흠…. 그렇다면 뭔가 구체적인 모의가 이루어진 게 분명해요. 자기들이 생각해도 너무 위험하니까 박 소령님한테 털어놓질 못한 거겠죠."

"그저 한다는 말이, 조선이 하나가 되어 진정한 주권재민 민주공화국이 되려면 인민공화국 체제가 들어서야 한다는, 뭐 그 정도의 말만 되풀이했어요. 그 이상은 없었습니다. 딱 거기까지였어요."

"그럼 이렇게 합시다. 박 소령님이 그들이 구상했을 법한 인민공화국 체제를 하나 그려주시죠. 그럴듯한 형태로요. 대충 그럴듯하면 뭐든 상관없습니다. 어떤 형태든 핵심 내용이 북조선 체제와 다를 게 없는 것으로만 보이면 다 좋습니다. 아, 이거 하나는 피해야겠습니다. 몽양의 조선인민공화국 체제 말이요. 학자든 뭐든 공부 좀 했다는 놈들은 다 그 몽양의 인민공화국은 박헌영이나 김일성의 조선민주주의인민공화국과는 전혀 다른 것이고, 빨갱이 모델이 아니라고들 떠들어대니까 그거랑 똑같이 만드는 건 곤란하겠소. 그렇다고 뭐 깊이 들어갈 건 없어요. 그저 저 북조선 놈들 거하고 비슷하게 그려놓고 거기에다 적당한 이름만 붙여주면 돼요. 지리산인민공화국이든 전라경상인민공화국이든 뭐 그런 걸로 말이요. 거기까지만 해주시면 나머진 내가 적절하게 요리하겠습니다."

"무슨 말씀인지 알겠습니다. 일단 초안을 만들어 보겠습니다."

"한 일주일이면 되겠지요? 더 빠르면 좋고요. 좀 서둘러 주시오. 시간이 별로 없습니다. 아, 그리고, 그 작업하실 때 10월 20일인가 여수 인민대회에서 나왔다는 6개 항 결의문도 참고하시면 좋겠습니다. 그거 보면 조선인민공화국을 보위하자, 무상몰수·무상분배의 토지개혁을 시행하자, 조국을 미 제국주의에 팔고 있는 이승만 정부를 분쇄하자는 둥 온통 빨갱이 주장 아닙니까. 아시겠지만, 그 인민대회도 반란군과 민간 좌익이 합작해서 연 겁니다. 김지회가 순천으로 올라가면서 여수엔 지창준이 이끄는 700명 정도의 병력을 남겨뒀잖아요. 그 결의문 작성할 때 여수를 장악하고 있던 그 반란군 놈들이 그냥 구경만 하고 있었겠어요? 보나 마나 반란군 주도 세력의 생각이 거기 고스란히 담겨있는 거라고요. 그러니 그 결의문 내용을 잘 분석해서 그놈들이 생각했을 법한 인민공화국

체제를 한번 그럴싸하게 그려보세요. 저 북쪽 체제와 뭐가 다르겠어요?"

"알겠습니다."

"아, 그리고, 혹시 말입니다. 김원봉이 월북하고 나서도 김종서와 계속 연락을 주고받았다는 거, 그리고 김지회는 군란을 일으키기 전은 물론 그 후에도 김종서와 줄곧 소통해 왔다는 거, 이 두 가지 사실을 보여줄 수 있는 증거나 증인을 찾아낼 방법이 뭐 없을까요? 정 안되면 정황 증거라도 구성해 보면 좋겠습니다만."

"알겠습니다. 그것도 같이 고민해 보겠습니다."

"그렇게 해서 그 세 김 씨, 김원봉, 김종서, 김지회 간에 존재하는 연결고리가 밝혀지면 우리 일 진행하기가 아주 수월해질 겁니다. 박 소령님은 워낙 사민주의 장교들과 친하게 지내셨으니 잘만 생각하시면 뭔가 묘책이 떠오를 겁니다."

"뭐 다 친했던 건 아니지만, 아무튼 해보겠습니다."

"요는 김종서입니다. 군내 사민주의 그룹의 수괴가 김종서라는 걸 밝혀야 합니다. 그러면 일이 술술 풀려갈 겁니다."

2

12월 중순에 들어서면서부터 대한민국 군인 사회가 부쩍 술렁이기 시작했다. 여순 군란 이후 일상적으로 느껴지던 그런 긴장감이 아니었다. 오히려 위기감에 가까운 것이었다. 육해공군을 망라하여 좌익 혐의자들이 하루가 멀다고 수십 명씩 끌려가니 그럴 만도 했다. 49년 1월 중순까지의 약 한 달 동안 정보국이 잡아들인 장병 수는 500이 넘었다. 피바람이 분다는 표현이 과장되게 들리지 않았다.

그 음습하고 어두운 분위기는 2월에 들어서니 더 심해졌다. 전군에 불안과 동요의 기운이 팽배해졌다. 그러자 2월 중순 무렵엔 군내 우파 진영에서도 상당수 장교가 우려를 표명했다. 매주 장병 100여 명이 검거돼 가는 것도 심각한 문제지만 정보국 특별정보대, 아니 김창복의 전횡이 갈수록 심해지는 건 더 큰 문제라고 했다. 그들은 이러다 군의 사기가 회복하기가 어려울 만큼 저하되면 그 책임을 누가 어떻게 질는지 따져 물었다.

1월까지는 그래도 증거와 증인 없이 인신을 구속하는 일은 많지 않았다. 적어도 정황 증거라도 만들어 움직였다. 특히 영관급 장교를 상대할 때는 상당히 조심했다. 하지만 2월이 되면서 상황은 변했다. 이제는 대개 의심만으로도 그냥 구속했다. 그러고 나선 고문으로 자백을 강요하고, 그 과정에서 정보가 생성되면 다시 그 제조된 정보에 따라 다른 사람을 잡아들여 또 고문하고 자백받는 일이 이어졌다. 나중에는 체포한 장병들을 가둬 놓을 데도 없을 정도였다.

급기야는 정보국 내에서도 김창복을 말려야 한다는 목소리가 나왔다. 직속상관인 김안석이 먼저 나섰다. 하지만 소용없었다. 두 번째로 김점기가 주의를 시키려고 그를 불렀지만, 그는 오히려 김점기를 은근히 겁박했다. 그는 자기가 1월 말에 무려 20여 분간 박사님을 독대했는데 그분께서는 숙군 작업이 너무 더디어 국가 안보가 위태로워지는 게 아닌지 걱정하시더라며, 지금보다 속도를 더 내야 할 판에 자꾸 이렇게 말리면 그 뒷감당을 할 수 있겠느냐고 따졌다.

결국 백선웅 대령이 그를 찾았다. 저녁 식사를 같이하자고 했다. 긴장한 채 앉아 있었지만 백선웅은 식사하는 내내 숙군 업무에 대해선 아무 말도 하지 않았다. 그저 다른 사람 얘기만 했다. 처음엔 김백국과 겪었던 얘기였다. 함께 만주에서 간특대 활동했던 일, 광복 후 북조선에 몇 달 있다가 동반 월남했던 일, 군사영어학교에 동기생으로 들어갈 때 미래를 같이 도모하자고 맹세했던 일, 심지어는 최근에 같이 술집에서 객기부렸던 일까지 말해줬다. 그러곤 이성각, 송석희, 조재민 등 육군의 대표적인 우익 장교들로 넘어가 그들과의 사적 인연과 친밀도 등이 어떻게 형성돼 왔는지 생생하게 얘기해주었다. 그 뒤를 이은 사람은 사상적 동지라고 하는 임상헌 대령, 채병도 총장, 정일훈 장군, 이범성 장관 등이었고, 급기야는 박사님까지 등장시켰다. 놀랍게도 대통령 각하 내외와는 가끔 가족 예배도 같이 드린다고 했다.

백의 얘기는, 마치 각본이라도 있었던 양, 저녁 식사와 거의 동시에 마무리되었다. 대단한 말솜씨였다. 전혀 서두르지 않으면서도 식사까지 해가면서 할 말은 다 했다. 그사이 수많은 정보를 제공했다. 김창복은 범접하기 어려운 백선웅의 카리스마가 어디서 오는지, 적어도 그 출처의 일부는 알게 된 것 같았다. 어마어마한 인맥, 바로 그것이었다.

식당을 나오면서 백은 예의 그 무심한 표정으로 갑작스러운 제안을 했다.

"자네 혹시 이북 출신 장교들 모임에 한 번 와보려나?"

"예? 그런 게 있습니까?"

"뭐, 대단한 건 아니고, 그냥 영관급 이상의 이북 출신 장교들이 가끔 모여 술이나 한잔씩 하는 거야. 북두칠성이라고, 이름은 그럴싸하지. 하하하."

"불러주신다면 저야 영광이죠. 근데, 주로 어떤 분들이 오시는지요?"

"나하고 김백국, 이성각, 임상헌, 채병도, 정일훈, 뭐 이런 분들이 고정 멤버일세. 이 박사님도 군 통수권자 자격으로 두어 번 와주셨지."

"아이고, 언제든 불러만 주십시오. 열 일 제치고 달려가겠습니다."

"김백국하고 임상헌 대령과는 가끔 본다면서?"

"예. 그렇습니다. 다음 주 월요일에도 셋이 같이 저녁 먹기로 했습니다."

"자주 모이는구먼. 그래, 내 그 사람들 통해서 연락하겠네. 아, 그리고…."

"네. 국장님."

"그, 숙군 작업은 뒤탈 생기지 않도록 신중하게 하시게. 자칫하면 박사님께도 누가 될 수 있어요."

김창복은 그 말 한마디를 남기고 차에 오르는 백선웅에게 90도로 허리를 꺾어 인사하며 각하의 얼굴을 떠올렸다. 박사님은 서두르라고 하시는데, 저 양반은 또 서두르면 누가 될 수도 있다고 하니, 나 이거 참….

2월 21일, 약속 장소인 관철동 오성 살롱에는 임상헌이 귀빈실에 먼저 와 있었다. 수향은 김창복은 쳐다보지도 않고 그의 옆에 몸을 착 붙이고 앉아 헤벌린 웃음만 짓고 있었다. 강 마담은 그 건너편에서 담배를 피우다 말고 어정쩡한 자세로 일어나 어색하게 인사했다.

지난주와 그 전주에 임상헌이 여기서 연속 술을 마셨다고 하더니 그새 수향이 년을 자기 걸로 만든 모양이었다.

"대령님, 그간 잘 지내셨습니까?"

"난 중간에 시간이 비어서 일찌감치 이리로 왔네. 요즘도 정신없지? 김백국 대령은 여단에 갑자기 일이 생겨서 못 오게 됐다고 전화를 줬어. 오늘은 우리끼리 해야겠네. 오랜만에 진하게 마시자고.

수향이 뭐해? 한 잔 따라 드려야지."

수향이 샐쭉한 표정을 지으며 위스키를 따랐다.

"오늘도 스트레이트죠?"

김창복은 수향에게 고개를 한번 끄덕여 보이곤 임상헌에게 말했다.

"예, 좋습니다, 대령님. 오늘 제가 끝까지 모시겠습니다. 하긴 김 대령님이 고생 좀 하실 겁니다. 6여단 거기가 만만치 않은 데지 않습니까. 그런데다 부임하신 지 이제 한 달이 조금 넘었으니 하실 일이 오죽 많겠습니까."

"그러니까. 그 여단장이란 게 아주 피곤한 보직이라고."

"그래도 군인의 꽃이라는 야전 장교에겐 최고로 영광스러운 직책이지 않습니까. 사람들이 얼마나 부러워하는데요."

"본인이야 좋겠지. 문제는 반군 토벌대야. 김백국이 빠지니까 엉망진창이라고. 뭐 하나 제대로 되는 게 없어. 아니, 무슨 인사를 그렇게 대책도 없이 했는지."

"그러게요. 아무나 그렇게 막 옮기면 됩니까? 지금은 김지회 일당이 어디 숨어있는지도 모른다고 하잖습니까."

"그러니 그게 무슨 망신인가? 한 달 전에 지창준 하나 우연히 잡은 거 말고는 겨우내 그냥 공치고 있는 거 아닌가. 그놈들은 그동안에도 지리산 주변에서 끊임없이 출몰하고 있는데 말이야. 민가에서 물품 뺏어가, 선동 선무 활동해, 경찰들 공격해…. 아니 놈들이 그렇게 활개를 치고 다니는데 토벌대는 뭐 하는 거냐고. 반란군은 못 잡고 그저 산골 마을 사람들만 족쳐대니 한심하기가 그지없어요."

"그러게나 말입니다. 듣기로는 토벌대가 진용을 좀 바꿔서 3월부터는 대대적인 소탕 작전을 펼칠 거라곤 하던데 그 준비는 잘 되는지 모르겠습니다."

"그걸 자네가 몰라? 요즘 정말 바쁜 모양이구먼. 천하의 김창복이 어떻게 세상 돌아가는 걸 모르지? 지금 우리 토벌대 공식 명칭이 호남방면전투사령부 아닌가. 그게 남지구전투사령부와 북지구전투사령부로 나뉘어 있고 말이야."

"예. 그렇습죠."

"3월 1일부로 그걸 호남지구전투사령부와 지리산지구전투사령부로 나눈다네. 그제 결정 났어. 호남지구는 원용덕 준장 그대로고, 지리산지구는 정일훈 준장이 맡기로 했네. 말하자면 그 양반이 김백국 후임인 셈이지."

"예. 그렇군요. 전 요즘 사민주의자 놈들 때문에 눈코 뜰 새가 없었습니다. 아무튼 이제 정 장군님이 지리산을 맡으시면 앞으론 좀 달라지겠네요."

"3월부터 소위 춘계 토벌을 단행하겠다고 벼르고는 있다는데, 모르지 뭐. 두고 봐야지. 그나저나, 자네 지난주에 백 국장과 저녁 식사했다며?"

"예. 그날 백 국장님이 개인사 같은 걸 들려주셨는데, 새삼 그분이 대단하시단 걸 알았습니다. 아, 그 북두칠성 얘기도 해주셨습니다."

"아, 그 얘기도 했나? 흠… 그래, 김 소령도 거기 한번 와야지."

"예, 언제든 불러주십시오. 가문의 영광으로 알겠습니다."

"아무튼, 백 국장이 하는 말은 명심해서 들어요. 한마디라도 허투루 들으면 큰일 나는 수가 있어. 숙군 작업 같은 거 말이야. 아마 한마디 툭 던지고 말았을 텐데, 그런 걸 특히 조심해야 하네."

"예. 알지요. 무슨 말씀인지 알아들었습니다. 그래서 지난주부터 속도도 좀 늦추고 증거 보강 작업도 강화하고, 뭐 그러고 있습니다."

"좋아, 좋아. 그럼 됐어. 자 이제 하나만 더 얘기하고 본격적으로 술 마시자고. 음… 수향이 하고 강 마담은 한 10분만 나갔다 오지 그래. 아, 그리고 돌아올 땐 아까 그 친구 데리고 와. 이름이 뭐라고 그랬지? 장세정?"

수향이 까르르 웃으며 말했다.

"그건 가수고요, 얘는 이세정이요."

"아, 그래, 이세정. 애가 아주 예쁘고 영리하더구먼. 우리 김 소령도 짝이 있어야 오늘 거나하게 마실 거 아닌가?"

두 여자가 방을 나가자, 임상헌이 굳은 표정으로 물었다.

"박정두 말일세. 그 친구 잘 있지? 사형을 면하게 해줬으니 요즘 아주 기분이 좋겠네. 안 그런가?"

"근데, 성격이 차분한 건지 차가운 건지, 암튼 겉으론 별 내색이 없습니다."

"그 친구 관리 잘해야 하네. 그래야 사민주의 그룹을 깨끗이 소탕할 수 있어. 아까도 말했지만 백 대령 말을 명심하게. 괜히 무리하게 추진하다간 오히려 발목 잡힐 수 있어요."

"그렇지만 전 적어도 김종서, 오일규, 최남구, 이 세 놈들만큼은 12월 말이나 1월 초쯤엔 그냥 잡아넣었어야 했다고 생각합니다. 그때까지 저희가 만들어 놓은 군내 사민주의자 족보나 관계도만으로도 구속하는 덴 별문제가 없었을 겁니다. 정황 증거로는 그 정도면 충분했습니다. 근데 자꾸 여기저기서 그놈의 증거주의를 들먹이는 바람에 그거 신경 쓰다가 그만 놓치고 말았지 뭡니까."

"놈들이 워낙 거물 아닌가. 특히 김종서는 조심해야지 어쩌겠나. 그자들이 없어진 지 한 2주 됐지?"

"2월 들어 한꺼번에 다 사라졌으니까 벌써 3주 돼갑니다."

"도망갔다는 거 자체가 스스로들 죄인이란 걸 인정한 거라고 볼 수 있으니 그렇게 속상해만 할 필요는 없네. 그리고, 튀어야 벼룩이라고, 이 좁은 땅에서 지들이 가봐야 어딜 가겠나. 잡는 건 시간문제라고. 그러니 자넨 그사이에 놈들이 빨갱이란 걸 입증할 방안이나 철저히 마련하시게."

"알지요, 압니다. 그래서 저희도 준비 많이 했습니다. 박정두와 제가 4차 보고서까지 만들었는데, 최근엔 그걸 또 대폭 보완했습니다. 이젠 거의 완벽해요. 아무 문제 없을 겁니다. 놈들만 잡아들이면 됩니다. 그 새끼들만 없애면 군내 사민주의 그룹은 와해됩니다. 김지회도 그냥 스러질 거고요."

"한 열흘 전엔 우익 장교들까지도 특정대의 숙군 작업에 관해 문제 제기하지 않았나. 그런 일이 자꾸 벌어지면 박사님 입장도 곤란해지네. 명심하라고. 너무 쉽게 생각하면 안 돼요. 아직 갈 길이 멀다니까. 그 새끼들을 어떻게 없앨 건가? 잡아서 그냥 죽일 건가? 아니잖나. 검거하고, 기소하고, 최종적으론 재판에서 사형 선고를 받게 해야 하는 거 아닌가. 그런 것들 다 무리 없이 진행하려면 물적이든 인적이든 증거가 제대로 있어야 하네. 그런 거 없이 마구잡이로 하다가 중간 계열 장교들, 특히 김종서를 따르는 위관급 장교들이 다 들고 일어서면 아주 골치 아파요. 게다가 또 하우스만이 있잖나. 그자가 김종서나 오일규를 얼마나 좋아하나. 괜히 잘못 건드렸다가 미군 측에서 박사님에게 따지기라도 하는 날이면 정말 낭패 보는 걸세."

"알겠습니다. 더 꼼꼼히 하겠습니다."

"앞으로 먼 길을 제대로 가려면, 자네가 더 잘 알겠지만, 박정두를 잘 써야 하네. 어떤 복병이 나타날 줄 몰라요. 그때마다 유연하면서도 일관성 있게 대처하려면 무엇보다 그 세 놈들 얘기가 탄탄해야 해. 그놈들 얘기를 박정두처럼 잘 알고 있는 사람이 또 누가 있나? 박정두를 잘 관리하라고. 뭐 원하는 거 있으면 웬만하면 다 들어주고 말이야."

"예, 이미 그러고 있습니다."

"하긴 그렇지. 1심에서 사형 면하고 무기징역 받은 것도 다 자네와 정보국 사람들 구명운동 덕 아닌가? 박한테 슬쩍 귀띔을 해줘. 2심에선 더 감형될 거라고, 그걸 위해 지금 엄청나게 노력 중이라고 말이야."

"예. 저도 그러려고 합니다. 그리고 사실은 백 국장님의 구명 의지가 아주 강합니다. 박정두를 무척 아끼시더라고요. 제가 처음 구명운동 얘기를 꺼냈을 때, 김안석이나 김점기 과장님은 뭐 그럴 줄 알았지만, 국장님 반응은 좀 의외였습니다. 전 그 양반이 박정두를 그렇게 높이 평가하는 줄은 몰랐습니다. 사람 목숨만이 아니라 장교로서의 목숨까지 살려주고 싶어 하는 눈치입니다."

"그래? 둘 사이에 우리가 모르는 뭔가가 또 있나 보네. 아무튼 뭐 잘됐군. 자 그럼 이제 술 마시세. 애들 들어오라고 하고 말이야."

3

2월 22일, 김창복은 평소보다 두 시간이나 일찍 사무실에 나와 가방만 두곤 바로 단골 목욕탕으로 갔다. 땀을 빼면서 간단한 요기도 할 수 있는 곳이었다.

어젠 사실 수향에게 무척 화가 났었다. 그녀와는 불과 20일 전쯤에도 같이 잤다. 여느 때나 다름없이 착 달라붙어 온갖 예쁜 짓을 다 했었다. 그랬던 년이, 물론 임상헌이 꼬셔댔겠지만, 그새 그렇게 넘어가다니. 하마터면 술자리에서 욕지거리가 나올 뻔했다.

아무도 없는 너른 욕탕에 누워있자니 어젯밤 일이 다시 떠올랐다. 임상헌이 그 새낀 변태가 틀림없어. 내 바로 앞에서 수향이 년을 빨아대면서 왜 자꾸 웃으면서 날 쳐다볼까? 꼭 남의 여자만 꼬시려 들어. 혹시 문영이도 벌써 어떻게 한 건 아닐까? 조만간 순천에도 한번 가봐야겠어. 어젠 그래도 세정이가 있어서 다행이었지. 하긴 예쁜 걸로 치면 걔가 제일이지. 말도 얼마나 사근사근 잘 들어. 잠자리에서도 기가 막히고. 아이고, 어쩌자고 벌써 또 보고 싶은 건가.

세정이 가져다준 운이었는지 점심 직후에 좋은 소식이 날아왔다. 박말석이라는, 김종서의 개인 비서를 드디어 잡았다는 것이다. 그에 관한 정보를 입수하고 두 달여를 공들인 끝에 얻게 된 성과였다.

그렇게까진 하고 싶지 않았지만, 시간이 없으니 하는 수 없었다. 일제 때부터 이름을 날리던 고문 기술자를 투입했다. 과연 이틀 만에 박말석이 입을 열었다. 생각지도 못했던 얘기가 나왔다. 김종서의 현 소재지는 모르지만, 그의 비밀 사서함이라고 불리는 곳이 어딘지 안다는 것이었다. 바로 자신의 아버지가 운영하는 수원의 화성사진관이라고 했다. 김종서는 그에게 온 편지나 물건 등을 정기적으로 그곳에서 거둬 가는데 본인이 직접 오는 일은 없다고 했다.

김창복은 즉시 부하 두 명과 함께 수원으로 직접 내려갔다. 박말석의 아버지 박금록은 처음엔 좀 뻐딱하게 굴더니 김창복이 던진 한마디에 모든 협조를 다 하겠다며 고개를 숙였다.

"정보국 영창에 갇혀 있는 당신 아들의 목숨은 전적으로 당신 하기에 달렸소."

박금록은 김종서가 열흘에 한 번꼴로 사람을 보내는데 마지막으로 다녀간 건 나흘 전이었다고 했다. 그러면서 그제와 어제 사이에 인편으로 왔다는 편지 두 통을 건네줬다. 편지를 뜯어본 김창복의 얼굴엔 웃음이 번졌다. 하나는 오일규, 또 하나는 김지회에게서 온 것이었다.

2월 19일에 쓴 김지회의 편지에는 그가 김종서 덕분에 하준서를 만나 많은 도움을 받았고 아지트도 백무골로 옮겨 동계 훈련 중에 있다는 얘기와 앞으로도 항상 김종서와 김원봉의 자문과 충고에 유념하면서 진중하게 행동하겠다는 각오 등이 적혀 있었다. 북의 김원봉과 내통하는 김종서가 김지회를 통해 반란군을 조정하고 있다는 명확한 증거였다. 이것만으로도 김종서는 사형을 면치 못한다. 핫하하.

한편, 김종서에게 자신이 드디어 안전한 거처를 정했다고 알리는 오일규의 짧은 편지 끝부분에는 고맙게도, 그곳이 어디쯤인지를 짐작하게 하는 표현이 있었다. '선배님과 두어 번 같이 갔었던 종교교회 맞은편, 꼬불꼬불한 골목길, 허름한 세탁소 건물 2층' 등이었다. 김창복은 다시금 회심의 미소를 지었다.

오일규는 김창복이 수원에 다녀온 이틀 후인 2월 26일 아침에 특조대 수사대원들에게 끌려왔다. 그가 숨어있던 곳은 서울 종로구 적선동의 2층 건물이었다. 도렴동 북단에 있는 종교교회 길 건너편에서 시작되는 좁고 긴 골목의 제일 안쪽 집이었다고 했다. 그는 목조 건물의 2층 다락방에서 자고 있다 체포되었다. 아래층 세탁소의 주인은 그의 먼 친척뻘 되는 사람이라고 했다.

사무실에서 그 보고를 받은 김창복은 끌려온 오일규를 따로 만나지 않고 예정대로 수원 화성 사진관으로 갔다. 며칠간 직접 잠복 근무에 들어갈 작정이었다. 박금록의 말대로라면 27일이 김종서의 심부름꾼이 오는 날이겠지만 혹시 모르니 하루 먼저 잠복을 시작하기로 했다.

26일은 아무 일 없이 지나갔다. 27일은 일요일이라 손님이 많이 들락거려 긴장 속에서 하루를 보냈지만 그날 역시 기다리던 사람은 오지 않았다. 28일 점심 무렵엔 온갖 의심이 들기 시작했다. 정보가 샌 게 아닌지, 박금록이 거짓말을 한 게 아닌지, 박말석이 잡혔다는 걸 알고 김종서가 선을 끊은 게 아닌지….

그런데, 14시경, 박금록이 사진관 문을 열고 나와 양복 윗도리를 벗어 허공에 대고 툴툴 털었다. 놈이 왔다는 신호였다. 얼마 지나지 앉아 한복 차림의 중늙은이가 나왔다. 아까 들어가는 것도 봤지만 평범한 노인네로 보여 신경을 쓰지 않은 사람이었다. 부하 둘과 함께 그를 따라 걸었다. 다른 부하 넷은 지프를 타고 미행했다.

버스를 세 번이나 갈아타고 그가 내린 곳은 종로3가 정류장이었다. 대로를 건넌 그는 단성사 앞을 지나 비원 방향으로 느릿느릿 걸어 올라갔다. 그리고 10여 분 후 오른쪽 골목길로 접어들어 한 작은 절로 들어갔다. 3·1운동의 성지로 유명한 봉익동 대각사였다.

이런 제길, 하필 이런 곳에… 김창복은 못마땅한 표정을 지으며 대원들에게 수색 지시를 내렸다. 넷은 소총, 둘은 권총을 들고 절집 안으로 들어갔다. 김창복도 권총을 쥐고 뒤를 따랐다. 절이 워낙 작아 수색 작업은 싱겁게 끝났다. 김종서는 창고에 딸린 작고 어두컴컴한 방에 누군가와 앉아 있었다. 저항은 없었다. 별로 놀라지도 않는 것 같았다. 놀란 건 오히려 김창복이었다. 김종서와 마주 앉은 자는 최남구였다. 하늘이 이 나라를, 박사님을 돕는 게 분명했다.

최남구는 2월 초부터 줄곧 인왕산 동편 옥인동 끝 마을에 숨어있다가 오늘 춘천으로 옮겨 가는 길에 잠깐 들렀던 것이라고 했다. 참 운도 없는 놈이었다. 그러고 보니 이 세 놈들은 피신처를 모두 서울의 중심인 종로구에, 그것도 중앙청에서 반경 5리 안에 두고 있었다. 이렇게 지척에 있는 걸 모르고 2월 한 달을 그렇게 속을 썩이며 지냈던 걸 생각하니 분통이 터졌다. 어쨌든, 마침내 이 세 놈들을 다 잡았다. 이제 곧 법이 심판하리라. 김지회, 기다려라. 다음은 너다. 하하하.

4

3월 1일 밤, 김창복은 오랜만에 집에서 식구들과 저녁을 먹었다. 식후엔 불 켜진 정원을 십여 분간 거닐다 뜨거운 탕에 몸을 담갔다. 최근 후암동의 고급 적산 가옥을 사들인 그는 히노키탕 입욕을 최고의 즐거움으로 꼽고 있었다.

사흘간의 잠복근무를 마치고 어젠 야근까지 했으면서도 그는 오늘 해질녘까지 또 쉬지 않고 일했다. 그러나, 온종일 몸은 뻐근하고 머리는 무거웠지만, 기분만큼은 날아갈 듯 상쾌했다. 그러다 이젠 탕 속에 알몸으로 누워 땀까지 쭉 빼니, 몸과 머리마저 가볍고 시원해지는 것 같았다. 자신이 김종서, 오일규, 최남구를 일망타진했다는 게 꿈만 같았다. 그 세 놈들이 지금 망연자실 유치장 바닥에 쭈그리고 앉아 있을 걸 생각하니 절로 웃음이 나왔.

"핫하하하하하하하… 핫하하하하하하하…"

아무런 거리낌 없이, 나오는 대로 그냥 크게 웃어젖혔다. 탕 안이라 자신의 웃음소리가 더욱 호쾌하게 들렸다. 그것이 그를 더 즐겁게 해주었다.

그때 점순이가 주인아주머니가 가져다드리랬다며 데운 정종 한

컵과 석간신문 한 부를 쟁반에 받쳐 들고 쭈뼛거리며 들어왔다. 며칠 전에 새로 들어온 식모 아이는 두 손으로 쟁반을 든 채 눈을 어디 둬야 할지 몰라 한참을 쩔쩔맸다. 김창복은 그 모습이 재미있어 더 크게 웃었다.

뜨거운 물에 들어앉아 더운술 몇 모금을 마시니 금세 취기가 올라왔다. 신문을 펼쳤지만, 머리에서 땀이 쏟아져 연신 눈만 닦아내다 읽기를 포기하고 그냥 누워버렸다. 눈을 감고 있자니 오늘 하루 겪었던 일들이 생생하게 떠올랐다.

신년 초에 이승만 정부는 올해로 30주년을 맞는 3·1절을 4대 국경일의 하나로 지정한다고 발표함으로써 오랜만에 온 국민의 환호를 받았었다. 당일인 오늘, 과연 서울은 아침부터 들떠있었다. 월요일 하루를 일하고 화요일을 다시 국경일로 쉬게 된 시민들은 봄볕 만큼이나 싱그러운 얼굴을 하고 거리 곳곳을 누비고 다녔다.

오전 내내 김종서 일당의 처리 문제를 논의하느라 진을 다 뺀 김창복은 사무실에서 설렁탕으로 점심을 때우곤 충혈된 눈으로 창밖 명동 거리를 내려다보다 심복인 이한조에게 괜스레 심술을 부렸다.

"3·1절이 뭐라고 다들 저렇게 들떠 돌아다니는 거야. 지들이 한 게 뭐 있다고? 근데, 한조 넌 새끼야, 아까 왜 그렇게 민하게 굴었어?"

"예? 제가 뭘요?"

"김점기가 덜떨어진 소리를 하는데 넌 왜 그치 편을 들고 지랄이야, 지랄이."

"편을 들긴, 형님, 그게 무슨 소립니까. 아 우리가 너무 몰아세우기만 하면 그쪽에서도 또 세게 나오고, 그럼 또 일만 꼬이고 하니까 비위 좀 맞춰준 거죠. 사실 그 덕에 빨리 끝나지 않았습니까."

"새끼가 맨날 무슨 정치만 하려고 해. 근데 박사님은 왜 그 3·1절을 굳이 국경일로 정하셔서 세상을 시끄럽게 만드는지 모르겠어. 넌 왜 그러신 거 같으냐?"

"어쨌든 30주년 아닙니까. 게다가 요즘 친일파 청산 요구가 엄청나지 않습니까. 온 국민이 길길이 날뛰는데 그걸 어떻게 말려요. 잘못하다간 큰일 나죠. 오죽하면 반민특위 활동을 허락했겠어요."

"그래도 적당히 말 들어주는 척하고 말아야지, 아니 일을 이렇게 벌이시면 어떡하냐고. 봐라, 올 초부터 반민특위가 설쳐대니까 그동안 시궁창에 숨어있던 빨갱이 새끼들이 여기저기서 스멀스멀 기어 나오잖냐. 근데 이젠 또 3·1절까지 국경일로 해서 저렇게들 놀게 해주니 그 새끼들이 기고만장하지 않겠냐, 어? 그 새끼들은 맨날 저희만 독립운동했고 저희만 애국자라고 떠들어대지 않냐. 저렇게 됐다가 우리 국민이 자꾸 빨갱이들 편들면 어떡할 거냐고? 내 말 뭔지 알지?"

"알죠. 형님의 나라 걱정이 얼마나 큰지 그걸 제가 모르면 누가 알겠습니까. 이따 오후 회의 때 집중적으로 다루겠지만, 딴 건 몰라도, 반민특위 문제는 우리가 해결할 수 있습니다. 아주 간단하게요."

"그래, 먼저 반민특위 놈들이라도 좀 얌전하게 만들자. 그래야지. 그러니까, 이 시점에서 김종서 일당의 행각을 낱낱이 까발리는 게 중요하다고. 우리 국민도 세상이 얼마나 무섭게 돌아가는지 알아야 해. 빨갱이 새끼들이 지금 나라를 무너트리려고 별짓을 다 하고 있는데, 그것도 모르고 저렇게들 들떠만 있으니. 아이고, 답답해. 중요한 건 반일이 아니라 반공이라고 그렇게 얘기하는 데도 그걸 몰라요."

이한조가 장담한 대로, 오후에 있었던 반민특위 논의는 싱거울 정도로 쉽게 끝났다. 수단과 일정 등에 관하여 몇 가지 사소한 의견 차이가 있었을 뿐, 특위 활동을 점차 무력화시켜 종국엔 특위 자체가 해산되도록 하자는 데 누구도 이의를 제기하지 않았다. 하긴 박사님의 심기가 몹시 불편하시다는데 거기에 누가 토를 달겠는가.

그 오후 회의에서 김창복의 관심을 끈 건 막판에 백선웅 국장이 지나가는 말처럼 했던 박사님의 3·1절 기념사 얘기였다. 백 국장은 혹시 국민의 반일 감정을 자극할 말씀을 하실까 봐 걱정했는데, 박사님은 역시 다르더라며 평소의 그답지 않게 큰 소리로 웃었다. 대체 무슨 말씀을 하셨을까?

김창복은 그때 들었던 의문이 다시 떠올라 급히 일어나 앉았다. 이마에 수건을 질끈 둘러매고 나서 신문을 집어 들었다. 이승만 절대 지지를 천명한 신문답게 연합신문에는 기념사 전문이 실려 있었다. 과연 박사님이셨다. 그분은 3·1절은 우리 민족이 벌써 30년 전에 우리나라의 독립을 선언하고 '대한민주국'의 탄생을 세계에 공포했던 날이라며, 우리는 그 3·1정신을 부활함으로써 우리를 공산화하려는 어떤 시도에도 죽음으로써 항쟁하여 최후의 일인, 최후의 일각까지 나라와 민족을 지켜나가야 한다고 역설했다. 말하자면, 3·1운동의 정신으로 반공 민주국가를 지켜나가자는 것이었다. 이제는 3·1절의 의의를 반일이 아닌 반공에서 찾아야 한다는 그분의 현실 감각과 충정에 감동하여 새삼 존경의 염이 솟아났다.

행여 3·1절 열기가 범국민적인 반일 감정 고취로 이어지고 그것이 다시 독립운동에 전력을 다했던 사회주의 진영에 대한 동정이나 지지, 그리고 숙군 작업과 좌익 척결 사업에 대한 반감 등으로 이어지는 게 아닐까, 하는 우려는 기우였다. 대통령의 3·1절 기념사를 신호로 하여 우파는 더 단단히 결집했고 더 강한 힘을 갖게 됐다. 용공 좌파는 나라의 독립과 민주주의, 그리고 대한민국의 안위를 위협할 수 있는 위험한 존재라는 주장을 펼치기도 한결 쉬워졌다. 정부를 수립하고 처음 맞는 3·1절을 맞이하여 '국부'가 30년 전의 3·1정신을 되살려 강력한 반공 국가를 건설하자고 주창하자 누구도 반론을 펴지 못했던 것이다.

김창복도 더 자신이 붙었다. 이젠 밀어붙이기만 하면 된다. 세상이 다 내 편이다. 국방경비법에 따르면 김종서, 최남구, 오일규는 사형이 확실하다. 현재까지 확보한 증거와 증인만으로도 그들의 반란기도죄와 간첩죄는 넉넉히 입증할 수 있다. 김종서가 북조선의 김원봉과 내통하면서 지리산의 김지회를 조정하고 있다는 건 화성사진관에서 압수한 편지가 증명한다. 최남구가 14연대 반란 초기부터 김종서와 김지회 사이를 오가며 반란군의 향도 노릇을 해왔다는 건 아는 사람은 다 아는 사실이다. 오일규가 김종서의 심복이라는 걸 밝힐 증거 또한 차고도 넘친다. 박정두가 작성한 보고서만 읽어도 이들 사민주의자 그룹이 무엇을 목표로 어떻게 형성됐으며 그동안 어떻게 운영됐는지 누구나 쉽게 이해할 수 있다. 누가 봐도 이들은 반체제 반정부 반이승만 반역 집단이다. 이제 다 왔다!

13장.

3월 한 달 동안 여러분은 완벽하게 훌륭했다.

김지회(1949년 2월 28일~1949년 3월29일)

1

2월 28일 아침, 춘투 출정식을 마친 김지회 부대는 서둘러 길을 나섰다. 홍순혁 부대를 세석평전에서 만나 함께 점심을 먹고 두 부대 간의 전투 대오를 정비한 후 첫 번째 전투지인 화개장으로 가기로 했다.

경진은 산채를 벗어나며 눈물 고인 눈으로 연신 뒤돌아 손을 흔들었다. 뒤에는 그녀와 긴 겨울을 같이 나며 정이 듬뿍 든 이정순이 천사를 업고 서서 역시 손을 흔들며 울고 있었다. 이정순과 아기는 환자 몇 명과 함께 춘투가 끝날 때까지 1개 분대 병력의 보호를 받으며 백무골 산채에 남기로 했다.

3개월 만에 마주한 홍순혁 부대는 활기차 보였다. 인원도 30명 가량 늘었다. 그간 주변 마을에서 올라온 자원 입대자가 그만큼이나 됐던 것이다. 토벌군의 횡포가 심해졌다는 방증이었다. 두 부대를 합치니 650명에 육박했다. 점심 식사 후 두 부대는 1.5킬로미터가 훌쩍 넘는 긴 대열을 이루어 주간 행군을 감행했다. 거대한 뱀이 산 전체를 휘감고 내려가듯 두 부대의 병사들은 세석평전에서 대성골과 의신계곡을 거쳐 화개천 언저리를 따라 구불구불 하산했다. 역시 지리산 남면은 달랐다. 아래쪽 천변에선 벌써 우물우물 꽃몽우리를 내민 개나리가 눈에 띄었다. 계절은 어느덧 그렇게 변해가고 있었다.

화개장터와 그 앞 섬진강이 그윽하게 내려다보이는 지점에 도착했을 때 시곗바늘은 18시를 가리켰다. 붉은 하늘, 붉은 산, 붉은 강, 붉은 마을, 세상이 온통 붉은 노을빛이었다. 가슴이 떨릴 만큼 아름다웠지만 하는 수 없었다. 공격해야 했다.

정보에 의하면, 화개국민학교에는 서울을 떠나 그제 밤 화개장에 도착한 국군 1개 대대 병력이 진치고 있다. 토벌사령부에 새로 합류하기 위해 막 내려온 대대이니 아직은 어수선한 부대일 터였다. 그들이 지난 석 달간 공격 시도 한번 없던 봉기군을 경계하여 대오를 정비하고 있을 리는 만무했다. 게다가 저녁 식사 전후는 병사들의 기강이 느슨하게 풀어져 있을 때다. 이때를 놓쳐선 안 된다.

김지회는 대원들을 화개국민학교 주변 화개천의 안쪽 언저리에 촘촘하게 배치하고, 산으로 이어지는 학교의 서북편은 완전히 비워두었다.

김지회는 19시 정각에 공격 명령을 내렸다. 수십 정의 박격포와 기관단총이 일시에 불을 뿜었다. 망원경으로 적진을 살펴보니 무수히 많은 검은 그림자가 사방으로 황급히 흩어지는 게 보였다. 저녁밥을 먹고 있거나 치우고 있던, 혹은 식후에 느긋하게 휴식을 취하고 있던 장병들이 혼비백산하여 달아나는 모양새였다. 그들에게 시간 여유를 주어서는 안 될 일이었다. 이번에는 학교 동편과 남편에서 600명의 소총수가 3진으로 나뉘어 차례대로 압박해 올라갔다. 이따금 반격도 있었다. 하지만 전혀 체계적이지 않은, 일부의 중뿔난 총질에 불과했다. 800명가량 되는 국군 병사 대부분은 김지회의 의도대로 서북 방면으로 몰리며 산 쪽으로 황망히 도망쳤다.

김지회는 홍순혁 부대에게 화개국민학교와 그 주변 경계를 맡기고 자신은 직속 부대를 이끌고 화개장터로 내려갔다. 경찰들은 이미 줄행랑을 놓았는지 가는 길에선 어떤 저항도 만나지 않았다. 3·1운동 30주년 기념일을 하루 앞두고 오늘은 야시장으로까지 이어질 거라던 화개장은 거의 파장 상태였다. 하긴 포성과 총성이 지척에서 30분 넘게 계속됐으니 얼마나들 놀랐겠는가.

김지회 부대는 지서와 면사무소 등 공공 기관을 접수하고 거리 곳곳에 포고문을 붙였다. 길이만 짧아졌을 뿐 그 내용은 출정문과 거의 같았다. 화개장 주민들은 경진이만큼이나 그 글을 좋아했다. 어떤 이는 조용히 고개를 끄덕였고, 어떤 이는 환호했고, 어떤 이는 손뼉을 쳤다. 경상도 사투리와 전라도 사투리가 듣기 좋게 어우러 졌다.

화개장 상인들 덕분에 저녁 식사까지 훌륭하게 마치고 면사무소에 설치한 임시본부에서 간부회의를 시작하려고 할 때 상인 조합에서 왔다는 중년 남성 5명이 찾아왔다. 그들 중 2명은 해방 직후 하동군 인민위원회에서 일했었다며 으스대듯 말했다. 소위 우리 편 사람들이었다. 그들이 원하는 건 단순했다. 3·1독립만세운동이 일어났던 화개장터에서 내일 아침 09시부터 조촐한 기념식이 거행되는데 이참에 화개면 인민위원회를 부활시키려 하니 그 행사를 자기네가 주관하게 해달라는 것이었다. 이번 행사를 통해 '도의가 이루어지는 시대를 위하여' 화개장 사람들도 분연히 일어나자고 호소하겠다고 했다. 반대할 이유가 없었다.

다음날, 행사 시작 두 시간 전인 07시에 긴급 첩보가 들어왔다. 새벽에 한웅신 대위가 이끄는 토벌군 1개 대대가 남원에서 내려와 어제 도망쳤던 화개장 주둔군과 합세하여 현재 섬진강 변 도로를 따라 몰려온다는 것이었다. 또한 진주에서 출발한 다른 1개 대대도 두어 시간 후면 도착할 것 같다고도 했다. 토벌군의 반격이 예상보다 훨씬 빠르고 대규모로 시작된 것이다.

김지회는 원래 3·1운동 기념행사에 참석한 후 홍순혁 부대와 함께 화개국민학교 서북편 산길로 해서 피아골로 건너가 작년 11월에 만들어놨던 아지트에서 며칠간 머물려고 했었다. 하지만, 그는 조금의 망설임도 없이 퇴각 결정을 내렸다. 산악 게릴라 부대가 세와 규모 면에서 압도적 우세를 점하는 정규군과 맞서 싸울 이유는 없었다. 그것도 야지에서. 어차피 한 달 이상 계속할 춘계 투쟁이었다. 어제 벌인 첫 번째 전투는 충분히 성공적이었다. 주민들의 호응도 대단했다. 도의가 이루어지는 시대를 위하여 살자는 마음이 그들과 통했다는 것만으로도 큰 성과다. 이제 떠나자. 다른 곳으로 가서 그곳의 인민들에게도 도의의 시대가 오고 있다는 것을, 그 시대는 반드시 오고야 만다는 것을 전하자!

김지회 부대와 홍순혁 부대는 하동군 법하마을과 구례군 기촌마을을 연결하는 좁은 산길을 타고 신속하게 이동했다. 속도를 내기 위해 4보가 아닌 2보 간격으로 달렸다. 한 시간도 안 걸려 기촌마을에 도착한 그들은 숨만 잠깐 돌리고 다시 피아골을 향해 전진했다. 아침은 건너뛰고 대신 어젯밤 화개장에서 구매하여 분배한 쌀을 각자 조금씩 꺼내 행군 중에 씹어먹기로 했다. 하지만 점심은 연곡사에서, 그리고 저녁은 피아골 아지트에 도착하여 제대로 먹기로 했다.

2

 3월 4일 아침은 새들이 깨웠다. 봄비 내리던 어제와 그제와는 달리 피아골의 하늘은 맑고 푸르렀다. 티끌 하나 없는 파랑이었다. 너무 깊은 파랑이라 가슴이 벅찰 지경이었다. 경진은 이런 하늘을 두고 떠나기가 아쉽다고 했다. 지회는 그녀에게 뱀사골 하늘도 똑같을 거라고, 아니 더 예쁘게 보일 테니 기대하라고 말해줬다.

 650명 용사와 함께 파란 하늘을 올려다보며 피아골 정상부의 극도로 가파른 길을 헐떡이며 올라가 화개재에서 잠시 쉬었다가 뱀사골 간장소로 내려가니 점심때가 넘은 시간이었다. 내려오는 내내 처음 와보는 뱀사골이 전혀 낯설지 않고 마음에 꼭 든다며 아이처럼 좋아하던 경진이 간장소 옥빛 물을 보자 홀린 듯 다가가 그 차가운 물에 얼굴을 담갔다. 물에서 나온 그녀의 눈이 참 맑아 보였다.

 홍순혁은 딴 데는 볼 필요도 없다며 간장소 주변과 그 밑으로 내려가는 물길을 따라 임시 산채를 짓는 걸로 정하고 우선 점심부터 만들어 먹자고 했다. 김지회는 더 적당한 곳이 있는지 좀 더 살펴보고 싶었지만 다들 홍순혁의 의견에 동의하는 것 같아 그대로 따르기로 했다.

 경진은 그저 뱀사골 경치에 푹 빠져있었다. 계곡 길이 어쩌면 이렇게 아기자기하고 운치 있고 분위기가 있냐며 감탄에 감탄을 거

급했다. 피아골, 대성골, 거림골, 백무골 등과는 비교도 안 되는 최고로 예쁜 골짜기라고도 했다. 지회도 뱀사골이 마음에 들긴 했지만 경진이 심하게 좋아하는 걸 보니 까닭 모를 불안감이 일었다. 왜 저렇게 여길 좋아하지? 경진일 당기는 뭔가가 있나? 여긴 서몽실 사는 반선마을과 가까운데….

　모두가 점심을 먹고 있을 때 기다리고 있던 덕유산 부대의 김금수 지대장이 찾아왔다. 백무골 전략회의 때 만나고 10일 만이었다.

　"병곡리 계곡 그 먼 데서 용케 찾아왔구먼. 고생 많았네."

　"남원을 거쳐 왔는데, 야지에선 차도 얻어 타고 해서 그리 고생하지 않았습니다. 근데, 총사령님, 제가 여기 오는 길에 여러 가지 소식을 들었습니다. 다른 건 시시껄렁한 것들인데 두 가지는 꽤 중요한 겁니다."

　"나쁜 소식부터 말해보게. 둘 다 나쁜 거면 더 나쁜 거부터."

　"2월 말경에 김종서와 최남구 중령님이 체포됐답니다. 오일규 소령님도요."

　"어디서 그 얘길 들었나? 정확한 건가?"

　"저의 목포상업학교 동창 중에 연희대를 졸업하고 경향신문에 들어간 놈이 있습니다. 이번에 남원에서 우연히 만났습니다. 재개편된 토벌사령부를 취재하러 왔다더군요. 그 친구한테 들었습니다. 내일이나 모레쯤 기사로도 나갈 거랍니다."

　"그럼 확실한 거군…. 흠, 다른 건 또 뭔가?"

"예, 그 토벌사령부 재개편 얘긴데요. 작년 10월 말에 호남방면 전투사령부로 개편했던 걸 3월 1일부로 해서 호남지구전투사령부와 지리산지구전투사령부로 나눴답니다. 그리고 호남지구엔 원용덕 준장이, 지리산지구엔 정일훈 준장이 사령관으로 임명됐답니다."

"김백국이 빠졌단 말이야?"

"그자는 대령으로 승진해서 이미 1월 중순에 6여단 단장으로 갔다네요."

"웬일이지? 어쨌든, 정일훈이 새로 들어왔다 이거지?"

"예, 정일훈 밑엔 5개 대대를 배치했답니다."

"그날 남원에서 왔다는 한웅신 대대도 그중 하나였겠군."

"한웅신 대위 잘 아시죠?"

"사관학교 한 기 선배지. 대가 아주 세고 매사에 분명한 호남아야. 말이 좀 통하던 선배였는데 이젠 적이 됐구먼."

"그 남원 대대가 정일훈이 제일 신뢰하는 부대랍니다. 그밖에 화개장, 진주, 함양, 산청 등에도 예하 부대들을 포진해 놨는데 다들 각 연대에서 최고 간다는 대대들이라고 하네요."

"정일훈이 작정하고 덤벼든 거야. 뭐, 좋네. 자네가 때맞춰 아주 중요한 정보를 갖고 왔어. 이따 춘투 일정 조정 회의 때 각 부대의 의견들을 들어보세. 자, 일단 자네도 같이 식사하지. 그러고 나서 좀 쉬었다가 회의는 두어 시간 뒤에 하세."

김지회는 사실 큰 충격을 받았다. 결국 김종서와 최남구, 오일규, 그 세 분을 잃게 된 것이다. 그 귀한 분들이 사형을 면할 길은 없을 것이다. 몽양 선생님을 잃었을 때만큼 슬프고 허전했다. 미래에 대한 불안과 두려움은 그때보다 훨씬 컸다. 일을 이렇게까지 벌여놨는데 그분들 없이 내가 이걸 어찌 수습할 수 있겠는가….

별의별 생각이 다 났다. 김종서와 최남구 선배 없이 이 유격전을 길게 끌고 가긴 어려울 것이다. 김원봉 부장님이 이 소식을 들었다면 그도 낙담했을 것이며, 어쩌면 이미 남도 인공 구상을 포기했을지도 모른다. 우리가 이번 춘투를 훌륭하게 벌이면 그에게 새 희망을 줄 수 있을까? 군자금도 문제다. 아무리 아껴봐야 이달 말이면 끝이다. 이 많은 대원을 앞으로 어떻게 먹여 살릴 것인가? 보급 투쟁은 사실상 강도질 아니면 도둑질이다. 인민을 위해 봉기한 우리가 인민의 것을 계속 뺏어 먹을 수는 없지 않은가. 더구나 우릴 도운 인민들은 그로 인해 토벌군에게 죽임을 당한다. 결국 우리가 그들을 죽이는 것이다. 하아….

이런 사정을 다 말하면 이기주는 또 세석평전으로 올라가서 농병일치의 마을 공동체를 만들자고 하겠지. 하지만 아직 아무런 안전장치도 마련하지 못했는데 어떻게 거기엘 가서 사나. 특히 하늘이 문제지 않은가. 대공포나 고사포도 없이 거기서 버텨봐야 얼마나 버틸 수 있겠는가. 한계가 뻔한 일이다. 아니면 열댓 명씩 작은 조를 만들어 각자들 산속 깊은 곳으로 들어가 화전민들처럼 살아가자고 할까? 아니다. 그거야 결국 각자가 택할 마지막 수단 중의 하나가 아니겠는가. 아, 어쩐다….

그래. 일단은 함양이나 그 부근에 해방구를 만들자는 원래 목표를 고수하자. 딱 3월 한 달만 죽자고 싸워 보자. 해보고 안 되면 그때 포기하는 거다. 이왕 여기까지 온 것, 거기까진 가보자. 고래고래 소리 질러가며 싸우자. 죽더라도 악을 쓰며 시끄럽게 죽자. 그래서 우리가 여기 있었음을 알리자! 그냥, 거기까지는 해보자!

만약, 그래도 살아있으면, 그땐 세석평전으로 가자. 필경 얼마 못 버티고 다 죽을 거다. 할 수 없지, 뭘 어쩌겠나. 그렇다고 우리가 이승만 도배에게 무릎을 꿇고, 제주 사람을 죽이라면 죽이고 전라도 사람을 죽이라면 죽일 테니 살려만 달라고 할 텐가? 어차피 죽을 목숨이다. 하루라도 좋다. 차돌이 꿈대로, 기주 소원대로, 내 속마음 그대로, 아름답고 평화로운 세석 공동체에서 경진이 마음껏 아껴주며, 동지들 살뜰히 챙겨주며, 그렇게 사랑만 하며 자유롭게 살다, 깨끗하게 죽자.

김종서, 최남구, 오일규 선배 등이 체포됐다는 건 당분간 비밀에 부치자. 지금 대원들 사기를 떨어트려선 될 것도 안 된다. 알아봐야 아무 소용도 없잖은가.

3

　김지회는 주거용 초막과 회의용 막사 등을 간장소와 병풍소 사이의 개천 양옆 산자락에 세우는 작업이 거의 끝나갈 무렵 간부회의를 소집했다. 회의 전에 김금수를 불러 지전사, 즉 지리산지구전투사령부와 정일훈 얘기는 해도 괜찮지만, 김종서 중령 등의 체포 사실에 대해선 함구할 것을 당부했다.

　회의에선 10일 전 백무골 전략회의에서 결정했던 내용 일부를 수정하고 그에 맞춰 추진 일정을 다시 조정했다. 향후 2주간은 3개 부대의 8개 지대가 각기 흩어져 남원, 함양, 산청, 거창 등 4개 군의 주요 면 소재지 16개 곳을 3·1정신을 앞세워 공격함으로써 토벌군을 혼란에 빠트림과 동시에 봉기군의 대의명분을 세상에 널리 알리고, 그다음 주에는 함양읍이나 거창읍 가운데 한 군데를 점령하는 데 역량을 총집중한다는 게 골자였다. 만약 그 점령 작전이 실패로 돌아가면 일단 세석평전으로 피신해 후일을 도모하기로 했다.

　이러한 결정에 처음부터 모두가 동의한 건 아니었다. 사실, 처음엔 반대가 더 많았다. 이번 춘투에 그렇게 온 힘을 다 쓰고 나면 그 후에 어떻게 장기 유격전을 펼쳐갈 수 있겠는가, 지전사는 770명가량인 1개 대대 단위로 움직일 텐데 봉기군은 100명밖에 안 되는 지대 단위로 흩어져 다녀서야 야지에서 그들과 맞닥뜨릴 때 과연 승산이 있겠는가, 다 합쳐야 850명에 불과한 봉기군이 4개 군에 걸쳐 서로 멀찌감치 떨어져 있는 16개 면 소재지를 겨우 2주 동안 어떻게 모두 공격할 수 있겠는가 등이 그들이 제기한 문제였다. 나름 다 타당한 문제 제기였지만 그렇다고 지금 시점에서 크게 양보할 수는 없었다. 김지회는 팔짱을 끼고 잠시 막사 밖 오렌지빛 하늘을 우러르듯 바라보다가 다시 좌정하곤 간부들에게 호소했다.

"물론 작전하다 보면 수행 기간이나 세부 목표가 좀 바뀔 수는 있습니다. 이를테면 16개 면을 공격하는데 2주가 아니라 2주 반이나 3주가 걸릴 수도 있고, 상황 변화에 따라 공격 목표가 12개나 10개 면으로 줄어들 수도 있겠죠. 하지만, 이번 춘투의 기본 목표와 전체적인 흐름은 변경할 수 없습니다. 지금 우리는 매우 중대한 시기를 맞고 있습니다. 이번에 우리가 승리의 가능성을 보여주지 못하면, 그래서 인민들의 호응과 지지를 충분히 끌어내지 못하면, 우리의 미래는 없습니다. 장기전을 제대로 펼치려면 자금도 더 모아야 하고 병력도 충원해야 합니다. 그것도 한두 번으로 끝내선 안 되고 꾸준히 안정적으로 해야 합니다. 결국 우린 사람이 살고 경제가 돌아가는 우리의 도시, 우리의 농촌이 필요한 겁니다. 지리산만으론 안 됩니다. 함양이나 거창이 우리 것이어야 합니다. 그러니 어쩌겠습니까. 이번에 우리의 역량을 다 쏟아부어 최대한 많은 전투를 벌이고 최대한 많은 승리를 거두어야 합니다. 그래서 도의의 시대가 올 수 있겠다는 희망을 최대한 많은 인민의 가슴속에 심어줘야 합니다. 최소한 지리산 근방의 민심만큼은 확실하게 잡아야 합니다. 그들의 압도적 다수가 우리를 지지하고 신뢰하게 만들어야 합니다. 그래야 자금도 오고 병력도 오고 거창이나 함양도 우리에게 옵니다. 그러니 이번에 우리가 가진 모든 걸 걸어봅시다. 그거밖엔, 다른 수가 없습니다!"

홍순혁과 이기주를 비롯한 누구도 더는 토를 달지 않았다. 다들 그의 절절함을 고스란히 느끼는 것 같았다. 사실 김지회는 그런 사람이 아니었다. 언제나 모든 정보를 공유하고 시간이 걸려도 다른 이들의 의견을 묻고 토론을 거쳐 합의를 구한 후에야 최종 결정을 내리는 지도자였다. 그런데 오늘은 달랐다.

김지회의 변화를 모두가 알아챈 듯했다. 뭔가 말하지 못하는 게 있고, 왠지 마음이 급하고, 토론도 생략하거나 짧게 하길 바라고, 합의 보다는 그저 순종해 주길 원하는 걸 다 아는 것 같았다. 그리고, 그럴만한 이유가 있다고 믿어주는 것 같았다.

김지회는 그런 동지들이 고마웠다. 그는 어쩌면 자기가 정말 마지막을 준비하고 있는지도 모른다고 생각했다. 그렇다. 이젠 부딪혀 보는 수밖엔 없잖은가. 가자. 필경 지금이 우리가 가장 강력한 때일 것이다. 대원들의 사기도, 체력도, 기동력도 지금이 최상이지 않은가. 춘투에서 대승을 거두지 않는 한 이런 때는 다시 오지 않는다. 제일 강할 때 제일 세게 부딪히자. 안 되면 그걸로 끝이라는 생각으로 모든 걸 다 걸고 덤벼들자. 아무것도 두려워하지 말고, 그냥 가자!

3월 5일, 아침 일찍이 김금수는 덕유산으로 떠났고, 홍순혁 부대는 산청군 왕산을 향해 길을 나섰다. 3월 6일엔 김지회 부대의 신인형 지대와 정락훈 지대가 각각 백무골과 지리산 서북 능선의 덕두산으로 옮겨갔다. 김지회의 작전 지시에 따른 지대별 공간 배치가 시작된 것이다.

김지회는 3월 4일의 회의에서 8개 지대가 공격할 면 소재지를 지대별로 두 군데씩 지정해 주었다. 덕유산 부대의 2개 지대는 함양 북부의 1개 면과 거창의 3개 면, 홍순혁 부대의 3개 지대는 함양 동부의 3개 면과 산청의 3개 면, 그리고 본대인 김지회 부대의 3개 지대는 남원 동부의 3개 면과 함양 남부의 3개 면을 각각 맡게 됐다. 그뿐만이 아니었다. 사정이 생기면 변경할 수 있다는 단서를 달긴 했지만, 그는 각 부대 각 지대의 출격 날짜와 순서까지 정해줬다. 함양읍을 중심으로 해서 첫 번째 공격 부대가 그 남쪽 지리산 부근에 있는 면으로 쳐들어가면 두 번째 부대는 북쪽 덕유산 부근, 그리고 세 번째 부대는 동쪽 면을 공격하고, 그렇게 한 바퀴 돌고 나서는 다시 또 그 남·북·동 갈지자 기습이 반복되는 방식을 전제로 하여 각 지대에 날짜가 배당된 것이다.

4

 3월 7일, 뱀사골에 김지회와 같이 머물러 있던 이기주 지대가 남원군 산내면 백일리에 있는 면사무소와 지서를 접수함으로써 드디어 갈지자 공략 작전의 막이 올랐다. 조용하던 마을에 100여 명의 무장 군인이 2열 종대로 행군해 들어오자 주민들은 일손을 놓고 잔뜩 긴장한 눈으로 쳐다봤다. 하지만, 봉기군임을 알아본 사람들의 눈빛은 대개 호의적으로 바뀌었다.
 정찰대의 보고대로 산내 지서의 경찰들은 아무런 대비가 없었다. 그들은 그저 지난겨울의 평화를 그대로 즐기고 있었던 모양이다. 보초를 생포하고 지서를 포위한 다음 위협사격을 1~2분간 가하자, 얼마 안 있어 안에 있던 경찰 5~6명이 두 손을 번쩍 들고 줄지어 나왔다.
 산내면을 손쉽게 장악한 이기주 지대는 면사무소 마당에서 다시 2열 종대를 지어 실상사 앞을 흘러가는 람천 둑길을 따라 산내국민학교로 이동했다. 학교 운동장에서 산내면 해방 경축대회를 열기 위함이었다.
 월요일 한낮인데도 남녀노소 할 것 없이 많은 주민이 몰려왔다. 어느새 준비했는지 산내면 인민위원회, 농민회, 민청, 여맹 등의 깃발이 인파 가운데 휘날렸다. 김지회가 3·1운동 기념 춘투의 출정문을 읽고, 이기주가 세 가지 구호를 선창하고, 군중이 그걸 따라 외칠 때 경축 분위기는 최고조에 올랐다.

"3·1정신 이어받아, 도의 시대 앞당기자!"

"이승만은 참회하고, 인민 위해 물러나라!"

"우리 모두 힘 합하여, 불의 세상 타파하자!"

김지회는 단상에서 한목소리로 구호를 외치는 군중을 바라보며 잠시 서몽실을 생각했다. 혹시 저 속에 있나? 이 학교 학생들에게 장학금을 준다고 했는데….

다음날인 8일엔 남원군 산내면에서 북동쪽으로 65킬로미터가량 떨어진 덕유산 아래의 거창군 북상면이 봉기군에게 떨어졌다. 이 날 이영희 부대의 김금수 지대는 북상 지서를 사상자 한 사람 없이 순식간에 접수해 버렸다. 9일 아침엔 북상면에서 40여 킬로미터 남쪽에 있는 함양읍 바로 동편의 유림면이 점령됐다. 이번엔 홍순혁 부대의 이진방 지대였다. 같은 날 저녁엔 남원군의 인월면이 공략됐다. 뱀사골을 떠나 덕두산 자락에 자리 잡고 있던 김지회 부대의 정락훈 지대였다. 10일엔 다시 북쪽 덕유산 부근이었다. 이영희 부대의 이흥국 지대장이 이끄는 봉기군이 인월에서 북동쪽 55킬로미터 방면에 있는 거창군 위천면을 장악한 것이다.

그날 10일에 김지회는 신인형 지대에 있었다. 8일 아침에 그는 산내면의 뒤처리를 이기주 지대에 맡기고 경진과 본대 요원 몇 명, 그리고 호위대 20여 명과 더불어 덕두산의 북동쪽 자락 정락훈 지대로 갔었다. 다음 날에 있을 인월면 기습 공격을 지휘하기 위해서였다. 그리고, 인월면을 접수한 다음 날 아침에 다시 길을 떠나 백무골 신인형 지대로 온 것이었다. 출격 준비를 마치고 나서 김지회는 그날 저녁 신인형과 오랜만에 한담을 나누었다.

"내일 오후에 자신 있지요?"

"그럼요. 적황도 몇 번씩 파악했고 모의 훈련도 여러 차례 했습니다. 대원들 사기도 최고고요. 게다가 거긴 민주 부락이니까 주민들 협조도 상당할 겁니다. 우리가 너무 쉬운 데를 맡아서 다른 지대에 미안할 따름이죠."

"쉬운 데가 어디 따로 있나요. 내일 그 마천면은 오늘 이흥국 지대가 친 거창군 위천면에서 남쪽으로 55킬로미터나 떨어진 곳입니다. 아마 그 잘났다는 정일훈도 요즘 정신이 없을 겁니다. 수십 킬로미터씩 떨어진 면 소재지들이 매일 같이 하나둘씩 갈지자로 공략당하니 심사가 좀 불편하겠습니까?"

"부산 연대의 1개 대대가 지금 지전사 소속으로 함양읍에 와 있지 않습니까. 좀 전에 다녀간 정보원 말로는 거기 병사들이 요즘 총사령님을 홍길동의 환생이 아니냐고들 한답니다. 봉기군이 남에 번쩍 북에 번쩍한다면서 말이죠."

"홍길동이요? 거 참 재밌는 소리군요. 우리 목표가 율도국인 걸 벌써들 아는 모양입니다. 하하하"

"그러게요. 정말 함양에다 그런 걸 만들면 참 좋겠습니다. 교통 좋고, 물산 풍부하고, 남북 양쪽에 지리산과 덕유산까지 끼고 있으니, 병력과 화력만 충분히 늘릴 수 있다면 정말 해볼 만할 텐데요. 그러고 거기서 몇 년 버티다 보면 어느 날 김원봉 부장님이 무정 장군님 군사들을 쫙 몰고 내려오지 않겠어요?"

"그거 정말 황홀한 얘깁니다. 하여튼 갈 데까지 가보는 거죠."

"네, 그래야죠! 그나저나 총사령님은 우리 부대의 세 지대가 출격할 때마다 앞으로도 늘 같이하실 겁니까? 그렇게 하시면 이틀에 한 번꼴이고, 매번 40~50리씩을 옮겨 다녀야 하는데, 몸이 당해내겠습니까? 앞으로 율도국까지 가시려면 체력과 정력을 좀 아껴놔야 하지 않겠어요?"

"이것도 갈 데까지 가보는 거죠. 가다가 정 힘들면 그때 멈추죠, 뭐. 근데, 난 괜찮을 것 같은데 경진이가 문젭니다. 이기주 지대에 그냥 있으라고 해도 영 말을 안 듣네요."

"아이고, 걱정이네요. 그렇다고 그 마음을 아는데 무턱대고 말릴 수도 없고. 그래도 너무 힘들어하시는 거 같으면 그땐 꼭 멈추셔야 합니다."

"알았습니다. 항상 챙겨줘서 고맙습니다. 그 사람은 신 지대장님이 자기 친정 오빠 같다는 말을 자주 해요. 아시지요?"

"알지요. 근데 제가 잘 돌봐드리질 못해서 늘 죄송할 뿐입니다."

"무슨 그런 소릴 하십니까. 우리가 늘 미안하고 감사하죠. 아, 그리고, 내일 마천면 떨어트리고 나서 다음 날엔 그냥 여기 백무골로 돌아와 있으세요. 다른 지침을 줄 때까진 당분간 이동하지 마시고요."

"예. 알겠습니다."

11일엔 홍순혁 부대의 송관영 지대가 먼저 움직여 함양읍 동쪽의 생초면을 오전 중에 떨어트렸다. 김지회가 함께 한 남쪽의 신인형 지대는 늦은 오후에 마천면을 점령했다. 12일엔 다시 북쪽이었다. 이영희 부대의 김금수 지대가 두 번째로 출격하여 거창군 마리면을 장악했다. 그리고 13일엔 동쪽 방면 홍순혁 부대의 최철기 지대가 이번 갈지자 작전의 아홉 번째 목표인 산청군 금서면에 아침 일찍이 나타나 삽시간에 경찰지서와 면사무소 등을 점거했다.

13일 15시 무렵 김지회는 금서면에서 날라 온 승전보를 이기주와 함께 들었다. 그는 전날 신인형 지대가 점거한 마천면을 떠나 휴천면 공격을 준비 중인 이기주 지대의 임시 거처가 있는 법화산의 법화사로 와 있었다.

김지회의 목소리가 법당 안을 울렸다.

"아, 이제 남·북·동 갈지자 공격을 3회전까지 마쳤네. 9개 면 점령에 딱 일주일 걸렸어. 여태까진 운이 좋았던 거야. 저놈들의 정규 병력을 맞닥뜨린 적은 한 번도 없었잖아. 하긴 그 많은 면 중에서 어느 면이 언제 공격당할지, 저놈들이 어떻게 알고 대비할 수 있었겠나. 하지만 이제부턴 다를 걸세. 지금쯤은 정일훈도 우리 공격 패턴을 파악했겠지."

법당 한쪽 구석에 앉아 벽에 등을 대고 있던 이기주가 맞장구쳤다.

"그렇지. 국군 최고의 군사 전략가라는 사람이 우리가 함양읍의 남쪽과 북쪽, 동쪽을 순서대로 한 군데씩 치고 있다는 걸 아직 모를 린 없겠지. 필경 우리가 세 부대로 나뉘어서 지역 분담을 하고 있다는 것도 알 거야."

"그렇다면 교장 선생님이 이제 뭘 하실 것 같아?"

"응? 아 그렇지. 우리 때 사관학교 교장이었지. 거 참, 좀 그렇네. 아무튼, 내일이라도 당장 둘 중의 하나, 아니다! 그 두 가지 다 할 것 같은데."

"함양읍과 남쪽 방어?"

"그렇지. 함양읍을 중심으로 세 번을 돌았으니 이젠 함양읍이라고 생각할 수도 있을 거고, 만약 한 번 더 돈다면 다시 남쪽 차례라고 생각할 테니 말이야."

"함양읍은 분명히 신경 쓸 거야. 그런데 그 남쪽 면은 어디라고 생각할까?"

"지금까지 산내, 인월, 마천을 쳤으니까 함양읍 남쪽 지리산 부근에 남아 있는 데는 이제 운봉과 휴천, 그리고 하나 더 신경 쓴다면 아영 정도잖아. 그 가운데 한 군데를 택할까? 그러진 않겠지?"

"셋 다 챙기겠지. 확률은 다 3분지 1씩이니까."

"지전사가 전부 5개 대대니까 그럼 함양읍과 그 세 곳에 최소한 1개 대대씩은 보낼 수 있겠네. 토벌군 한 대대면 770명가량이잖아."

"그렇지. 우리 지대 규모의 7배가 넘지. 만약 우리 추론이 맞는다면 오늘 중엔 정일훈이 그 네 곳으로 대대 병력 이상씩을 보낼 거야. 내일 아침에라도 우리가 공격할 수 있다고 생각하지 않겠냐? 어쩜 벌써 보냈을지도 모르고."

"그러겠네. 그러면 우리 지대는 어떡할까? 토벌군 대대 병력이 몰려와서 휴천면 소재지를 방어하면 그 야지에선 사실 우리가 할 수 있는 게 별로 없잖아."

"원래 계획대로 그냥 쳐들어가야지, 뭘 어떡해?"

"달랑 우리 100명이? 당장 내일?"

"하하 이 사람아, 그건 아니지. 찬찬히 살피고 나서 여럿이 같이 가야지."

"응? 여럿이?"

"여기까지 네댓 시간이면 닿을 거리에 봉기군 5개 지대가 있네. 신인형 지대는 백무골에서 대기하고 있고, 정락훈 지대는 오봉산 자락에서 아영면 기습을 준비하고 있어. 그리고 홍순혁 부대의 3개 지대는 모두 산청의 왕산과 필봉산 일대에 자리를 잡고 있지 않나. 그들과 다 같이 가야지."

"뭐야? 아, 이 사람, 일찌감치 혼자 그렇게 계획하고 있었구먼.

이 근처에 게네들을 다 모아놓고 있었어. 김지회! 정말 용의주도해. 혹시라도 차질 생길까 봐 아무한테도 얘기 안 하고 있었던 거야? 아무튼 못 당한다고. 좋아, 좋아, 이해해. 그래서 결국 김지회 부대와 홍순혁 부대 650명이 다시 뭉치는 거네."

"그렇지. 이영희 부대는 멀리 있기도 하지만 거긴 그 북쪽에서 따로 할 일이 있어. 그 얘긴 나중에 또 하고, 여기 얘기부터 하자고."

"좋아. 그럼 휴천면 공격은 6개 지대 합동 작전인데, 언제쯤이 좋을까?"

"서두르지 말자. 적정을 치밀하게 살피고 준비를 철저히 한 후에 최적의 날짜를 택해서 화끈하게 치자고. 온 세상이 다 알 만큼, 소문도 크게 나도록 말이야."

"그러자. 650명이면 저놈들 병력에 크게 밀리는 것도 아냐. 화력이야 좀 달리겠지만 분대별로 기동력 있게 움직이면 그것도 별문제는 아냐. 우리 애들이 겨울 동안 기동 훈련을 좀 세게 받았냐. 산내면 공격 때도 봤잖아. 군기가 빡 들어가 있지 않던?"

"맞아, 정말 강철 같더구먼. 인월과 마천에서도 그랬어. 애들이 막 날아다니더라고. 게다가 이영희 부대가 잘만 해주면 다른 조건도 더 좋아질 수 있어."

"응? 그게 무슨 소리야?"

5

김지회의 예상은 거의 정확했다. 3월 15일 오전에 최종 확인된 정보에 의하면 지전사는 본부가 있는 남원읍에 1개 대대, 그리고 함양읍, 운봉면, 휴천면, 아영면에 나머지 4개 대대를 하나씩 배치했다. 그는 즉각 근방에 있는 봉기군 5개 지대에 이동 명령을 내렸다.

다음 날인 16일 새벽에 각각 오봉산과 백무골을 떠나 김지회가 있는 법화산에 도착한 정락훈 지대와 신인형 지대는 그날 오후부터 바로 이기주 지대와 합동 기습 훈련에 들어갔다. 그들이 휴천면을 향해 산에서 내려간 건 3일 후인 19일 새벽이었다. 김지회는 출격 직전 대원들에게 두 가지를 명심하라고 당부했다. 첫 번째는, 늘 하는 것으로서, 토벌군 병사들도 우리 인민일뿐더러 동료도 될 수 있는 사람들이니 그들의 목숨을 중히 여겨 되도록 죽이지는 말라는 것이었고, 두 번째는 휴천면 작전이 네 시간 이상 걸리면 다른 곳에서 토벌군 지원 병력이 들어올 수 있으니 08시 전에는 무조건 거길 벗어나야 한다는 것이었다.

그는 같은 당부를 홍순혁 부대에도 이미 전달해 놓았다. 3일 전, 목표 시간을 19일 04시로 해서 3개 지대 모두 휴천국민학교로 진격하라는 지시를 내릴 때였다.

이영희 부대엔 훈련 총책인 방무혁을 보내 더 급박한 명령을 내렸다. 이틀 남짓 남은 동안 어떻게든 최대한 많은 군사를 모아 18

일 13시경에 함양읍 북단 황석산 아래의 안의면을 공격하라는 것이었다.

18일 19시경에 이영희의 편지가 인편으로 도착했다. 13시 정각에 면 소재지인 안의면 당근리에 진입하여 채 한 시간도 걸리지 않아 지서와 면사무소 등을 장악했다는 보고였다. 편지엔 감동적인 내용도 있었다. 이영희 부대가 병력을 어떻게 400명까지 늘릴 수 있었는지 기술한 부분이었다.

원 부대원이 200명가량이었으니 이영희 부대는 이틀 만에 그와 거의 동수의 군사를 그 낯선 곳에서 모은 것이었다. 1등 수훈감은 방무혁인 듯싶었다. 그와 그가 통솔해 간 구(舊) 함양 야산대 대원들 30여 명이 안의면은 물론 주변의 병곡면, 지곡면, 수동면 등의 각 마을을 돌아다니며 과거 하준서와 뜻을 같이했던 '함양 도령'들과 그 친구들 수십 명을 모아왔고, 그 과정에서 안의면의 정신적 지도자인 아나키스트 이진안 선생과 하기라 교수와도 연결되어 그들을 따르는 청년 학생들의 대거 참여가 이루어졌다고 했다. 결국, 하준서가 고향 사람들 마음에 심어 놓은 동포애와 정의감, 각 개인의 자유와 평등이 보장되는 무정부 사회를 향한 아나키스트들의 꿈과 이상, 그리고 청년 학생들의 순수함 등이 한데 뭉쳐진 결과였다.

김지회는 특히 안의면의 그 유명한 아나키스트들이 봉기군을 김일성이나 스탈린을 따르는 극좌파 군사 정치 집단으로 보지 않고 인민의 자유와 평등을 수호하고자 하는 중도 좌파 평화주의 세력으로 평가해 줬다는 것에 고무됐다. 새 힘이 솟는 기분이었다. 그리고 모두 100명이 넘는 청년과 중학생이 동참해 줬다는 사실에도 울컥할 만큼 감격했다. 학생들은 봉기군 대열의 후미에서 구호만 외치며 따라오게 했다지만 그 광경은 누가 봐도 400명 군대의 진격 모습이었을 터였다. 그는 어쩌면 정말 함양은 봉기군의 든든한 근거지, 진정한 해방지구로 예정된 곳인지도 모른다고 생각했다.

김지회는 이영희의 편지를 세 번 각지게 접어 주머니에 넣곤 바로 이기주 지대의 3인조 정찰대를 휴천면으로 보냈다. 거기 주둔한 지전사 대대의 동태를 파악하기 위함이었다. 정찰대는 네 시간도 안 걸려 바라던 정보를 갖고 왔다. 바로 오늘 16시경에 즉, 이영희 부대가 안의면을 장악한 지 두 시간 조금 지나서 대대 소속 4개 중대 가운데 2개 중대가 안의면 지역으로 급파됐다는 것이었다. 나중에 안 사실이지만, 지전사 지휘부는 400명이 넘는 반란군 병력이 안의면으로 쳐들어와 순식간에 면 소재지를 점령했다는 급보를 받곤 휴천면에서만이 아니라 함양읍과 아영면의 대대 병력 중에서도 각 2대 중대씩을 빼 안의면으로 급히 보냈다. 기껏해야 100여 명씩 무리 지어 다니며 남·북·동 순차 공격을 전개하던 반란군이 이제 그 패턴에서 벗어나 병력을 대규모화하여 북쪽부터 새로 치기 시작했다고 판단한 게 분명했다. 김지회가 바라던 바가 안의면 청년·학생들의 대거 참여 덕에 이루어진 것이었다. 절로 웃음이 지어졌다. 이제 휴천면엔 토벌군 2개 중대밖에 없다. 겨우 380여 명이다. 승리는 확실히 우리 것이다!

그리하여 19일 02시, 정락훈, 신인형, 이기주 지대로 구성된 김지회 부대는 보무당당, 자신만만하게 법화산을 떠났다. 대원들의 얼굴은 이미 승리자처럼 밝았다. 홍순혁 부대와는 휴천면에서 결합할 것이었다. 그러면 물경 650명 규모의 대군이다.

빛이라곤 단 한 조각도 없는 그저 시커멓기만 한 대포마을은 짙은 안개에까지 휘감겨 있었다. 04시가 가까워진 시각, 안개보다 더 짙은 농도의 그림자들이 마을 북쪽 산자락 밑에 자리한 휴천국민학교 주변으로 빠르게 모여들었다. 아무 소리도 내지 않고 마치 안개인 양 부드럽게 움직이는 그림자들은 마을의 남동쪽과 남서쪽 양 갈래에서 올라온 김지회 부대와 홍순혁 부대 대원들이었다.

엊저녁에 대대원의 반이 전장인 안의면으로 떠난 탓인지 후방에 남은 자들이 머무는 학교의 분위기는 어둠 속에서도 느슨하다는 게 느껴졌다. 경계도 허술해 보였다. 무술 대원들이 다가가 졸거나 멍하게 서 있던 10명 남짓의 군기 빠진 초병들을 조용히 처리하고 나자 할 일은 벌써 다 했다는 기분이 들었다.

김지회는 토벌군이 숙소로 쓰는 단층 교사를 중심으로 해서 전 대원들이 학교 주위를 일정한 간격을 두고 겹겹이 둘러서도록 했다. 각 대원은 개인 화기 외에도 기름 묻힌 홰를 하나씩 들고 묵묵히 이동했다. 적막감이 감도는 가운데 대원 배치가 끝나자, 김지회는 마지막 준비 작업으로 학교 안으로 들어간 전기선과 전화선 등을 모두 절단하게 했다. 그리고 지포 라이터를 켜 머리 위로 올렸다.

그 즉시 10여 대의 박격포가 학교 운동장을 향해 하나씩 순차적으로 불을 뿜었다. 섬광과 굉음이 이어지며 마을의 암흑 같던 고요는 산산이 깨어졌다. 여기저기서 개 짖는 소리가 들렸다. 토벌군이 들어있는 교사 이곳저곳에서 희미한 불빛이 새어 나오기 시작했다. 촛불이나 손전등 따위를 켜는 모양이었다.

김지회가 두 번째로 라이터를 켰다. 그러자 모든 대원이 홰에 불을 붙여 올리며 하늘에 대고 소리를 질렀다. 어마어마한 함성과 함께 6백수십 개의 횃불이 동시에 타오르자 학교 주변이 용광로처럼 보였다. 교실 창문마다 밖을 내다보려는 토벌군 병사들로 버글거렸다. 그들 눈에는 필경 자기들을 에워싼 봉기군의 숫자가 헤아릴 수도 없이 많아 보일 것이었다. 그러나 단 2분뿐이었다. 2분 후엔 모든 횃불이 일시에 꺼졌다. 김지회가 암흑 속에서 확성기로 경고했다.

"그 안에 있는 병사들은 잘 들어라. 우리는 1분 후, 불빛이 있는 교실을 향해 무차별 사격을 가한다. 다치고 싶지 않으면 모두 불을 꺼라. 정확히 1분 후다."

얼마 지나지 않아 상당수 교실에서 불빛이 급속히 사라졌다. 하지만 몇몇 교실은 그대로였다. 1분 후 수십 명의 공용화기 사수가 불빛이 남아 있는 교실의 창문들을 향해 중기관총을 난사했다. 사격은 모든 교실이 완벽히 어두워진 후에야 중단됐다.

김지회가 다시 확성기를 들었다.

"너희들이 2개 중대에 불과한 후방의 잔여 병력이란 걸 알고 있다. 너희는 지금 너희보다 곱절이 넘는 중무장 봉기군에 겹겹이 포위돼 있다. 자다 말고 날벼락 맞은 기분이겠지만, 그래서 옛 동료로서 사실 좀 미안하긴 하지만, 대의를 위해서는 하는 수가 없다. 정확히 5분을 주겠다. 항복할 사람은 위아래 속옷 하나씩만 입고 두 손을 번쩍 들고 교사 밖으로 걸어 나오라. 목숨은 보장한다. 하지만 명심하라. 그 5분 후엔 박격포와 중기관총들이 너희들이 있는 교실을 향해 무자비한 불을 뿜을 것이다. 그때야 비로소 빠져나오는 자들은 밖에서 기다리는 우리 수백 명 소총수의 표적이 될 것이다. 너희들도 알다시피…."

그때였다. 건물 가운데쯤에서 M1 소총이 발사됐다. 누군가 확성기 소리가 나는 쪽으로 조준 사격을 가한 것이 틀림없었다. 2초나 지났을까. 그리로 눈 밝은 홍순혁이 박격포를 한 방 날렸다. 그곳에서 불길이 확 오르자, 이번엔 중기관총들이 응징 사격을 가했다. 엄청난 포화가 한 곳으로 집중됐다. 김지회가 확성기로 사격 중지를 명했다. 그리고 멈췄던 말을 이었다.

"너희들이 지금 어떤 처지에 있는지 아직도 모르는가? 감히 돌발 행동하지 마라. 행동을 신중히 하여 목숨을 보전하라. 우리도 국군이었다. 나라와 민족을 위하는 마음은 지금도 여전하다. 옛 동료들을 죽이고 싶은 마음은 추호도 없다. 나를 믿어라. 항복하고 나와라. 그러면 산다. 지금부터 정확히 5분을 주겠다."

김지회가 확성기를 내려놓자 세상은 다시 완벽한 침묵 속에 묻혔다. 피아간에 느껴지는 건 오직 긴장감뿐이었다. 그렇게 30초, 1분, 1분 30초, 그리고 2분이 지나갔다. 김지회가 약간 초조해졌다.

또 다른 30초가 지나갈 무렵이었다. 토벌군 쪽에서 으흠, 으흠 하고 확성기 쓰려는 소리가 들려왔다. 귀를 곤두세웠다.

"김지회! 나, 제3중대장 길종환이다. 알겠다. 네 말을 믿고, 시키는 대로 하겠다. 제4중대장과도 말을 마쳤다. 거기도 그렇게 하기로 했다. 대원들은 들어라! 무장을 풀고 내가 먼저 나간다. 모두 내 뒤를 따라라. 개인 행동하지 마라. 지금은 다른 수가 없다."

잠시 후 김지회의 사관학교 동기인 길종환이 속옷만 입고 손을 든 채 교사 밖으로 나왔다. 어느덧 안개는 거의 다 걷혔고 그 자리를 푸른 여명이 채워가고 있었다. 워낙 마른 사람이긴 했지만 그 새벽엔 더욱 앙상해 보였다. 창백한 얼굴과 일부만 가려진 삐쩍 마른 몸뚱어리가 푸르스름하게 보였다. 그의 뒤로 속옷만 입은 사내들이 줄줄이 나왔다. 얼마 지나지 않아 학교 운동장 한쪽이 벗은 군인들로 가득 찼다.

김지회는 손들고 나온 군인 360여 명을 15열 종대로 운동장에 정렬시켜 놓은 후 면장에게 사람을 보내 07시까지 대포마을 주민들을 학교 교정으로 모이게 해달라고 했다. 새벽부터 포성과 총성에 놀라 잠을 설친 채 방안에만 틀어박혀 전전긍긍하고 있었을 주민들은 면장의 소집 요청에 대개 다 군소리 없이 응한 모양이었다. 그 이른 시간에 수많은 사람이 속속 학교 안으로 들어왔다.

주민들이 모이는 동안 포로들 대다수는 자신의 몰골이 창피한지 고개를 푹 숙인 채 엉거주춤 서 있었다. 그들은 김지회가 내린 묵언 대기 명령 때문에 대화는커녕 질문도 일절 할 수 없었다. 용변이 급할지라도 손짓 몸짓을 해서야 겨우 허락을 받아낼 수 있었다. 봉기군들은 멀리 떨어져서 표정 없는 얼굴로 소총을 쥔 채 그들을 감시하고 있었다.

드디어 07시가 되었을 때 김지회가 단상에 올랐다. 그는 우선 3·1운동 30주년의 의미를 되새기자며 왜 봉기군이 빨갱이요 반란군이라고 매도될 걸 알면서도 이승만 정부의 제주 진압 명령을 거부했는지, 왜 미군이 이 땅에서 즉시 떠나갈 것을 요구했는지 등을 설명했다. 요컨대, 모든 인민에게 자유와 평등이 보장되는 가운데 동포가 서로 돕고 민족이 하나 되는 민주와 도의의 시대를 이루기 위해서였다는 것이었다. 중간중간에 그의 연설에 감동한 주민들이 박수와 환호를 보내기도 했다.

김지회가 내려가고 이번엔 홍순혁이 올라갔다. 그는 3·1정신에 비추어 봤을 때 이승만의 죄상은 크게 세 가지라고 했다. 하나는 일제에 의해 장기간 지독한 인권 유린을 당했던 수많은 동포의 아픈 몸과 마음을 치유해 주기는커녕 그들을 새로운 방식의 힘으로 다시 억누른 죄, 다른 하나는 일제 강점기 시절에 친일파가 누렸던 사회적 경제적 특권을 거의 그대로 인정해 줌은 물론 그들을 정부와 군의 요직에까지 앉힌 죄, 또 하나는 일본 대신 미국을 받들어 모심으로써 우리 동포가 여전히 외세의 눈치를 보며 굽신거리고 살아가도록 한 죄가 그것이라고 했다. 그리고, 민족과 동포에게 그렇게 큰 죄를 지은 이승만의 부당하고도 불법한 명령을 군소리 없이 따른 국군 장병들의 죄 또한 크다고 하지 않을 수 없다는 말도 했다. 그러면서 그는 내의만 걸친 채 뻘쭘하게 서 있는 포로들을 쳐다보며 큰 소리로 물었다.

"그대들은 내 말에 동의하는가?"

그들은 고개만 더 깊이 숙일 뿐 묵묵부답이었다.

"왜 말이 없는가?"

"……."

"말할 면목도 없다는 건가? 그렇다면 이제 그대들에게 반성하고 사죄할 기회를 주겠다. 민족과 동포, 우리 인민들에게 자신이 죄인이라는 걸 인정하는 사람은 지금부터 사죄의 의미로 앞에 계신 마을 주민들을 향해 30배를 올린다. 죄가 없다고 생각하는 자들은 그 자리에 그냥 서 있어도 좋다. 자, 구령은 내가 붙인다. 하나 하면 '하나'하고 절을 하고, 둘 하면 '둘'하고 일어선다. 알았나?"

"예~"

상당수가 대답했지만, 다는 아니었다. 홍순혁은 못마땅했다.

"이 새끼들 봐라. 소리가 약하다. 다시 묻는다. 준비됐나?"

"예!~"

처음보다 훨씬 큰 소리가 나왔다. 거의 모두가 답한 것으로 보였다.

"좋다. 지금부터 30배를 실시한다. 3·1운동이 일어난 지 어언 30년이다. 그동안 우리 불쌍한 인민들이 한 해 한 해를 얼마나 힘들고 억울하게 살아왔는지를 생각하면서 사죄하는 마음으로 큰절을 30번 올린다. 명심하라. 큰절이다. 하나!"

홍순혁이 구령을 붙이자, 포로들이 복창한 후 무릎을 꿇고 땅바닥에 이마가 닿을 정도의 큰절을 했다. 하지만 꼿꼿이 서 있는 군인들도 10여 명은 됐다. 대개는 장교들이었다.

5~6분쯤 지나서야 30번째 절 순서가 됐다. 어떤 주민들은 울기만 했고, 어떤 이들은 같이 절을 하기도 했다. 포로 중에도 눈물을 흘리는 사람이 제법 있었다. 홍순혁이 마지막 구령을 붙였다.

"자, 이제 다 왔다. 하나!"

6

08시가 조금 넘어 김지회 부대와 홍순혁 부대는 포로들에게 무기와 보급품 등을 지워 각기 남원의 삼봉산과 산청의 왕산 방향으로 길을 잡아 떠났다. 인민들에게 사죄하기를 거부한 10여 명의 국군 장병들은 휴천 지서 유치장에 가둬 놓았다. 김지회는 홍순혁에게 열흘 내에 또 보자는 말로 작별 인사를 대신했다.

김지회는 오도봉을 지나 삼봉산 정상 가까이에 이르렀을 때 150명이 넘는 포로들에게 지고 온 짐을 내리게 하고는 담배 한 갑씩을 나눠주며 산에서 내려가든지 여기 남든지 마음 가는 대로 하라고 했다. 안 그랬으면 좋겠지만, 이승만 군대로 돌아가는 게 불가피하다면 가서도 최소한 무고한 인민을 해치는 군인은 되지 말라고 했다. 30명가량의 포로가 봉기군에 합류하겠다고 했다. 휴천면에서의 3·1절 행사가 그들에게 감동을 준 모양이었다.

김지회 부대는 삼봉산 정상에서 직선거리로 2킬로미터 정도 떨어진 중황리 까마귀밑골에 당분간 머물기로 했다. 대원들의 일부는 막사와 초막을 짓고, 일부는 커다란 바위 밑에 저장고를 만들어 휴천 대대에서 날라 온 무기와 식량, 의복 등의 군수품을 비장했다. 거림골과 뱀사골에 이어 김지회가 만든 세 번째 무기고인 셈이었다. 김지회는 그 와중에도 지전사 병력의 이동 현황 등을 파악해 오라며 남원읍에 거주하는 정보원에게 최수종을 보냈다.

다음날인 20일은 일요일이었다. 오랜만에 느긋하게 아침을 먹으며 진행된 작전 회의에서 김지회는 먼저 최수종이 회의 직전에 가져온 정보를 지대장들과 공유했다. 지전사 5개 대대 중 남원읍과 함양읍 주둔 대대만 그대로 있고 함양읍의 남서쪽인 아영면, 운봉면, 휴천면에 있던 3개 대대는 벌써 각각 오부면, 산청읍, 단성면으로 이동했거나 이동 중이라는 것이었다. 김지회는 그 세 군데가 모두 함양읍의 남동쪽이라는 점에 유의하자며, 그건 바로 지전사가 다음번엔 봉기군이 동쪽 방면을 공략할 거라고 판단한 방증이 아니겠냐고 했다.

이기주가 물었다.

"그런 거 같긴 한데, 저놈들이 왜 그렇게 판단했을까?"

김지회가 정락훈을 쳐다봤다.

"어떻게 생각하십니까?"

그의 눈이 살짝 빛났다.

"우리 공격 방식과 규모가 바뀌었잖아요. 저 시블놈들이 보기에도 우리가 남·북·동 갈지자 공격 방식을 버린 거요. 그러면서 공격 규모는 크게 늘려가고 있어요. 갈지자 공격 때는 기껏해야 100여 명이 몰려다니며 남북동을 한 번씩 때리고 다녔는데, 한 5일 조용하더니 갑자기 싹 달라진 거요. 우선, 이번엔 남쪽이 아니라 북쪽부터 공격을 해버렸어요. 무려 400여 명이나 모여서요. 그러더니 그 다음 날엔 남쪽 방면을 650명이 쳤어요. 방식이 완전히 달라진 거요. 순서도 바뀌었고, 공격대도 훨씬 커진 거 아니요. 그러니 다음엔 동쪽 방면 아니면 함양읍 공격이라고 생각하지 않겠어요? 최소한 650명, 아니면 그보다 훨씬 더 많은 군사를 모아서 말이요. 내가 어디서 들었는데, 지전사는 우리 병력을 1천수백 명 정도로 알고 있대요. 그러니 그 정도 부대가 함양읍이나 그 남동쪽으로 몰려갈 수 있다고 생각하면 당연히 자기네 병력을 그쪽으로 모아놓겠죠."

김지회가 고개를 끄덕였다.

"내 생각도 같습니다. 자, 그러니 이렇게 합시다. 홍순혁 부대와 이영희 부대, 그리고 우리 부대 모두 오늘과 내일 저녁까지는 미동도 하지 말고 각자 조용히 있는 겁니다. 그러는 동안 저놈들은 불안해하기만 할 뿐 함양과 그 동쪽에 묶인 채 아무것도 못 할 겁니다. 그러다 내일 해 질 무렵, 우리 부대가 광풍처럼 움직여 운봉면을 먼저 칩니다. 봉기군이 연속 남쪽을 공략할 리는 없을 거로 여길 테니 거긴 아마 비어 있을 겁니다. 근데 우리가 거길 치면 지전사 애들은 또 우왕좌왕하다가 결국엔 동쪽 방면에 보낸 병력 전부 혹은 일부를 다시 운봉면, 이 남쪽으로 돌릴 겁니다. 그때를 놓치지 말아야 합니다. 그때, 북쪽 거창읍으로 가는 길이 뚫릴 바로 그때, 홍순혁과 이영희 부대 그리고 우리가 일시에 다 그쪽으로 진격합니다. 대략 4~5일 후, 그러니까 24일이나 25일쯤이 되겠지요. 어떻습니까?"

신인형이 흥분된 얼굴을 하고 물었다.

"좋습니다. 그렇게 하면 정말 우리가 토벌군을 갖고 노는 꼴이 되겠습니다. 그런데 함양읍은 어떡하나요?"

이기주도 같은 질문을 했다.

"그러게. 해방지구로는 아무래도 함양이 제일 좋다고 하지 않았나?"

김지회가 진지한 표정을 지으며 말했다.

"물론 그렇지. 하지만 저놈들 움직임을 보면 함양읍은 어떻게든 막아내려고 하는 것 같지 않나? 그러니 일단은 거창읍을 공략하세. 아까 말한 일정대로만 밀어붙이면 거창읍은 비교적 쉽게 떨어트릴 수 있을 거야. 함양 점거는 거기서 다시 대오를 잘 정비한 후에 찬찬히 추진해 가자고."

김지회는 이렇게 결정된 거창읍 공략 계획을 인편으로 즉각 홍순혁 부대와 이영희 부대에 알렸다. 물론, 정확한 일정은 추후 통지하겠다는 단서와 함께.

7

김지회 부대는 아침을 먹고 삼봉산의 까마귀밑골을 떠났다. 행여 사람들의 눈에 띌까, 하여 산내면 중심을 통과하지 않고 외곽 산길로만 이동하다 보니 팔랑마을을 거쳐 운봉면이 내려다보이는 바래봉까지 올라가는 데 무려 여덟 시간이나 걸렸다.

몸은 피곤했지만 운봉면이 바로 발밑에 있으니 기분은 좋았다.

이미 손에 넣은 듯싶었다. 게다가 바래봉 주변은 세석평전이 연상될 만큼 산세가 완만하고 평탄하여 뭔가 장쾌한 느낌마저 들게 했다. 봄바람도 막힘없이 호쾌하게 불어댔다. 서쪽으로 많이 기울어진 태양은 부드럽고 따스한 빛을 발했다. 새소리는 또 왜 그렇게 아름답고 애달픈지…. 불현듯 누나 얼굴이 잠깐 떠올랐다 사라졌다.

 대원들을 돌아보니 한결같이 안색이 좋아 보였다. 하긴 출격까진 아직 24시간이나 남아 있으니 얼마나 여유롭겠는가. 거창읍 대회전을 앞두고 대원들의 심신 상태를 최상으로 유지하는 게 중요하다면서 운봉면 작전엔 힘을 최소한으로만 쓰자는 이기주의 말을 듣고 일찌감치 여유 있게 떠나오길 잘했다는 생각이 들었다.

 김지회는 지대장들에게 오늘 저녁엔 골짜기까지 내려가지 말고 바래봉 주변의 이 밝고 광활한 곳에서 먹고 놀고 쉬다가 밤이 되면 이 근처에서 그냥 다 발 쭉 뻗고 잡시다, 라고 말했다. 날씨도 좋고 시간도 넉넉한 데다 멀리 있는 토벌군이 갑자기 여기 나타날 리도 없으니, 이참에 다들 느긋함을 만끽해 보자는 것이었다. 이기주는 무조건 찬성이라고 했고, 정락훈은 경계만 제대로 서면 괜찮으리라고 했으며, 신인형은 기왕이면 저녁 식사 후 오락회를 한번 열자고 했다. 모두 약속이나 한 듯 신인형에게 박수를 보냈다.

 신인형이 구수하게 사회를 잘 봤다. 대원 중엔 노래 솜씨 뛰어난 사람도 많았고, 걸쭉한 얘기꾼도 있었고, 여린 감성의 시인도 있었다. 같은 걸 먹고 같은 걸 입고 같이 행동하는 군인 한 사람 한 사람이 어쩌면 그렇게 다른지, 인간의 다양함과 다채로움에 새삼 놀랐다. 김지회는 특히 홍애자의 연주가 좋았다. 김지회만이 아니었다. 그녀의 하모니카에서 '옛날의 금잔디'가 흘러나오자 여기저기서 탄성이 나오더니 어느 순간부터는 모든 대원이 마법에 걸린 듯 일시에 숨을 죽였다. 지리산도 스스로 조용해진 듯했다. 오직 하모니카 선율만이 능선과 계곡을 타고 온 산으로 퍼져나갔다. 연주가 끝나자 다른 곡을 더 해달라는 요청이 쇄도했다. 이번엔 '봉선화'였다. 얼마 안 있어 눈물 흘리는 대원들이 보이기 시작했다. 숫자는 점점 늘어났다. 경진도 그중 하나였다.

오락회가 끝나고 대원들은 분대별로 흩어져 취침 전까지 자유시간을 갖기로 했다. 김지회는 딱히 할 일도 없고 하여 경진과 일찌감치 천막을 치려고 했다. 땅 고르기 작업을 하려는데 홍애자가 여성 대원 몇 사람과 같이 왔다. 여자들만의 대화 시간을 원하는 것 같아 김지회는 자리를 비켜줬다.

그는 산 아래가 시원하게 내려다보이는 바래봉 남쪽 사면으로 가 앉았다. 사방으로 굽이쳐 흐르는 수 갈래의 산등성이들을 물끄러미 바라보다가 저도 모르게 웅얼웅얼 노래를 불렀다. 아까 홍애자가 연주했던 봉선화였다.

'울 밑에 선 봉선화야 네 모양이 처량하다…'

노래를 흥얼거리며 산 아래를 둘러보다 문득 저 밑으로 내려가면 팔랑마을, 부운마을, 반선마을 순서로 사람 사는 동네가 쭉 이어진다고 생각하자, 어릴 때 식구들과 둘러앉아 된장찌개로 저녁 먹던 날이 떠올랐다. 참 맛있는 찌개였다. 특히 몽글몽글한 두부가 맛있었다. 엄마는 없었고 누나와 할아버지, 그리고, 아, 아버지도 있었다. 그러면 그때가 언제쯤이지? 가물가물할 뿐 정확히는 기억나지 않았다. 또 누나가 보고 싶어졌다. 담배나 한 대 피울까?

그때 언제 왔는지 이기주가 나타나 어깨를 툭 치며 옆에 앉았다.

"무슨 생각을 그리 골똘히 하시나? 어, 근데 왜 그렇게 쓸쓸한 표정?"

"기주야, 우리 반선마을 갈래?"

"거길? 지금?"

"너랑 둘이 가면 서너 시간이면 갔다 올 수 있어."

"그러려면 거의 날아야 할 텐데. 그나저나 왜? 혹시 무슨 일 있어? 아님, 아직 미련이 남은 거냐?"

"마지막에 헤어질 때 내가 너무 야멸찼던 거 같아서. 마치 정나미 떨어진 여자를 억지로 떼어내기라도 하듯 아주 차갑게 대했거든. 그 여자가 얼굴이 빨개져서 가늘고 떨리는 목소리로 아무렇지도 않은 체하는데, 그 모습이 너무 애처로워 보였어. 사람을 그렇게 대해서는 안 되는데. 내가 뭐라고 말이야."

"아이고 이 사람, 하여튼 정이 많아서 탈이야. 그게 한 달 전인가?"

"한 달 좀 넘었지."

"흠… 그래. 가자, 가. 내가 없으면 너 혼자 또 뭔 일 저지를까, 겁난다."

두 사람은 그야말로 날다시피 반선마을로 내려갔다. 주막 앞에 섰을 땐 21시 반경이었다. 웬일인지 주막 안은 손님들로 꽉 차 있었다. 취해 보이는 사람도 꽤 있었다. 군복 차림으로 들어가기가 망설여져 문 앞에서 서성대고 있는데 안에서 그걸 봤는지 서몽실이 문을 열고 나왔다.

"어머, 오랜만이네요. 오늘은 친구분도 같이 오셨네요. 저 안쪽 방은 비어 있어요. 들어가세요."

서몽실이 혀 꼬부라진 말투로 지회를 반겼다.

"아닙니다. 그냥 들러본 거요. 얼굴 봤으니 됐습니다. 다음에 다시 오죠."

"아이참 뭐예요, 모처럼 오셨는데, 그런 게 어딨어요? 사람들이 많아서 그러시죠? 하긴, 총사령님이 저런 사람들과 어울린 순 없죠. 그러면 저 옆 마당에서 산야초 차라도 한잔하고 가세요. 자, 저 평상에 앉아 계세요. 내가 금세 가져올게요."

이기주가 서몽실과 지회의 얼굴을 번갈아 쳐다보면서 말했다.

"그래. 그게 좋겠다. 여기까지 왔으니 차 한잔하고 가자. 그거 맛있었잖아."

서몽실의 눈이 빛났다.

"어머 두 달 전 일인데 아직도 기억하시네요."

"예, 그때가 1월 하순이었죠? 엄청 추운 날이었는데, 덕분에 그 그윽한 차를 마시고 몸이 사악 풀렸었죠."

"봄에 마시면 또 맛이 달라요. 자, 이리 오세요."

서몽실이 마당 쪽으로 앞서가자, 이기주가 지회에게 눈을 한번 찡끗하곤 뒤를 따랐다. 지회도 더는 뭐라고 하지 않았다.

평상에 두 사람을 앉힌 서몽실은 서둘러 차를 내오겠다며 주막 안으로 돌아갔다. 이기주가 말했다.

"야, 저 사람이 널 정말 무지 좋아하나 보다. 널 보는 눈에서 그냥 연정이 퐁퐁 뿜어나오네. 아니 뭐 이젠 다시 안 보기로 했다며? 근데, 전에 봤을 때보다 더 뜨거운 거 같은데? 그러게, 그런 건 다 말장난이야. 말을 그렇게 하면 뭐 하냐고, 마음이 안 변하는데. 너도 사실 보고 싶어서 여기까지 온 거 아냐. 안 그래?"

"말로 상처를 줬으니까, 말로 풀어주고 싶은 거였어. 진심을 잘 전달하면 저 사람도 이해할 거야. 그럼 돼. 그러고 나서 시간 좀 흐르면 서서히 다 잊힐 거야."

"아이고, 뭐 어쩌겠냐. 알았어. 난 이 근처를 좀 산책하다 올게. 정확히 20분 후에 올 테니 그때 바로 떠나자. 암만 늦어도 24시 전에는 돌아가야지."

"그래. 고맙다."

서몽실이 다과상을 들고 왔다.

"친구분은 어디 가셨나요?"

"산책 좀 하고 오겠다고 나갔습니다. 곧 올 겁니다."

"이거, 약과와 다식도 같이 드세요. 아주 맛있어요. 오늘, 이 동네 큰 어르신 칠순 잔치가 있었거든요."

"고맙습니다. 이런 귀한 음식, 오랜만에 먹습니다."

지회가 먹는 모습을 바라보던 서몽실이 차를 새로 따라주며 물었다.

"그간 바쁘셨죠? 중한 일 많이 하고 다니신다고, 저도 계속 소문 듣고 있어요."

"그래요? 무슨 소문을 들었어요?"

"이달 들어서만 우리 산내면과 저 위쪽 인월면, 그리고 함양 쪽의 마천면과 휴천면까지 봉기군이 다 휩쓸고 다녔다고요. 특히 휴천면의 3·1운동 기념행사에 대해 유독 많이들 얘기해줬어요. 토벌군 장병들이 속옷만 입은 채 잘못했다고 빌며 주민들에게 절을 30번이나 했다면서요? 저도 그 얘길 듣고 어찌나 통쾌하던지, 아주 기뻤어요."

"사람들이 봉기군이 하고 다니는 걸 많이들 좋아하나요?"

"좋아하다마다요. 다들 저처럼 통쾌해하죠. 이 근처만이 아니라 산청이나 저 위쪽 거창에서도 봉기군이 계속 나타난다던데요."

"다 우리 대원들이에요. 지금 남원, 함양, 산청, 거창, 이 4개 군을 이곳저곳 돌아다니며 싸우고 있어요."

"사람들이 총사령님을 홍길동의 환생이라고들 하는 거 아세요? 어떤 사람들은 '전투의 신'이라고도 하던데요. 혹시, 정말 보통 사람이 아니세요?"

"아이고 무슨 소리, 보통 사람 축에도 못 끼는 못난입니다. 잘 아시잖아요."

지회가 사뭇 쓸쓸한 표정을 짓자, 몽실이 갑자기 짜증을 냈다.

"왜요? 나 같은 거랑 이렇게 놀아서요? 총사령님 눈에는 내가 한심해 보이죠? 그래요. 사실이에요. 어려서부터 종살이, 첩살이 하다가 지금은 오지 산골에서 주모질이나 하고 있어요. 술 팔다 말고 오늘처럼 취해서 횡설수설할 때도 많고요. 맞아요. 나 같은 년이랑 어울리면 총사령님 체면만 깎이는 거죠. 남들이 보면 얼마나 못나 보이겠어요. 그러니까 내가 지난번에 그랬잖아요. 다신 오지 말라고요. 왜 또 왔어요? 왜 잊을만하면 나타나서 사람 마음을 뒤집어 놔요? 내가 우스워요? 그래서 그렇게 마음대로 갖고 노는 거예요? 네?"

"갑자기 왜 그러세요. 누가 몽실 씨를 우습게 봐요. 난 몽실 씨를 대단히 훌륭한 사람이라고 봅니다. 정말이에요. 우리 또래 중에 몽실 씨처럼 우리 역사를 가슴 아프게 생각하고, 우리 동포를 불쌍히 여기는 사람은 많지 않습니다. 대개들 자기 것 챙기느라 정신이 없죠. 그런데 몽실 씨는 장학생도 키우고 여기저기 자선도 하고 우리 봉기군까지 돕지 않습니까. 이 나라에 그런 사람이 얼마나 있겠어요?"

"치 뭐…. 술 한잔하실래요?"

"아녜요. 바로 가야 합니다. 내일 또 작전이 있어요."

"알았어요. 저 잠깐 주막에 갔다 올게요. 너무 오래 비워두면 안 되니까요. 잠시만 기다려 주세요."

"그래요. 일 보고 오십시오."

그런데 10분이 지나도록 몽실은 돌아오지 않았다. 지회는 초조해졌다. 기주가 올 시간도 얼마 안 남았는데 왜 안 오는 거야? 에이, 참….

지회가 일어설까 말까 망설이고 있는데 몽실이 백자 호리병과 잔 하나를 들고 마당으로 들어섰다. 뭐야? 기어이 술을 마시자는 건가? 약간 신경질이 났다.

"놀라실 거 없어요. 안 드셔도 돼요. 산수유주예요. 전에 맛있게 드시길래 혹시나 해서 가져온 것뿐이에요. 그냥, 맛만 조금 보실래요?"

몽실은 그새 또 술을 마셨는지 눈이 아까보다 더 풀어졌고 혀도 더 꼬였고 숨도 더 거칠었다. 옷고름이 반쯤 풀려 저고리 앞섶 사이로 하얀 가슴살이 드러나 보이는데도 전혀 모르는 눈치였다.

"내일, 일이 있다고 했잖아요. 그 친구도 곧 올 겁니다. 아무튼, 기분을 좀 푸세요. 지난번엔 내가 잘못했습니다. 우리 가끔 이렇게 봅시다. 친구처럼, 동지처럼."

"친구? 동지? 치, 웃기는 사람이네. 아이고, 나나 한잔하려오."

몽실이 잔에 술을 가득 채워 단숨에 비워버리곤 손등으로 천천히 입을 닦으며 그를 물끄러미 바라보았다. 지회는 무척이나 어색했다. 그 순간 그녀가 다짜고짜 다가와 그의 입술에 자기 입술을 대더니 이내 혀까지 살짝 밀어 넣었다. 산수유술 때문인가? 달콤하고 쌉싸름하면서도 보드랍고 단맛이 났다. 일순 정신이 혼미해지는 것 같았다. 지회도 그녀의 혀를 애무했다. 그녀가 양손으로 그의 머리를 꼭 안으며 자기 온몸을 그에게 밀착시켰다. 풍만한 가슴이 느껴졌다. 그때, 어디선가 이기주의 목소리가 들렸다. 그녀를 급히 떼어냈다.

그 정신 없는 순간에도, 그새 도톰하게 부풀어 오른 그녀의 젖은 입술이 고혹적으로 보였다. 눈물을 머금은 게슴츠레한 두 눈은 더욱 그러했다.

"나, 친구나 동지 말고 당신 애인할래요. 당신이 약혼하든 결혼하든 상관없어요. 그냥 애인으로 있게 해줘요. 안 그러면 죽어버릴래요. 난 이 세상에 아무 미련 없어요. 그냥 당신만 사랑하고 싶어요. 그게 다예요."

다시 이기주가 부르는 소리가 들렸다.

"가야 해요. 나중에 다시 올게요. 그때 다시 얘기합시다."

"안 돼요. 약속하고 가요. 지금 말해줘요. 안 그러면 못 가요. 그냥 가버리면 난 정말 죽어버릴 거예요."

"이달 말쯤에 꼭 올게요. 그땐 혼자 올게요. 기다려요."
"그래도… 흐흑…."

김지회가 이기주 지대의 1개 소대원 30여 명과 함께 운봉면 소재지인 서천리 입구에 당도한 건 21일 17시였다. 그래도 혹시나 하여 잔뜩 긴장한 채 마을로 조금씩 진입했지만, 정말로 군대는 없었다. 운봉 지서엔 타다 만 담배꽁초와 마시다 만 보리차 등 얼마 전까지도 경찰들이 있었다는 걸 보여주는 흔적만 남아 있었다. 소대원들은 면사무소 직원들을 시켜 주민들을 운봉국민학교 운동장으로 모이게 하곤 바로 3·1운동 30주년 기념행사를 준비했다.

휴천면에서 했던 대로 먼저 김지회가 단상에 올라 3·1운동의 의미에 관해 설명했다. 그리고 여수 14연대는 바로 그 3·1정신으로 이승만 정부에 맞서 봉기한 것이라고 역설했다. 이승만 정부와 토벌군의 잘못을 조목조목 따지는 건 이번엔 이기주가 맡아 했다. 주민들은 시원해했다. 손뼉을 치고 소리를 지르고, 어떤 이는 이제 새 세상이 올 거라며 덩실덩실 춤도 췄다. 그러는 사이 어느덧 날이 저물었다. 김지회가 다시 올라왔다.

"여러분, 잠깐 고개를 돌려 저기 저 산을 보십시오. 어두워지니 이제 산에 불들이 촘촘히 켜져 있는 게 보이지요? 저 위쪽 바래봉에서 요 밑쪽 마을 초입까지 산길을 따라 굽이굽이 햇불이 타오르고 있지 않습니까. 마치 불길이 흐르는 것 같지요? 다 우리 봉기군들입니다. 조선 인민의 아들들입니다. 저들이 지금 횃불을 높이 들어 이 운봉과 세상을 밝히고 있습니다. 언제까지고 여러분을 지키겠다는 뜨거운 마음의 표현입니다. 지금은 1천 명이 조금 안 되는 군대입니다. 하지만 점점 늘어나고 있습니다. 멀지 않아 2천, 3천, 수만 명도 될 수 있습니다. 때가 이르면 우린 제2의 3·1운동을 벌일 겁니다. 30년 전에는 인민들이 맨손으로 만세만 외쳤지만, 이번엔 군인들이 총을 들고 앞장설 겁니다. 그리하여 이승만 정부 때문에 늦춰진 도의의 시대가 반드시 이 땅에 오도록 할 것입니다. 여러분, 그때가 오면, 여러분도 그 운동에 동참하시겠습니까?"

"예~" 하는 함성과 함께 박수갈채가 쏟아졌다.

김지회와 이기주가 단상에서 내려와 주민들과 한참을 어울린 후 마을 초입을 향해 걸어 나가자 미리 길가에 도열한 소대원들은 그들이 자기 앞으로 올 때마다 한 사람씩 저마다 횃불을 밝혀 들었다. 드디어 그 두 사람이 마을 초입에 이르자 소대원들이 든 30여 개의 횃불이 하나의 선을 이루어 지리산 서북 능선의 바래봉에서부터 내려온 거대한 불길과 만났다. 장관이었다. 지리산과 운봉면이 이어지는 순간이었다.

소대원들은 마을을 벗어나선 횃불을 끄고 김지회를 따랐다. 산길로 접어들 때 김지회가 이기주를 칭찬했다.

"야 니가 짠 이 횃불 작전, 감동적이었다. 멋있었어. 마을 사람들은 그걸 보고 우리 숫자가 엄청 많은 걸로 알더라. 다들 놀라더라고."

"나도 들었어. 군인들이 얼마나 많으면 저 높은 산꼭대기에서부터 마을 입구까지 횃불로 꽉 찼겠느냐고들 하더군. 아까 총사령 연설 때 '지금은 1천 명이 조금 안 되는 군대'라고 했잖나. 대개들 그 정도의 병력이 몰려온 걸로 생각하는 것 같더라고. 하하하."

"그렇지? 나도 사실 그 말 하면서 그렇게들 생각하길 바랐거든."

횃불을 들고 산길에 죽 서 있던 대원들은 김지회 일행이 지나가면 각자 신속하게 횃불을 끄고 그 뒤를 따랐다. 올라갈수록 따라오는 사람들이 늘어났다. 하지만 그건 산 중턱까지만이었다. 그 위쪽의 횃불은 모두 나무에 걸어둔 것들이었다. 대원들은 올라가면서 그 횃불들을 하나씩 내려 껐다. 21시가 조금 넘어 바래봉 삼거리에 올라서자 지리산은 완전히 어둠에 묻혔다. 그리고 저 밑 운봉면은 어느새 지리산과 격리된 낯선 세상으로 보였다.

김지회는 바래봉 임시 거처로 돌아와 늦은 저녁 식사를 하고 산 아래를 굽어보며 한동안 멍하니 있었다. 지난 24시간이 꿈만 같았다. 어제 이 시간엔 몽실과 있었다. 헤어질 때 그녀는 터지는 울음을 참느라 애를 썼다. 뭐가 그리 서러웠을까? 흠, 애인? 경진이는 경진이고, 몽실이는 몽실이? 아니다. 그럴 순 없다. 그 죄를 다 어쩌려고…. 깔끔하게 정리하자. 춘투가 끝나면 짬이 날 거다. 그때 가서 작별을 고하자. 정중하게 말하면 그녀도 이해할 거다.

8

　김지회 부대는 22일 04시에 서둘러 바래봉을 떠났다. 해가 뜨면 필시 동쪽으로 몰려가 있던 지전사 병력이 다시 남쪽으로 이동해 올 것이기 때문이었다. 게다가 24일 저녁 전엔 반드시 닿아야 할 거창읍까지는 불가피한 경우를 제외하곤 산길로만 가야 한다. 하루 12시간씩 행군해도 꼬박 이틀은 가야 할 여정이다. 다행히 큰 힘 안 들이고 운봉면 작전을 완수한 터라 대원들은 별로 피곤해 하지 않았다.
　14시경이었다. 김지회는 행군 도상에 있는 아영면 산골의 민주부락 '병3'에서 남원읍에서 달려온 정보원과 어렵사리 만날 수 있었다. 그가 전해준 정보는 함양읍 동쪽으로 옮겨가 있던 지전사 3개 대대에서 총 6개 중대가 차출되어 22일 07시 현재 운봉과 남원 등 남서쪽 방면으로 급히 돌아오고 있다는 것이었다. 듣고 싶던, 바로 그 얘기였다. 정일훈은 1천 명에 육박하는 봉기군 전체가 전날 저녁에 운봉면을 공격했다고 본 게 틀림없었다.
　김지회는 즉각 홍순혁과 이영희에게 보낼 지시문을 작성했다. 그 내용은 이러했다. 첫째, 함양읍 동쪽의 지전사 세력이 반 이상 빠져나가면서 북상 길이 크게 열렸으니 즉각 거창군 북단으로 올라가 각기 고제면과 웅양면을 점령하여 24일 아침에 3·1운동 기념식을 거행하라. 둘째, 면 소재지에 들어가면 제일 먼저 모든 공공

기관의 통신선을 차단하라. 셋째, 기념식 거행 후 바로 거창읍을 향해 내려가되 가는 길에 각기 위천면과 주상면의 여러 마을을 다니며 3·1운동과 봉기군의 정신을 널리 전파하라. 넷째, 24일 해 질 무렵까지 거창읍에 도착하여서는 먼저 홍순혁 부대가 19시 전후 10분 사이에 모든 통신선을 절단한 뒤 박격포로 경찰서를 포격한 후 읍내로 진격하라. 다섯째, 이영희 부대는 거창읍 북쪽 외곽에서 대기하고 있다가 박격포 소리가 나면 즉각 진입하여 남쪽에서 들어갈 김지회 부대, 그리고 앞서 들어간 홍순혁 부대와 합동으로 경찰서 등 공공 기관을 접수한 후 남상면으로 이동하여 지전사 지원 병력이 들어올 수 있는 길목을 차단하라. 여섯째, 만약 작전이 실패할 것 같으면 모든 부대는 지체하지 말고 기백산 용추계곡으로 피신하라.

전령을 보내고 나서 김지회는 산악행군을 재개시켰다. 지쳐가는 대원들을 독려하여 산길로 하루 반 이상을 더 걸어 황석산 아래 안의면 야지로 내려가니 24일 아침이었다. 선발대의 보고대로 면 소재지 이외의 지역은 무방비 상태였다. 오지 마을들을 돌며 중간 기착지인 웅곡마을로 가는 동안에 만난 주민들은 해방군을 맞이하듯 환대해 주었다. 함양 야산대와 아나키스트의 영향력이 지대한 곳이라고 하더니 과연 달랐다. 웅곡마을에서 부족했던 잠까지 보충하고 웅곡천을 따라가 거창읍이 건너다보이는 강가에 진을 쳤을 때는 18시 반이었다. 강 건너는 조용했다. 평화롭고 아름다워 보이기조차 했다. 그런데 19시가 되어서도, 거기서 30여 분이 더 지난 후에도, 변하는 게 없었다. 어떤 소동도, 아무런 소리도 나지 않았다. 김지회는 용추계곡으로의 퇴각을 명했다.

김지회의 원래 계획은 19시를 전후하여 박격포 소리가 나면 읍내로 진격하여 다른 두 부대와 더불어 점령 작전을 완수한 후 남상면과 함께 거창읍으로 들어오는 양대 길목이라 불리는 마리면으로 이동하여 그쪽 길목을 봉쇄하는 것이었다. 그런데 무슨 문제가 생긴 게 틀림없었다.

만약 봉기군의 거창 출몰을 지전사가 알게 됐다면, 늦어도 두 시간이면 토벌대 수 개 대대가 나타날 것이었다. 길 좋은 함양읍에서 트럭을 타고 온다면 한 시간도 안 걸릴 수 있다. 유격대가 야지에서 정규군 대부대와 맞닥뜨릴 때 승산은 없다. 피하는 게 최선이다.

빠른 행군으로 기백산을 넘어 용추계곡 최상단에 도착하니 24시가 다 된 시간이었다. 거의 모든 대원이 기진하여 맥을 못 추고 있는데 경진은 그 맑은 눈을 깜빡거리며 김지회만 쳐다보고 있었다. 사랑스럽고 미안했다.

조금 후 이영희 부대가 도착했다. 그러나, 홍순혁 부대는 두 시간을 더 기다려도 오지 않았다.

다음날인 25일 07시가 되어서야 홍순혁 부대의 이진방 지대장이 부하 3인과 함께 나타났다. 몰골들이 말이 아니었다. 김지회는 간부들을 소집하여 이진방의 보고를 같이 들었다. 그의 말을 들어

보니, 홍순혁이 욕심을 부리다 낭패를 본 것이었다.

24일 아침에 고제면 주민들을 모아놓고 3·1운동 기념식을 잘 치른 홍순혁은 그 직후 위천면으로 내려가 선전 활동을 전개했다. 그러나 너무 많은 마을을 다니느라 늦은 오후까지 시간을 지체하게 된 그는 거창읍까지 제시간에 닿으려면 하는 수 없다며 지나칠 정도로 과감한 시도를 했다. 경찰 트럭을 뺏어 타고 이동하려던 것이었다. 하지만, 무리수였다. 운도 따르지 않았다. 도중에 홍순혁 부대는 마침 거창에 들렀다가 경찰의 급보를 받고 출동한 국군 토벌대 2개 중대와 맞닥뜨리게 되었다.

덕유산으로 줄행랑을 치며 나름대로 반격을 시도했지만 역부족이었다. 토벌대의 추격은 해가 질 때까지 계속됐다. 홍순혁 부대는 칠흑같이 어두운 밤에 병곡리 계곡 꼭대기에 올라서야 긴장을 풀 수 있었다. 하지만 손실이 너무 컸다. 20명 가까이가 사살되거나 실종됐고, 부상자는 더 많았다. 홍순혁도 어깨에 관통상을 입었다.

다 듣고 난 김지회는 간부들에게 상황이 급박하게 변해갈 것이니 차분하고 유연하게 대처하자고 했다. 그는, 물론 유사시의 집결 장소가 용추계곡이라는 건 간부들만 아는지라 대원들 몇이 포로로 잡혀갔을지라도 토벌대가 당장 이리로 몰려올 리는 없겠지만, 봉기군 3개 부대가 모두 거창과 덕유산 주변에 있다는 건 이미 알려졌을 터이니 머지않아 지전사의 거의 모든 병력이 이 근방으로 몰려오리라고 했다.

이진방에겐 홍순혁 대장에게 돌아가 무슨 수를 써서라도 전 대원을 데리고 늦어도 내일모레, 27일까지는 용추계곡으로 무사히 오라는 명령을 전하라고 했다. 그 사이 김지회 부대와 이영희 부대는 금원산, 기백산, 황석산, 그리고 그 밑으로 지리산까지 이어지는 산맥 지형을 충분히 익혀 홍순혁 부대가 도착하면 그 즉시 타고 갈 수 있는 안전한 퇴각 경로를 확보해 놓겠다고 했다.

그러나, 홍순혁 부대는 27일 밤늦게까지도 나타나지 않았다. 28일 새벽, 김지회는 이영희에게 날이 밝는 대로 황석산으로 가라고 했다. 먼저 가서 전체 봉기군이 머물 데를 찾아 놓고, 안의면으로 내려가 함양 야산대와 아나키스트 세력의 도움을 얻어 식량과 약품 등을 미리 마련해 놓으라고 했다. 하지만, 상황이 수상해지면 본대도 용추계곡을 벗어나 다른 경로를 택할 것이니 연락이 가면 언제든 떠날 수 있도록 몸은 가볍게 하고 있으라고 했다. 이영희 부대를 보내고 김지회는 지대장들에게 비장한 표정으로 말했다.

"아마도 놈들은 벌써 덕유산에서부터 금원산과 기백산 일대를 빙 둘러싸고 있을 겁니다. 산으로 올라오면서 포위망을 서서히 좁혀가겠죠. 시간이 별로 없습니다. 산악 이동조차 어려워지기 전에 이곳을 떠나야 합니다. 홍순혁 부대는 24시간만 더 기다립니다. 그래도 안 오면 하는 수 없습니다. 우리 먼저 이 지역을 벗어납니다."

3월 29일 01시경이었다. 홍순혁의 전령이 도착했다. 덕유산을 떠난 건 27일 밤이었지만 토벌군이 곳곳에 포진해 있어 겨우 금원산 아래까지 오는데 25시간이 넘게 걸렸다고 했다. 그런데, 약 두 시간 전 수망령 부근에서 이제 거의 다 왔다고 긴장을 좀 풀고 있을 때 토벌대가 나타났다고 했다. 그 즉시 사태를 심각하게 여긴 홍순혁 부대장은 일부러 용추계곡이 아닌 금원산 정상 쪽으로 도망치며 그에게 먼저 가서 총사령께 보고하라고 하여 적군을 피해 간신히 왔다는 것이었다.

김지회는 곧바로 출격하자고 했다. 금원산으로 가서 홍순혁 부대를 구하자는 것이었다. 정락현이 제동을 걸었다. 그는 먼저 척후병부터 보내자고 했다.

"토벌군 1개 대대만 해도 우리 규모보다 두 배 이상 크지 않습니까. 2대 대대나 3개 대대일 수도 있습니다. 일단 좀 보고 판단하시죠."

이기주와 신인형도 정락현의 의견에 동의하는지 잠자코 있었다. 김지회가 언성을 좀 높였다.

"지금 척후병을 보내고 말고 할 시간이 없어요. 홍순혁 부대원들이 다 죽을지도 모르는 상황이요. 전원 출동이요. 다 같이 가서 보고 즉석에서 판단하여 행동합시다. 봉기군 중에서도 우리 본대는 겨우내 방무혁의 유격 훈련을 이겨낸 정예 부대 아닙니까. 적의 규모는 걱정할 거 없어요. 야밤의 산악 전투는 유격부대에 절대적으로 유리합니다. 갑시다."

더는 아무도 토를 달지 않았다. 대원들은 일사불란하게 움직였다. 급속 행군으로 가니 수망령이 올려다보이는 지점까지 20분밖에 걸리지 않았다.

호흡을 가다듬고 급경사 구간을 오르려고 할 때였다. 저만치 위쪽에서 사람들 내려오는 소리가 들렸다. 조심스레 살펴보니 홍순혁 부대원들이었다. 부상자도 많았다. 김지회를 보자 그들은 부모라도 만난 것처럼 기뻐했다. 패잔병 무리는 그 후로도 10~20분 간격으로 계속 내려왔다. 지대장 중엔 송관영이 제일 먼저 보였고 이진방이 그 뒤를 따랐다. 둘 다 몹시도 미안해했다.

홍순혁은 그러고도 한참 뒤에야 나타났다. 5일 전의 총상이 얼마나 심했던지 아직도 몸을 제대로 쓰지 못했다. 가까이 가서 그의 반쪽이 된 얼굴과 만신창이가 된 어깨를 보자 김지회의 가슴 깊은 곳이 아렸다.

"하~ 이 새끼, 고생 많았구나. 힘들었지? 많이 쑤시냐?"

"괜찮아. 이제 거의 다 났어. 어휴~ 니 얼굴 보니까 좀 살 것 같다. 그나저나 명령을 못 지켜 미안하다."

김지회가 아무 말 없이 홍순혁을 껴안으며 온몸으로 그를 부축했다. 옆에 있던 경진이 김지회의 눈이 젖은 걸 보았는지 덩달아 눈물을 흘렸다.

용추계곡으로 돌아와 살펴보니 홍순혁 부대의 피해는 무척 컸다. 무려 100여 명이 사살되거나 실종됐다. 특히 최철기 지대는 거의 전멸당했다. 최철기마저 수류탄이 터진 협곡에서 즉사했다고 했다. 지대장직을 고사하던 얌전한 청년이었는데, 괜히 강권했다는 후회가 들었다.

홍순혁은 김지회가 잠시 회한에 빠져있을 틈을 주지 않았다. 그가 작은 목소리로 말했다.

"근데 지회야, 이상한 게 있어. 우리가 공격당한 시간이 자정이 다 됐을 때야. 정규군이 그런 야밤에 산꼭대기에서 산악 게릴라를 덮친 거야. 미친 거 아니냐? 장소도 그래. 거긴 덕유산 쪽에서 용추계곡으로 내려가는 길목이야. 어떻게 그놈들이 하필 거기 딱 버티고 있냐고. 그게 우연일까?"

"흠, 이상하네."

"용추계곡으로 모인다는 건 간부들만 아는 거 아니겠냐?"

"그렇지. 정보가 샜다면, 간부 중의 누구 짓인데…."

그때 이영회 부대의 김금수 지대장이 부하 서너 명과 함께 숨을 몰아쉬며 나타났다. 이 시간에 저 사람은 또 무슨 일일까? 시계를 보니 02시 20분이었다.

"이홍국 이 새끼가 배신했습니다. 어제 우리 부대가 오후 한나절을 안의면에서 보급 사업을 하고 돌아가는 데 그놈이 안 보이는 겁니다. 평소에도 좀 의심 가는 부분이 있어 저와 몇 사람이 마을에 남아 여기저기 수소문하면서 밤늦도록 찾아다녔지만, 성과가 없었습니다. 그런데 23시경에 전부터 우리를 도와주던 안의면의 한 아나키스트로부터 제보를 받았습니다. 위천면사무소에서 일하는 그의 친구가 은밀히 찾아와서는 봉기군 간부 한 사람이 저녁 무렵에 위천면 주재 토벌대에 투항해 왔다는 걸 알려 줬다는 겁니다. 그 새끼지 누구겠습니까. 즉시 부리나케 달려왔습니다만, 이제야 도착했습니다. 그사이 혹시 무슨 일 있었습니까?"

"여기 홍 부대장님 행색 좀 보시게. 부대원들과 이리로 오다가 금원산 부근 길목을 지키던 토벌대에게 당했네. 피해가 커. 100명 이상이 희생됐어."

독실한 불교도인 김금수가 손을 모아 짧게 묵념을 드렸다. 그리고 물었다.

"근데, 총사령님, 이흥국이 본대가 어딨는지도 말했을 텐데, 놈들은 왜 여기로 쳐들어오지 않고 그 길목을 쳤을까요?"

"내가 이영회랑 했던 말을 이흥국이 들었을 거야. 상황이 수상하게 돌아가면 언제든 여길 뜰 거라고 했거든. 그러니 위치가 가변적인 본대보단 이동 경로가 뻔한 홍순혁 부대를 택한 거겠지. 여우 같은 놈들."

김지회는 김금수에게 피곤하겠지만 시간이 없으니 곧바로 이영회 부대장에게 가라고 했다. 황석산도 위험하니 급히 서하면 넘어 괘관산으로 이동하라는 명령을 내린 것이다.

김금수를 보내놓고 맥없이 하늘을 올려다보니 별들이 촘촘했다.

언제나처럼, 아름다웠다. 아, 하늘은 참 무심도 하다. 내 마음은 이리도 스산한데…. 결국 우려했던 일이 벌어졌구나. 돈 몇 푼에 배신. 그것도 하필 지대장이란 놈이….

얼마 후, 김지회는 정신을 가다듬고 이기주, 정락훈, 신인형, 송관영, 이진방 등을 불러 자신의 보복전 계획을 설명했다.

"배신자의 밀고로 우리 홍순혁 부대가 크게 깨졌습니다. 저놈들은 깨트린 정도가 아니라 거의 없애버렸다고 생각하고 있을 겁니다. 지금이야말로 습격하기 좋은 땝니다. 알다시피, 토벌군은 야간전에 아주 약합니다. 게다가 여기 지리는 깜깜할 거요. 아마도 놈들은 전과가 크다며 지금쯤 자만에 빠져 긴장을 풀고 있을 겁니다. 어둠을 무서워하는 놈들이니 멀리 가지는 못했을 거요. 위천면에서 올라왔으니 그리로 내려가는 길 어디쯤 몸을 누이고 있겠죠. 찾아냅시다. 어둠 속에 다가가서 혼꾸멍을 내줍시다."

모두가 눈을 반짝이며 고개를 끄덕였다. 김지회가 말을 이어갔다.

"우리에겐 강하고 민첩하며 밤눈 밝은 대원들이 많습니다. 그들의 야간 기동력은 표범을 능가합니다. 지금 당장, 가장 뛰어난 30명을 엄선하여 수색대 6개 조를 편성합니다. 놈들은 필시 위천면 방향 금원산 자락 어딘가 평평하고 널찍한 곳에 자리를 잡고 있을 거요. 금원산 정상에서부터 치자면 아무리 넓게 잡아도 그 동북쪽과 동남쪽 사이 반경 5킬로미터 이내 어느 지점일 겁니다. 틀림없어요. 금원산 정상에서 위천면 소재지로 이어지는 등산로는 셋뿐이요. 그 세 길 모두에 1킬로미터마다 연락병을 한 사람씩 세워 놓을 겁니다. 수색대원 누구든 놈들을 발견하면 가장 가까이에 있는 연락병에게 그 위치를 알리면 됩니다. 그러면 우리가 금원산 정상에서 대기하고 있다가 즉각 출격합니다."

김지회가 수색대 6개 조를 금원산으로 보낸 건 03시가 조금 안 됐을 때였다. 그러고서 그는 바로 조직 개편을 단행했다. 홍순혁 부대의 병력 손실이 워낙 커 기존의 조직체계로는 전투 대오를 구성하기가 어렵기 때문이었다. 먼저 총 560명가량으로 줄어든 두 부대를 하나로 합쳐 총사령 직속의 5개 지대 체계로 전환했다. 이기주는 홍순혁과 함께 부사령을 맡기로 했고, 그의 지대장직은 강태기가 물려받기로 했다. 대원은 각 지대에 100명씩 배치하였다. 그리고 남은 인원은 임시로 총사령 근위대로 임명했다. 사실상, 이기주 지대가 강태기 지대로 바뀌고, 최철기 지대가 자연 폐지된 것이 변화의 전부였으므로, 할 일은 몇 명 남은 최철기 지대원들을 이동 배치하는 것뿐이었다.

대오를 정비한 봉기군은 금원산 정상을 향해 비호같이 달렸다. 그들이 정상에 도착하고 얼마 지나지 않아서였다. 연락병 하나가 숨을 헐떡이며 달려왔다. 그새 적진을 찾아낸 것이다. 2개 대대 규모로 보이는 토벌군이 유안청 계곡을 따라 금원산 중턱에 길게 진을 치고 있다고 했다.

05시 10분경, 봉기군 용사들이 새벽의 푸른 빛을 가르며 출격했다. 유안청 계곡 상류까지는 20분밖에 걸리지 않았다. 적진이 내려다보이는 절벽 위 소나무 아래에서 김지회는 이기주와 눈웃음을 나누었다. 예상대로였다. 한눈에 봐도 군기 빠진 집단이었다. 막사도 삐뚤빼뚤 아무렇게나 세워져 있고, 꺼지지 않은 불씨도 곳곳에 보였으며, 심지어는 보초도 별로 보이지 않았다.

김지회의 작전 명령대로 지대장들은 대원들을 계곡 양옆 산등성이를 따라 일정한 간격을 두고 포진시켰다. 침묵 속에 포진이 완료됐을 때 포병 중대장 출신인 김지회가 오랜만에 실력을 발휘했다. 60미리 박격포를 어깨에 메고 지휘자 거처로 보이는 막사를 향하여 눈짐작으로 한 발을 발사했다. 명중이었다. 그것이 신호였다. 계곡을 따라 늘어선 박격포와 기관단총이 10여 분여를 쉬지 않고 탄을 쏴댔다. 자다 말고 막사에서 기어 나온 토벌대원들로 아비규환을 이루었다. 이번엔 500여 명의 봉기군이 그리로 함성을 지르며 뛰어 내려가 소총을 난사했다. 승리에 도취해 있던 토벌대는 불과 다섯 시간 만에 일어난 대반전 앞에 혼비백산하여 출구도 모르고 우왕좌왕 뛰어다닐 뿐이었다.

봉기군들은 해가 밝아올 때까지 토벌대원들을 악착같이 쫓아다니며 사살했다. 해가 뜨자 토벌군의 반격이 좀 있었지만, 대세엔 어떤 변화도 줄 수 없는 미약한 몸부림에 불과했다. 일방적인 봉기군의 공격은 07시경 토벌대의 마지막 몇 사람이 위천면으로 완전히 사라질 때까지 계속됐다.

　김지회는 주변을 빠른 속도로 밝혀가는 거친 태양을 바라보며 철수 명령을 내렸다. 토벌군의 추격을 염려한 봉기군은 기백산과 황석산을 거쳐 괘관산까지 거의 쉬지도 않고 내쳐 달렸다.

　괘관산에선 이른 저녁을 근사하게 먹을 수 있었다. 이영희 부대가 안의면 우호 세력들의 도움을 받아 보급품을 충분히 마련해 놓은 덕이었다. 김지회는 밤샘 전투와 장거리 행군 후의 포식으로 심신이 나른해진 대원들을 향해 "열 시간 취침!"이라고 외쳤다. 대원들의 환호가 하늘 끝까지 쩌렁쩌렁 울렸다.

　대원들이 잠에 빠진 사이, 김지회는 홍순혁과 이기주가 있는 자리에 이영희를 불러 조직 개편 건을 마무리 지었다. 그는 이제 포위망을 뚫고 지리산으로 복귀해야 하니 기동성과 유연성을 높이기 위해 각 100명씩의 7개 지대 체제로 전환하자고 했다. 이영희는 흔쾌히 동의했다. 이영희 부대의 김금수와 이흥국을 대체한 황보국이 여섯 번째와 일곱 번째 지대장에, 이영희는 세 번째 부사령에 임명됐다.

　다음 날 아침, 느긋한 식사 후에 김지회가 전 대원을 향해 짧은 연설을 했다. "어제 새벽 여러분의 분투 덕에 겨우내 준비한 춘투를 멋지게 마무리할 수 있었다. 3월 한 달 동안 여러분은 완벽하게 훌륭했다. 성과도 대단했다. 특히 어제는 전사에 길이 남을 대승을 거뒀다. 불과 5백몇십 명의 봉기군이 그 3배가 넘는 토벌군 2개 대대 병력을 쥐잡듯 몰아붙였다. 그리하여 어림잡아 1천 명 가까운 토벌대원이 유명을 달리하게 됐다. 적으로 맞서긴 했지만, 그들 개개인은 사실 크게 잘못한 게 없다. 그저 야만의 세상을 만났을 뿐이다. 그 영혼들을 위해 1분간 묵념하자."

모두가 눈을 감고 고개를 숙였다. 바람 부는 소리만 들렸다. 스산했다.

"우리 쪽 피해는 사망자와 실종자 40여 명, 부상자 10명 미만이다. 그들을 위해서도 기도하자."

바람이 더 거세게 부는 듯했다.

"우린 이 괘관산에서 4~5일가량 머물 거다. 여기가 지리산 복귀 전의 마지막 임시 거처다. 여기서 부상자 치료도 하고, 7개 지대 체제 적응 훈련도 하고, 적의 실태도 정확하게 파악한 후, 안전한 경로로 지리산으로 돌아간다. 우리 7백 10명, 한 사람도 빠짐없이 지리산까지 무사히 들어가자. 거기서 새 힘을 얻어 3·1정신을 바로 세우고 도의의 시대를 활짝 열어가는 민족 도약의 첨병으로 거듭나자! 다들 힘내자! 가자, 가자, 가자!"

14장.

다행이다. 이제 믿기만 하면 된다.

김지회(1949년 3월 31일~1949년 4월 9일)

1

3월의 마지막 날 아침, 눈을 떠보니 엊저녁부터 시작한 봄비가 여전히 내리고 있었다. 으스스하고 처량했다. 잠자리에선 경진이 너무나 추워하여 걱정을 많이 했다. 다행히 경진의 몸 상태는 그리 나쁘지 않았다. 하지만 낡고 꾀죄죄해진 그녀의 빨간 스웨터가 마음을 아프게 했다. 에고, 저 옷 하나로 겨울을 나고 봄샘 추위도 견뎌냈다. 불쌍한 거….

척후대를 보내 적의 동향을 살펴보니 포위망이 남쪽으로 더 내려오긴 했으나 황석산 아래 서하면과 안의면 둘레까지였다. 봉기군이 거길 넘어 괘관산까지 이동했으리라고는 생각하지 못한 듯했다. 문제는 홍순혁을 포함한 부상자들이었다. 경진과 홍애자가 정성을 다해 치료했지만 회복은 더디기만 했다.

4월 1일에도 상황은 그대로였다. 함양읍 주둔 부대 소속으로 보이는 트럭들이 지곡면, 병곡면, 백전면 등의 각 소재지로 분주히 왔다 갔다 할 뿐 부대 자체의 이동 징후 같은 건 포착되지 않았다. 다만, 저러다 놈들이 그 부근 어디에 진을 치게 되면 괘관산 남쪽도 막히는 게 아닐지 하는 초조감이 생긴 건 사실이었다.

2일 아침, 하늘은 그지없이 푸르렀건만, 눈을 뜨자마자 정체 모를 불안감이 엄습해 오자 김지회는 약간 짜증이 났다. 대체 뭐야? 왜 요샌 아침마다 이렇게 불안한 거지?

그래도 홍순혁을 보자 기분이 좀 나아졌다. 오랜만에 그의 얼굴에 홍기가 돌고 있었다. 엊저녁에만 해도 병색 짙은 얼굴로 미안하단 말만 되뇌던 그가 흰 이를 드러내며 밝게 웃었다. 총상 입은 어깨도 많이 부드러워졌다고 했다. 걷는 건 물론 뛸 수도 있을 것 같다고 했다. 그만이 아니었다. 다른 부상자들의 상태도 대체로 호전됐다. 슬그머니 새 희망이 생겼다. 다시 좋은 일이 생기려나? 내일은 일요일인데, 이제 지리산으로 갈 수 있으려나?

3일, 일요일. 각기 흩어져 함양읍과 괘관산 주변의 주요 지점을 살피고 온 척후대 4개 조는 한결같이 지전사 병력이 움직일 기미는 전혀 보이지 않는다고 했다. 김지회는 어제부터 들기 시작한, 하늘이 돕고 있다는 희망 섞인 예감을 그냥 믿기로 했다. 그는 지대장들에게 날이 지면 바로 세석평전으로 떠나자고 했다. 단, 1, 3, 5, 7 지대와 2, 4, 6 지대는 경유지를 달리할뿐더러, 괘관산에서 떠날 때도 각 지대가 서로 한 시간씩의 시차를 두고 움직여야 한다고 했다.

경유지는 1지대장인 이진방과 2지대장인 강태기의 제비뽑기로 결정했다. 그리하여 홀수 지대는 백무골, 짝수 지대는 뱀사골을 거쳐 세석평전으로 가기로 했다. 김지회는 또한, 지대별로 해당 경유지 내에서의 1차 집결지를 서로 달리하라는 당부까지 하였다.

첫 번째 대오는 22시에 출발한 이진방의 1지대였다.

김지회를 위시하여 홍순혁, 이기주, 이영희 등이 속한 총사령부는 신인형의 4지대와 함께 4월 4일 01시에 네 번째 대오를 이루어 괘관산을 떠났다.

09시 무렵 아영면의 민주 부락 '병3'에 들어섰을 때였다. 조금 전부터 기다리고 있었다는 한 연락병이 비보를 가져와 죄송하다며 뒷말 꺼내길 주저했다. 그렇지 않아도 해 뜨고부터 계속되는 총성과 포성에 불안하던 차였다. 그는 김지회가 괜찮다고 하고 나서야 04시에 괘관산에서 제일 마지막으로 떠났던 황보국의 7지대가 07시경에 병곡면의 어느 마을 어귀에서 박격포 공격을 받아 거의 전멸당했다고 보고 했다. 가슴이 쓰리고 머리가 어지러웠다.

그 후로도 비슷한 내용의 비보가 두 차례 더 들어왔다. 괘관산 남쪽 지리산으로 가는 길목 곳곳에 토벌대가 버티고 있음이 분명했다. 그의 예감은 완전히 틀린 것이었다.

김지회는 신인형에게 지금부터는 소대별로 개별 이동을 하게 하자고 했다. 토벌군의 저인망식 추격이 본격화된 상황에선 소분해서 움직이는 편이 더 안전하리라는 것이었다. 총성과 포성은 점점 더 크게 들려왔다.

김지회와 부사령들은 지대장 직속 소대와 함께 움직이기로 했다. 총 36명이었다. 김지회는 무엇보다 홍순혁이 걱정됐다. 괜찮아지는 것 같다던 어깨 상처가 새벽 행군 중에 심하게 덧나버렸기 때문이다. 그는 토벌대가 주요 길목을 지키고 있어 지리산 가는 길이 꽤 멀어질 것 같으니 단 며칠이라도 안전한 곳으로 피신해 기력을 회복한 후에 다시 떠나자고 했다. 늦는 것 같아도 그게 오히려 더 빠를 수 있으리라고 했다. 일행은 아영면과 인월면, 그리고 멀리는 산내면까지도 내려다보이는 시리봉 꼭대기로 올라갔다.

김지회는 길어야 2~3일 정도 거기 머물 생각이었다. 그런데 꼬박 5일을 갇혀 있었다. 둘째 날인 4월 5일엔 박격포와 기관총 소리가 온종일 산을 울렸다. 그 이튿날과 그다음 날에도 산 아래에서 느껴지는 팽팽한 긴장감은 누그러질 기미가 보이지 않았다. 답답했지만, 하는 수 없었다. 배곯지 않게 하루 한 번씩 몰래 음식을 날라주는 민주 부락 주민들에게 그저 미안하고 감사할 뿐이었다.

8일 밤엔 드디어 36명 전원이 시리봉을 떠날 수 있었다. 홍순혁의 상처도 거의 다 아문 데다, 전날 밤 이후 포위망이 느슨해진 게 확연했기 때문이었다. 일행은 시리봉을 내려와 뱀사골 입구까지 가장 빠른 길을 택해 달리듯 행군했다.

언제부턴가 부슬부슬 내리는 봄비를 맞으며 반선마을에 도착했다. 김지회가 시계를 보니 날짜는 어느새 9일로 바뀌어 있었다. 다섯 시간 넘게 거의 쉬지도 않고 뛰었던 것이다. 이 속도로만 가면 1차 집결지인 뱀사골 간장소까지는 두 시간 이내에 닿을 것이었다. 하지만 모두 너무 지쳐있었다. 잠깐 숨을 돌리고 행군을 재개하려는 찰나 이기주가 김지회에게 낮은 목소리로 물었다.

"저기 저 불빛 보여? 그 집 아니냐?"

"너무 멀어서 확실하진 않지만, 그런 거 같긴 한데, 이 시간까지 웬일이지?"

홍순혁이 물었다.

"누구넨데?"

이기주가 답했다.

"총사령이 잘 아는 주막집이야. 주인이 아주 호의적이지."

홍순혁이 달뜬 목소리로 말했다.

"잘됐다. 가서 밥 좀 달라고 하자. 몸이 나니 음식이 막 당긴다. 불 켜져 있는 주막집이니 들어가도 되는 거잖아."

"밥 타령하는 거 보니 이제 정말 다 낫나 보네."

"그래, 여기다 이제 밥만 좀 들어가면 깨끗이 다 나을 거 같다. 가자, 응?"

이기주가 김지회에게 물었다.

"우리 다 들어가도 될까? 괜찮을 거 같아?"

김지회가 잠시 망설이더니 큰 결심이나 한 듯 짐짓 덤덤하면서도 비장한 목소리로 말했다.

"뭐, 어떻겠냐. 들어가자. 우리 애들도 다 배고플 텐데 가서 뜨끈한 국밥 한 그릇씩 달래자!"

2

김지회가 이기주와 홍순혁과 함께 주막집 미닫이문을 열고 들어서자 술상을 앞에 두고 웬 청년과 마주 앉아 있던 몽실이 소스라치게 놀라 일어섰다.

"아니, 어떻게 이 시간에…. 어머, 몸이 다 젖었네요. 어서 와 앉으세요. 뭐 좀 먹을 거라도 드릴까요?"

지회가 불쾌하게 묻든 몽실의 얼굴을 한번 쳐다보곤 청년에게 물었다.

"근데 낯이 좀 익은 분인데, 우리가 어디서 만났지요?"

청년이 우물쭈물하자 몽실이 대신 답했다.

"조동철이에요. 전에 제가 장아찌 한 궤짝 산으로 보낸 적 있는데, 기억나세요? 그때 그거 지고 갔던 사람이에요."

"아, 맞네. 기억나요. 그랬었죠. 아이고 이거 반갑습니다. 덕분에 그때 우리가 겨울의 막바지를 잘 보낼 수 있었습니다."

청년이 뒷머리를 긁적거리며 말했다.

"저야 뭐 그냥 심부름이나 한 건데요."

몽실이 세 사람에게 수건을 건네주곤 문밖을 바라보며 물었다.

"아니 근데 바깥에 사람들이 많은 것 같네요. 다른 분들도 같이 오셨나요?"

홍순혁이 답했다.

"예, 서른 명이 넘는 지치고 배고픈 사람들이 지금 저 바깥에서 비를 맞고 있습니다. 우리 대원들입니다."

몽실이 혀를 끌끌 차며 바깥으로 나갔다.

"어서들 들어오세요. 여기가 좁으면 저 옆 마당에 평상도 많으니 편하신 데 앉으세요. 거기도 지붕을 쳐놔서 비 안 맞아요. 잠깐 계시면, 뜨거운 국밥, 금세 말아 드릴게요."

대원들이 환호성을 지르며 각자 알아서 자리를 찾아 앉았다. 썰렁하기만 했던 야밤의 주막집은 어느새 잔칫집같이 시끌벅적해졌다.

몽실은 지회와 이기주, 홍순혁을 부엌과 맞닿은 황토 방으로 안내했다. 그리고 얼마 후에는 이영희와 신인형도 경진과 홍애자와 함께 방으로 들어왔다.

그런데 물배를 채워가며 기다려도 금세 갖다주겠다던 국밥은 영 나오질 않았다. 참다못한 홍순혁이 결국 부엌에 가보겠다며 일어섰다. 잠시 후 그가 투덜거리며 돌아왔다.

"야, 아직도 한참은 더 기다려야겠다. 불이 살아 있는 줄 알았는데 아궁이가 완전히 죽어 있더란다. 게다가 하필 이럴 때 괜찮은 땔감도 별로 없으래. 내가 들여다보니까 불꽃이 붙긴 했는데 아직도 비실비실이야. 마른 장작이 아니라 맨 생나무 가지들이니 거기 불이 제대로 붙겠냐. 그 불 살려서 서른여섯 명이 먹을 밥 짓고 국 끓이고 하려면 오늘 밤새야겠더라. 아이고 씨, 배고파 죽겠는데."

김지회가 괜히 미안한 마음이 들었다.

"이 시간에 이 많은 사람이 몰려올 줄 어찌 알았겠냐. 우리가 좀 도와줄까?"

홍애자가 말했다.

"제가 가볼게요. 제가 밥은 좀 하거든요."

경진도 나섰다.

"저도 같이 갈게요."

그러고도 20여 분이 더 지났지만, 밥 짓는 냄새조차 나지 않았다. 얼마 후 다시 부엌에 다녀오겠다고 나갔던 홍순혁이 양은 냄비 하나를 김치 한 사발과 함께 쟁반에 담아 왔다. 이기주가 물었다.

"그건 또 뭐냐?"

홍순혁이 약간 머쓱한 표정을 지었다.

"이거라도 먼저 좀 먹자."

이영희가 냄비를 흘끗 쳐다보더니 대뜸 난색을 표했다.

"아니 이거 술찌끼 아니오? 조금만 더 참읍시다. 이것도 먹으면 취해요. 더구나 지금 빈속에 피곤해서들 어쩔 줄을 모르고 있는데,

아이고 이거 위험합니다."

홍순혁이 약간 짜증을 냈다.

"아무튼 이영희 동지는 너무 조심스러워. 아니 이까짓 걸 누가 취할 때까지 먹겠소? 그냥 한두 숟가락씩 먹고 허기나 좀 달래자는 것뿐이오. 싫으면 관두시오."

그러면서 그는 술찌끼를 크게 한술 떠서 우적우적 씹어 먹곤 캬아~ 소리를 냈다. 이기주가 김지회를 슬쩍 한번 쳐다보고는 홍순혁에게 다가앉았다.

"그렇게 맛있냐? 어디 숟가락 좀 줘봐라."

이기주는 술찌끼를 한술 입에 욱여넣곤 김치까지 서걱서걱 먹었다. 신인형이 입술에 침을 발라가며 그 씹는 모습을 쳐다봤다. 이기주가 그에게 말했다.

"이게 사람 살리는 약이네요. 정신이 번쩍 들면서 힘이 막 솟구치는 것 같아요. 한 입 드셔 보세요."

신인형이 김지회를 쳐다봤다. 김지회가 말했다.

"한 입만 하시죠. 한 숟갈이야 뭐 어떻겠습니까."

신인형이 고개를 끄덕였다.

"예, 그럼, 약으로 한술 뜨겠습니다."

신인형이 저작 운동을 하는 동안 아무도 말하지 않았다. 얼마 후 어색한 침묵이 싫었는지 김지회가 던지듯 물었다.

"어떠세요?"

신인형이 머쓱하게 웃으며 말했다.

"확실히 좋네요. 정말 힘이 나는 것 같아요. 우리 애들도 다 한 숟가락씩 먹게 하면 좋겠어요."

"그래요? 그 정도예요? 이영희 동지, 우리도 한번 먹어봅시다."

이영희가 사양했지만, 김지회는 개의치 않고 혼자 크게 한술을 떴다.

"아이고 이 정도면 뭐 저녁 식사로도 훌륭하네요. 이거 몇 숟갈씩 먹고 그냥 올라가도 되겠어요. 뱀사골도 바로 요 앞 아닙니까."

홍순혁이 말렸다.

"아니 그래도 지금 밥을 하고 있으니까, 그건 먹고 가자. 이제 한두 시간이면 될 거야. 애들도 그동안 너무 곯았으니, 이 술지게미 좀 먹고 기다리게 하다가 밥 되면 그거 따뜻하게 먹이자고."

김지회가 수긍했다. 모두에게 술찌끼를 조금씩 먹게 하고, 한두 시간 기다렸다가 국밥을 먹고 나서 뱀사골로 들어가기로 했다.

그런데 이영희의 우려가 현실이 됐다. 피곤함에 절은 대원들이 빈속에 술찌끼를 허겁지겁 먹으니 취기가 돌지 않을 리 없었다. 자세가 흐트러지고, 목소리가 커지고, 대자로 누워 코까지 고는 자들이 속출했다. 나중에는 아예 막걸리를 몰래 가져다 마시는 자들도 생겨났다. 유격대의 기강은 빠른 속도로 무너져 갔다.

가장 걱정스러운 인물은 어이없게도 김지회였다. 그는 술찌끼

세 숟갈에 몽롱해졌다. 목소리도 커졌다. 부엌에 있다가 걱정이 돼서 들어온 경진의 말도 듣지 않았다. 오히려 그녀 앞에서 보란 듯이 한 숟갈을 더 먹었다. 그러곤 아무렇지도 않다고 큰소리만 뻥뻥쳤다. 국밥이 나오면 국물만 후루룩 마시곤 바로 떠날 거라고 했다.

그러던 그가 혼자 소변을 보러 갔을 때 기어코 일이 벌어졌다. 몽실이 그의 뒤를 따라갔고, 그녀의 뒤는 또 다른 남자가 밟고 있었다. 머리가 알딸딸한 가운데 기분 좋게 볼일을 보고 몸을 돌린 지회는 몽실이 거기 서 있는 걸 보고 깜짝 놀랐다. 하지만, 이내 반가워했다. 가까이서 보니 봄기운이 올라서인지 그녀의 얼굴과 몸매는 새색시 같았다. 말투도 간드러졌다.

"당신 여자, 조경진, 예쁘고 착하네요. 몇 시간 만에 나도 그 여자가 좋아졌어요. 그러면서 당신이 더 그리워졌어요. 당신 보고 싶어서 이렇게 쫓아 나온 거예요. 나, 안아 주세요."

김지회는 취한 게 분명했다. 그는 아무런 망설임 없이 몽실의 허리를 끌어당겨 품 안에 안았다. 그녀가 헉 소리를 내더니 그의 입술을 찾아 키스했다. 날씬하게 굴곡진 지리산 능선 위로 빽빽하게 들어선 별들이 소리 없이 반짝이고 있었다.

그녀의 술 냄새는 언제나 향기로웠다. 잠시 후 입술을 떼어낸 그녀가 지회의 얼굴을 올려다보며 비음 섞인 목소리로 질문을 쏟아냈다.

"전에 내가 부탁한 거, 잊지 않았죠? 나 당신 애인하게 해줄 거죠? 오늘은 답해줄 거죠? 그래서 온 거죠?"

"그래요. 우리…."

그때였다. 어디선가 부스럭거리는 소리가 났다. 몽실이 놀란 눈을 했다.

"무슨 소리죠? 누구죠?"

지회가 허리춤에서 권총을 꺼내 들고 소리 난 쪽으로 다가갔다. 한 사내가 관목 덤불 사이에 웅크려 앉아 있었다. 그의 옆에는 넘어진 자전거가 있었다. 도망치려다 멈춘 것 같았다.

"머리에 양손 얹고 일어나."

조동철이었다.

"아니, 이 사람, 여기서 뭘 하는 건가?"

지회가 몽실을 불렀다. 황급히 달려온 그녀가 물었다.

"아니, 너, 거기서 뭐 하고 있었니?"

조동철이 퉁명스럽게 말했다.

"하긴 뭘 해요? 심심해서 자전거나 좀 타려고 했는데, 누님이 누구랑 있는 거 같아서…. 에이, 나 그냥 먼저 들어갈게요."

"밤중에 자전거는 무슨. 어서 들어가. 부엌에서 나 불 때는 거나 도와줘."

그가 사라지자 김지회가 물었다.

"저 사람, 믿을만해요? 우릴 본 거 같은데."

"아이, 쟤는 덩치만 컸지 그냥 순진한 애예요. 우릴 본 거 같긴 한데…. 그래서 아마 제풀에 놀라서 저렇게 당황하는 걸 거예요. 걱정하지 마세요."

"근데, 내가 보기엔, 저 친구가 당신을 좋아하는 것 같아요. 눈빛이 뭔가 다르던데. 그렇지 않아요?"

"좋아하긴요, 무슨…. 애가 아직 어려서 그냥 여기저기 껄떡대는 거죠. 신경 쓰지 마세요."

"흠…. 암튼, 우리도 들어갑시다. 너무 오래 나와 있었어요."

김지회는 대원들과 모처럼 격의 없는 대화를 나누겠다며 그들이 앉아 있는 식탁과 평상을 하나씩 다 돌았다. 그러다 보니 술찌끼도 적잖이 얻어먹었다. 그는 점점 더 취해가고 있었다. 그가 한 바퀴를 돌고 약간 비틀거리며 방으로 들어가 보니 홍순혁은 혼자 막걸리를 마시고 이기주와 신인형은 그 앞에 뻘쭘하게 앉아 있었다.

"순혁이 너 지금 아예 마시고 있는 거냐? 그러면 안 되지. 더군다나 넌 아직 부상병인데. 그러다 상처 또 덧나면 어쩌려고."

"이거까지만 마실 거야. 이제 밥도 곧 된단다. 요거만 마시고 있다가 밥 뚝딱 먹고 떠나자. 그러면 되잖아, 어?"

"그래, 알았다. 근데 이영희 동지는?"

신인형이 대신 말했다.

"그럴 린 없지만, 혹시 모르니, 주변을 좀 돌아보고 오겠다고 나갔습니다. 원체 꼼꼼한 분이니까요."

그때 홍순혁이 잔을 비우더니 김지회 앞으로 쓱 밀었다. 김지회가 홍순혁을 노려보다가 너털웃음을 터뜨렸다.
"아니 이 새끼가…. 핫하하하. 알았다, 그래, 딱 한 잔만 할게."
홍순혁이 잔을 채우며 말했다.
"그렇지, 그래야 우리 김지회지. 하하."
하필 그때였다. 김지회가 잔을 입에 대고 있을 때 경진이 들어왔다.
"어머, 여보, 미쳤어요? 안 돼요!"
지회가 잔을 거칠게 내려놓으며 평소의 그답지 않게 벌컥 화를 냈다.
"뭐? 미쳤냐고? 그게 지금 누구한테 하는 말이야? 무슨 말버릇이 그래?"
화들짝 놀란 경진이 얼굴이 시뻘게져서 손까지 떨며 말했다.
"아, 미안해요. 제가 너무 놀라서 말을 막 했어요. 죄송해요. 하지만 여보, 그거 마시면 안 돼요. 제발요. 제발 정신 차리세요."
"뭐? 정신 차리라고? 이게 정말 미쳤나? 얻다 대고 자꾸 그렇게 말을 함부로 해, 엉? 나가, 나가 있으라고!"
경진이 두 눈에 눈물을 가득 머금고 황망히 방을 나갔다. 지회가 그녀의 뒷모습을 쳐다보곤 고개를 푹 숙이며 한숨을 내쉬었다. 신인형이 "제가 뒤따라가 보겠습니다."라고 말하곤 급히 쫓아 나갔다. 곧 몽실이 들어왔다.

"누가 괜히 이 술은 들여와 갖고 이런 사달이 나게 만들어요? 아이참, 내가 단속을 잘했어야 했는데. 밥은 이제 정말 다 돼가요. 조금만 더 기다려 주세요."

지회가 심술이 잔뜩 난 저잣거리 건달패처럼 말했다.

"밥 같은 소리하지 말고, 술이나 더 줘요."

서몽실이 홍순혁과 이기주의 눈치를 보며 조심스레 물었다.

"정말이요? 괜찮으시겠어요?"

홍순혁이 눈짓으로 가져오라고 했다. 잠시 후 몽실이 아예 술상을 들여왔다. 지회가 술상으로 다가가더니 혼자 술을 따라 벌컥벌컥 마셨다. 경진의 말이 맞았다. 김지회는 미친 거였다.

그렇다고 미친 술자리가 오래 간 건 아니었다. 한 20분이나 흘렀을까? 문이 와락 열리더니 조동철이 불쑥 들어왔다. 그러곤 다짜고짜 급한 일이 생겼으니 빨리 나와보라며 서몽실의 팔을 잡고 일으켜 세웠다. 그녀가 무슨 일이냐고 따져 물어도 막무가내였다. 끌고 가다시피 그녀를 데리고 나갔다.

홍순혁이 그를 말리려 했지만, 김지회가 제지했다. 아무것도 아닐 테니 괜히 복잡하게 만들지 말고 그냥 놔두자고 했다. 그런데 불과 1분도 지나지 않아서였다. 목을 박박 긁어가며 저주를 퍼붓는 조동철의 거친 말소리가 들려왔다.

"불쌍한 인민을 위해 봉기했다며 그 인민의 피를 빨아먹고 사는 산도적 같은 새끼들아. 남의 밥, 남의 술, 그렇게 맘대로 처먹다가

다 뒈져버려라."

이번엔 서몽실의 목소리가 들렸다.

"얘, 너 뭐라는 거야? 어? 뭐야, 이 사람들은? 어머! 악~"

그다음은, 그냥 지옥이었다. 어디선가 무슨 명령 소리가 들리는가 싶더니 기관단총이 난사됐고, 여기저기서 수류탄이 터졌고, MI 총성이 바로 방문 밖에서 났고, 맞은 편에 있던 홍순혁과 이기주가 앉은 채 푹 고꾸라졌으며, 밖에 나간 경진이 걱정돼 김지회가 벌떡 일어나는 순간 오른쪽 허리께가 불화살을 맞은 듯 후끈하니 뜨거워지더니 두 발이 저절로 꺾이며 바닥에 털썩 주저앉게 됐다. 그리도 자주 악몽에 나타나던 그 마지막 순간이 온 게 분명했다.

그래도 김지회는 포기하지 않았다. 경진을 찾아야 했다. 시집간다고 길 나선 누나를 찾아 헤맬 때보다 더 간절했다. 이번엔 어떻게든 꼭 찾겠다고 마음먹었다. 부엌으로 난 쪽문으로 기어가 문지방을 간신히 넘어 아래로 몸을 떨어트렸다.

부엌에 떨어져선 곧바로 상의 아랫자락을 찢어 오른쪽 허리 피나는 데를 지혈했다. 출혈도 심하고 상처도 큰 거 같은데 별로 아프진 않았다. 바닥을 기어 땔감으로 쌓아 놓은 졸가리 나뭇더미 뒤로 가 몸을 눕혔다.

3

 그는 한동안 정신을 잃었다. 깨어보니, 마치 죽은 벌레처럼 몸을 둥글게 말고 있었다. 그새 상황이 종료됐는지 주변은 고요했다. 아니다. 아직 멀리서 군화 소리가 자박자박 들렸다. 10여 분을 그대로 숨죽이고 있었다. 아무 소리도 없다는 걸 여러 번 확인하고 나서야 호흡을 고르며 시계를 봤다. 4월 9일 03시 55분이었다.
 경진인 어디 있을까? 이런 데서 죽을 사람이 아니다. 지금쯤 어디선가 내가 안 보여 애를 태우고 있을 거다. 아, 맞다. 경진이는 간장소로 갔을 거다!
 지회는 바닥에 떨어져 있던 막대기 하나를 지팡이 삼아 폐허가 돼버린 주막집에서 절뚝거리며 빠져나왔다. 나무 타는 냄새가 섞인 신선한 새벽 내음이 터무니없게도 새로운 시작의 가능성을 암시해 주는 듯했다. 쓴웃음이 나왔다. 빠르고 편하긴 하겠지만 뱀사골 입구까지 임도로 갈 수는 없었다. 토벌대가 밤 사냥 나온 야수처럼 주위를 어슬렁거리고 있을지도 모를 일이기 때문이었다.
 그는 총 맞은 몸으로 아슬아슬 만수천을 건넜다. 시커먼 물줄기가 폭포 소리를 내며 흘렀다. 그 소리에 숨어 목 놓아 울고 싶었다. 간신히 그 험한 물을 건넜을 때, 그때야 비로소 새벽하늘이 눈에 들어왔다. 북두칠성이 보였다.
 "봄에 보는 북두칠성은 343년 전에 보낸 빛이래요."라고 말했던 경진이가 애타게 그리웠다. 바로 그제 밤이었다. 그녀는 그렇게 늘 희망을 얘기하고 빛을 얘기하고 사랑을 얘기했다. 그래서 용기를 내도록 도왔다. 언제나 새롭게 시작할 수 있도록 해주었다. 그녀만 옆에 있다면 지금도 다시 시작할 수 있으리라고 생각했다.

태어나서 그런 사랑을 받아본 적은 없었다. 그녀는 아무런 조건 없이, 아무런 바람 없이, 아무런 계산 없이 그냥 사랑만 주었다. 그가 잘 되기만을 기도했다.

근데 난 아까 경진이한테, 이기주와 홍순혁과 신인형까지 있는 자리에서, 미쳤냐며 윽박질렀고 꺼져버리라고 소리 질렀다. 미친 건 정말 나였다. 그게 경진에게 한 나의 마지막 말이 돼선 안 된다. 절대 안 된다. 꼭 다시 만나야 한다.

지회는 토벌대가 두려워 뱀사골 계곡 길이 아닌 위쪽 비탈면을 타고 간장소로 향했다. 거기까지만 가면 경진을 만날 수 있다고 생각하자 몸은 비록 너덜거렸지만, 머리만은 단정해졌다. 얼마 후면 태양도 떠오를 것이었다.

하지만, 그 경사진 데를 스스로 길을 내가며 엉금엉금 올라가다 보니 채 한 시간도 못 가 기력이 소진됐다. 숨에서 피 냄새가 나는 듯도 했다. 그래도 여명이 내려앉은 아래쪽 계곡은 이 세상 풍경 같지 않게 아름다워 보였다. 저 신비한 물색은 뭐라고 불러야 하는 걸까? 암청색? 자색? 경진인 알 텐데…. 그녀를 빨리 좀 보고 싶었다. 시간이 별로 안 남은 것 같다는 압박감이 그를 자꾸 옥좼다.

사력을 다해 조금 더 전진해 봤다. 머릿속으론 계속 절벽 길도 능숙하게 타는 산양(山羊)을 상상했다. 그러면 좀 힘이 났다. 그러나 그것도 겨우 10여 분뿐이었다. 아무래도 더 가기는 힘들 것 같았다. 다시 아래를 내려다보았다. 작은 폭포가 있는 예쁜 물웅덩이가 보였다. 벌써 간장소일 리는 없는데…. 아, 그래 병풍소다. 한 달 전에는 저 병풍소에서 간장소까지 계곡 양옆으로 우리의 초막을 쭉 지어 놨었다. 아직 남아 있을까?

지회는 잠깐 생각한 끝에 그냥 병풍소로 내려가기로 했다. 움직일 힘이 얼마 남지 않았다는 걸 인정한 것이다. 이제 죽을 자리를 잡아야 한다. 간장소 가는 길가에 누워있어야 경진이가 날 찾을 수 있다. 여기도 간장소 못지않게 아름다운 곳이다. 경진이도 좋아했었다.

구르다시피 계곡 길로 내려갔다. 길가에 엎어진 채 흐릿한 눈으로 보니 불과 2~3미터 앞에서 계곡물이 시원하게 흐르고 있건만 거기까지는 못 갈 것 같았다. 급한 대로 옆에 있는 평평한 바위 위에 올라가 몸을 누였다. 병풍소에서 좀 떨어져 있긴 해도 이 정도 거리면 충분히 찾을 수 있을 것이었다. 이제 좀 마음이 편했다. 물소리가 시원했다. 새소리도 예뻤다. 경진과 같이 듣고 싶었다.

졸음이 몰려와 잠을 좀 잘까, 하다가 아까부터 자꾸 묵직하니 불쾌한 느낌을 주는 상처 부위가 궁금해 온 힘을 다해 일어나 오른쪽 허리께를 내려다봤다. 엉망진창이었다. 붕대로 썼던 옷 쪼가리는 피와 흙과 잔가지 등과 마구 엉켜 부패한 팥죽 덩어리처럼 더럽고 눅진해 보였고, 지혈이 신통치 않았던지 오른쪽 하반신은 온통 피로 물들어 있었다. 갑자기 숨이 가빠왔다. 눈도 더 침침해졌다. 해가 뜬 것 같긴 한데 밝지는 않았다. 구름이 끼었나? 숨을 몰아쉬며 다시 천천히 누웠다.

경진은 이제 볼 수 없을 것 같았다. 시간이 다 된 듯싶었다. 그녀가 가장 좋아할 일이 무엇일지 서둘러 생각해 보았다. 죽기 전에 뭐라도 하나 그녀를 위해 하고 싶었다. 불현듯 언젠가 그녀가 했던 말이 떠올랐다.

'어느 때고 예수님이 여보를 위해 십자가에서 돌아가셨다는 게 믿어지면, 주여 감사합니다, 라고 말하고 그때부턴 꼭 그 목걸이를 하고 다니세요.'

누운 채 기운 없는 손을 간신히 움직여 외투 겉주머니 단추를 풀었다. 그녀가 준 십자가 목걸이가 제 자리에 있었다. 다행이다. 이제 믿기만 하면 된다.

지회는 눈을 감고 숨을 길게 내쉬었다. 얼마 남지 않은 힘마저 스르르 빠져나가는 느낌이 들었다. 안 된다. 아직 할 일이 있다! 그는 스러져 가는 정신력을 악착같이 붙들어 매고 자신에게 말을 붙였다.

김지회, 예수의 십자가 사건과 그 의미를 믿을 수 있겠나? 그래서 예수를 네 구세주라고 고백할 수 있겠나? 아니다, 아니야. 이건 생각해 볼 문제가 아니다. 무조건 믿어야 한다. 믿어보자, 김지회! 응?

눈을 감고 있자니 의식이 삶과 죽음의 경계선 주변을 서성거리고 있다는 걸 알 수 있었다. 마음이 급해졌다. 빨리 믿어야 하는데 뭘 어떻게 해야 할지 몰라 답답했다. 그만큼 간절했기 때문이었을까? 머릿속 검은 공간에 불쑥 다윗의 모습이 나타났다.

처음으로 그가 먼저 말을 걸었다.

- 힘들었지? 그동안 사느라고 수고 많았네.

그 말에 지회는 그만 눈물을 주르륵 흘렸다.

- 예. 흑, 사실… 너무 힘들었습니다. 사는 게 치욕스럽고 화나고 자존심 상해서, 동지들과 봉기도 일으켜 봤습니다만, 저도 압니다. 아무 소용도 없을 겁니다. 오히려 저희 봉기로 인민들의 삶만 더 고단해졌을 겁니다. 권력자의 성벽은 더 강고해졌고요. 속이 상합니다. 도대체 저란 놈은 아무짝에도 쓸모가 없는 놈입니다.

- 이 세상일이 원래 그런 거야. 세상 생겨 먹은 게 그런 걸 어떡하겠나.

- 이제 다시 시작할 수도 없고… 다 망쳤습니다.

- 새로운 곳에 가서 새 삶을 살 수도 있어. 하나님이 그렇게 해주실 수 있다네.

- 전 죄가 너무 많습니다. 그것도, 경진이 같이 착한 사람들만 골라 나쁜 짓을 했습니다. 그저 제 욕심만 채우려 했습니다. 그뿐 아

닙니다. 저 혼자만 의롭다고 여겨, 부자와 권력자는 물론 친구와 부하들까지도 다 경멸하고 우습게 봤습니다. 아마 하나님도 저 같은 놈은 꽤 난처해하실 겁니다.

 - 자넨 나를 뻔뻔하다고 욕했지만, 하나님은 내 기도도 들어주셨네. 자네보다 더 큰 죄인인 나를 그 절망스러운 구렁텅이에서 건져 내 반석 위에 올려 주셨지 않나.

 - 다윗 형님께서야 어려서부터 워낙 하나님과 친하셨잖습니까.

 - 그거야 그렇지. 하지만, 자넨 예수가 있잖나. 경진이가 하라는 대로만 해.

 - 네?

 - 예수가 자네를 위해 십자가에 달렸다는 걸 믿으라고. 그럼 되잖아. 그러면 바로 하나님이 자넬 구원해 주실 거 아닌가.

 - 예, 저도 지금 그걸 믿으려고 하는데, 어떻게 해야 할질 모르겠습니다.

 - 이런… 쯧쯧. 경진이가 하라는 대로만 하라니까. 아니, 경진이가 뭐라고 했는지 생각 안 나나? 지금 경진이를 불러봐!

처음이었다. 경진이가 지회의 머릿속 그 공간에 등장했다.

 - 오, 경진아! 너 괜찮지? 어디 다친 데 없지?

 - 여보, 내가 그랬잖아요. 믿음도 하나님이 주시는 거라고. 하나님께 기도해요. 진심으로 믿게 해달라고. 그분은 구하면 주시는 분이세요.

경진은 그 말만 하고 상냥하게 웃으며 공간에서 사라졌다. 그 웃음을 보고 지희는 알 수 있었다. 봉기 직후 경진이 혼자 광주를 떠나 여수를 거쳐 백운산으로까지 자기를 찾아왔듯이 그가 죽더라도 그녀는 그가 있는 곳으로 또 찾아올 거라는 것을. 그래서 슬프지 않았다. 오히려 힘이 났다. 그래서 급히 기도했다. 다윗의 기도를 흉내 냈다. 작았지만, 소리도 나름 힘껏 냈다.

"하나님, 제 죄를 깨끗이 제하소서. 제가 죄악 중에서 출생하였음이여 어머니가 죄 중에서 저를 잉태하였나이다. 부디 저를 새롭게 하소서. 죄에서 자유를 얻게 하소서. 구원의 기쁨을 허락하소서. 예수님과 그 보혈의 능력을 믿게 하소서!"

그는 무겁디무거운 눈꺼풀을 간신히 열어 하늘을 올려다보았다. 아까와는 달리 파란 하늘이 맑게 보였다. 작은 구름 몇 덩어리가 겹겹이 층을 이루고 있는 바람에 하늘이 더 높이 보였다. 아, 저 위쪽 제일 끝에는 하나님이 계시련만….

다시 눈을 감았다.

"하나님 아버지! 주여! 제발 저를 도우소서. 제게 믿음을 주소서."

그는 자신이 하나님을 '아버지'라고, '주'라고 불렀다는 사실을 즉각 인지했다. 그러자, 머릿속에서 작은 섬광이 몇 번 터지는 것 같더니 양쪽 귀와 목덜미 안쪽 어딘가가 찌릿찌릿했다. 어색하고 두려운 마음이 들었지만, 물러서지 않았다. 전율이 온몸을 휘감고, 급기야는 굵은 빛줄기가 가슴안으로 훅 들어오는 기운을 받을 때까지도 그는 그대로 눈을 감은 채 연신 하나님 아버지를 불러댔다.

　어느 순간, 머릿속 우주공간이 머리 바깥으로 폭발하듯이 팽창해 가는 게 느껴졌다. 눈을 떴다. 이제 보니 우주공간은 곧 그 파란 하늘이었다. 그 하늘 위로 누나가 시집가던 날의 몇 장면들이 활동사진처럼 지나갔다. 어린 지회는 울고불고 악을 쓰며 누나를 따라갔다. 아버지 손에 끌려가던 누나가 멀리 사라진 후에도 마냥 울며 걸었다. 갑자기 짙은 안개가 몰려와 아무것도 보이지 않게 됐다. 겁에 질려 황급히 돌아서서 왔던 쪽을 향해 뛰었지만, 가도 가도 동네는 나오지 않았다. 한참 후 불빛이 보여 부리나케 달려갔더니 처음 보는 마을이었다. 낯선 개 서너 마리가 달려들 듯 으르렁거렸다. 너무나 무서워 울음도 나오지 않았다. 그때 문득 누나가 기도하던 모습이 떠올라 (아, 맞다. 누나는 그때 이미 교회를 다녔다!) 누나처럼 두 손을 모으고 '하나님 도와주세요.'라고 외쳤다. 그러곤 다시 안갯속으로 들어가 무작정 걸었다. 다행히 개들은 따라오지 않았다. 얼마 후 다시 불빛이 보였다. 조마조마했다. 저만치서 할아버지 목소리가 들렸다. 뒷짐을 지고 마을 어귀에 서 계시던 할아버지는 조그만 게 어딜 그리 싸 돌아다니냐고 한마디 하셨지만, 혼내시진 않았다. 지회는 할아버지의 손을 잡으며 마음속으로 하나님께 감사 인사를 드렸다.

　아, 난 그때 벌써 하나님께 도움을 받았다.

　그런데, 그때만이 아니었음을 곧바로 깨달았다. 단 몇 분 사이,

아니 불과 몇 초 사이일런가? 어쨌든, 살면서 가장 힘들거나 가장 찬란했던 순간의 장면들이 하나씩 매우 빠른 속도로 연속해서 뇌리를 스치며 지나갔기 때문이다.

어디선가 온 전보를 읽고 할아버지가 '네 아비도 죽은 것 같다'라고 말하던 날, 함흥농업학교에 간신히 합격했는데 입학금이 마련 안 돼 결국 포기하려 했던 날, 졸업 후 학교 소개장을 들고 북간도 용정(龍井)의 기업형 농장을 찾았다가 연길(延吉)로 돌아가는 길에 마적 떼를 만났던 날, 북경(北京)에서 조선의용군 공작원으로 일하다가 일경에 잡혀 고문당하던 날, 사관학교 추천장을 써줬던 이병수 소령이 초기 숙군 과정에서 김창복에게 잡혀갈 때 그와의 연루 혐의로 거칠게 심문받던 날 등 봉기 전에 겪었던 어려웠던 순간들이 삽시간에 나타났다 사라졌다.

그러곤 이어서 희망 가득했던 날들의 모습이 한꺼번에 주르륵 펼쳐졌다. 마적 소굴에서 구출되어 조선의용군의 일원이 되던 날, 무정 장군의 천거로 서울로 가 몽양을 돕다가 그의 청년 비서로 임명되던 날, 사관학교에 들어가 윤차돌, 이기주, 문상기, 홍순혁 등과 독서 구락부를 결성하던 날, 그 멋진 김종서와 처음으로 단둘이 술잔을 기울이던 날, 몽양의 장례식 후 사민주의 선후배 동지들이 모여 평생을 이상 국가 건설을 위해 헌신하자고 결의하던 날, 경진과 광주천을 걸으며 첫 데이트를 즐기던 그 눈부시던 날, 형제 같던 세 친구와 여수 14연대로 함께 부임해 가던 날, 제주 출동을 거부하고 총궐기한다는 것에 한마음으로 뭉치던 날 등이었다.

짧은 시간 동안 그 모든 장면을 동시에 보고 나니 지회는 하나님의 존재를 분명히 확인할 수 있었다. 중요한 순간마다 그분은 언제나 거기 계셨다. 그분 덕에 좌절과 절망의 날들을 넘길 수 있었고, 희망에 가슴 부풀던 날들이 그에게 왔다. 위기에서 건져준 분도, 기회를 준 분도 그분이었다.

이제 망설임은 없었다. 경진이 바라던 게 드디어 이루어지게 됐다. 지회가 낮은 목소리로 기도했다.

"저 같은 놈을 위하여 이 땅에 사람의 몸으로 내려오신 하나님, 저를 위하여 그 귀한 몸을 버리신 예수님, 당신이 나의 주님이십니다. 내가 주님을 믿습니다. 저의 영혼을 받아주소서. 그리고, 경진이와 대원들과 우리 인민들의 외로운 인생길을 굽어살펴 주소서."

부들부들 떨리는 손으로 외투 주머니에서 나뭇가지 십자가를 꺼냈다. 그리고, 목에 걸었다. 경진의 웃는 얼굴을 생각하니 기분이 좋았다. 다리를 쭉 펴고 남아 있던 마지막 힘이 다 빠져나가도록 했다. 안도의 숨이 나왔다. 주여….

15장.

뜨거운 젊은 피를 태양에 힘껏 뿌려

조경진(1949년 3월 31일~11월 5일)

1

3월의 마지막 날 아침, 경진은 왠지 포근하다는 느낌을 받으며 기분 좋게 눈을 떴다. 역시, 그의 온기 덕분이었다. 김지회가 이마에 손을 대고 걱정스러운 눈빛으로 바라보고 있었다.

"왜요? 나 걱정돼요? 아플까봐?"

"어젯밤에 너 계속 몸을 떨었어. 지금은 어때? 괜찮아?"

"아 맞아, 중간에 여보가 담요 하나 더 덮어줬죠? 그때부터 따뜻하게 잤어요. 고마워요. 덕분에 감기 안 걸린 것 같아요. 히히."

"다행이다. 근데 그 빨간 스웨터는 인제 그만 입자. 너무 낡았어. 다 해졌잖아. 지리산에 들어가면 내가 봄 스웨터 하나 짜줄게. 이번엔 녹색으로 할까?"

"오, 좋아요. 그거 입고 다니면 정말 봄 기분 나겠다."

"며칠간은 이 괘관산에 머물 거니까 그동안 푹 쉬면서 몸을 잘 추슬러. 그래야 여기서부터 지리산까지 한달음에 갈 수 있지. 알겠어?"

"네. 근데 여보, 우리 세석평전 올라갈 때 백무골에 있는 정순이와 천사 데리고 가야 하는 거 알죠?"

"그럼. 우리가 천사를 두고 갈 순 없지. 여기서 세석평전으로 갈 때 백무골과 뱀사골, 두 갈래로 나눠서 갈 거야. 그때 봐서, 만약 우리가 아니라면, 백무골로 가는 다른 지대에 그 막중한 임무를 맡겨야지."

"네, 고마워요. 그리고 여보."

"왜? 또 뭐? 오늘 아주 할 얘기가 많나 보네."

"여기서 한 사오일 머문다고 했잖아요. 그럼, 여기 있는 동안, 여보는 다윗 공부 다시 시작할 수 없어요? 마음이 뒤숭숭하고 불안할 뿐이지 사실 특별히 해야 하는 건 없잖아요. 네? 오히려 이런 때일수록 차분한 시간을 갖는 게 좋을 것 같아요."

"실은 나도 어젯밤에 뒤척이다가 다윗 생각을 했어. 한동안 그 양반을 너무 무시한 거 같아서, 왠지 좀 미안하고 궁금하기도 하고, 뭐 그렇더라고. 하긴, 이제 춘투도 사실상 끝난 거고 내일이면 4월이니 상황 봐서 슬슬 다시 시작해 보자."

"그래요. 여보. 여보 참 착하다. 히히."

지회는 4월 2일 저녁에 시편을 읽었다. 그가 성경을 펼친 건 40여 일 만이었다. 경진에겐 이제 생활이 정상으로 돌아가는가 보다, 하는 기대가 생겼다.

4월 4일 새벽, 드디어 지리산을 향해 괘관산을 떠났다. 하지만 토벌대의 집요한 추적 때문에 봉기군은 얼마 가지 못해 소집단으로 뿔뿔이 흩어져 다시 몸을 숨겨야 했다. 총사령부가 포함된 서른여섯 명 그룹은 시리봉으로 올라가 닷새를 숨어있었다. 상황은 좀 불안하고 답답했지만, 온종일 지회와 같이 있을 수 있어 좋았다.

그러던 어느 날이었다. 시리봉으로 올라오기 전에 들렀던 아영면 민주 부락에서 얻어온 지난 신문들을 한 부씩 읽어 가던 지회가 느닷없이 "와 우리 결혼했네."라고 소리쳤다.

"네? 그게 무슨 소리예요?"

"이 신문 좀 봐. '김지회의 처(妻), 조경진'이라고 쓰여 있잖아. 하하하."

"어머, 정말. 근데, 이건 뭐예요? '붉은 스웨터의 여두목'?"

"그게 대처에서 부르는 경진이 별명인가 봐. 웃기네 이거."

해당 기사를 꼼꼼히 읽고 난 경진이 씁쓸한 웃음을 지었다.

"내가 너무 그 옷만 입었나 봐요. 근데 우리 유명해진 거예요?"

"기자들이 서로 자극적으로 쓸려다 보니, 뭐 그렇게 됐겠지."

"아버지도 보셨겠네요. 신문을 세 종류나 읽으시는데…."

"뭐가 제일 걱정돼?"

"속상하셨을 거예요. 여보를 '반도(叛徒)의 수괴'라고 부르는 것도, 저를 '여두목'이라고 비꼬는 것도, 봉기군을 무슨 막돼먹은 도배들처럼 다루는 것도요."

"당신의 소중한 딸을 반란군 두목의 처라고 함부로 단정한 게 제일 못마땅하셨을 거야. 정식으로 허락하신 것도 아닌데 그런 놈의 처가 됐다고 신문에 나니 얼마나 창피하셨겠어."

"우리 혼인은 사실상 허락해 주셨던 거예요. 아버지가 여보를 얼마나 마음에 들어 하셨어요. 그리고 아버지가 명목상 내걸었던 혼인 조건도 여보가 실제로 다 채웠잖아요. 다만 봉기 때문에 약속한 날 못 만났을 뿐이에요. 아무튼 저를 여보의 처라고 했다고 해서 그걸 창피해하실 리는 없어요. 그런 분이 아니에요. 아버지가 속상해하실 건, 여보와 제가 빨갱이나 불순분자로 매도당하는 걸 거예요. 그게 분하실 거예요. 4·3 때도 그런 것 때문에 제일 힘들어하셨어요."

"그래. 장인어른은 그런 분이시지. 이 얘긴 처음 하는데, 사실 난 그분을 처음 뵀을 때 꼭 내 아버지를 대하는 것 같았어. 상상 속의 내 아버지, 이상형의 내 아버지 말이야. 날 쳐다보시는 눈도 푸근하니 인자하셨고, 뭔가 말씀하실 때도 마치 아들한테 하듯이 그러셨는데…. 그래서, 말씀하신 그 조건들 다 채워서 기쁘게 해드리고, 평생 잘 모시면서 살고 싶었는데…."

"근데 뭐요? 이젠 못 할 거 같아요? 앞으로 하면 돼요. 그럴 날이 올 거예요. 그런 예쁜 꿈은 버리지 말아요."

"그래, 그러지 말자."

"근데 여보가 나 말고 누구 다른 사람한테 가족 같다는 기분이 들었던 건, 혹시 그때가 처음 아니에요?"

"누가 아버지 같다는 느낌이 든 건 그때가 처음이었지. 하지만, 형제 같다는 느낌은 기주나 순혁이, 상기, 차돌이, 뭐 이런 친구들한테 받았었지."

"그러네요. 그 사람들이 있었네. 다행이야. 고마운 분들이죠."

"아, 정말 웃기는 얘기 하나 해줄게. 요즘 다윗이 형 같다는 생각이 자주 들어. 흐흐흐."

경진이 깔깔대며 웃었다. "어머, 그렇게 될 수도 있구나! 다윗을 계속 읽고 생각하고 토론하고 묵상하고 하다 보니까 어느새 그분과 한 핏줄처럼 됐나 봐요. 축하해요! 정말로 형님 삼으세요. 영적인 형, 마음의 형님으로요. 늘 그 형님과 같이 있으면 외롭지도 않을 거 아니에요."

"아, 진짜 그렇겠다. 하하."

2

 경진은 이해되지 않았다. 지회는 토벌대에 쫓기다 홍순혁이 중상을 입고 최철기 지대와 황보국 지대가 연이어 괴멸당하자 밤잠을 못 잘 정도로 속상해했었다. 지리산 가는 길마다 이미 토벌대가 쫙 깔린 듯한데 시리봉에서 너무 지체했다며, 그래서 절체절명의 위기에 빠질지도 모른다며 남몰래 무던 애를 끓였었다. 그런데, 그랬던 그가 이제 겨우 뱀사골 입구까지 와서 벌써 지리산에 다 왔다고 긴장을 푼 건가? 아니면, 설마 이 상황에서 그 고질병이 발작했나? 촌음을 다투어 피신해야 하는 이 급박한 형편에서도 외로움이 그토록 깊이 스며들 수 있단 말인가?
 그리고 또, 그의 거친 모습. 그는 자기 친구들 앞에서 그녀에게 눈을 부릅뜨고 나가 버리라며 소리를 질렀다. 한 번도 본 적 없던 무서운 표정, 사나운 말투였다. 처음으로 그가 낯설었다. 너무나 당황스럽고 창피해서 그 방에서 나오지 않을 수가 없었다.
 부엌에서 다 들었을 애자 언니와 주막집 여자 보기도 민망하여 경진은 아무 말도 하지 않고 그냥 바깥으로 나가버렸다. 머리가 뜨겁고 가슴이 두근거려 찬 공기를 쐬고 싶기도 했다. 자꾸 눈물이 흘러 더 서러웠다. 임도로 나와 무작정 오른편 길로 들어섰을 때 신인형이 달려왔다.
 "아이고 이 컴컴한 데 어딜 가세요?"

경진이 급히 눈물을 훔치고 계속 걸으면서 대답했다.
"부엌이 너무 더운 거 같아서 잠시 바람 좀 쐬려고요."
"총사령님이 큰 실수 하셨어요. 그래도 그냥 좀 가엾게 봐주시고 이해해 주세요. 우리가 춘투에서 대승한 건 사실이지만, 대원들도 많이 죽었잖아요. 3월 하순에만 150명은 죽은 거 같아요. 총사령님은 그게 너무 가슴 아픈 거예요. 아시잖아요, 책임감 유독 강하신 거. 시리봉에 갇혀 있던 5일 동안도 내내 죽은 사람들 생각하면서 힘들어하셨어요. 그러는 한편으론 또, 지리산까지 가다가 더 죽으면 어떡하냐는 걱정까지 하셨죠."
"그러니까 더 이해가 안 되는 거예요. 그렇게 절박한 상황에서 어떻게 술을 마실 수 있어요."
"그러니까, 그게, 그렇게 걱정하다가 뱀사골 앞에까지 무사히 오니 긴장이 한꺼번에 확 풀린 거겠죠. 에이 어쨌든 그놈의 술찌끼는 먹지 말았어야 했는데."
"거기까지는 이해할 수 있어요. 너무 배고프고 피곤하니까 그럴 수는 있다고 봐요. 하지만 술은 아니죠. 아니, 어떻게 이런 시기에, 총사령관이…. 아, 지회 씨가 가끔 저래요. 가끔 왜 저런지, 정말 모르겠어요."
"하…. 어, 저기 애자 씨가 오네요."
홍애자가 횃불을 손에 든 최수종과 임도로 들어서고 있는 게 보였다. 경진을 발견한 그녀는 총총걸음으로 다가왔다.

"다행이다, 멀리 안 가서. 총사령님이 너한테 그렇게 하시곤 무척 후회하시나 봐. 우리 최수종 부관님에게 특명을 내리셨단다."

신인형이 어색하게 웃으며 최수종에게 물었다.

"뭐라고 하시던가?"

"맨몸으로들 나갔으니 무장 갖추고 가서 옆에 꼭 붙어있다가 너무 늦지 않게 모시고 오라고 했습니다."

홍애자가 경진에게 말했다.

"아냐, 빨리 들어갈 거 없어. 기왕 나온 거 천천히 좀 걷자. 달도 밝고 좋잖아."

경진이 신인형에게 물었다.

"그래도 되죠? 이 만수천을 따라서 조금만 걷다 들어가요. 어차피 지금 잘 것도 아니잖아요."

"예. 그래도 됩니다. 그렇게 하시죠."

홍애자가 팔짝 뛰며 경진의 팔짱을 꼈다.

"야, 좋다. 오랜만에 좋은 길로 좀 걸어보자. 물소리도 근사하다, 얘."

신인형과 최수종은 만수천을 왼편에 두고 뱀사골 입구 쪽으로 걸어가는 경진과 홍애자를 약간의 거리를 두고 따라갔다. 물소리가 워낙 커서 크게만 말하지 않으면 무슨 얘길 해도 들리지 않을 정도의 거리였다.

경진은 지회가 행여 술에 취하지 않을지 걱정했다. 홍애자는 암만 술병이 깊어도 지금은 아닐 거라며 경진을 달랬다. 그래도 경진은 아까 봤던 지회의 풀린 눈이 자꾸 마음에 걸렸다.

"그래, 설마 취할 때까지 마시진 않겠지?"

"그럼, 그렇게까지는 아니지. 그건 지나친 걱정이야."

"에휴~ 언니가 아까 그이 눈을 못 봐서 그래. 그때 벌써 술 마시지 않으면 안 될 눈이었다고."

"음… 알 것도 같다. 에이, 그래도 지금은, 설마…."

"아, 자기 의지만으론 도저히 고치지 못하는 병도 있는 건데. 진작부터 저 술병, 아니 저 외롬증을 중병으로 보고 고쳐줬어야 했어. 내가 너무 안이했던 거야. 제발 아무 일 없이 이 시간이 지나갔으면 좋겠어."

한 20분쯤 걸었을까? 뱀사골 올라가는 길을 지나쳐 덕동리로 접어들어 굽이져 흐르는 만수천을 막 건너려 할 때였다. 뒤쪽에서 발작적인 중화기 소리와 총성이 울리더니 한동안 멈추질 않았다. 네 사람의 얼굴이 일시에 굳어졌다.

최수종이 "제가 빨리 가서 보고 오겠습니다."라고 말하곤 이내 시야에서 사라졌다. 신인형은 두 여자를 다리 아래로 피신시켰다. 경진이 떨리는 목소리로 신인형에게 물었다.

"우리가 쏘는 소리가 아니죠?"

신인형이 고개를 끄덕였다.

"네. 아닙니다. 토벌군 같습니다."

경진이 아무 말 없이 한숨을 내쉬었다. 잠깐 조용해지는가 싶더니 아까보다 더 먼 곳에서 다시 총성이 잇달아 들렸다. 그러곤 또 잠잠해졌다. 동트기 직전인지 사방은 더 어두워진 것 같았다. 최수종은 30여 분이 지나서야 헐떡이며 돌아왔다.

"꼼짝없이 당한 것 같습니다. 일단 가시죠. 가면서 말씀드리겠습니다."

세 사람은 최수종을 따라 다리 위로 올라가 아까 가던 방향으로 빠른 행군을 시작했다. 최수종이 입을 떼지 않자, 속이 타는 경진이 물었다.

"당했다는 게 무슨 말이죠? 총사령님과 대원들은…, 못 만났나요?"

"네. 죄송합니다. 아무도 못 만났습니다. 멀리서 보니 주막집은 거의 다 부서져서 연기만 오르는데, 살아 있는 사람은 보이지 않았습니다."

"그 말은, 다 죽었다는 얘긴가요?"

"아닙니다. 그건 아닙니다. 물론 죽은 사람도 있겠지만, 제가 보기엔 대부분 피신한 것 같습니다."

"아, 그래요?"

"네. 토벌대가 정신없이 추적 다니는 걸 보면, 필시 그럴 겁니다. 반선마을의 다른 민가도 여러 채 불타고 있었습니다. 여기저기 막 쑤시고 다니는 거죠."

신인형이 거들었다.

"간특대도 아니고 민가는 왜 태워? 우리 대원들 못 잡아서 아주 악이 바친 모양이군. 총사령님도 분명히 어디론가 피신하셨을 겁니다. 총사령님 못 찾아서 더 저렇게 난리 치는 거 아니겠습니까?"

홍애자도 경진을 위로했다.

"총사령님 별명이 홍길동이잖아. 분명히 분신술을 써서라도 피했을 거고, 지금쯤 어디선가 오히려 경진이 니 걱정을 하고 계실 거야."

경진이 경직된 얼굴을 좀 풀었다.

"그렇겠지, 언니? 후우~ 신인형 지대장님, 그러면 우리 간장소로 가야 하지 않을까요?"

"맞습니다. 총사령님도 그리로 오실 겁니다. 그렇지만 지금은 일단 몸을 숨기는 게 좋겠습니다. 날이 밝아오니 토벌군이 곧 일대를 샅샅이 뒤지고 다닐 겁니다."

최수종도 경진을 달랬다.

"아까 보니 뱀사골 입구는 이미 봉쇄된 것 같았습니다. 거기서부터 산내면까지 임도를 따라 병력을 쭉 배치해 놓는 걸로 보였어요."

신인형이 말했다.

"그래요. 그러니 우린 반대쪽으로 가서 은신처를 찾아보죠. 거기서 상황을 좀 살펴보다가 적당한 때가 오면 간장소로 갑시다."

"예."

네 사람은 별말 없이 그저 빠른 속도로 걷기만 했다. 모두 각자의 생각에 깊이 빠진 듯했다. 그렇게 삼사십 분을 더 가다 보니 어느 지점에서 임도가 끊겼다. 직진 방향으론 오솔길이 곧게 나 있었지만, 신인형은 오른편의 험한 산길로 일행을 인도했다. 그리로 올라가면 달궁골이라는 계곡이 나오는데, 거기 어딘가 틀림없이 쉴만한 데가 있을 거라고 했다.

3

달궁골에 올라가 적당한 자리를 잡은 시간은 새벽 두 시경이었다. 얼마 후 최수종에 이어 애자 언니마저 고개를 까닥거리며 코를 골자 신인형이 경진에게 잠깐이라도 눈을 붙이라고 했다. 하지만, 잠이 올 리 없었다. 그런데 그러고 두어 시간 후에 경진도 잠깐 졸았던 모양이다. 꿈에서 지회를 봤다. 뭔가 대화를 짧게 나눴는데 내용은 다 잊었지만 그녀가 했던 말 한마디는 또렷이 생각났다. '하나님은 구하면 주시는 분이세요.' 그이에게 이 말을 왜 했을까? 그이가 어디서 기도를 하고 있나?

경진은 달궁골에 그렇게 오래 머물 줄은 몰랐다. 거기서 무려 닷새를 지냈다. 지회가 나중에 알면 또 '역시 노루답네.'라고 웃을 터였다. 그는 종종 그녀를 그렇게 놀렸다. 음기 센 뱀사골을 그녀가 유독 좋아하는 것도 겨울에마저 음지를 선호하는 노루를 닮아서일 거라고 했다. 그래 난 정말 노루를 닮은 거 같다.

 언젠가 그가 말했다. 노루는 자기 짝이 잡혀가면 떠나가질 못하고 그 주변을 며칠간이나 울며 맴도는 습성이 있다고. 달궁골에서 두 번째 밤을 맞았을 때 신인형과 최수종은 아무래도 여기는 위험할 테니 당분간 더 멀리 떠나가 있다가 조용해지면 다시 돌아오자고 했다. 하지만 그녀는 도저히 그럴 수 없었다. 어디 있는진 모르지만 어쨌든 그 사람 근처에 있어야 그나마 마음이 덜 불안할 것 같았다. 잠깐이라도 그에게서 멀리 떠나고 싶지 않았다.

 만약 이대로 그를 못 보는 거라면, 더는 살기가 어려울 거라고 그녀는 생각했다. 이렇게 헤어질 수는 없는 것이었다. 어떻게든 그를 찾아야 했다. 그러나, 닷새간 밤낮으로 쥐새끼처럼 다니며 간장소로 갈 수 있는 길을 찾아봤지만, 도대체 틈이 안 보였다. 시간이 갈수록 토벌군의 경계는 삼엄해지기만 했다.

 4월 13일도 다르지 않았다. 아침부터 이런저런 궁리를 해봤지만 이젠 임도까지 내려가는 것도 위험해진 상황에서 특별한 대책이란 게 나올 수가 없었다. 마음이 답답했다. 게다가 지난밤엔 유독 악몽도 많이 꾸고 불안한 생각도 많이 나는 바람에 거의 자지를 못했다. 그래서였는지 경진은 회의 중에 처음으로 신인형에게 신경질을 부렸다. 지대장이라는 분이 어떻게 나흘이 되도록 길을 하나 못 찾느냐며 핀잔을 준 것이다.

신인형은 머쓱해진 얼굴로 잠시 쉬자고 하더니 혼자 일어나 계곡 위쪽으로 올라갔다. 경진은 그제야 자기가 무슨 짓을 했는지 깨달았다. 그러곤 안절부절 어쩔 줄을 몰라 했다. 그는 한 시간쯤 후에 돌아왔다. 역시 좋은 사람이었다. 그렇게 시무룩해서 올라갔던 사람이 경진에게 다가와 밝은 목소리로 말했다.

"좋은 생각이 났어요. 왜 진작 이런 생각을 못 했는지 모르겠어요."

멀찌감치 떨어져 어색하게 앉아 있던 홍애자와 최수종도 경진 옆으로 달려와 귀를 쫑긋 세웠다. 경진이 눈빛으로 다음 말을 재촉했다.

"지금까지 우리는 간장소까지 지리산 북면을 타고 갈 생각만 했잖아요. 꼭 그럴 필요가 없는 거예요. 돌아가자고요."

최수종이 무릎을 쳤다.

"아, 저 뒤로 해서 빙 둘러 가자는 거죠? 저도 그 비슷한 생각을 잠깐 했었는데…."

"그래. 돌아가자고. 여기서 정령치까지 올라가서 거기서부터 서북 능선을 타고 성삼재까지 가면 지리산 주능선을 만나잖아. 그럼 그걸 타고 화개재까지 가는 거야. 간장소는 거기서 30분이면 내려갈 수 있을 거야."

경진이 황홀한 눈빛을 했다.

"아, 그런 길이 있었군요. 시간은 대략 얼마나 걸릴까요? 그이를 너무 오래 기다리게 했어요."

"저도 대충 계산해 봤는데, 걷는 데만 대략 열댓 시간은 걸릴 것 같더군요. 산악행군이라 좀 힘들긴 할 겁니다."

"그 정도면 뭐 아무것도 아니네요. 아이, 처음부터 그 길로 갔으면 벌써 만났을 텐데…. 아, 아니에요. 지금이라도 생각이 났으니 얼마나 다행이에요. 아까는 정말 제가 미안했어요. 어젯밤에 잠을 거의 못 자서 제정신이 아니었던 것 같아요."

"아닙니다. 역정을 내실 만도 했습니다. 제가 좀 더 치열하게 생각해 봤어야 했는데, 죄송합니다."

"지대장님이 그러시니 제가 정말 몸 둘 바를 모르겠어요. 송구하고 감사해요."

네 사람은 일단 어제 달궁마을에서 얻어온 쌀과 김치로 점심을 푸짐히 해 먹기로 했다. 열댓 시간 이상의 산악행군을 하려면 밥심이 필요할 터였다. 방금 지은 밥에 봄김치 얹어 먹는 맛은 과연 기가 막혔다. 그야말로 꿀맛이었다.

그런데, 잘 먹던 신인형이 갑자기 배가 아프다며 허둥지둥 계곡 밑으로 내려갔을 때였다. 남은 세 사람이 계속 그 성찬을 즐기는 중에 불청객이 난입했다.

토벌대였다. 그러고 보니 떠나는 길이라고 누구 한 사람도 보초 설 생각은 안 하고 먹는 데만 급급해 있었다. 처음엔 장총을 겨누고 다가오는 대여섯 명만 보이더니, 그 뒤로 점차 십수 명, 수십 명의 군인들이 줄지어 나타났다.

  그들 중 한 사람의 총부리가 경진의 이마에 닿기까지의 그 짧은 사이, 그녀에겐 온갖 후회와 상념이 일었다. 아, 어제 달궁마을에 가는 게 아니었어. 밀고자가 생긴 거야. 밥을 먹고 싶다는 하찮은 욕망이 일을 그르쳤어. 그래, 밥이 문제야. 오늘도 밥을 해 먹지 말고 그냥 떠났어야 했어. 이런 미련퉁이, 밥벌레! 아, 이제 여보는 어떡하지? 오 하나님….

  경진은 실상사로 끌려갔다. 비록 성향은 다르지만, 군인으로선 뛰어난 사람이라고 지회가 평가했던 한웅신 대위가 이끄는 지전사 대대의 주둔지였다. 한웅신 대위는 경진을 어느 정도 예의를 갖춰 대했다. 자기네 대대는 그날 주막집 청년의 신고로 출동했으며, 현장에서 홍순혁과 이기주를 포함해 열일곱 명을 사살했고, 그 후 일곱 명을 생포했다는 얘기도 그가 스스로 해주었다. 총 서른여섯 명이었으니 열두 명이 사라진 거였는데, 이제 경진 일행 세 명을 빼면 김지회까지 해서 아홉 명이 실종이라고 했다. 그 말을 듣자 경진의 눈에 눈물이 고였다.
  "그이는 살아 있겠죠?"
  한웅신이 감정 없는 어조로 말했다.
  "어제 생포한 반란군 중 하나가 4월 9일 04시쯤에 김지회가 피를 흘리며 주막집을 벗어나는 걸 봤답니다. 벌써 만 4일이 지났습니다. 만약 중상이었다면 산속에서 살아있기는 힘들 겁니다. 그러나, 경상이었다면 살아 있을 수 있습니다. 그 경우라면 조속히 찾아내야 합니다. 그래야 살릴 수 있습니다."

"네…."

"좌익이라 가까이하지는 않았지만, 그 친구가 강직한 군인이라는 건 압니다. 사관학교 한 기 후배니까요. 나도 그 친구를 살리고 싶습니다. 그러니 우리에게 협조해 주십시오. 봉기군의 다음 집결지가 어디였습니까?"

"네? 다음 집결지요?"

경진은 정신을 바짝 차려야겠다고 생각했다. 자칫 대답을 잘못했다간 그이에게 불리해질 수도 있다. 일단 시간을 끌자.

한웅신이 다시 물었다.

"지난 일주일 사이에 우리가 잡은 반군이 꽤 됩니다. 다들 지리산으로 가는 자들이었습니다. 그런데, 심문해 보니 말들이 엇갈리더군요. 누군 집결지가 백무골이라고 그러고, 누군 뱀사골이라고 하고. 게다가 백무골이든 뱀사골이든, 집결지가 정확히 그 계곡의 어딘지는 아는 자가 없었어요. 그건 최소한 소대장 이상은 돼야 알 거라고 하던데, 맞습니까?"

"그럴 거예요. 같은 계곡 안에서도 집결지는 지대마다 다르다고 들었어요."

"아시겠지만, 뱀사골만 해도 그 길이가 10킬로미터나 됩니다. 백무골은 더 길고요. 그렇게 길고 험한 계곡을 두 군데나 샅샅이 뒤지자면 시간이 얼마나 오래 걸릴지 모릅니다. 그 친구는 분명히 1차 집결지를 향했을 겁니다. 거길 알아야 빨리 찾을 수 있고, 그래야 살릴 수 있습니다."

"저도 최종 목적지가 세석평전이라는 것만 알아요. 군사 관련 얘기는 저한테 거의 안 하니까요. 뭘 말한다 해도, 전 잘 알아듣지도 못하고요."

"흠, 그렇군요…."

경진은 그날 밤도 잠을 잘 수 없었다. 자기가 잘한 건지 못한 건지 확신이 서질 않았다. 그녀는 지회가 만약 중상이라면 어차피 별 도리가 없는 것이고, 경상이라면 그에게 시간을 벌어주는 게 상책이라고 생각했다. 그라도 멀리멀리 도망가길 바랐던 것이다. 한웅신은 그가 경상일 경우엔 빨리만 찾으면 살릴 수 있다고 했지만, 그래봤자 잠깐 살면서 모멸감만 잔뜩 받고는 결국 총살당할 게 뻔할 거라는 생각도 들었다. 하지만, 그 잠깐이라도 그를 만나보는 게 좋은 게 아닐지, 그도 혹시 그걸 바라는 게 아닐지 하는 안타까움은 어찌할 수가 없었다. 밤새 뒤척이던 끝에 그녀가 내린 결론은 하나님께 맡기고 기도하면서 사나흘만 더 끌어보자는 것이었다.

사흘째인 토요일 오후에 드디어 뱀사골에서 시체 한 구가 발견됐다. 경진이 군인들에게 이끌려 가서 확인해 봤지만 그는 아니었다. 일단은 다행이라는 생각이 들었지만 한편으론 또 가슴이 미어질 정도로 허전하기도 했다.

그날 밤 경진은 일주일이 넘어가도록 한 번도 나타나 주지 않던 지회를 드디어 꿈속에서 만났다. 눈에 띄게 초췌해진 그는 몹시 초조해하고 있었다. 그녀를 무척이나 보고 싶어 했다. 그녀도 그가 못 견디게 보고 싶었다.

다음날, 그녀는 아침 일찍 한웅신과의 면담을 요청하여 1차 집결지는 간장소라고 했던 김지회의 말이 갑자기 떠올랐다며 어색한 너스레를 떨었다. 한웅신은 간장소 주변은 이미 두어 번 살펴보긴 했지만, 다시금 정밀 수색에 나서겠다고 했다.

그러나, 또 다른 나흘이 지나도록 지회의 어떤 것도, 아주 작은 흔적조차도 발견되지 않았다. 이제는 반군 수괴는 시체라도 꼭 잡아가야 한다고 했던 한웅신 대위보다 경진이 더 안달이 났다. 이럴 줄 알았으면 진즉에 털어놓을 걸 하는 후회가 밀려오면서 그녀는 상사병이라도 난 듯 온종일 안절부절 어찌할 줄 모르며 한숨만 쉬고 있었다.

그러던 어느 눈부시게 맑은 봄날, 김갑주 상사라는 사람이 찾아왔다. 까닭 없이 가슴이 덜컹 내려앉았다. 그는 같이 가서 확인해 줄 게 있다고만 말할 뿐 그 이상의 얘기는 하지 않았다. 포승줄에 묶인 그녀를 지프 뒷자리에 태운 그는 연신 담배를 피우며 말없이 차만 몰았다.

차가 뱀사골 입구에 멈출 때부터는 가슴이 마구 뛰기 시작했다. 아, 역시 그리로 가는 건가? 지프에서 그녀를 끌어 내린 김갑주는 따라오라는 말만 하곤 여전히 입을 꾹 다문 채 걷기만 했다. 경진은 그편이 낫다고도 생각했다. 그가 입을 열었는데 거기서 안 좋은 소리가 나오면 그땐 어떡할 것인가?

올라가는 길에 무리 지어 내려오는 토벌군 병사들과 여러 번 부딪혔다. 대부분 경진을 알아보는 것 같았다. 지나치고 나서 그들끼리 빨간 스웨터가 어쩌고저쩌고하는 등의 떠드는 소리가 들리면 오싹 소름이 끼치곤 했다. 무엇이 두려운 걸까? 뭘 저런 말들을 신경 쓰나? 다 무시하자. 대범해지자. 그래도, 어쨌든, 포승줄에 묶여 꾸부정한 자세로 올라가는 자기 모습이 마음에 안 드는 건 사실이었다.

그런데, 종국엔 도저히 그냥 넘길 수 없는, 가슴에 콱 꽂히는 소리를 듣게 됐다. "저 여자도 불쌍하지. 저 어린 나이에 온 국민이 다 아는 빨갱이 과부가 됐으니."

뭐라고? 그럼, 그이가 어떻게 됐다는 거야? 경진은 심호흡을 한 번하고 앞서가는 김갑주에게 물었다.

"저, 혹시, 그분이, 혹시 죽기라도 했나요?"

"김지회요? 아직 몰라요."

"예? 그럼, 중상인가요?"

"아니요. 병풍소 근처에서 시체를 하나 찾았는데 그게 김지횐지 아닌지 모른다고요. 이미 부패가 많이 진행돼서 뭐…. 가서 댁이 좀 확인해 줘야겠어요."

사체는 절묘한 위치에 있었다고 했다. 누가 일부러 집어넣은 것처럼, 병풍소 아랫목 큰 바위들 틈바구니에 끼어 있더란다. 경진은 군인들이 끄집어내 평지에 눕혀놓았다는 그 사체로 가까이 가보았다.

언제나 찬란했던 그의 얼굴, 그의 모습은 조금도 찾아볼 수 없었지만, 살이란 살은 이미 거의 썩고 문드러진 사체가 죽은 지회라는 건 분명했다. 그날 새벽에도 입고 있던 낡은 외투, 그녀가 충장로 거리에서 사주었던 고동색 가죽 혁대, 이번 일요일엔 꼭 자르자고 했던 길게 자란 그의 뻣뻣한 머리카락, 그리고 하루에도 수십 번씩 보곤 하던 그의 손목시계 따위는 다 그대로 있었다. 경진은 다리가 풀려 서 있기가 힘들었다. 현기증이 났다.

얼마간 참아보다가 그예 버티질 못하고 그의 머리께로 무너지듯 주저앉았을 때, 그녀는 죽은 그가 목걸이를 하고 있는 걸 보았다. 정확히 말하자면, 그의 목 부위에 그 나뭇가지 목걸이가 걸려 있었다. 그녀가 주었던 십자가였다.

그제야 눈물이 터져 나왔다. 그가 마냥 보고 싶었다. 홀로 죽어갔을 그가 너무나도 불쌍했다. 그때 내가 방에서 나가지 말았어야 했어. 자기도 놀라고 당황스러워서 그렇게 소리 지르고 했던 건데, 내가 그냥 같이 있으면서 풀었어야 했어. 혼자 얼마나 외로웠을까?

그에게 미안하고 안타까워 눈물이 멈추질 않았다.

울던 끝에, 하나님께 감사하다는 마음이 들었다. 마지막 순간에 그가 기도하게 해 주셔서 감사합니다. 이 사람에게 믿음을 주셔서 감사합니다. 49년 4월 23일이었다.

4

어떤 연유에 말미암은 누구의 배려인진 몰라도 경진과 아버지와의 면회는 탁자 하나와 의자 둘뿐인 한 작은 방에서 배석자 없이 진행됐다.

"아, 하나님이 결국 그 사람을 거기까지 이끄셨구나. 그렇게라도 주님을 영접하고 갔으니 그보다 감사한 일은 없다. 이제 됐다. 그걸로 됐어."

"예, 아버지. 죄송해요."

"여덟 달 만에 만나서 그저 죄송하다는 말만 하는구나."

"죄송해요…."

"우리 경진이, 마음이 무척 아프지?"

경진이 눈물을 훔치며 고개를 들었다. 그리고 애써 환한 웃음을 지어 보였다.

"괜찮아요. 생각해 보니 하나님께 감사할 이유가 그밖에도 또 많더라고요."

"아, 그래? 말 좀 해봐라."

"그 사람은 이제 영이 되어 하나님 옆에 있잖아요. 그러니 외로울 게 뭐 있겠어요. 그이가 이제 더는 외로워하지 않아도 된다는 게 감사해요. 여기 있을 땐, 외로움을 많이 타서 아주 힘들어했거든요. 그래서 술병도 좀 있었고요."

"으음, 그랬었구나. 불쌍한 친구였어."

"전 확실히 믿어요. 나중 사람들은 그이를 멋지다고 평가해 줄 거예요. 짧고 힘든 삶이었지만, 당당하고 의롭게 살다 간 사람이라고요. 그것도 감사해요."

"그래, 그럴 거다. 암 그렇고말고."

"저 개인적으로는, 하늘나라를 더 사모할 수 있게 해주신 게 감사해요. 그 사람이 거기 있다는 확신이 드니까, 이 세상 일에 대해선 아무런 걱정이 안 들어요. 그저 착하게 살다가 어서 그리로 가고 싶을 뿐이에요. 아버지껜 죄송해요."

"아이고 얘야, 그래도 여기 있는 사람은 또 여기서 살아야 하잖니. 겪을 건 겪어야 하고, 당할 것도 다 당해야 한단다."

"네. 알아요. 그래도 하늘나라를 생각하면 모든 걸 덤덤히 받아들일 수 있을 거예요. 죽인다고 해도 겁나지 않아요."

"경진아, 넌 사민주의자지?"

"네? 아, 뭐 그렇게 말할 수는 있어요. 그렇지만, 엄밀히 말하자면, 그이가 사민주의자죠. 전 그냥 그이의 생각과 선택을 좋아했던 거고요."

"그래, 우리 김 서방! 그 사람은 사민주의자지."

"김 서방이요? 고마워요, 아버지. 그리고 죄송해요."

"죄송하단 소리는 그만하고, 이제부터 내 얘기 잘 들어라. 알겠지만, 내가 존경하는 몽양도 사민주의자셨다. 사민주의는 민주주의이고 기독교 사회주의와도 통하는 이념이니, 문제 될 게 없다. 하지만 공산주의는 아니다. 북쪽에 김일성 공산 체제가 들어서고 그쪽 기독교인들이 탄압을 얼마나 심하게 당했니. 그건 사민주의와는 전혀 다른, 그냥 독재이고 반 기독교 사상이잖니. 사탄의 세력일 뿐이야."

"네. 그이도 공산주의는 독재로 갈 수밖에 없는 위험한 이념이라고 했어요."

"그래 우리 김 서방은 예수를 믿고 죽었으니 내 마음이 좋다. 문제는 산 너다. 명심해라. 이제 빨치산과는 연을 끊어야 한다. 김 서방이 죽고 나서 대장을 잃은 봉기군의 대다수가 이현송에게 넘어갔단다. 너도 이현송이 누군지 알지? 박헌영의 오른팔, 강골 공산주의자 아니냐. 이제 지리산 빨치산은 공산 세력이 된 거다. 그러니 거기에 행여 무슨 미련이나 연민을 가져선 안 된다. 알겠지?"

"걱정하지 마세요. 전 그럴 겨를도 없어요."

"이승만 정부도 너무 미워하지 마라. 어쨌든 그 정부가 있어서 남쪽은 사탄의 세력에 넘어가지 않은 거다. 그렇잖니?"

"아버지 말이 무슨 말인지 알아요. 하지만, 선량한 인민들에게 왜 그리도 못되게 굴었는지, 그건 도저히 이해할 수가 없어요. 4·3과 여순 사건으로 무고한 사람들이 얼마나 많이 죽었어요. 수천 명 정도가 아니라 수만 명 수준이라고들 하잖아요. 왜 그렇게 많이 죽여야 했죠? 아버지도 그러셨잖아요. 하늘 아버지 귀에 제일 크게 들리는 소리는 가난하고 약한 사람들의 신음과 울부짖는 소리라고요. 이승만 정부 때문에 셀 수도 없이 많은 사람이 비명 지르고, 숨죽여 울고, 남몰래 끙끙 앓는 소리를 내면서 죽어갔어요. 이승만 그 사람은 인민과 하나님께 너무나도 큰 죄를 지었다고요."

"자기 딴엔 미국과 호흡을 맞춰가며 공산화를 저지하겠다고, 그래서 더 큰 희생을 막겠다고 그랬던 거 아니겠니. 물론 그 과정에서 불쌍한 사람들이 너무 많이 죽어 나간 건 사실이지. 심하긴 했어."

"그러니까요. 시간이 좀 걸리더라도 사람들을 달래고 이해시켜가면서 제대로 된 자유 국가를 만들어 갈 순 없었을까요? 왜 그리 거칠고 서둘렀죠? 미국이 다그쳐서요? 그래도, 어떻게 정부가 앞장서서 자기 인민을 죽여요? 그렇게 잔인하게요. 오히려 미국을 설득하고 말려가면서 최대한 평화로운 방안을 택하려고 노력했어야죠. 인민을 대표하는 우리 정부는 인민의 생명과 복리를 가장 중시해야 하는 거 아니에요? 전 정말 모르겠어요."

"네 마음 안다. 하지만, 그런 건 나중에 얘기하자, 응? 지금은 비상시잖니."

"……."

"경진아, 만약 정부나 군에서 누가 너한테 빨치산을 상대로 선무 활동을 좀 해줘야겠다고 하면 두말하지 말고 그러겠다고 해라. 공산주의가 뭔지도 모르는 청년들을 거기 그냥 둬서는 안 되잖니. 그 사람들이야 원래 김지회를 따른 거지 이현송을 따른 건 아니었잖니. 안 그래? 그러니 뭣도 모르고 거기 남아 있는 사람들은 다 나오게 해줘야 한다. 그게 니가 그 사람들을 위해 할 도리일뿐더러, 널 위해서도 좋은 일이다. 니가 살 길이야. 무슨 말인지, 알아듣지?"

"……."

"왜 자꾸 대답을 안 해? 지금은 니가 사는 게 제일 중요한 일이야."

"아버지, 그래도…."

"잔말 말고 이번만큼은 이 아방 말을 따라라. 그래야 동생들도 살릴 수 있다."

"네? 아버지 혹시…."

"그래. 김창복이란 자가 왔었다. 빨치산 토벌과 공산 세력 박멸에 니 도움이 필요하니 널 좀 설득해달라고 하더라."

"그러면서 아버지와 동생들 안전을 위협했군요. 나쁜 놈."

"나야 뭐 상관없다. 살 만치 살았잖니. 하지만 창창한 니 동생들은 다르잖니."

"아… 알았어요, 아버지. 기도해 볼게요."

"그래. 그리고, 그자가 너한테 이 말도 전해주라고 하더라."

"뭐요?"

"김종견 소령이라고, 너도 잘 안다며? 그 사람이 김지회가 죽었다는 얘길 듣곤 너를 무척 보고 싶어 한다더라. 그 사람은 또 누구냐?"

경진은 입술을 깨물며 눈을 질끈 감았다. 김창복, 이 나쁜 새끼….

5

그 며칠 후 경진은 지전사로부터 선무 활동에 나서라는 요구를 받았다. 그녀는 아버지가 당부한 대로 군소리 없이 그러겠다고 했다. 지전사 담당관은 그런 경진을 반기며 그녀가 이미 유명 인사라고 치켜세웠다. '지리산 빨간 스웨터'라고 하면 장안에서 모르는 사람이 없다는 것이었다.

그녀는 열흘가량의 정세 및 사상 교육을 받은 후 5월 14일에 중앙방송국에 직접 가서 대국민 사과방송을 했다. 여순반란은 세상이 어떻게 돌아가는지도 모르는 철부지들이 감상주의에 젖거나, 자기의(自己義)에 취하거나, 빨갱이들의 꾐에 빠져 저지른 못나고 어리석은 짓이었는바, 거기에 부화뇌동한 자신은 못난이 중에 상못난이였으니 부디 용서해달라는 게 핵심 내용이었다.

물론 누군가가 써준 사과문을 읽고 나서 사회자가 묻는 말에 미리 일러준 대로 답한 것에 불과했지만, 방송을 끝내고 나니 반년 가까이 산속에서 동고동락하던 수많은 동지의 얼굴이 떠오르며 자괴감이 몰려왔다. 그래도, 울보인 경진이 울지는 않았다. 울기 싫다는, 아니, 울 자격도 없다는 생각이 들어서였다. 다만, 지회는 이해해 줄 거라고 믿었다.

이후 그녀는 지전사를 따라다니며 선무 활동에 열중했다. 주 대상은 지리산의 빨치산들과 그 주변의 소위 민주 부락 주민들이었다. 단파방송으로 반란군의 투항을 독려하기도 했고, 산간 마을을 돌아다니며 빨치산의 위험성과 식별 및 신고 요령을 설명하기도 했다. 가끔은 남원, 함양, 구례, 진주 등의 극장이나 학교 강당에서 일반 시민과 학생을 상대로 반공 강연회를 열기도 했다.

그렇게 바쁘게 몇 달을 지내다 보니 어느덧 삼복더위의 한가운데 있게 됐다. 8월 12일, 여름을 무척이나 싫어하던 지회가 하늘나라에 있는 게 참 다행이라고 생각될 만큼 더운 날이었는데, 그 '나쁜 새끼'가 찾아왔다.

그는 경진에게 "육군 정보대 김창복 중령이요."라고 거만한 말투와 태도로 신분을 밝혔다. 지회와 사관학교 동기인 그가 중령이라는 게 놀라웠다. 봉기를 일으켰을 때 지회는 겨우 중위에 불과했는데 어떻게 저 사람은 벌써 중령까지 올라갔단 말인가.

"조경진 씨, 지전사 최고의 선무 대원이 되셨더군요. 그 깐깐한 사령관님이 칭찬하실 정도니 대단한 일입니다. 김지회가 보면 고마워하겠어요. 자기 죄를 대신 갚아주니 말이죠."

"사정도 모르고 공산주의로 넘어가는 사람이 없었으면 해서 하는 일입니다. 그이도 공산주의엔 반대했으니까요."

"사민주의자라고 죄가 없는 건 아닙니다. 김종서나 오일규 소식은 들었죠?"

"왜요? 그분들이 어떻게 됐나요?"

"아이고, 중앙의 일은 전혀 모르시는구먼요. 사형당했습니다. 수색에서요. 8월 2일이었으니까, 이제 딱 열흘 됐네요."

"아…."

"그 사람들 죄명이 반란기도죄요. 근데 사형이요. 김지회가 잡혔으면 죄명이 뭐였을 거 같소? 그냥 반란죄요. 아니 반란수괴죄죠. 알고나 계시오."

"……."

"최남구가 사형된 것도 모르겠군요. 그건 벌써 5월의 일이요. 근데 웃기는 게 뭔지 알아요? 이 사람들이 무슨 약속이나 한 것처럼 죽을 땐 다 '대한민국 만세'라고 소리쳤어요. 반체제 반정부 반이승만을 외치던 국가 반란범들 주제에 막판에 대체 그게 무슨 소린지, 통 이해를 못 하겠어요."

"다들 그렇게 가셨군요."

"맞아요. 사민주의 그룹은 그렇게 일망타진 된 거요. 어찌 보면 좀 싱겁게 끝났죠. 그렇게 맥없이 죽을 자들이 왜들 그렇게 까불어 댔는지. 돌아보면 그자들은 인생을 무슨 장난처럼 살았던 거 같소. 철딱서니 없는 새끼들…."

"……."

"아, 아무튼 난 김종서의 유언 때문에 왔소. 그냥 무시하려고 했는데 귀찮게 자꾸 생각이 나서 말이요. 난 그날 총살장에 하우스만 대위와 같이 갔었소. 하우스만 대위가 김종서에게 마지막으로 뭐 부탁할 게 없냐니까 담배나 한 개비 달라고 합디다. 빨간색 말보로였는데, 그걸 몇 모금 맛있게 빨더니 날 쳐다보며 그럽디다. 김지회 사망 소식을 듣고 마음이 너무 아팠는데 자기도 이제 가서 만날 수 있게 됐으니 한편으론 기쁘다고요. 미친놈…. 근데 당신한테 미안한 마음은 끝내 가시질 않으니 당신을 꼭 좀 챙겨달라고 합디다. 미안하다는 말을 전해달라고 신신당부했소."

경진이 결국 눈물을 흘렸다.

"네. 알겠습니다. 감사합니다."

"조경진은 아무것도 모르고 그냥 낭군만 따라다녔을 뿐이니 부디 선처해달라고 합디다. 에이고, 참. 자, 내가 뭘 해주면 좋겠소? 어떻게 살고 싶소?"

"저 자신은 바라는 게 없어요. 정말 그래요. 그저 억울하게 죽는 사람이 없었으면 할 뿐이에요. 한 명이라도 그런 사람을 줄이고 싶어요. 그 생각으로 지금 이 일을 하는 거예요. 전 이대로 살다가 죽을 때가 오면 그냥 조용히 죽고 싶어요."

"아이고, 이것들은 죄다 어째…. 아무튼 알겠소. 그렇게 살다 죽는 건 가능할 거요. 무슨 문제가 있겠소."

6

8월 14일 일요일, 경진은 남원의 한 교회에서 예배를 드릴 수 있었다. 주일예배 참석은 작년 10월 17일 이후 열 달 만이었다. 그때 광주에서 목사님과 장로님들은 예배 후에 경진을 따로 만나 여수로 이사 가서도 김지회 중위와 교회 생활 잘하라며 기도와 축복을 해 주셨다.

그이도 오늘 하늘나라에서 예배를 드렸을까? 아니, 거기선 하나님과 늘 같이 있으니 일상이 그냥 예배일지도 모르겠다. 아, 나도 어서 그리로 가고 싶다.

교회를 나와선 홍애자와 점심을 같이 먹고 지전사 본부 건너편에 있는 요천 다방에 들어가 커피를 주문했다. 홍애자는 이렇게 돌아다닐 수 있게 된 게 아직도 신기하다고 했다. 그건 경진도 마찬가지였다. 일요일 낮 동안에 최대 다섯 시간의 관내 외출이 가능해진 건 8월부터였지만 교회에 갈 생각은 미처 하지 못했었다. 그런데 교회를 다녀와서 식당에 들렀다가 커피까지 마시고 있자니 마치 자유인이 된 듯한 기분마저 들었다.

"이게 다 너 덕분이다, 얘. 니가 최고의 선무 대원으로 인정받으니까 나까지 이런 호사를 누리게 됐잖니."

"언니 덕이죠. 언니 없었으면 내가 공산주의, 사민주의, 민주주의, 뭐 이런 것들을 어떻게 알고 그렇게 자신 있게 떠들고 다녔겠어요."

"에이 내가 무슨…. 니가 워낙 니 그이한테 교육을 잘 받아놔서 그렇지."

"내가 이런 일 하는 걸 그이가 좋아할지 모르겠어요. 가끔 두려울 때도 있어요. 그저께 김창복이 왔었잖아요. 그 사람이 그러더라고요. 김지회가 지은 죄를 내가 대신 갚아주고 있는 거라고."

"뭐야? 비아냥거리는 거야?"

"그 사람만이 아니라 대개들 그렇게 보는 거 같아요. 난 그냥 배신자인 거죠. 비겁한 전향자."

"어, 잠깐! 경진아, 이 노래 좀 들어봐."

다방 안에 어떤 노래의 전주가 흐르고 있었다. 애자 언니가 앞부분만 조금 듣고도 알아챌 만큼이라면 좋은 노래겠다 싶어 귀를 쫑긋 세웠다.

'사나이 가는 길 앞에 웃음만이 있을쏘냐.'

그이가 무척 좋아했던 가수, 남인수였다. 역시 애잔했다.

'결심하고 가는 길 가로막는 폭풍이 어이없으랴.

푸른 희망을 가슴에 움켜 안고 떠나온 정든 고향을

내 다시 돌아갈 땐 열 굽이 도는 길마다

꽃잎을 날려 보리라.'

왠지는 모르겠는데, 본 적도 없는 그이 누나의 슬픈 얼굴이 떠올랐다.

'세상을 원망하면서 울던 때도 있었건만

나는 새도 눈 위에 발자욱을 남기고 날라가는데

남아 일생을 어이타 연기처럼 헛되이 흘려보내랴.

이 목숨 연기같이 세상을 떠날지라도

등불을 남겨두리라.'

그이가 너무나 보고 싶어 목이 멨다.

'지구가 크다고 한들 내 맘보다 더 클쏘냐.

내 나라를 위하고 내 동포를 위해서 가는 앞길에

그 어느 것이 눈 앞을 가리우고 발목을 묶어둘쏘냐.

뜨거운 젊은 피를 태양에 힘껏 뿌려서

한 백 년 빛내 보리라.'

더는 참을 수가 없었다. 경진은 어깨까지 흔들며 섧게 울었다.

"어떡하니 우리 경진이…. 에휴~"

경진이 손수건을 꺼내 눈물을 닦으며 물었다.

"이게 무슨 노래에요?"

"남인수가 부른 '해 같은 내 마음'이라는 노래야. 이게 요즘 대단한 인기를 끌고 있다는데 들어보니까 정말 찡하더라고."

"꼭 그이가 부르는 것 같아요."

"어머 정말 그런가 보다…."

"뭐가요?"

홍애자가 주위를 한번 둘러보곤 목소리를 낮춰 말했다.

"누구 얘기로는 이게 여수 14연대 봉기군의 마음을 헤아리면서 만든 노래라는데, 그렇다면 결국 총사령님을 노래한 거 아니겠니?"

경진이 또 눈물을 흘렸다.

"아, 정말 고맙네요."

"이런 노래가 유행하는 걸 보면 언젠가 총사령님의 봉기가 제대로 평가받을 수 있는 날이 올 것 같아. 그렇지 않아? 차차 말이야."

"그러면 좋죠."

"이 노래의 작사가는 김초향이고 작곡가는 이봉룡인데 이 두 사람이 같이 만든 '여수야화(麗水夜話)'라는 노래가 또 얼마 전에 나왔대. 가수는 마찬가지로 남인수고. 그것도 듣고 싶지 않니? 어디서 그거 들을 수 있는지 한번 알아볼게."

"정말 세상이 조금씩 변해가는 걸까요? 그이의 충정을 좀 알아줄까요?"

"난 꼭 그럴 거 같아. 기다려 보자."

7

　달이 또 바뀌었다. 경진은 막연한 기대감을 품고 9월을 맞았다. 사회가 조금이라도 더 성숙해질 것 같았고, 지회와 여수를 이해해 주는 사람도 많아질 듯싶었다.
　그러나, 아니었다. 9월 중순으로 넘어갈 무렵에 '여수야화'가 금지곡이 됐다는 소식을 홍애자에게 들었다. 가사 내용이 불순하여 민심을 분열시키는 등 사회에 악영향을 끼칠 우려가 있다며 정부가 그 노래의 공연과 방송, 음반 판매 등을 모두 금지했다는 것이었다. 특히 마지막 부분에 나오는 '왜놈이 물러갈 땐 조용하더니 오늘에 식구끼리 싸움은 왜 하나요. 의견이 안 맞으면 따지고 살 일이지, 우리 집 태운 사람 얼굴 좀 보자.'라는 구절이 문제가 됐다고 했다.
　결국 '해 같은 내 마음'도 금지곡이 되는 건 아닌가 하는 생각이 들자, 불안감으로 심장이 쿵쿵 뛰었다. 그녀에게 그 노래는 단순한 유행가가 아니었다. 시와 웅변으로 변해 그녀의 마음속에 들어와 사는 당당한 김지회, 그의 늠름한 기운이었다. 그 기운에 의지해 지난 한 달은 덜 무서웠고, 덜 외로웠고, 덜 어두웠다. 그런데 이제 그 기운마저 빼앗길지도 모른다!
　특단의 조치가 필요할 만큼 지리산 빨치산이 과격해졌다는 세평이 굳어진 것도 그즈음이었다. 신문과 라디오는 연일 빨치산의 '마을 약탈' 사건을 보도했다. 대중매체가 묘사하는 빨치산은 반항하는 주민들에겐 폭력이나 살인도 서슴지 않는 잔악한 폭도요 강도, 무뢰배일 뿐이었다.

지회가 걱정했던 바로 그 상황이 벌어진 게 분명했다. 경진도 알지만, 4월 초에 이미 봉기군의 군자금은 바닥을 드러냈다. 설상가상, 그 무렵 민주 부락에 대한 군경의 감시와 관리도 극도로 심해졌다. 주민들의 자발적 협조를 기대하기란 거의 불가능한 일이 됐다. 그러니 이현송의 빨치산은 훔치거나 뺏는 수밖에 없었을 것이다. 굶지 않으려고 할 수 있는 게 그밖에 또 뭐가 있었겠는가. 자꾸 뺏어가니 민심은 멀어졌고, 반항은 심해졌고, 그럴수록 보급 투쟁은 더 거칠고 험악해지기만 했을 것이다.

경진은 종종 지회가 빨리 죽은 게 다행이라는 생각도 했다. 모질지 못한 그가 돈도 한 푼 없고 외부 지원이나 주민 협조도 없는 저런 고립무원 상황에 빠졌다면 과연 무엇을 할 수 있을지, 떠오르는 게 하나도 없었다. 그가 주민들의 양식과 물건을 강탈할 수 있었을까? 그들에게 위협을 가할 수 있었을까? 그렇게 못한다면, 그러면 그가 무엇을 할 수 있었을까? 도대체 가늠하기가 어려웠다. 하나님이 그를 일찍 데려가신 데 대한 감사 이유가 하나 더 생겼다.

보통 사람들이 이런 빨치산의 속사정을 이해해 줄 까닭은 당연히 없었다. 그들이 봉기군과 빨치산을 구별해서 봐줄 리도 없었다. 일반인들의 눈에 보이는 지금의 이 거칠고 사나운 빨치산은 근 1

년 전 지리산으로 숨어들었던 여수 14연대 봉기군의 현재 모습일 뿐이었다. 여수 연대가 무엇을 위하여 봉기했으며, 왜 지리산에 숨게 됐는지에 대해 관심 있는 사람은 없었다. 세상은 김지회와 여수 연대를 그저 저 무시무시한 빨치산의 원조로 볼 뿐이었다. 억울했지만, 그게 세평이었다.

9월 말엔 사형 선고를 받았다. 판사는 경진을 반란군 수괴를 따라다니며 이적행위를 저지른 매국적 범죄자라고 했다. 죽는 건 두렵지 않았다. 지회가 있는 하나님 나라로 가는 건 오히려 바라는 바였다. 다만, 자기마저 이대로 사라지고 남은 누구도 진실을 얘기하지 않는다면 김지회와 여수 14연대, 그리고 잘못하면 여수 사람 모두 영영 반골 빨갱이로 매도될지 모른다는 생각이 들어 마음 한쪽이 아렸다.

그래도 전반적인 마음 상태는, 세상을 향한 미련이 없어서인지, 편했다. 시간이 갈수록 더 그랬다. 그 덕에 10월 중순께부터는 감옥 안에서도 가을을 차분히 즐길 수 있었다. 창밖 풍경이 무척이나 아름다웠다. 파란 하늘은 마냥 높고, 하얀 구름은 그저 예뻤다. 11월에 들어서자 단풍이 깊어졌다. 주위가 더 고즈넉해 보였다. 햇볕의 따스함도 더욱 감사히 느껴졌다. 그런데, 11월 5일에 또 김창복이 나타났다.

"지나가다 잠깐 들렀소. 해줄 말도 있고, 물어볼 것도 좀 있고 해서."

"무슨…?"

"총살형을 받아서 실망했죠?"

"처음엔 좀 당황했지만 괜찮아졌어요. 어차피 죽을 목숨으로 여겨왔으니까요."

"우리가 조경진 씨를 그렇게 놔둬선 안 되죠. 그땐 여론이 안 좋아서 어쩔 수가 없었던 거요. 김태진과 유진욱을 포함해서 같이 재판정에 섰던 아홉 명 모두가 사형 선고를 받았잖소. 거기서 조경진 씨만 빼낼 순 없었죠. 하지만 걱정하지 마시오. 이번 주말 지나고, 월요일이나 화요일쯤에 감형 발표가 있을 거요. 이제 뭐 여론도 좀 잠잠해졌고 하니, 일단은 무기징역 정도로 내릴 거요. 그러고 몇 년만 살면 완전히 풀려나는 거지. 물론 뭐 그 몇 년 동안 잘해야 하겠지만 말이요. 알죠?"

"알겠습니다."

"이게 다 각하가 내리시는 은전이지만 그 뒤에서 내가 힘을 좀 많이 썼소."

"감사해요."

"아니 근데 조경진 씨가 이제 열아홉이죠? 30년생."

"네."

"나랑 14년 차이야. 옛날 같으면 내 딸도 될 수 있는 나이지."

"아, 네…."

"김지회가 25년생."

"네."

"그러니까, 다 그 어린놈들이 그 난리를 일으킨 거라고. 48년 그 해에 김지회, 홍순혁, 이기주가 모두 스물셋이었소. 오일규는 한 살 더 어린 스물둘, 최남구가 스물여섯, 김종서가 제일 많다지만 그래봐야 18년생이니까 만 서른! 보라고, 이게 다 애들 장난이었다니까. 그 어린 것들이, 세상이 어떻게 돌아가는지를 볼 줄 모르니까 그런 짓들을 벌인 거라고."

간간이 말을 놓던 김창복은 어느 새부턴 아예 반말만 하고 있었다.

"올 3월에 김일성과 박헌영이 소련에 가서 스탈린 새끼를 만나 무슨 말을 했는지 알아? 알 리가 없지. 지리산 등에 퍼져있는 빨치산을 적극적으로 지원해서 남한 사회를 혼란에 빠지게 하고 반체제 반정부 반이승만 세력이 왕성해지면 그때를 놓치지 않고 적화통일을 추진하겠다고 보고했어. 근데 그 3월에 김지회 도당은 뭘 하고 다녔어? 춘투를 한답시고, 어? 3·1정신이니 뭐니 하면서 남원과 함양, 거창 일대를 휩쓸고 다녔잖아. 인민이 주인이 되는 진짜 민주주의를 해보자고 순진한 주민들을 선동해 가면서 말이야. 아니, 그렇게 해서 김일성과 스탈린이 쳐들어오면, 그래서 빨갱이 독재가 시작되면, 그게 진짜 민주주의야? 뭘 좀 알면서 일을 벌여야지, 도대체가 말이야, 엉? 여수 14연대가 반란을 일으키고 나서 바로 그다음 달에 북조선이 유격대 180명을 남파한 것도 몰랐지? 그놈들이 오대산으로 해서 지리산까지 갈려고 했다고. 그 후로도 올 4월까지 600명이 넘는 유격대원들을 계속 내려보냈어. 우리 군이 그때마다 격파해서 망정이지 안 그랬으면 어쩔 뻔했어? 김지회의 반란군은 오래전에 벌써 북조선의 지령으로 움직이는 공산 빨치산이 됐을 거라고. 그런 것도 모르면서 무슨 사민주의 국가를 건설하겠다고…. 다 웃기는 소리야. 철 대가리 없는 새끼들. 어이구."

"그래요, 다 모르고들 한 짓이에요. 사실 뭐 알 수가 없잖아요. 그러니 어떡해요? 그러면, 뭣도 모르는 사람들은 죽이라면 죽이고 죽으라면 죽어야 해요?"

"뭐? 이게 또 왜 삐딱하게 굴지? 뭣도 모르면 자빠져 있어야지, 왜들 중뿔나게 나서냐고? 아이고, 관두자. 인제 와서 그런 소리가 무슨 소용 있겠냐. 그나저나 넌 아직도 새파랗게 젊은데 앞으로 뭘 하면서 살 거냐? 무슨 계획이라도 있냐?"

"제가 지금 무슨 계획이 있겠어요."

김창복이 느닷없이 자기 자랑을 했다.

"지난달에 우리 특별정보대가 검·경 수사대까지 예하로 편입해서 방첩대라는 이름으로 크게 바뀌었다. 난 거기 대장이 됐고. 각하께서 직접 임명하셨지. 이 나라에서 이제 빨갱이 잡는 일은 다 내 소관이다."

"아, 예, 대단하시네요."

"그게 다가 아니야. 조만간 방첩대는 아예 육본 정보국에서 나와 국방부 직할 부대가 될 거다. 그럼 난 독립부대의 장이 되는 거지. 허허허."

김창복은 무슨 의도인지 그 후로도 계속 자기 권력이 얼마나 커졌는지, 또 얼마나 더 커질지에 대해 경진에게 설명하며 과시했다. 하지만, 짐승과 벌레에 먹혀 부패한 시체로 변해버린 지회의 모습이 불현듯 머릿속에 떠오른 순간부턴 그의 말소리가 들리지 않았다. 외롭게 버려진 지회가, 그이의 몸뚱어리가 눈앞에 어른거려 눈물이 차올랐다. 뜨거운 젊은 피를 태양에 힘껏 뿌려 한 백년 빛내 보리라 외쳤던 지회는, 김지회는 그렇게 처참히 죽어갔다. 마음이 저렸다. 왜 하나님은 악인의 형통과 의인의 고난을 방관하시는 걸까? 언제까지? 왜?

김지회

뜨거운 젊은 피를
태양에 힘껏 뿌려

초판 1쇄 발행 2024년 10월 19일

지은이   최 산
펴낸이   윤중목
펴낸곳   (주)도서출판 목선재

책임편집 이종수, 윤홍지
디자인   위하영

등 록   제2014-000192호 (2014년 12월 26일)
주 소   서울시 중구 남대문로9길 24 패파타워 1018호
         문화법인 목선재
전 화   02-2266-2296
팩 스   02-6499-2209
홈페이지 www.msj.kr

ISBN   979-11-989567-0-5 03810

* 이 책의 판권은 (주)도서출판 목선재에 있습니다.
* 본사의 허락이나 동의 없이 무단 전재 및 복제를 금합니다.
* 잘못 만들어진 책은 바꾸어 드립니다.